A CASA DA DOR

Obras do autor publicadas pela Editora Record

Headhunters
Sangue na neve
O sol da meia-noite
Macbeth
O filho

Série Harry Hole
O morcego
Baratas
Garganta vermelha
A Casa da Dor
A estrela do diabo
O redentor
Boneco de Neve
O leopardo
O fantasma
Polícia
A sede
Faca

JO NESBØ
A CASA DA DOR

Tradução de
Grete Skevik

2ª edição

EDITORA RECORD
RIO DE JANEIRO • SÃO PAULO
2021

EDITORA EXECUTIVA
Renata Pettengill

SUBGERENTE EDITORIAL
Mariana Ferreira

ASSISTENTE EDITORIAL
Pedro de Lima

AUXILIAR EDITORIAL
Juliana Brandt

REVISÃO
Marco Aurelio Souza

CAPA
Adaptada do design original de Peter Mendelsund

DIAGRAMAÇÃO
Abreu's System

TÍTULO ORIGINAL
Sorgenfri

CIP-BRASIL. CATALOGAÇÃO NA PUBLICAÇÃO
SINDICATO NACIONAL DOS EDITORES DE LIVROS, RJ

N371c

Nesbø, Jo, 1960-
    A Casa da Dor / Jo Nesbø; tradução de Grete Skevik. – 2ª ed. – Rio de Janeiro: Record, 2021.

    Tradução de: Sorgenfri
    Sequência de: Garganta vermelha
    Continua com: A estrela do diabo
    ISBN 978-85-01-10987-3

    1. Romance norueguês. I. Skevik, Grete. II. Título.

17-44276

CDD: 839.82
CDU: 821.113.5-3

TÍTULO ORIGINAL:
SORGENFRI

Copyright © Jo Nesbø, 2002
Publicado mediante acordo com a Salomonsson Agency.

Texto revisado segundo o novo Acordo Ortográfico da Língua Portuguesa.

Todos os direitos reservados. Proibida a reprodução, no todo ou em parte, através de quaisquer meios. Os direitos morais do autor foram assegurados.

Direitos exclusivos de publicação em língua portuguesa somente para o Brasil adquiridos pela
EDITORA RECORD LTDA.
Rua Argentina, 171 – Rio de Janeiro, RJ – 20921-380 – Tel.: (21) 2585-2000, que se reserva a propriedade literária desta tradução.

Impresso no Brasil

ISBN 978-85-01-10987-3

Seja um leitor preferencial Record.
Cadastre-se no site www.record.com.br e receba informações sobre nossos lançamentos e nossas promoções.

Atendimento e venda direta ao leitor:
sac@record.com.br

Parte Um

1

O PLANO

Vou morrer. E isso não faz sentido. Não era esse o plano, pelo menos não o meu. Pode ser que eu estivesse trilhando este caminho o tempo todo, sem nunca ter me dado conta disso. Mas o meu plano era outro. O meu plano era melhor. O meu plano fazia sentido.

Estou olhando fixamente para o cano de um revólver e sei que é de lá que ele virá. O mensageiro da morte. O barqueiro. Tempo para uma última gargalhada. Se você consegue ver a luz no fim do túnel, pode ser o clarão de um disparo. Tempo para uma última lágrima. Poderíamos ter feito algo bom dessa vida, você e eu. Se tivéssemos seguido o plano. Um último pensamento. Todos perguntam qual é o sentido da vida, mas ninguém pergunta qual é o da morte.

2
O ASTRONAUTA

O velho fez Harry pensar em um astronauta. Os passos comicamente curtos, os movimentos rígidos, o olhar sombrio e morto, e as solas dos sapatos se arrastando pelo piso de parquete. Como se o homem estivesse com medo de perder o contato com o chão e flanar até o espaço.

Harry olhou para o relógio na parede branca sobre a porta de saída: três e dezesseis da tarde. Do lado de fora da janela, na rua Bogstadveien, as pessoas passavam com a pressa das sextas-feiras. O sol baixo de outubro se refletiu no espelho retrovisor de um carro que abria caminho pela rua movimentada.

Harry se concentrou no velho. Usava chapéu e um elegante sobretudo cinza que precisava ser lavado. Por baixo, uma jaqueta de tweed, gravata e calça cinza surrada com vinco marcado. Sapatos lustrosos, mas com saltos desgastados. Mais um desses aposentados que povoam o bairro chique de Majorstuen. Não era uma suposição. Harry sabia que August Schulz tinha 81 anos e outrora fora um comerciante de roupas que morara a vida inteira em Majorstuen, exceto durante a guerra, quando passara uma temporada em Auschwitz. E os joelhos rijos eram resultado de uma queda da passarela de pedestres que havia sobre a rua Ringveien, por onde ele passava nas visitas regulares à filha. A impressão de um boneco mecânico foi reforçada pelos braços dobrados em ângulo reto na altura dos cotovelos e apontados para a frente. Do antebraço direito pendia uma bengala marrom, e a mão esquerda segurava um formulário de transferência bancária, que ele já estendia ao jovem de cabelo curto no guichê dois. Harry não via o rosto do atendente, mas sabia que ele encarava o velho com uma mistura de pena e irritação.

Agora eram três e dezessete e finalmente chegou a vez de August Schulz. Harry soltou um suspiro.

Stine Grette estava no guichê um e contava 730 coroas para um menino de gorro azul que tinha acabado de lhe passar uma ordem de pagamento. Um diamante brilhava em seu dedo anelar esquerdo a cada nota que ela colocava no balcão.

Harry não podia ver, mas sabia que à direita do menino, em frente ao guichê três, havia uma mulher balançando um carrinho de bebê, provavelmente bem distraída, já que a criança dormia. A mulher esperava para ser atendida pela senhora Brænne, que explicava em voz alta a um homem, pelo telefone, que ele não podia debitar automaticamente de uma conta sem que o titular houvesse assinado uma autorização, e que quem trabalhava no banco era ela e não ele, portanto talvez fosse melhor encerrar a discussão por ali.

No mesmo instante, a porta da agência bancária se abriu e dois homens, um alto e um baixinho, vestindo macacões escuros idênticos, entraram apressados. Stine Grette ergueu o olhar. Harry olhou no próprio relógio e começou a contar. Os homens se dirigiram ao canto onde estava Stine. O homem alto se movimentava como se pisasse em poças de água, enquanto o baixinho tinha a ginga de quem arranjara músculos maiores do que seu corpo pequeno podia sustentar. O menino de gorro azul se virou devagar e deu uns passos em direção à saída, tão entretido em contar o dinheiro que nem notou os dois homens.

— Olá — disse o homem alto para Stine.

Ele se aproximou e pousou uma maleta preta com força no balcão. O baixinho ajeitou um par de óculos escuros espelhados, deu um passo adiante e colocou uma maleta idêntica ao lado da primeira.

— Dinheiro! — guinchou em voz alta. — E abra essa porta!

Foi como apertar o botão de pausa: todos os movimentos na agência congelaram. A única indicação de que o tempo não havia parado era o trânsito lá fora. E o ponteiro dos segundos no relógio de Harry, que agora mostrava que dez segundos haviam se passado. Stine apertou um botão embaixo de sua mesa. Ouviu-se um zunido eletrônico, e o homem baixinho abriu a pequena porta vaivém com o joelho.

— Quem tem a chave? — perguntou. — Depressa! Não temos o dia todo!

— Helge! — gritou Stine por cima do ombro.

— O quê? — A voz vinha de dentro da porta aberta do único escritório da agência.

— Temos visita, Helge!

Um homem de gravata-borboleta e óculos de leitura apareceu.

— Esses senhores querem que você abra o caixa eletrônico, Helge — explicou Stine.

Helge Klementsen se virou para os dois homens de macacão que agora estavam atrás do balcão. O homem alto olhava nervoso para a saída, mas o baixinho encarava o gerente da agência.

— Ah, sim, claro — arfou Helge, como se de repente tivesse se lembrado de um compromisso e irrompeu em uma gargalhada retumbante, febril.

Harry não mexeu um músculo, apenas deixou os olhos absorverem os detalhes dos movimentos e do gestual. Vinte e cinco segundos. Ele continuou olhando para o relógio em cima da porta, mas pelo canto do olho viu o chefe da agência destrancar o caixa eletrônico pelo lado de dentro, retirar duas gavetas de metal compridas com cédulas de dinheiro e estendê-las para os dois homens. Tudo aconteceu rápido e em silêncio. Cinquenta segundos.

— Essas são para você, papi! — O baixinho retirou duas gavetas idênticas de sua maleta e estendeu-as para Helge.

O gerente engoliu em seco, assentiu com a cabeça, pegou as gavetas e colocou-as no caixa eletrônico.

— Tenha um bom fim de semana! — despediu-se o baixinho, então aprumou-se e pegou a maleta. Um minuto e meio.

— Não tão depressa — disse Helge.

O baixinho enrijeceu.

Harry fez uma careta e tentou se concentrar.

— O recibo... — continuou Helge.

Por um longo momento, os dois homens olharam para o gerente pequeno e grisalho. Então o baixinho começou a rir. Um riso agudo, com um tom estridente e histérico, como o de pessoas sob efeito de anfetaminas.

— Você não achou que a gente ia embora sem assinar, achou? Entregar dois milhões sem recibo!

— Bem — respondeu Helge. — Um de vocês quase esqueceu na semana passada.

— Há tantos novatos no transporte de dinheiro hoje em dia — disse o baixinho enquanto ele e o gerente assinavam e trocavam formulários amarelos e cor-de-rosa.

Harry esperou até que a porta da agência houvesse se fechado atrás da dupla antes de olhar no relógio de novo. Dois minutos e dez segundos.

Através do vidro da porta podia ver o carro-forte branco com a logo do Banco Nordea.

O diálogo entre as pessoas na agência recomeçou. Harry não precisava contar, mas contou assim mesmo. Sete. Três atrás do balcão e quatro na frente, incluindo o bebê e o cara de macacão, que tinha acabado de entrar e usava a mesa no meio da agência para preencher o número da conta em uma guia de pagamento. Harry sabia que era para a operadora de turismo Saga.

— Até logo — disse August Schulz, e começou a arrastar os pés em direção à saída.

O relógio marcava exatamente três horas, vinte e um minutos e dez segundos, e foi nesse instante que tudo começou para valer.

Quando a porta se abriu, Harry viu a cabeça de Stine Grette se levantar e baixar rapidamente. Então ela ergueu novamente a cabeça, dessa vez devagar. Harry voltou a atenção para a porta da agência. O homem que havia acabado de entrar tinha abaixado o zíper do macacão e retirado um fuzil verde-oliva AG3. Uma balaclava azul-marinho cobria todo o seu rosto, exceto os olhos. Harry recomeçou a contagem.

Como uma marionete, o gorro começou a se mexer onde devia estar a boca:

— *This is a robbery. Nobody moves.*

Ele não falou em voz alta, mas, na pequena agência, aquilo soou como um tiro de canhão. Harry analisou Stine. Por cima do zunido distante de carros, ele podia ouvir o clique suave de peças de arma lubrificadas quando o homem engatilhou o fuzil. O ombro esquerdo da mulher se abaixou de modo quase imperceptível.

Menina corajosa, pensou Harry. Ou talvez estivesse morrendo de medo. Aune, o psicólogo que dava palestras na Academia de Polícia de Oslo, havia dito que, quando uma pessoa fica com muito medo, para de pensar e age por instinto. A maioria dos funcionários de banco aperta o alarme silencioso quase que em estado de choque, explicara Aune, e, quando interrogados depois do incidente, muitos nem lembram se acionaram o alarme ou não, como se estivessem no piloto automático. Exatamente como um assaltante de banco que tem o instinto de matar todos os que tentam impedi-lo, concluiu Aune. Quanto mais assustado um assaltante, menor a probabilidade de alguém conseguir dissuadi-lo. Harry continuou imóvel ao tentar vislumbrar os olhos do criminoso. Azuis.

O assaltante desenganchou uma sacola de pano preta do ombro e a jogou em cima do balcão. O homem de preto deu seis passos até a pequena porta do balcão, sentou-se na beirada, jogou as pernas para cima, pulando para o outro lado, e se posicionou bem atrás de Stine, que estava imóvel, com um olhar vazio. Ótimo, pensou Harry, ela conhece as instruções. Não está fazendo um alarde ao encarar o assaltante.

O homem encostou o cano do fuzil na nuca de Stine, se curvou para a frente e sussurrou algo em seu ouvido.

Ela ainda não estava em pânico, mas Harry viu que Stine respirava com dificuldade. Parecia que o corpo frágil dela lutava por ar sob a blusa branca repentinamente apertada. Quinze segundos.

Ela pigarreou. Uma vez. Duas vezes. E por fim suas cordas vocais voltaram à vida:

— Helge, as chaves do caixa eletrônico. — A voz soou baixa e rouca, totalmente distinta daquela que havia expressado quase as mesmas palavras três minutos antes.

Harry não o viu, mas sabia que Helge Klementsen havia escutado a declaração do assaltante e já estava à porta do escritório.

— Rápido, senão... — Mal se podia distinguir a voz da mulher, e, na pausa que se seguiu, tudo que se ouvia na agência bancária eram as solas dos sapatos de August Schulz se arrastando pelo assoalho, como um par de baquetas rufando contra o couro de tambores, em um compasso extremamente lento.

— ... ele me mata.

Harry olhou pela janela. Provavelmente havia um carro lá fora com o motor ligado, mas ele não podia vê-lo. Apenas um borrão de veículos e pessoas de passagem.

— Helge... — Sua voz suplicava.

Vamos lá, Helge, pensou Harry. Ele também sabia bastante sobre o velho gerente da agência. Sabia que tinha dois poodles, uma esposa e uma filha grávida, recentemente abandonada, esperando por ele em casa; que estavam com as malas prontas para viajar até o chalé da família nas montanhas assim que Helge Klementsen chegasse à sua casa; que nesse exato instante, Klementsen sentia como se estivesse embaixo da água, num daqueles sonhos em que todos os movimentos são lentos, não importa o quanto tente se apressar. Em seguida, ele reapareceu no campo de visão de Harry. O assaltante tinha girado a cadeira de Stine, ficando às suas costas, mas de frente para Helge. Como uma criança medrosa que vai dar comida a um cavalo, Klementsen estava inclinado para trás, a mão com o molho de chaves estendida o mais longe possível do corpo. O assaltante sussurrou no ouvido de Stine ao girar a arma para Klementsen, que cambaleou dois passos para trás.

Stine pigarreou.

— Ele disse para você abrir o caixa eletrônico e colocar as novas gavetas de dinheiro na sacola preta.

Helge Klementsen encarava hipnotizado o fuzil apontado para si.

— Você tem 25 segundos antes de ele atirar. Em mim. Não em você.

A boca de Klementsen se abriu e fechou como se quisesse dizer alguma coisa.

— Agora, Helge — disse Stine.

As dobradiças da porta rangeram, e Helge Klementsen cambaleou para o meio da agência.

Trinta segundos haviam se passado desde o começo do assalto. August Schultz estava quase na saída. O gerente da agência caiu de joelhos diante do caixa eletrônico e olhou para o molho de chaves. Havia quatro delas.

— Vinte segundos — soou a voz de Stine.

A Delegacia de Polícia de Majorstuen, pensou Harry. Estão entrando nas viaturas. Oito quarteirões. Trânsito de sexta-feira.

Com mão trêmula, Helge Klementsen escolheu uma chave e enfiou-a na fechadura. Não passou da metade. Insistiu com mais força.

— Dezessete.

— Mas... — começou ele.

— Quinze.

Helge Klementsen retirou a chave e tentou outra. Entrou, mas não girou.

— Pelo amor de Deus...

— Treze. Aquela marcada com fita adesiva verde, Helge.

Helge Klementsen olhava fixamente para o molho de chaves como se nunca o tivesse visto.

— Onze.

A terceira chave entrou. E girou. Helge abriu a porta do caixa e se voltou para Stine e o assaltante.

— Preciso abrir mais uma fechadura...

— Nove! — gritou Stine.

Helge Klementsen deixou escapar um soluço ao apertar os dedos em volta dos dentes das chaves, como se fosse cego e os dentes representassem a escrita em braile que lhe diria qual era a chave certa.

— Sete.

Harry prestou muita atenção. Nenhuma sirene ainda. August Schulz tocou a maçaneta da porta de saída.

Ouviu-se um baque de metal quando o molho de chaves caiu no chão.

— Cinco — sussurrou Stine.

A porta se abriu e o barulho da rua invadiu o banco. Harry achou ter ouvido, ao longe, um barulho conhecido. O som ecoou de novo. A sirene da polícia. A porta se fechou.

— Dois. Helge!

Harry fechou os olhos e contou até dois.

— Pronto! — gritou Klementsen. Ele havia conseguido abrir a outra fechadura e agora estava de cócoras, puxando as gavetas que pareciam emperradas. — Só me deixe tirar o dinheiro! Eu...

Helge foi interrompido por um grito estridente. Harry olhou para o outro lado da agência, onde uma cliente observava aterrorizada o assaltante imóvel com a arma encostada na nuca de Stine. A mulher piscou duas vezes e virou a cabeça para o carrinho de bebê, muda, enquanto o choro da criança subia vários tons.

Helge quase caiu para trás quando a primeira gaveta se soltou dos trilhos. Ele puxou para si a sacola preta. Em seis segundos, enfiou ali todo o dinheiro nela. Seguindo as instruções, Klementsen fechou o zíper da sacola de pano e se apoiou no balcão. Tudo fora coordenado por Stine, que agora soava surpreendentemente firme e calma.

Um minuto e três segundos. O assalto chegou ao fim. O dinheiro estava na sacola. Em alguns minutos, a primeira viatura chegaria. Em quatro minutos, outras viaturas teriam bloqueado as rotas de fuga próximas ao banco. Todas as células no corpo do assaltante deviam estar gritando que estava na hora de cair fora. Então aconteceu algo que Harry não entendeu. Simplesmente não fazia sentido. Em vez de correr, o assaltante girou a cadeira de Stine até que ficassem frente a frente. Ele se inclinou sobre ela e sussurrou-lhe algo. Harry estreitou os olhos. Precisava fazer um exame de vista qualquer dia. Mas viu o que viu. Ela encarava o assaltante mascarado enquanto a própria expressão passava por uma lenta transformação ao finalmente entender o significado das palavras que ele sussurrara. As sobrancelhas finas e bem-cuidadas desenharam dois S acima dos olhos, que agora pareciam pular para fora da sua cabeça. O lábio superior se franziu e os cantos da boca foram puxados para baixo em uma careta grotesca. O bebê parou de chorar tão subitamente quanto havia começado. Harry respirou fundo. Porque ele sabia. Uma imagem congelada, uma obra-prima. Duas pessoas flagradas no momento que uma acaba de comunicar à outra sua sentença de morte, o rosto encapuzado a apenas dois palmos do rosto indefeso. O carrasco e sua vítima. O cano do fuzil está apontando para o pescoço de Stine, que exibe um cordão fino com um pequeno coração de ouro pendurado. Harry não conseguia ver, mas, mesmo assim, podia sentir o latejar do pulso da mulher sob a pele fina.

Um barulho abafado. Harry aguça os ouvidos. Mas não é a sirene da polícia, apenas um telefone tocando na sala ao lado.

O assaltante se vira e ergue o olhar para a câmera de vigilância no teto atrás do balcão. Ele levanta e abre uma das mãos enluvadas, depois fecha a outra mão e mostra o indicador. Seis dedos. Seis segundos além do tempo. Ele se vira de novo, pega o fuzil com as duas mãos, segura-o na altura do quadril, levanta o cano na direção da cabeça de Stine e se posiciona com as pernas ligeiramente afastadas para absorver o coice. O telefone não para de tocar. Um minuto e 12 segundos. O anel de diamante brilha quando Stine tenta levantar a mão, como se tentasse se despedir de alguém.

São exatamente três horas, vinte e dois minutos e vinte e dois segundos quando ele puxa o gatilho. O estrondo é curto e oco. A cadeira de Stine é jogada para trás enquanto sua cabeça dança no pescoço, feito uma boneca de pano mutilada. A cadeira cai. Ouve-se um baque surdo quando sua cabeça bate na quina da mesa, mas Harry não pode mais vê-la. Ele tampouco pode ver o anúncio do novo plano de previdência do Banco Nordea, colado pelo lado de fora da divisória de vidro sobre o balcão, agora manchado de vermelho. Apenas ouve o toque raivoso e insistente do telefone. O assaltante pega a sacola de pano. Harry precisa se decidir. O assaltante pula o balcão. Harry se decide. Pula da cadeira. Seis longos passos. Pronto. E tira o telefone do gancho.

— Fala.

Na pausa que se segue, ele consegue discernir o som das sirenes da polícia na TV da sala, a música pop paquistanesa vinda dos vizinhos e os passos pesados, provavelmente da senhora Madsen, na escada. Então suaves risos no outro lado da linha. Risos de um passado longínquo. Não em tempo cronológico, mas mesmo assim distante. Como setenta por cento do passado de Harry, que o visita em intervalos irregulares, na forma de vagos rumores ou pura invenção. Mas aquela era uma história que ele podia confirmar.

— Ainda atende o telefone com essa pinta de machão, Harry?

— Anna?

— Nossa, você me impressiona.

Harry sentiu um calor doce se espalhar pelo estômago, quase como uísque. Quase. Pelo espelho, viu uma foto que tinha pendurado na parede oposta. Dele e da irmã Søs em Hvitsten, tirada nas férias de verão, fazia muito tempo, quando eram pequenos. Sorriam como crianças que ainda acreditavam que nenhum mal podia lhes acontecer.

— E o que você está fazendo nesta noite de domingo, Harry?

— Bem... — Harry ouviu a própria voz automaticamente espelhar a dela. Profunda demais, hesitante demais. Mas não era o que queria. Não agora. Ele pigarreou e encontrou um tom de voz mais neutro:

— O que a maioria das pessoas faz.

— Que é...?

— Assistindo a uns vídeos!

3

A Casa da Dor

— Assistiu ao vídeo?

A cadeira de escritório gasta rangeu em protesto quando Halvorsen se inclinou para trás e encarou seu colega nove anos mais velho, o inspetor Harry Hole, com uma expressão de incredulidade estampada no jovem rosto inocente.

— Obviamente — respondeu Harry, e passou o indicador e o polegar sobre as olheiras embaixo dos olhos vermelhos.

— O fim de semana inteiro?

— De sábado de manhã a domingo à noite.

— Então pelo menos você se divertiu um pouco na sexta à noite — argumentou Halvorsen.

— Sim — respondeu Harry, que tirou uma pasta azul do bolso do sobretudo e colocou-a na mesa em frente a Halvorsen. — Li as transcrições dos interrogatórios.

Do outro bolso, Harry tirou um saco cinza com café colonial francês. Ele e Halvorsen dividiam um escritório no final do corredor, na zona vermelha do sexto andar da delegacia de Grønland. Dois meses antes, eles haviam comprado uma máquina de café espresso Rancilio Silvia, que ganhara o lugar de honra em cima do arquivo, sob uma foto emoldurada de uma menina sentada com as pernas apoiadas em cima da mesa. O rosto sardento parecia esboçar uma careta, mas na verdade ele havia sido tomado pelo riso. Ao fundo, via-se a mesma parede de escritório onde a foto estava pendurada.

— Você sabia que três em cada quatro policiais não conseguem soletrar "desinteressante" corretamente? — perguntou Harry, e pendurou seu sobretudo no cabide. — Ou escrevem com "z" ou...

— Interessante.

— O que você fez no fim de semana?

— Na sexta, fiquei plantado dentro de um carro, em frente à residência do embaixador americano, por causa de uma denúncia anônima sobre um carro-bomba. Alarme falso, claro, mas eles andam tão nervosos que tivemos que ficar sentados lá a noite toda. No sábado, tentei mais uma vez achar a mulher da minha vida. No domingo, concluí que ela não existe. O que os interrogatórios disseram sobre o assaltante? — Halvorsen dosava o café em um filtro duplo.

— Nada — respondeu Harry, e tirou o pulôver. Por baixo usava uma camiseta grafite, que outrora fora preta e agora exibia as palavras *Violent Femmes* em letras desbotadas. Ele afundou na cadeira com um gemido. — Ninguém menciona ter visto o suspeito perto do banco antes do assalto. Um cara saiu da loja de conveniência 7-Eleven do outro lado da rua Bogstadveien e viu o assaltante subir correndo a rua Industrigata. Ele o notou por causa da balaclava. A câmera de vigilância externa do banco mostra o momento em que o ladrão passa pela testemunha em frente a uma caçamba ao lado da 7-Eleven. A única coisa interessante que contou, não registrada em vídeo, é que o assaltante atravessou a Industrigata duas vezes mais adiante.

— Um cara que não consegue decidir em que calçada deve andar. Para mim parece bastante desinteressante. — Halvorsen colocou os filtros duplos no porta-filtro da máquina de café. — Com "s", tá?

— Você não entende muito de assalto a bancos, Halvorsen.

— E por que deveria? Nosso trabalho é pegar assassinos. Os caipiras de Hedmark que cuidem dos ladrões.

— Os caipiras?

— Não reparou ao visitar a Divisão de Roubos? Sotaques interioranos por toda parte. Mas o que você está querendo dizer me contando isso tudo?

— Estou falando sobre Victor.

— Da patrulha de cães?

— Em geral, os cães são os primeiros a chegar ao local do crime, e um assaltante de banco experiente sabe disso. Um bom cão pode seguir um fugitivo a pé. Mas se o ladrão atravessar a rua e os carros passarem por cima da trilha, o cachorro perde a pista.

— E? — Halvorsen apertou o café com o compactador e, por fim, girou-o, alisando a superfície, o que, alegava, distinguia os profissionais dos amadores.

— E isso corrobora a suspeita de que estamos lidando com um assaltante experiente. E o fato, por si só, faz com que possamos focar em um número drasticamente menor de pessoas do que seria preciso. O chefe da Divisão de Roubos me contou...

— Ivarsson? Não sabia que vocês eram de conversar.

— E não somos mesmo. Ele falou para o grupo de investigação como um todo. E disse que há menos de cem assaltantes de banco em Oslo. Cinquenta deles tão estúpidos, drogados ou malucos que são pegos quase todas as vezes. *Metade* está presa, então já podemos descartar a possibilidade. Quarenta são profissionais que conseguem escapar, se alguém os ajuda no planejamento. Então sobram mais ou menos dez que são realmente profissionais. Aqueles que atacam carros-fortes e caixas eletrônicos. É preciso um pouco de sorte para pegá-los. Tentamos nos manter na cola desses dez. Seus álibis serão checados hoje. — Harry lançou um olhar para Silvia, que gorgolejava sobre o armário do arquivo. — E no sábado falei com Weber da perícia forense.

— Pensei que Weber tinha se aposentado este mês.

— Alguém fez o cálculo errado. Ele só sai no verão.

Halvorsen riu.

— Então deve estar mais rabugento do que de costume.

— Está sim, mas não por isso. Ele e a equipe não acharam porra nenhuma.

— Nada?

— Nenhuma impressão digital. Nenhum fio de cabelo. Nem sequer uma fibra de tecido. E, claro, as pegadas mostram que ele usou sapatos novinhos em folha.

— Então nem dá para comparar o desenho do desgaste com seus outros sapatos, correto?

— Correto — respondeu Harry, dando ênfase na primeira sílaba.

— E a arma do assalto? — perguntou Halvorsen, levando uma xícara até a mesa de Harry. Ao levantar o olhar, viu que a sobrancelha esquerda de Harry quase tocava o cabelo louro cortado à escovinha.

— Perdão. A arma do assassinato.

— Obrigado. Não foi encontrada.

Halvorsen sentou-se à sua mesa e bebericou o café.

— Então, resumindo: um homem entrou em um banco cheio de gente, em plena luz do dia, roubou dois milhões de coroas, assassinou uma mulher e saiu andando. Subiu uma rua, nem tão cheia, mas com bastante trânsito, no centro da capital da Noruega, apenas a alguns metros de uma delegacia de polícia, e nós, profissionais remunerados da polícia, não temos nada?

Harry assentiu com um lento aceno de cabeça.

— Quase nada. Temos o vídeo.

— Do qual você memorizou cada segundo, se bem o conheço.

— Não. Cada décimo de segundo, acho.

— E os relatórios das testemunhas, já sabe de cor?

— Só o de August Schulz. Ele contou muitas coisas interessantes da guerra. Mencionou uma lista de nomes de concorrentes no setor têxtil, chamados "bons noruegueses", que haviam participado do confisco das propriedades da família dele durante a guerra. Ele sabe exatamente o que andam fazendo atualmente. Mas não percebeu que houve um assalto no banco, infelizmente.

Os dois terminaram de tomar o café em silêncio. A chuva batia na janela.

— Parece que você gosta de viver assim — comentou Halvorsen de repente. — De passar o fim de semana todo sozinho, caçando fantasmas.

Harry sorriu, mas não respondeu.

— Achei que tivesse desistido de viver como um eremita agora que tem obrigações familiares.

Harry lançou um olhar de advertência para o jovem colega.

— Não sei se é assim que vejo as coisas — disse devagar. — Sabe, nem moramos juntos.

— Não, mas Rakel tem um filho pequeno, e aí a coisa muda, não é?

— Oleg — disse Harry, e arrastou a cadeira para o arquivo. — Eles foram para Moscou na sexta.

— É?

— Processo judicial. O pai quer a guarda da criança.

— É, estou lembrado. E esse cara, como ele é?

— Bem... — Harry endireitou o quadro torto em cima da cafeteira. — É um professor universitário que Rakel conheceu quando trabalhava por lá. Vem de uma família tradicional, podre de rica, que segundo ela tem forte influência política.

— Que conhece alguns juízes, certo?

— Com certeza, mas achamos que vai dar tudo certo. O pai é louco de pedra, e todos sabem disso. Um alcoólatra brilhante, com pouco autocontrole. Você conhece o tipo.

— Acho que sim.

Harry levantou o olhar de repente, em tempo de ver Halvorsen engolir um sorriso.

Era de conhecimento de todos no quartel-general da polícia que Harry tinha problemas com bebida. Ser alcoólatra não é motivo suficiente para demitir um funcionário público, mas comparecer bêbado ao trabalho sim. Da última vez que Harry tivera uma recaída, pessoas do alto escalão daquele edifício expressaram o desejo de afastá-lo da corporação, mas o chefe de polícia, Bjarne Møller, como de praxe, colocou Harry debaixo de sua asa e alegou circunstâncias atenuantes. As circunstâncias eram a moça na foto em cima da máquina de espresso — Ellen Gjelten, a colega, parceira e amiga íntima de Harry —, que fora assassinada com um bastão de beisebol em uma trilha à beira do rio Akerselva. Harry havia se recuperado, mas a ferida ainda doía. Principalmente porque o caso, na opinião dele, ainda não estava solucionado. Quando Harry e Halvorsen encontraram evidências forenses contra o neonazista Sverre Olsen, o inspetor Tom Waaler foi quase que imediatamente à casa de Olsen para fazer a prisão. Mas Olsen atirou na direção de Waaler que, em defesa própria, revidou e matou o neonazista. Isso de acordo com o relatório de Waaler. Nem o que encontraram no local, nem a investigação da Comissão de Investigação Especial da Polícia, sugeriam o contrário. Por outro lado, o motivo de Olsen ter assassinado Ellen nunca foi esclarecido, apesar dos indícios de que ele estivesse envolvido no tráfico ilegal de armas que abasteceu Oslo nos últimos anos, e de que a policial encontrara uma pista dessa ligação. Mas Olsen era apenas um mensageiro. A polícia não tinha nenhuma ideia de quem, de fato, havia encomendado o assassinato.

Após uma curta temporada na Polícia Secreta no último andar, Harry havia pedido para voltar à Divisão de Homicídios com a intenção de trabalhar no caso de Ellen. Møller estava feliz por ter Harry de volta ao sexto andar, assim como os outros, por se verem livres dele.

— Vou subir até a Roubos e Furtos para entregar isso ao Ivarsson — resmungou Harry, e balançou a fita VHS. — Ele queria dar uma olhada, mostrar isso a uma nova criança prodígio lá em cima.

— Ah, é? Quem é?

— Uma mulher que se formou na Academia de Polícia no verão e aparentemente já solucionou três casos de roubo só estudando os vídeos.

— Nossa. Ela é bonita?

Harry soltou um suspiro.

— Vocês, jovens, são tão previsíveis. Espero que ela seja boa no que faz, o restante não me interessa.

— Tem certeza de que é uma mulher?

— Imagino que o senhor e a senhora Lønn colocaram o nome de Beate no filho apenas por brincadeira.

— Tenho o pressentimento de que ela é bonita.

— Espero que não — disse Harry, e por hábito se abaixou ao passar no vão da porta com seu 1,90 metro.

— Por quê?

A resposta veio no corredor:

— Todo bom policial é feio.

À primeira vista, a aparência de Beate Lønn não indicava nem uma coisa nem outra. Ela não era feia — algumas pessoas até a chamavam de "boneca". Mas apenas porque tudo nela era pequeno: o rosto, o nariz, as orelhas... e o corpo. Sua característica mais marcante era a palidez. A pele e o cabelo eram tão sem cor que Harry se lembrou do corpo de uma mulher morta que ele e Ellen tinham pescado no mar. Mas, ao contrário do ocorrido com o cadáver, Harry tinha a sensação de que iria esquecer a aparência de Beate Lønn tão logo olhasse para o lado. E parecia que a jovem não ia lamentar, pelo jeito que murmurou seu nome enquanto Harry apertava sua mão pequena e úmida antes de ela rapidamente puxá-la de volta.

— Hole é uma espécie de lenda aqui na polícia — disse Rune Ivarsson, o chefe da divisão, de costas para eles, mexendo em um molho de chaves. No alto da porta de ferro diante deles estava escrito em letras góticas: CASA DA DOR. E embaixo: SALA DE REUNIÕES 508.
— Não é, Hole?

Harry não respondeu. Não havia motivo para duvidar do tipo de lenda ao qual Ivarsson se referia. Ele nunca fazia muito esforço para esconder que achava Harry Hole uma vergonha para a polícia e que ele devia ter sido afastado fazia tempo.

Ivarsson conseguiu finalmente destrancar a porta e eles entraram. A Casa da Dor era uma sala especial que a Divisão de Roubos usava para analisar, editar e copiar vídeos. Havia uma mesa grande ao centro, três estações de trabalho e nenhuma janela. As paredes estavam cobertas de prateleiras com fitas de vídeo, uma dezena de cartazes de ladrões procurados, uma tela grande em uma delas, um mapa de Oslo e diversos troféus de prisões bem-sucedidas, como duas mangas de camisa com buracos para olhos e boca, por exemplo. De resto, computadores cinzentos, monitores pretos, aparelhos de VHS e DVD, além de um monte de outros tipos de máquinas cuja utilidade Harry desconhecia totalmente.

— E o que eles encontraram no vídeo da Homicídios? — perguntou Ivarsson, deixando-se cair em uma das cadeiras. Ele pronunciou Homicídios com o segundo "i" exageradamente longo.

— Alguma coisa — respondeu Harry, e foi até a prateleira com o videocassete.

— Alguma coisa?

— Não muito.

— Pena que não apareceram na palestra que dei no refeitório, em setembro. Todos os departamentos estavam representados, menos o seu, se bem me lembro.

Ivarsson era alto e longilíneo, e tinha um topete louro ondulado e olhos azuis. O rosto exibia os traços masculinos dos modelos de grifes alemãs, e ele ainda estava bronzeado depois de muitas tardes de verão na quadra de tênis e provavelmente uma ou outra sessão de bronzeamento artificial. Rune Ivarsson era, em suma, o que a maioria chamaria de um homem bonito, e nesse aspecto corroborava a teoria de Harry sobre a conexão entre aparência e competência policial. Mas o que faltava de talento investigativo a Rune Ivarsson sobrava em faro para política e habilidade para forjar alianças dentro da hierarquia da polícia. Além do mais, Ivarsson tinha a autoconfiança natural que muitas pessoas interpretam erroneamente como capacidade de liderança. No caso específico dele, essa autoconfiança se baseava única e exclusivamente no fato de ser abençoado com uma cegueira total para os próprios limites, o que inevitavelmente o levaria ao topo e um dia faria dele — direta ou indiretamente — o chefe de Harry. A princípio, Harry não via razão para lamentar que a mediocridade fosse catapultada e afastada do trabalho investigativo, mas o perigo de pessoas como Ivarsson era que logo poderiam começar a achar que deveriam intervir e mandar no trabalho daqueles que de fato entendiam algo do assunto.

— Perdemos algo importante? — perguntou Harry, passando o dedo ao longo das pequenas etiquetas das fitas de vídeo.

— Talvez não — respondeu Ivarsson. — A não ser que tenha interesse nos pequenos detalhes que solucionam casos criminais.

Harry conseguiu resistir à tentação de dizer que ele não havia comparecido porque ficara sabendo de públicos anteriores que o único propósito daquela palestra arrogante era divulgar que depois que ele, Ivarsson, assumiu a chefia da Divisão de Roubos, a taxa de roubos a bancos solucionados aumentara de 35 para 50 por cento. Sem mencionar que, por coincidência, ao mesmo tempo que assumiu a liderança, o quadro da unidade foi duplicado, houve uma ampliação geral em termos de autorização de métodos de investigação e o departamento se livrou de seu pior investigador: Rune Ivarsson.

— Eu me considero razoavelmente interessado — disse Harry. — Então me conte como solucionaram este. — Ele retirou uma das fitas e leu a etiqueta em voz alta: — 20.11.94, Banco de Poupança NOR, Manglerud.

Ivarsson riu.

— Com prazer. Nós os pegamos do jeito antigo. Eles mudaram de carro de fuga em um depósito de lixo em Alnabru e atearam fogo àquele ao que abandonaram. Mas não queimou por inteiro. Encontramos as luvas de um dos assaltantes e identificamos o DNA. Comparamos com amostras de velhos conhecidos que nossos investigadores apontaram como possíveis autores depois de terem visto o vídeo, e um deles correspondia. O idiota pegou quatro anos por ter dado um tiro no teto. Mais alguma coisa que queira saber, Hole?

— Hmm. — Harry ficou mexendo na fita. — De que material veio o DNA?

— Eu já disse: correspondia. — O canto do olho esquerdo de Ivarsson estremeceu.

— Legal, mas o que era? Pele morta? Uma unha? Sangue?

— Isso importa? — A voz de Ivarsson soou aguda e impaciente.

Harry disse a si mesmo que devia calar a boca. Que devia desistir de projetos quixotescos. Pessoas como Ivarsson nunca aprendiam, não tinha jeito.

— Talvez não. — Harry ouviu-se dizer. — A não ser que estejamos interessados nos pequenos detalhes que solucionam casos criminais.

Ivarsson manteve o olhar fixo no inspetor. Naquela sala especial à prova de som, o silêncio parecia fazer pressão nos ouvidos. Ivarsson abriu a boca para falar.

— Pelos dos dedos.

Os dois homens se viraram para Beate Lønn. Harry tinha quase esquecido que ela estava lá. A mulher olhou os dois e repetiu, quase sussurrando:

— Pelos dos dedos. Aqueles cabelos nos dedos... como se chamam?

Ivarsson pigarreou.

— Está correto que foi um pelo. Mas acho que foi, não precisamos entrar nos pormenores, um cabelo do dorso da mão. Não é, Beate? — Sem esperar pela resposta, bateu com o indicador no vidro de seu relógio. — Preciso ir. Divirtam-se com o vídeo.

No momento que a porta se fechou, Beate arrancou a fita da mão de Harry e, no instante seguinte, a coisa estava sendo puxada para dentro do videocassete com um zunido.

— Dois pelos — disse ela. — Na luva esquerda. Do nó dos dedos. E o depósito de lixo era em Karihaugen, não em Alnabru. Mas foram quatro anos mesmo.

Harry a encarou, surpreso.

— Isso não foi algum tempo antes de você vir trabalhar aqui?

Ela deu de ombros e apertou o play no controle remoto.

— É só ler os relatórios.
— Hmm — disse Harry, e estudou-a melhor pelo canto do olho. Depois acomodou-se na cadeira.
— Vamos ver se este aqui deixou alguns pelos.

O aparelho de vídeo zuniu de leve e Beate apagou a luz. No momento que se seguiu, quando uma tela azul os iluminou, outro filme começou a passar na cabeça de Harry. Era curto, apenas uns dois segundos, uma cena banhada na luz azul estroboscópica de Waterfront, uma boate no cais de Akerselva, fechada fazia tempo. Na época, não sabia o nome da mulher com os olhos castanhos sorridentes que tentara gritar algo para ele por cima da música. Estavam tocando country punk. Green on Red. Jason and The Scorchers. Ele misturou Jim Beam na Coca-Cola e não deu bola para o nome dela. Mas ficou sabendo na noite seguinte, quando foram para a cama enfeitada com uma figura de proa, um cavalo sem cabeça, então soltaram as amarras e começaram a viagem inaugural. Harry sentiu o calor no estômago da noite anterior, quando ouviu aquela voz ao telefone.

Voltou para o vídeo.

O velho tinha começado sua travessia rumo ao balcão, filmado de um novo ângulo a cada cinco segundos.

— Thorkildsen da TV2 — disse Beate Lønn.
— Não, é August Schulz — retrucou Harry.
— Estou falando da edição — explicou ela. — Parece arte do Thorkildsen da TV2. Estão faltando alguns décimos aqui e ali...
— Faltando? Como você percebeu...?
— De várias maneiras. Preste atenção no fundo. O Mazda vermelho que você vê na rua em frente estava no meio da imagem em duas câmeras quando o ângulo mudou. Um objeto não pode estar em dois lugares ao mesmo tempo.
— Quer dizer que alguém adulterou o vídeo?
— Não. Tudo o que está nas seis câmeras dentro do banco e na externa é gravado na mesma fita. Na fita original, os quadros mudam com muita rapidez entre todas as câmeras e só aparece um bruxuleio. Por isso, o vídeo tem que ser editado para termos sequências contínuas mais longas. Às vezes contratamos uma pessoa da TV quando não temos ninguém para fazer o trabalho. E o povo de TV, como esse

Thorkildsen, trapaceiam um pouco no código do tempo para que fique mais bonito, com menos saltos. Uma neurose profissional, imagino.

— Neurose profissional — repetiu Harry. Ocorreu a ele que era uma coisa estranhamente antiga para se ouvir de uma moça tão jovem. Talvez ela não fosse tão jovem como ele havia imaginado. Parecia que alguma coisa acontecera a ela assim que a luz foi desligada. A linguagem corporal ficou mais relaxada e a voz, mais firme.

O assaltante entrou no banco e gritou em inglês. A voz parecia distante e abafada, como se estivesse embrulhada em um edredom.

— O que acha disso? — perguntou Harry.

— Ele é norueguês. Ele fala em inglês para a gente não poder reconhecer seu dialeto, sotaque ou palavras típicas que possam ter conexão com roubos anteriores. Usa roupas que não deixam fibras possíveis de serem encontradas no carro de fuga, em esconderijos ou na própria casa.

— Mais alguma coisa?

— Todas as aberturas na roupa estão fechadas com fita crepe para que ele não deixe vestígios de DNA, como suor e fios de cabelos. Pode ver que a calça está lacrada em volta das botas, e as mangas em torno das luvas. Aposto que ele tem fita crepe em volta da cabeça inteira e cera nas sobrancelhas.

— Um profissional, então?

Ela deu de ombros.

— Oitenta por cento dos assaltos a banco são planejados menos de uma semana antes, e executados por pessoas sob efeito de álcool ou drogas. Esse assalto foi bem planejado, e o assaltante parece sóbrio.

— Como consegue identificar isso?

— Se tivéssemos uma iluminação perfeita e câmeras melhores, poderíamos ampliar as fotos e ver as pupilas. Mas não temos, então estudo a linguagem corporal. Movimentos calmos, estudados, consegue ver? Se ele tomou alguma coisa, não deve ser anfetamina nem coisa parecida. Rohypnol, talvez. É a droga mais popular.

— Por quê?

— Um assalto a banco é uma experiência radical. Você não precisa de anfetamina, o contrário seria melhor. No ano passado, um cara que entrou no Banco DNB, na praça Solli, com uma arma automática, encheu o teto e as paredes de tiros e fugiu sem o dinheiro. Disse para o juiz que tinha consumido tanta anfetamina que precisou extravasar de alguma maneira. Prefiro assaltantes que consumiram Rohypnol, por assim dizer.

Harry balançou a cabeça indicando a tela.

— Observe o ombro de Stine Grette no guichê um. Ela está acionando o alarme. E o som da gravação de repente ficou muito melhor. Por quê?

— O alarme é acoplado ao aparelho de vídeo e, quando acionado, o filme começa a rodar muito mais rápido. Isso nos dá som e imagens melhores. O suficiente para podermos analisar a voz do assaltante. E, nesse caso, ele falar em inglês não o ajuda.

— É tão confiável como dizem?

— O som das nossas cordas vocais é como uma impressão digital. Se dermos dez palavras em uma fita ao nosso analista de vozes na universidade de Trondheim, ele pode identificar uma voz com 95 por cento de precisão.

— Mas não com a qualidade do som antes de o alarme disparar, certo?

— Nesse caso não é tão eficaz.

— É por isso que ele grita em inglês primeiro e depois, quando calcula que o alarme foi acionado, passa a usar Stine Grette para falar por ele.

— Exatamente.

Eles ficaram em silêncio, estudando o assaltante vestido de preto pular o balcão, colocar a cano do fuzil na nuca de Stine Grette e sussurrar algo em seu ouvido.

— O que acha da reação dela? — perguntou Harry.

— Como assim?

— A expressão facial dela. Parece relativamente calma, não acha?

— Não acho nada. Normalmente, expressões faciais não revelam muito. Imagino que ela esteja com batimento em torno de 180.

Eles observaram Helge Klementsen se atrapalhar no chão em frente ao caixa automático.

— Espero que esse aí receba auxílio psicológico apropriado — disse Beate baixinho, balançando a cabeça. — Já vi pessoas ficarem psicologicamente arruinadas depois de passarem por um assalto desse tipo.

Harry não disse nada, mas pensou que essa devia ser uma expressão que ela ouvira de colegas mais velhos.

O assaltante se virou e mostrou seis dedos.

— Interessante — murmurou Beate, e anotou algo no bloco à sua frente sem olhar para baixo.

Harry analisou a jovem policial de soslaio e reparou que ela pulou na cadeira ao ouvir o tiro. Enquanto o assaltante saltava por cima do balcão, agarrava a sacola de pano e corria na direção da saída da agência, Beate franziu o queixo pequeno e a caneta escorregou da sua mão.

— Não colocamos a última parte na internet nem passamos para os canais de televisão — disse Harry. — Veja, agora ele está na câmera do lado de fora do banco.

Eles assistiram ao assaltante atravessar a passos largos a rua Bogstadveien, na faixa de pedestres e com o sinal aberto, antes de continuar subindo a rua da Industrigata. E, então, sumiu da tela.

— E a polícia? — perguntou Beate.

— A delegacia mais próxima fica na rua Sørkedalsveien, logo depois do pedágio, a apenas oitocentos metros do banco. Mesmo assim, levou pouco mais de três minutos entre o alarme ser acionado e eles chegarem. Então o assaltante teve menos de dois minutos para fugir.

Pensativa, Beate olhou para a tela na qual os carros e as pessoas passavam como se nada tivesse acontecido.

— A fuga foi tão bem planejada quanto o assalto. O carro estava estacionado logo depois da esquina para que não fosse registrado pelas câmeras do lado de fora do banco. Ele teve sorte.

— Talvez — disse Harry. — Por outro lado, ele não parece ser uma pessoa que conta apenas com a sorte, parece?

Beate deu de ombros.

— A maioria dos assaltos a banco parece bem planejada quando é bem-sucedida.

— Ok, mas neste as chances de a polícia ser lenta eram grandes. Porque, na sexta, àquela hora, todas as patrulhas da área estavam ocupadas em outro local, na...

—... residência do embaixador americano! — exclamou Beate, batendo na testa. — A ligação anônima sobre o carro-bomba. Eu estava de folga na sexta, mas vi no jornal da noite. E do jeito que as pessoas andam histéricas, claro que iriam todos para lá.

— Não acharam bomba nenhuma.

— Claro que não. É um truque clássico plantar algo que prenda a polícia em outro lugar logo antes de um assalto.

Ficaram sentados, assistindo à última parte da gravação em um silêncio pensativo. August Schulz estava parado em frente à faixa de pedestres. A luz verde ficou vermelha e verde de novo sem que ele se mexesse. O que estava esperando?, pensou Harry. Uma irregularidade, uma sequência longa com luz verde, uma espécie de onda de cruzamento de centenários? Bem, logo viria. A distância, ouviu a sirene da polícia.

— Tem algo que não bate — concluiu Harry.

Beate Lønn respondeu com o suspiro cansado típico de um velho.

— Tem sempre algo que não bate.

O vídeo chegou ao fim e a tela foi tomada pela tempestade de neve.

4
O Eco

— Neve? — Harry gritou no celular ao subir a calçada com passos largos.
— Muita — disse Rakel em uma péssima ligação de Moscou, logo seguida de eco e estalidos — ... uita.
— Alô?
— Aqui está um frio de congelar... ar. Dentro e fora... ra.
— E na sala de audiência?
— Quase a ponto de congelar também. Quando morávamos aqui, a mãe dele até dizia que eu devia pegar Oleg e me mudar. Agora ela está sentada com os outros e me fuzila com o olhar... ar.
— E como está o processo?
— Como vou saber?
— Bem. Em primeiro lugar, você estudou Direito. Em segundo, fala russo.
— Harry. Como 150 milhões de outros russos, não entendo patavina do sistema jurídico daqui... qui.
— Ok. E Oleg, como está?
Harry repetiu a pergunta mais uma vez sem obter resposta, e levantou o aparelho para ver se a ligação tinha caído, mas os segundos estavam sendo marcados. Ele colocou o fone no ouvido de novo.
— Alô?
— Alô, Harry, estou ouvindo... do. Estou com saudades... des. Por que está rindo? ... indo?
— Você está se repetindo. É o eco.
Harry já estava na entrada, pegou a chave e abriu a porta do prédio.

— Acha que sou muito insistente, Harry?

— Claro que não.

Harry cumprimentou Ali, que estava tentando passar seus esquis pela porta do porão.

— Eu te amo. Ainda está aí? Eu te amo! Alô?

Atônito, Harry levantou o olhar do celular e notou o sorriso largo do seu vizinho paquistanês.

— É, e amo você também, Ali — murmurou ao digitar o número de Rakel de novo.

— O botão de rediscagem — disse Ali.

— O quê?

— Nada. Me avise se quiser alugar seu depósito no porão. Você não está usando o lugar, está?

— Eu tenho um depósito no porão?

Ali revirou os olhos.

— Há quanto tempo mora aqui, Harry?

— Eu disse que amava você.

Ali encarou Harry com um olhar penetrante.

Harry fez um gesto com a mão para que Ali ficasse quieto porque já tinha conseguido restabelecer contato. Ele subiu a escada correndo, a chave diante de si, como se fosse uma varinha de condão.

— Agora, sim, podemos falar — disse Harry enquanto entrava pela porta do quarto e sala, espartano mas arrumado, comprado por uma pechincha no final da década de 1980, quando o mercado imobiliário estava na pior. De vez em quando, Harry achava que tinha gastado seu quinhão de sorte na compra daquele apartamento.

— Gostaria que estivesse aqui com a gente, Harry. Oleg também sente sua falta.

— Ele disse isso?

— Ele não precisa dizer. Nesse ponto vocês são iguais.

— Ei, acabei de dizer que amo você. Três vezes. Com meu vizinho de testemunha. Sabe o que isso faz a um homem?

Rakel riu. Harry amava aquela risada, desde a primeira vez que a ouviu. Instintivamente, soube que faria qualquer coisa para ouvi-la sempre que pudesse. De preferência todos os dias.

Ele chutou os sapatos e sorriu quando viu que a secretária eletrônica no corredor estava piscando, avisando que tinha recado. Não precisava ter bola de cristal para saber que fora Rakel que havia ligado mais cedo. Ninguém mais ligava para Harry Hole em casa.

— Como sabe que me ama, então? — arrulhou Rakel. O eco tinha sumido.

— Sinto um calor no... Como chama?

— Coração?

— Não, um pouco mais atrás e abaixo do coração. Os rins? O fígado? O baço? É isso, sinto meu baço aquecido.

Harry não sabia ao certo se fora choro ou riso o que ouviu do outro lado. Ele apertou o botão play na secretária eletrônica.

— Espero estarmos de volta daqui a 15 dias — disse Rakel no celular antes de ser abafada pela secretária:

— Olá, sou eu de novo...

Harry sentiu o coração dar um pulo e reagiu antes de ter tempo de pensar.

Apertou o stop. Mas foi como se o eco das palavras pronunciadas pela voz levemente rouca e insinuante da mulher continuasse a ricochetar nas paredes.

— O que foi isso? — perguntou Rakel.

Harry respirou fundo. Um pensamento tentou alcançá-lo antes que ele respondesse, mas chegou tarde demais:

— Apenas o rádio. — Ele pigarreou. — Assim que souber, avise o número do voo para eu buscar vocês no aeroporto.

— Claro que aviso — disse ela, com um tom de voz surpreso.

Uma pausa tensa se seguiu.

— Bem, tenho que ir — disse Rakel. — Nos falamos lá pelas oito, hoje à noite?

— Sim. Quero dizer, não. Vou estar ocupado.

— Na, é? Espero que seja algo agradável, para variar.

— Bem — disse Harry e respirou fundo novamente. — Pelo menos vou sair com uma mulher.

— Quem é a sortuda?

— Beate Lønn. A nova policial na Divisão de Roubos.

— E qual é a ocasião?

— Uma conversa com o marido de Stine Grette, a mulher que foi morta no assalto da rua Bogstadveien. Lembra que eu contei? E com o gerente da agência.

— Divirta-se, a gente se fala amanhã. Oleg quer dizer boa-noite.

Harry escutou passos curtos correndo, então a respiração animada no celular.

Após desligar, Harry ficou parado no corredor, olhando para o espelho em cima da mesa do telefone. Se sua teoria estivesse certa, o que via agora era um policial competente. Dois olhos vermelhos emoldurando um nariz largo, com uma rede fina de veias azuis, em um anguloso rosto pálido de poros profundos. As rugas pareciam cortes ocasionais de faca em uma viga de madeira. Como tinha acontecido? No espelho, viu a parede atrás de si com a foto do menino risonho e bronzeado junto da irmã. Mas não era beleza ou juventude perdida que Harry buscava. O pensamento finalmente o alcançou. Ele procurou nos próprios traços pelos sinais traiçoeiros, evasivos, covardes que haviam acabado de fazê-lo quebrar uma das promessas que tinha feito a si mesmo: que nunca — nunca mesmo — iria mentir para Rakel. De todos os rochedos — e não eram poucos — no mar daquela relação, pelo menos a mentira não seria o que causaria um naufrágio. Mas, então, por que tinha mentido? Era verdade que ele e Beate iriam visitar o marido de Stine Grette, mas por que não contara que depois ia encontrar Anna? Uma antiga namorada; mas e daí? Tinha sido um caso rápido e tempestuoso, que havia deixado algumas marcas, mas nenhuma ferida aberta. Eles só iam conversar, tomar um café, contar suas histórias-do-que-aconteceu-depois, e seguir cada um o próprio caminho.

Harry apertou o play na secretária eletrônica a fim de ouvir o restante da mensagem. A voz de Anna preencheu o corredor:... "Estou feliz por encontrar você no M hoje à noite. Só duas coisas: você poderia passar no chaveiro da rua Vibes no caminho e pegar umas chaves que eu encomendei? Fica aberto até as sete, e já pedi para deixá-las em seu nome. E podia fazer a gentileza de vestir aquele jeans de que eu gosto?"

Uma risada profunda, levemente rouca. Era como se a sala vibrasse no mesmo ritmo. Ela continuava a mesma, não havia dúvida.

5

NÊMESIS

A chuva riscava a noite de outubro prematuramente escurecida na contraluz da lâmpada externa. Na placa de cerâmica, Harry leu "Aqui viveram Espen, Stine e Trond Grette", sendo "aqui" uma casa geminada, na rua Disengrenda. Ele tocou a campainha e deu uma olhada ao redor. Disengrenda consistia em quatro fileiras de casas geminadas, no centro de um grande campo, cercado de blocos de apartamentos que faziam Harry se lembrar de colonos nas pradarias, se defendendo dos ataques de índios. E talvez fosse isso mesmo. As casas geminadas foram construídas na década de 1960 para uma classe média em ascensão, e talvez os então já minguados habitantes originais entendessem que aqueles eram os novos conquistadores, as pessoas que iriam assumir a hegemonia do novo país.

— Parece que ele não está em casa — disse Harry, e tocou a campainha de novo. — Tem certeza de que ele entendeu que a gente viria hoje à tarde?

— Não.

— Não? — Harry se virou e olhou para Beate Lønn.

Ela tremia de frio embaixo do guarda-chuva. Estava usando saia e sapatos de salto alto, e, quando pegou Harry em frente ao bar Schrøder, parecia estar pronta para um chá da tarde com as amigas.

— Grette confirmou o encontro duas vezes quando liguei — disse ela. — Mas ele parecia bastante... fora de si.

Harry se esticou para ver do outro lado da escada e colou o nariz na janela da cozinha. Estava escuro lá dentro, e tudo o que viu foi um calendário com a logo do Banco Nordea na parede.

— Vamos voltar — disse ele.

No mesmo instante, a janela da casa ao lado se abriu com um estrondo.

— Estão procurando por Trond?

As palavras foram pronunciadas com sotaque de Bergen, tão carregado que os "erres" pareciam um descarrilamento de trens. Harry se virou e examinou o rosto bronzeado e enrugado da mulher, numa expressão sorridente e pesarosa ao mesmo tempo.

— Estamos, sim — confirmou Harry.

— Parentes?

— Polícia.

— Certo — disse a mulher, abandonando a expressão de enterro. — Pensei que vocês tivessem vindo para prestar condolências. Ele está na quadra de tênis, o coitado.

— Na quadra de tênis?

Ela apontou.

— Do outro lado do campo. Ele está lá desde as quatro da tarde.

— Mas está escuro — argumentou Beate. — E chovendo.

A mulher deu de ombros.

— Deve ser o luto.

Ela rolava tanto os erres que Harry começou a pensar em quando ele era menino, na cidade-satélite de Oppsal, e eles colocavam pedacinhos de papel nas rodas da bicicleta para que estalassem nos raios.

— Pelo seu sotaque, você também cresceu na zona leste — comentou Harry, enquanto ele e Beate caminhavam na direção que a mulher havia apontado. — Ou estou enganado?

— Não. — Foi só o que Beate respondeu.

A quadra de tênis ficava no centro do campo, entre os blocos de prédios e as casas geminadas. Eles ouviram o som abafado de uma raquete contra uma bola de tênis molhada e, do lado de dentro da cerca de arame alta, podiam vislumbrar uma figura sacar, no rápido anoitecer de outono.

— Olá! — gritou Harry ao alcançarem a cerca, mas o homem não respondeu. Só naquele momento viram que ele estava vestindo paletó, camisa e gravata. — Trond Grette?

Uma bola acertou uma poça, espalhando a água escura, quicou e bateu na cerca. Beate se protegeu com o guarda-chuva.

Ela puxou o portão.

— Ele se trancou lá dentro — sussurrou.

— Hole e Lønn, da polícia! — gritou Harry. — Marcamos um encontro, podemos... Merda!

Harry não tinha visto a bola antes de ela bater na cerca e ficar presa no arame, dois centímetros à frente do seu rosto. Ele enxugou a água dos olhos e examinou a própria roupa. Parecia envernizada com água suja avermelhada. Automaticamente, Harry se esquivou quando viu o homem jogar outra bola.

— Trond Grette! — O grito de Harry ecoou entre os prédios.

Eles viram uma bola de tênis fazer uma parábola contra as luzes do bloco de edifícios, ser engolida pela escuridão e cair em algum lugar no campo aberto. Harry se virou para a quadra de novo, em tempo de ouvir um grito selvagem e ver uma figura arremeter contra ele no escuro. Saiu faísca quando a cerca de arame conteve o jogador de tênis em pleno ataque. Ele caiu, se levantou, pegou impulso e pulou contra a cerca novamente. Caiu, se levantou e atacou.

— Meu Deus, ele enlouqueceu — murmurou Harry.

Instintivamente, deu um passo para trás quando um rosto branco com olhos esbugalhados de repente se iluminou bem na sua frente. Foi Beate quem ligou a lanterna e a apontou para Grette, que estava pendurado na cerca de arame. O cabelo preto e molhado estava grudado na testa branca, e parecia que seu olhar procurava focar-se em alguma coisa ao deslizar pela cerca, feito lama num para-brisa, até parar inerte no chão.

— O que fazemos agora? — sussurrou Beate.

Harry triturou algo entre os dentes, cuspiu na mão e viu, sob a luz da lanterna, que era saibro.

— Ligue para uma ambulância enquanto eu pego o alicate no carro — respondeu Harry.

— Então deram algo para ele relaxar? — perguntou Anna.

Harry assentiu e bebericou a Coca-Cola.

A clientela jovem da zona oeste estava empoleirada em banquinhos ao redor do bar, tomando vinho, drinques e Coca-Cola light. M era como a maioria dos bares em Oslo — urbano, de forma convencional e ingênua, mas com um toque simpático que levou Harry a pensar em Diss, aquele menino bem-educado e esperto na sua turma do segundo grau, que descobriram ter um pequeno livro no qual anotava todas as gírias que os garotos descolados usavam.

— Acabaram de levar o coitado para o hospital. Conversamos mais uma vez com a vizinha, e ela nos contou que ele esteve na quadra todas as noites, treinando saques desde que a esposa foi assassinada.

— Nossa. Por que será?

Harry deu de ombros.

— Não é tão estranho que as pessoas fiquem psicóticas ao perder alguém dessa forma. Algumas pessoas simplesmente reprimem tudo e fazem de conta que o morto ainda está vivo. A vizinha disse que Stine e Trond Grette formavam uma dupla mista excelente, e que treinavam na quadra de tênis quase todas as tardes, durante o verão.

— Então ele estava apenas esperando a esposa devolver o saque?

— Talvez.

— Nossa! Pede um chope para mim enquanto vou ao toalete?

Anna girou, desceu do banquinho e desapareceu, rebolando pelo salão. Harry tentou não olhar. Nem precisava, já tinha visto tudo. Ela agora tinha rugas em volta dos olhos, uns fios brancos no cabelo escuro e cheio, mas de resto continuava a mesma. Os mesmos olhos escuros com a expressão levemente assombrada sob as sobrancelhas unidas, o mesmo nariz arrebitado e fino sobre os indecentes lábios carnudos e as bochechas marcadas, que lhe davam uma expressão esfomeada. Talvez não pudesse ser considerada bonita, seus traços eram duros demais, mas o corpo esbelto ainda possuía curvas suficientes para que Harry visse pelo menos dois homens nas mesas do restaurante titubearem quando ela passou.

Harry acendeu outro cigarro. Depois de Grette, visitaram Helge Klementsen, o gerente da agência, mas isso não resultou em muito material para trabalhar. Ele ainda estava em uma espécie de estado de choque. Estava sentado em uma cadeira, no pequeno apartamento na rua Kjelsåsveien, olhando alternadamente para o poodle que corria entre suas pernas e para a mulher que corria entre a cozinha e a sala, com café e os biscoitos mais secos que Harry jamais havia comido. A escolha da roupa de Beate acabou combinando melhor com a residência da família Klementsen do que os jeans surrados e as botas de Harry. Mas, em geral, Harry era quem conversava com a nervosa senhora Klementsen sobre o volume incomum de chuva daquele outono e a arte de fazer biscoitos, sempre interrompidos pelos passos pesados e os soluços altos que vinham do andar de cima. A senhora Klementsen explicou que a filha Ina, coitada, estava grávida de seis meses de um homem que havia acabado de zarpar. De fato, ele *era* marinheiro, e tinha partido para o Mediterrâneo. Harry segurou o riso e quase cuspiu os biscoitos sobre a mesa, e foi só então que Beate tomou a palavra e interrogou com calma Helge Klementsen, que tinha desistido de seguir o cachorro com o olhar, já que o animal acabara de sair pela porta da sala.

— Que altura você diria que o assaltante tinha?

Helge a encarou, pegou a xícara de café e a levou até meio caminho da boca, onde precisou fazer uma pausa, já que não podia beber e falar ao mesmo tempo.

— Alto. Dois metros, talvez. Ela era sempre tão pontual, a Stine.

— Ele não era tão alto, senhor Klementsen.

— Um e noventa, então. E estava sempre bem-arrumada também.

— E que roupa ele estava usando?

— Algo preto, de borracha, acho. Neste verão foi a primeira vez que ela tirou férias de verdade. Na Grécia.

A senhora Klementsen bufou.

— De borracha? — perguntou Beate.

— É, e gorro.

— De que cor, senhor Klementsen?

— Vermelho.

Nesse ponto, Beate tinha parado de anotar, e logo depois os dois estavam no carro, a caminho da cidade de novo.

— Se os juízes e o júri soubessem da pouca confiabilidade dos testemunhos relativos a roubos do tipo, não deixariam a gente usá-los como prova do crime — argumentou Beate. — É quase fascinante ver as lacunas que o cérebro das pessoas consegue preencher. Parece que colocam os óculos do medo e veem mais armas, assaltantes maiores e fora de foco, e segundos mais longos. O assaltante levou pouco mais de um minuto, mas a senhora Brænne, a mulher no guichê próximo à entrada, alegou que ele ficou na agência por quase cinco minutos. E ele não tinha dois metros de altura, e sim 1,79. A não ser que usasse palmilhas, o que tampouco é incomum entre os profissionais do ramo.

— Como você conseguiu calcular a altura exata dele?

— Pelo vídeo. Você mede a altura contra o vão da porta no momento em que entra. Eu estive na agência hoje e marquei com giz, tirei novas fotos e medi de novo.

— Na Homicídios a gente deixa esse tipo de medição para a perícia forense.

— Medir alturas no vídeo é um pouco mais complicado do que parece. Os técnicos erraram, por exemplo, em três centímetros no assalto ao Banco DNB, em Kalbakken, em 1989. Por isso, prefiro tirar as medidas eu mesma.

Harry estreitara os olhos se perguntando se deveria questionar por que ela havia se tornado policial, mas só perguntou se Beate podia deixá-lo em frente ao chaveiro na rua Vibes. Antes de descer, também havia indagado se ela reparara que Klementsen não tinha derramado uma gota da xícara cheia até a borda que segurava no ar durante todo o interrogatório. Mas a resposta fora apenas não.

— Você gosta desse lugar? — perguntou Anna, ao retornar, acomodando-se no banquinho de novo.

— Bem... — Harry olhou em volta. — Não é bem o meu estilo.

— Nem o meu — disse Anna, pegando a bolsa e se levantando. — Vamos para o meu apê.

— Acabei de pedir um chope para você. — Harry olhou para a tulipa com colarinho.

— É tão chato beber sozinha — disse, fazendo careta. — Relaxe, Harry. Venha.

Lá fora, a chuva havia parado e o ar frio e recém-lavado tinha um aroma agradável.

— Você lembra aquele dia de outono quando fomos de carro para o vale Maridalen? — perguntou Anna, dando o braço a Harry, seguindo em frente.

— Não — respondeu Harry.

— Claro que lembra! Naquele seu Ford Escort miserável, com os bancos que não abaixavam.

Harry deu um sorriso torto.

— Ficou vermelho! — exclamou Anna, com entusiasmo. — Então também deve lembrar que estacionamos o carro e entramos na floresta. E todas as folhas amarelas, parecia uma... — Ela apertou seu braço. — ... parecia uma cama. Uma cama enorme e dourada. — Ela riu e deu-lhe uma cutucada. — E depois tive que ajudar você a fazer aquela sucata de carro pegar. Você já se livrou dele, né?

— Bem — respondeu Harry. — Está na oficina. Vamos ver.

— Ai, ai. Você fala como se ele fosse um amigo que teve que ser internado por causa de um tumor ou coisa assim. — E emendou baixinho: — Você não devia ter desistido tão fácil, Harry.

Ele não respondeu.

— É aqui — disse ela. — Pelo menos disso você se lembra, não? — Os dois haviam parado em frente a um portão azul, na rua Sorgenfrigata.

Harry gentilmente se desvencilhou do braço dela.

— Escute, Anna — começou, e tentou ignorar seu olhar de advertência. — Tenho uma reunião com os investigadores na Divisão de Homicídios amanhã bem cedinho.

— Nem tente — rebateu ela, abrindo o portão.

Harry se lembrou de algo, meteu a mão no bolso do sobretudo e estendeu um envelope amarelo para ela.

— Do chaveiro.

— Ah, a chave. Deu tudo certo?

— O cara atrás do balcão estudou minha identidade cuidadosamente. E tive que assinar. Cara esquisito. — Harry olhou no relógio de novo e bocejou.

— São rigorosos para entregar chaves mestras — explicou Anna depressa. — A chave serve para o prédio inteiro, para o portão, a porta do porão, o apartamento, tudo. — Ela soltou uma risada curta e nervosa. — Eles precisaram de um pedido por escrito do condomínio para fazer essa chave reserva.

— Entendo — disse Harry. Ele se balançou nos calcanhares e respirou fundo para dizer boa-noite.

Ela foi mais rápida. A voz soava quase suplicante:

— Só um café, Harry.

※ ※ ※

Era o mesmo lustre que pendia do teto alto, sobre a mesma mobília de jantar na sala espaçosa. Harry achou que se lembrava de as paredes serem mais claras — brancas, talvez amarelas. Mas não tinha certeza. Agora eram azuis, e a sala parecia menor. Talvez Anna quisesse encolher o espaço vazio. Não era fácil para uma pessoa sozinha preencher um apartamento com três salas, dois quartos enormes e um pé-direito de três metros e meio. Harry lembrou que Anna contara que a avó também tinha morado ali, sozinha, mas que não havia passado muito tempo no local, porque fora uma cantora de ópera famosa e viajara o mundo inteiro enquanto pôde cantar.

Anna desapareceu na cozinha, e Harry deu uma olhada na outra sala. Estava vazia, exceto por um cavalo do tamanho de um pônei islandês postado no centro do espaço, com quatro pés de madeira e dois arcos sobre as costas. Harry se aproximou e passou a mão pelo couro marrom e liso.

— Você começou a fazer ginástica olímpica? — gritou Harry.

— Está falando do cavalo com alças? — gritou Anna, da cozinha.

— Pensei que fosse um aparelho para homens.

— E é. Tem certeza de que não quer uma cerveja, Harry?

— Absoluta — gritou. — Mas, sério, por que você tem esse aparelho?

Harry deu um pulo quando ouviu a voz dela bem atrás de si.

— Porque gosto de fazer coisas que os homens fazem.

Harry se virou. Ela havia tirado o pulôver e estava no vão da porta. Uma das mãos descansava no quadril, a outra estava apoiada no batente. Harry conseguiu, a duras penas, evitar devorá-la com o olhar.

— Comprei da Associação dos Ginastas de Oslo. Vai ser uma obra de arte. Uma instalação. Igual ao "Contato", de que deve estar lembrado.

— Quer dizer aquela caixa na mesa, com cortinas na frente onde você devia enfiar a mão? E que lá dentro tinha um monte de mãos artificiais para simular um cumprimento?

— Ou para tocar. Ou flertar. Ou rejeitar. As mãos tinham um sistema de aquecimento que as deixava na temperatura do corpo, o que dava o toque especial, não lembra? As pessoas achavam que havia alguém escondido embaixo da mesa. Venha, quero mostrar outra coisa para você.

Harry a seguiu até a sala mais distante, onde ela abriu portas de correr. Depois Anna lhe pegou pela mão e o puxou para dentro do cômodo escuro. Quando a luz acendeu, Harry ficou apenas observando o candelabro. Era de ferro dourado, na forma de uma mulher, que segurava uma balança em uma das mãos, e na outra trazia uma espada. Havia três lâmpadas — na ponta da espada, na balança e na cabeça — e, quando Harry se virou, viu que cada uma delas iluminava uma tela pintada a óleo. Duas estavam penduradas na parede, ao passo que a terceira, ainda não finalizada, se encontrava sobre um cavalete com uma paleta de tintas amarela e marrom presa no canto inferior esquerdo.

— Que tipo de pintura é essa?

— São retratos, consegue vê?

— Claro. Esses são os olhos? — perguntou ele, apontando ele. — E a boca aqui?

Anna inclinou a cabeça.

— Se quiser. São três homens.

— Alguém que eu conheço?

Anna encarou Harry pensativa e demoradamente antes de responder:

— Não, não acho que você os conheça, Harry. Mas pode conhecê-los. Se realmente quiser.

Harry examinou melhor os quadros.

— Me conte o que está vendo.

— Vejo meu vizinho com um par de esquis. Vejo um homem saindo dos fundos do chaveiro enquanto estou de partida. E vejo o garçom no M. E aquele cara da TV, Per Ståle Lønning.

Ela riu.

— Sabia que a retina inverte as coisas de modo que o seu cérebro primeiro recebe uma imagem espelhada? Para ver as coisas como realmente são, é necessário enxergá-las refletidas em um espelho. Assim teria visto pessoas bem diferentes nos quadros. — Seus olhos brilhavam e Harry não conseguiu argumentar que a retina vira as imagens de ponta-cabeça, e não as espelha.

— Essa vai ser minha obra-prima definitiva, Harry. Aquela pela qual vou ser lembrada.
— Esses retratos?
— Não, eles são apenas uma parte da obra toda. Ainda não está pronta. Mas aguarde.
— Hmm. Já tem nome?
— Nêmesis — respondeu, baixinho.
Ele a encarou de forma interrogativa, e seus olhares se encontraram.
— Como a deusa, você sabe.
A sombra tomava a lateral do rosto de Anna. Harry desviou o olhar. Já tinha visto o suficiente. A curva de suas costas pedindo um parceiro para dançar, um pé um pouco à frente, como se não houvesse decidido se avançava ou não, o colo pesado e o pescoço fino com uma veia em que pensou ter visto pulsar. Ele sentiu calor e uma leve tontura. O que que ela dissera? "Não devia ter desistido tão fácil." Tinha sido isso?
— Harry...
— Preciso ir — disse ele.

Ele puxou o vestido por cima da cabeça da mulher e ela, rindo, caiu para trás, no lençol branco. Ela soltou a fivela do cinto dele enquanto a luz turquesa, filtrada pelas palmeiras balançando no descanso de tela do laptop, tremeluzia sobre diabinhos e demônios boquiabertos, que rosnavam dos fantásticos entalhes na cabeceira da cama. Anna havia contado que era a cama da avó, que estava ali fazia quase oitenta anos. Ela mordeu-lhe a orelha e sussurrou palavras em um idioma desconhecido. Depois, parou de sussurrar e o cavalgou enquanto gritava, ria, implorava e invocava espíritos, e ele não queria que acabasse nunca. E pouco antes de ele gozar, ela parou de repente, segurou seu rosto entre as mãos e sussurrou:
— Meu para sempre?
— Mas nem morto! — Ele riu e virou-a para ficar por cima. Os demônios de madeira riram para ele.
— Meu para sempre?
— Sim — gemeu e gozou.
Quando o riso havia silenciado e eles estavam deitados, suados, mas ainda entrelaçados, Anna contou que a cama fora um presente de um nobre espanhol para sua avó.

— Após um concerto que ela fez em Sevilha, em 1911 — disse, e levantou a cabeça para que Harry pudesse colocar o cigarro aceso entre seus lábios.

A cama tinha chegado a Oslo três meses mais tarde, trazida pelo navio a vapor *Elenora*. O destino, entre outras coisas, quis que o capitão dinamarquês, Jesper alguma coisa, se tornasse o primeiro amante da avó — mas não o primeiro amante naquela cama. De fato, Jesper fora um homem muito apaixonado e, de acordo com sua avó, a razão pela qual o cavalo talhado na cama havia perdido a cabeça. Arrancada a dentadas por um capitão Jesper em êxtase.

Anna gargalhou e Harry sorriu. O cigarro acabou e eles transaram ao ranger do estrado de madeira, o que fez Harry imaginar que estivessem em um navio sem capitão, mas que pouco importava.

Isso havia acontecido fazia muito tempo, e foi a primeira e a última noite que ele passara sóbrio na cama da avó de Anna.

Harry se virou na cama de ferro estreita. O rádio-relógio sobre a mesa de cabeceira mostrava que eram três e vinte e um. Ele soltou um palavrão. Fechou os olhos e deixou os pensamentos retornarem devagar a Anna e ao verão nos lençóis brancos da cama da avó dela. Na maior parte do tempo, ele estivera embriagado, mas as noites de que se lembrava eram cor-de-rosa e deliciosas, tipo cartões-postais eróticos. Até sua declaração final, quando o verão acabou, tinha sido um clichê, mas cheio de paixão:

— Você merece alguém melhor do que eu.

Nessa época, ele bebia tanto que só podia haver um fim possível. E em um dos seus momentos de lucidez, decidiu não a levar para o fundo do poço. Ela o xingou em sua língua materna e jurou que um dia ia fazer o mesmo com ele: tirar-lhe a única coisa que amava.

Fazia sete anos, e o caso todo tinha durado apenas seis semanas. Depois disso, ele só a encontrara mais duas vezes. Uma vez em um bar onde ela havia se aproximado com lágrimas nos olhos e pedido que fosse para outro lugar, o que ele fez. E outra vez em uma exposição à qual Harry tinha levado a irmã mais nova, Søs. Ele havia dito a Anna que ligaria para ela, mas não ligou.

Harry se virou para o relógio de novo. Eram três e trinta e dois. Ele a tinha beijado naquela noite. Assim que se sentira seguro em frente à porta de vidro rugoso do apartamento de Anna, inclinou-se para um abraço de boa-noite, que logo virou um beijo. Um ótimo e simples beijo. Pelo menos simples. Três e trinta e três. Mas que merda! Quando foi que ele se tornara tão sensível a ponto de se sentir culpado por ter dado um beijo de boa-noite em uma antiga namorada? Harry tentou respirar fundo e, com calma, concentrou seus pensamentos em possíveis rotas de fuga da rua Bogstadveien pela rua da Industrigata. Entrar. Sair. Entrar de novo. Ele ainda sentia o cheiro dela. O doce peso do seu corpo. O discurso insistente da sua língua áspera.

6

Pimenta-malagueta

Os primeiros raios de sol despontaram sobre a colina de Ekeberg, se infiltraram por baixo das persianas semifechadas da sala de reunião da Divisão de Homicídio, e se enfiaram entre as dobras de pele sob os olhos cerrados de Harry. No final da mesa comprida, estava Rune Ivarsson, com os pés afastados, balançando sobre as solas dos sapatos, com as mãos nas costas. Atrás dele, havia um cavalete com folhas grandes no qual se lia BEM-VINDOS em garrafais letras vermelhas. Harry imaginou que era algo que Ivarsson havia aprendido em um seminário sobre apresentações e fez uma tentativa malsucedida de esconder um bocejo quando o chefe da Divisão de Roubos começou a falar.

— Bom dia a todos. Nós, as oito pessoas em volta dessa mesa, constituímos o grupo de investigação do assalto na rua Bogstadveien, na sexta-feira.

— Do assassinato — murmurou Harry.

— Como disse?

Harry se endireitou na cadeira. O maldito sol o cegava em qualquer posição.

— Acho correto basear a investigação no fato de ter havido um assassinato.

Ivarsson abriu um sorriso enviesado. Não para Harry, mas para as outras pessoas em volta da mesa, a quem lançou um olhar de relance.

— Pensei que ia começar apresentando vocês, mas o nosso amigo aqui da Homicídios já começou. O inspetor Harry Hole foi gentilmente cedido pelo seu chefe Bjarne Møller, já que sua especialidade é assassinato.

— Homicídio — disse Harry.

— Homicídio. À esquerda de Hole, temos Torleif Weber, da perícia forense, que conduziu o inquérito no local do crime. Como a maioria sabe, Weber é o nosso melhor investigador forense. É conhecido por suas habilidades analíticas e sua intuição certeira. O chefe de polícia disse uma vez que gostaria de levar Weber como cão farejador nas caçadas de fim de semana.

Risos em volta da mesa. Harry nem precisava olhar para Weber para saber que ele não estava rindo. Era raro Weber sorrir, pelo menos para alguém que ele não gostava, e ele não gostava de quase ninguém. Principalmente do mais novo grupo de chefes que, na opinião de Weber, era formado por, sem exceção, carreiristas incompetentes, sem amor à profissão ou à corporação, com forte pendor para o poder político e para a influência que podiam alcançar após uma breve aparição no quartel-general.

Ivarsson sorriu e mudou o peso do corpo entre a ponta do pé e o calcanhar, contente como um capitão em alto-mar, enquanto esperava os risos silenciarem.

— Beate Lønn é novata nessa situação e nossa especialista em análise de vídeos.

Beate ficou vermelha como um pimentão.

— Beate é filha de Jørgen Lønn, que serviu por mais de vinte anos na divisão de Roubos e Homicídios, como era chamada então. Até agora, ela parece estar seguindo os passos do seu lendário pai. Já contribuiu com evidências decisivas que ajudaram a resolver vários casos. Não sei se já mencionei, mas, nos últimos anos aqui na Roubos, a porcentagem de solução de casos é de aproximadamente cinquenta por cento, o que em termos internacionais é considerado...

— Você já falou isso, Ivarsson.

— Obrigado.

Dessa vez, Ivarsson olhou diretamente para Harry quando sorriu. Um sorriso rígido de réptil que arreganhou os dentes até os maxilares, em ambos os lados. E ele manteve o mesmo sorriso enquanto apresentou os outros. Harry conhecia dois deles: Magnus Rian, um jovem do fiorde de Tomrefjord, que havia passado meio ano na Homicídios e deixado uma boa impressão; o outro era Didrik Gudmundson, o mais experiente investigador daquela mesa e o segundo no comando da divisão. Um policial calmo e metódico, com quem Harry nunca teve problemas. Os dois últimos também eram da Homicídios, os dois com o sobrenome Li, mas Harry constatou de imediato que eles dificilmente seriam gêmeos univitelinos. Toril Li era uma mulher alta e loura, com uma boca estreita e expressão fechada, enquanto Ola Li era um baixinho ruivo de rosto redondo e olhos sorridentes. Harry havia esbarrado neles nos corredores vezes o suficiente para muitos acharem natural que ele os cumprimentasse, mas a ideia jamais lhe passara pela cabeça.

— A maioria aqui já deve me conhecer — terminou Ivarsson. — Em todo caso, sou delegado-chefe da Divisão de Roubos e fui encarregado de comandar essa investigação. E em resposta à sua pergunta inicial, Hole, essa não é a primeira vez que investigamos assaltos que tiveram como resultado a morte de civis inocentes.

Harry se esforçou para se conter, de verdade, mas o riso de crocodilo de Ivarsson não permitiu.

— Com uma porcentagem de solução um pouco abaixo de cinquenta também?

Apenas uma pessoa em volta da mesa riu, mas riu bem alto. Weber.

— Me desculpem. Parece que me esqueci de dizer algo sobre Hole — disse Ivarsson, sem sorrir. — Ele tem talento para a comédia. Um grande talento, pelo ouvi dizer.

Um segundo de silêncio constrangedor, e Ivarsson soltou uma gargalhada curta e retumbante, e ouviram-se risos aliviados em volta da mesa.

— Ok, vamos começar com um resumo. — Ivarsson virou a primeira página no cavalete. A seguinte exibia o título EVIDÊNCIA FORENSE. Ele tirou a tampa de um pincel marcador e se preparou. — É com você, Weber.

Karl Torleif Weber se levantou. Era um homem baixo, com uma juba grisalha e barba. A voz parecia um ronco ameaçador em baixa frequência, mas bastante clara.

— Serei breve.

— Fique à vontade — disse Ivarsson, e encostou o marcador no papel. — Leve o tempo que precisar, Karl.

— Serei breve porque não preciso de muito tempo — resmungou Weber. — Não temos nada.

— Certo — disse Ivarsson, e baixou o marcador. — O que quer dizer exatamente com "nada"?

— Temos as pegadas de um par de tênis Nike novinhos em folha, tamanho 45. Quase tudo nesse assalto parece tão profissional que a única coisa que posso concluir é que esse provavelmente não é o tamanho que ele calça. O projétil foi analisado pelos rapazes da balística. É munição padrão de 7,62 milímetros para um AG3, o mais comum na Noruega, já que está em todas as casernas militares, arsenais e casas de oficiais ou de soldados da reserva do país. Em outras palavras, impossível de rastrear. Fora isso, é como se ele nunca tivesse estado dentro do banco. Ou do lado de fora. Verificamos possíveis pistas lá também.

Weber se sentou.

— Obrigado, Weber, foi... hmm... esclarecedor. — Ivarsson virou outra folha, na qual estava escrito TESTEMUNHAS.

— Hole?

Harry afundou mais um pouco na cadeira.

— Todos os que estavam no banco foram interrogados imediatamente depois do assalto, e ninguém contou nada que não estivesse nas gravações de vídeo. Quero dizer, eles lembram uma ou outra coisa que sabemos, com certeza, serem incorretas. Uma testemunha viu o assaltante subir correndo a rua Industrigata, ninguém mais viu nada.

— O que nos leva ao próximo ponto, que são os carros de fuga — disse Ivarsson. — Toril?

Toril Li se adiantou e ligou o projetor, no qual já havia uma transparência com um apanhado geral sobre os carros que tinham sido roubados durante os três últimos meses. Com sotaque carregado da Costa Oeste, mostrou quais eram os quatro carros que ela achava mais prováveis de serem usados numa fuga, pelas marcas e pelos modelos comuns, em cores claras e neutras, e novos o suficiente para que o assaltante estivesse confiante de que não iria deixá-lo na mão. Em especial um dos carros, um Volkswagen Golf GTI que estivera estacionado na rua Maridalsveien, chamava atenção porque havia sido roubado na noite anterior ao assalto.

— Quase sempre, os ladrões roubam os carros de fuga o mais próximo possível do horário do roubo, para que não constem na lista da polícia no momento da ocorrência — explicou Toril Li.

Ela desligou o projetor e pegou a transparência ao voltar para seu lugar.

Ivarsson assentiu.

— Obrigado.

— De nada — sussurrou Harry para Weber.

O título da folha seguinte era ANÁLISE DE VÍDEO. Ivarsson tinha recolocado a tampa no marcador. Beate engoliu em seco, bebeu um gole do copo à sua frente e pigarreou antes de começar, o olhar fixo na mesa:

— Medi a altura...

— Fale um pouco mais alto, por favor, Beate.

Sorriso de réptil. Beate pigarreou de novo, repetidas vezes.

— Medi a altura do assaltante me baseando no vídeo. Ele tem 1,79. Verifiquei com Weber, que está de acordo.

Weber assentiu.

— Ótimo! — gritou Ivarsson com um ânimo forçado na voz, arrancou a tampa do marcador e anotou: ALTURA 1,79.

Beate continuou a se dirigir à mesa:

— Acabei de falar com Aslaksen, nosso analista de voz, na universidade. Ele analisou as seis palavras que o assaltante falou em inglês. Ele... — Beate lançou um olhar preocupado para Ivarsson, que estava de costas, pronto para anotar — ... disse que a qualidade da gravação está ruim demais. Inútil.

Ivarsson deixou cair o braço ao mesmo tempo que o sol desapareceu atrás de uma nuvem e o grande retângulo de luz na parede atrás deles se desvaneceu. O silêncio na sala de reunião era ensurdecedor. Ivarsson respirou fundo e ficou nas pontas dos pés.

— Felizmente guardamos o melhor para o final.

O chefe da Divisão de Roubos mostrou a última folha no tripé. SERVIÇO SECRETO.

— Para aqueles de vocês que não trabalham na Divisão de Roubos talvez seja preciso explicar que sempre apelamos primeiro ao pessoal do Serviço Secreto quando temos gravações de vídeo de um assalto.

Em sete de cada dez casos, uma boa gravação pode revelar a identidade do assaltante se for um velho conhecido nosso.

— Mesmo estando com o rosto coberto? — perguntou Weber.

Ivarsson assentiu.

— Um bom agente é capaz de desmascarar um velho conhecido pela estatura física, linguagem corporal, voz, maneira de falar durante o assalto, todos aqueles pequenos detalhes impossíveis de esconder atrás de um tecido.

— Mas não basta saber quem é — insistiu o segundo comandante, Didrik Gudmundson. — Temos que...

— Exato — interrompeu-o Ivarsson. — Temos que ter provas. Um assaltante pode até soletrar seu nome em frente à câmera de vigilância, mas se estiver mascarado e não deixar provas técnicas, estamos impotentes aos olhos da lei.

— Então, quantos dos sete que vocês reconhecem são condenados? — perguntou Weber.

— Alguns — respondeu Gudmundson. — De qualquer maneira, é melhor saber quem cometeu o assalto mesmo que continue livre. Assim aprendemos algo sobre o padrão e o método do criminoso. Na próxima vez, nós o pegamos.

— E se não houver uma próxima vez? — perguntou Harry. Ele notou que as veias sobressaltadas bem acima das orelhas de Ivarsson engrossaram na hora que ele riu.

— Querido perito em homicídios — disse Ivarsson, ainda risonho. — Se olhar em volta, verá que a maioria está rindo da sua pergunta. Porque um assaltante que já deu um golpe bem-sucedido, sempre... sempre!... vai atacar de novo. É a verdadeira lei da gravidade dos assaltos. — Ivarsson olhou pela janela e se permitiu mais uma gargalhada antes de bruscamente se virar nos calcanhares. — Se já terminamos a aula de hoje, talvez esteja na hora de ver se temos algum suspeito. Ola?

Ola Li olhou para Ivarsson, sem saber se devia se levantar ou não, mas por fim decidiu ficar sentado.

— Eu estava de plantão no fim de semana. Às oito da noite na sexta, o vídeo estava editado e pronto, e eu chamei os agentes que estavam trabalhando para assistir à gravação na Casa da Dor. Os que não estavam de plantão apareceram no sábado. No total, 13 agentes passaram por lá, o primeiro na sexta às oito e o último...

— Muito bem, Ola — interrompeu-o Ivarsson. — Apenas diga o que encontraram.

Ola riu de nervoso. O riso soou como um tímido chiado de gaivota.

— Então?

— Espen Vaaland está de licença médica — explicou Ola. — Ele conhece bem a maioria dos assaltantes de banco. Vou tentar trazê-lo amanhã.

— Você quer dizer que...

Os olhos de Ola dançavam rapidamente em volta da mesa.

— Que temos pouca coisa — respondeu, baixinho.

— Ola ainda é relativamente novo por aqui — disse Ivarsson, e Harry viu que a musculatura do maxilar dele estava começando a trabalhar. — Ola precisa ter cem por cento de certeza antes de fazer uma identificação, o que é louvável. Mas isso é um pouco demais quando o assaltante...

— O assassino.

— ... está coberto da cabeça aos pés, tem estatura mediana, fica calado, se movimenta de modo atípico e calça sapatos grandes demais. — Ivarsson levantou a voz. — Então nos dê a lista completa, Ola. Quem está entre os possíveis suspeitos?

— Não há nenhuma lista.

— Mas é claro que há uma lista!

— Não há — disse Ola Li, engolindo em seco.

— Você está tentando nos dizer que ninguém tinha uma suspeita? Que todos os nossos voluntários, ratos do submundo, zelosos agentes disfarçados, que têm orgulho em socializar diariamente com os piores bandidos de Oslo, que sabem, dentre nove de dez casos, dos rumores sobre quem estava dirigindo, quem levou o dinheiro, quem estava de guarda na porta, de repente se recusaram a dar um chute sequer?

— Bem, eles chutaram — revelou Ola. — Seis nomes foram mencionados.

— Então desembuche, homem.

— Verifiquei todos os nomes. Três estão presos. Um deles foi visto no mercado Plata na hora do assalto. Outro está em Pattaya, na Tailândia, eu verifiquei. E o último suspeito foi mencionado por todos os agentes, por ter estatura parecida e porque o assalto foi muito profissional: Bjørn Johansen, da gangue Tveita.

— E...?

Ola parecia querer deslizar na cadeira e sumir embaixo da mesa.

— Ele estava no Hospital Ullevål sendo operado de *aures alatae* na sexta.

— *Aures alatae?*

— Orelhas de abano — suspirou Harry, e enxugou uma gota de suor da sobrancelha. — Ivarsson quase explodiu. Quantos quilômetros já fez?

— Acabei de completar 21. — A voz de Halvorsen retumbou pelas paredes. Como era início de tarde, não havia quase ninguém na sala de ginástica, no porão da delegacia.

— Pegou um atalho? — Harry trincou os dentes e conseguiu aumentar um pouco a frequência das pedaladas. Já tinha uma poça de suor em volta de sua bicicleta ergométrica, enquanto a testa de Halvorsen continuava quase seca.

— Então vocês estão totalmente perdidos? — perguntou Halvorsen, respirando de forma regular e calma.

— A não ser que o que Beate Lønn disse no final renda alguma pista, não temos grande coisa.

— E o que ela disse?

— Ela trabalha com um software que faz uma foto tridimensional da cabeça e do rosto do assaltante com base nas fotos do vídeo.

— De máscara?

— O programa usa a informação recebida das imagens. Luz, sombra, reentrâncias, saliências. Quanto mais justa a máscara, mais fácil gerar uma imagem fiel à pessoa que está por baixo. Será, de qualquer maneira, apenas um esboço, mas Beate diz que pode usá-lo para comparar com fotos de suspeitos.

— É aquele programa de identificação do FBI? — Halvorsen se virou para Harry e notou, com certa fascinação, que a mancha de suor originada no peito do inspetor, sob o logo da Academia de Polícia, agora havia se espalhado pela camiseta inteira.

— Não, ela tem um programa melhor — disse Harry. — Quanto agora?

— Vinte e dois. Que programa é esse?

— Giro fusiforme.

— Microsoft? Apple?

Harry bateu com o indicador na testa cheia de suor.

— O software que todos temos. Fica no lobo temporal do cérebro e sua única função é reconhecer rostos. Só faz isso. É aquele pedacinho que garante nossa capacidade de distinguir cem mil diferentes rostos de pessoas, mas apenas uma dúzia de rinocerontes.

— Rinocerontes?

Harry cerrou os olhos, tentando remover o suor com um piscar.

— Foi um exemplo, Halvorsen. Mas Beate Lønn é um caso bem especial. Seu fusiforme tem umas duas voltas a mais que faz com que ela se lembre de todos os rostos que viu durante a vida toda. E não quero dizer apenas as pessoas que ela conheceu ou com quem conversou, mas os rostos atrás de óculos de sol que passaram por ela em uma rua movimentada, há 15 anos.

— Você está brincando.

— Não. — Harry baixou a cabeça enquanto tomava fôlego para continuar: — Só se conhece uns duzentos casos iguais ao dela. Didrik Gudmundsen disse que ela fez um teste na Academia de Polícia e bateu vários programas de identificação conhecidos. A moça é um fichário de criminosos ambulante. Quando ela pergunta "não nos conhecemos de algum lugar?" pode ter certeza de que não é apenas uma cantada barata.

— Nossa. O que ela está fazendo na polícia? Com um talento desses, quero dizer?

Harry deu de ombros.

— Você se lembra daquele investigador que foi morto durante um assalto a banco em Ryen, nos anos 1980?

— Não é do meu tempo.

— Ele estava por perto quando o alarme tocou, e como foi o primeiro a chegar ao local, entrou no banco desarmado para negociar. Ele foi ceifado por um fuzil automático, e o assaltante nunca foi pego. Mais tarde, o fato foi usado na Academia de Polícia como exemplo do que *não* se deve fazer ao tropeçar em um assalto.

— O protocolo é esperar reforço e não confrontar o assaltante para não colocar você mesmo, os funcionários e os assaltantes em perigo.

— Exato, é o que diz o manual. O estranho é que ele era um dos melhores e mais experientes investigadores da polícia. Jørgen Lønn. O pai de Beate.

— Isso mesmo. E você acha que foi por isso que ela virou policial?

— Talvez.

— Ela é bonita?

— Ela é boa. Quanto agora?

— Acabei de passar 24, faltam seis. E você?

— Só 22. Mas vou ultrapassar você já, já.

— Não dessa vez — disse Halvorsen, aumentando a velocidade.

— Sim, vou, porque está na hora da subida. Aí é minha vez. E você costuma perde o pique e fica com câimbra.

— Não dessa vez — repetiu Halvorsen, e pedalou mais forte. Harry sorriu e se inclinou sobre o guidão.

Bjarne Møller olhava ora para a lista de compras escrita pela esposa ora para a prateleira na qual havia o que acreditava ser coentro. Margrete se apaixonara por comida tailandesa depois da viagem de férias a Phuket, no inverno passado, mas o chefe da Divisão Homicídios ainda não estava familiarizado com os diferentes temperos que diariamente chegavam de avião, de Bangkok, para a quitanda paquistanesa em Grønlandsleiret.

— Aquilo ali é uma pimenta-malagueta verde, chefe — disse uma voz perto de sua orelha, e Bjarne Møller deu um pulo, se virou e viu o rosto vermelho de Harry. — Umas duas dessas e umas fatias de gengibre e você pode fazer uma sopa *tom yam*. Sai fumaça das suas orelhas, mas você perde bastante gordura de tanto suar.

— Parece que você acabou de experimentar essa iguaria, Harry.

— Eu estava numa corrida de bicicleta com Halvorsen.

— E o que é isso aí na sua mão?

— *Chile japones*. É uma pimentinha-malagueta vermelha japonesa.

— Eu não sabia que você cozinhava.

Harry analisou o saco de pimenta com um leve espanto, como se fosse uma novidade para ele também.

— Aliás, foi bom encontrar você, chefe. Temos um problema.

Møller sentiu um pinicar no couro cabeludo.

— Não sei quem decidiu que Ivarsson tomaria a frente da investigação do assassinato na rua Bogstadveien, mas não está funcionando.

Møller colocou a lista de compras na cesta.

— Há quanto tempo estão trabalhando juntos? Dois dias inteiros?

— A questão não é essa, chefe.

— Pelo menos dessa vez, não poderia apenas fazer o seu trabalho de investigação, Harry, e deixar os outros decidirem sobre a organização? Sabe, talvez não lhe faça mal tentar descobrir como é não ser do contra.

— Só queria que o caso fosse resolvido rápido, chefe. Para que eu possa continuar aquele outro caso, você sabe.

— Claro, sei. Mas você está trabalhando no tal caso há muito mais tempo que os dois meses que eu prometi, e não tenho como justificar o uso de tempo e recursos da polícia por causa de considerações e sentimentos pessoais, Harry.

— Ela era uma colega, chefe.

— Eu sei! — disse Møller, rispidamente. Ele se calou, olhou em volta e continuou baixinho: — Qual é o seu problema, Harry?

— Eles estão acostumados a trabalhar com assaltos, e Ivarsson não tem o menor interesse em tomar uma iniciativa construtiva.

Bjarne Møller foi incapaz de conter um sorriso quando ouviu "iniciativa construtiva". Harry se inclinou para a frente e falou de modo rápido e enérgico:

— Qual é a primeira coisa que nos perguntamos quando acontece um assassinato, chefe? "Por quê?" "Qual a motivação?" É o que fazemos. Na Divisão de Roubos, eles consideram tão óbvio que o motivo seja dinheiro que a pergunta nem é colocada.

— Qual foi o motivo, na sua opinião?

— Não tenho opinião nenhuma sobre isso. O problema é que eles estão usando uma metodologia totalmente errada.

— Eles estão usando uma metodologia diferente, Harry. *Diferente.* Preciso acabar de fazer minhas compras e voltar para casa, então me diga o que você quer.

— Quero que fale com quem tiver que falar para que eu possa escolher um dos outros policiais e trabalhar sozinho.

— Sair do grupo de investigação?
— Seria uma investigação paralela.
— Harry...
— Foi assim que pegamos o Garganta Vermelha, lembra?
— Harry, eu não posso interferir...
— Quero Beate Lønn, para eu e ela recomeçarmos do zero. Ivarsson não está conseguindo avançar e...
— Harry!
— O quê?
— Qual é o motivo real?

Harry transferiu o peso do corpo para o outro pé.

— Não consigo trabalhar com aquele jacaré sorridente.
— Ivarsson?
— Vou acabar fazendo algo estúpido.

As sobrancelhas de Bjarne Møller se franziram em um V por cima do nariz.

— Isso é uma ameaça?

Harry colocou a mão no ombro de Møller.

— Só estou pedindo esse favor, chefe. Nunca mais vou pedir nada, nunca mais!

Møller resmungou. Quantas vezes nos últimos anos ele tinha arriscado o pescoço por Harry em vez de aceitar o bem-intencionado conselho dos colegas mais velhos para manter certa distância daquele investigador imprevisível? A única coisa certa sobre Harry Hole era que um dia alguma coisa acabaria mal. Mas pelo fato de, misteriosamente, ele e Harry sempre terem se saído bem, ninguém precisou tomar nenhuma medida drástica. Até agora. Mas a pergunta intrigante era: por que ele fazia isso? Møller olhou para Harry. O alcoólatra. O encrenqueiro. Insuportavelmente teimoso e arrogante. E seu melhor investigador além de Waaler.

— Seja discreto, Harry. Senão boto você atrás de uma mesa e tranco a porta. Entendido?
— Positivo, chefe.

Møller suspirou.

— Vou me encontrar com Ivarsson e o chefe de polícia amanhã. Vamos ter que esperar para ver. Mas não prometo nada, ouviu?

— Está bem, chefe. Mande lembranças à sua esposa. — Harry se virou para ir embora mas ainda olhava para o chefe. — O coentro está aí atrás, à esquerda, na última prateleira.

Bjarne Møller ficou olhando para a cesta quando Harry foi embora. Agora lembrava o motivo. Ele gostava daquele alcoólatra, daquele encrenqueiro teimoso.

7

Rei branco

Harry acenou para um dos fregueses habituais e se sentou à mesa sob uma das janelas de vidro rugoso que dava para a rua Waldemar Thrane. Na parede atrás dele, havia uma pintura grande, um dia de sol na praça Youngstorget, onde mulheres com sombrinhas eram saudadas por homens que passeavam usando cartola. O contraste com a eterna obscuridade e o silêncio quase devoto da tarde no tradicional bar Schrøder não poderia ser maior.

— Que bom que pôde vir — disse Harry para o homem ligeiramente obeso que já estava sentado à mesa.

Era fácil ver que ele não era um freguês assíduo. Não pelo paletó elegante de tweed ou pela gravata-borboleta com bolinhas vermelhas, mas porque estava mexendo uma xícara branca de chá sobre a toalha cheirando a cerveja e perfurada por marcas pretas de cigarro. O freguês ocasional era o psicólogo Ståle Aune, um dos especialistas no país em sua área e um profissional a quem a polícia de Oslo recorria com frequência. Às vezes com satisfação, outras com arrependimento, já que Aune era um homem de caráter, que protegia a própria integridade e nunca se pronunciava em um caso jurídico sobre algo que não pudesse comprovar cientificamente com cem por cento de certeza. E como na psicologia nada pode ser comprovado com tamanha exatidão, muitas vezes acontecia de ele, como testemunha da promotoria, se tornar o trunfo da defesa, já que a semente de dúvida que ele plantava em geral beneficiava o acusado. Como policial, Harry vinha usando a perícia de Aune em casos de assassinatos fazia tanto tempo que já começava a vê-lo como colega. E, como alcoólatra, Harry se abriu completamente para esse homem afável e sábio, que se vestia de forma arrogante e a quem ele, sob pressão, poderia chamar de amigo.

— Então esse é o seu refúgio? — perguntou Aune.

— É — respondeu Harry e levantou as sobrancelhas para Maja atrás do balcão, que logo reagiu, desaparecendo pelas portas vaivém da cozinha.

— E o que tem aí?

— Pimenta-malagueta.

Uma gota de suor escorreu pelo nariz de Harry e se agarrou na ponta antes de cair na toalha de mesa. Aune olhou surpreso para a mancha molhada.

— Termostato preguiçoso — disse Harry. — Eu estava malhando.

Aune fez uma careta.

— Como médico, eu deveria aplaudir, mas, como filósofo, tenho dúvida a respeito de expor o corpo a esse tipo de desprazer.

Uma jarra de aço inoxidável e uma xícara apareceram na frente de Harry.

— Obrigado, Maja.

— Sentimento de culpa — disse Aune. — Algumas pessoas só conseguem driblá-lo se punindo. Como quando você não aguenta e volta a beber, Harry. No seu caso, o álcool não é uma fuga, mas a maneira mais dura de punir a si mesmo.

— Obrigado. Não é a primeira vez que você me dá esse diagnóstico.

— É por isso que malha tanto? Sentimento de culpa?

Harry deu de ombros.

Aune baixou a voz:

— Anda pensando na Ellen?

Harry ergueu o olhar e encontrou o de Aune. Levou a xícara de café até a boca e bebeu longamente antes de colocá-la na mesa com uma careta.

— Não, não é no caso de Ellen Gjelten. Não estamos avançando, mas não porque fizemos um trabalho ruim. Tenho certeza disso. Algo vai aparecer, só precisamos ter paciência.

— Ótimo — falou Aune. — A morte de Ellen não foi culpa sua, não se esqueça disso. E tenha em mente que todos os seus colegas acreditam que o verdadeiro culpado foi pego.

— Talvez sim, talvez não. Ele está morto e não pode responder.

— Não deixe isso se tornar uma *idée fixe*, Harry. — Aune enfiou dois dedos no bolso do paletó de tweed e deu uma rápida olhada no relógio de prata. — Mas algo me diz que não era sobre sentimento de culpa que você queria falar.

— Não. — Harry tirou uma pilha de fotos do bolso. — Quero saber o que você acha disto aqui.

Aune pegou as fotos e começou a estudá-las.

— Parece um assalto a banco. Não imaginei que isso fosse assunto da Divisão de Homicídios.

— A explicação está na próxima foto.

— Como assim? Ele está mostrando um dedo para a câmera.

— Desculpe, é a próxima.

— Nossa. Ela foi...

— Foi. Mal dá para ver o clarão do disparo, já que se trata de um AG3, mas ele tinha acabado de apertar o gatilho. Como pode ver, a bala penetrou na testa da mulher. Na próxima foto, a bala sai da nuca dela e se aloja na madeira ao lado do vidro do guichê.

Aune colocou as fotos em cima da mesa.

— Por que vocês sempre têm que me mostrar essas fotos horríveis, Harry?

— Assim sabe do que estamos falando. Olhe a próxima foto.

Aune soltou um suspiro.

— Aqui o assaltante já está com o dinheiro — disse Harry apontando. — Tudo o que precisa fazer é fugir. Ele é profissional, calmo e decidido, e não há motivo para intimidar ou forçar ninguém a nada. Mesmo assim, ele decide adiar a fuga por alguns segundos para matar esta funcionária. Só porque o gerente levou seis segundos a mais para esvaziar o caixa eletrônico.

Aune mexeu o chá com a colher, fazendo preguiçosamente o desenho do número oito.

— E agora você está se perguntando qual teria sido o motivo?

— Bom, sempre tem um motivo, mas é difícil saber onde começar a procurar. Primeiras impressões?

— Transtornos sérios de personalidade.

— Mas tudo o que ele fez parece bastante racional.

— Mas transtornos de personalidade não indicam que a pessoa seja estúpida. Elas são muito boas, talvez as melhores, em alcançar seus objetivos. O que as difere de nós é o fato de elas quererem coisas distintas.

— E quanto a narcóticos? Há alguma droga que faça uma pessoa normal se tornar tão agressiva a ponto de matar?

Aune fez que não com a cabeça.

— As drogas só aumentam ou enfraquecem tendências já presentes. Um homem que bate na esposa quando está bêbado normalmente tem vontade de espancá-la quando sóbrio. Pessoas que cometem um homicídio premeditado como este quase sempre têm uma predisposição para isso.

— Então você está dizendo que o cara é louco de pedra?

— Ou pré-programado.

— Pré-programado?

— É. Lembra do assaltante que nunca foi pego, Raskol Baxhet?

Harry fez que não com a cabeça.

— Um cigano — continuou Aune. — Durante muitos anos, houve boatos sobre a figura misteriosa que seria o verdadeiro cérebro por trás de todos os grandes assaltos a transportadoras de dinheiro e instituições financeiras em Oslo na década de 1980. Levou anos para que a polícia entendesse que ele de fato existia, e mesmo assim nunca conseguiram levantar provas contra ele.

— Tenho uma vaga lembrança — disse Harry. — Mas, pelo que me recordo, eles o pegaram.

— Errado. O mais perto que chegaram foi dois assaltantes que prometeram testemunhar contra Raskol em troca de uma redução na pena, mas que desapareceram do nada, em circunstâncias misteriosas.

— Nada de muito estranho — disse Harry, e pegou um maço de Camel no bolso.

— É estranho porque eles estavam presos — respondeu Aune.

Harry assobiou baixinho.

— Mas ainda acho que ele acabou atrás das grades.

— Isso é verdade — concordou Aune. — Mas ele não foi pego. Raskol se entregou. Do nada apareceu na delegacia dizendo que queria confessar uma série de assaltos antigos. Foi o maior rebuliço, é claro.

Ninguém entendeu nada, e Raskol se recusou a explicar por que havia se entregado. Antes do julgamento, me ligaram para que eu atestasse se ele estava em seu juízo perfeito, se a confissão se sustentaria num tribunal. Raskol aceitou falar comigo com duas condições. Que jogássemos uma partida de xadrez... nem me pergunte como ele sabia que eu era um jogador assíduo; e que eu levasse para ele uma tradução para o francês de *A arte da guerra*, um livro chinês antiquíssimo sobre táticas de guerra.

Aune abriu uma caixa de cigarrilhas Nobel Petit.

— Providenciei para que enviassem o livro de Paris e levei um jogo de xadrez. Fui trancado na cela dele e cumprimentei um homem que mais parecia um monge. Ele pediu minha caneta, começou a folhear o livro e indicou, com um aceno de cabeça, que eu podia arrumar o tabuleiro. Posicionei as peças e iniciei com uma abertura Réti... só se ataca o oponente depois que as posições centrais são tomadas, muito efetiva contra jogadores de calibre médio. É impossível determinar minha estratégia em uma única jogada, mas por cima do livro o cigano olhou para o tabuleiro, coçou a barba, olhou para mim com um sorriso sabichão e anotou algo no livro.

Aune acendeu a cigarrilha com um isqueiro prateado.

— E continuou a leitura. Eu disse então: "Não vai jogar?" Vi sua mão escrevinhar no livro com a minha caneta quando ele respondeu: "Não preciso. Estou escrevendo como este jogo vai terminar, lance por lance. No final, você deita seu rei." Daí eu expliquei que seria impossível ele saber como o jogo iria se desenvolver com apenas um único lance. "Vamos apostar?", ele me perguntou. Tentei me esquivar com uma risada, mas ele insistiu. Aceitei apostar uma nota de cem e deixá-lo mais à vontade para a minha entrevista. Ele quis ver a nota, e tive que colocá-la ao lado do tabuleiro onde ele pudesse vê-la. Ele levantou a mão como quem faz uma jogada, então as coisas aconteceram muito rápido.

— Xadrez relâmpago?

Aune sorriu enquanto soprava um anel de fumaça na direção do teto, pensativo.

— No instante seguinte, eu estava dominado em uma gravata, a cabeça forçada para trás, o olhar para o teto, e uma voz sussurrava colada ao meu ouvido: "Sente a lâmina da faca, *gadjo*?" Claro que senti o aço fino e afiado pressionado contra a garganta, prestes a cortar a pele. Alguma vez já sentiu isso, Harry?

O cérebro de Harry percorreu o registro de experiências parecidas, mas não encontrou nenhuma que se igualasse àquela. Ele balançou a cabeça.

— Foi, para citar um de meus pacientes, um golpe baixo. Fiquei com tanto medo que pensei que fosse urinar nas calças. Então ele sussurrou no meu ouvido: "Deite o seu rei, Aune." Ele afrouxou um pouco o aperto para que eu pudesse levantar o braço e derrubar a peça. Então, da mesma forma repentina, me soltou. Voltou para o seu lado da mesa e esperou até eu me controlar e recuperar o fôlego. "Que merda foi essa?", gemi. "Isso foi um assalto a banco", respondeu. "Primeiro planejado e depois executado." Então virou o livro onde ele tinha anotado o desenvolvimento do jogo. Tudo o que estava escrito era o meu único lance e "rei branco se rende". Depois ele perguntou: "Isso responde às suas duas perguntas, Aune?"

— E o que você disse?

— Nada. Chamei o guarda aos berros. Mas, antes que ele conseguisse destrancar a porta, fiz uma última pergunta a Raskol, porque sabia que ia ficar louco de curiosidade se eu não tivesse a resposta ali na hora. Perguntei se ele teria ido até o fim. Queria saber se ele teria cortado a minha garganta se eu não tivesse deitado o rei, se seria capaz de fazer aquilo só para ganhar uma aposta idiota.

— E o que ele respondeu?

— Ele sorriu e perguntou se eu sabia o que era pré-programação.

— E?

— Foi só isso. A porta se abriu e eu me mandei.

— Mas o que ele quis dizer com pré-programação?

Aune afastou a xícara.

— É possível programar o próprio cérebro para seguir um modo de ação. O cérebro então domina outros instintos e segue as regras predefinidas, independentemente do que poderá acontecer. É útil em situações nas quais o impulso é entrar em pânico. Como, por exemplo, quando o paraquedas não abre. Imagino que quem pula de paraquedas já tenha pré-programado o procedimento de emergência.

— Ou soldados em combate.

— Exato. Porém, há métodos de se programar uma pessoa tão intensamente que ela pode entrar em transe a ponto de nem uma forte influência externa conseguir pará-la. A pessoa se torna um robô vivo. O fato é que isso, o sonho dourado de qualquer general, é assustadoramente fácil quando se conhece a técnica necessária.

— Está falando de hipnose?

— Prefiro usar a palavra pré-programação, que soa menos mística. Trata-se apenas de abrir e fechar caminhos para os impulsos. Aqueles que têm habilidade podem programar a si próprios, a chamada auto-hipnose. Se Raskol houvesse se pré-programado para me matar caso eu não tivesse deitado o rei, ele teria impedido a si mesmo de mudar de ideia.

— Mas ele não matou você.

— Todos os programas têm um botão de escape, uma senha que interrompe o transe. Nesse caso, pode ter sido deitar o rei branco.

— Fascinante.

— Então cheguei ao ponto...

— Acho que estou entendendo — disse Harry. — O assaltante na foto pode ter se pré-programado para atirar caso o gerente do banco não conseguisse cumprir o prazo.

— As regras em uma pré-programação têm que ser simples — explicou Aune, deixando a cigarrilha cair na xícara de chá e cobrindo-a com o pires. — Para alguém entrar em transe, deve ser criado um sistema fechado, pequeno, mas lógico, que impeça a entrada de outros pensamentos.

Harry colocou uma nota de cinquenta ao lado da xícara de café e se levantou.

Aune ficou calado, observando o inspetor juntar as fotos antes de perguntar:

— Você não acredita nada no que estou dizendo, não é?

— Não.

Aune também se levantou e fechou o botão do paletó na altura da barriga.

— Então no que você acredita?

— Acredito naquilo que a experiência me ensinou — respondeu Harry. — Que os bandidos, em geral, são no mínimo tão estúpidos quanto eu, que escolhem soluções simples e têm motivos nada complicados. Resumindo, que as coisas normalmente são o que parecem ser. Aposto que esse assaltante estava muito drogado ou entrou em pânico. O que ele fez foi insensato demais, portanto só posso concluir que ele é estúpido. Como no caso desse cigano que você aparentemente julga ser tão esperto. Quanto tempo mais ele vai ficar atrás das grades por ter atacado você com uma faca?

— Nada — respondeu Aune, com um sorriso sarcástico.

— Como assim, nada?

— Eles nunca acharam faca nenhuma.

— Pensei que tivesse dito que estavam trancados na cela.

— Você já ficou deitado de bruços na praia com os seus amigos pedindo que não se mexa, porque estão segurando carvão em brasa em cima das suas costas? Então você escuta alguém dizer "opa" e, no momento seguinte, sente os pedaços de carvão queimando sua pele?

Harry vasculhou as lembranças de férias. Foi bem rápido.

— Não.

— Mas era só uma brincadeira, não passavam de pedaços de gelo...

— E?

Aune deu um suspiro.

— Às vezes eu me pergunto onde você passou esses 35 anos que alega ter vivido, Harry.

Harry esfregou a mão no rosto. Estava cansado.

— Ok, mas aonde quer chegar, Aune?

— Que um bom manipulador pode fazer você acreditar que a borda de uma nota de cem é a lâmina de uma faca.

A loira olhou diretamente nos olhos de Harry e prometeu-lhe sol, embora o tempo pudesse ficar nublado ao longo do dia. Harry desligou a TV, fazendo a imagem encolher e virar um pequeno ponto preto iluminado no centro da tela de 14 polegadas. Mas, quando fechou os olhos, a foto de Stine Grette continuou em sua retina com o eco da fala do repórter... "Ainda sem suspeitos no caso".

Ele abriu os olhos outra vez e analisou o reflexo na tela desligada. Viu a si mesmo, a velha poltrona bergère verde e a mesa de centro vazia, decorada apenas com marcas de copos e garrafas. Tudo continuava igual. A TV portátil estava na prateleira, entre o guia *Lonely Planet* da Tailândia e o guia de estradas da Noruega. Desde que ele se mudara para o apartamento, não tinha viajado nem um quilômetro por quase sete anos. Ele havia lido sobre a "crise dos sete anos". Segundo essa crença, depois de sete anos, as pessoas começam a querer morar em outro lugar. Ou mudar de emprego. Ou ter um novo parceiro. Ele não tinha sentido nada. E estava no mesmo emprego fazia quase dez anos. Harry olhou para o relógio. Anna tinha marcado às oito.

No quesito parceiras, ele jamais conseguira testar a teoria. Com exceção das duas relações que talvez pudessem ter durado, os romances de Harry haviam terminado por causa do que ele chamava de "crise das seis semanas". Se sua aversão a relacionamentos se devia ao fato de ter sido premiado com tragédias nas duas vezes em que havia amado uma mulher, ele não sabia dizer. Ou talvez a culpa fosse de suas amantes fiéis — a investigação de homicídios e a bebida. Um ano antes de conhecer Rakel, ele estivera inclinado a acreditar que não havia sido feito para relações duradouras. Pensou no quarto grande e fresco de Rakel, no bairro de Holmenkollen. Os grunhidos codificados que faziam à mesa do café da manhã. O desenho de Oleg na porta da geladeira retratando três pessoas de mãos dadas, uma delas sendo uma figura imponente, tão alta quanto o sol amarelo no céu sem nuvens, o nome HARRY escrito logo abaixo.

Harry se levantou da cadeira, viu o pedaço de papel com o telefone dela ao lado da secretária eletrônica e digitou o número no celular. Tocou quatro vezes antes de alguém atender.

— Oi, Harry.

— Oi. Como sabia que era eu?

Um riso baixo e profundo.

— Onde esteve nos últimos anos, Harry?

— Por aí. Por quê? Estou pagando mico?

Ela riu ainda mais alto.

— Claro. Você consegue ver meu número na bina. Sou um idiota. — Harry percebeu que parecia bem patético, mas não fazia mal, o importante era dizer o que precisava ser dito e desligar. Fim da história. — Escute, Anna, sobre o nosso compromisso hoje à noite...

— Não seja infantil, Harry!

— Infantil?

— Estou preparando o melhor curry do milênio. E se estiver com medo de que eu vá seduzir você, lamento dizer que vou desapontar. Só acho que nós nos devemos algumas horas num jantar para conversar um pouco. Relembrar os velhos tempos. Esclarecer alguns mal-entendidos. Ou talvez não. Talvez apenas rir um pouco. Você se lembrou da pimenta?

— Sim, lembrei.

— Ótimo! Às oito em ponto, Ok?

— Bem...

— Perfeito.

Harry ficou olhando para o telefone depois que desligou.

8

Jalalabad

— Vou matar você já, já — disse Harry, e apertou com mais força o aço frio do fuzil. — Só queria que você soubesse antes, para pensar sobre isso. Abra a boca.

Harry estava falando com bonecos de cera. Inertes, sem alma, desumanizados. Ele agora suava com aquela balaclava, o sangue latejando nas têmporas; cada pulsar, uma dor surda. Ele não queria olhar em volta, não queria se deparar com olhares acusadores.

— Coloque o dinheiro na sacola — disse ele à pessoa sem rosto na sua frente. — E coloque a sacola em cima da cabeça.

A pessoa sem rosto começou a rir, e Harry virou o fuzil para lhe dar uma coronhada na cabeça, mas errou. Então os outros no local também começaram a rir, e o inspetor olhava para eles através dos buracos mal cortados do gorro. Subitamente, pareciam familiares. A menina no outro guichê parecia Birgitta. E ele podia jurar que o homem negro perto do dispensador de senhas era Andrew. E a mulher grisalha com o carrinho de bebê...

— Mãe — sussurrou ele.

— Vai querer o dinheiro ou não? — perguntou a pessoa sem rosto. — Faltam 25 segundos.

— Sou *eu* quem decide quanto tempo falta! — berrou Harry e enfiou a coronha da arma na boca preta e aberta da pessoa. — Foi você. Eu sabia disso o tempo todo. Em seis segundos você vai morrer. Tema por sua vida!

Um dente estava pendurado por um fio de carne e o sangue jorrava da boca da pessoa sem rosto, mas ele falava como se não notasse:

— Não posso justificar que gastamos tempo e recursos por consideração pessoal.

Em algum lugar, o telefone começou a tocar freneticamente.

— Tema por sua vida! Assim como ela temeu!

— Cuidado, Harry. Não deixe isso se tornar uma *idée fixe*. — Harry sentiu a boca mastigar a coronha.

— Ela era minha colega, seu maldito! Ela era minha melhor... — A balaclava grudou na boca de Harry e ficou difícil de respirar. Mas a voz da pessoa sem rosto continuava remoendo, imperturbável:

— Ela se mandou.

— ... amiga. — Harry apertou o gatilho com vontade. Nada aconteceu. Ele abriu os olhos.

A primeira coisa que lhe ocorreu foi que tinha apenas tirado um cochilo. Estava sentado na mesma poltrona verde, olhando para a tela desligada da TV. Mas o sobretudo era novidade. Estava em cima dele, cobrindo metade de seu rosto, e ele podia sentir o gosto do tecido molhado na boca. A luz do dia enchia a sala. Então ele sentiu a pancada. Acertou um nervo bem atrás dos olhos, repetidamente e com uma precisão impiedosa. O resultado era uma dor impressionante e ao mesmo tempo bem familiar. Ele tentou se lembrar. Será que tinha acabado no bar Schrøder? Havia começado a beber na casa de Anna? Mas era como temia: um vazio. Ele lembrava que havia se sentado na sala depois de ter falado com Anna no telefone, mas depois era tudo um borrão. De repente veio o conteúdo do estômago. Harry se inclinou sobre a beirada da cadeira e escutou o vômito esguichar no piso. Ele gemeu, cerrou os olhos e tentou ignorar o som do telefone que não parava de tocar. Quando a secretária eletrônica atendeu, já tinha caído no sono.

Era como se alguém tivesse picotado sua linha do tempo e jogado fora os pedaços. Harry acordou mais uma vez, mas esperou um pouco antes de abrir os olhos para sentir se estava um pouco melhor. Não notou nenhuma melhora. As únicas diferenças foram que as pancadas agora atingiam uma área maior, que ele fedia a vômito, e que ele sabia que não conseguiria dormir de novo. Contou até três, levantou-se, cambaleou os oito passos até o banheiro de cabeça baixa e botou tudo para fora outra vez. Ficou de pé apoiado na privada enquanto recuperava o fôlego, e viu, para o próprio espanto, que a matéria amarela que escorregava para a porcelana branca continha partículas vermelhas e verdes. Ele conseguiu catar um dos pedaços vermelhos entre o dedo indicador e o polegar, levou-o até a pia onde o lavou e o segurou contra a luz. Então colocou o pedaço com cuidado entre os dentes e mastigou. Ele fez uma careta ao sentir o suco ardente da pimenta-malagueta. Lavou o rosto, levantou a cabeça e se deparou com o enorme olho roxo no espelho. A luz na sala ardeu nos olhos quando ligou a secretária eletrônica.

— Aqui é Beate Lønn. Espero não estar incomodando, mas Ivarsson disse que eu devia ligar para todo mundo imediatamente. Houve mais um assalto. No Banco DNB, na rua Kirkeveien, entre o parque de Frogner e o cruzamento da Majorstuen.

9

A NEBLINA

O sol havia desaparecido atrás de uma camada de nuvens plúmbeas que haviam se esgueirado em baixa altitude sobre o fiorde de Oslo, e, como um prelúdio à chuva prevista, o vento do sul chegou com rajadas irascíveis. As calhas do telhado faziam barulho e ouviam-se estrondos nas marquises da rua Kirkeveien. As árvores já estavam despidas, como se as últimas cores tivessem sido sugadas para fora da cidade e Oslo houvesse se pintado de preto e branco. Harry se inclinou contra o vento e apertou o sobretudo em volta do corpo com as mãos no bolso. Ele constatou que o último botão tinha caído, provavelmente no decorrer da noite ou da madrugada, e não era a única coisa que havia sumido. Quando pensou em ligar para Anna para que ela pudesse ajudá-lo a se lembrar da noite, descobriu que também perdera seu celular. E, quando ligou para ela do telefone fixo, uma voz, que Harry reconheceu vagamente como uma antiga locutora, respondeu dizendo que a pessoa que ele procurava não estava disponível no momento, e lhe pediu que deixasse o número ou uma mensagem. Ele se recusou.

Harry se recuperou relativamente rápido e, com uma facilidade surpreendente, superou a urgência de continuar bebendo, de percorrer a curtíssima distância até o Vinmonopolet ou o Schrøder. Em vez disso, tomou banho, se vestiu e foi da rua Sofie, passando pelo estádio de Bislett, a rua Pilestredet e o parque Stensparken, até chegar ao bairro chique de Majorstuen. Ele queria saber o que tinha bebido. Em vez das costumeiras dores abdominais com a assinatura do Jim Beam, uma neblina cobria todos os seus sentidos, nem o frescor das rajadas de vento conseguia dissipá-la.

Duas viaturas da polícia, com luzes estroboscópicas azuis, estavam em frente à agência do Banco DNB. Harry mostrou seu crachá para um dos policiais de farda, se abaixou para passar pela fita de interdição e foi até a entrada, onde Weber conversava com um dos seus homens da perícia forense.

— Boa tarde, inspetor-chefe — cumprimentou Weber, dando ênfase em "tarde". Ele ergueu as sobrancelhas ao ver o olho roxo de Harry.
— A patroa começou a bater?

Harry não conseguiu inventar uma resposta rápida e preferiu tirar um cigarro do maço:

— O que temos aqui?
— Um cara encapuzado com um fuzil AG3.
— E o pássaro voou?
— Evaporou.
— Alguém falou com as testemunhas?
— Claro. Li e Li estão ocupados na delegacia.
— Já tem detalhes do que aconteceu?
— O assaltante deu à gerente 25 segundos para abrir o caixa eletrônico, enquanto ele segurava o fuzil contra a cabeça de uma das mulheres atrás do balcão.
— E obrigou a mulher a falar por ele?
— Obrigou. E, quando entrou no banco, disse a mesma coisa em inglês.
— *This is a robbery. Nobody moves!* — soou uma voz atrás deles, seguida de uma risada curta e cadenciada. — Que legal que pôde vir, Hole. Epa, escorregou no banheiro?

Harry acendeu seu cigarro e estendeu o maço para Ivarsson, que balançou a cabeça, recusando.

— Péssimo hábito, Hole.
— Tem razão. — Harry enfiou o maço de Camel no bolso interno do sobretudo. — Não se deve oferecer seu cigarro, mas pressupor que um *gentleman* compre os próprios. Foi Benjamin Franklin quem disse isso.
— É mesmo? — rebateu Ivarsson, ignorando o sorriso de Weber.
— Você sabe muita coisa, Hole. Talvez também esteja sabendo que nosso assaltante atacou de novo, exatamente como dissemos que faria.

— Como sabe que foi ele?

— Como vê, foi uma cópia exata do assalto ao Banco Nordea, na rua Bogstadveien.

— É? — questionou Harry e tragou com força. — Onde está o corpo?

Ivarsson e Harry se entreolharam. Os dentes de réptil cintilaram. Weber irrompeu:

— A gerente foi rápida. Ela conseguiu esvaziar o caixa eletrônico em 23 segundos.

— Nenhuma vítima fatal — disse Ivarsson. — Desapontado?

— Não — respondeu Harry, e soltou fumaça pelas narinas. Uma rajada de vento levou a fumaça embora. Mas a neblina na cabeça dele se recusava a sumir.

Halvorsen olhou por cima da cafeteira quando a porta se abriu.

— Pode preparar um espresso triplo para mim? — pediu Harry, deixando-se cair em sua cadeira.

— Bom dia para você também — disse Halvorsen. — Você está horrível.

Harry colocou cobriu o rosto com as mãos.

— Não me lembro de absolutamente nada do que aconteceu ontem à noite. Não faço ideia do que bebi, mas nunca vou tomar uma gota de novo.

Ele olhou entre os dedos e viu que o colega estava com uma ruga de preocupação vincada na testa.

— Relaxe, Halvorsen, foi só uma daquelas coisas passíveis de acontecer. Estou tão sóbrio quanto esta mesa agora.

— O que aconteceu?

Harry soltou uma risada forçada.

— O conteúdo do estômago indica que estive em um jantar com uma velha amiga. Já liguei várias vezes para confirmar, mas ela não atende.

— Amiga?

— É. Amiga.

— Você não foi um policial muito inteligente.

— Concentre-se no café — grunhiu Harry. — Apenas uma paixão antiga. Tudo muito inocente.

— Como pode dizer isso se você não se lembra de nada?

Harry esfregou a mão no queixo por barbear e pensou no que Aune tinha dito sobre embriaguez, que apenas despertava tendências latentes. Ele não tinha certeza se isso o acalmava ou não. Alguns detalhes haviam começado a aflorar. Um vestido preto. Anna estava usando um vestido preto. E ele estava deitado numa escada. E outra mulher o ajudou. Com a metade do rosto. Como um dos retratos de Anna.

— Sempre tenho apagões — argumentou Harry. — Esse não foi pior que das outras vezes.

— E o olho roxo?

— Devo ter batido no armário da cozinha ou algo parecido quando cheguei em casa.

— Não quero deixar você preocupado, Harry, mas isso parece um pouco mais sério do que bater num armário.

— Bem... — disse Harry, pegando a xícara de café com as duas mãos. — Pareço perturbado? Toda vez que entrei numa briga bêbado foi com pessoas que eu já não gostava quando estava sóbrio.

— Aliás, tenho um recado de Møller. Ele me pediu que dissesse a você que tudo bem, mas não disse o que estava bem.

Harry segurou o espresso na boca antes de engolir.

— Você vai descobrir, Halvorsen. Você vai descobrir.

O assalto foi detalhadamente destrinchado na delegacia, na reunião da equipe de investigação, naquela mesma tarde. Didrik Gudmundson contou que, três minutos depois de o alarme disparar, a polícia estava em frente ao banco, mas o assaltante já havia sumido da cena do crime. Além de um anel interno de viaturas bloqueando as ruas mais próximas, eles conseguiram, nos dez minutos seguintes, formar um anel externo nas principais vias: a E18, em Fornebu, e o anel viário 3, em Ullevål, na rua Trondheimsveien, na altura do Hospital Aker, na Griniveien, acima de Bærum, e a interseção com a praça Carl Berners.

— Gostaria de poder chamar isso de anel de ferro, mas vocês conhecem a atual falta de pessoal.

Toril Li interrogou uma testemunha que vira um homem com uma balaclava se sentar no banco do carona de um Opel Ascona branco e ficar esperando em Majorstuen. O carro tinha, então, virado à esquerda e subido a rua Jacob Aalls. Magnus Rian contou que outra testemunha havia visto um carro branco, possivelmente um Opel, entrar em uma garagem para, logo em seguida, sair um em um Volvo azul. Ivarsson olhou no mapa pendurado no quadro branco.

— Parece plausível. Emita uma ordem de busca de Volvos azuis também, Ola. Weber?

— Fibras de tecido — disse Weber. — Duas atrás do balcão onde ele pulou e uma na porta.

— É isso! — Ivarsson balançou o punho no ar. Ele começou a contornar a mesa, passando pelas costas dos outros, o que Harry achou bem irritante. — Então tudo o que temos que fazer é localizar pessoas suspeitas. Vamos colocar o vídeo do assalto na internet assim que Beate terminar a edição.

— Isso seria aconselhável? — perguntou Harry, balançando a cadeira para trás até a parede e cortando o raciocínio de Ivarsson.

O chefe da Roubos olhou para ele com surpresa.

— Aconselhável? Bem, não temos nada contra alguém nos ligar e dar o nome da pessoa no vídeo.

Ola o interrompeu:

— Alguém se lembra daquela mãe que ligou e disse que era o filho dela que ela tinha visto em um vídeo de assalto na internet? Depois descobriram que ele estava preso por outro assalto.

Todos riram. Ivarsson sorriu.

— Nunca recusamos uma nova testemunha, Hole.

— Ou um novo plagiador? — Harry colocou as mãos atrás da cabeça.

— Um imitador? Dá um tempo, Hole.

— Pense bem. Se eu fosse assaltar um banco hoje, é óbvio que copiaria o assaltante mais procurado do momento na Noruega e deixaria toda a suspeita recair sobre ele. Todos os detalhes do assalto na rua Bogstadveien estavam disponíveis na internet.

Ivarsson balançou a cabeça.

— Receio que um assaltante médio não seja tão sofisticado na vida real, Hole. Alguém aqui gostaria de explicar à Homicídios qual é a característica típica de um assaltante em série? Não? Bem, é que ele sempre, e com precisão cirúrgica, repete o que fez no bem-sucedido assalto anterior. Só quando fracassa, quero dizer, quando não consegue levar o dinheiro ou é preso, ele muda o padrão.

— Isso corrobora sua teoria, mas não exclui a minha — argumentou Harry.

Ivarsson lançou um olhar resignado pela mesa, como se estivesse pedindo ajuda.

— Está bem, Hole. Você vai poder testar sua teoria, pois acabei de decidir que nós vamos experimentar uma nova metodologia de trabalho. Isso significa que uma unidade pequena vai trabalhar de forma independente mas em paralelo com o grupo de investigação. É uma técnica criada pelo FBI cujo propósito é evitar que se chegue a um impasse, uma única maneira de considerar um caso, como acontece com frequência em grupos grandes nos quais se forma, de maneira consciente ou inconsciente, um consenso sobre os pontos principais. A pequena unidade poderá contribuir com um ponto de vista novo, pois trabalhará de forma independente, sem ser influenciada pelo outro grupo. O método se provou eficiente em casos bem complicados. Acho que a maioria aqui concorda que Harry Hole tem as qualificações natas para fazer parte dessa unidade.

Houve risadas em volta da mesa. Ivarsson parou atrás da cadeira de Beate.

— Beate, você vai se juntar a Harry nesta unidade.

Beate enrubesceu. Ivarsson colocou a mão em seu ombro, em um gesto paternal.

— Caso não dê certo, é só avisar.

— Farei isso — disse Harry.

Harry estava prestes a abrir o portão do seu prédio quando mudou de ideia e andou dez metros até a pequena mercearia onde Ali retirava caixas de frutas e verduras da calçada.

— Oi, Harry! Está melhor? — Ali abriu um largo sorriso, e Harry fechou os olhos por um momento. Então fora como temia.

— Você me ajudou, Ali?

— Só para subir a escada. Quando abrimos a porta, você disse que não precisava mais de ajuda.

— Como eu cheguei? A pé ou...?

— De táxi. Você me deve 120 coroas.

Harry soltou um suspiro e seguiu Ali para dentro da loja.

— Sinto muito, Ali. De verdade. Pode me contar a versão curta, sem detalhes muito embaraçosos?

— Você e o taxista começaram a discutir. E o nosso quarto fica bem deste lado. — Ele acrescentou, com um sorriso amável: — Uma merda ter janela para a rua.

— E a que horas foi isso?

— No meio da noite.

— Você se levanta às cinco, Ali. Eu não sei o que significa "no meio da noite" para pessoas como você.

— Onze e meia. No mínimo.

Harry prometeu que aquilo nunca mais ia se repetir, enquanto Ali balançava a cabeça como quem ouve uma história que conhece de cor. Harry perguntou como podia lhe agradecer, e Ali respondeu que Harry podia alugar seu depósito vazio no porão. Harry prometeu que ia pensar, pagou a Ali o que devia pelo táxi, comprou uma Coca-Cola, um pacote de macarrão e almôndegas.

— Então estamos quites — disse Harry.

Ali balançou a cabeça, discordando.

— Três meses de condomínio — disse o síndico, tesoureiro e faz-tudo do prédio.

— Merda, esqueci.

— Eriksen — disse Ali, com um sorriso.

— Quem é ele?

— Recebi uma carta dele no verão. Ele me pediu que enviasse o número da conta para que pudesse pagar o condomínio de maio e junho de 1972. Ele acha que tirou o sono dele nos últimos trinta anos. Eu respondi por carta que ninguém no prédio se lembrava dele, por isso não precisava pagar. — Ali exibiu um dedo em riste para Harry. — Mas não vou fazer o mesmo com você.

Harry levantou os braços para o alto, em rendição.

— Transfiro o dinheiro amanhã.

A primeira coisa que Harry fez assim que entrou em seu apartamento foi ligar para Anna de novo. A mesma voz de antes na secretária eletrônica. Ele mal havia colocado o macarrão e a carne na panela quando ouviu o telefone tocar. Segui apressado até o corredor e apanhou o fone.

— Alô! — gritou.

— Alô — respondeu uma voz familiar de mulher, levemente surpresa do outro lado.

— Ah, é você?

— Sim. Quem achou que fosse?

Harry fechou os olhos.

— Um colega. Houve mais um assalto.

As palavras tinham gosto de bile e pimenta-malagueta. A dor surda atrás dos olhos voltou.

— Tentei ligar para o seu celular — disse Rakel.

— Eu o perdi.

— Perdeu?

— Ou deixei em algum lugar ou foi roubado. Não sei, Rakel.

— Está acontecendo alguma coisa, Harry?

— Como assim?

— Você parece tão... estressado.

— Eu...

— Sim...

Harry respirou fundo.

— Como anda o processo?

Harry prestou atenção, mas não conseguiu ordenar as palavras em frases coerentes. Ele conseguiu pescar "posição financeira", "o melhor para a criança" e "negociação", e deduziu que não havia muitas novidades. A audiência seguinte havia sido adiada para sexta-feira, e ele ficou sabendo que Oleg estava bem, mas cansado de morar em um hotel.

— Diga para ele que estou ansioso para ver vocês de novo — disse.

Quando desligou, Harry ficou pensando se devia ligar de volta. Mas para quê? Contar a ela que ele havia jantado com uma antiga paixão e que não fazia ideia do que tinha acontecido? Ele pegou o telefone, mas então o alarme de incêndio na cozinha disparou. E quando tirou a panela do fogão e abrir a janela, o telefone tocou de novo. Mais tarde, Harry chegaria a pensar que muitas coisas poderiam ter sido diferentes se Bjarne Møller não tivesse ligado justamente naquela noite.

— Sei que seu plantão acabou de terminar — disse Møller. — Mas estamos com falta de pessoal e uma mulher foi encontrada morta no próprio apartamento. Aparentemente, ela se matou com um tiro. Você pode dar uma olhada?

— É claro, chefe — disse Harry. — Eu devo uma por hoje. Aliás, Ivarsson lançou a ideia da investigação paralela como sendo dele.

— O que você faria se fosse chefe e recebesse uma ordem dessas de um superior?

— A ideia de eu ser chefe é perturbadora, chefe. Como chego a esse apartamento?

— Fique onde está. Alguém vai buscar você.

Vinte minutos depois, a campainha tocou, um som que Harry ouvia tão raramente que deu um pulo. A voz, metálica e distorcida pelo interfone, avisou que o táxi havia chegado, mas Harry sentiu os pelos da nuca se eriçarem. E quando desceu e viu o carro esporte vermelho, um Toyota MR2, sua suspeita foi confirmada.

— Boa noite, Hole. — A voz veio do vidro aberto da janela, tão próxima ao asfalto que Harry não podia ver quem falava. Ele abriu a porta do carro e foi saudado por um baixo moderno, um órgão tão sintético quanto poliéster e um falsete familiar: *"You sexy motherfucka!"*

Harry se acomodou com certa dificuldade no assento apertado.

— Então somos nós dois hoje à noite — disse o inspetor Tom Waaler, descendo de leve o queixo teutônico e revelando uma fileira impecável de dentes no rosto bronzeado, mas os olhos azuis polares continuaram gélidos.

Muitas pessoas na delegacia não gostavam de Harry, mas ele só conhecia uma que, de fato, o odiava. Harry sabia que, aos olhos de

Waaler, ele era um representante indigno da força policial e, portanto, um insulto pessoal. Em várias ocasiões, Harry havia manifestado que não compartilhava dos pontos de vista preconceituosos do policial e de alguns outros colegas sobre homossexuais, comunistas, pessoas que recebiam auxílio do sistema social, paquistaneses, pessoas não brancas e outras minorias, enquanto Waaler, por sua vez, havia chamado Harry de "crítico de rock beberrão". Mas Harry suspeitava de que o verdadeiro motivo do ódio de Waaler era porque ele bebia. Tom Waaler não tolerava fraquezas. Harry supunha ser esse o motivo de ele passar tantas horas na academia de ginástica, dando chutes altos e golpes em sacos de areia, sempre com novos parceiros. Na cantina, Harry tinha entreouvido um dos policiais novatos, bem entusiasmado, descrever como Waaler havia quebrado os dois braços de um carateca da gangue dos vietnamitas, na estação central de trem de Oslo. Com base nas opiniões de Waaler sobre cor de pele, Harry achava um paradoxo que o colega gastasse tanto tempo no solário da academia para se bronzear, mas talvez fosse verdade o que uma língua maldosa certa vez alegara: que Waaler na verdade não era racista, pois ele batia tanto em neonazistas como em negros.

Além do que era de conhecimento geral, havia certas questões que ninguém sabia ao certo, mas que alguns, mesmo assim, intuíam. Fazia mais de um ano que Sverre Olsen — a única pessoa que poderia ter revelado o motivo do assassinato de Ellen Gjelten — foi encontrado morto em sua cama, com uma pistola na mão e uma bala de Waaler entre os olhos.

— Tome cuidado, Waaler.

— Como é?

Harry esticou a mão e abaixou os gritos de amor que vinham do rádio.

— Está derrapando hoje.

O motor ronronou feito uma máquina de costura, mas o som enganava; conforme o carro acelerava, Harry sentia a dureza do encosto do assento. O carro voava pelas ruas, subindo a colina da Stensparken e seguindo pela rua Suhms.

— Aonde vamos? — perguntou Harry.

— Para cá — respondeu Waaler, e virou bruscamente à esquerda, bem em frente a um carro que vinha na pista contrária. O vidro ainda estava aberto, e Harry podia ouvir o som das folhas molhadas lambendo os pneus.

— Bem-vindo de volta à Homicídios — disse Harry. — Não quiseram você na Polícia Secreta?

— Reestruturação — respondeu Waaler. — Além do mais, o superintendente-chefe e Møller me queriam de volta, porque consegui bons resultados na Homicídios, se você está lembrado.

— Como poderia esquecer?

— Bem, ouve-se tanto sobre os efeitos da bebida a longo prazo...

Com muito esforço, Harry conseguiu colocar a mão no painel, evitando que a freada brusca o arremessasse através do para-brisa. No mesmo instante, a tampa do porta-luvas se abriu e algo pesado atingiu Harry no joelho antes de cair aos seus pés.

— Que merda é essa? — ganiu.

— Uma Jericho 941, uma pistola da polícia israelense — respondeu Waaler, desligando o motor. — Não está carregada. Pode deixar aí. Chegamos.

— É aqui? — perguntou Harry, surpreso, e se abaixou, olhando para cima, na direção do prédio amarelo à sua frente.

— Por que não? — retrucou Waaler, saindo do carro.

Harry sentiu o coração começar a golpear-lhe o peito. Enquanto procurava a maçaneta, uma única ideia, acima de todas as outras, passou pela sua cabeça: devia ter feito aquela ligação para Rakel.

A neblina estava de volta. Infiltrava-se pela rua, pelas frestas em volta das janelas fechadas, atrás das árvores na alameda urbana, saía pelo portão azul que se abriu depois que ouviram o curto ganido de Weber no interfone, escapava pelos buracos das fechaduras das portas por onde eles passaram ao subir a escada. Parecia um edredom de algodão em volta de Harry. E quando entraram no apartamento, Harry teve a sensação de estar andando nas nuvens, e tudo à sua volta — as pessoas, as vozes, o zunido dos walkie-talkies, a luz de flashes piscando —, tudo tinha um matiz de sonho, um revestimento de indiferença, porque isso não era real, não podia ser. Mas quando ficaram de frente para a cama na qual estava a morta com uma pistola na mão direita e um grande buraco na têmpora, ele não aguentou ver o sangue no travesseiro ou encarar seu olhar vazio e acusador. Em vez disso, olhou para a cabeceira, para o cavalo com a cabeça arrancada, na esperança de que a neblina logo se dissiparia e que ele acordaria.

10

A Casa da Dor

As vozes iam e vinham ao seu redor.
— Sou o inspetor Tom Waaler. Alguém pode recapitular o que aconteceu aqui?
— Chegamos há quarenta minutos. Foi o eletricista quem a encontrou.
— Quando?
— Às cinco. Ele ligou para a polícia imediatamente. O nome dele é... vamos ver... René Jensen. Aqui está a identidade e o endereço dele também.
— Ótimo. Ligue e verifique a ficha criminal.
— Ok.
— René Jensen?
— Sou eu.
— Pode vir até aqui? Meu nome é Waaler. Como foi que entrou?
— Como disse para o outro policial, com esta chave extra. Ela passou na loja e deixou a chave na terça, porque não estaria em casa quando eu viesse fazer o trabalho.
— Porque ela estaria no trabalho, talvez?
— Não faço ideia. Não acho que trabalhava. Não num emprego normal, quero dizer. Ela comentou que ia fazer uma grande exposição com algumas peças.
— Artista, então. Alguém aqui já ouviu falar dela?
Silêncio.
— O que você ia fazer no quarto, Jensen?
— Eu estava procurando o banheiro.
Outra voz:

— O banheiro é naquela porta ali.

— Ok. Você notou alguma coisa suspeita quando entrou no apartamento, Jensen?

— Hmm... Como assim *suspeita*?

— A porta estava trancada? Alguma janela estava aberta? Algum cheiro ou barulho diferente? Qualquer coisa.

— A porta estava trancada. Não vi janelas abertas, mas também não reparei. O único cheiro parecia ser aquele solvente...

— Terebintina?

A outra voz:

— Há materiais de pintura em uma das salas.

— Obrigado. Mais alguma coisa que tenha notado, Jensen?

— Qual foi a última coisa que você mencionou?

— Barulho.

— Sim, barulho. Não, não ouvi muito barulho. O apartamento estava silencioso como um túmulo. Digo... bom... não quis...

— Tudo bem, Jensen. Você já havia se encontrado com a falecida antes?

— Nunca a tinha visto antes de ela aparecer na loja. Parecia bastante animada.

— O que foi que ela pediu que fizesse?

— Ela queria que eu consertasse o termostato do aquecimento sob o piso do banheiro.

— Será que você pode me fazer o favor e verificar se realmente tem algo errado? Se há de fato algum termostato ali, quero dizer.

— Por que... ah, tá, entendo. Ela pode ter planejado tudo e a gente meio que deveria encontrá-la?

— Algo assim.

— Bem, mas o termostato estava pifado.

— Pifado?

— Danificado.

— Como você sabe?

Silêncio.

— Você foi avisado de que não podia mexer em nada, não foi Jensen?

— Sim, mas vocês demoraram muito para aparecer, e eu fiquei um pouco nervoso, então tive que inventar alguma coisa para fazer.

— E agora a falecida tem um termostato que funciona?
— Bem... é... tem.

Harry tentou se afastar da cama, mas seus pés não queriam se mover. O médico-legista havia fechado os olhos de Anna, e agora ela parecia estar dormindo. Tom Waaler mandara o eletricista para casa, com o aviso para estar disponível nos próximos dias, e dispensou os patrulheiros que haviam atendido ao chamado. Harry nunca imaginou que se sentiria assim, mas estava feliz por Tom Waaler estar ali. Sem a presença do experiente colega, ele não teria conseguido elaborar uma única pergunta que fizesse sentido, muito menos tomado uma decisão racional.

Waaler perguntou ao médico-legista se ele podia lhes dar um laudo preliminar.

— Parece que a bala atravessou o crânio, destruindo assim o cérebro e paralisando todas as funções corporais vitais. Pressupondo que a temperatura do quarto estivesse constante, a temperatura do corpo indica que ela morreu faz pelo menos 16 horas. Nenhum sinal de violência. Nenhuma marca de agulha ou indicação de abuso de drogas. Mas... — O médico fez uma pausa deliberadamente longa. — As cicatrizes nos punhos indicam que ela já tentou suicídio antes. Uma suposição puramente especulativa, mas plausível, seria afirmar que ela fosse maníaco-depressiva, ou apenas depressiva e suicida. Não duvido que a gente encontre um estudo de caso sobre ela.

Harry tentou dizer alguma coisa, mas a língua também não lhe obedecia.

— Vou saber mais depois de examiná-la melhor.
— Obrigado, doutor. Tem algo a dizer, Weber?
— A arma é uma Beretta M92F, bem comum. Encontramos apenas algumas impressões digitais na coronha, obviamente da própria morta. O projétil estava em uma das vigas da cama e o tipo de munição bate com a arma. Portanto, a balística deve confirmar que a bala saiu desta pistola. E os peritos terão o relatório completo amanhã.

— Ótimo, Weber. Só mais uma coisa. Parece que a porta estava trancada quando o eletricista chegou. Notei que era uma fechadura padrão, e não uma tranca, o que exclui a possibilidade de alguém ter estado aqui antes e saído do apartamento. A não ser que a pessoa tenha usado a chave da falecida para sair, é claro. Se encontrarmos a chave, estaremos mais perto de uma conclusão.

Weber assentiu com um meneio de cabeça e levantou um lápis amarelo no qual estava pendurado um molho de chaves.

— Estava na cômoda do corredor. É uma chave mestra, que serve para o portão principal do prédio e todas as portas do condomínio. Verifiquei e descobri que ela também serve para a fechadura deste apartamento.

— Maravilha. A única coisa que falta, então, é um bilhete de suicídio assinado pela falecida. Alguma objeção em classificar esse caso como óbvio?

Waaler olhou para Weber, para o médico e para Harry.

— Ok. Então podemos dar a triste notícia aos parentes próximos e convocá-los para vir identificá-la.

Ele saiu para o corredor mas Harry permaneceu ao lado da cama. Logo depois, Waaler voltou e apareceu no vão da porta.

— Não é bom quando todas as peças se encaixam, Hole?

O cérebro de Harry deu ordens para que a cabeça balançasse, assentindo, mas ele não fazia a menor ideia se ela estava obedecendo ou não.

11

A ILUSÃO

Estou assistindo ao primeiro vídeo. Quando avanço quadro a quadro, consigo ver o clarão do disparo. Partículas de pólvora que ainda não foram transformadas em energia pura, como um enxame de asteroides incandescentes seguindo o grande cometa para dentro da atmosfera, onde queima, enquanto o corpo celeste maior continua serenamente sua trajetória. E não há nada a fazer, pois a rota foi traçada milhões de anos antes; antes dos seres humanos, antes dos sentimentos, antes do nascer do ódio e da compaixão. A bala penetra a cabeça, corta o pensamento, vira os sonhos pelo avesso. E no cerne do crânio, a última reflexão, um impulso neural do centro da dor, é estilhaçada. E há um último e contraditório pedido de socorro a si mesmo antes de tudo silenciar. Eu clico no outro título do vídeo. Olho pela janela enquanto o computador ronrona e busca na noite da internet. Há estrelas no céu e penso que cada uma delas é uma prova da inexorabilidade do destino. Não têm sentido, elas se erguem acima da necessidade humana de lógica e conexões. E é por isso que são tão belas, eu acho.

Então o outro vídeo está pronto. Aperto o play. Play a play. É como um teatro mambembe que monta a mesma peça, mas em um lugar novo. As mesmas falas e movimentos, o mesmo figurino, a mesma cenografia. Só os figurantes são trocados. E a cena final. Esta noite não houve tragédia.

Estou satisfeito comigo mesmo. Encontrei o núcleo do caráter que represento — o antagonista frio e profissional que sabe exatamente o que quer, e mata se precisar. Ninguém tenta prolongar o tempo, ninguém tem coragem depois da rua Bogstadveien. E por isso eu sou

Deus naqueles dois minutos, 120 segundos que dei a mim mesmo. E a ilusão funciona. As roupas grossas sob o macacão, as palmilhas duplas, as lentes de contato coloridas e os movimentos cuidadosos.

Desligo o computador e a sala fica escura. Tudo que me alcança de fora é o zunido distante da cidade. Encontrei o Príncipe hoje. Pessoa esquisita. Ele me deixa com o sentimento ambivalente de um Pluvianus aegyptius, o *passarinho que vive limpando a boca do crocodilo. Disse que está tudo sob controle, que a Divisão de Roubos não encontrou nenhuma pista. Ele recebeu a sua parte e eu recebi a pistola israelense que ele havia prometido.

Talvez eu devesse estar contente, mas não há nada que possa me deixar inteiro novamente.

Depois, liguei para a delegacia de um telefone público, mas eles não quiseram dizer nada antes de eu afirmar que era um parente. Então falaram que foi suicídio, que Anna havia atirado em si mesma. O caso foi arquivado. Mal consegui conter o riso antes de encerrar a ligação.

Parte Dois

12

Freitod

— Albert Camus alega que *freitod,* suicídio, é o único problema real na filosofia — disse Aune, sentindo o aroma do céu cinzento sobre a rua Bogstadveien. — Porque decidir se a vida vale a pena ser vivida ou não é a resposta da pergunta fundamental da filosofia. Todas as outras coisas... Se o mundo tem três dimensões e a alma nove ou 12 categorias... isso tudo vem depois.

— Hmm — disse Harry.

— Muitos dos meus colegas fizeram pesquisas para saber por que as pessoas cometem suicídio. Sabe o que foi que foi apontado como a causa mais comum?

— Era esse tipo de coisa que eu esperava que você pudesse me responder. — Harry tinha de ziguezaguear entre as pessoas na calçada estreita para se manter ao lado do psicólogo rechonchudo.

— Que elas não querem mais viver — disse Aune.

— Parece que alguém merece um prêmio Nobel.

Harry ligara para Aune, na noite anterior, para combinar de pegá-lo em seu escritório, na Sporveisgata, às nove. Eles passaram pela agência do Banco Nordea, e Harry notou que o contêiner de lixo verde ainda estava em frente à 7-Eleven, do outro lado da rua.

— Costumamos esquecer que a decisão de cometer suicídio muitas vezes é tomada por pessoas mentalmente saudáveis que acham que a vida não tem mais nada a oferecer — explicou Aune. — Pessoas idosas que perderam seu parceiro de uma vida inteira ou que sofrem com uma saúde precária, por exemplo.

— Essa mulher era jovem e saudável. Que motivos racionais ela pode ter tido?

— É preciso primeiro definir o que se quer dizer com racional. Quando uma pessoa deprimida escolhe acabar com a dor tirando a própria vida, devemos supor que ela fez uma avaliação. Por outro lado, é difícil ver o suicídio como racional em uma situação típica, na qual a pessoa está voltando do fundo do poço, e só então tem energia suficiente para executar o ato diligente que é um suicídio.

— Um suicídio pode ser totalmente espontâneo?

— Pode, claro. Porém é mais comum que comece como uma tentativa de suicídio, especialmente entre as mulheres. Nos Estados Unidos, calcula-se que há dez pseudotentativas de suicídio para cada suicídio efetivo entre as mulheres.

— Pseudo?

— Tomar cinco pílulas para dormir é um grito de socorro que, em si, é bastante sério, mas não é considerado uma tentativa de suicídio quando o vidro de remédio ainda está pela metade na mesa de cabeceira.

— Essa aqui se matou com um tiro.

— Um suicídio masculino, então.

— Masculino?

— Uma das razões por que os homens com frequência são mais bem-sucedidos ao cometer suicídio é que eles escolhem métodos mais agressivos e fatais do que as mulheres. Armas de fogo e prédios altos, em vez de cortar os pulsos ou uma overdose de pílulas. É bem incomum uma mulher se matar com um tiro.

— Incomum ou suspeito?

Aune olhou para Harry.

— Você tem motivos para acreditar que não foi suicídio?

Harry balançou a cabeça.

— Só queria ter certeza. Vamos virar à direita, o apartamento fica mais adiante, nesta rua.

— Sorgenfrigata? — Aune riu e olhou para cima, para as nuvens ameaçadoras no céu. — Mas é claro.

— O quê?

— Sorgenfri era o nome do palácio de Christophe, o rei haitiano que cometeu suicídio quando foi preso pelos franceses. Ou *Sans Souci*, como estes o chamavam. Ou seja, "sem preocupações". Rua Despreocupada. Sorgenfrigata. Como você sabe, foi ele que direcionou os canhões para o céu para se vingar de Deus.

— Bem...

— E imagino que saiba o que o escritor Ola Bauer disse sobre esta rua. "Eu me mudei para a rua Sorgenfrigata, mas também não ajudou." — Aune riu tanto que o queixo duplo trepidou.

Halvorsen os aguardava em frente ao portão principal.

— Encontrei Bjarne Møller na saída da delegacia — disse. — Ele deu a entender que este caso já está resolvido.

— Só vamos verificar algumas pontas soltas — argumentou Harry, abrindo a porta com a chave que o eletricista lhe dera.

As fitas de isolamento policial na porta do apartamento já haviam sido removidas, o corpo também já não estava mais lá, porém de resto estava tudo como na noite anterior. Eles entraram no quarto. O lençol branco na cama enorme reluzia na semiescuridão.

— Então, o que estamos procurando? — perguntou Halvorsen, enquanto Harry abria as cortinas.

— Uma chave extra do apartamento — respondeu Harry.

— Por quê?

— Nós achamos que ela tinha uma chave extra, aquela que deu ao eletricista. Eu chequei e descobri que cópias de chaves mestras não podem ser feitas em um chaveiro comum, precisam ser encomendadas do fabricante por um chaveiro autorizado. Como a chave serve para a portaria e o porão, o condomínio precisa ter controle sobre isso. Assim, os moradores precisam de uma permissão por escrito da administradora para encomendar novas chaves. E por um acordo com o condomínio, o chaveiro autorizado é responsável por manter um registro das chaves entregues para cada apartamento. Liguei para Låsesmeden, o chaveiro na rua Vibes, ontem à noite. Anna Bethsen tinha duas chaves extras, ou seja, ao todo ela possuía três chaves. Uma encontramos no apartamento, o eletricista estava com outra. Mas onde está a terceira chave? Até acharmos esta chave, não podemos excluir a possibilidade de que alguém estava aqui quando ela morreu, e depois saiu e trancou a porta.

Halvorsen balançou a cabeça devagar.

— A terceira chave, então.

— A terceira chave. Pode começar a procurar aqui, Halvorsen, enquanto eu mostro outra coisa a Aune?

— Ok.

— Ah, e mais uma coisa. Não fique surpreso se encontrar meu celular. Acho que posso ter deixado aqui ontem à tarde.

— Pensei que você tivesse perdido anteontem.

— Encontrei. E perdi de novo. Você sabe...

Halvorsen balançou a cabeça. Harry guiou Aune pelo corredor até as salas.

— Eu chamei você porque é a única pessoa que conheço que pinta.

— Infelizmente, isso é um leve exagero. — Aune ainda estava ofegante depois de ter subido as escadas.

— Pode ser, mas pelo menos você entende alguma coisa de arte, por isso espero que possa deduzir alguma coisa disto aqui.

Harry abriu as portas corrediças que davam para a sala nos fundos, acendeu a luz e apontou para os quadros. Mas, em vez de olhar para as três pinturas, Aune murmurou um "nossa" baixinho, e se aproximou da lâmpada de aço com três cabeças. Ele tirou os óculos do bolso de dentro do paletó de tweed, se agachou e começou a ler na base pesada.

— Impressionante! — exclamou, entusiasmado. — Uma genuína lâmpada Grimmer.

— Grimmer?

— Bertol Grimmer, um famoso designer alemão. Entre outras coisas, desenhou o monumento da vitória que Hitler mandou erguer em Paris, em 1941. Ele poderia ter se tornado um dos maiores artistas do nosso tempo, mas, no auge da carreira, descobriram que ele era de descendência cigana. Acabou sendo mandado para um campo de concentração e seu nome riscado de todos os prédios e obras dos quais participou. Grimmer sobreviveu, mas quebrou as duas mãos na pedreira onde os ciganos trabalhavam. Ele continuou a trabalhar depois da guerra, mas, por causa dos ferimentos, jamais conseguiu alcançar a grandeza de outrora. Mas aposto que este aqui é do pós-guerra. — Aune pegou o abajur.

Harry pigarreou.

— Na verdade, estava pensando nestes retratos.

— Amadores — resmungou Aune. — Mas olhe esta linda estatueta de mulher. A deusa Nêmesis, o escopo favorito de Grimmer depois da guerra. A deusa da vingança. Falando em suicídio, vingança também é um motivo comum, você sabe. A pessoa acha que foi por culpa do outro que a vida deu errado e quer então infligir a esse indivíduo o sentimento de culpa ao tirar a própria vida. Bertol Grimmer também se matou, isso depois de ter tirado a vida da esposa por ela ter um amante. Vingança, vingança, vingança. Você sabia que os humanos são os únicos seres vivos que praticam vingança? O interessante a respeito da vingança...

— Aune...

— Ah, sim, as pinturas. Você quer que eu tente decifrar alguma coisa nelas? Bem, elas são até parecidas com as gravuras de Rorschach.

— Hmm. É isso que você usa para fazer o paciente produzir associações?

— Exato. Então, o problema aqui é que, se eu interpretar essas pinturas, provavelmente vão dizer mais sobre a minha vida íntima do que sobre a vida da morta. Como não há mais ninguém que acredite no teste de Rorschach, então por que não? Vamos ver... Estas pinturas são bastante escuras, porém parecem mais zangadas do que deprimidas, talvez. Parece que uma está inacabada.

— Talvez seja para ser assim mesmo, talvez formem uma unidade.

— O que o leva você a dizer isso?

— Não sei. Talvez o fato de a luz das três lâmpadas cair perfeitamente em cada pintura?

— Hmm. — Aune colocou um braço sobre o peito e o dedo indicador nos lábios, pensativo. — Tem razão. Claro, tem razão. E sabe o que mais, Harry?

— Não. O quê?

— Não significam nada... perdoe a expressão, mas não dizem nada de nada. Terminamos?

— Sim. Aliás, não. Um pequeno detalhe, já que você pinta. Como vê, a paleta está do lado esquerdo do cavalete. Não parece muito prático, não acha?

— Acho, a não ser que o pintor seja canhoto.

— Entendo. Vou ajudar Halvorsen nas buscas. Nem sei como lhe agradecer, Aune.

— Eu sei. Coloco mais uma hora na próxima fatura.

Halvorsen tinha terminado no quarto.

— Ela não tinha muita coisa — disse ele. — Foi quase como vasculhar um quarto de hotel. Apenas roupas, cosméticos, ferro de passar, toalhas, lençóis e coisas assim. Mas nenhuma foto de família, uma carta ou documentos pessoais.

Uma hora mais tarde, Harry entendeu o que Halvorsen queria dizer. Revistaram o apartamento inteiro e estavam de volta ao quarto sem ter encontrado sequer uma conta de telefone ou um extrato bancário.

— É a coisa mais esquisita que já vi — comentou Halvorsen, sentando-se do lado oposto de Harry à escrivaninha. — Ela deve ter arrumado tudo. Talvez quisesse levar tudo o que era dela, toda a sua identidade, quando foi embora, se é que você me entende.

— Entendo. Não viu sinais de um laptop?

— Laptop?

— Um computador portátil.

— Do que está falando?

— Não está vendo este quadrado claro na madeira aqui? — Harry apontou para a mesa entre eles. — Parece que tinha um laptop aqui e que foi retirado.

— É?

Harry sentiu o olhar inquiridor de Halvorsen.

Quando estavam na rua, ficaram olhando para as janelas do apartamento na fachada de um amarelo pálido, enquanto Harry fumava um cigarro todo dobrado que achou perdido no bolso do sobretudo.

— Estranha essa coisa com os familiares — comentou Halvorsen.

— O quê?

— Møller não contou? Eles não acharam nenhum endereço, nem dos pais, dos irmãos, de ninguém. Localizaram apenas um tio, que está preso. Møller precisou ligar para a funerária ele mesmo para que a pobre da moça fosse enterrada. Como se morrer não fosse solitário o bastante.

— Que funerária?

— Sandemann — respondeu Halvorsen. — O tio queria que ela fosse cremada.

Harry tragou o cigarro e observou a fumaça subir e desaparecer no ar. O final de um processo que começara quando um agricultor plantou sementes de tabaco em um campo no México. Durante cinco meses, as sementes viraram uma planta da altura de um homem, que dois meses depois foi colhida, sacudida, secada, selecionada, embrulhada e enviada para as fábricas da RJ Reynolds, na Flórida ou no Texas, onde virou cigarros Camel com filtro, embalados a vácuo em um maço amarelo e posto em um pacote que foi embarcado em um navio para a Europa. E oito meses depois, o que era uma das folhas de uma planta verde, germinando sob o sol mexicano, escapou de um maço de cigarros do bolso do sobretudo de um homem bêbado conforme ele caía de uma escada ou de um táxi, ou quando ele se cobria com o sobretudo, como se fosse um manto, porque o sujeito não consegue, ou não tem coragem, de abrir a porta para o quarto com todos aqueles monstros embaixo da cama. E então, quando ele finalmente encontra o cigarro, amassado e cheio de fiapos do bolso, coloca uma ponta na boca malcheirosa e acende a outra. E depois que a folha de tabaco seca e picada foi sugada para dentro desse corpo por um breve momento de prazer, é soprada para fora e está, finalmente, livre. Livre para ser dissolvida, para tornar-se nada. Para ser esquecida.

Halvorsen pigarreou duas vezes,

— Como sabia que ela tinha encomendado aquelas chaves justamente no chaveiro da rua Vibes?

Harry deixou cair a ponta do cigarro no chão e apertou o sobretudo.

— Parece que Aune tem razão — disse. — Vai chover. Se estiver direto para a delegacia, aceito uma carona.

— Certamente deve ter uns cem chaveiros em Oslo, Harry.

— Liguei para o vice-síndico do condomínio. Knut Arne Ringnes. Cara legal. Eles utilizam este chaveiro há vinte anos. Vamos embora?

— Que bom que chegou — disse Beate Lønn, quando Harry entrou na Casa da Dor. — Descobri algo ontem à noite. Veja isto. — Ela rebobinou o vídeo e apertou o botão de pausa. Um quadro trêmulo do rosto de Stine Grette olhando na direção ao assaltante encapuzado preencheu a tela. — Ampliei um campo do vídeo. Queria o rosto de Stine o maior possível.

— Por quê? — perguntou Harry e deixou-se cair numa cadeira.

— Se olhar o relógio, pode ver que isso acontece oito segundos antes de o Magarefe atirar...

— Magarefe?

Ela sorriu, desconcertada.

— É apenas um apelido que dei a ele. Meu avô tinha uma fazenda, por isso... Enfim.

— Onde?

— No vale Setesdal.

— E lá você viu animais serem abatidos?

— Sim. — O tom de voz não convidava a seguir adiante. Beate apertou o botão slow e o rosto de Stine Grette ganhou vida. Harry a viu piscar e mover os lábios em câmera lenta. Ele começou a temer o tiro quando Beate de repente parou o vídeo.

— Você viu aquilo? — perguntou, cheia de expectativas.

Passaram-se alguns segundos até que a ficha de Harry finalmente caiu.

— Ela falou! — disse ele. — Ela disse algo um pouco antes de ser morta, mas não dá para ouvir nada na gravação.

— Porque ela sussurrou.

— Como não percebi isso antes! Mas por quê? E o que ela fala?

— Espero que a gente descubra em breve. Chamei um especialista em leitura labial do Instituto dos Surdos-Mudos. Ele está vindo para cá agora.

— Ótimo.

Beate olhou no relógio. Harry mordeu o lábio inferior, respirou fundo e disse baixinho:

— Beate, uma vez eu...

Ele viu que ela enrijeceu quando ele disse seu nome.

— Eu tinha uma colega que se chamava Ellen Gjelten.

— Eu sei — respondeu ela no mesmo instante. — Ela foi assassinada perto do rio.

— É. Quando ela e eu não conseguíamos avançar em determinado caso, costumávamos usar várias técnicas para ativar a informação captada pelo inconsciente. Jogos de associações... A gente escrevia palavras em pedaços de papéis etc. — Harry sorriu, acanhado. — Pode parecer meio vago, mas às vezes dava resultados. Então pensei que talvez a gente pudesse tentar a mesma coisa.

— Se você quiser.

Mais uma vez ocorreu a Harry que Beate parecia estar muito mais segura quando eles estavam focados em um vídeo ou em uma tela de computador. Agora ela o encarava como se ele houvesse acabado de sugerir que jogassem strip pôquer.

— Gostaria de saber o que você *sente* a respeito desse caso — disse ele.

Ela riu, insegura.

— O que sinto...

— Esqueça os fatos por um momento. — Harry se inclinou para a frente na cadeira. — Deixe de lado essa postura de menina aplicada. Não precisa justificar o que você falar. Apenas repita o que seu instinto lhe diz.

Por alguns instantes, Beate ficou olhando para a superfície da mesa. Harry esperou. Então levantou os olhos e encontrou o olhar de Harry.

— Acredito em um E.

— E?

— Empate. É um dos cinquenta por cento que nunca vamos conseguir solucionar.

— Ok. E por que não?

— Matemática simples. Quando você pensa em todos os idiotas que *não* conseguimos pegar, um homem como o Magarefe, alguém que planejou bastante e que sabe um pouco sobre nossos procedimentos, tem boas chances de se safar.

— Certo. — Harry passou a mão no rosto. — Quer dizer que a sua intuição só faz cálculos racionais?

— Não só. É algo na maneira como ele se comporta. Ele é bem decidido. Como se estivesse impulsionado por algo...

— O que o impulsiona, Beate? Dinheiro?

— Não sei. Na estatística de assaltos, dinheiro é o motivo número um, e excitação o número dois e...

— Esqueça a estatística, Beate. Agora você é uma investigadora. Você não está só analisando imagens de vídeo, mas suas próprias interpretações inconscientes com base no que viu. Acredite, isso é a pista mais importante que um investigador tem.

Beate olhou para ele. Harry sabia que ele a estava induzindo a se expressar.

— Vamos! — insistiu. — O que impulsiona Magarefe?
— Sentimentos.
— Que tipo de sentimentos?
— Sentimentos fortes.
— Que tipo de sentimentos fortes, Beate?

Ela fechou os olhos.

— Amor ou ódio. Ódio. Não, amor. Eu não sei.
— Por que ele atira nela?
— Porque ele... não.
— Vamos, Beate. Por que ele atira nela? — Harry estava aproximado sua cadeira da dela centímetro a centímetro.
— Porque ele precisa. Porque foi decidido... de antemão.
— Ótimo! Por que foi decidido de antemão?

Alguém bateu na porta.

Harry queria que Fritz Bjelke, do Instituto dos Surdos-Mudos, não tivesse atravessado tão depressa as ruas do centro em sua bicicleta para ajudá-los. Mas agora um homem sorridente e roliço, com óculos redondos e capacete cor-de-rosa estava à porta. Bjelke não era deficiente auditivo e, definitivamente, não tinha distúrbio de fala. Para que ele conhecesse bem os movimentos dos lábios de Stine Grette, mostraram a ele primeiro a parte do vídeo na qual dava para ouvir o que ela dizia. Enquanto a fita rolava, Bjelke falava sem parar.

— Sou perito, mas, na verdade, somos todos leitores de lábios, mesmo quando ouvimos o que a pessoa está falando. É por isso, por exemplo, que é incômodo para nós quando a imagem e a fala não estão sincronizadas, mesmo que se trate apenas de centésimos de segundo.

— Certo — concordou Harry. — Mas eu não consigo ler nada dos movimentos labiais dela.

— O problema é que apenas trinta a quarenta por cento das palavras podem ser lidas diretamente dos lábios. Para entender o restante, temos que olhar a expressão facial e corporal, e usar a própria compreensão da linguagem e a lógica para encontrar as palavras que estão faltando. Pensar é tão importante quanto ver.

— É aqui que ela começa a sussurrar — anunciou Beate.

Bjelke se calou de súbito e acompanhou os movimentos labiais minimalistas na tela, totalmente concentrado. Beate parou o vídeo antes do tiro.

— Certo — disse Bjelke. — Mais uma vez.

E depois:

— Outra vez.

Então:

— Mais uma vez, por favor.

Depois de sete vezes, ele acenou com a cabeça em sinal de que havia visto o suficiente.

— Eu não entendo o que ela quer dizer — disse Bjelke. Harry e Beate se entreolharam. —, mas acho que sei o que ela que dizer.

Beate quase teve de correr para acompanhar Harry pelo corredor.

— Ele é considerado o maior perito do país na área — argumentou ela.

— Não adianta — disse Harry. — Ele mesmo disse que não tem certeza.

— Mas e se Stine Grette disse mesmo o que Bjelke alega que ela falou?

— Não encaixa. Ele deve ter ignorado um "não".

— Discordo.

Harry parou de repente, e Beate quase trombou com ele. Assustada, ela deu de cara com um par de olhos arregalados.

— Ótimo — disse ele.

Beate parecia confusa.

— O que você quer dizer?

— Discordar é bom. Discordar significa que você talvez tenha visto ou entendido algo, mesmo que ainda não saiba exatamente o que é. E eu ainda não entendi nada. — Ele recomeçou a andar. — Então partimos do pressuposto de que você tem razão. Vamos pensar aonde isso pode nos levar. — Ele parou em frente ao elevador e apertou o botão DESCER.

— Aonde você vai? — perguntou Beate.
— Verificar um detalhe. Estarei de volta em menos de uma hora.
As portas do elevador se abriram e o delegado-chefe Ivarsson saiu.
— Olá! — exclamou ele, radiante. — Mestres detetives no rastro do culpado? Alguma novidade?
— O objetivo de haver grupos paralelos é não informar tanto — respondeu Harry, desviando-se e entrando no elevador. — Se é que entendi bem você e o FBI.
Ivarsson abriu um largo sorriso e conseguiu manter o olhar firme.
— Nós temos que compartilhar as informações-chave, é claro.
Harry apertou o botão do primeiro andar, mas Ivarsson se colocou no vão, bloqueou as portas.
— Então?
Harry deu de ombros.
— Stine Grette sussurrou alguma coisa para o assaltante antes do disparo.
— E?
— Acreditamos que ela sussurrou: "A culpa é minha."
— "A culpa é minha"?
— É.
Ivarsson franziu a testa.
— Mas isso não faz sentido! Faria mais sentido se ela tivesse dito "a culpa não é minha", querendo dizer que não é culpa dela se o gerente levou seis segundos a mais para colocar o dinheiro na sacola.
— Discordo — disse Harry, olhando para o relógio. — Contamos com a ajuda do maior perito de leitura labial do país. Mas Beate pode dar mais detalhes a respeito.
Ivarsson estava encostado em uma das portas do elevador, que batia insistentemente em suas costas.
— Quer dizer que ela esqueceu de dizer um "não" no susto. Isso é tudo o que vocês têm? Beate?
Beate enrubesceu.
— Comecei a analisar o vídeo do assalto da rua Kirkeveien.
— Alguma conclusão?
Seu olhar ia de Ivarsson para Harry.
— Por enquanto, não.

— Nada, então — disse Ivarsson. — Talvez vocês fiquem contentes ao saber que nós identificamos nove suspeitos e os trouxemos para interrogatório. E temos um plano para obrigar Raskol a falar.

— Raskol? — perguntou Harry.

— Raskol Baxhet, o rei dos ratos em pessoa — respondeu Ivarsson, então ele colocou os dedos nos passantes do cós da calça, respirou fundo e puxou-a para cima com um sorriso satisfeito. — Mas Beate certamente poderá dar mais detalhes a respeito.

13

MÁRMORE

Harry sabia que era mesquinho para algumas coisas. Como no caso da rua Bogstadveien, por exemplo. Ele não gostava dela. Não sabia exatamente por que, talvez só pelo fato de que nessa rua, coberta de ouro e privilégio, no cume do Monte Feliz, na Terra da Felicidade, ninguém sorria. Tampouco Harry sorria, mas ele morava em Bislett, não era pago para sorrir. E, nesse exato momento, tinha alguns bons motivos para não sorrir. Mas isso não queria dizer, contudo, que ele, como a maioria dos noruegueses, não apreciava *receber* um sorriso.

Harry tentava, em seu íntimo, desculpar o rapaz atrás do balcão da loja 7-Eleven. Ele provavelmente odiava o trabalho e provavelmente também morava em Bislett, e a chuva tinha começado a cair de novo.

Seu rosto pálido com espinhas vermelhas e inflamadas olhou com desdém para a identificação policial de Harry.

— Por que eu saberia há quanto tempo esta caçamba está aqui?

— Porque é verde e está bloqueando boa parte da visão da rua Bogstadveien — respondeu Harry.

O rapaz deu um suspiro e colocou as mãos nos quadris que mal seguravam suas calças.

— Uma semana, mais ou menos. Ô cara, tem fila atrás de você, as pessoas estão esperando.

— Certo. Olhei dentro da caçamba. Está quase vazia, a não ser por algumas garrafas e jornais. Sabe quem a pediu?

— Não.

— Estou vendo que tem uma câmera de vigilância acima do balcão. Pelo ângulo, parece que pega a caçamba.

— Se você está dizendo...
— Se ainda tiver o vídeo de sexta-feira passada, eu gostaria de ver.
— Ligue amanhã, Tobben vai estar aqui.
— Tobben?
— O gerente da loja.
— Então sugiro que ligue para Tobben agora e peça permissão para me dar a fita. Depois disso, não vou mais incomodar vocês.
— Dê uma olhada em volta — disse ele, e as espinhas ficaram ainda mais vermelhas. — Não tenho tempo para procurar um vídeo agora.
— Ah — disse Harry sem se virar. — Depois que a loja fechar, então?
— Isso aqui funciona 24 horas — disse o rapaz, revirando os olhos, impaciente.
— Foi uma piada — explicou Harry.
— Legal, ha-ha — disse o rapaz com voz de sonâmbulo. — Vai comprar alguma coisa, ou não?
Harry balançou a cabeça, o rapaz o ignorou e gritou:
— Próximo!
Harry deu um suspiro e se virou para a fila que se apinhava em frente ao balcão:
— Não tem próximo. Sou da polícia de Oslo. — Ele mostrou o distintivo. — E esta pessoa está presa por ser muito preguiçosa.
Harry podia ser mesquinho a respeito de algumas coisas. Mas no momento estava contente consigo mesmo. Ele gostava de ganhar sorrisos.

Mas Harry não gostava de sorrisos que pareciam fazer parte da qualificação de pastores, políticos e agentes funerários. Essas pessoas costumavam sorrir com os *olhos* ao falar, o que dava ao senhor Sandemann, da funerária, uma intensidade que, somada à temperatura da sala onde ficava o caixão, no porão da igreja de Majorstuen, fazia Harry se arrepiar. Ele olhou em volta. Dois caixões, uma cadeira, uma coroa de flores, um agente funerário, um terno preto e um penteado que lhe cobria a careca.
— Ela está tão bonita — disse Sandemann. — Em paz. Descansando. Digna. O senhor é da família?

— Não exatamente. — Harry tentou mostrar seu distintivo com a esperança de que a intensidade fosse reservada para familiares apenas. Não era.

— É trágico uma pessoa tão jovem falecer dessa maneira. —Sandemann abriu um sorriso ao juntar as palmas das mãos. Os dedos do agente eram excepcionalmente finos e nodosos.

— Gostaria de dar uma olhada nas roupas que a falecida estava usando quando foi encontrada — disse Harry. — Na recepção, disseram que você as tinha trazido para cá.

Sandemann balançou a cabeça, buscou um saco plástico branco e explicou que guardara as roupas para o caso de os pais ou irmãos aparecerem, e que Harry podia examiná-las. O inspetor procurou em vão nos bolsos do vestido preto.

— Está procurando algo específico? — perguntou Sandemann em um tom inocente, debruçando-se sobre o ombro de Harry.

— A chave do apartamento — respondeu Harry. — Talvez vocês tenham encontrado quando... — Ele olhou para o dedo tortuoso de Sandemann... — a despiram.

Sandemann fechou os olhos e fez que não com a cabeça.

— Tudo o que essa mulher tinha sob a roupa era ela mesma. Além daquela foto no sapato, é claro.

— Foto?

— Sim. Estranho, não acha? Que costume o deles... Ainda está no sapato.

Harry retirou um sapato de salto alto preto no saco plástico e, em um vislumbre, viu Anna no vão da porta quando ele chegou: vestido preto, sapatos pretos, boca vermelha. Boca muito vermelha.

A foto amassada era de uma mulher e três crianças, em uma praia. Parecia um registro de férias, em algum lugar da Noruega, com rochas e altos pinheiros ao fundo.

— Alguém da família esteve aqui? — perguntou Harry.

— Só o tio. Acompanhado de um colega seu, claro.

— Claro?

— Sim. Pelo que entendi, ele está cumprindo pena.

Harry não falou nada. Sandemann se inclinou para a frente e curvou as costas de maneira que sua cabeça pequena afundou entre os ombros, fazendo-o parecer um abutre:

— Por que será? — A voz sussurrante também soava como o crocitar de um pássaro: — Já que ele nem tem permissão para acompanhar o velório.

Harry pigarreou.

— Posso vê-la?

Sandemann parecia desapontado, mas gesticulou com a mão, benévolo, indicando um caixão.

Como sempre, ocorreu a Harry que um trabalho profissional podia embelezar muito um corpo. Anna parecia estar realmente em paz. Ele tocou a testa dela. Foi como tocar em mármore.

— E este colar? — perguntou Harry.

— São moedas de ouro — respondeu Sandemann. — Foi o tio que trouxe.

— E o que é isto? — Harry levantou uma pilha de papéis amarrada com um elástico marrom grosso. Eram notas de cem.

— É um costume que eles têm — respondeu Sandemann.

— Quem são "eles" afinal?

— Você não sabia? — Sandemann sorriu com seus lábios finos e molhados. — Ela era descendente de ciganos.

Todas as mesas na cantina da delegacia estavam ocupadas por colegas que conversavam entre si entusiasmados. Exceto uma pessoa. Foi para a direção dela que Harry se dirigiu.

— Aos poucos você vai conhecendo as pessoas — disse ele.

Beate olhou para Harry sem entender, e ele achou que os dois talvez tivessem mais em comum do que havia imaginado. Ele se sentou e colocou uma fita VHS à sua frente.

— Esta é da loja de conveniência 7-Eleven na esquina do banco, no dia do assalto. Além de uma tomada da quinta-feira anterior. Dê uma olhada para ver se encontra algo interessante.

— Para ver se o assaltante deu uma passada lá antes? — murmurou Beate com a boca cheia de pão com patê. Harry deu uma olhada na marmita dela.

— É — respondeu. — A esperança é a última que morre.

— Claro — concordou ela, e ficou com os olhos molhados enquanto lutava para engolir. — Em 1993, num assalto ao Banco de Crédito em

Frogner, o assaltante levou os próprios sacos plásticos para botar o dinheiro. Os sacos tinham o logo da Shell, então checamos o vídeo da câmera de vigilância do posto Shell mais próximo. A gravação revelou que o assaltante tinha passado lá para comprar os sacos dez minutos antes do roubo. Mesmas roupas, mas sem máscara. Nós o pegamos meia hora depois.

— *Nós?* Há dez anos? — perguntou Harry, sem pensar.

O rosto de Beate mudou de cor como um sinal de trânsito. Ela pegou o sanduíche e tentou se esconder atrás dele.

— Meu pai — respondeu ela.

— Sinto muito. Não foi isso que eu quis dizer.

— Não faz mal — falou ela na mesma hora.

— Seu pai...

— Ele faleceu. Já faz muito tempo.

Harry ficou ouvindo Beate mastigar enquanto observava as próprias mãos.

— Por que trouxe um vídeo da semana antes do assalto? — perguntou Beate.

— A caçamba.

— O que tem ela?

— Liguei para o serviço de coleta e perguntei. O pedido foi feito na terça, por um tal de Stein Søbstad, na Industrigata, e a caçamba foi entregue no local combinado, em frente à loja de conveniência 7-Eleven, no dia seguinte. Há dois Stein Søbstad em Oslo, e os dois negaram ter feito o pedido da caçamba. Minha teoria é que o assaltante mandou colocar a caçamba no local para cobrir a visão da janela da loja, para que a câmera não o filmasse de frente quando ele cruzasse a rua ao sair do banco. Se ele esteve no 7-Eleven para dar uma olhada no mesmo dia que pediu a caçamba, talvez possamos identificar alguém olhando para a câmera e através da janela para o banco, para verificar ângulos e coisas assim.

— Se tivermos sorte. Testemunhas em frente ao 7-Eleven disseram que o assaltante ainda estava de máscara quando cruzou a rua, então por que teria todo esse trabalho com a caçamba?

— Talvez o plano fosse tirar a balaclava quando cruzasse a rua. — Harry deu um suspiro. — Não sei, só sei que tem algo errado com aquela caçamba verde. Já está lá há uma semana e, a não ser pelos transeuntes que jogaram lixo lá dentro, não foi usada por mais ninguém.

— OK — disse Beate, pegando a fita VHS e se levantando.

— Mais uma coisa — disse Harry. — O que você sabe sobre esse Raskol Baxhet?

— Raskol? — Beate franziu a testa. — Ele era uma figura meio mítica até se entregar. Se os boatos forem verdadeiros, de alguma forma tem um toque dele em noventa por cento dos assaltos a banco em Oslo. Aposto que ele consegue apontar todas as pessoas que assaltaram um banco nesta cidade durante os últimos vinte anos.

— Então é esse o uso que Ivarsson quer fazer dele. Onde o enfiaram?

Beate apontou com o polegar por cima do ombro.

— Ala A, por ali.

— Em Botsen?

— É. E ele se recusou a falar enquanto estiver cumprindo pena.

— Então o que faz Ivarsson acreditar que vai conseguir alguma coisa?

— Ivarsson finalmente descobriu algo que Raskol quer e que ele pode usar como moeda de troca. Na prisão, estão dizendo que é a única coisa que Raskol pediu desde que chegou. Permissão para comparecer ao velório de um parente.

— É mesmo? — disse Harry, tentando manter uma expressão neutra.

— Ela vai ser enterrada daqui a dois dias, e Raskol enviou um pedido urgente ao diretor da prisão pedindo permissão para comparecer.

Depois que Beate foi embora, Harry continuou sentado. O horário do almoço havia acabado e a cantina estava esvaziando. O lugar era iluminado e agradável, além de ser gerenciado pelo Estado, por isso Harry preferia comer fora. Mas ele lembrou de repente que fora bem ali que havia dançado com Rakel, na festa de Natal; fora precisamente ali que ele decidira dar o primeiro passo. Ou vice-versa. Ele ainda se lembrava de sua mão nas costas dela.

Rakel.

O enterro de Anna seria dali a dois dias, e ninguém duvidava de que ela tivesse tirado a própria vida. A única pessoa que tinha estado no local e podia contestá-los era ele mesmo, mas ele não se lembrava de nada. Por que não sossegava? Harry tinha tudo a perder, nada a ganhar. E se não por outra coisa, por que não conseguia esquecer o caso para o bem dele e de Rakel?

Harry colocou os cotovelos em cima da mesa e deixou o rosto cair nas mãos.

E se pudesse contestá-los, ele o faria?

As pessoas na mesa ao lado se viraram ao ouvir a cadeira ser arrastada com força contra o piso, e viram o policial de pernas compridas, cabeça quase raspada e uma péssima reputação sair apressado da cantina.

14

Sorte

O sino em cima da fachada da pequena e sombria banca de jornal soou desenfreadamente quando os dois homens entraram correndo. Elmer Frutas & Tabacos era a última banca daquele tipo, com uma parede cheia de revistas especializadas em motores, caça, esportes e soft porn, cigarros e charutos nas outras, e três pilhas de bilhetes de loteria em cima do balcão, entre tiras de alcaçuz suadas, ressecadas e cinzentas porquinhos de marzipã, com velhos laços natalinos.

— Bem na hora — disse Elmer, um sexagenário magro e careca, com bigode e sotaque de Nordland.

— Nossa, chegou do nada — disse Halvorsen e sacudiu gotas de chuva dos ombros.

— Típico outono de Oslo. Seca ou dilúvio. Vinte Camel?

Harry assentiu com um aceno de cabeça e pegou a carteira.

— E duas raspadinhas para o jovem policial? — Elmer estendeu as raspadinhas a Halvorsen, que sorriu embaraçado e enfiou-as depressa no bolso.

— Tudo bem se eu fumar um cigarro aqui, Elmer? — perguntou Harry enquanto perscrutava o aguaceiro que açoitava a calçada repentinamente vazia no outro lado do vidro sujo.

— Fique à vontade — respondeu Elmer, dando o troco aos dois. — Veneno e jogos de azar são o meu ganha-pão.

Ele se curvou levemente e sumiu atrás de uma cortina marrom e torta onde ouviram o barulho da cafeteira.

— Aqui está a foto — disse Harry. — Quero só que você descubra quem é a mulher.

— Só? — Halvorsen olhou a foto granulada e amassada que Harry entregou para ele.

— Comece descobrindo onde a foto foi tirada — disse Harry, em meio a um acesso de tosse ao tentar segurar a fumaça nos pulmões. — Parece um lugar de férias. Se for, deve ter uma pequena mercearia, alguém que aluga cabanas, essas coisas. Se a família da foto estiver acostumada a frequentar o lugar, alguém que trabalha lá saberá quem eles são. Quando descobrir, deixe o restante comigo.

— Tudo isso porque a foto foi colocada num sapato?

— Não é um lugar comum para guardar fotos, não acha?

Halvorsen deu de ombros e olhou para a rua.

— Não dá sinal de trégua — comentou Harry.

— Eu sei, mas tenho que ir para casa.

— Para quê?

— Para uma coisa que se chama vida. Nada que deva interessar a você.

Harry levantou os cantos da boca em um arremedo de sorriso para mostrar que entendeu que devia ser uma piada.

— Divirta-se.

Os sinos tocaram e a porta bateu atrás de Halvorsen. Harry tragava o cigarro e, ao observar a seleção de leitura de Elmer, se deu conta de que ele próprio tinha pouquíssimos interesses em comum com o norueguês médio. Era por que ele não tinha mais interesses? Ele se interessava por música, claro, mas ninguém fizera nada que prestasse em dez anos, nem mesmo os velhos heróis. Cinema? Quando ele saía de um cinema sem se sentir lobotomizado, considerava-se com sorte. Mais nada. Em outras palavras: a única coisa que ainda o interessava era encontrar pessoas e colocá-las atrás das grades. E nem sequer isso fazia seu coração bater como antes. O que o assustava, pensava Harry, colando uma das mãos no balcão frio e liso de Elmer, era que seu estado não o preocupava nem um pouco. O fato de que tinha entregado os pontos... De que envelhecer era libertador.

Outra vez o clangor exaltado dos sinos.

— Esqueci de contar sobre o menino que pegamos ontem por porte ilegal de armas — disse Halvorsen. — Roy Kvinset, um dos skinheads do Herbert's Pizza. — Ele estava na porta, a chuva dançando em volta dos seus sapatos molhados.

— E aí?

— Ele estava visivelmente amedrontado, então eu disse que ele tinha que me dar algo que eu pudesse usar se quisesse se livrar dessa.

— E?

— Ele falou que viu Sverre Olsen no bairro de Grünerløkka na noite em que Ellen foi morta.

— E daí? Temos várias testemunhas que confirmam isso.

— Sim, mas esse cara viu Olsen conversando com alguém em um carro.

Harry deixou o cigarro cair no chão, mas ignorou aquilo.

— Ele conhecia o cara? — perguntou com toda a calma.

Halvorsen fez que não com a cabeça.

— Não, ele só conhecia Olsen.

— Alguma descrição?

— Ele só lembrou que na hora pensou que o cara parecia um policial. Mas disse que talvez conseguisse reconhecê-lo.

Harry sentiu o corpo aquecer sob o sobretudo e pronunciou cada palavra com clareza:

— Ele disse que tipo de carro era?

— Não, ele passou com muita pressa — respondeu Halvorsen.

Harry balançou a cabeça enquanto passava a mão sobre o balcão, de um lado para o outro.

Halvorsen pigarreou.

— Mas ele acha que era um carro esporte.

Harry olhou para o cigarro queimando no chão.

— Cor?

Halvorsen abriu a mão, como se estivesse se desculpando.

— Era vermelho? — perguntou Harry com a voz baixa e rouca.

— O quê?

Harry se endireitou.

— Nada. Lembre-se do nome. E volte para a sua vida.

Os sinos soaram.

Harry parou de afagar o balcão. Subitamente parecia mármore gelado.

* * *

Astrid Monsen tinha 45 anos, vivia de traduzir literatura francesa no escritório de seu apartamento na rua Sorgenfrigata, e não havia homem em sua vida, mas ela contava com uma gravação de latidos de cachorros que escutava repetidamente à noite. Harry ouviu os passos da mulher atrás da porta e o barulho de pelo menos três trancas antes de a porta ser entreaberta e um pequeno rosto sardento espiar por baixo de mechas pretas.

— Huh! — exclamou ao ver a figura alta de Harry.

Mesmo que o rosto fosse desconhecido, ele teve a impressão imediata de já ter visto a mulher. Provavelmente, por causa da descrição detalhada da vizinha medrosa feita por Anna.

— Harry Hole da Homicídios — disse, e mostrou seu distintivo. — Desculpe por incomodar a senhora tão tarde. Tenho algumas perguntas sobre a noite em que Anna Bethsen morreu.

Ele tentou tranquilizá-la com um sorriso quando percebeu que a mulher estava com dificuldade para fechar a boca. Pelo canto do olho, Harry viu a cortina atrás do vidro da porta do vizinho se mexer.

— Posso entrar, senhora Monsen? Não vou demorar.

Astrid Monsen deu dois passos para trás, e Harry aproveitou a oportunidade para entrar e fechar a porta. Agora podia ver o penteado afro por inteiro. Dava para ver que ela tinha pintado o cabelo de preto, e os fios emolduravam o pequeno rosto pálido como um globo enorme.

Ficaram frente a frente na luz frugal do corredor, ao lado de um arranjo de flores secas e de um pôster emoldurado do Museu Chagall de Nice.

— Você já me viu antes?

— Como... O que você quer dizer?

— Só quero saber se você já me viu antes. Vou chegar às outras perguntas depois.

Sua boca se abria e se fechava. Depois ela balançou a cabeça, negando energicamente.

— Ótimo — disse Harry. — Você estava em casa na terça-feira à noite?

Hesitante, ela assentiu.

— Você viu ou ouviu alguma coisa?

— Nada — respondeu. Um pouco rápido demais, pensou Harry.

— Leve o tempo que precisar e pense bem — pediu ele, e tentou sorrir de forma amigável, não exatamente a feição mais praticada de seu repertório de expressões faciais.

— Nada — insistiu ela, enquanto seu olhar procurou a porta atrás de Harry. — Nada mesmo.

Na rua, Harry acendeu um cigarro. Ele ouvira Astrid Monsen passar a trava de segurança no instante que ele saiu de sua casa. Coitada. Ela era a última pessoa em sua ronda, e ele podia concluir que ninguém no prédio tinha o visto ou ouvido, nem outras pessoas, nas escadas, na noite em que Anna morreu.

Ele jogou o cigarro fora depois de duas tragadas.

Em casa, ficou sentado na poltrona, observando demoradamente a luz vermelha da secretária eletrônica antes de apertar o play. Era Rakel, desejando-lhe boa-noite, e um jornalista que queria um comentário sobre os dois assaltos. Depois ele rebobinou a fita e ouviu a mensagem de Anna: "E podia fazer a gentileza de vestir aquele jeans de que eu gosto?"

Ele passou a mão no rosto. Depois tirou as fitas e jogou-as no saco de lixo. A chuva caía lá fora e Harry zapeava pelos canais da TV. Handebol feminino, sabonete e um quiz no qual você podia ficar milionário. Harry parou em um canal sueco, em que um filósofo e um antropólogo discutiam o conceito de vingança. Um alegou que um país como os Estados Unidos, que defende valores morais como liberdade e democracia, é moralmente responsável por vingar ataques no próprio território, já que também seriam ataques a esses valores.

— Só a promessa e a execução da vingança pode proteger um sistema tão vulnerável quanto uma democracia.

— E se os valores que uma democracia representa forem vítimas de uma ação de vingança? — retrucou o outro. — E se o direito de outra nação, assegurado pelas leis internacionais, for desrespeitado? Que tipo de valores defendemos quando destituímos cidadãos inocentes de seus direitos na caça aos culpados? E onde ficam os valores morais que dizem que você deve dar a outra face?

— O problema — argumentou o outro, sorrindo — é que só temos duas faces, não é?

Harry desligou a TV. Pensou em ligar para Rakel, mas chegou à conclusão de que era muito tarde. Ele tentou ler um pouco do livro de Jim Thompson, mas descobriu que faltavam as páginas 23 a 38. Levantou-se e andou de um lado para o outro na sala. Abriu a geladeira e olhou desorientado para um queijo branco e um vidro de geleia de morango. Tinha vontade de comer algo, mas não sabia o quê. Bateu a porta da geladeira com força. A quem estava tentando enganar? O que queria era beber.

Acordou às duas da manhã na poltrona, ainda vestido. Levantou-se, foi ao banheiro e depois bebeu um copo de água.

— Merda — disse a si mesmo no espelho.

Foi para o quarto e ligou o computador. Encontrou 104 artigos sobre suicídio na internet, mas nenhum sobre vingança, apenas algumas palavras-chave e um monte de referências para as razões da vingança na literatura e na mitologia grega. Estava prestes a desligar o computador quando lembrou que não checava seu e-mail fazia duas semanas. Tinha duas mensagens. Uma era da operadora de internet avisando sobre uma interrupção no serviço 15 dias atrás. O endereço do remetente da outra era anna.beth@chello.no. Ele deu um duplo clique e leu a mensagem: "*Oi, Harry. Não esqueça as chaves. Anna.*" Ela havia mandando o e-mail duas horas antes do horário que Harry ficara de encontrá-la pela última vez. Ele leu a mensagem mais uma vez. Tão curta. Tão... singela. Imaginou que esse era o tipo de mensagens que as pessoas trocavam. *Oi, Harry.* Para uma pessoa de fora pareceria que eram velhos amigos, mas só conviveram durante seis semanas, há muito tempo, e Harry nem sabia que ela tinha o endereço de e-mail dele.

Quando dormiu, sonhou que estava no banco com o rifle novamente. As pessoas à sua volta eram de mármore.

15

GADJO

— Que belo dia — disse Bjarne Møller, quando entrou correndo no escritório de Harry e Halvorsen, na manhã seguinte.
— Bom, você sabe mesmo. É você que tem janela — disse Harry, sem levantar os olhos da xícara de café. — E cadeira nova no escritório — emendou, quando Møller se deixou cair na cadeira quebrada de Halvorsen, que soltou um rangido de dor.
— Oi, raio de sol — disse Møller. — Dia ruim hoje?
Harry deu de ombros.
— Estou chegando aos 40 e comecei a valorizar um pouco a rabugice. Tem algo errado nisso?
— Fique à vontade. Gostei de ver você vestindo terno.
Harry, intrigado, levantou a lapela como se estivesse descobrindo o terno escuro só agora.
— Ontem teve reunião dos chefes de setor — comentou Møller. — Quer a versão curta ou a longa?
Harry mexeu o café com um lápis.
— Não temos mais permissão para investigar o caso Ellen, é isso?
— O caso foi esclarecido faz tempo, Harry. E o chefe da perícia forense diz que você está perturbando os caras com todo tipo de verificações de antigas evidências.
— Ontem surgiu uma nova testemunha que...
— Sempre surge uma nova testemunha, Harry. Eles simplesmente não querem mais isso.
— Mas...
— Ponto final, Harry. Sinto muito.
Møller se virou quando chegou à porta:

— Vá dar uma caminhada no sol. Talvez seja o último dia quente durante um bom tempo.

— Fique sabendo que o sol está brilhando — comentou Harry ao entrar na Casa da Dor, onde estava Beate. — Só para você saber.

— Apague a luz — disse ela. — Vou mostrar uma coisa para você.

Ela parecia animada ao telefone, mas não revelou o motivo. Beate pegou o controle remoto.

— Não achei nada no vídeo do dia em que a caçamba foi pedida, mas olha este do dia do assalto.

Na tela, Harry visualizou uma imagem panorâmica da 7-Eleven. Ele viu a caçamba verde em frente à janela, pão doce, a parte de trás da cabeça e o cofrinho do rapaz com quem tinha conversado no dia anterior. Ele atendia uma jovem que comprava leite, uma revista e camisinhas.

— A gravação é das três e cinco da tarde, 15 minutos antes do assalto. Olhe agora.

A jovem pegou suas coisas e saiu, a fila andou e um homem de macacão preto e boné com aba grande apontou para alguma coisa no balcão. Ele mantinha a cabeça baixa para não mostrar o rosto. Debaixo do braço levava uma bolsa preta de pano, dobrada.

— Mas que merda — sussurrou Harry.

— É o Magarefe — afirmou Beate.

— Tem certeza? Muitas pessoas usam macacão preto e o assaltante não estava de boné.

— Quando ele se afasta ligeiramente do balcão, dá para ver que são os mesmos sapatos do vídeo do assalto. E olhe o volume no lado esquerdo do macacão. É o rifle AG3.

— Ele prendeu com fita ao corpo. Mas que diabos ele está fazendo dentro do 7-Eleven?

— Está esperando o transporte de dinheiro e precisa de um ponto de vigia onde não levante suspeitas. Esteve na região mais cedo para fazer o reconhecimento e sabe que a Securitas chega entre três e quinze e três e vinte. Nesse meio-tempo, ele não pode correr o risco de ficar andando por aí com um gorro e anunciar que vai fazer um assalto, por isso usa um boné que cobre a maior parte do rosto. Quando chega ao caixa, se observarmos bem, podemos ver um retângulo pequeno de luz que se move no balcão. É reflexo de vidro. Ele está usando óculos de sol. Não está, seu maldito Magarefe? — Ela falava baixinho, mas depressa e com um entusiasmo que Harry não havia percebido antes. — Ele está ciente da câmera de vigilância dentro do 7-Eleven também, pois não mostra nada do rosto. Veja como ele toma cuidado com os ângulos! De fato, ele é bom, isso não dá para negar.

O cara atrás do balcão deu um pão doce ao homem de macacão e pegou a moeda de dez coroas que ele tinha deixado no balcão.

— Opa! — exclamou Harry.

— Certo — disse Beate. — Ele não está usando luvas. Mas não parece ter tocado em nada na loja. E aí está o retângulo de luz de que falei.

Harry não disse nada.

O homem saiu da loja quando o último na fila era atendido.

— Vamos ter que começar a procurar testemunhas de novo — disse Harry e se levantou.

— Eu não ficaria tão otimista assim — avisou Beate, com os olhos ainda grudados na tela. — Lembre-se de que só apareceu uma única testemunha que viu o Magarefe fugir na hora do rush de sexta-feira. Uma multidão é o melhor esconderijo para um assaltante.

— Ok, mas tem outra sugestão?

— Que você se sente. Está perdendo a melhor parte.

Harry olhou para Beate levemente surpreso e se voltou para a tela. O rapaz atrás do balcão tinha se virado para a câmera com um dedo enterrado no nariz.

— A alegria de uns é a tristeza de... — murmurou Harry.

O vidro refletia a luz, mas eles conseguiam ver nitidamente o homem de macacão preto. Ele estava parado na calçada, entre a caçamba e um carro estacionado. Estava de costas para a câmera e tinha colocado a mão na beirada da caçamba. Parecia que ele olhava para o banco enquanto comia o pão doce. Havia colocado a bolsa no chão.

— É este o posto de vigia dele — disse Beate. — Ele pediu a caçamba e mandou colocar bem aí. É simples, porém genial. Ele pode ver quando o transporte de dinheiro chega, ao mesmo tempo que se esconde das câmeras de vigilância do banco. E preste atenção na postura dele. Para começar, metade dos transeuntes não consegue vê-lo por causa da caçamba. E aqueles que o virem vão simplesmente ver um homem de macacão e boné ao lado de uma caçamba, um trabalhador da construção civil, ou um funcionário de uma empresa de mudança ou de limpeza. Enfim, uma pessoa nada memorável. Não é estranho não termos testemunhas?

— Ele deixou impressões digitais na caçamba — disse Harry. — Que pena que só tem chovido esta semana.

— Mas aquele pão doce...

— Ele come as impressões também — suspirou Harry.

— ... o deixa com sede. Preste atenção.

O homem se curvou, abriu o zíper da sacola e retirou um saco plástico branco. Do saco tirou uma garrafa.

— Coca-Cola — sussurrou Beate. — Dei um zoom no quadro antes de você chegar. É uma garrafa de Coca com rolha de vinho.

O homem de macacão segurou a garrafa pelo gargalo para tirar a rolha. Inclinou a cabeça para trás, segurou a garrafa no alto e entornou. Podia-se ver o restinho fluir do gargalo, mas o boné escondia tanto a boca aberta quanto o rosto. Depois ele colocou a garrafa de volta no saco, amarrou e já ia guardá-lo na sacola, mas parou.

— Olhe, agora ele está pensando — sussurrou Beate, e acrescentou em um tom monocórdio: — O dinheiro toma quanto espaço? O dinheiro toma quanto espaço?

O protagonista olhou dentro da sacola. Olhou para a caçamba. Então se decidiu e, com um movimento rápido da mão, jogou o saco com a garrafa, que voou em um arco e aterrissou bem no meio da caçamba aberta.

— Cesta! — rugiu Harry.

— E a torcida vibra! — bradou Beate.

— Merda! — gritou Harry.

— Ah, não — gemeu Beate, batendo com a testa no volante em desespero.

— Devem ter acabado de tirar — disse Harry. — Espere!

Ele abriu a porta do carro e quase bateu em um ciclista, que conseguiu desviar a tempo, atravessou a rua com passos largos, entrou no 7-Eleven e foi até o balcão.

— Quando foi que recolheram a caçamba? — perguntou ao rapaz que estava embalando dois cachorros-quentes para duas jovens de bunda grande.

— Espere a sua vez, cara — disse o rapaz, sem erguer o olhar.

Uma das jovens fez um barulho indignado quando Harry se inclinou para a frente, bloqueou o acesso ao ketchup e agarrou a camisa verde do rapaz.

— Oi. Sou eu de novo — disse Harry. — Preste atenção agora, ou vou enfiar essa salsicha...

A expressão assustada do rapaz fez Harry se controlar. Ele soltou a camisa do atendente e apontou para a janela através da qual agora era possível ver o Banco Nordea do outro lado da rua devido ao vazio deixado pela caçamba verde.

— Quando recolheram a caçamba? Depressa!

O menino engoliu em seco e olhou para Harry.

— Agora, nesse instante.

— O que é "agora"?

— Faz... dois minutos. — Seus olhos estavam vidrados.

— Para onde foram?

— Como eu vou saber?

Harry já estava na porta.

Harry apertou o celular vermelho de Beate ao ouvido.

— Gestão de Resíduos Sólidos de Oslo? Aqui é da polícia. Harry Hole. Onde vocês esvaziam suas caçambas? As particulares, sim. Metodica, Ok. Onde... Armazéns Furulund, em Alnabru? Obrigado. O quê? *Ou* Grønmo? Como posso saber qual...

— Olhe — disse Beate. — Engarrafamento.

Os carros formavam uma parede aparentemente intransponível ao longo do cruzamento em frente ao bar-restaurante Lorry, na rua Hegdehaugsveien.

— Devíamos ter pegado a Uranienborgveien — argumentou Harry.

— Ou a Kirkeveien.

— Que pena que não é você que está dirigindo — disse Beate, e jogou a roda direita para cima da calçada, apertou a buzina e acelerou. As pessoas pularam para o lado.

— Alô — disse Harry ao telefone. — Vocês acabaram de buscar uma caçamba verde que estava na rua Bogstadveien, perto do cruzamento com a Industrigata. Qual o destino? Sim, aguardo.

— Vamos apostar em Alnabru — disse Beate, e saiu no cruzamento em frente a um bonde. As rodas derraparam nos trilhos de aço antes de tocarem o asfalto, e Harry teve uma vaga sensação de déjà-vu.

Já estavam na rua Pilestredet quando o homem da Gestão de Resíduos Sólidos de Oslo retornou avisando que eles não estavam conseguindo contato com o motorista pelo celular, mas que a caçamba *provavelmente* estava sendo levada para Alnabru.

— Certo — disse Harry. — Podem ligar para Metodica e pedir a eles que esperem para esvaziar o conteúdo no incinerador até a gente chegar... O escritório está fechado entre onze e meia e meio-dia? Cuidado! Não, estou falando com o motorista. Não, o *meu* motorista.

No túnel de Ibsen, Harry ligou para a delegacia de polícia e, Grønland e pediu a eles que enviassem um carro patrulha para a Metodica, mas a viatura mais perto estava a 15 minutos de distância.

— Merda! — Harry jogou o celular por cima do ombro e bateu no painel.

Na rotunda entre Byporten e Plaza, Beate se infiltrou entre um ônibus vermelho e um Chevy Van cortando a faixa branca, e, quando desceram na interseção a 110 quilômetros por hora e saíram derrapando e cantando pneu na curva fechada em frente ao mar, junto à Estação Central de Oslo, Harry achou que ainda havia esperança.

— Quem foi o maluco que ensinou você a dirigir? — perguntou ele, se segurando ao costurarem entre carros na rua de três pistas que levava ao túnel Ekeberg.

— Sou autodidata — respondeu Beate.

No meio do túnel de Vålerenga, um caminhão grande e feio, cuspindo fumaça, surgiu na frente deles. Ele se arrastava na pista à direita; na carroceria, presa por dois balancins amarelos em cada lado, estava uma caçamba verde na qual se lia "Gestão de Resíduos Sólidos de Oslo".

— *Yes!* — gritou Harry.

Beate cortou o caminhão, diminuiu a velocidade e ligou a seta da direita. Harry baixou o vidro e esticou o braço segurando o distintivo, ao mesmo tempo que apontava com a outra mão para o acostamento.

O motorista não se opôs a Harry dar uma olhada na caçamba, mas quis saber se eles não gostariam de esperar chegar a Metodica, para esvaziar o conteúdo no chão.

— Não quero que a garrafa se quebre! — gritou Harry em cima do caminhão e por cima do barulho dos carros passando.

— Eu estava pensando no seu terno — argumentou o motorista, mas Harry já tinha subido na caçamba. Em seguida, o ribombar de um trovão soou dentro da caçamba, e o motorista e Beate ouviram Harry praguejar. Então o escutaram remexendo. Por fim, um novo *Yes!* antes de ele reaparecer na beirada da caçamba segurando um saco plástico branco por cima da cabeça, como um troféu.

— Leve a garrafa para Weber imediatamente e diga que é urgente — disse Harry, enquanto Beate ligava o carro. — Mande lembranças minhas.

— Isso ajuda?

Harry coçou a cabeça.

— Não, apenas diga que é urgente.

Ela riu. Brevemente e sem muito entusiasmo, mas Harry registrou o riso.

— Você é sempre tão animado assim? — perguntou ela.

— Eu? E você? Estava disposta a nos matar para conseguir essa prova, não estava?

Ela sorriu, mas não respondeu. Apenas olhou demoradamente no retrovisor antes de pegar a estrada.

Harry olhou no relógio.

— Merda!

— Atrasado para um encontro?

— Acha que consegue me deixar na igreja de Majorstuen?

— Claro. É essa a explicação para o terno escuro?

— É. Um... amigo meu.

— Então devia tentar tirar esse negócio marrom do seu ombro.

Harry virou a cabeça.

— Da caçamba — disse, e tentou limpar. — Já saiu?

Beate estendeu-lhe um lenço.

— Tente com um pouco de cuspe. Era um amigo próximo?

— Não. Quero dizer, sim... Por um tempo, talvez. Mas é de bom-tom ir ao enterro.

— É?

— *Você* não acha?

— Só fui a um enterro até hoje.

Andaram um pouco em silêncio.

— Seu pai?

Ela assentiu.

Passaram no cruzamento de Sinsen. Em Muselunden, o gramado abaixo de Haraldsheimveien, um homem e dois meninos conseguiam empinar uma pipa. Os três estavam com o olhar fixo no céu azul, e Harry conseguiu ver que o homem deu a linha para o mais alto dos meninos.

— Ainda não descobrimos quem foi — disse ela.

— Não, não descobrimos — disse Harry. — Ainda não.

— O Senhor dá, e o Senhor tira — disse o padre, espiando as fileiras de bancos vazios e o homem alto de cabelo à escovinha que acabara de entrar na ponta dos pés à procura de um lugar ao fundo. Ele esperou enquanto o eco de um soluço alto e dilacerante morria sob os arcos do teto. — Mas algumas vezes parece que Ele só tira.

O padre deu ênfase a "tira", e a acústica amplificou a palavra, levando-a para o fundo da igreja. O soluço ganhou fôlego. Harry olhou para os bancos. Ele acreditava que Anna, que era tão extrovertida e efusiva, tivesse muitos amigos, mas contou apenas oito pessoas, seis na primeira fileira e duas um pouco atrás. Oito. Bem, quantos viriam ao seu enterro? Oito pessoas talvez não fosse tão ruim assim.

Os soluços vinham da primeira fileira, onde Harry viu três cabeças cobertas com estolas de cores vivas e três cabeças de homens sem chapéu. As outras duas pessoas eram um homem que estava sentado à esquerda, e uma mulher perto do corredor. Ele reconheceu o penteado afro de Astrid Monsen.

Os pedais do órgão rangeram, a música começou. Um salmo. A piedade de Deus. Harry fechou os olhos e se deu conta de que estava cansado. As notas do órgão subiam e caíam; as notas agudas escorriam lentamente como água do teto. As vozes finas cantavam sobre perdão e misericórdia. Ele sentiu vontade de se afundar em algo, algo que pudesse aquecê-lo e escondê-lo por algum tempo. O Senhor deve julgar os vivos e os mortos. A vingança de Deus. Deus como Nêmesis. As notas graves do órgão fizeram os bancos vazios de madeira tremer. A espada em uma das mãos, a balança na outra, vingança e justiça. Ou sem vingança e sem justiça. Harry abriu os olhos.

Quatro sujeitos carregavam o caixão. Harry reconheceu o inspetor Ola Li atrás de dois homens morenos de terno Armani e camisa branca aberta no pescoço. O quarto homem era tão alto que o caixão ficou um pouco torto. O terno parecia pendurado no corpo magro, mas ele era o único dos quatro que aparentava não sentir o peso. A princípio, foi o rosto do homem que chamou a atenção de Harry. Magro, de traços finos e grandes e pesarosos olhos castanhos em profundos sulcos no crânio. O cabelo preto estava preso em uma longa trança que deixava sua testa alta e brilhante desnuda. A boca sensível em formato de coração estava emoldurada por uma barba longa, mas bem-cuidada. Era como se a figura de Cristo tivesse descido do altar atrás do padre. Mais uma coisa: poucos rostos podiam ser descritos assim, mas esse rosto era *radiante*. Enquanto os quatro homens se aproximavam de Harry no corredor, ele tentava identificar o que radiava na cena. Era pesar? Felicidade não era. Bondade? Maldade?

Seus olhos se encontraram por um instante quando o caixão passou. Atrás deles, veio Astrid Monsen com o olhar baixo, um homem de meia-idade que parecia um contador, e três mulheres — duas já senhoras e uma mais nova — usando uma saia colorida. Elas soluçavam e lamentavam com gritos enquanto rolavam os olhos e torciam as mãos num acompanhamento mudo.

Harry ficou observando a pequena procissão deixar a igreja.

— Está se divertindo com esses ciganos, não é, Hole?

As palavras ressoaram na nave da igreja. Harry se virou. Era Ivarsson sorrindo, de terno escuro e gravata.

— Quando eu era pequeno, a gente tinha um jardineiro que era cigano. Ele era Ursari. Eles viajavam pelo mundo com ursos bailarinos. Chamava-se Josef. Música e travessuras o tempo todo. Mas a morte, sabe... Aquelas pessoas têm uma relação mais complicada com a morte do que nós. Morrem de medo de *mule*... espíritos dos mortos. Acreditam que eles voltam. Josef costumava visitar uma mulher que tratava de mantê-los afastados. Aparentemente só as mulheres têm esse poder. Venha.

Ivarsson tocou de leve o braço de Harry, que precisou se controlar para não obedecer ao impulso de se sacudir para se libertar. Saíram para a escada da igreja. O barulho do trânsito da rua abafava o dobrar dos sinos. Um Cadillac preto, com a porta de trás aberta, estava estacionado na rua Schønings à espera do cortejo fúnebre.

— Eles vão levar o caixão para o crematório — disse Ivarsson. — Cremar os mortos, um costume que trouxeram da Índia. Na Inglaterra, queimam o trailer do morto, mas não é mais permitido trancar a viúva dentro. — Ele riu. — Mas podem levam consigo objetos pessoais. Josef me contou que a família cigana de um demolidor, na Hungria, colocou os restos de dinamite no caixão e mandou o crematório inteiro pelos ares.

Harry pegou um maço de Camel.

— Sei por que você está aqui, Hole — disse Ivarsson, sem parar de sorrir. — Você queria uma oportunidade para bater um papo com ele, não é? — Ivarsson meneou a cabeça, indicando a procissão e a figura alta e magra que andava devagar, a passos largos, enquanto os outros quase tinham de saltar para acompanhá-lo.

— É aquele que chamam de Raskol? — perguntou Harry, colocando um cigarro entre os lábios.

Ivarsson assentiu.

— É o tio dela.

— E os outros?

— Amigos, ao que parece.

— E a família?

— Eles não reconhecem a falecida.

— Não?

— Essa é a versão de Raskol. Ciganos são mentirosos notórios, mas o que contou bate com o que Josef dizia sobre sua maneira de pensar.
— Que é?
— Que a honra da família é tudo. Por isso que ela foi expulsa. De acordo com Raskol, ela foi prometida em casamento quando tinha 14 anos, na Espanha, a um cigano gringo que falava grego. Mas, antes de consumar o casamento, ela fugiu com um *gadjo*.
— *Gadjo?*
— Um não cigano. Um marinheiro dinamarquês. A pior coisa que podia ter feito. Vergonha para toda a família.
— Hmm. — O cigarro apagado pulava para cima e para baixo na boca de Harry enquanto ele falava: — Sinto que você conhece bem esse Raskol.

Ivarsson balançou a mão para afastar fumaça imaginária.
— Já conversamos. Ou melhor, discutimos, eu diria. As conversas substanciais virão depois que nossa parte do acordo for cumprida. Isto é, depois do funeral.
— Então até agora ele não contou grande coisa?
— Nada de importante para a investigação. Mas o tom é promissor.
— Tão promissor que a polícia ajuda a carregar seus parentes para a cova?
— O padre pediu que carregássemos o caixão. Li ou eu. Não havia gente suficiente para a tarefa. Tudo bem. Estamos aqui só para vigiá-lo. E é isso que vamos continuar fazendo.

Harry cerrou os olhos contra o sol intenso de outono.
Ivarsson se virou para ele.
— Sendo direto, Hole, ninguém tem permissão de falar com Raskol antes de a gente terminar com ele. Ninguém. Durante três anos, tentei fazer um acordo com o homem que sabe de tudo. E agora consegui. Ninguém vai estragar isso, se é que entende o que estou dizendo.
— Então me diga uma coisa, Ivarsson, já que estamos apenas só nós dois aqui — começou Harry, pegando uma lasca de tabaco na língua. — Esse caso de repente virou uma competição entre nós dois?

Ivarsson virou o rosto para o sol e riu.
— Sabe o que eu faria se fosse você? — perguntou com os olhos fechados.

— O quê? — quis saber Harry, quando a pausa parecia insuportável.

— Mandaria esse terno para a lavanderia. Parece que dormiu em um aterro sanitário. — Ele levou dois dedos à testa. — Tenha um bom dia.

Harry ficou sozinho na escada fumando enquanto seguia a trajetória torta do caixão branco sobre a calçada.

Halvorsen fez um giro brusco na cadeira quando Harry entrou.

— Que bom que chegou. Tenho boas notícias. Eu... Mas que fedor! — Halvorsen tapou o nariz com a mão e disse com a voz do cara do tempo do jornal: — O que aconteceu com o seu terno?

— Escorreguei em uma caçamba de lixo. Que notícias?

— Eh... sim, achei que a foto pudesse ser de um lugar de veraneio no sul da Noruega. Aí eu mandei um e-mail para todas as delegacias da região. E deu certo. Logo depois, um inspetor de Risør ligou e disse que conhecia bem aquela praia. Mas sabe o que mais?

— Acho que não.

— Não fica no sul, fica em Larkollen!

Halvorsen olhou para Harry com um sorriso cheio de expectativas e emendou, uma vez que o inspetor não mostrou nenhuma reação:

— Quero dizer, em Østfold, perto de Moss.

— Eu sei onde fica Larkollen, Halvorsen.

— Sim, mas esse inspetor vem de...

— Acontece que os sulistas também viajam de férias. Ligou para Larkollen?

Halvorsen revirou os olhos em desespero.

— Claro. Liguei para o camping e para dois lugares onde alugam cabanas. E para as únicas duas mercearias.

— Fisgou algo?

— Fisguei. — Halvorsen estava radiante. — Mandei a foto por fax, e o cara que cuida de uma das mercearias a conhecia. Eles são donos de uma das cabanas mais caras da região. De vez em quando, ele entrega mercadorias para eles.

— E a mulher se chama...

— Vigdis Albu.

— Albu?

— É. Só há duas Albu na Noruega. Uma nasceu em 1909. A outra tem 43 anos e mora na Bjørnetråkket número 12, em Slemdal, com Arne Albu. E abracadabra: aqui está o número do telefone, chefe.
— Não me chame assim — disse Harry, pegando o telefone.
Halvorsen suspirou.
— Qual é? Está de mau humor?
— Estou, mas não é isso. Møller é chefe. Eu não sou chefe. Ok?
Halvorsen já ia responder, mas Harry o deteve com um gesto de mão:
— Senhora Albu?

Alguém tinha gastado muito dinheiro, muito tempo e muito espaço para construir a casa dos Albus. E muito gosto, apesar de, para Harry, ser de muito mau gosto. Parecia que o arquiteto, se é que um arquiteto havia sido consultado, tentara combinar a tradição norueguesa de cabanas com o estilo das fazendas do sul dos Estados Unidos e um toque de felicidade suburbana cor-de-rosa. Harry sentiu os pés afundarem no caminho de cascalho ao longo de um jardim bem-cuidado, com arbustos ornamentais e um pequeno veado de bronze, que bebia de uma fonte. No topo da garagem dupla, havia uma placa oval de cobre, com uma bandeira azul, adornada por um triângulo amarelo sobre um triângulo preto.

O latido intenso de cachorros vinha dos fundos da casa. Harry subiu a escada larga entre as colunas, tocou a campainha e meio que esperava que uma matrona negra de avental branco viesse abrir.
— Olá! — exclamou ela assim que a porta foi aberta com um golpe. Vigdis Albu parecia ter saído de um dos anúncios fitness que Harry às vezes via na TV, quando voltava para casa de madrugada. Tinha o mesmo sorriso com dentes brancos, o cabelo descolorido tipo Barbie e o corpo escultural de socialite embrulhado em legging e top curto. E, se tinha colocado silicone, pelo menos teve a noção de não exagerar no tamanho.
— Harry..
— Entre! — Ela sorriu com apenas um leve sinal de rugas em volta dos grandes olhos azuis, discretamente maquiados.

Harry entrou em um amplo saguão povoado de duendes gordos e feios, entalhados em madeira.

— Estou arrumando — explicou Vigdis Albu. Mostrou os dentes brancos e enxugou com cuidado um pouco de suor com o dedo indicador para não borrar o rímel.

— Então vou tirar os sapatos — disse Harry, e lembrou-se de imediato do furo na meia bem no dedão do pé direito.

— Não, Deus me livre, não estou falando da casa! Temos pessoas para fazer isso — comentou, rindo. — Mas gosto de lavar eu mesma as roupas. Temos que estabelecer limites quando se trata de estranhos mexendo em nossas coisas pessoais, não acha?

— É verdade — murmurou Harry, tendo de dar passos largos para acompanhá-la na escada. Passaram por uma cozinha sofisticada antes de chegarem à sala. Atrás de duas grandes portas de correr de vidro via-se um terraço espaçoso. Na parede principal havia uma construção imponente de tijolos, um cruzamento entre a prefeitura de Oslo e um memorial fúnebre.

— Criação de Per Hummel para o aniversário de 40 anos de Arne — explicou Vigdis. — Per é um amigo nosso.

— É, Per desenhou uma... lareira de verdade.

— Você conhece Per Hummel, o arquiteto? Aquele que desenhou a nova capela em Holmenkollen, sabe?

— Infelizmente, não — respondeu Harry e estendeu-lhe a foto. — Gostaria que desse uma olhada nisso.

Ele observou a expressão de surpresa se espalhar no rosto dela.

— Essa foto foi tirada por Arne, no ano retrasado, em Larkollen. Como a conseguiu?

Harry demorou para responder, pois queria ver se ela conseguiria sustentar a expressão de genuína surpresa. Ela conseguiu.

— Encontramos essa foto dentro do sapato de uma mulher chamada Anna Bethsen — respondeu ele.

Harry testemunhou uma reação em cadeia de pensamentos, possibilidades e sentimentos refletida no rosto de Vigdis Albu, como uma novela que avançava rápido demais. Primeiro surpresa, depois espanto e, por fim, perplexidade. Então detectou uma ideia súbita, que a princípio foi rejeitada com um riso descrente mas que, mesmo assim, não quis se desprender e foi crescendo aos poucos até tornar-se o despertar de uma compreensão. E enfim o rosto fechado com a legenda "Temos que estabelecer limites quando se trata de estranhos mexendo em nossas coisas pessoais".

Harry brincou com o maço de cigarros que tirou do bolso. Um grande cinzeiro de cristal tinha local de destaque no meio da mesa de centro.

— Você conhece Anna Bethsen, senhora Albu?
— Certamente que não. Deveria?
— Não sei — respondeu Harry, com sinceridade. — Ela está morta. Gostaria apenas de saber o que uma foto tão pessoal como essa estava fazendo no sapato dela. Alguma ideia?

Vigdis Albu esboçou um sorriso indulgente, mas a boca parecia não querer obedecer. Ela se contentou com um enérgico aceno de cabeça.

Harry esperou. Imóvel e relaxado. Da mesma forma que os sapatos haviam afundado no cascalho, sentiu o corpo afundar no sofá branco e macio. Sua experiência o ensinara que, de todos os métodos para fazer as pessoas falarem, o silêncio era o mais eficiente. Quando duas pessoas estranhas estavam frente a frente como agora, o silêncio funcionava como um vácuo que parecia sugar as palavras para fora. Por intermináveis dez segundos, ficaram assim. Vigdis Albu engoliu em seco.

— Talvez a faxineira tenha visto a foto por aqui e a levou. E deu para essa... Era Anna o nome dela?
— Hmm. Importa se eu fumar, senhora Albu?
— É uma residência de não fumantes, nem meu marido nem eu...
— Ela levou a mão rapidamente à trança de cabelo. — E Alexander, nosso filho mais novo, tem asma.
— Lamento. Seu marido faz o quê?

Ela o encarou enquanto seus grandes olhos azuis se arregalavam ainda mais.

— Digo, qual é o trabalho dele? — Harry guardou o maço de cigarros no bolso.
— Ele é investidor. Vendeu a empresa há três anos.
— Que empresa?

— Albu AS. Importava toalhas e tapetes de banheiro para hotéis e instituições.
— Parece que foram muitas toalhas. E tapetes.
— Temos agências em toda a Escandinávia.
— Parabéns. Aquela bandeira na garagem, seria uma bandeira de consulado?

Vigdis Albu tinha se recomposto e tirado o elástico do cabelo. Ocorreu a Harry que ela fizera algo no rosto. Havia algo de errado com as proporções. Quer dizer, estava certo *demais*, meio que artificialmente simétrico.

— St. Lucia. Meu marido foi o cônsul da Noruega lá durante 11 anos. Tínhamos uma fábrica que confeccionava tapetes de banheiro. E temos uma casa pequena lá. Já esteve...?
— Não.
— É uma ilha linda, maravilhosa. Alguns dos antigos moradores ainda falam francês. Um francês incompreensível, mas são pessoas incrivelmente charmosas.
— Francês créole.
— O quê?
— Apenas algo que li. Você acha que seu marido teria ideia de como essa foto acabou com a falecida?
— Não creio. Por que ele iria saber?

Harry sorriu.

— É muito difícil imaginar por que alguém teria a foto de um estranho no sapato. — Ele se levantou. — Onde posso encontrá-lo, senhora Albu?

Enquanto Harry anotava o número do telefone e o endereço do escritório de Arne Albu, seu olhar foi até o sofá onde havia se sentado.

— Eh... — disse ele, quando viu que Vigdis Albu seguiu seu olhar. — Escorreguei numa caçamba de lixo. Eu vou...
— Não faz mal — ela o interrompeu. — A capa vai para o tintureiro na semana que vem.

Já do lado de fora, na escada, ela perguntou a Harry se ele podia esperar para ligar para o marido depois das cinco.

— A essa hora ele já está em casa e não costuma estar ocupado.

Harry não respondeu, apenas observou Vigdis mexer os cantos da boca.

— Aí ele e eu podemos... Veremos como poderemos ajudar você.

— Obrigado, é muita gentileza da sua parte, mas estou de carro e o endereço fica no caminho, então vou passar no trabalho do seu marido para ver se o encontro por lá.

— Está bem — disse ela, com um sorriso determinado.

O latido dos cachorros acompanhou Harry no caminho até o carro. Quando chegou ao portão, virou-se. Vigdis Albu ainda estava na escada na frente da grande casa cor-de-rosa. Com a cabeça inclinada, o sol brilhava em seu cabelo e nas roupas brancas de ginástica. À distância ela parecia um veado de bronze pequenino.

Harry não encontrou nem vaga de estacionamento nem Arne Albu no endereço de Vika Atrium. Apenas uma recepcionista que lhe informou que Albu dividia o escritório com três outros investidores e que ele saíra para almoçar com uma "firma de corretagem".

Quando saiu, Harry encontrou uma multa sob o limpador do para-brisa. Mal-humorado, ele entrou com ela no *SS Louise*, que não era um navio a vapor, e sim um restaurante no cais de Aker. Ao contrário do bar Schrøder, o lugar servia pratos decentes a fregueses que podiam pagar, pois eles trabalhavam, digamos assim, na Wall Street de Oslo. Harry nunca havia se sentido em casa nos cais de Aker, mas talvez fosse porque ele fora um menino nascido e criado em Oslo, e não um turista. Ele trocou algumas palavras com o garçom, que apontou para uma mesa perto da janela.

— Senhores, desculpe ter que interromper — disse Harry.

— Ah, finalmente! — exclamou um dos três homens na mesa, jogando o topete para trás. — O senhor diria que este vinho está à temperatura ambiente, maître?

— Eu chamo isso de vinho tinto norueguês, engarrafado sob o rótulo Clos des Papes — respondeu Harry.

Perplexo, o homem de topete olhou Harry em seu terno escuro da cabeça aos pés.

— Estou brincando — sorriu Harry. — Sou da polícia.

A perplexidade se transformou em susto.

— Não de crimes ambientais.

O alívio virou interrogação. Harry ouviu uma risada pueril e prendeu a respiração. Ele havia decidido qual seria sua abordagem, mas não tinha a mínima ideia de como ela poderia se desenrolar.

— Arne Albu?

— Sou eu — falou o sujeito que estava rindo. Um homem esbelto com cabelo escuro encaracolado e linhas de expressão ao redor dos olhos, sinal de que ria muito e de que provavelmente tinha mais do que 35, como Harry julgara a princípio. — Sinto muito pelo mal-entendido — continuou, ainda com riso na voz. — Posso ajudá-lo, policial?

Harry examinou-o, tentando formar uma opinião, antes de continuar. Olhar firme. A gola da camisa era branquíssima e contrastava com a gravata perfeitamente colocada. O fato de não ter apenas dito "sou eu", mas acrescentado "posso ajudá-lo, policial?" — com uma leve ênfase no "policial" —, indicava que Arne Albu era muito seguro de si ou tinha muita prática em fazer as pessoas acharem que era.

Harry se concentrou. Não no que ia falar, e sim em como Albu ia reagir.

— Pode sim, Albu. Conhece Anna Bethsen?

Albu olhou para Harry com um olhar tão inocente quanto o da esposa e respondeu alto e bom som, após pensar por um segundo:

— Não.

O rosto de Albu não revelou a Harry nada diferente do que saíra de sua boca. Não que Harry tivesse imaginado que isso fosse acontecer. Fazia tempo que ele havia parado de acreditar no mito de que profissionais que lidam com mentira diariamente aprendem a reconhecê-la. Durante um processo jurídico no qual um policial havia dito que "com sua experiência podia perceber que o acusado estava mentindo", Aune uma vez mais fora a ferramenta da defesa argumentando que pesquisas mostravam que nenhum grupo profissional era melhor do que outro para detectar uma mentira — uma faxineira podia ser tão boa quanto um psicólogo ou um policial. Ou seja, igualmente ruim. Os únicos que ganharam notas melhores do que a média foram os agentes da Polícia Secreta. Mas Harry não era agente da Polícia Secreta. Ele era um cara de Oppsal que tinha pouco tempo, estava de mau humor e, naquele momento, mostrava uma péssima capacidade de discernimento. Confrontar um homem — na presença de outros —, com fatos possivelmente comprometedores sem que houvesse suspeita de algo, era, para início de conversa, pouco produtivo. Também não era o que se poderia chamar de jogo limpo. Por isso Harry sabia que não deveria fazer o que fez:

— Alguma ideia de quem poderia ter dado esta foto a ela?

Os três homens olharam para a foto que Harry colocou em cima da mesa.

— Não faço ideia — respondeu Albu. — Minha esposa? Um dos meus filhos, talvez?

— Hmm. — Harry procurou alterações nas pupilas, sinais de pulsação acelerada, como suor ou rubor.

— Não sei do que se trata, policial, mas já que você se deu o trabalho de vir até aqui, imagino que não seja por uma bobagem. Por isso, talvez possamos tratar do assunto a sós, depois que eu e esses cavalheiros terminarmos. Se quiser esperar, posso pedir ao garçom que encontre uma mesa no setor de fumantes.

Harry não conseguiu determinar se o sorriso de Albu era zombeteiro ou simplesmente gentil. Nem isso.

— Não tenho tempo — disse Harry. — Se a gente pudesse se sentar...

— Receio que eu também não tenha tempo — interrompeu-o Albu, com uma voz calma, porém determinada. — Estou no meu horário de trabalho, é melhor falarmos à tarde. Se ainda achar que posso ser útil.

Harry engoliu em seco. Estava de mãos atadas, e viu que Albu também percebera aquilo.

— Faremos isso, então — concordou Harry, e ouviu como soou patético.

— Obrigado, policial. — Sorrindo, Albu balançou a cabeça para Harry. — E provavelmente você tem razão a respeito desse vinho. — Ele se virou para o banqueiro. — Você falou do Opticom, Stein?

Harry pegou a foto e percebeu o sorriso mal-disfarçado do corretor topetudo antes de sair do restaurante.

Na beira do cais, Harry acendeu um cigarro, mas não gostou e, irritado, jogou-o fora resmungando. O sol brilhava em uma janela do forte de Akershus, e o mar estava tão calmo que parecia haver uma fina camada de gelo por cima dele. Por que tinha feito aquilo? Por que essa tentativa camicase de humilhar um homem que ele não conhecia? Só para ser tratado com luvas de pelica e posto porta afora.

Ele virou o rosto para o sol, fechou os olhos e se perguntou se faria alguma coisa inteligente naquele dia, para variar. Como esquecer tudo. Porque nada fazia sentido, era só o caos normal das coisas e a perplexidade. O sino da prefeitura começou a tocar.

Harry ainda não sabia que Møller tinha razão, que era o último dia quente do ano.

16

Namco G-Con 45

Corajoso Oleg.
— Vai dar certo — dissera ao telefone repetidas vezes, como se tivesse um plano secreto. — A mamãe e eu vamos voltar logo.

Parado em frente à janela da sala, Harry olhava para o céu acima do telhado do prédio à sua frente, onde o pôr do sol tingia de vermelho e laranja a parte inferior de uma camada de nuvens finas. No caminho para casa, a temperatura havia caído depressa e sem explicação, como se alguém abrisse uma porta invisível e todo o calor fosse sugado para fora. No apartamento, o frio já começava a invadir o ambiente por entre as tábuas do piso. Onde estariam suas pantufas? No sótão ou no porão? Ele tinha pantufas? Não se lembrava de mais nada. Por sorte, tinha anotado o nome daquele acessório do PlayStation que havia prometido comprar para Oleg se ele conseguisse bater o recorde de Harry no Tetris do Game Boy. G-Con 45, da Namco.

Atrás dele zunia o noticiário na tela de 14 polegadas. Outra festa beneficente para angariar dinheiro para vítimas. Julia Roberts mostrava sua compaixão e Sylvester Stallone recebia ligações dos doadores. E a hora da retaliação havia chegado. As fotos mostravam montanhas sendo pesadamente bombardeadas. Colunas de fumaça preta subindo das rochas. E nada crescia naquela paisagem desértica. O telefone tocou.

Era Weber. Na delegacia de polícia, Weber tinha fama de resmungão teimoso, com quem era difícil trabalhar. Harry achava o contrário. Era só ter em mente que ele seria intratável se as pessoas fossem petulantes ou enchessem o saco.

— Sei que anda esperando notícias — disse Weber. — Não achamos nenhum DNA na garrafa, mas tinha um belo par de impressões digitais.

— Ótimo. Tinha medo de que fossem imprestáveis, mesmo tendo ficado em um saco.

— Sorte que era uma garrafa de vidro. Em uma garrafa de plástico, a gordura da impressão é absorvida depois de alguns dias.

Harry ouviu o som estranho ao fundo. Parecia que alguém estava esfregando alguma coisa.

— Ainda está no trabalho, Weber?

— Estou.

— Quando vai checar as impressões no banco de dados?

— Está me pressionando? — grunhiu o velho investigador, desconfiado.

— De forma nenhuma. Tenho todo o tempo do mundo, Weber.

— Amanhã. Não sou nenhum perito nessas coisas de computador, e os rapazes já foram para casa.

— E você?

— Só vou checar as impressões com alguns possíveis candidatos da velha e boa maneira. Durma bem, Hole. A polícia está de olho.

Harry desligou, foi para o quarto e ligou o computador. O animado tinido do Windows afogou por um momento a retórica americana de retaliação vinda da sala. Ele procurou o vídeo do assalto na Kirkeveien. Reproduziu o videozinho idiota repetidas vezes, sem se sentir mais esperto ou estúpido. Clicou no ícone do e-mail. A ampulheta e o aviso "recebendo 1 de 1 mensagem" apareceram. O telefone tocou novamente no corredor. Harry olhou para o relógio antes de tirar o telefone do gancho e disse um "oi" com a voz macia, reservada para Rakel.

— Arne Albu. Desculpe por ligar para a sua casa à noite, mas minha esposa me deu o seu nome e achei melhor resolver esse assunto o mais rápido possível. Pode ser?

— Claro — respondeu Harry meio acanhado, já com a voz normal.

— Falei com a minha esposa, e nenhum de nós dois conhece a tal mulher ou sabe como ela pode ter conseguido a foto. Mas foi revelada em um laboratório, e talvez alguém que trabalhe lá tenha feito uma cópia. E como tem várias pessoas entrando e saindo da nossa casa, pode haver muitas, *muitas*, explicações possíveis.

— Hmm. — Harry notou que a voz de Arne Albu não tinha a mesma calma e segurança que aparentou mais cedo. E depois de alguns segundos de silêncio, foi Albu que continuou:
— Caso deseje falar mais sobre o assunto, gostaria que me procurasse no meu escritório. Pelo que entendi, minha esposa lhe deu o telefone.
— E pelo que eu entendi, você não gosta de ser perturbado no horário de trabalho, Albu.
— Só não quero... que minha esposa fique muito estressada. Uma mulher morta com uma foto em um sapato, meu Deus! Gostaria que tivesse tratado diretamente comigo.
— Entendo. Mas a foto é de sua mulher e dos filhos.
— Ela não sabe nada sobre isso, acredite! — E emendou, como se estivesse arrependido pelo tom de voz irascível: — Prometo averiguar todas as possibilidades possíveis para explicar como isso aconteceu.
— Agradeço a oferta, mas ainda me reservo o direito de falar com quem julgo necessário. — Harry ouviu a respiração de Albu antes de emendar: — Espero que compreenda.
— Escute aqui...
— E receio que isso não esteja em discussão. Entrarei em contato com você ou com a sua esposa caso precise saber de mais alguma informação.
— Espere! Você não está entendendo. Minha esposa fica... muito perturbada.
— Tem razão, não estou entendendo. Ela está doente?
— Doente? — ecoou Albu, surpreso. — Não, mas...
— Então sugiro que a gente encerre essa conversa agora mesmo. — Harry se olhou no espelho. — Não estou no meu horário de trabalho. Boa noite, Albu.

Ele desligou e se olhou de novo no espelho. Já havia sumido... O sorrisinho. A malícia satisfeita. A pequenez. A hipocrisia. O sadismo. As quatro partes da vingança. Mas havia mais alguma coisa. Algo que não fazia sentido, algo que estava ausente. Ele estudou seu reflexo no espelho. Talvez fosse só o ângulo da luz.

Harry se sentou em frente ao computador enquanto pensava que tinha de se lembrar de comentar com Aune que colecionava esse tipo de coisa, aquelas quatro partes da vingança. O e-mail que recebeu havia sido enviado de um endereço que ele nunca tinha visto antes: furie@bolde.com. Ele clicou para abrir.

Enquanto estava sentado ali, um calafrio percorreu o corpo de Harry Hole, algo que duraria o ano inteiro.

Aconteceu quando ele estava lendo na tela. Os pelos da nuca ficaram em pé, e a pele esticou no corpo, como uma peça de roupa que houvesse encolhido.

Vamos jogar? Imagine que você tenha jantado com uma mulher, e no dia seguinte ela tenha sido encontrada morta. O que você faz?

S^2MN

O telefone chilreou um protesto. Harry sabia que era Rakel. Ele deixou tocar.

17

Lágrimas das Arábias

Halvorsen ficou bastante surpreso ao ver Harry quando abriu a porta do escritório.
— Já a postos? Sabe que são apenas...
— Não consegui dormir — murmurou Harry, que estava com os braços cruzados, olhando para a tela do computador. — Como essas merdas de máquinas são lentas.
Halvorsen olhou por cima do ombro.
— Depende da velocidade de transferência de dados quando faz buscas na internet. Agora usamos uma linha normal de telefone, mas sorria, daqui a pouco teremos banda larga. Busca algum artigo de jornal?
— Eh... De fato.
— Arne Albu? Chegou a falar com Vigdis Albu?
— Sim, falei com ela.
— E o que eles têm a ver com o assalto ao banco?
Harry não ergueu o olhar. Ele não disse que tinha a ver com o assalto, mas também não negou a relação, então era natural que o colega pensasse daquela forma. Harry se esquivou da resposta, pois, no mesmo instante, o rosto de Arne Albu encheu a tela do computador. Em cima do nó da gravata apertado, imperava o sorriso mais largo que Harry tinha visto. Halvorsen estalou a língua e leu em voz alta:
— Trinta milhões para a companhia da família. Hoje, Arne Albu pode embolsar 30 milhões de coroas porque, ontem, a rede de hotéis Choice adquiriu todas as ações da Albu AS. Arne Albu alega querer passar mais tempo junto à família, motivo principal para vender a empresa bem-sucedida. "Gostaria de ver meus filhos crescerem",

diz Albu em um comentário. "A família é o meu investimento mais importante."

Harry apertou o botão de imprimir.

— Não vai ler o restante do artigo?

— Não, só quero a foto.

— Trinta milhões no banco, e agora começou a assaltá-los também?

— Vou explicar depois — disse Harry, e se levantou. — Enquanto isso, gostaria de saber se você pode me explicar como faço para encontrar o remetente de um e-mail.

— O endereço está no e-mail recebido.

— E posso encontrar a pessoa na lista telefônica, por acaso?

— Não, mas pode saber de que servidor foi enviado. Dá para ver no endereço de e-mail. E os donos do servidor têm a lista de quem assina quais endereços. Bem simples. Você recebeu algum e-mail interessante?

Harry fez que não com a cabeça.

— Me dê o endereço. Consigo descobrir de onde veio num piscar de olhos — disse Halvorsen.

— Já ouviu falar de um endereço de e-mail que se chama bolde. com?

— Não, mas vou verificar. Como é o resto do endereço?

Harry hesitou.

— Não me lembro.

Harry pediu um carro na garagem e passou devagar pelo bairro de Grønland. Na calçada, um vento gelado levantava as folhas que estavam secas por conta do sol do dia anterior. As pessoas caminhavam com as mãos enfiadas nos bolsos e a cabeça afundada entre os ombros.

Na Pilestredet, Harry grudou na traseira de um bonde e achou no rádio a estação nacional de notícias. Eles nem haviam mencionado o caso Stine Grette. Receavam que milhares de crianças refugiadas morressem durante o rigoroso inverno no Afeganistão. Um soldado americano foi assassinado. Havia uma entrevista com a família. Queriam vingança. Bislett estava interditado, mas havia um desvio.

— Sim? — Uma sílaba no interfone foi suficiente para saber que Astrid Monsen estava seriamente resfriada.

— Harry Hole. Obrigada pela sua colaboração até agora. Eu gostaria de fazer algumas perguntas. Tem um tempinho?

Ela fungou duas vezes antes de responder:

— Sobre o quê?

— Gostaria de não falar sobre isso aqui fora.

Ela fungou mais duas vezes.

— Seria muito inconveniente? — perguntou Harry.

Um zumbido soou no portão, Harry o empurrou e entrou.

Astrid Monsen estava no corredor, com um xale sobre os ombros e os braços cruzados, quando Harry subiu as escadas.

— Vi você no enterro — disse Harry.

— Achei que pelo menos um dos vizinhos devia aparecer — comentou ela. Parecia que falava através de um megafone.

— Reconhece essa pessoa?

Hesitante, ela pegou a fotografia amassada.

— Qual delas?

— Na verdade, qualquer uma. — A voz de Harry ecoou pelo corredor.

Astrid Monsen examinou a foto demoradamente.

— Então?

Ela balançou a cabeça.

— Tem certeza?

Ela confirmou com um aceno de cabeça.

— Sabe se Anna tinha um namorado?

— Um?

Harry respirou fundo.

— Quer dizer que havia vários?

Ela deu de ombros.

— Aqui se escuta tudo. Digamos que a escada seja barulhenta.

— Algum relacionamento sério?

— Não faço ideia.

Harry esperou. Ela não aguentou por muito tempo:

— Tinha um nome colado ao lado do dela na caixa de correios no verão. Mas, se era sério, não sei dizer...

— Não?

— Parecia ser a letra dela. Apenas ERIKSEN. — Os lábios finos esboçaram um sorriso. — Talvez ele tenha se esquecido de contar a ela o primeiro nome. De qualquer maneira, o papel sumiu depois de uma semana.

Harry olhou sobre a grade da escada. Era uma escada bem íngreme.

— Uma semana pode ser melhor que nenhuma semana, não é?

— Para alguns, talvez — opinou ela, colocando a mão na maçaneta.

— Preciso ir. Recebi um e-mail, ouvi o alerta.

— Ele não vai desaparecer.

Ela foi acometida por uma série de espirros.

— Preciso responder — disse, com olhos cheios de lágrimas. — É o escritor. Estamos discutindo uma tradução.

— Então serei breve. Gostaria que desse uma olhada nessa também.

Ele estendeu uma folha de papel. Ela pegou, deu uma olhada e encarou Harry, desconfiada.

— Apenas olhe a foto — disse Harry. — Use o tempo que for necessário.

— Não será preciso — respondeu, devolvendo-lhe a folha de papel.

Harry levou apenas dez minutos para ir da delegacia até a Kjølberggata 21A. O pequeno prédio de tijolos gastos já servira de curtume, oficina tipográfica, ferraria e muitas outras coisas. Uma lembrança de que outrora havia indústria em Oslo. Agora o Departamento Criminal havia tomado posse. Apesar da iluminação e dos interiores modernos, o prédio ainda tinha um toque industrial. Harry encontrou Weber em uma das salas amplas e frias.

— Merda — disse Harry. — Tem certeza?

Weber abriu um sorriso cansado.

— As impressões na garrafa são tão boas que, se estivessem no nosso arquivo, o computador ia conseguir encontrar de quem são. É claro que podíamos procurar manualmente para termos 110 por cento de certeza, mas levaria semanas e não iríamos encontrar nada. Isso é certo.

— Que pena — disse Harry. — Tinha tanta certeza de que a gente pegaria o cara dessa vez. Para mim, a probabilidade de um cara assim nunca ter sido preso é microscópica.

— O fato de a gente não o ter nos arquivos só quer dizer que precisamos procurar fora daqui. Mas agora há pelo menos uma pista concreta. Essas impressões digitais e a fibra de tecido da Kirkeveien. Se você encontrar o homem, temos provas conclusivas. Helgesen!

Um jovem que passava estacou.

— Recebi aquele gorro do rio Akerselva em um saco que *não* estava lacrado — grunhiu Weber. — Isso aqui não é uma zona, não, entendeu?

Helgesen assentiu com um meneio de cabeça e lançou um olhar eloquente para Harry.

— Nada de choro — disse Weber, virando-se para Harry. — Pelo menos, não teve que passar pelo que Ivarsson passou hoje.

— Ivarsson?

— Você não ficou sabendo do que aconteceu em Kulverten hoje?

Harry fez que não com a cabeça, e Weber deu uma risadinha, esfregando as mãos.

— Então vai ouvir uma bela história, Hole.

O relato de Weber era parecido com os relatórios que escrevia. Frases curtas rudemente talhadas, que esboçavam o curso dos eventos sem descrições pitorescas de sentimentos, tom de voz ou expressões faciais. Mas Harry não tinha nenhum problema para preencher as lacunas. Ele imaginou Rune Ivarsson e Weber entrando em uma das salas de visita na ala A, escutando a porta sendo trancada atrás deles. As duas salas ficavam perto da recepção e eram usadas para visitas familiares. Os presos podiam ficar em paz com seus entes queridos durante algum tempo em uma sala que alguém até tentara deixar acolhedora — móveis simples, flores de plástico e dois quadros em aquarela desbotados nas paredes.

Raskol se levantou quando os dois entraram. Ele estava com um livro grosso debaixo do braço, e, na mesa baixa à sua frente, havia um tabuleiro de xadrez com as peças arrumadas. Ele não disse nada, apenas olhou para os dois com os sofridos olhos castanhos. Usava uma camisa comprida que quase batia nos joelhos. Ivarsson parecia desconfortável e, com voz brusca, pediu ao cigano alto e magro que se sentasse. Raskol obedeceu à ordem com um leve sorriso.

Ivarsson havia levado Weber, em vez de um dos policiais mais novos do grupo de investigação, porque achava que ele, uma raposa velha, poderia ajudá-lo, em suas palavras, a "sacar Raskol. Weber empurrou uma cadeira para a porta e pegou seu bloco de anotações enquanto Ivarsson se sentou em frente ao infame prisioneiro.

— Pois não, delegado-chefe Ivarsson — disse Raskol, e gesticulou com a mão aberta para que o policial iniciasse a partida de xadrez.

— Viemos até aqui para obter informações, não para brincar — disse Ivarsson e espalhou cinco fotos do assalto da rua Bogstadveien sobre a mesa. — Queremos saber quem é este homem.

Raskol pegou as fotos, uma a uma, e estudou-as, emitindo seguidos "hmm" em voz alta.

— Posso pegar uma caneta emprestada? — pediu ele, depois de ter olhado todas as fotos.

Weber e Ivarsson trocaram olhares.

— Pegue a minha — disse Weber, estendendo-lhe uma caneta-tinteiro.

— Prefiro uma do tipo comum — disse Raskol, sem tirar os olhos de Ivarsson.

O chefe de polícia deu de ombros, tirou uma caneta do bolso interno do paletó e a deu para Raskol.

— Primeiro, vou contar um pouco sobre o princípio por trás de ampolas de tinta — disse Raskol, enquanto começava a desmontar a caneta branca de Ivarsson, que por acaso tinha a logo do Banco DNB. — Como vocês sabem, funcionários de banco sempre colocam uma ampola de tinta com o dinheiro, caso sejam assaltados. Algumas ampolas são acopladas às gavetas de dinheiro dos caixas eletrônicos. Outras são conectadas a um transmissor, ativado por movimento, como quando colocados em uma sacola, por exemplo. Outros são ativados na hora de passar por um portal que pode estar em cima da porta do banco. A ampola de tinta pode ter um microtransmissor conectado a um receptor, que aciona uma explosão quando estiver a certa distância do receptor, a cem metros, digamos. Outras explodem um tempo depois de ativadas. A ampola pode ter todo tipo de formato, mas precisa ser bem pequena para que possa ser escondida entre as notas de dinheiro. Algumas são tão pequenas quanto isso. — Raskol ergueu o polegar a dois centímetros de distância do indicador. — A explosão é inofensiva para o assaltante. É a cor, a tinta que é o problema.

Ele levantou o cartucho de tinta da caneta.

— Meu avô era tinteiro. Ele me ensinou que antigamente usava-se goma arábica para fazer tinta ferrogálica. A goma vem da árvore da acácia e é também chamada de "lágrimas da Arábia", pois vem escorrendo devagar em gotas amarelas desse tamanho.

Ele fez um círculo com o polegar e o dedo indicador no tamanho de uma amêndoa.

— A ideia da goma é dar consistência à tinta, reduzir sua tensão na superfície. Além de manter o sal de ferro líquido. Além disso, precisa-se de um solvente. Antigamente, recomendava-se água da chuva ou vinho branco. Ou vinagre. Meu avô disse que era bom misturar vinagre na tinta ao escrever para um inimigo, e vinho ao escrever para um amigo.

Ivarsson pigarreou, mas Raskol continuou, impassível:

— No início, a tinta era invisível. Era o encontro com o papel que fazia com que se tornasse visível. Na ampola, existe pó de tinta vermelha, que reage quimicamente quando entra em contato com o papel das notas de dinheiro e faz com que não possa ser removida. O dinheiro fica marcado para sempre como dinheiro roubado.

— Eu sei como funciona uma ampola de tinta — disse Ivarsson. — Mas gostaria de saber...

— Paciência, caro delegado. O fascinante nessa tecnologia é sua simplicidade. Tão simples que eu mesmo poderia fazer uma ampola, colocá-la em qualquer lugar e fazê-la explodir a determinada distância do receptor. Todo o equipamento de que preciso caberia em uma marmita.

Weber havia parado de anotar.

— Mas o princípio da ampola de tinta não está na sua tecnologia, delegado-chefe Ivarsson. O princípio está na delação. — O rosto de Raskol se iluminou com um largo sorriso. — A tinta também se prende nas roupas e na pele do assaltante. E é tão poderosa que, se já estiver na sua mão, não dá para remover. Como Pôncio Pilatos e Judas, não é? Sangue nas mãos. Dinheiro sujo de sangue. A angústia do juiz. A punição do delator.

Raskol deixou cair o cartucho de tinta no chão atrás da mesa e, enquanto se agachava para pegá-lo, Ivarsson sinalizou para Weber que ele queria o bloco de anotações.

— Quero que anote o nome da pessoa nessas fotos — disse Ivarsson para Raskol e colocou o bloco em cima da mesa. — Como disse, não estamos aqui para brincar.

— Brincar, não — falou Raskol, enroscando a caneta com calma. — Prometi que ia dar o nome do homem que levou o dinheiro, não foi?

— É, esse foi o acordo — respondeu Ivarsson, e se inclinou ansioso para a frente quando Raskol começou a escrever.

— Nós, *xoraxanos*, sabemos o que é um acordo — disse. — Aqui estou escrevendo não apenas o nome, mas também o nome da prostituta que ele visita regularmente e do homem que contratou para quebrar o joelho de um jovem que há pouco tempo partiu o coração da sua filha. Mas a pessoa recusou o trabalho, aliás.

— Eh... Ótimo. — Ivarsson se virou rápido para Weber e sorriu cheio de júbilo.

— Aqui. — Raskol estendeu o bloco e a caneta para Ivarsson, que leu com pressa.

O sorriso eufórico se apagou.

— Mas... — gaguejou. — Helge Klementsen é o gerente da agência. — Um pensamento iluminado. — Ele está envolvido no roubo?

— Até o pescoço — respondeu Raskol. — Foi ele que pegou o dinheiro, não foi?

— E colocou na sacola do assaltante — grunhiu Weber, baixinho da porta.

A expressão no rosto de Ivarsson se alterou devagar, foi de interrogativa a irada.

— Que tolice é essa? Você prometeu me ajudar.

Raskol estudou a unha comprida e afiada do dedo mínimo direito. Depois balançou a cabeça para cima e para baixo, sério, inclinou-se por cima da mesa e sinalizou para que Ivarsson se aproximasse.

— Tem razão — disse. — Aqui tem a ajuda. Aprenda do que se trata a vida. Sente-se e estude. Não é fácil encontrar as coisas que perdemos, mas é possível. — Ele bateu no ombro de Ivarsson e acenou para o tabuleiro de xadrez. — Sua vez, delegado.

* * *

Ivarsson espumava de raiva quando ele e Weber atravessaram o corredor subterrâneo de trezentos metros que ligava a prisão à delegacia.
— Eu confiei na raça que inventou a mentira! — cuspia Ivarsson.
— Confiei na merda de um cigano!
Os berros ecoavam pelas paredes de tijolos. Weber se apressou, queria sair daquele túnel frio e úmido logo. O corredor era usado para levar prisioneiros para interrogatórios na delegacia, e havia muitos rumores sobre coisas que tinham acontecido ali.
Ivarsson fechou mais o casaco e disparou a passos largos.
— Me prometa uma coisa, Weber. Você não vai contar nada disso para ninguém. Está bem? — Ele se virou para Weber com uma sobrancelha levantada. — Então?
A resposta à pergunta do delegado-chefe era de alguma forma afirmativa, já que foi nesse exato momento que alcançaram o ponto no corredor subterrâneo onde as paredes eram pintadas de laranja. Weber escutou um pequeno "poff". Ivarsson soltou um grito, caiu de joelhos em uma poça de água e levou a mão ao peito.
Weber se virou e olhou para cima e para baixo no túnel. Ninguém. Voltou-se para o delegado, que encarava perplexo a mão tingida de vermelho.
— Estou sangrando — gemeu. — Estou morrendo!
Weber podia ver os olhos de Ivarsson se arregalarem.
— O que foi? — Ivarsson perguntou com ansiedade na voz ao ver a expressão embasbacada de Weber.
— Você precisa ir a um tintureiro — respondeu Weber.
Ivarsson olhou para baixo. A mancha vermelha havia se espalhado na frente da camisa inteira e em partes do casaco verde-limão.
— Tinta vermelha — explicou Weber.
Ivarsson juntou os restos da caneta do DNB. A microexplosão quebrara a caneta ao meio. Ele ficou sentado com os olhos fechados até recuperar o fôlego. Olhou então para Weber.
— Sabe qual foi o maior pecado de Hitler? — perguntou e estendeu a mão limpa. Weber o ajudou a ficar de pé. Ivarsson olhou para a di-

reção de onde tinham vindo no corredor. — Não ter feito um trabalho melhor com os ciganos.

— Nenhuma palavra sobre isso para ninguém — imitou Weber entre risos. — Ivarsson seguiu direto para a garagem, pegou o carro e foi para casa. A tinta vai ficar na pele dele por pelo menos três dias.

Harry balançou a cabeça, sem acreditar.

— E o que fizeram com Raskol?

Weber deu de ombros.

— Ivarsson disse que ia cuidar para que ficasse na solitária. Mas não acho que vá ser de grande ajuda. Aquele cara é... diferente. A propósito, pensando em pessoas diferentes, como você e a Beate estão se saindo? Conseguiram alguma coisa além dessas impressões digitais?

Harry fez que não com a cabeça.

— Aquela menina é especial — comentou Weber. — Vejo o pai no jeito dela. Ela pode ser boa.

— É verdade. Você conheceu o pai dela?

Weber assentiu.

— Cara legal. Leal. Uma pena o que aconteceu.

— Estranho que um policial tão experiente tenha cometido um erro desses.

— Não acho que foi um erro — argumentou Weber ao lavar a xícara de café até a pia.

— Não?

Weber resmungou.

— O que você disse, Weber?

— Nada — grunhiu Weber. — Ele deve ter tido um motivo, é tudo o que estou dizendo.

— Pode até ser que bolde.com seja um servidor — argumentou Halvorsen. — Só estou dizendo que não está registrado em nenhum lugar. Mas pode, por exemplo, estar em um porão em Kiev ou ter assinantes anônimos, que enviam pornografia um para o outro. Como vou saber? Nós, pobres mortais, não encontraremos aqueles que não querem ser encontrados naquele mato. É preciso arrumar um cão de caça, um verdadeiro perito.

A batida na porta foi tão leve que Harry não ouviu, mas Halvorsen gritou:
— Entre.
A porta foi aberta com cuidado.
— Olá — disse Halvorsen, sorrindo. — Beate, não é?
Ela assentiu e olhou para Harry.
— Tentei localizar você. Aquele número de celular na lista telefônica...
— Ele perdeu o celular — disse Halvorsen, e se levantou. — Fique à vontade. Vou fazer um espresso Halvorsen.
Ela hesitou.
— Obrigada. Gostaria de mostrar uma coisa para você na Casa da Dor, Harry. Tem tempo?
— Todo o tempo do mundo — respondeu o inspetor e se inclinou para trás na cadeira. — Weber só tinha notícias ruins. As impressões digitais não estão no sistema. E Raskol pregou uma peça no Ivarsson hoje.
— Isso é uma notícia ruim? — Beate deixou escapar e, alarmada, colocou a mão sobre a boca. Harry e Halvorsen riram.
— Foi bom ver você de novo, Beate — disse Halvorsen, antes que ela e Harry saíssem.
Ele não teve resposta, apenas um olhar inquisidor de Harry, que o deixou um pouco acanhado, no meio do escritório.

Harry entrou na Casa da Dor e notou um cobertor desarrumado sobre o sofá de dois lugares da Ikea.
— Dormiu aqui essa noite?
— Só tirei um cochilo — respondeu ela e ligou o vídeo. — Observe o Magarefe e Stine Grette nessa imagem.
Ela apontou para a tela, onde se via a imagem congelada do assaltante e de Stine inclinada em sua direção. Harry sentiu os pelos da nuca se eriçarem.
— Tem alguma coisa nessa imagem — comentou ela. — Não tem?
Harry observou o assaltante. Depois Stine. E sabia que tinha sido por causa daquela imagem que assistira ao vídeo inúmeras vezes, à procura de algo que estava ali o tempo todo, mas que insistia em escapar.

— O que é? — perguntou Harry. — O que você está vendo que eu não vejo?

— Tente encontrar.

— Já tentei.

— Prenda a imagem na retina, feche os olhos e sinta.

— Sinceramente...

— Vamos, Harry. — Ela sorriu. — Investigação é isso, não é?

Ele a encarou levemente surpreso. Depois deu de ombros e fez o que ela pediu.

— O que você está vendo, Harry?

— A parte interna das minhas pálpebras.

— Se concentre. O que está destoando?

— Há alguma coisa nos dois. Algo... na postura deles.

— Bom. O que tem a postura deles?

— Estão... Sei lá, tem algo de errado.

— Errado em que sentido?

Harry teve a mesma impressão que sentira na casa de Vigdis Albu. Ele viu Stine sentada, inclinada para a frente, como se tentasse ouvir as palavras do assaltante. E o assaltante olhava através dos furos da balaclava, direto para a pessoa que em instantes mataria. No que estava pensando? E no que ela pensava? Naquele momento congelado no tempo estaria ela tentando descobrir quem ele era, o homem por baixo da máscara?

— Errado em que sentido? — repetiu Beate.

— Eles... Eles...

Arma em punho, dedo no gatilho. Todos em volta se transformaram em mármore. Ela está abrindo a boca. Ele pode ver os olhos da mulher sob a mira. O cano encostado nos dentes.

— Errado em que sentido?

— Eles... Estão perto demais um do outro.

— Bravo, Harry!

Ele abriu os olhos. Partículas no formato de amebas faiscavam e flutuavam em seu campo de visão.

— Bravo? — murmurou. — O que você quer dizer?

— Conseguiu pôr em palavras aquilo que estávamos vendo o tempo todo. É isso mesmo, Harry. Eles estão perto demais.

— Sim, já entendi. Mas perto demais em relação a quê?

— Em relação à distância entre duas pessoas que não se conheciam antes.

— É?

— Já ouviu falar de Edward Hall?

— Não.

— Era um antropólogo. Ele foi o primeiro a mostrar a relação envolvendo a distância que as pessoas mantêm entre si e o vínculo entre elas. É bem documentado.

— Como assim?

— A distância social padrão entre os indivíduos que não se conhecem é de um a três metros e meio. É essa a distância que queremos manter se a situação permitir. Olhe as pessoas em filas de ônibus e em banheiros. Em Tóquio, as pessoas se sentem confortáveis ficando um pouco mais perto, mas, de uma cultura para outra, essa variação é bem pequena.

— Mas ele não conseguiria sussurrar para ela se os dois estivessem a mais de um metro de distância.

— Não, mas teria conseguido com facilidade se estivesse dentro do que a gente chama de espaço pessoal, que é de 45 centímetros a um metro. É esta a distância que as pessoas mantêm de amigos ou de conhecidos. Mas, como pode ver, Magarefe e Stine ultrapassam esse limite. Medi a distância: é de vinte centímetros. Isso quer dizer que estão bem dentro do limite da intimidade. Estão tão perto que não dá para manter o foco no rosto da outra pessoa nem evitar sentir o cheiro e o calor do outro. É um espaço reservado a namorados e familiares próximos.

— Hmm — disse Harry. — Estou impressionado com o seu conhecimento, mas temos aqui duas pessoas em uma situação muito dramática.

— E isso é o mais fascinante! — exclamou Beate, segurando nos braços da cadeira como que para não pular. — Se não precisam, as pessoas não querem ultrapassar os limites descritos por Edward Hall. E Stine Grette e Magarefe *não* precisavam.

Harry esfregou o queixo.

— Ok. Vamos seguir essa linha de raciocínio.

— Eu acho que o Magarefe conhecia Stine Grette — argumentou Beate. — E muito bem.

— Tudo bem. — Harry colocou as mãos no rosto e falou por entre os dedos. — Então Stine conhecia um assaltante profissional que executa um assalto perfeito antes de matá-la. Você sabe aonde essa linha de raciocínio nos leva, não sabe?

Beate assentiu.

— Vou ver o que podemos encontrar sobre Stine Grette agora mesmo.

— Ótimo. Depois bateremos um papo com uma pessoa que esteve muito dentro do seu espaço pessoal.

18

Um dia maravilhoso

— Esse lugar me dá arrepios — disse Beate.
— Eles tinham um paciente famoso chamado Arnold Juklerød — revelou Harry. — Ele disse que este era o cérebro do animal doente conhecido como psiquiatria. E aí? Não achou nada sobre Stine Grette?
— Não. Conduta impecável. E sua conta bancária não indica problemas econômicos. Nenhum uso exagerado de cartões em lojas de roupas ou restaurantes. Nenhum pagamento para o jóquei-clube ou outros indícios de vício em jogos de azar. A única extravagância que encontrei foi uma viagem a São Paulo, no verão.
— E o marido dela?
— Bem parecido. Firme e equilibrado.
Eles passaram sob o portal do Hospital de Gaustad e chegaram a um pátio ladeado por grandes prédios de tijolos vermelhos.
— Parece uma prisão — observou Beate.
— Heinrich Schirmer — disse Harry. — Arquiteto alemão do século XIX. O mesmo homem que desenhou a prisão Botsen.
Um enfermeiro veio buscá-los na recepção. Tinha o cabelo tingido de preto e parecia integrante de uma banda ou designer. O que, de fato, era.
— Na maior parte do tempo, Trond Grette tem ficado quieto, olhando pela janela — contou ele, enquanto seguiam pelo corredor para o setor G2.
— Ele já está conseguindo falar? — perguntou Harry.
— Sim, ele fala bem... — O cuidador havia pagado seiscentas coroas por um corte de cabelo propositalmente bagunçado e agora ajeitava

uma das mechas e piscava para Harry através de um par de óculos com armação preta, que lhe dava a aparência de nerd, mas da maneira certa, ou seja, fazia os *cognoscenti* entenderem que ele não era nerd, e sim descolado.

— Meu colega quer saber se Grette consegue falar sobre a esposa — explicou Beate.

— Vocês vão descobrir logo — respondeu o cuidador e jogou a mecha de cabelo na frente dos óculos de novo. — Se voltar a ficar psicótico, não está pronto.

Harry não perguntou como poderia saber se uma pessoa está psicótica. Chegaram ao fim do corredor e o cuidador destrancou uma porta que tinha uma janelinha redonda.

— Ele precisa ficar trancado? — perguntou Beate, dando uma olhada na sala iluminada.

— Não — respondeu o cuidador, sem dar mais explicações e apontou para as costas de um roupão branco em uma cadeira próxima à janela.

— Quando terminarem, estarei no escritório à esquerda no corredor.

Eles se aproximaram do homem na cadeira. Ele olhava pela janela, e a única coisa que se mexia era sua mão direita, que, devagar, movia uma caneta sobre um bloco de desenho, de maneira intermitente e mecânica, como a garra de um robô.

— Trond Grette? — perguntou Harry.

Harry não reconheceu a pessoa que se virou. Trond Grette tinha raspado todo o cabelo, o rosto parecia mais magro e o brilho de loucura nos olhos do episódio na quadra de tênis fora substituído por um olhar calmo, vazio e distante, que parecia atravessá-los. Harry já vira aquela expressão antes. Era assim que eles ficavam após as primeiras semanas atrás das grades, quando cumpriam pena pela primeira vez. E Harry soube instintivamente que o homem sentado na cadeira estava fazendo exatamente aquilo. Cumprindo pena.

— Somos da polícia — disse Harry.

Grette moveu o olhar em sua direção.

— É sobre o assalto ao banco e sua esposa.

Grette cerrou os olhos, como se precisasse se concentrar para entender o que Harry estava falando.

— Será que podemos fazer algumas perguntas? — perguntou Beate com voz alta.

Grette assentiu devagar. Beate puxou uma cadeira e se sentou.

— Pode falar um pouco sobre ela? — perguntou.

— Falar? — A voz rangeu como uma porta enferrujada.

— É — respondeu Beate, sorrindo gentilmente. — A gente gostaria de saber quem Stine era. O que ela fazia. Do que gostava. Os planos de vocês. Coisas assim.

— Coisas assim? — Trond Grette olhou para Beate. Depois soltou a caneta. — Íamos ter filhos. Esse era o plano. Bebê de proveta. Ela torcia por gêmeos. Dois mais dois, ela sempre dizia. Dois mais dois. A gente ia começar agora. Por esses dias.

Ele tinha lágrimas nos olhos.

— Por esses dias?

— Hoje, eu acho. Ou amanhã. Que dia é hoje?

— Dia 17 — respondeu Harry. — Vocês estavam casados fazia muito tempo, não estavam?

— Dez anos. Se eles não quisessem jogar tênis, tudo bem por mim. Não dá para forçar as crianças a gostar da mesma coisa que os pais, né? Talvez preferissem andar de cavalo. Montar é maravilhoso.

— Que tipo de pessoa ela era?

— Dez anos — repetiu Trond Grette, e se virou para a janela de novo. — A gente se conheceu em 1988. Eu tinha começado a estudar Administração em Oslo, e ela estava no último ano do ensino médio. Ela era a coisa mais bonita que eu já tinha visto. Sei que todo mundo diz que a pessoa mais bonita que já conheceu é aquela que você nunca conseguiu segurar ou talvez esquecer. Mas com Stine foi verdade. E eu nunca parei de achar que ela era a mais bonita. Fomos morar juntos depois de um mês e ficamos juntos todos os dias e noites durante três anos. Mesmo assim, não acreditei que era verdade quando ela aceitou se tornar Stine Grette. Não é estranho? Quando a gente ama muito alguém, não acredita que ela possa amar você também. Devia ser ao contrário, não é?

Uma lágrima espatifou-se no braço da cadeira.

— Ela era gentil. Não existem muitas pessoas que saibam apreciar essa qualidade nos dias de hoje. Era confiável, leal e sempre gentil. E corajosa. Se eu estivesse dormindo e Stine achasse que tinha escutado um barulho estranho no andar de baixo, ela mesma se levantava e ia ver o que era. Eu dizia para ela me acordar, porque como seria no dia que houvesse assaltantes de verdade lá embaixo? Mas ela ria e dizia "então eu vou convidá-los para comer waffles e você vai acordar com o cheiro de waffles, como sempre". Eu acordava com o cheiro quando ela fazia waffles... Sim.

Ele bufou pelo nariz. Os galhos nus nas videiras do lado de fora acenavam para os três nas rajadas de vento.

— Você devia ter feito waffles — sussurrou ele. Depois tentou rir, mas parecia que estava chorando.

— Como os amigos dela eram? — perguntou Beate.

Grette ainda estava rindo e Beate teve de repetir a pergunta.

— Ela gostava de ficar sozinha. Talvez porque fosse filha única. Ela tinha um bom relacionamento com os pais. E nós tínhamos um ao outro. Não precisávamos de mais nada.

— Mas ela podia ter contato com pessoas que você não conhecia, não? — perguntou Beate.

Grette a encarou.

— O que quer dizer?

Beate ruborizou e abriu um breve sorriso.

— Quero dizer que sua esposa não necessariamente lhe contou todas as conversas que teve com todas as pessoas que ela conhecia.

— Por que não? Aonde vocês estão querendo chegar?

Beate engoliu em seco e trocou olhares com Harry. O inspetor tomou a palavra.

— Há algumas coisas que sempre precisamos verificar em assaltos a banco, independentemente do quão improváveis possam parecer. E uma delas é que algum funcionário do banco possa ter ligação com o assaltante. Às vezes acontece de o assaltante conseguir ajuda de dentro, tanto para planejar o roubo como para sua execução. Por exemplo, não temos tanta dúvida de que o assaltante sabia quando o caixa eletrônico estaria cheio. — Harry estudou o rosto de Trond Grette em busca de uma reação. Mas o olhar indicava que ele não estava mais presente. — Já perguntamos a todos os outros funcionários — mentiu o inspetor.

Uma gralha piou da árvore lá fora. Melancólica, solitária. Trond Grette balançou a cabeça. Primeiro devagar, depois mais enérgico.

— Aham — disse. — Entendo. Vocês acham que é por isso que Stine foi morta. Acham que ela conhecia o assaltante. E que, quando ele terminou de usá-la, a matou como queima de arquivo. Não é?

— Bom, teoricamente, é uma possibilidade — respondeu Harry.

Trond Grette balançou a cabeça de um lado para o outro e soltou um riso oco e triste.

— É óbvio que vocês não conheciam a minha Stine. Ela nunca poderia ter feito uma coisa dessas. E por que deveria? Se tivesse vivido mais um pouco, ficaria milionária.

— Ah, é?

— Walle Bødtker, o avô dela. Oitenta e cinco anos e proprietário de três prédios no centro da cidade. No verão, foi diagnosticado com câncer de pulmão e desde então só tem piorado. Cada neto ia herdar um prédio.

A pergunta de Harry veio como mero impulso.

— E agora, quem fica com o prédio que seria de Stine?

— Os outros netos. — Trond Grette emendou com desgosto na voz: — E agora vocês vão verificar se eles têm álibi, não é?

— Acha que deveríamos, Grette? — retrucou Harry.

Ele estava prestes a responder, mas parou quando encontrou o olhar de Harry. Mordeu os lábios.

— Sinto muito — disse, e passou a mão pelo cabelo curto. — É claro que eu deveria estar feliz por vocês estarem investigando todas as possibilidades. É que parece algo inútil. Tão sem sentido. Porque, mesmo que peguem o cara, eu nunca vou recuperar o que ele me tirou. Nem mesmo com a pena de morte. Porque perder a vida não é a pior coisa que pode acontecer a uma pessoa. — Harry sabia o que viria a seguir. — O pior é perder a razão de viver.

— Bem — disse o policial e se levantou. — Aqui está meu o cartão. Ligue para mim se você se lembrar de alguma coisa. Também pode pedir para falar com Beate Lønn.

Trond Grette já havia se virado para a janela de novo, e não viu o cartão que Harry lhe estendeu, por isso o inspetor o deixou em cima da mesa. Já estava escurecendo lá fora, e o vidro ganhara reflexos meio translúcidos, como fantasmas.

— Tenho a sensação de que eu o vi — disse Grette. — Nas sextas, costumo sair do trabalho e ir direto jogar squash na SATS da rua Sporveisgata. Eu não tinha parceiro, por isso fui para a sala de musculação. Acabei fazendo musculação e pedalando, essas coisas. Mas fica tão cheio nesse horário que a gente passa a maior parte do tempo esperando um aparelho.

— Eu sei — disse Harry.

— Eu estava lá quando mataram Stine. A trezentos metros do banco. Estava pensando em tomar um banho antes de ir para casa e preparar o jantar. Nas sextas, era sempre eu que fazia o jantar. Eu gostava de esperar Stine chegar. Gostava... de esperar. Nem todos os homens gostam.

— Você acha que viu quem? — perguntou Beate.

— Vi uma pessoa passar e entrar no vestiário. Ele usava roupas largas e pretas. Um macacão ou algo assim.

— Balaclava também?

Grette fez que não com a cabeça.

— Boné, talvez? — perguntou Harry.

— Ele segurava um boné. Talvez fosse uma balaclava. Ou um boné mesmo.

— Você viu o rost... — começou Harry, mas foi interrompido por Beate:

— Altura?

— Não sei — respondeu Grette. — Altura normal. O que é normal? Um e oitenta, talvez.

— Por que não contou isso para nós antes? — perguntou Harry.

— Porque — respondeu Grette, pressionando os dedos contra o vidro da janela — era apenas uma sensação. Tenho certeza de que não foi ele.

— Como pode ter tanta certeza disso? — quis saber o policial.

— Porque dois colegas de vocês estiveram aqui há alguns dias. Os dois se chamavam Li. — Ele se virou bruscamente para Harry. — São parentes?

— Não. O que eles queriam?

Grette recolheu a mão. Tinha orvalho em volta das impressões gordurosas no vidro.

— Eles queriam checar se Stine estava envolvida com o assaltante. E mostraram uma foto do assalto.

— E?

— O macacão do cara na foto era todo preto. O que vi na SATS tinha letras grandes e brancas nas costas.

— Que letras? — perguntou Beate.

— P-O-L-Í-C-I-A — respondeu Trond Grette e limpou as impressões na janela. — Quando cheguei à rua depois, ouvi sirenes de polícia em Majorstuen. A primeira coisa que pensei foi que era estranho que assaltantes conseguissem escapar com tantos policiais espalhados por todo canto.

— É mesmo? O que o fez pensar assim?

— Não sei. Talvez porque alguém tivesse roubado minha raquete no vestiário enquanto eu treinava. Em seguida, pensei que o banco onde Stine trabalhava estava sendo assaltado. É assim mesmo quando a imaginação corre solta, não é? Então fui para casa e fiz lasanha. Stine adorava lasanha. — Trond Grette esboçou um sorriso. As lágrimas começaram a escorrer pelo seu rosto.

Para não ter de ver um homem adulto chorar, Harry fixou o olhar na folha de papel na qual Trond Grette havia feito anotações.

— Pelo seu extrato bancário semestral, você sacou uma grande quantia. — A voz de Beate soava dura e metálica. — Trinta mil coroas em São Paulo. Gastou o dinheiro com o quê?

Harry olhou para ela surpreso. Beate parecia completamente insensível diante da situação.

Trond Grette sorriu através das lágrimas.

— Stine e eu comemoramos dez anos de casamento lá. Ela tinha férias para tirar e viajou uma semana antes de mim. Foi o tempo mais longo que ficamos longe um do outro.

— Perguntei em que gastaram trinta mil coroas em moeda brasileira — insistiu Beate.

Trond Grette olhou pela janela.

— É um assunto particular.

— E esse é um caso de assassinato, senhor Grette.

Trond Grette se virou para Beate e encarou-a por um bom tempo.
— Parece que você nunca foi amada por ninguém.
A expressão de Beate se anuviou.
— Os joalheiros alemães em São Paulo são considerados os melhores do mundo — respondeu Trond Grette. — Comprei o anel de diamante que Stine estava usando quando morreu.

Dois cuidadores vieram buscar Trond Grette. Jantar. Harry e Beate ficaram perto da janela, observando os três se afastar, enquanto esperavam o cuidador que ia acompanhá-los até a porta.
— Desculpe — disse Beate. — Eu fiz uma tolice... Eu...
— Tudo bem — falou Harry.
— Sempre verificamos as finanças dos suspeitos em casos de assalto, mas acho que fui longe demais...
— Já disse que está tudo bem, Beate. Nunca peça desculpas pelo que perguntou, só pelo que não perguntou.
O cuidador veio e os acompanhou até a saída.
— Quanto tempo ele vai ficar aqui? — perguntou Harry.
— Ele será mandado para casa na quarta — respondeu o cuidador.
No carro, a caminho do centro da cidade, Harry perguntou a Beate por que cuidadores sempre dizem que os pacientes serão "mandados para casa". Eles nem os levavam de carro, levavam? E são os pacientes que decidem se vão para casa ou para outro lugar, não? Então por que não podiam dizer "vai para casa" ou "teve alta"?
Beate não tinha nenhuma opinião a respeito, então Harry mudou de assunto. Ele comentou sobre o tempo cinzento e pensou que já soava como um velho rabugento. Antes, era apenas rabugento.
— Ele mudou o cabelo — disse Beate. — E usa óculos.
— Quem?
— O cuidador.
— É? Não sabia que vocês se conheciam.
— Não, eu não o conheço. Uma vez eu o vi na praia. E no Eldorado. E na rua Stortingsgata. Acho que foi na rua Stortingsgata... Deve fazer uns cinco anos.
Harry olhou para ela.
— Não sabia que ele fazia seu tipo.

— Não é isso.

— Não? — perguntou Harry. — Esqueci! Você tem aquela falha cerebral.

Ela sorriu.

— Oslo é uma cidade pequena.

— É? Quantas vezes você já tinha me visto antes de começar a trabalhar na delegacia?

— Uma vez. Cinco anos atrás.

— Onde?

— Na TV. Você tinha solucionado aquele caso em Sydney.

— Hmm. Devo ter impressionado.

— Só lembro que me irritou o fato de você ser mostrado como herói, mesmo tendo fracassado.

— É?

— Você nunca conseguiu levar o assassino a julgamento. Você o matou.

Harry fechou os olhos, pensou em como o próximo trago seria gostoso e procurou o maço de cigarros no bolso. Retirou uma folha de papel dobrado e a mostrou para Beate.

— O que é isso? — perguntou ela.

— A folha em que Trond Grette estava fazendo anotações.

— "Um dia maravilhoso". — Ela leu.

— Ele escreveu isso 13 vezes. Parece *O iluminado*, não é?

— *O iluminado?*

— Aquele filme de terror, sabe? Do Stanley Kubrick. — Ele a observou de soslaio. — Aquele em que Jack Nicholson está num hotel e escreve a mesma frase várias vezes.

— Não gosto de filmes de terror — confessou Beate, baixinho.

Harry se virou para ela. Ia dizer algo, mas achou melhor deixar para lá.

— Onde você mora? — perguntou ela.

— Em Bislett.

— Fica no caminho.

— Para onde?

— Oppsal.

— É? E onde em Oppsal?

— Na Vetlandsveien. Bem próximo à estação. Sabe onde fica a Jørnsløkkveien?

— Sei, tem uma casa grande de madeira amarela na esquina.

— É lá que eu moro. No segundo andar. Minha mãe mora no primeiro. É a casa onde cresci.

— Eu também cresci em Oppsal — disse Harry. — Talvez tenhamos conhecidos em comum?

— Pode ser — disse Beate, e olhou pela janela do carro.

— Temos que verificar algum dia — disse Harry.

Nenhum dos dois falou mais nada.

Anoiteceu e o vento ganhou força. A previsão do tempo alertou que haveria tempestade ao sul de Stadt e rajadas de vento ao norte. Harry tossiu. Ele foi buscar o suéter que a mãe havia tricotado para o pai dele e que o mesmo deu a Harry de presente de Natal, alguns anos depois que ela morreu. Que coisa estranha de se fazer, pensou Harry. Ele preparou macarrão e almôndegas e depois ligou para Rakel e contou sobre a casa onde tinha crescido.

Rakel não falou muito, mas Harry percebeu que ela gostou de ouvi-lo contar sobre seu quarto. Sobre os brinquedos e a pequena cômoda. Sobre o fato de ele inventar histórias no desenho do papel de parede, como se fossem contos de fadas escritos em código. E Harry ainda contou que havia uma gaveta na cômoda que ele e a mãe concordaram que era só dele, e que ela nunca iria mexer.

— Deixava as minhas figurinhas de futebol lá — revelou ele. — O autógrafo do Tom Lund. E uma carta de Sølvi, uma menina que eu conheci nas férias de verão, em Åndalsnes. E mais tarde o primeiro maço de cigarros. Um pacote de camisinhas. Nunca foi aberto e passou da validade. Estavam tão secas que estouraram quando eu e minha irmã as enchemos de ar.

Rakel riu. Harry contou mais coisas, só para ouvi-la rir de novo.

Depois ficou andando meio que sem rumo pela casa. O noticiário soava como uma reprise do dia anterior. Tormentas sobre Jalalabad.

Então entrou no quarto e ligou o computador. O PC zuniu, e ele viu que havia um e-mail novo. Harry sentiu o coração acelerar ao ver o remetente. Clicou.

Olá, Harry

O jogo começou. A necropsia constatou que você pode ter estado presente quando ela morreu. É por isso que está tão quieto? Provavelmente é o mais prudente a se fazer. Mesmo que pareça suicídio. Porque algumas coisas não fazem sentido, não é? O próximo lance é seu.

S^2MN

Harry deu um pulo ao ouvir um estrondo e percebeu que havia batido a mão na mesa com toda a força. Ele olhou em volta no quarto escuro. Estava com raiva e assustado, mas a frustração maior era a sensação de que o remetente estivesse tão... próximo. Harry esticou o braço e colocou a palma da mão ainda dolorida na tela do computador. O vidro esfriou a pele, mas ele sentiu o calor aumentar, como o de um corpo dentro da máquina.

19

Amoroma

Elmer desceu às pressas a Grønlandsleiret, com um aceno rápido e um sorriso para os clientes e funcionários das lojas vizinhas. Estava irritado consigo mesmo, pois deixara acabar o troco e mais uma vez teve de pendurar o aviso "Volto logo" na porta para dar um pulo no banco.

Ele abriu a porta bruscamente, adentrou a agência bancária, cantou seu rotineiro "bom-dia" e correu para pegar uma senha. Ninguém lhe respondeu, mas ele já estava acostumado com isso, apenas noruegueses brancos trabalhavam ali. Um homem parecia estar terminando de consertar o caixa eletrônico e os únicos clientes que ele podia ver estavam perto da janela que dava para a rua. O lugar parecia extraordinariamente silencioso. Será que estava acontecendo alguma coisa e ele não tinha reparado?

— Vinte — gritou uma voz de mulher. Elmer olhou sua senha. Cinquenta e um, mas como todos os guichês estavam fechados, seguiu até aquele no qual tinham chamado.

— Oi, Catherine, minha linda — disse ao olhar curioso pelo vidro. — Cinco rolos de cinco e de um.

— Vinte e um.

Surpreso, ele encarou Catherine Schøyen e só então reparou no homem que estava ao seu lado. Em um primeiro momento, pensara se tratar um homem negro, mas então viu que o sujeito estava usando um gorro preto. O cano do rifle AG3 se afastou da caixa e parou em Elmer.

— Vinte e dois — gritou Catherine, em voz metálica.

* * *

— Por que aqui? — perguntou Halvorsen, perscrutando o fiorde de Oslo abaixo deles. O vento balançava sua franja para lá e para cá. Levara menos de cinco minutos para ir do poluído bairro de Grønland para Ekeberg, que se erguia como uma torre de vigilância no canto sudeste da cidade. Eles encontraram um banco sob as árvores, com vista para o belo prédio de pedra que Harry ainda chamava de Escola de Marinheiros, mesmo que agora formasse administradores de empresas.

— Em primeiro lugar, porque é muito bonito aqui — respondeu Harry. — Em segundo lugar, para ensinar a um imigrante um pouco da história de Oslo. "Os" significa colina, a colina onde estamos agora. E a segunda sílaba, "lo", significa a planície que você está vendo lá embaixo — explicou o inspetor, apontando. — Em terceiro lugar, vemos essa colina todos os dias, por isso é importante descobrir o que está por trás dela. Você não acha?

Halvorsen não respondeu.

— Eu não queria falar sobre isso no escritório — disse Harry. — Ou na casa de Elmer. Preciso contar uma coisa para você. — Mesmo tão longe do fiorde, Harry julgava sentir o cheiro da brisa do mar nas rajadas de vento. — Eu conhecia Anna Bethsen.

Halvorsen assentiu.

— Você não parece muito espantado — comentou Harry.

— Imaginei que fosse isso mesmo.

— Mas tem mais.

— Ok.

Harry colocou um cigarro na boca, mas não o acendeu.

— Antes de continuar, preciso fazer uma advertência. O que tenho para dizer precisa ficar entre mim e você, e é exatamente isso que pode vir a ser um dilema ético. Entende? Então, se você não quiser se envolver, eu não falo mais nada e paramos aqui. Continuo ou não?

Halvorsen olhou para Harry. Se ele avaliou a situação, não levou muito tempo. Ele assentiu com a cabeça.

— Alguém começou a enviar e-mails para mim — contou Harry.

— Sobre a morte de Anna.

— Alguém que você conhece?

— Não faço ideia. O endereço de e-mail não me diz nada.

— Então foi por isso que me perguntou sobre rastreamento de servidores ontem?

— Não entendo absolutamente nada disso, mas você entende. — Harry tentou em vão acender o cigarro no vento. — Preciso de ajuda. Acho que Anna foi assassinada.

Enquanto o vento noroeste arrancava as últimas folhas das árvores de Ekeberg, Harry falou sobre os estranhos e-mails que estava recebendo de uma pessoa que parecia saber tudo que eles sabiam e, provavelmente, um pouco mais. Não mencionou que o conteúdo dos e-mails o colocava no local do crime na noite que Anna morreu, mas contou sobre a pistola que Anna tinha na mão direita, mesmo que a paleta de tintas indicasse que ela era canhota. A foto no sapato. E a conversa com Astrid Monsen.

— Astrid Monsen disse que ela nunca tinha visto Vigdis Albu e as crianças na foto — revelou Harry. — Mas, quando mostrei para ela a foto do marido de Vigdis, Arne Albu, ela só precisou de uma olhada. Ela não sabia o nome dele, mas disse que ele visitava Anna com frequência. Ela o vira várias vezes quando ia pegar a correspondência. Ele chegava à tarde e ia embora à noite.

— O nome disso é hora extra.

— Perguntei a Astrid se os dois só se encontravam nos dias de semana, e ela respondeu que, de vez em quando, ele aparecia para buscá-la de carro, nos fins de semana.

— Talvez gostassem de variar um pouco e de fazer uns passeios pelo campo?

— Talvez, exceto pelo campo. Astrid Monsen é uma mulher perspicaz e observadora. Ela contou que ele nunca vinha buscá-la nos meses de verão. Foi isso que me fez pensar.

— Pensar em quê? Hotéis?

— É provável. Mas no verão também é possível ficar em hotéis. Pense, Halvorsen. Pense naquilo que é mais lógico.

Halvorsen projetou o lábio inferior para a frente e fez careta para mostrar que não tinha nenhuma ideia. Harry sorriu e soprou a fumaça com força.

— Foi você mesmo que encontrou o lugar.

Halvorsen levantou as sobrancelhas surpreso.

— O chalé! É óbvio!

— Não é? Um ninho de amor luxuoso e discreto, quando a família já tivesse voltado para casa e os vizinhos curiosos tivessem fechado as cortinas. E fica a apenas uma hora de carro de Oslo.

— Mas e daí? — perguntou Halvorsen. — Isso não nos leva muito mais longe nesse caso.

— Será? Se pudermos provar que Anna esteve no chalé, Albu terá pelo menos que dar uma explicação. Não é preciso muito. Uma impressão digital. Um fio de cabelo. Um vendedor atento da mercearia que foi fazer uma entrega.

Halvorsen esfregou a nuca.

— Mas por que complicar? Por que não procurar as impressões digitais no apartamento da Anna? Lá deve estar cheio.

— Porque é provável que nem existam mais. De acordo com Astrid Monsen, ele parou de visitar Anna, de repente, há um ano. Até um domingo, no mês passado, que ele foi buscá-la de carro. Monsen diz que se lembrava da ocasião com clareza, porque Anna tocou a campainha do apartamento dela e pediu que ficasse de ouvidos atentos, em caso de assaltantes.

— E você acha eles que foram para o chalé?

— Acho — respondeu Harry, jogando a guimba do cigarro ainda aceso em uma poça de água, onde chiou e se extinguiu — que há um motivo para Anna ter aquela foto no sapato. Você lembra o que aprendeu sobre investigação forense na Academia de Polícia?

— Lembro do pouco que aprendemos. Você não?

— Não. Tem uma valise com equipamentos básicos na mala de três das viaturas. Pó, pincel e plástico para impressões digitais. Fita métrica, lanterna, alicate, coisas assim. Queria que você reservasse um desses carros para amanhã cedo.

— Harry...

— E ligue para a mercearia antes e peça indicações claras do caminho. Pergunte como quem não quer nada, para não levantar suspeita. Diga que está construindo um chalé e o arquiteto do projeto indicou o de Albu como referência. E que você apenas quer dar uma olhada.

— Harry, a gente não pode simplesmente...

— E traga um pé de cabra também.

— Me escute!

O berro de Halvorsen fez duas gaivotas levantarem voo para o fiorde com piados roucos. Ele contou nos dedos.

— Não temos mandado de busca, não temos provas para justificar um, não temos... nada. E, o mais importante é que nós, ou melhor, *eu*, não sei de todos fatos. Isso porque você não me contou tudo, não é, Harry?

— O que faz você pensar...

— É simples. Sua motivação não é convincente. Conhecer a mulher não é motivo suficiente para você, de repente, querer quebrar as regras de conduta, arrombar um chalé e arriscar seu emprego. *Além* do meu. Sei que você pode até ser louco, Harry, mas não é idiota.

O inspetor olhou para a guimba molhada na poça de água.

— Há quanto tempo a gente se conhece, Halvorsen?

— Há quase dois anos.

— Nesse tempo eu já menti para você?

— Dois anos não é tanto tempo.

— Eu já menti para você, me diz?

— Com certeza.

— Já menti sobre coisas *importantes*?

— Não que eu saiba.

— Ok. Também não pretendo mentir para você agora. Você tem razão, eu não contei tudo. E, sim, você estaria arriscando o seu emprego ao me ajudar. Tudo o que posso dizer é que você estaria em uma encrenca muito maior se eu contasse o restante da história. Nesse ponto da situação, você terá que confiar em mim. Ou não. Você ainda pode desistir.

Os dois ficaram sentados, olhando para o fiorde. As gaivotas eram dois pontos ao longe.

— O que *você* teria feito? — perguntou Halvorsen.

— Desistido.

Os pontos ficaram maiores de novo. As gaivotas estavam voltando.

Havia uma mensagem de Møller na secretária eletrônica quando os dois voltaram para a delegacia.

— Vamos fazer um passeio — disse Møller, quando Harry retornou a ligação. — Para qualquer lugar — acrescentou, quando já estavam na rua.

— Elmer — decidiu Harry. — Estou precisando de cigarros.

Møller seguiu Harry ao longo da trilha lamacenta no gramado entre a delegacia e o caminho de paralelepípedos para a prisão Botsen. Harry notou que os arquitetos pareciam não entender que as pessoas procuram o caminho mais curto entre dois pontos, independentemente do traçado planejado por eles. No final da trilha, havia uma placa meio caída na qual estava escrito NÃO PISE NA GRAMA.

— Foi informado sobre o assalto na Grønlandsleiret hoje de manhã? — perguntou Møller.

Harry assentiu.

— Interessante ele ter escolhido fazer isso a apenas cem metros da delegacia.

— Coincidentemente, o alarme do banco estava sendo consertado.

— Não acredito em coincidências — argumentou Harry.

— É? Você acha que alguém do banco pode estar envolvido?

Harry encolheu os ombros.

— Ou outras pessoas que sabiam do conserto.

— Só o banco e os operários sabiam. E a gente, é claro.

— Mas não era sobre o assalto de hoje que você queria conversar comigo, chefe.

— Não — admitiu Møller e desviou de uma poça de água. — O chefe de polícia teve uma conversa com o prefeito. Todos esses assaltos estão deixando o cara preocupado.

No caminho, pararam para que uma mulher com três filhos passasse. Ela ralhava com as crianças com uma voz exausta e zangada, e evitou o olhar de Harry. Era horário de visitas na prisão.

— Ivarsson é competente — disse Møller. — Mas esse Magarefe parece ser diferente de tudo com que estamos acostumados a lidar. Parece que o chefe de polícia acredita que os métodos convencionais não serão suficientes dessa vez.

— Talvez não. Mas e daí? Perder fora de casa de vez em quando não deve ser nenhuma vergonha.

— Perder fora de casa?

— Caso não resolvido. É gíria atual, chefe.

— Tem mais coisas envolvidas, Harry. A imprensa ficou em cima da gente o dia todo, foi uma loucura. Eles o chamam de "O novo Martin Pedersen". E a página do jornal *Verdens Gang* na internet conseguiu descobrir que a gente o chama de Magarefe.

— Então é a mesma velha história — disse Harry, e cruzou a rua no sinal vermelho com um hesitante Møller em seus calcanhares. — É a mídia que determina o que a gente deve priorizar.

— Bom, afinal ele matou uma pessoa.

— E assassinatos que não estão mais nos jornais são arquivados.

— Não! — exclamou Møller. — Não vamos começar isso de novo!

Harry deu de ombros e pisou em cima de uma prateleira de jornais que o vento tinha derrubado. Na rua, a ventania folheava as páginas de um jornal em tempo acelerado.

— Então o que você está querendo? — perguntou Harry.

— O chefe de polícia está obviamente preocupado com a repercussão do caso. Um assalto aos correios é esquecido pela população muito antes de ser arquivado, ninguém se dá conta de que o assaltante não foi pego. Mas, nesse caso, a atenção de todos está em cima de nós. E quanto mais se falar em assalto a banco, mais vai despertar a curiosidade. Martin Pedersen foi apenas um homem comum, que conseguiu o que muitos sonham em fazer, um Jesse James moderno fugindo da lei. Isso cria mitos, heróis e identificação. Logo, novos recrutas para o negócio de assalto a bancos. O número de assaltos a bancos disparou no país inteiro durante o tempo que a imprensa falou sobre Martin Pedersen.

— Estão com medo do efeito cascata. Compreensível. O que isso tem a ver comigo?

— Ivarsson é competente, ninguém está duvidando disso. Ele é um policial honesto e convencional, que nunca ultrapassa limites. Mas o Magarefe não é nenhum assaltante convencional. O chefe de polícia não está contente com os resultados obtidos até aqui. — Møller indicou a prisão com a cabeça. — O episódio com Raskol já chegou aos ouvidos dele.

— Entendi.

— Eu estava no escritório do chefe de polícia antes do almoço, e o seu nome foi mencionado. Várias vezes, aliás.

— Nossa, devo me sentir honrado?

— Você é um investigador que já alcançou bons resultados com métodos não convencionais.

O sorriso de Harry se tornou uma careta.

— A definição gentil de um piloto camicase...

— Em suma, a mensagem é a seguinte, Harry: largue tudo o que estiver fazendo e me avise se precisar de mais pessoas. Ivarsson continua como antes, com a própria equipe. Mas nós estamos apostando em você. E mais uma coisa... — Møller chegou bem perto de Harry. — Você tem carta branca. Estamos dispostos a aceitar que as regras sejam quebradas. Contanto que fique dentro da força policial, é claro.

— Certo. Acho que estou entendendo. E se eu não aceitar?

— Vamos apoiar você no que for possível. Mas tudo tem um limite. É óbvio.

Elmer se virou quando o sino acima da porta soou e apontou para o pequeno rádio portátil à sua frente.

— E eu que achava que Kandar era uma estação de esqui. Camel?

Harry assentiu. Elmer aumentou o volume do rádio e a voz do apresentador do noticiário se misturou ao burburinho vindo de fora — carros, vento batendo na marquise, folhas secas farfalhando sobre o asfalto.

— E o que o seu colega vai querer? — Elmer olhou para a porta, onde Møller estava à espera.

— Ele quer um piloto camicase — respondeu Harry, abrindo o maço.

— Ah, é?

— Mas ele se esqueceu de perguntar o preço — completou Harry, e ele nem precisou se virar para ver o sorriso irônico de Møller.

— E quanto custa um piloto camicase atualmente? — perguntou o dono da loja de revistas ao entregar o troco para Harry.

— Se sobreviver, ele pode aceitar o trabalho que quiser depois — respondeu o inspetor. — É sua única condição. E a única na qual ele insiste.

— Parece razoável — disse Elmer. — Bom dia para vocês, meus senhores.

No caminho de volta, Møller disse que iria falar com o chefe de polícia sobre a possibilidade de Harry poder trabalhar mais três meses no caso de Ellen Gjelten. Contanto que o Magarefe estivesse preso, claro. Harry assentiu. Møller hesitou perante a placa de NÃO PISE NA GRAMA.

— O caminho mais curto, chefe.

— Sim — concordou Møller. — Mas suja tanto os sapatos...

— Faça como quiser — disse Harry, e começou a andar pela trilha. — Os meus já estão sujos.

O trânsito desafogou depois da saída para Ulvøya. Havia parado de chover e o asfalto já estava seco em Ljan. Logo em seguida, a estrada se alargou para quatro pistas, e os carros aceleraram como num estouro da boiada. Harry olhou Halvorsen de soslaio e se perguntou quando ele também iria ouvir os gritos dilacerantes. Mas Halvorsen não ouvia nada por ter levado a sério a súplica de Travis no rádio.

— *Sing, sing, siiing!*

— Halvorsen...

— *For the love you bring...*

Harry desligou o rádio, e Halvorsen lhe lançou um olhar confuso.

— O limpador de para-brisa — disse Harry. — Você pode desligá-lo agora.

— Ah, é... Desculpe.

Continuaram em silêncio. Passaram pela saída para Drøbak.

— O que você falou para o cara da mercearia? — perguntou Harry.

— Você não vai querer saber.

— Mas ele tinha entregado mercadorias para o chalé de Albu na quinta-feira, cinco semanas atrás?

— Foi o que ele disse.

— Antes de Albu chegar?

— Ele disse apenas que costumava entrar sozinho.

— Então ele tinha a chave?

— Harry, com aquela desculpa esfarrapada, havia limites para o que eu podia perguntar.

— Qual era o pretexto?
Halvorsen soltou um suspiro.
— Medição provincial.
— Medição pro...?
— ...vincial.
— O que é isso?
— Não sei.

Larkollen ficava perto de uma saída da autoestrada; 13 lentos quilômetros e 14 curvas fechadas depois.

— À direita naquela casa vermelha, depois do posto de gasolina — lembrou Halvorsen em voz alta, pegando uma estrada de terra.

— O cara vendeu *muitos* tapetes de banheiro — murmurou Harry cinco minutos depois, quando Halvorsen parou o carro e apontou para o chalé gigante entre as árvores. Parecia um chalé de montanha exageradamente grande que por um mal-entendido acabou à beira-mar.

— Parece meio deserto — comentou Halvorsen e olhou para os chalés vizinhos. — Só gaivotas. *Muitas* gaivotas. Será que tem um aterro sanitário por perto?

— Hmm. — Harry olhou no relógio. — De qualquer forma, vamos estacionar um pouco mais afastado.

A rua terminava em uma rotunda. Halvorsen desligou o carro, e Harry abriu a porta e desceu; alongou as costas e escutou os gritos das gaivotas e o barulho distante de ondas batendo nas rochas da praia.

— Ahhh — disse Halvorsen, enchendo os pulmões. — Diferente do ar de Oslo, não é?

— Sem dúvida — concordou Harry e procurou o maço de cigarro.

— Você pega a mala?

No caminho para o chalé, Harry observou uma gaivota em um mourão. A cabeça dela girava devagar sobre o pescoço ao passarem. Harry sentiu os olhos brilhantes da ave em suas costas o tempo todo.

— Não vai ser fácil — constatou Halvorsen, depois de examinar de perto a fechadura maciça na porta de entrada. Ele colocou o boné em uma arandela de ferro forjado em cima da porta de carvalho.

— É só começar. — Harry acendeu um cigarro. — Vou dar uma volta enquanto isso.

— Por que será — perguntou Halvorsen ao abrir a mala — que você de repente está fumando muito mais do que antes?

Harry ficou imóvel por um tempo, deixou o olhar vagar até a floresta.

— Para dar uma chance para você bater meu recorde na bicicleta ergométrica um dia.

Toras de madeira pretas como carvão, janelas sólidas. O chalé todo parecia uma fortaleza. Harry se perguntou se seria possível entrar pela imponente chaminé de pedras, mas desistiu. Caminhou pela trilha. Havia lama por causa da chuva dos últimos dias, mas ele podia imaginar facilmente pequenos pés descalços de crianças correndo no caminho aquecido pelo sol de verão, na direção da praia atrás dos rochedos. Ele parou e fechou os olhos. Ficou assim até virem os sons. O zumbido dos insetos, o chiado do capim alto que ondulava na brisa, um rádio distante com uma canção que ia e vinha com o vento, e gritos contentes de crianças. Ele tinha 10 anos e estava indo até a mercearia comprar pão e leite. O cascalho havia se encravado nas solas dos seus pés, mas ele cerrou os dentes e suportou a dor, porque decidira calejar os pés naquele verão para poder correr descalço com Øystein quando retornassem para casa. Na volta, as sacolas pesadas o faziam afundar na trilha de cascalho e ele tinha a sensação de andar sobre brasas. Mas havia reparado em algo um pouco adiante — uma pedra ou folha grande — e pensou que só precisaria chegar até lá. Não parecia tão longe. Quando finalmente estava em casa, uma hora e meia depois, o leite havia azedado e sua mãe ficou zangada. Harry abriu os olhos. Nuvens cinzentas corriam pelo céu.

No capim marrom ao lado da trilha, ele notou os rastros das rodas de um carro. As marcas largas e profundas indicavam um carro pesado, com tração nas rodas, um Land Rover ou algo parecido. Com a chuva que caíra nos últimos dias, não havia possibilidade de serem marcas antigas. Provavelmente eram de apenas uns dois dias atrás.

Ele olhou em volta e pensou que não havia nada mais triste do que lugares de veraneio no outono. Acenou com a cabeça para a gaivota na volta para o chalé.

Halvorsen estava inclinado sobre a fechadura com uma gazua elétrica resmungando.

— Como está indo?

— Mal. — Halvorsen se levantou e enxugou o suor. — Essa não é uma fechadura amadora. A não ser que queira usar um pé de cabra, é melhor desistir.

— Nada de pé de cabra. — Harry esfregou o queixo. — Já olhou embaixo do capacho?

Halvorsen suspirou.

— Não. Nem estou pensando em fazer isso.

— Por que não?

— Porque estamos no século XXI e ninguém deixa chaves debaixo de capachos. Principalmente as chaves do chalé de um milionário. Então, a não ser que queira apostar uma nota de cem, não estou a fim. Certo?

Harry assentiu.

— Ótimo — respondeu Halvorsen, e se agachou para fechar a mala.

— Eu quis dizer que topo a aposta — disse Harry.

Halvorsen olhou para ele.

— Você está brincando, não?

Harry fez que não com a cabeça.

Halvorsen pegou a ponta do capacho de fibras sintéticas.

— Dinheiro fácil — murmurou, e agarrou o capacho com um golpe só. Três formigas, dois tatuzinhos-de-jardim e uma lacraia acordaram para a vida e rodopiaram no piso de cimento. Mas nenhuma chave.

— Às vezes você é incrivelmente ingênuo, Harry — disse Halvorsen, esticando a mão para o parceiro. — Por que deixariam uma chave aqui?

— Porque — respondeu Harry, cuja atenção estava na lâmpada de ferro forjado ao lado da porta, não na mão estendida — o leite estraga se ficar no sol. — Ele foi até a lâmpada e começou a desatarraxar a tampa.

— O que você quer dizer?

— As mercadorias eram entregues aqui antes de Albu chegar, certo? Eram deixadas dentro da casa, é óbvio.

— E daí? Talvez alguém na mercearia tivesse uma chave reserva.

— Acho que não. Acho que Albu queria ter certeza de que ninguém pudesse chegar sem avisar quando ele e Anna estivessem aqui.
— Harry tirou a tampa e olhou dentro do vidro. — E agora tenho certeza disso.

Halvorsen murmurou alguma coisa e recolheu a mão.

— Sinta o cheiro — disse Harry ao entrarem no chalé.

— Sabão — comentou Halvorsen. — Alguém achou por bem fazer uma faxina aqui.

Os móveis pesados, as antiguidades rústicas e a lareira grande de pedra reforçavam a impressão dos dias de folga no feriado da Páscoa. Harry se aproximou de um móvel de pinho no outro lado da sala. Nas prateleiras havia livros antigos. Ele olhou os títulos nas lombadas gastas, mas, mesmo assim, teve a impressão de que nunca haviam sido lidos. Não ali. Talvez tivessem sido comprados *no* atacado de um antiquário em Majorstuen. Alguns velhos álbuns de fotos. Gavetas. Nas gavetas, havia caixas de charutos Cohiba e Bolivar. Uma das gavetas estava trancada.

— Bela faxina — ironizou Halvorsen. Harry se virou e viu o colega apontar para as pegadas molhadas e sujas cruzando o chão.

Eles tiraram os sapatos e os deixaram na entrada, acharam um pano na cozinha e, depois de limpar o chão, concordaram que Halvorsen ficaria com a sala e Harry com os quartos e o banheiro.

Tudo o que Harry sabia sobre revistar casas tinha aprendido em uma sala quente, na Academia de Polícia, em uma sexta-feira depois do almoço, enquanto todo mundo só pensava em ir para casa, tomar banho e sair. Não existia nenhum manual, apenas um inspetor chamado Røkke. E, naquela sexta-feira, ele compartilhara a única dica que Harry sempre seguia em uma busca: "Não pense no que está procurando. Pense naquilo que encontrar. Por que isso está aí? É para estar aí? O que significa? É como ler... Se você pensar em um 'l' enquanto estiver olhando para um 'k', não vai captar as palavras."

O que chamou a atenção de Harry ao entrar no primeiro quarto foi a enorme cama de casal e a foto do senhor e da senhora Albu na mesinha de cabeceira. A foto não era grande, mas destoava do restante da decoração por ser a única fotografia no quarto e por ter sido colocada de frente para a porta.

Harry abriu a porta de um dos guarda-roupas. O cheiro das roupas de estranhos o atingiu. Não havia trajes casuais, apenas vestidos, camisas e alguns ternos. Mais um par de sapatos de golfe.

Harry revistou sistematicamente os três armários. Ele era investigador havia muito tempo para ficar constrangido em ver e apalpar objetos pessoais de outra pessoa.

Ele se sentou na cama e estudou a foto na mesa de cabeceira. No fundo, viam-se apenas céu e mar, mas a forma como a luz caía fez Harry pensar que provavelmente fora tirada em alguma região mais ao sul. Arne Albu estava bronzeado e o olhar dela possuía a mesma expressão marota de menino que Harry tinha visto no restaurante, no cais de Aker. Ele abraçava a esposa pela cintura com braço firme, com tanta força que a parte superior do corpo de Vigdis parecia inclinar-se para longe dele.

Harry afastou a colcha e o edredom. Se Anna tivesse estado entre aqueles lençóis, não havia dúvida de que encontraria fios de cabelo, vestígios de pele, saliva ou secreções. Ou provavelmente tudo isso. Mas era como ele imaginava. Ele passou a mão por cima do lençol engomado, encostou o rosto no travesseiro e inspirou. Recém-lavado. Merda.

Abriu a gaveta da mesinha de cabeceira. Um pacote de chicletes, uma caixa de analgésico fechada, um chaveiro com uma chave e uma placa de latão com as iniciais AA, a foto de um bebê sem roupa dobrado feito uma larva em um trocador e um canivete suíço.

Ele estava prestes a pegar o canivete quando ouviu um único e arrepiante grito de gaivota. Estremeceu involuntariamente e olhou pela janela. Já ia voltar para a busca quando ouviu o latido cortante de um cachorro.

No mesmo instante, Halvorsen apareceu no vão da porta.

— Tem alguém vindo pela trilha.

O coração parecia bater como um motor turbinado.

— Eu pego os sapatos — disse Harry. — Você pega a mala e o equipamento e traz tudo para cá.

— Mas...

— Vamos pular a janela assim que entrarem. Depressa!

Os latidos do lado de fora aumentaram em volume e intensidade. Harry disparou pela sala até o saguão enquanto Halvorsen se agachou em frente ao móvel na parede e jogou pó, escova e papel de contato na mala. Os latidos estavam tão perto que ele podia ouvir o rosnar grave entre eles. Passos na escada. A porta estava destrancada. Era tarde demais para fazer qualquer coisa, ele seria pego em flagrante! Harry respirou e ficou esperando onde estava. Melhor enfrentar logo as consequências. Talvez Halvorsen pudesse escapar. E Harry não precisava ficar com o peso da demissão do parceiro na consciência.

— Gregor — gritou uma voz masculina do outro lado da porta. — Volte aqui!

O latido foi ficando mais longe e ele ouviu o homem descer a escada de novo.

— Gregor! Deixe o veado em paz!

Harry deu dois passos para a frente e girou a chave com cuidado. Depois, pegou os dois pares de sapatos e se esgueirou na ponta dos pés para a sala ao ouvir o barulho de chaves do lado de fora. Ele fechou a porta do quarto atrás de si no instante que ouviu a porta de entrada se abrir.

Halvorsen estava sentado no chão, embaixo da janela, e se virou para Harry com os olhos arregalados.

— O que foi? — perguntou Harry em um sussurro.

— Eu estava saindo pela janela quando aquele cachorro maluco apareceu — sussurrou Halvorsen. — É um rottweiler enorme.

Harry espiou pela janela e deu de cara com a boca cheia de dentes do cão, que estava com as patas dianteiras na parede. Ao ver Harry, ele começou a pular na parede, latindo como se estivesse possuído. A baba escorria das presas. Da sala ouviam-se passos pesados. Harry deixou-se cair no chão ao lado de Halvorsen.

— No máximo setenta quilos — sussurrou. — Moleza.

— Fique à vontade. Eu já vi um rottweiler atacar Victor, do Esquadrão de Cães.

— Hmm.

— Eles perderam o controle do animal durante o treino. O policial no papel de bandido teve a mão reimplantada.

— Pensei que eram bem protegidos.

— E são.

Os dois ficaram ouvindo o latido do lado de fora. Os passos na sala cessaram.

— Vamos até lá cumprimentá-lo? — sussurrou Halvorsen. — É só uma questão de tempo até...

— Quieto!

Ouviram passos novamente. Alguém se aproximava da porta do quarto. Halvorsen fechou os olhos, como se estivesse se preparando para a humilhação iminente. Quando os abriu de novo, viu Harry com um dedo indicador sobre os lábios, em um gesto autoritário.

Em seguida, ouviram uma voz do lado de fora do quarto.

— Gregor! Vem! Vamos para casa!

Após mais alguns latidos, um silêncio súbito. Tudo que Harry podia ouvir era uma respiração arfante e entrecortada, mas não sabia se era a dele ou a de Halvorsen.

— Muito obedientes esses cães — sussurrou Halvorsen.

Eles esperaram até ouvirem o carro ser ligado na rua, então correram para a sala, e Harry conseguiu ver a traseira de um jipe Cherokee azul-marinho desaparecer estrada abaixo. Halvorsen deixou-se cair no sofá e inclinou a cabeça para trás.

— Meu Deus — gemeu ele. — Por um momento imaginei uma aposentadoria desonrosa em Steinkjer. Que diabos ele veio fazer aqui? Ficou só dois minutos. — Halvorsen pulou do sofá de novo. — Você acha que ele vai voltar? Talvez só tenha ido até a mercearia.

Harry balançou a cabeça.

— Eles foram para casa. Pessoas assim não mentem para seus cães.

— Tem certeza?

— Claro. Um dia ainda vai gritar: "Vem Gregor, vamos ao veterinário para que ele sacrifique você." — Harry esquadrinhou a sala. Depois foi para a estante e ficou passando o dedo na lombada dos livros, das prateleiras de cima até as de baixo.

Desanimado, Halvorsen balançou a cabeça e olhou para o nada.

— E Gregor irá abanando o rabo. Estranho esse negócio de ter um cachorro, não é?

Harry parou e riu.

— Está arrependido, Halvorsen?

— Bem, não mais do que de outras coisas.

— Você está começando a soar como eu.

— Esse *é* você. Estou citando as suas palavras quando compramos a máquina de espresso. O que você está procurando?

— Sei lá — respondeu Harry, então pegou um livro grande e grosso e o abriu. — Vejamos. Um álbum de fotos. Interessante.

— É? Agora me perdi de novo.

Harry apontou para trás de si e continuou a folhear o álbum. Halvorsen se levantou para ver o que era. Então entendeu. Pegadas molhadas iam da porta do corredor direto até a prateleira na qual Harry estava.

Harry recolocou o álbum no lugar, escolheu outro e começou a folhear.

— Achei — disse, logo depois. Ele apertou o álbum contra o rosto.

— Isso mesmo.

— O quê?

Harry colocou o álbum em cima da mesa em frente a Halvorsen e apontou para uma das seis fotos que preenchia a página preta. Uma mulher e três crianças em uma praia sorriam para eles.

— É a mesma foto que encontrei no sapato de Anna — disse Harry. — Cheire.

— Não preciso, estou sentindo o cheiro de cola daqui.

— Certo. Ele acabou de colar essa foto aqui. Se mexer na foto, vai notar que a cola ainda está meio mole. Cheire a foto.

— Ok. — Halvorsen levou o nariz ao papel. — Cheiro de... substâncias químicas.

— Que tipo de substâncias?

— Pelo cheiro, são fotos que acabaram de ser reveladas.

— Correto. E o que podemos concluir com isso?

— Que ele... gosta de colar fotos em álbuns.

Harry olhou no relógio. Se Albu fosse direto para casa, chegaria em uma hora.

— Vou explicar no carro — disse. — Temos a prova de que precisamos.

* * *

Começou a chover assim que eles pegaram a estrada E6. As luzes dos faróis no sentido contrário refletiam no asfalto molhado.

— Agora sabemos de onde vem a foto que Anna tinha no sapato — disse Harry. — Aposto que Anna teve uma chance de arrancá-la do álbum na última vez que esteve no chalé.

— Mas para que queria a foto?

— Só Deus sabe. Para poder olhar a barreira que existia entre ela e Arne Albu, talvez. Para entender melhor. Ou para ter alguma coisa em que espetar agulhas.

— E quando você mostrou a foto para Albu, ele entendeu de onde ela a havia tirado?

— Claro. As marcas das rodas do Cherokee no chalé são iguais às que estavam lá antes... Mostram que ele foi até lá há uns dois dias, talvez ontem.

— Para limpar o chalé e eliminar todas as impressões digitais?

— E para checar algo de que ele já desconfiava... Que faltava uma foto no álbum. Então, quando chegou em casa, achou o negativo e mandou revelar.

— Provavelmente um daqueles lugares que revelam fotos em uma hora. Depois voltou ao chalé hoje, para colar no lugar da foto velha.

— Hmm.

As rodas traseiras do trailer na frente deles jogavam uma película de água suja e oleosa no para-brisa, e os limpadores trabalhavam febrilmente.

— Albu se esforçou muito para esconder as pistas de suas escapadas — argumentou Halvorsen. — Mas você realmente acha que foi ele quem matou Anna Bethsen?

Harry olhou para logo na traseira do trailer. "AMOROMA — eternamente seu."

— Por que não?

— Ele não me parece ser um assassino, e sim um cara educado, correto. Pai de família dedicado, com ficha limpa e uma empresa que ele ergueu do nada.

— Ele traiu a esposa.

— E quem não trai?

— É, quem não trai — repetiu Harry, devagar. De repente ele explodiu, em um acesso de raiva: — Vamos ficar atrás desse trailer e ficar levando merda até Oslo?!

Halvorsen olhou no espelho retrovisor e pegou a pista da esquerda.

— E qual seria o motivo de Albu?

— Vamos perguntar — respondeu Harry.

— Como assim? Ir à casa dele e perguntar? Revelar que conseguimos uma prova de forma ilegal e perder o emprego no mesmo dia?

— Você não precisa ir. Eu vou sozinho.

— E o que acha que vai conseguir com isso? Se ficar claro que a gente invadiu o chalé sem mandado de busca, não há um juiz nesse país que não vá recusar o caso no ato.

— Por isso mesmo.

— Por isso... Desculpe, essas charadas estão começando a me encher, Harry.

— Já que não temos nada para usar em um processo judicial, precisamos cutucar até descobrir algo que possamos aproveitar.

— Não seria melhor levá-lo para uma das salas de interrogatório, acomodá-lo na melhor cadeira, servir um espresso e começar a gravação?

— Não. Não precisamos de um monte de mentiras gravadas enquanto não podemos usar o que a gente já sabe para provar que ele está mentindo. Precisamos de um aliado. Alguém que poderia desmascará-lo para nós.

— E essa pessoa seria?

— Vigdis Albu.

— Ah, claro. E como...

— Se Arne Albu traiu a mulher, as chances de Vigdis querer saber mais sobre o assunto são boas. E as chances de ela ter a informação de que a gente precisa também são boas. E eu sei de algumas coisas que podem ajudá-la a descobrir mais.

Halvorsen girou o retrovisor para não ficar cego pelos faróis do trailer que estava colado na traseira deles.

— Tem certeza de que isso é uma boa ideia, Harry?

— Não. Sabe o que é um palíndromo?

— Não faço ideia.

— São palavras que podem ser lidas tanto num sentido como no outro. Por exemplo, olhe o trailer no retrovisor. AMOROMA. O resultado é o mesmo, não importa de que lado leia.

Halvorsen ia dizer alguma coisa, mas desistiu e balançou a cabeça, resignado.

— Me deixe no bar Schrøder — pediu Harry.

O ar parecia carregado de suor, fumaça de cigarro, roupas molhadas de chuva e pedidos de cerveja gritados das mesas.

Beate Lønn estava sentada na mesma mesa que Aune havia ocupado. Ela era tão difícil de achar quanto uma zebra em um estábulo.

— Esperou muito? — perguntou Harry.

— Não — mentiu ela.

À sua frente, estava um caneco de meio litro de cerveja intocada e choca. Ela seguiu o olhar dele e levantou o caneco de forma zelosa.

— Aqui não tem consumação — disse Harry, e trocou olhares com Maja. — Só parece que sim.

— Na verdade, o gosto não é tão ruim assim. — Beate bebericou a cerveja. — Meu pai costumava dizer que ele não confiava em pessoas que não bebiam cerveja.

Um bule de café e uma xícara foram colocados na frente de Harry na mesa. Beate corou até a raiz dos cabelos.

— Eu costumava tomar cerveja — disse Harry. — Tive que parar.

Beate olhou para a toalha de mesa.

— Foi o único vício de que me livrei — continuou Harry. — Eu fumo, minto e sou vingativo. — Ele levantou a xícara, como se fosse fazer um brinde. — Do que você sofre, Lønn? Além de ser uma viciada em vídeos e se lembrar de todos os rostos que já viu na vida?

— Pouca coisa. — Ela levantou o caneco de cerveja. — Além de espasmo de Setesdal.

— É grave?

— Bastante. Na verdade, se chama Doença de Huntington. É hereditário e era comum no vale de Setesdal.

— Por que justo lá?

— Por... É um vale estreito, com montanhas altas. E os moradores ficavam a uma boa distância uns dos outros.

— Entendo.

— Tanto meu pai como minha mãe são do vale de Setesdal, e, no começo, minha mãe não queria se casar com meu pai por achar que ele tinha uma tia que sofria do espasmo de Setesdal. Minha tia-avó abria os braços inesperadamente, então as pessoas costumavam manter certa distância.

— E agora você tem a doença?

Beate sorriu.

— Meu pai costumava provocar minha mãe quando eu era pequena sobre a possibilidade de eu ter a doença. Porque, quando eu e meu pai brincávamos de luta, eu era tão rápida que ele achava que era por causa do espasmo de Setesdal. Eu achava tão divertido que queria... ter o espasmo. Mas um dia minha mãe me contou que essa Doença de Huntington era fatal. — Beate ficou quieta, segurando o copo. — E no mesmo verão aprendi o que significava a morte.

Harry cumprimentou um velho marinheiro na mesa vizinha, que não retribuiu o cumprimento. Ele pigarreou.

— E que tal o desejo de vingança, sofre dessa doença também?

Ela ergueu o olhar para ele.

— Como assim?

Harry deu de ombros.

— Olhe em volta. A humanidade não consegue funcionar sem isso. Vingança e retribuição são a força motriz, tanto para o menino que foi perseguido na escola e mais tarde virou multimilionário, como para o assaltante de banco que acha que a sociedade foi injusta com ele. E olhe para nós. A ardente vingança da sociedade mascarada como retribuição fria e racional... Eis a nossa profissão.

— É preciso — disse ela, sem encará-lo. — Sem punição a sociedade não funcionaria.

— Sim, é claro. Mas não é apenas isso, é? Catarse. A vingança traz purificação. Aristóteles escreveu que a alma das pessoas se purificava pelo medo e pela compaixão que a tragédia evocava a cada um. É um pensamento assustador, não acha? Que através da tragédia da vingança satisfaçamos os desejos mais íntimos...

— Eu não li muito sobre filosofia. — Ela levantou o caneco e tomou um grande gole.

Harry abaixou a cabeça.

— Nem eu. Só estou tentando impressionar. Voltemos ao caso?

— Primeiro a notícia ruim — disse Beate. — A reconstrução do rosto atrás do gorro não deu certo. Só conseguimos um nariz e o contorno da cabeça.

— E a boa notícia?

— A mulher que foi usada como refém no assalto da rua Grønlandsleiret alega que é capaz de reconhecer a voz do assaltante. Ela disse que era uma voz muito aguda e que quase achou que se tratava de uma mulher.

— Mais alguma coisa?

— Sim. Conversei com o pessoal da SATS e chequei algumas informações. Trond Grette chegou às duas e meia da tarde e saiu por volta das quatro horas.

— Como você pode ter tanta certeza disso?

— Porque ele pagou a aula de squash com cartão quando chegou. O pagamento foi registrado às duas e trinta e quatro. E você se lembra daquela raquete de squash roubada? Ele avisou ao pessoal, claro. No relatório do dia, o funcionário que trabalhou naquela sexta-feira anotou o tempo que Grette ficou por lá. E ele deixou a academia às quatro e dois.

— E essa era a notícia boa?

— Não, quase. Está lembrado do macacão que Grette mencionou?

— Que tinha "polícia" escrito nas costas?

— Assisti ao vídeo. Parece fita adesiva nas costas e no peito do traje do Magarefe.

— E?

— Se foi Magarefe que Grette viu, ele pode ter levado a fita adesiva para colocar na roupa depois de ter saído do alcance da câmera.

— Hmm. — Harry bebericou o café.

— Isso explicaria por que ninguém notou uma pessoa com um simples macacão preto na área. Havia policiais por toda parte logo depois do assalto.

— O que disseram na academia?

— É aí que fica interessante. De fato, a funcionária que estava lá se lembra de ter visto um homem de macacão que ela pensou ser um policial. Ele passou correndo, por isso ela achou que ele estivesse atrasado para uma aula de squash ou algo assim.

— Então eles não sabem o nome do cara?

— Não.

— Isso não é muito animador...

— Não, mas a melhor parte vem agora. O motivo para ela se lembrar do cara é que pensou que ele devia ser de uma tropa especial ou coisa parecida, porque o restante do traje era muito Dirty Harry. Ele... — Ela se calou e o encarou, assustada. — Eu não quis...

— Tudo bem — disse Harry. — Continue.

Beate moveu o caneco para o lado e Harry achou que viu um leve sorriso de triunfo na boca pequena.

— Ele estava com uma balaclava enrolada. E um grande par de óculos escuros que escondia o restante do rosto. E ela disse que ele carregava uma sacola de pano preta, que parecia ser bem pesada.

Harry engasgou com o café.

Um par de sapatos velhos estava pendurado pelo cadarço no fio entre os prédios, na rua Dovregata. As lâmpadas no fio tentavam a todo custo iluminar a pequena passagem, mas parecia que a escuridão do outono havia sugado todas as luzes da cidade. Harry não se importava, ele conhecia o caminho entre a rua Sofie e o bar Schrøder de olhos fechados. Já provara isso diversas vezes.

Beate tinha uma lista de nomes de pessoas que haviam feito aulas de squash ou aeróbica na SATS, no horário que o homem de macacão estivera lá, e ia começar a fazer as ligações no dia seguinte. Se ela não encontrasse o homem, ainda havia uma boa chance de que alguém no vestiário o tivesse visto, quando ele trocou de roupa, e pudesse descrevê-lo.

Harry passou por baixo do par de sapatos pendurados no fio. Estavam pendurados ali fazia anos, e ele já se conformara de que nunca descobriria como haviam ido parar na fiação.

Ali estava lavando as escadas quando Harry apareceu no corredor.

— Você deve odiar o outono norueguês — comentou Harry, e limpando os pés. — Só sujeira e lama.

— Na minha cidade natal, no Paquistão, a visibilidade era de cinquenta metros por causa da poluição — disse Ali, sorrindo. — O ano todo.

Harry ouviu um ruído distante, mas familiar. Era de lei que o telefone começasse a tocar quando se podia ouvi-lo, mas nunca a tempo de atendê-lo. Ele olhou no relógio. Dez horas. Rakel dissera que ligaria às nove.

— O depósito no porão... — começou Ali, mas Harry já estava pulando a escada, marcando os degraus com a sola suja das botas Dr. Martens.

O telefone parou de tocar no instante que ele abriu a porta.

Harry chutou as botas e passou as mãos no rosto. Foi até o telefone e tirou-o do gancho. O número do hotel estava escrito em um bilhete preso no espelho. Ele pegou o papel e viu de repente a imagem refletida do primeiro e-mail de S^2MN. Tinha impresso uma cópia que prendeu na parede. Um velho hábito. Na Homicídios, costumavam decorar as paredes com fotos, cartas e outras pistas que talvez pudessem fazê-los ver as conexões ou identificar alguma solução. Harry não conseguia ler a mensagem no espelho, mas nem precisava.

Vamos jogar? Imagine que você tenha jantado com uma mulher, e no dia seguinte ela tenha sido encontrada morta. O que você faz?

S^2MN

Ele mudou de ideia, foi para a sala, ligou a TV e afundou na poltrona. Depois se levantou de um pulo, foi até o corredor e discou o número.

Rakel parecia cansada.

— No Schrøder. Acabei de chegar.

— Devo ter ligado umas dez vezes.

— Algum problema?

— Estou assustada, Harry.

— Está muito assustada?

Harry se pôs no vão da porta, o gancho apoiado entre o ombro e o ouvido, enquanto baixava o som da TV com o controle remoto.

— Não tanto — respondeu ela —, mas um pouco.

— Um pouco de medo não faz mal. Um pouco de medo nos torna mais fortes.

— Mas e se eu ficar com muito medo?

— Você sabe que eu iria imediatamente para onde estiver. É só me dizer.

— Mas eu já falei que você não pode, Harry.

— Você está garantido agora o direito de mudar de ideia.

Harry olhou para o homem de turbante e uniforme de camuflagem na TV. Havia algo de estranhamente familiar em seu rosto, ele parecia com alguém.

— Meu mundo está caindo — disse ela. — Só precisava saber se tinha alguém aí.

— Tem alguém aqui.

— Mas você parece tão distante.

Harry virou as costas para a TV e se apoiou no batente da porta.

— Desculpe. Mas estou aqui e penso em você. Mesmo que eu pareça distante.

Rakel começou a chorar.

— Desculpe, Harry. Você deve achar que sou uma chorona. É claro que sei que você está aí. — Então sussurrou: — Sei que posso confiar em você.

Harry respirou fundo. A dor de cabeça veio devagar porém era intensa, como se alguém apertasse um aro de ferro em volta dela, com cada vez mais força. Quando Rakel desligou, ele já sentia as têmporas latejando.

Harry desligou a TV e colocou um CD do Radiohead, mas não aguentou ouvir a voz de Thom Yorke. Então foi para o banheiro e lavou o rosto. Na cozinha, ficou olhando para dentro da geladeira, sem ideia do que fazer. Não dava mais para adiar, então ele entrou no quarto. A tela do computador acendeu e sua luz fria e azul iluminou o cômodo. Harry entrou em contato com o mundo, que informou que ele tinha recebido um e-mail. Agora sentiu a sede com força. A sede que agitava as coleiras das bestas que queriam se soltar. Ele clicou no ícone do e-mail.

Eu devia ter verificado os sapatos. Ela deve ter pegado a foto na mesa de cabeceira enquanto eu carregava a arma. Por outro lado, faz esse jogo ser um pouquinho mais animado.
Um pouquinho.

S²MN

P.S.: Ela estava com medo. Só queria que você soubesse disso.

Harry enfiou a mão no bolso e pegou o chaveiro. Tinha uma placa de metal com as iniciais AA.

Parte Três

20

Aterrissagem

O que pensa uma pessoa que olha para dentro do cano de uma arma? Às vezes acho que não pensa em nada. Como aquela mulher que conheci hoje. "Não atire", disse ela. Será que realmente acreditou que seu pedido fosse fazer diferença? No crachá estava escrito Banco DNB e Catherine Schøyen, e, quando perguntei por que tinha tantos cs e hs no nome, ela só me olhou com uma cara de vaca burra e repetiu as palavras: "Não atire." Faltava pouco para que eu perdesse o controle, mugisse e atirasse bem no meio dos seus chifres.

A fila de carros na minha frente está parada. Estou sentindo o encosto do assento úmido e suado. O rádio está na estação de notícias NRK. Ainda não disseram nada. Olho no relógio. Normalmente estaria em segurança, no chalé, em questão de meia hora. O carro na minha frente tem um conversor catalítico então desligo a ventilação. Já é hora do rush, mas hoje está pior do que de costume. Será que houve um acidente mais adiante? Ou a polícia já montou barreiras na estrada? Impossível. A sacola com o dinheiro está debaixo de uma jaqueta no banco de trás. Junto do rifle AG-3, carregado. O motorista na minha frente solta a embreagem, engata a marcha e avança dois metros. Estamos parados de novo. Estou avaliando se me rendo ao tédio, à ansiedade ou apenas à irritação quando os vir. Duas pessoas caminham ao longo da faixa entre as fileiras de carros. Uma é uma mulher fardada, o outro, um homem alto, de sobretudo cinza. Eles lançam olhares atentos aos carros à esquerda e à direita. Em certo ponto, um deles para e troca algumas palavras, sorrindo, com um motorista que obviamente não colocou o cinto de segurança. Talvez seja só uma blitz rotineira. Estão se aproximando. No rádio, uma voz nasalada diz, em inglês, que a temperatura está acima de 40 graus e que as pessoas devem se cuidar para não terem insolação. Imediatamente, começo a suar, mesmo sabendo que do lado de fora está ventando e frio. Estão bem na frente do meu carro. É o policial. Harry Hole. A mulher parece Stine. Ela me lança um olhar ao passar. Respiro aliviado. Quase dei uma gargalhada, mas ouço uma batida no vidro. Viro-me devagar. Extremamente devagar. Ela sorri, e descubro que o vidro já está aberto. Estranho. Ela diz algo que é abafado pelo barulho do ronco do motor à frente.

— O quê? — pergunto e abro os olhos mais uma vez.

— Could you please put the back of your seat to an upright position?

— O encosto do assento? — pergunto, confuso.

— We'll be landing shortly, sir. — Ela sorri mais uma vez e desaparece.

Como assim vamos aterrissar em breve?

Esfrego o sono dos olhos e tudo me volta à mente. O roubo. A fuga. A mala com as passagens de avião que estava pronta no chalé. A mensagem de texto do Príncipe, dizendo que o caminho estava limpo. Mas, mesmo assim, aquela pequena pontada de nervosismo ao mostrar o passaporte no check-in, no aeroporto de Gardermoen, em Oslo. A decolagem. Tudo correu como planejado.

Olho pela janela. Parece que ainda estou sonhando, porque, por um instante, tenho a impressão de que estamos voando sobre as estrelas. Mas logo me dou conta de que são as luzes da cidade e começo a pensar no carro de aluguel que reservei. Será que seria melhor pernoitar em um hotel nesta grande cidade úmida e malcheirosa e seguir para o sul amanhã? Não, amanhã vou estar igualmente cansado por causa do fuso horário. Melhor chegar o mais rápido possível. O lugar para onde vou é melhor do que sua fama. Há inclusive alguns noruegueses com quem bater um papo. Acordar para o sol, o mar e uma vida melhor. Esse é o plano. O meu plano, pelo menos.

Estou segurando o drinque que consegui salvar antes que a comissária de bordo fechasse a mesa na minha frente. Então por que não acredito no plano?

O zunido do motor subindo e descendo. Posso sentir que estou descendo agora. Fecho os olhos e automaticamente respiro fundo com a certeza de saber o que me espera. Ela. Ela está usando o mesmo vestido da primeira vez que a vi. Meu Deus, eu já a quero. O fato de que a saudade não poderia ser satisfeita, mesmo que ela estivesse viva, não altera nada. Porque tudo com ela era impossível. Virtude e paixão. O cabelo que devia engolir toda luz, mas em vez disso brilhava como ouro. O riso obstinado enquanto as lágrimas escorriam pelo rosto. O olhar de ódio quando eu a penetrava. Suas falsas declarações de amor e a alegria verdadeira quando eu lhe dava desculpas esfarrapadas, depois de faltar a compromissos. Desculpas que eram repetidas quando eu me deitava ao seu lado na cama, com a cabeça sobre os vestígios de outro homem. Faz muito tempo agora. Milhões de anos. Fecho os olhos para não ver a continuação. O tiro que dei nela. Suas pupilas que se abriram, devagar como uma rosa preta, o sangue que gotejava, caía e pousava com um suspiro resignado. O golpe na nuca, a cabeça que tombou para trás. E, agora, a mulher que amo está morta. Simples assim. Mas ainda não faz sentido. Por isso é tão belo. Tão simples e tão belo que mal dá para suportar. Sinto cair a pressão na cabine. A tensão sobe. De dentro. Uma força invisível que pressiona os tímpanos e a massa de tecido mole do cérebro. E algo me diz que é assim que vai acontecer. Ninguém vai me encontrar, ninguém vai extorquir meu segredo. Mesmo assim, o plano será esmagado. De dentro.

21

Banco Imobiliário

Harry acordou com o rádio-relógio e com as notícias. Os bombardeios foram intensificados. Parecia uma reprise.
Ele tentou pensar em um motivo para se levantar.

A voz no rádio contava que o peso médio de homens e mulheres noruegueses havia aumentado, respectivamente, 13 e 9 quilos desde 1975. Harry fechou os olhos e pensou em algo que Aune havia dito. Escapismo tinha uma péssima, e injusta, reputação. O sono veio. O mesmo sentimento doce e quente que tinha quando era criança e ficava na cama com a porta aberta, ouvindo o pai resmungar pela casa, apagando as luzes, e a cada uma que desligava, a escuridão do lado de fora de sua porta se intensificava.

— Depois dos assaltos violentos em Oslo nas últimas semanas, os bancários da cidade exigiram segurança armada nos bancos mais visados do Centro. O assalto à agência do DNB, ontem, na Grønlandsleiret, é o último de uma série de roubos à mão armada, cuja autoria, a polícia suspeita, seja do homem conhecido como Magarefe. É a mesma pessoa que atirou e matou...

Harry colocou as solas dos pés no linóleo gelado. O rosto no espelho imitava uma obra de Picasso.

Beate falava ao telefone. Ela fez que não com a cabeça quando viu Harry no vão da porta do escritório. Ele assentiu e estava prestes a sair, mas ela o chamou de volta com um gesto da mão.

— Obrigada pela ajuda — disse, ao telefone, e desligou.

— Atrapalho? — perguntou Harry, colocando uma xícara de café na sua frente.

— Não, eu balancei a cabeça para dizer que não obtive resultados. O homem com quem falei era o último da lista. De todos os homens que sabemos que estavam na academia àquela hora, só um vagamente se lembra de um sujeito de macacão. E ele nem tinha certeza se foi no vestiário que o viu.

— Certo.

Harry se sentou e olhou em volta. O escritório dela era tão arrumado quanto ele imaginara, além de ter na janela um vaso com uma flor familiar cujo nome ele não lembrava. A sala era tão desprovida de enfeites quanto a sua. Na mesa, notou as costas de um porta-retratos. Ele podia adivinhar quem estava na foto.

— Você só falou com homens? — perguntou ele.

— A teoria é que ele entrou no vestiário dos homens para se trocar, não é?

— E depois andou pelas ruas de Morristown como um homem qualquer. Exato. Algo de novo sobre o assalto em Grønlandsleiret ontem?

— Depende do que você chama de "novo". Uma reprise, eu diria. Mesmas roupas e um AG-3. Fez o refém falar. Pegou o dinheiro no caixa eletrônico, levou um minuto e cinquenta segundos. Nenhuma pista. Em suma...

— Magarefe — completou Harry.

— O que é isso? — Beate levantou a xícara e olhou seu conteúdo.

— Cappuccino. Lembranças de Halvorsen.

— Café com leite? — Ela franziu o nariz.

— Me deixe adivinhar — disse Harry. — Seu pai disse que não confiava em pessoas que não bebiam café preto?

Ele se arrependeu do que disse assim que viu a expressão perplexa no rosto de Beate.

— Desculpe — murmurou. — Não quis... Foi mal.

— E o que faremos agora? — perguntou Beate depressa, mexendo na asa da xícara. — Voltamos à estaca zero.

Harry afundou na cadeira e olhou para as pontas das botas.

— Direto para a prisão.

— O quê?

— Ir direto para a prisão. — Ele se endireitou. — Não pode passar pelo início, não vai ganhar duas mil coroas.

— Do que você está falando?
— Cartas do Banco Imobiliário. É o que está faltando. Tentar a sorte. Na prisão. Tem o telefone da prisão Botsen?

— Isso é uma perda de tempo — disse Beate.
A voz ecoava pelas paredes do corredor-túnel por onde ela praticamente corria ao lado de Harry.
— Talvez — disse ele. — Como noventa por cento de toda investigação.
— Já li todos os relatórios e interrogatórios que foram escritos sobre ele. O homem nunca diz nada. Exceto um monte de baboseira filosófica que não tem nada a ver com o caso.
Harry apertou o interfone ao lado da porta de ferro cinza no final do corredor.
— Conhece o ditado que diz para procurar o que foi perdido onde há luz? Parece servir para ilustrar a sandice do ser humano. Para mim é bom senso.
— Mostrem os distintivos para a câmera — disse a voz no interfone.
— Por que quer que eu esteja presente se é você quem vai falar com ele? — perguntou Beate, e passou pela porta atrás de Harry.
— É um método que Ellen e eu usávamos quando interrogávamos suspeitos. Um de nós fazia as perguntas enquanto o outro escutava. Se o interrogatório empacasse, fazíamos uma pausa. Quando era eu que conduzia o interrogatório, eu saía e Ellen começava a falar de coisas rotineiras. Como parar de fumar, por exemplo, ou comentava que só passava merda na TV. Ou que o aluguel estava pesando, agora que tinha rompido com o namorado. Depois de algum tempo dessa conversa, eu voltava e dizia que tinha surgido algo e que ela precisava assumir.
— Funcionava?
— Todas as vezes.
Subiram a escada até a guarita em frente à entrada do presídio. O guarda atrás do vidro grosso à prova de bala acenou para eles e apertou um botão.
— O carcereiro já está chegando — avisou a voz nasalada.
O carcereiro era um cara baixinho, com músculos inflados e a ginga de uma pessoa com nanismo. Ele os conduziu à área das celas,

onde uma galeria de três andares, com fileiras de portas azul-claras, cerceava um hall retangular. Havia uma rede de aço entre os andares. Não se via ninguém, e o silêncio era cortado apenas pelo eco de uma porta sendo fechada em algum lugar.

Harry já estivera muitas vezes no local, mas para ele sempre parecia um absurdo pensar que, atrás daquelas portas, havia pessoas que a sociedade achava necessário enclausurar. Harry nem sabia direito por que ele achava a ideia tão absurda, mas tinha algo a ver com a manifestação física da vingança oficial e institucionalizada pelo crime. A balança e a espada.

O molho de chaves do carcereiro chacoalhou enquanto ele abria uma porta com as palavras SALA DE VISITA escritas em letras pretas.

— Fiquem à vontade. É só bater quando quiserem sair.

Os dois entraram, e a porta bateu atrás deles com um estrondo metálico. No silêncio que se seguiu, Harry notou o zumbido intermitente de uma lâmpada fluorescente, e as flores de plástico na parede, que jogavam sombras pálidas nos quadros pintados em aquarela. Um homem estava sentado ereto em uma cadeira colocada bem no centro da parede amarela, atrás de uma mesa. Os braços descansavam em cima da mesa, ladeando um tabuleiro de xadrez. O cabelo estava penteado para trás das orelhas. Ele usava um o uniforme, um macacão liso. As sobrancelhas espessas e a sombra que caía sobre o nariz reto desenhavam um nítido T cada vez que a lâmpada piscava. Mas era principalmente da expressão que Harry se lembrava, quando se viram no enterro; a mistura contraditória de sofrimento e inexpressividade que fazia o inspetor pensar em outra pessoa.

Harry fez um gesto para Beate se sentar próxima da porta. Ele puxou uma cadeira para perto da mesa e se sentou frente a frente com Raskol.

— Obrigado por ter arrumado tempo para falar com a gente.

— Tempo... — disse Raskol, com uma voz que era surpreendentemente clara e suave — é barato aqui. — Ele falava com sotaque do Leste Europeu, com erres marcados e boa dicção.

— Entendo. Sou Harry Hole e minha colega aqui se chama...

— Beate Lønn. Você é parecida com seu pai, Beate.

Harry ouviu Beate arfar e se virou ligeiramente. Seu rosto não estava ruborizado, pelo contrário, a pele pálida parecia ainda mais branca, a boca, congelada em uma careta, como se tivesse levado um tapa.

Harry pigarreou enquanto olhava para a mesa, e foi só então que percebeu que a simetria quase sinistra em torno do eixo que dividia o espaço dele de Raskol na sala era quebrada por um pequeno detalhe: o rei e a rainha no tabuleiro.

— E onde foi que eu vi você antes, Hole?

— Na maior parte do tempo, estou perto de pessoas mortas — respondeu Harry.

— Ah, o enterro. Você era um dos cães de guarda do delegado--chefe, certo?

— Não.

— Então não gostou de ser chamado de cão de guarda? Existe rancor entre vocês?

— Não. — Harry pensou um pouco. — É só que a gente não se gosta. Nem vocês, imagino?

Raskol sorriu de leve, e a lâmpada acendeu.

— Espero que ele não tenha levado para o lado pessoal. Parecia um terno bem caro.

— O terno foi o mais prejudicado.

— Ele queria que eu contasse algo, então contei algo.

— Que delatores são marcados para sempre?

— Nada mal, inspetor. Mas aquela tinta sai com o tempo. Joga xadrez?

Harry tentou não demonstrar que Raskol havia usado seu cargo corretamente. Talvez estivesse só chutando.

— Como conseguiu esconder aquele transmissor depois? — perguntou Harry. — Ouvi dizer que viraram a ala inteira de pernas para o ar.

— Quem disse que escondi alguma coisa? Brancas ou pretas?

— Dizem que você ainda é o cérebro por trás da maioria dos assaltos na Noruega, que essa é sua base e que sua parte do roubo é depositada em uma conta no exterior. Por isso fez questão de ficar aqui, na Ala A de Botsen, porque é justamente onde encontra aqueles com penas mais curtas, que logo vão sair e poder executar os planos que você faz, não é? E como você se comunica com eles quando estão lá fora? Também tem celulares aqui dentro? Computadores?

Raskol suspirou.

— Um começo promissor, inspetor, mas já está me entediando. Vamos jogar ou não?

— Um jogo entediante — disse Harry. — A não ser que se aposte.

— Por mim tudo bem, o que vamos apostar?

— Isto. — Harry segurou um chaveiro com uma chave e uma placa.

— E o que é isso? — perguntou Raskol.

— Ninguém sabe. Às vezes é preciso correr o risco quando a aposta tem valor.

— Por que deveria?

Harry se inclinou para a frente.

— Porque você confia em mim.

Raskol riu alto.

— Me dê um motivo para confiar em você, *Spiuni*.

— Beate — disse Harry, sem tirar o olhar de Raskol. — Poderia sair e nos deixar a sós, por favor?

Ele ouviu a batida na porta e o chacoalhar das chaves atrás de si. A porta se abriu e soou um clique acetinado quando se fechou.

— Dê uma olhada. — Harry colocou a chave em cima da mesa.

Raskol perguntou sem tirar os olhos de Harry.

— AA?

Harry levantou o rei branco do tabuleiro. Era esculpido à mão e muito bonito.

— São as iniciais de um homem com um problema delicado. Ele era rico. Tinha mulher e filho. Casa e chalé. Cachorro e amante. Tudo funcionava às mil maravilhas. — Harry virou a peça. — Mas, com o tempo, o homem rico mudou. Acontecimentos fizeram com que chegasse à conclusão de que a família era a coisa mais importante na sua vida. Então ele vendeu a empresa, se livrou da amante e prometeu a si mesmo e à família que agora iriam viver um para o outro. O problema foi que a amante começou a ameaçar o homem, dizendo que iria revelar o caso. Talvez ela o tenha extorquido também. Não porque era gananciosa, mas porque era pobre. E porque estava prestes a completar uma obra de arte, que acreditava ser a obra-prima que coroaria sua carreira, por isso precisava de dinheiro para exibi-la. Ela o pressionava cada vez mais, e uma noite ele decidiu procurá-la. Não uma noite qualquer, mas uma noite em particular, porque ela havia contado a ele que receberia a visita de uma antiga paixão. Por que ela contou? Talvez para que ele ficasse com ciúme? Ou para mostrar que era desejada por outros homens? Ele não ficou com ciúme. Ele ficou contente. Era uma excelente oportunidade.

Harry olhou para Raskol. O homem havia cruzado os braços e observava Harry.

— Ele esperou do lado de fora. Esperou bastante enquanto observava as luzes do apartamento. Logo antes da meia-noite, a visita foi embora. Um homem qualquer que não teria álibi, se fosse necessário, presumindo-se que outras pessoas confirmassem que ele esteve na casa de Anna naquela noite. Pelo menos a vizinha perspicaz teria ouvido esse homem tocar a campainha no início da noite. Mas nosso homem não toca a campainha. Nosso homem abre a porta com a chave. Sobe a escada na ponta dos pés e destranca a porta do apartamento.

Harry levantou o rei preto e o comparou com o branco. Se a pessoa não observasse bem, poderia ser levada a crer que eram exatamente iguais.

— A arma não tem registro. Talvez fosse de Anna, talvez fosse dele mesmo. O que exatamente aconteceu no apartamento eu não sei. E provavelmente o mundo nunca vai saber, porque ela está morta. E, do ponto de vista da polícia, o caso foi esclarecido, registrado como suicídio.

— "Eu"? "Do ponto de vista da polícia"? — Raskol acariciou o cavanhaque. — Quer me convencer de que está sozinho nessa, inspetor?

— O que quer dizer?

— Você sabe muito bem o que quero dizer. Entendo que o truque de mandar sua colega sair foi para me dar a impressão de que isso ficaria entre mim e você. Mas... — ele juntou as palmas das mãos — pode até ser possível. Tem mais alguém que sabe o que você sabe?

Harry balançou a cabeça.

— Então o que você quer? Dinheiro?

— Não.

— Eu não seria tão rápido se fosse você, inspetor. Ainda não pude dizer o que essa informação vale para mim. Talvez estejamos falando de uma bolada, se puder provar o que está dizendo. E a punição do culpado pode ser aplicada, vamos dizer, em particular, sem o envolvimento desnecessário das autoridades.

— A questão não é essa — argumentou Harry, esperando que o suor na própria testa não fosse visível. — A questão é o que a *sua* informação vale para *mim*.

— O que está sugerindo, *Spiuni?*

— O que sugiro — disse Harry, segurando os dois reis na mesma mão — é um empate. Você me conta quem é o Magarefe. Eu forneço provas contra o homem que matou Anna.

Raskol riu baixinho.

— Terminamos aqui. Pode ir, *Spiuni.*

— Pense a respeito, Raskol.

— Não é preciso. Confio em pessoas que estão atrás de dinheiro, não em quem busca uma cruzada.

Eles se entreolharam. A lâmpada fluorescente crepitava. Harry balançou a cabeça, assentindo, colocou as peças no tabuleiro, se levantou, foi até a porta e bateu.

— Parece que você a amava muito — disse, de costas para Raskol.
— O apartamento na rua Sorgenfrigata estava alugado no seu nome, e sei muito bem que Anna não tinha muito dinheiro.

— É?

— Sendo seu o apartamento, pedi ao condomínio que lhe enviasse a chave. Vai chegar por meio de um mensageiro, hoje ainda. Sugiro que a compare com a chave que dei a você.

— Como assim?

— Existem três chaves do apartamento de Anna. Ela tinha uma, o eletricista outra. Encontrei esta no chalé do homem de que lhe falei. Na gaveta da mesa de cabeceira. É a terceira e última chave. A única que pode ter sido usada quando Anna foi assassinada.

Ouviram passos do lado de fora da porta.

— Não sei se aumenta minha credibilidade, mas só estou querendo salvar minha pele — disse Harry.

22

AMÉRICA

Pessoas com sede bebem em qualquer lugar. Veja, por exemplo, o Malik's, na rua Therese. É uma lanchonete que vende hambúrguer, sem nada daquilo que fazia do Schrøder, apesar dos defeitos, um lugar para se beber com certa dignidade. Certamente, os hambúrgueres do Malik's tinham a fama de ser melhores do que os da concorrência, e com uma certa dose de boa vontade, podia-se dizer que o interior do ambiente, com um leve toque indiano e com a foto da família real norueguesa, tinha um charme um tanto *kitsch*. Mas não deixava de ser uma lanchonete fast-food, onde as pessoas dispostas a pagar por certa credibilidade alcoólica não podiam sequer se imaginar tomando um chope.

Harry nunca fora um deles.

Fazia tempo que não ia ao Malik's, mas, quando olhou em volta, constatou que nada havia mudado. Øystein estava sentado com seu amigo e uma amiga de copo a uma mesa para fumantes. Contra uma cortina de sons de sucessos antigos, Eurosport e óleo chiando, eles levavam uma conversa animada sobre ganhar na loteria, o caso Orderud e a falta de moral de um amigo ausente.

— Mas é você, Harry! — A voz rouca de Øystein conseguiu atravessar a poluição sonora. Ele jogou os longos e oleosos tufos de cabelo para o lado e esfregou a mão na coxa antes de estendê-la para Harry.

— Esse aqui é o policial de quem falei para vocês. Que matou aquele cara na Austrália. Acertou ele na cabeça, né?

— Legal — disse um dos outros fregueses cujo rosto Harry não podia ver, porque ele estava inclinado para a frente, com o cabelo longo feito uma cortina em volta do caneco de chope. — Acabe com o lixo.

Harry apontou para uma mesa vazia e Øystein assentiu, apagou o cigarro, enfiou o pacote de fumo no bolso da camisa jeans e se concentrou em equilibrar o caneco de meio litro de chope até a outra mesa sem derramar.

— Faz tempo — comentou Øystein e começou a enrolar outro cigarro. — Aliás, os outros caras também, nunca os vejo. Todos se mudaram, casaram e tiveram filhos. — Øystein riu. Um riso duro e amargo. — Todos se endireitaram. Quem diria?

— É.

— Costuma ir a Oppsal? Seu pai ainda mora na casa, né?

— Mora. Mas quase não vou para lá. A gente se fala por telefone vez ou outra.

— E a sua irmã? Está melhor?

Harry sorriu.

— Não se melhora da síndrome de Down, Øystein. Mas ela se vira bem. Mora sozinha em um apartamento em Sognsvann. E tem namorado.

— Nossa. Melhor que eu.

— Como está o trabalho de taxista?

— Legal. Acabei de mudar de cooperativa. Na anterior achavam que eu cheirava mal. Babacas.

— Está interessado em voltar a trabalhar com informática?

— Fala sério! — Øystein vibrou com um riso contido enquanto passava a ponta da língua pelo papel. — Um milhão em salário anual e um escritório tranquilo, claro que gostaria. Mas esse bonde já passou, Harry. O tempo para caras do rock'n' roll em TI acabou.

— Conversei com um cara que trabalha na segurança de dados do Banco DNB. Ele disse que você ainda é considerado o pioneiro em quebrar senhas.

— Pioneiro quer dizer velho, Harry. Ninguém precisa de um hacker acabado, obsoleto faz dez anos, saca? E teve todo aquele rebuliço.

— Hmm. O que aconteceu exatamente?

— O que aconteceu? — Øystein revirou os olhos. — Você me conhece. Uma vez hippie, sempre hippie. Precisava de dinheiro. Tentei uma senha que não devia. — Ele acendeu o cigarro e procurou em vão um cinzeiro. — E você? Colocou a rolha de vez, ou não?

— Estou tentando. — Harry se esticou para pegar o cinzeiro na mesa vizinha. — Estou com alguém.

Ele falou sobre Rakel, Oleg e o processo jurídico em Moscou. E sobre sua vida em geral. Não se estendeu muito.

Øystein falou sobre os outros amigos com quem cresceram juntos em Oppsal. Sobre Siggen, que se mudou para Harestua com uma mulher que Øystein alegava ser sofisticada demais para ele, e Kristian, que acabou em uma cadeira de rodas depois de ser atropelado em sua motocicleta ao norte de Minnesund, mas os médicos achavam que ainda havia esperança.

— Esperança de quê? — perguntou Harry.

— De poder trepar de novo — respondeu Øystein, e esvaziou o copo. — Ele não tem grandes chances. Engordou mais de trinta quilos. Foi por isso que ela se mandou. É verdade! Torkild a encontrou no Centro, e ela disse que não aguentava toda aquela gordura. — Ele colocou o copo em cima da mesa. — Mas não foi por isso que me ligou, aposto.

— Não, preciso de ajuda. Estou trabalhando em um caso.

— Para pegar malvados? E aí você vem até mim? Nossa! — A gargalhada de Øystein se transformou em um acesso de tosse.

— Estou envolvido pessoalmente no caso — revelou Harry. — É um pouco difícil explicar tudo, mas se trata de rastrear um cara que está me mandando e-mails. Acho que de um servidor com assinatura anônima, em algum lugar do exterior.

Øystein balançou a cabeça, pensativo.

— Você está em apuros, então?

— Talvez. Por que acha isso?

— Sou um motorista de táxi que gosta de beber e que não sabe nada sobre os últimos avanços da informática. E todos que me conhecem sabem que não sou lá tão confiável no quesito trabalho. Em suma, o único motivo de você vir a mim é porque sou um velho companheiro. Lealdade. Eu vou ficar de bico calado, certo? — Ele tomou um grande gole do chope. — Com certeza adoro uma bebida, mas não sou burro, Harry. — Ele tragou energicamente o cigarro. — Então, quando a gente começa?

* * *

Anoitecia em Slemdal. A porta se abriu, e um casal apareceu na escada. Despediu-se risonho do anfitrião, desceu pelo caminho da entrada, moendo o cascalho sob os sapatos pretos e lustrosos enquanto, em voz baixa, conversava sobre a comida, os anfitriões e os outros convidados. Por isso, quando os dois saíram pelo portão para Bjørnetråkket, não notou o táxi estacionado um pouco mais adiante na rua. Harry apagou o cigarro, ligou o rádio e ouviu Elvis Costello berrar *Watching The Detectives* na rádio P4. Ele havia reparado que, quando suas músicas favoritas ficavam velhas o bastante, elas acabavam nas estações de rádio que não eram lá muito descoladas. É claro que Harry entendeu que isso só podia significar uma coisa: que ele também estava velho. Na véspera, tinham tocado Nick Cave no programa das nove.

Uma voz noturna e sedutora anunciou *Another Day In Paradise* e Harry desligou o rádio. Ele abaixou o vidro e ouviu o som do baixo vindo da casa de Albu, o único barulho a quebrar o silêncio. Festa de adulto. Relações de trabalho, vizinhos e ex-colegas da faculdade. Não era bem uma balada, nem uma festa rave, mas gim-tônica, Abba e Rolling Stones. Pessoas em seus 30 e muitos anos e com formação superior. Em outras palavras, nada de voltar tarde para render a babá. Harry olhou no relógio. Ele pensou no último e-mail que estava em sua caixa de entrada quando ele e Øystein o ligaram:

Estou entediado. Está com medo ou é apenas burro?

$S^2MN.$

Ele deixou o PC nas mãos de Øystein e pegou emprestado seu táxi, um Mercedes detonado dos anos 1970, que sacudia como um velho colchão de molas nas lombadas daquele bairro residencial, mas que, mesmo assim, era um sonho de dirigir. Harry decidira esperar quando viu os convidados em trajes formais saindo da casa de Albu. Não tinha por que fazer escândalo. E, de qualquer forma, ele devia usar o tempo para pensar friamente, mas aquele *"estou entediado"* o havia atrapalhado.

— Já pensou bastante — murmurou Harry para si mesmo no retrovisor. — É hora de fazer uma tolice.

Vigdis Albu abriu a porta. Ela executara o truque mágico que só mulheres ilusionistas dominavam e que homens como Harry nunca conseguiriam descobrir como faziam: havia se tornado bela. A única explicação concreta que Harry podia apontar é que ela estava usando um vestido turquesa que combinava com seus grandes — e agora arregalados de surpresa — olhos azuis.

— Desculpe por perturbá-la tão tarde, senhora Albu. Gostaria muito de falar com seu marido.

— Estamos dando uma festa. Não pode esperar até amanhã? — Ela abriu um sorriso de súplica, mas Harry viu a vontade da mulher de simplesmente bater a porta na cara dele.

— Sinto muito — respondeu ele. — Seu marido mentiu quando disse que não conhecia Anna Bethsen. E creio que a senhora também mentiu. — Harry não sabia se era o vestido ou a confrontação que o fez adotar um tom formal. A boca de Vigdis Albu fez um "o" mudo. — Tenho uma testemunha que alega ter visto os dois juntos — disse Harry. — E sei de onde veio a foto.

Ela piscou duas vezes.

— Por que... — gaguejou. — Por que...

— Porque eles eram amantes, senhora Albu.

— Não, quero dizer, por que você está me dizendo isso? Quem lhe deu o direito?

Harry abriu a boca para responder. Ele ia dizer que achava que ela tinha o direito de saber, que isso um dia viria à tona, de qualquer forma etc. Mas, em vez disso, ele ficou olhando para ela. Porque ela sabia por que ele estava lhe contando aquilo, mas Harry mesmo não sabia — até aquele momento. Ele engoliu em seco.

— Direito a quê, querida?

Harry avistou Arne Albu descendo a escada. A testa brilhava de suor e a gravata-borboleta estava desamarrada por cima da camisa. Da sala, Harry ouviu David Bowie erroneamente insistir que *This is not America.*

— Quieto, Arne, você vai acordar as crianças — disse Vigdis, sem tirar os olhos suplicantes de Harry.

— Elas não acordariam nem mesmo se jogassem uma bomba atômica na casa — argumentou o marido em tom arrastado.

— Creio que é exatamente isso que Hole acabou de fazer — disse baixinho. — Com o intuito de causar o máximo de danos, parece.

Harry sustentou o olhar dela.

— Então? — disse Arne Albu, colocando o braço em torno dos ombros da sua mulher. — Também posso participar da brincadeira? — O sorriso estava cheio de divertimento, mas era ao mesmo tempo aberto, quase inocente. Como se tivesse a mesma alegria de um menino que pega o carro do pai emprestado sem pedir.

— Desculpe — disse Harry. — Mas a brincadeira acabou. Temos as provas das quais precisamos. E agora mesmo há um perito em informática rastreando o endereço de onde você está mandando os e-mails.

— Do que ele está falando? — Arne riu. — Provas? E-mail?

Harry o encarou.

— A foto no sapato de Anna. Ela a tirou do álbum de fotos do chalé em Larkollen, quando você e ela estavam juntos lá, há algumas semanas.

— Há algumas semanas? — perguntou Vigdis, olhando para o marido.

— Ele entendeu quando eu mostrei a foto — explicou Harry. — Ele esteve em Larkollen ontem, e a substituiu por uma cópia.

Arne Albu franziu a testa, mas manteve o sorriso nos lábios.

— Andou bebendo, policial?

— Você não devia ter contado a Anna que ela ia morrer — continuou Harry, percebendo que estava prestes a perder o controle. — Ou, no mínimo, não devia ter tirado os olhos dela depois disso. Ela conseguiu esconder a foto no sapato. E foi isso que desmascarou você, Albu.

Harry ouviu a senhora Albu respirar fundo.

— Sapato uma ova — rebateu Arne Albu, enquanto fazia um cafuné na nuca da esposa. — Sabe por que os homens de negócios noruegueses não conseguem fazer negócios no exterior? Eles esquecem os sapatos. Eles usam sapatos que compraram na liquidação com ternos Prada de 15 mil coroas. Estrangeiros acham isso suspeito. — Albu apontou para baixo. — Veja. Sapatos italianos, feitos à mão. Mil e duzentas coroas. É barato quando se trata de comprar confiança.

— O que eu estou me perguntando é por que você ficou tão empenhado em me deixar saber que estava lá — disse Harry. — Ciúme?

Arne balançou a cabeça, negando, mas a senhora Albu se libertou de seu braço.

— Você achou que eu era o novo amante de Anna? — insistiu Harry. — E como você achava que eu não teria coragem de fazer alguma coisa em um caso no qual eu pudesse ser envolvido, decidiu brincar um pouco comigo, me atormentar, me fazer subir pelas paredes. Não foi?

— Venha, Arne! Christian quer fazer um discurso! — chamou um homem com um drinque e um charuto nas mãos que cambaleava no alto da escada.

— Comece sem mim — disse Arne. — Só vou me despedir deste gentil cavalheiro antes.

O homem franziu as sobrancelhas.

— Encrenca?

— Não, não! — Vigdis se apressou em dizer. — Volte e junte-se aos outros, Thomas.

O homem deu de ombros e desapareceu.

— A outra coisa que me surpreende — disse Harry — é que você é tão arrogante que mesmo depois de eu tê-lo confrontado com a foto, continuou enviando os e-mails.

— Lamento ter que repetir, policial — balbuciou Albu. — Mas o que têm esses... esses e-mails pelos quais está me amolando?

— Certo. Muitas pessoas acreditam que podem mandar e-mails anônimos usando um servidor que não exige seu nome verdadeiro. É um engano. Meu amigo hacker acabou de me explicar que tudo, tudo mesmo, que se faz na rede deixa pistas eletrônicas que podem ser... e neste caso serão... rastreadas até o computador de origem. É só uma questão de saber onde procurar. — Harry tirou um maço de cigarros do bolso interno.

— Melhor não... — começou Vigdis, mas parou de repente.

— Me diga, Albu — continuou Harry, acendendo um cigarro —, onde o senhor estava na noite de terça-feira da semana passada, entre às onze da noite e uma da manhã?

Arne e Vigdis Albu trocaram olhares.

— Podemos resolver isso aqui ou na delegacia — disse Harry.

— Ele estava aqui — respondeu Vigdis.

— Como eu disse — começou Harry, e soprou fumaça pelo nariz. Ele sabia que estava exagerando seu papel, mas um blefe pela metade era um blefe malsucedido, e agora não tinha mais volta —, podemos fazer isso aqui ou na delegacia. Quer que eu avise aos convidados que a festa acabou?

Vigdis mordeu o lábio inferior.

— Mas eu disse que ele estava... — começou. Já não estava tão bela.

— Tudo bem, Vigdis — disse Albu, e lhe deu um tapinha no ombro. — Entre e cuide dos convidados enquanto acompanho o senhor Hole ao portão.

Harry mal sentia a brisa, porém mais ao alto devia estar ventando bastante, porque as nuvens atravessavam o céu depressa e, vez ou outra, encobriam a lua com sua sombra. Eles andavam devagar.

— Por que aqui? — perguntou Albu.

— Você estava pedindo.

Albu balançou a cabeça, concordando.

— Talvez. Mas por que ela teve que descobrir dessa forma?

Harry deu de ombros.

— Como queria que ela descobrisse?

A música tinha silenciado e ouviam-se apenas os risos na casa em intervalos regulares. Christian havia começado o discurso.

— Pode me dar um cigarro? — pediu Albu. — Na verdade, parei de fumar.

Harry estendeu-lhe o maço.

— Obrigado. — Albu colocou um cigarro entre os lábios e se inclinou sobre a chama do isqueiro que Harry segurou para ele. — O que está querendo? Dinheiro?

— Por que todo mundo me pergunta isso? — murmurou Harry.

— Você está sozinho. Não tem nenhum mandado de prisão e tentou blefar ao dizer que ia me levar para a delegacia. E se esteve no chalé em Larkollen, está tão encrencado quanto eu.

Harry fez que não com a cabeça.

— Dinheiro, não? — Albu inclinou a cabeça para trás. Algumas estrelas solitárias cintilavam no céu. — Algo pessoal então? Vocês eram amantes?

— Pensei que soubesse tudo sobre mim — respondeu Harry.

— Anna levava o amor muito a sério. Ela amava o amor. Não, *endeusava*, essa é a palavra. Ela *endeusava* o amor. Era a única coisa que tinha algum espaço na vida dela. Isso, e o ódio. — Ele olhou para o céu. — Esses dois sentimentos eram como estrelas de nêutrons na vida de Anna. Sabe o que são estrelas de nêutrons?

Harry balançou a cabeça. Albu segurou o cigarro.

— São corpos celestes com tanta densidade e gravidade que, se eu soltasse esse cigarro sobre um deles, ele cairia com a mesma força de uma bomba atômica. Com Anna era assim também. A gravidade do amor, e do ódio, era tão forte que nada podia existir no espaço entre eles. E cada mínimo detalhe causava uma explosão atômica. Entende? Mas levei tempo para entender. Ela era como Júpiter, escondida atrás de uma camada de nuvens eternas de enxofre. E de humor. E de sensualidade.

— Vênus.

— Como é?

— Nada.

A lua apareceu entre duas nuvens, e, como um animal imaginário, o veado de bronze saiu das sombras no jardim.

— Anna e eu combinamos de nos encontrar à meia-noite — continuou Albu. — Ela disse que queria devolver alguns dos meus pertences pessoais que estavam no apartamento dela. Eu estacionei na rua Sorgenfrigata, entre meia-noite e meia-noite e quinze. Fiquei de ligar para ela do carro, em vez de tocar a campainha. Por causa de uma vizinha curiosa, ela me explicou. De qualquer modo, ela não atendeu. Então voltei para casa.

— Então sua esposa mentiu?

— Claro. Combinamos que ela seria meu álibi no dia em que você apareceu com a foto.

— E por que está desistindo do álibi agora?

Albu riu.

— O que importa? Somos duas pessoas adultas, conversando com a lua silenciosa como testemunha. Posso negar tudo depois. Para dizer a verdade, duvido que você tenha algo que possa usar contra mim.

— Então por que não me conta o resto também?

— Que eu a matei? — Ele riu, mais alto dessa vez. — É o seu trabalho descobrir, não é?

Chegaram ao portão.

— Você só queria ver como a gente ia reagir, não é? — Albu esfregou o cigarro na pedra mármore. — E também queria se vingar. Foi por isso que contou a ela. Estava zangado. Um menino zangado que acerta onde pode. Está satisfeito?

— Quando encontrar o endereço de e-mail, eu pego você — disse Harry. Ele não estava mais zangado, apenas cansado.

— Não vai encontrar nenhum endereço de e-mail — disse Albu. — Sinto muito, meu amigo. Podemos continuar com o jogo, mas você não vai vencer.

Harry o golpeou. O som de osso contra carne foi surdo e curto. Albu cambaleou um passo para trás, apalpando a sobrancelha.

Harry podia ver a própria respiração cinzenta no escuro da noite.

— Vai precisar de pontos — avisou ele.

Albu olhou para sua mão suja de sangue e deu uma gargalhada.

— Meu Deus, que perdedor miserável você é, Harry. Tudo bem se eu usar o seu primeiro nome? Sinto que isso nos aproximou, você não?

Harry não respondeu, e Albu riu mais alto ainda.

— O que ela viu em você, Harry? Anna não gostava de perdedores. Pelo menos, não deixava que eles a fodessem.

A risada ficava cada vez mais alta à medida que Harry seguia para o táxi. Os dentes das chaves do carro afundavam em sua pele conforme apertava a mão com mais força ao seu redor.

23

A NEBULOSA CABEÇA DE CAVALO

Harry acordou com o telefone tocando e lançou um olhar para o relógio: 7h30. Era Øystein. Ele havia saído do apartamento de Harry apenas três horas antes. Tinha conseguido rastrear o servidor até o Egito, e agora tinha avançado ainda mais.

— Estive conversando por e-mail com um velho conhecido. Ele mora na Malásia e ainda está fazendo um pouco de hacking. O servidor fica em El-Tor, na península de Sinai. Eles têm outros servidores lá. Parece que é uma espécie de centro para esse tipo de coisa. Estava dormindo?

— Mais ou menos. Como vai encontrar nosso assinante?

— Só tem uma maneira, infelizmente. Viajar para lá com um maço grosso de notas americanas.

— Quanto?

— O suficiente para que alguém queira contar com quem devemos conversar. E para que aquele com quem vamos conversar nos diga com quem a gente *realmente* quer conversar. E que para aquele com quem a gente realmente quer conversar quer...

— Entendi. Quanto?

— Mil dólares devem nos levar longe.

— É mesmo?

— Só estou chutando. Como posso saber?

— Ok. Aceita a missão?

— Claro.

— Pago muito bem. Você pega o voo mais barato e se hospeda em um hotel de merda.

— Combinado.

* * *

Era meio-dia e a cantina na delegacia estava lotada. Harry tomou coragem e entrou. Não odiava seus colegas por princípio, apenas por instinto. O que só piorava com o passar dos anos.

— Paranoia normal comum. — Aune havia batizado. — Também tenho. Acho que todos os psicólogos estão atrás de mim, mas, na verdade, não deve ser mais do que a metade.

Harry esquadrinhou o salão e avistou Beate com um sanduíche caseiro e as costas de uma pessoa que lhe fazia companhia. Harry tentou ignorar os olhares que lhe dirigiam das mesas ao passar. Alguém murmurou um "olá", mas o inspetor presumiu que era ironia e não respondeu.

— Estou atrapalhando?

Beate olhou para Harry como se ele a tivesse pego em flagrante.

— Não — respondeu uma voz conhecida, se levantando. — Eu estava mesmo de saída.

Os pelos da nuca de Harry se eriçaram — não por princípio, mas por instinto.

— Então a gente se vê à noite. — Tom Waaler abriu um sorriso de dentes brancos para o rosto ruborizado de Beate.

Ele pegou sua bandeja e desapareceu. Beate olhou para seu sanduíche enquanto fazia o máximo possível para assumir uma expressão séria enquanto Harry se sentava.

— Então?

— O quê? — piou ela, exageradamente perplexa.

— Havia um recado na minha secretária dizendo que você tinha novidades — disse Harry. — Presumi que era urgente.

— Eu descobri. — Beate tomou um gole do copo de leite. — Aqueles desenhos que o programa fez do rosto do Magarefe. O tempo todo me perturbava a ideia de que ele se parecia com alguém.

— Está falando daquelas transcrições de dados que me mostrou? Não havia nada ali que estivesse perto de parecer com um rosto, eram apenas linhas aleatórias numa folha de papel.

— Mesmo assim.

Harry deu de ombros.

— É você que tem giro fusiforme. Desembuche.

— Na noite passada, eu descobri quem era. — Ela tomou mais um gole e enxugou o bigode de leite com o guardanapo.

— Sim?

— Trond Grette.

Harry a encarou.

— Está de brincadeira, não está?

— Não — respondeu ela. —Eu só disse que havia certa semelhança. E Grette estava, de fato, perto da rua Bogstadveien, na hora do assassinato. Mas como havia dito, descobri.

— E como...

— Verifiquei com o Hospital de Gaustad. Se for a mesma pessoa que assaltou a agência do DNB na rua Kirkeveien, não pode ser Grette. Nessa hora, estava na sala de espera assistindo à televisão com pelo menos três enfermeiros. E enviei alguns rapazes da Criminalística até a casa de Grette para colher suas impressões digitais. Weber acabou de compará-las com as impressões na garrafa de Coca-Cola. Definitivamente não são as impressões dele.

— Então, para variar, você se enganou.

Beate balançou a cabeça.

— Estamos procurando uma pessoa que tem inúmeras características físicas idênticas às de Grette.

— Lamento ter que dizer, Beate, mas Grette não tem características físicas ou nada do tipo. Ele é um contador que se parece com um contador. Já até esqueci como ele é.

— Está bem — falou ela, então tirou o papel do meio dos sanduíches. — Mas eu não esqueci. Já é um indício.

— Certo. Talvez eu tenha uma boa notícia.

— É?

— Estou a caminho da prisão. Raskol quer falar comigo.

— Nossa. Boa sorte.

— Obrigado. — Harry se levantou. Hesitou. Arriscou. — Sei que não sou seu pai, mas posso dizer uma coisa?

— Vá em frente.

Ele olhou em volta para se assegurar de que ninguém os podia ouvir.

— Se eu fosse você, tomaria cuidado com Waaler.

— Obrigada. — Beate deu uma grande mordida no pão. — E o que você acabou de falar sobre meu pai e você... é isso mesmo.

— Morei na Noruega a vida toda — disse Harry. — Cresci em Oppsal. Meus pais eram professores. Meu pai hoje é aposentado e, depois que minha mãe morreu, está vivendo como um sonâmbulo que apenas de vez em quando visita os acordados. Minha irmã mais nova sente falta dele. Eu também, acho. Sinto falta dos dois. Eles pensaram que eu poderia ser professor. Eu também. Mas acabei cursando a Academia de Polícia. E estudei um pouco de Direito. Se me perguntar por que escolhi ser policial, posso dar dez razões confiáveis, mas nenhuma em que eu mesmo acredite. Não penso muito sobre isso agora. É um trabalho, eles me pagam para isso, e, de vez em quando, acho que faço algo de bom... Já é o bastante. Eu era alcoólatra antes de completar 30 anos. Ou antes dos 20, depende do ponto de vista. Dizem que está nos genes. Talvez. Depois de me tornar adulto, fiquei sabendo que meu avô em Åndalsnes ficou bêbado todos os dias por cinquenta anos. Todo verão a gente ia para lá e, até meus 15 anos, nunca percebi nada. Infelizmente, não herdei esse talento. Tenho feito coisas que não passaram exatamente despercebidas. Em suma, é um milagre que eu ainda tenha um emprego na polícia.

Harry semicerrou os olhos quando viu a placa de proibido fumar e acendeu um cigarro.

— Anna e eu fomos amantes durante seis semanas. Ela não me amava. Eu não a amava. Quando parei de procurá-la, fiz mais um favor a ela do que a mim. Ela não encarou da mesma maneira.

O outro homem na sala assentiu.

— Amei três mulheres na minha vida — continuou Harry. — A primeira era uma namorada do colégio com quem eu quase me casei, antes de tudo desmoronar. Ela se matou um bom tempo depois que terminamos, não tive nada a ver com isso. A outra foi assassinada por um homem que eu estava caçando no outro lado do planeta. O mesmo aconteceu com uma colega, Ellen. Não sei por que, mas as mulheres à minha volta sempre acabam morrendo. Talvez sejam os genes.

— E a terceira mulher que amou?

— A terceira mulher. A terceira chave. — Harry passou os dedos em cima das iniciais AA e dos dentes da chave que Raskol jogou para ele quando o deixaram entrar. Raskol havia assentido quando Harry perguntara se era idêntica à chave que ele tinha recebido pelo correio.

Então pediu a Harry que contasse sobre sua vida.

Agora, Raskol estava com os cotovelos apoiados na mesa e os dedos longos e finos entrelaçados, como em uma prece. A lâmpada defeituosa tinha sido trocada, e a luz cobria seu rosto como um pó branco-azulado.

— A terceira mulher está em Moscou — respondeu Harry. — Acho que ela é uma sobrevivente.

— Ela é sua?

— Eu não me expressaria dessa forma.

— Mas vocês estão juntos?

— Estamos.

— E estão planejando passar o restante da vida juntos?

— Bem. Não estamos planejando. É cedo demais para isso.

Raskol sorriu com tristeza.

— *Você* não planeja, quero dizer. Mas as mulheres sim. As mulheres sempre planejam.

— Como você?

Raskol fez que não com a cabeça.

— Só sei como planejar assaltos a banco. Quando se trata de roubar corações, todos os homens são amadores. Podemos acreditar que conquistamos uma mulher, como um general conquista um forte, e descobrimos tarde demais, quando descobrimos, que estamos trancados do lado de dentro. Já ouviu falar de Sun Tzu?

Harry assentiu.

— Um general chinês e estrategista de guerra. Escreveu *A arte da guerra*.

— Eles *alegam* que ele escreveu esse livro — argumentou Raskol. — Na minha opinião, acho que esse livro foi por uma mulher. *A arte da guerra* é aparentemente um guia sobre tática no campo de batalha, mas, de um ponto de vista mais profundo, descreve como ganhar conflitos. Ou, mais precisamente, é a arte de conseguir o que se quer pelo menor preço possível. O vencedor da guerra não é necessariamente o conquistador. Muitos já ganharam a coroa, mas perderam tantos soldados que só conseguem governar com o apoio dos inimigos aparentemente derrotados. As mulheres não têm a vaidade dos homens em relação ao poder. Não precisam deixar o poder delas visível. Elas só desejam o poder para lhes garantir as outras coisas pelas quais almejam: segurança. Comida. Prazer. Vingança. Paz. São realizadoras racionais, com fome de poder, que pensam além da batalha, além da comemoração da conquista. E como têm uma habilidade nata de ver a fraqueza de suas vítimas, elas instintivamente sabem quando e onde atacar. E quando não atacar. Essas coisas não se aprendem, *Spiuni*.

— É por isso que você está preso?

Raskol fechou os olhos e soltou uma risada silenciosa.

— Posso responder, mas você não deve acreditar em uma única palavra que digo. Sun Tzu diz que o primeiro princípio da guerra é *tromperie* ou engano. Acredite: todos os ciganos mentem.

— Certo. Acreditar em você... como no paradoxo grego?

— Veja só. Um policial que sabe mais do que o código penal. Se todos os ciganos mentem e eu sou um cigano, então não é verdade que todos os ciganos mentem. Assim, a verdade é que eu falo a verdade, então é verdade que todos os ciganos mentem. Portanto, eu minto. Um argumento circular impossível de romper. Assim é minha vida, e essa é a única verdade. — Ele soltou um riso suave, quase feminino.

— Bem. Já dei meu primeiro lance. É sua vez.

Raskol olhou para Harry. Depois balançou a cabeça.

— Meu nome é Raskol Baxhet. É um nome albanês, mas meu pai negava que fôssemos albaneses. Ele dizia que a Albânia era o ânus da Europa. Então falava para mim e para todos os meus irmãos que tínhamos nascido na Romênia, fomos batizados na Bulgária e circuncidados na Hungria.

Raskol contou que a família provavelmente era *meckari*, o maior grupo de ciganos albaneses. A família escapou da perseguição de Enver Hoxha aos ciganos cruzando as montanhas para Montenegro, depois começou a avançar para o leste.

— Fomos escorraçados de todos os lugares aonde chegamos. Alegavam que a gente roubava. Claro, a gente roubava também, mas eles nem se importavam em encontrar provas. A prova era o fato se sermos ciganos. Conto isso porque, para entender um cigano, é preciso entender que ele nasceu com um carimbo de casta inferior na testa. Fomos perseguidos por todos os regimes na Europa inteira. Não há diferença entre fascistas, comunistas e democratas. Os fascistas só eram mais eficientes. Os ciganos não têm nenhuma relação especial com o Holocausto, porque não era tão diferente da perseguição com a qual estávamos acostumados. Parece que você não acredita em mim...

Harry deu de ombros. Raskol cruzou os braços.

— Em 1589, a Dinamarca decretou pena de morte para líderes ciganos — continuou Raskol. — Cinquenta anos mais tarde, os suecos decidiram que todos os ciganos homens seriam enforcados. Em Morávia, cortavam a orelha esquerda das ciganas; na Boêmia, a direita. O arcebispo de Mainz pregava que todos os ciganos deviam ser executados sem julgamento, já que seus costumes haviam sido proibidos. Em 1725, uma lei aprovada na Prússia estabelecia que todos os ciganos maiores de 18 anos seriam executados sem processo legal, porém, mais tarde, essa lei foi alterada; o limite de idade baixou para 14. Quatro dos irmãos do meu pai morreram na prisão. Só um deles durante a guerra. Quer que eu continue?

Harry balançou a cabeça, concordando.

— Mas isso também é um círculo logicamente fechado — argumentou Raskol. — O motivo para sermos perseguidos e sobrevivermos é o mesmo. Somos, e queremos ser, diferentes. Assim como não somos admitidos nos lugares, os *gadjos* não têm permissão para entrar em nossa comunidade. O cigano é o estranho misterioso e ameaçador do qual você nada sabe, mas sobre quem há todo o tipo de rumor. Durante muitas gerações, as pessoas acreditaram que os ciganos eram canibais. Onde cresci, em Balteni, perto de Bucareste, alegavam que éramos descendentes de Caim, condenados à eterna perdição. Nossos vizinhos *gadjos* nos davam dinheiro para que ficássemos longe deles. — O olhar de Raskol vagou pelas paredes sem janelas. — Meu pai era ferreiro, mas não havia trabalho para ferreiros na Romênia depois que Ceausescu foi derrubado. Tivemos que mudar para o lixão no subúrbio, onde viviam os ciganos *kalderash*. Na Albânia, meu pai era *bulibas*, líder cigano local e mediador, mas, entre os *kalderash*, era apenas um ferreiro desempregado. — Raskol soltou um suspiro profundo. — Nunca vou esquecer a expressão nos olhos dele no dia que voltou para casa com um pequeno urso-pardo, manso, que ele puxava por uma coleira. Ele o comprara de um grupo de ursários com suas últimas economias. "Sabe dançar", disse meu pai. Os comunistas pagavam para ver animais dançar. Isso fazia com que eles se sentissem melhor. Stefan, meu irmão, tentou dar comida ao urso, mas ele não queria comer, então minha mãe perguntou a meu pai se ele estava doente. Meu pai respondeu que eles tinham caminhado desde Bucareste e que só precisavam descansar um pouco. O urso morreu quatro dias depois. — Raskol cerrou os olhos e sorriu do seu jeito tristonho. — Nesse mesmo outono, eu e Stefan fugimos de casa. Duas bocas a menos para dar de comer. Fomos para o norte.

— Que idade vocês tinham?

— Eu tinha 9, e ele, 12. O plano era chegar à Alemanha Ocidental. Nessa época, eles recebiam refugiados do mundo inteiro e lhes davam comida. Era sua maneira de fazer penitência. Stefan achava que, quanto mais novo, maior era a chance de entrar. Mas fomos parados na divisa com a Polônia. Conseguimos chegar a Varsóvia, onde pernoitamos debaixo de uma ponte com um cobertor cada, dentro da área cercada perto de Wschodnia, o terminal oriental de trem. A gente sabia que podia encontrar um *schlepper*... um contrabandista de pessoas. Depois de vários dias de procura, encontramos um que falava romani e que se chamava guia de fronteira, que prometeu nos levar até a Alemanha Ocidental. A gente não tinha dinheiro para pagar, mas ele disse que sempre havia um jeito; conhecia alguns homens que pagavam bem por rapazes ciganos jovens e bonitos. Eu não entendi o que ele queria dizer, mas parecia que Stefan sim. Ele levou o guia para um canto e os dois discutiram em voz alta enquanto o guia apontava para mim. Stefan balançou a cabeça várias vezes, discordando, e no final o guia abriu os braços e desistiu. Stefan me pediu que esperasse e entrou em um carro. Fiz como ele me pediu, mas as horas passaram. A noite veio, e eu fui me deitar. Nas duas primeiras noites debaixo da ponte, eu acordava com o chiado dos freios quando os trens de carga chegavam, mas meus jovens ouvidos aprenderam rapidamente que não eram esses os ruídos a que eu deveria ficar atento. Dormi e não acordei antes de ouvir o som de passos leves no meio da noite.

Era Stefan. Ele se enfiou por baixo do cobertor e encostou-se ao muro molhado. Ouvi que chorou, mas fiz de conta que não percebi e fechei os olhos. Logo depois, só ouvi os trens. — Raskol levantou a cabeça.
— Gosta de trens, *Spiuni?*

Harry assentiu.

— O guia voltou no dia seguinte. Ele precisava de mais dinheiro. Stefan foi levado de carro outra vez. Quatro dias depois, acordei ao raiar do dia e vi Stefan. Ele esteve ausente a noite toda. Estava com os olhos semiabertos como de costume, e vi a respiração de meu irmão no ar gelado da manhã. Estava com sangue no cabelo e o lábio inchado. Peguei o cobertor e fui para a estação de trem perto dos banheiros, onde uma família de ciganos *kalderash* vivia enquanto esperava uma oportunidade para ir para o oeste. Conversei com o rapaz mais velho. Ele me contou que aquele que a gente achava que era *schlepper* era um cafetão comum, que costumava rondar a área da estação. Ele tinha oferecido ao pai dele trinta zloty para lhe enviar os dois filhos menores. Mostrei o cobertor para ele. Era grosso e bonito, roubado de um varal em Lublin. Ele gostou. Logo seria dezembro. Eu quis ver a sua faca. Ele a carregava por baixo da camisa.

— Como sabia que ele tinha uma faca?

— Todos os ciganos têm uma faca. Para comer. Nem membros da mesma família compartilham talheres, podem ter *mahrime*, infecções. Mas ele fez uma boa troca. A faca era pequena e cega. Consegui afiá-la no ferreiro na oficina da estação.

Raskol passou a unha comprida e afiada do dedo mindinho direito sobre o nariz.

— Naquela mesma noite, depois que Stefan entrou no carro, perguntei ao cafetão se ele tinha um cliente para mim também. Ele arreganhou os dentes e disse para eu esperar. Quando voltou, eu estava na sombra debaixo da ponte, observando os trens que iam e vinham na área da estação. "Vem, *sinti*", ele chamou. "Tenho um bom cliente. Um partidário rico. Vamos, temos pouco tempo!" Respondi: "Temos que esperar o trem de Cracóvia." Ele se aproximou e me pegou pelo braço. "Tem que vir agora! Entendeu?" Eu mal chegava ao peito dele. "Lá vem o trem", disse e apontei. Ele me soltou e ergueu o olhar. Era uma caravana de vagões pretos de aço, passando com rostos pálidos olhando para nós. Aí veio o que eu estava esperando. O grito de aço contra aço quando os freios foram acionados. Fez todos os outros sons calarem.

Harry estreitou os olhos, como se assim fosse mais fácil perceber se Raskol estava mentindo.

— Quando os últimos vagões passaram lentamente, vi o rosto de mulher que olhava para mim de uma das janelas. Parecia um fantasma. Parecia minha mãe. Levantei a faca ensanguentada e mostrei a ela. E sabe o quê, *Spiuni*? Foi o único momento da minha vida em que me senti verdadeiramente feliz. — Raskol fechou os olhos como que para reviver a cena. — *"Koke per koke."* Cabeça por cabeça. É a expressão albanesa para vingança. É a melhor e mais perigosa embriaguez que Deus deu ao ser humano.

— O que aconteceu depois?

Raskol abriu os olhos novamente.

— Sabe o que é *baxt*, *Spiuni*?

— Não faço a menor ideia.

— O destino. Inferno e carma. É o que governa nossa vida. Quando peguei a carteira do cafetão, tinha mil slotzy nela. Stefan voltou e carregamos o corpo por cima dos trilhos e o colocamos em um vagão que ia para o leste. Então fomos para o norte. Duas semanas depois, embarcamos clandestinamente em um navio de Gdansk, que nos levou para Gotemburgo. De lá, viemos para Oslo. Chegamos a um campo em Tøyen, onde havia quatro trailers. Em três moravam ciganos. O quarto era velho, o eixo estava quebrado e havia sido abandonado. Virou casa para mim e Stefan durante cinco anos. Foi lá que comemoramos meu aniversário, na véspera de Natal, com biscoitos e um copo de leite, debaixo do único cobertor que sobrara. No dia de Natal, assaltamos nossa primeira banca de jornal, e entendemos que tínhamos chegado ao lugar certo. — Raskol abriu um largo sorriso. — Foi como roubar doce de criança.

Eles ficaram em silêncio por um bom tempo.

— Ainda parece que você não acredita totalmente em mim — disse Raskol por fim.

— Isso importa? — perguntou Harry.

Raskol sorriu.

— Como sabe que Anna não amava você? — perguntou.

Harry deu de ombros.

Algemados um ao outro, atravessaram o corredor-túnel da prisão.

— Não é garantido que eu saiba quem é o assaltante — disse Raskol. — Pode ser alguém de fora.

— Eu sei — respondeu Harry.

— Ótimo.

— Então, se Anna é filha de Stefan e ele mora na Noruega, por que não estava no enterro?

— Porque ele está morto. Caiu do um telhado de uma casa que estavam reformando há alguns anos.

— E a mãe de Anna?

— Ela se mudou com a irmã e o irmão para o sul da Romênia, depois que Stefan morreu. Não tenho o endereço dela. Duvido que tenha algum endereço.

— Você falou para Ivarsson que a razão de a família não comparecer ao enterro foi que Anna era uma vergonha para eles.

— Falei? — Harry viu o divertimento nos olhos castanhos de Raskol. — Acredita em mim se disser que menti?

— Acredito.

— Mas não menti. Anna foi expulsa da família. Ela não existia para o pai. Ele proibiu todos de mencionar o nome dela. Para impedir o *mahrime*. Entende?

— Provavelmente não.

Entraram na delegacia e ficaram esperando em frente ao elevador. Raskol murmurou algo para si antes de dizer em voz alta:

— Por que confia em mim, *Spiuni?*

— Que escolha eu tenho?

— Sempre há uma escolha.

— É mais interessante saber por que você confia em mim. Mesmo que a chave que lhe dei seja parecida com aquela que lhe enviaram como sendo do apartamento de Anna, não é necessariamente verdade que eu a tenha encontrado na casa do assassino.

Raskol balançou a cabeça, discordando.

— Você não está entendendo. Eu não confio em ninguém. Só confio no meu próprio instinto. E ele me diz que você não é um idiota. Todos têm um motivo para viver. Algo que lhes pode ser tirado. Você também. É apenas isso.

As portas do elevador se abriram e eles entraram.

Harry observou Raskol na semiescuridão. Ele assistia ao vídeo do assalto com as costas eretas e as palmas das mãos juntas, sem mostrar nenhuma expressão. Nem quando o som distorcido do tiro do rifle encheu a Casa da Dor.

— Quer ver mais uma vez? — perguntou Harry, quando assistiam aos últimos quadros do Magarefe desaparecendo na rua Industrigata.

— Não será preciso — respondeu Raskol.

— Então? — quis saber Harry, e tentou não parecer animado.

— Tem mais?

Harry interpretou isso com pessimismo.

— Bem. Tenho um vídeo da loja de conveniência 7-Eleven, do outro lado da rua, de onde ele bisbilhotava antes do assalto.

— Me mostre.

Harry passou o vídeo duas vezes.

— Então? — repetiu, quando a tempestade de neve tomou a tela.

— Sei que ele parece ter cometido outros roubos, e podemos assisti-los também. — Raskol olhou no relógio. — Mas acho que é uma perda de tempo.

— Você falou que tempo era a única coisa que tinha em abundância.

— Uma mentira deslavada — argumentou ele, levantando-se e esticou a mão. — Tempo é a única coisa que me falta. É melhor nos algemar de novo, *Spiuni*.

Harry vociferava em silêncio. Ele colocou as algemas em Raskol e eles se locomoveram de lado entre a mesa e a parede até a porta. Harry tocou a maçaneta.

— A maioria dos assaltantes tem almas simples — explicou Raskol.

— É por isso que se tornam assaltantes.

Harry parou.

— Um dos mais famosos assaltantes do mundo era o americano Willie Sutton — continuou Raskol. — Quando foi pego e levado a julgamento, o juiz perguntou por que ele roubava bancos. Sutton respondeu: "Porque é lá que está o dinheiro." Isso virou uma expressão na fala cotidiana dos americanos e serve para indicar como algo pode ser dito de maneira tão genialmente direta e simples. Para mim só significa que um idiota foi pego. Os bons assaltantes não são famosos nem citados. Você nunca ouve falar deles. Porque eles nunca foram pegos. Porque *não* são diretos e simples. Esse que vocês estão procurando é um desse tipo.

Harry esperou.

— Grette — disse Raskol.

— Grette? — Beate olhou para Harry com os olhos saltando das órbitas. — Grette?! — A artéria em seu pescoço inflou. — Grette tem álibi! Trond Grette é um contador que sofre dos nervos, não um assaltante! Trond Grette... é... é...

— Inocente — completou Harry. — Eu sei. — Ele havia fechado a porta do escritório e estava afundado na cadeira em frente à mesa. — Mas não é sobre Trond Grette que estamos falando.

A boca de Beate se fechou com um clique molhado, audível.

— Já ouviu falar de Lev Grette? — perguntou Harry. — Raskol disse que só precisou assistir aos primeiros trinta segundos, mas queria ver o restante para ter certeza, porque ninguém tem visto Lev Grette há muitos anos. O último boato que Raskol ouviu foi que Grette morava no exterior.

— Lev Grette — repetiu Beate, com um olhar distante. — Ele era uma espécie de menino-prodígio. Eu me lembro do meu pai me contar sobre ele. Eu já li relatórios de assaltos nos quais ele aparece como suspeito quando tinha apenas 16 anos. Ele se tornou uma lenda porque a polícia nunca conseguiu pegá-lo, e, quando sumiu de vez, a gente não tinha sequer as impressões digitais dele. — Ela olhou para Harry. — Como pude ser tão burra? Mesmo corpo, a semelhança nas expressões faciais. É o irmão de Trond Grette, não é?

Harry assentiu.

Beate franziu a testa.

— Mas isso quer dizer que Lev Grette matou a própria cunhada?

— Algumas outras coisas começam a fazer sentido, não é?

Ela balançou a cabeça devagar.

— Os vinte centímetros entre os rostos. Eles se conheciam.

— E se Lev Grette percebeu que seria reconhecido...

— Claro — disse Beate. — Ela era uma testemunha, e ele não podia correr o risco de ser desmascarado.

Harry se levantou.

— Vou pedir a Halvorsen que prepare algo bem forte para nós. Agora vamos ver os vídeos.

— Aposto que Lev Grette não sabia que Stine Grette trabalhava lá — disse Harry, com o olhar na tela. — O interessante é que ele provavelmente a reconheceu e, mesmo assim, decidiu usá-la como refém. Ele devia saber que ela ia reconhecê-lo de perto, pelo menos pela voz.

Beate balançou a cabeça sem compreender, absorvendo as imagens do vídeo da agência bancária no momento em que tudo ainda estava em paz e August Schulz arrastava as solas em sua caminhada.

— Então por que fez aquilo?

— Ele é profissional. Não dá chance ao acaso. Stine Grette foi condenada à morte a partir *deste* momento. — Harry congelou o quadro no qual o assaltante entrava pela porta e examinava o recinto. — Quando Lev Grette a viu, entendeu que havia a possibilidade de ser identificado, ele sabia que a cunhada precisava morrer. Por isso era melhor usá-la como refém também.

— Que frieza.

— Quarenta graus negativos. A única coisa que não consigo entender direito é por que matar para não ser reconhecido se já estava sendo procurado por outros assaltos a bancos.

Weber entrou na sala com uma bandeja de café.

— Sim, mas Lev Grette não é procurado por assalto — disse ele, equilibrando a bandeja até a mesa de centro.

A sala parecia ter sido decorada nos anos 1950, e depois deixada intocada. As cadeiras felpudas, o piano e as plantas empoeiradas na janela emitiam certa quietude. Até o pêndulo do relógio de parede no canto oscilava em silêncio. A mulher grisalha de olhos radiantes, emoldurada e envidraçada sobre a cornija, ria sem fazer barulho, como se o silêncio que chegara quando Weber se tornou viúvo, oito anos antes, fizesse tudo em volta emudecer; seria até impossível tirar qualquer som do piano. O apartamento ficava no primeiro andar de um prédio urbano antigo, em Tøyen, mas o zumbido dos carros lá fora apenas acentuava o silêncio do interior. Weber se sentou em uma das duas poltronas, com cuidado, como se fosse uma peça de museu.

— Nunca encontramos provas concretas de que Grette estivesse envolvido nos assaltos. Nenhuma descrição de testemunhas, nenhum delator do meio, nenhuma impressão digital nem outras pistas técnicas. O relatório só concluiu que ele era suspeito.

— Então, contanto que Stine Grette não pudesse delatá-lo, ele continuaria sendo simplesmente um homem com ficha limpa.

— Correto. Biscoito?

Beate declinou com um aceno de cabeça.

Era o dia de folga de Weber, mas Harry insistira ao telefone que eles tinham de conversar imediatamente. Ele sabia que Weber relutava em receber visitas em casa, mas não teve jeito.

— Pedimos ao oficial de plantão da Criminalística que comparasse as impressões digitais na garrafa de Coca-Cola com as dos assaltos anteriores nos quais Grette é suspeito — disse Beate. — Nada.

— Como eu falei — continuou Weber e checou se a tampa do bule de café estava encaixada —, Lev Grette nunca deixou pistas no local do crime.

Beate folheou suas anotações.

— Concorda com Raskol que foi mesmo Lev Grette?

— Bem, por que não? — Weber começou a servir o café.

— Porque não foi usada violência em nenhum dos outros assaltos nos quais ele é citado como suspeito. E porque ela era cunhada dele. Matar porque poderia ser reconhecido... não é um motivo um pouco fraco?

Weber parou de servir o café e a encarou. Ele olhou com ar de dúvida para Harry, que deu de ombros.

— Não — respondeu, e continuou servindo. Beate enrubesceu.

— Weber é da escola clássica — explicou Harry em um tom de voz quase apologético. — Ele quer dizer que assassinato, por definição, exclui um motivo racional. Há apenas graus de motivos confusos que, de vez em quando, podem parecer racionais.

— É isso aí — concordou Weber, pousando o bule na mesa.

— O que eu gostaria de saber — disse Harry — é por que Lev Grette fugiu do país se a polícia não tinha provas contra ele.

Weber limpou um traço de poeira do braço da cadeira.

— Não tenho certeza.

— *Não tem certeza?*

Weber segurou a delicada asa da xícara de porcelana entre um polegar grande e grosso e um dedo indicador amarelado pela nicotina.

— Houve um boato, certa vez. Nunca acreditamos. Foi alegado que não era da polícia que ele fugia. Alguém ouviu algo sobre o último assalto a banco não ter saído exatamente conforme o planejado. Grette teria deixado seu parceiro para trás.

— De que maneira? — perguntou Beate.

— Ninguém sabe. Algumas pessoas disseram que Grette era o motorista e fugiu do local do crime quando a polícia chegou, e o comparsa ficou dentro da agência. Outras disseram que o assalto foi bem-sucedido, mas que Grette tinha fugido para o exterior com o dinheiro dos dois. — Weber bebeu um gole e colocou a xícara na mesa com cuidado. — Mas a questão mais interessante nesse caso de que estamos falando talvez não seja como, e sim quem.

Harry estudou os olhos de Weber.

— Quer dizer que foi...?

O velho criminalista assentiu. Beate e Harry trocaram olhares.

— Merda — disse Harry.

Beate deu seta para a esquerda e esperou uma brecha no fluxo de carros na pista da direita em Tøyen. A chuva tamborilava no teto. Harry fechou os olhos. Ele sabia que, caso se concentrasse, poderia fazer o zunido dos carros que passavam soar como as ondas que batiam contra a proa da balsa enquanto olhava a espuma branca lá embaixo, segurando a mão de seu avô no vento gelado. Mas ele não tinha tempo para isso.

— Então Raskol tem uma desavença com Lev Grette — disse Harry, abrindo os olhos. — E o aponta como o assaltante. Será que é Grette mesmo no vídeo ou Raskol está apenas querendo se vingar? Ou será mais uma tramoia de Raskol para nos enganar?

— Ou, como Weber disse, são apenas boatos — opinou Beate. Os carros continuavam vindo da direita e ela tamborilava impaciente no volante.

— Talvez tenha razão — admitiu Harry. — Se Raskol quisesse se vingar de Grette, não precisaria da ajuda da polícia. Mas caso sejam apenas boatos, por que ele aponta Grette se não foi Grette o assaltante?

— Um capricho?

Harry balançou a cabeça.

— Raskol é um estrategista. Ele não aponta o homem errado sem ter uma boa razão. Não tenho certeza de que Magarefe esteja agindo totalmente sozinho.

— O que quer dizer com isso?

— Talvez haja outra pessoa planejando os assaltos. Alguém que consegue armas, carro de fuga, esconderijo. Alguém para apagar evidências. Alguém que, num passe de mágica, faz desaparecer roupas e armas usadas. E que lava o dinheiro.

— Raskol?

— Se Raskol quer desviar nossa atenção do verdadeiro culpado, o que seria mais inteligente do que nos mandar procurar um homem que ninguém sabe onde está, que está morto e enterrado ou que mora no exterior sob outro nome, um suspeito que nunca vamos conseguir encontrar em lugar nenhum? Ao nos convencer de sua sinceridade, ele pode nos fazer caçar a própria sombra em vez do seu homem.

— Então acha que ele está mentindo?

— Todos os ciganos mentem.

— O quê?

— Estou só citando Raskol.

— Pelo menos ele tem senso de humor. E por que não ia mentir para você já que mentiu para outros?

Harry não respondeu.

— Finalmente uma abertura — disse Beate, acelerando de leve.

— Espere! — exclamou Harry. — Entre à direita. Para a rua Finnmarkgata.

— Está bem — concordou ela, surpresa, e entrou na rua em frente ao parque Tøyen. — Aonde vamos?

— Vamos fazer uma visita à casa de Trond Grette.

* * *

A rede na quadra de tênis havia sido retirada. E não havia luz em nenhuma janela da casa de Grette.

— Ele não está em casa — concluiu Beate, depois de tocarem a campainha duas vezes.

A janela da casa ao lado se abriu.

— Trond está em casa — guinchou a mulher com rosto enrugado que parecia ainda mais bronzeado do que da última vez. — Ele só não quer abrir. Insista que ele apareça.

Beate apertou durante alguns segundos o botão da campainha e dava para ouvir o zunido aterrorizante dentro da casa. A janela da vizinha se fechou e, imediatamente depois, os dois estavam olhando para um rosto pálido, com dois círculos preto-azulados emoldurando um olhar indiferente. Trond Grette usava um roupão amarelo. Parecia que havia acabado de se levantar depois de passar uma semana dormindo, tempo que não fora suficiente. Sem dar uma palavra levantou a mão e fez um gesto para que entrassem. A luz do sol refletiu no anel de diamante no dedo mindinho.

— Lev era diferente — contou Trond. — Ele quase matou um homem quando tinha 15 anos.

Ele sorriu para o nada, como se fosse uma lembrança querida.

— Parecia que tínhamos recebido um conjunto completo de genes para dividir. O que ele não tinha, eu tinha, e vice-versa. Crescemos aqui em Diesengrenda, nesta casa. Lev era uma lenda na vizinhança, e eu era o irmãozinho dele. Uma de minhas primeiras lembranças é da escola, quando Lev se pendurava na calha do telhado no intervalo. O prédio tinha quatro andares e nenhum dos professores tinha coragem de ir buscá-lo. A gente ficava embaixo, torcendo, enquanto ele dançava com os braços abertos. Ainda sou capaz de ver sua figura contra o céu azul. Nem por um segundo ele sentia medo. Era simplesmente impensável que meu irmão mais velho pudesse cair. E acho que todos pensavam da mesma maneira. Lev era o único que podia espancar os irmãos Gaustens dos conjuntos da Traverveien, mesmo eles sendo dois anos mais velhos e tendo passado algum tempo em uma instituição para jovens delinquentes. Lev roubou o carro do papai aos 14, foi até a cidade de Lillestrøm e voltou com um pacote de Twix que furtara da loja da estação de trem. Papai não notou nada. Lev me deu o chocolate.

Trond Grette parecia se esforçar para rir. Eles estavam sentados ao redor da mesa da cozinha. Trond fez chocolate quente. Ele tirou o pó de uma lata que ficou olhando por um bom tempo. Estava escrito CACAU com caneta Pilot no metal. A caligrafia era esmerada e feminina.

— Lev poderia ter se tornado alguém — disse Trond. — O problema era que ele se cansava das coisas muito rápido. Todos diziam que ele era o maior talento do time de futebol Skeid em muito tempo, mas, quando foi convocado para a seleção norueguesa de futebol, ele nem se deu o trabalho de aparecer. Quando tinha 15 anos, tomou emprestado um violão e, dois meses depois, fez uma apresentação na escola com músicas próprias. Depois, um cara chamado Waaktar o convidou para entrar em uma banda, em Grorud, mas ele recusou porque eles eram muito ruins. Lev era o tipo de pessoa que conseguia tudo. Teria se saído bem na escola sem esforço se tivesse feito os deveres e não tivesse matado tantas aulas.

Trond abriu um sorriso torto.

— Ele me pagava em guloseimas furtadas para que eu falsificasse a letra dele e escrevesse suas redações. Pelo menos as notas dele em norueguês estavam em boas mãos. — Trond riu, mas subitamente ficou sério. — Então ele se cansou do violão e começou a andar com um bando de rapazes mais velhos de Årvoll. Lev nunca se importava em desistir do que tinha. Dobrando a esquina seguinte, sempre teria algo mais, algo melhor, algo mais excitante.

— Pode parecer tolice perguntar isso a você, que é irmão dele — disse Harry —, mas diria que o conhece bem?

Trond parou para pensar.

— Não, não é uma pergunta tola. Crescemos juntos, é verdade. E sim, Lev era extrovertido e engraçado e todos, meninas e meninos, queriam conhecê-lo. Mas, no fundo, Lev era um lobo solitário. Ele me disse uma vez que nunca teve companheiros de verdade, só fãs e namoradas. Havia muitas coisas que eu não sabia sobre Lev. Como quando os irmãos Gausten apareceram para nos atormentar. Eram três e todos mais velhos que Lev. Eu e as outras crianças da vizinhança demos no pé assim que os vimos. Mas Lev ficou. Ele foi espancado por eles durante cinco anos. Então um dia, o mais velho deles, Roger, apareceu sozinho. Quando espiei por trás da esquina da casa, vi Roger no chão com Lev em cima. Lev estava com os joelhos sobre os braços de Roger e segurava uma vara. Cheguei mais perto para ver. Além da respiração pesada, não havia som vindo dos dois. Foi quando vi que Lev havia enfiado a vara no globo ocular de Roger.

Beate se remexeu na cadeira.

— Lev estava totalmente concentrado, como se estivesse ocupado com algo que exigia grande precisão e cautela. Parecia que tentava arrancar o olho. E Roger chorava sangue, que escorria do seu olho para dentro das orelhas, pingando do lóbulo para o asfalto. O silêncio era tanto que dava para ouvir o sangue bater no chão. Ping, ping.

— O que você fez? — perguntou Beate.

— Vomitei. Nunca suportei ver sangue, me dá tonturas e mal-estar. — Trond balançou a cabeça. — Lev soltou Roger e me levou para casa. Roger dar um jeito no olho, mas nunca mais vimos os irmãos Gausten na vizinhança depois disso. Nunca esqueci a imagem de Lev com a vara. Foi por momentos como esse que pensei que meu irmão mais velho às vezes se tornava outra pessoa, uma pessoa que eu não conhecia e que aparecia de surpresa para uma visita. Infelizmente, as visitas foram se tornando cada vez mais frequentes.

— Você disse alguma coisa sobre ele ter tentado matar um homem.

— Foi num domingo de manhã. Lev pegou uma chave de fenda e um lápis e foi de bicicleta para uma das pontes de pedestres sobre a rua Ringveien. Vocês conhecem esse tipo de ponte, não? É um pouco assustador, porque você anda em cima das grades de ferro e olha diretamente para o asfalto, sete metros abaixo. Como disse, era domingo de manhã e havia poucas pessoas na rua. Ele soltou os parafusos de uma das grades de ferro. Deixou apenas dois parafusos em um dos lados, e o lápis no outro, segurando a grade. Então esperou. Primeiro veio uma mulher que, de acordo com Lev, parecia ter "acabado de transar". Em roupas de festa, cabelos desgrenhados e vociferando, mancando com um salto quebrado. — Trond riu baixinho. — Lev sacava muito com apenas 15 anos. — Ele levou a xícara até a boca e olhou surpreso pela janela da cozinha para o caminhão de lixo que parou em frente às lixeiras atrás do varal. — Hoje é segunda-feira?

— Não — respondeu Harry, que não tinha tocado em sua xícara.

— E o que aconteceu com a jovem?

— Há duas fileiras de grades. Ela pegou a da esquerda. Má sorte, foi o que Lev falou. Disse que a preferia ao velho. Então veio o velho. Ele andou na fileira da direita. Por causa do lápis, a grade solta estava um pouco mais alta que as outras, e Lev achava que o velho devia ter desconfiado, porque, ao se aproximar, passou a andar cada vez mais devagar. Quando ia dar o último passo, foi como se tivesse congelado no ar.

Trond balançou a cabeça devagar e olhou para o caminhão de lixo que, rangendo, mastigava os resíduos do vizinho.

— Quando botou o pé, a grade se abriu feito um alçapão. Vocês sabem... aqueles que se usam em enforcamentos. O velho quebrou as duas pernas quando bateu no asfalto. Se não fosse domingo, seria atropelado imediatamente. Má sorte, dizia Lev.

— Ele disse isso à polícia também? — perguntou Harry.

— À polícia, sim — respondeu Trond, olhando para a xícara. — Apareceram dois dias depois. Fui eu quem abriu a porta. Perguntaram se a bicicleta que estava do lado de fora pertencia a alguém da casa. Eu respondi que sim. Uma testemunha tinha visto Lev andando de bicicleta na ponte e dera uma descrição da bicicleta e de um rapaz de jaqueta vermelha. Então mostrei o anoraque vermelho que Lev havia usado.

— Você? — indagou Harry. — Você delatou seu irmão?

Trond deu um suspiro.

— Eu disse que era minha a bicicleta. E meu anoraque. E que Lev e eu éramos muito parecidos.

— E por que você fez isso?

— Eu só tinha 14 anos e era jovem demais para que eles fizessem qualquer coisa comigo. Lev teria acabado naquela instituição de delinquentes juvenis em que Roger Gausten estivera.

— Mas o que sua mãe e seu pai falaram?

— O que podiam falar? Todos que nos conheciam sabiam que havia sido Lev que fizera aquilo. Ele era o maluco que furtava guloseimas e jogava pedras, ao passo que eu era o menino bonzinho e direito, que fazia os deveres de casa e ajudava velhinhas a atravessar a rua. Depois, nunca mais tocamos no assunto.

Beate pigarreou.

— De quem foi a ideia de você assumir a culpa?

— Minha. Eu amava Lev acima de tudo nesse mundo. Mas agora que o caso caducou posso dizer. O fato é que... — Trond abriu aquele seu sorriso distante. — Às vezes gostaria de ter eu mesmo a coragem de fazer aquelas coisas.

Harry e Beate giraram as xícaras em silêncio. Harry se questionou qual dos dois faria a pergunta. Se fosse Ellen que estivesse ali, eles saberiam.

— Onde... — começaram em coro. Trond piscou e olhou para os dois. Harry acenou para Beate continuar.

— Onde está seu irmão agora? — perguntou.

— Onde... Lev está? — Trond olhou para ela, perplexo.

— É — respondeu. — Sabemos que ele andou sumido por algum tempo.

Grette se virou para Harry.

— Você não avisou que essa conversa seria sobre Lev. — O tom de voz era acusador.

— Dissemos que iríamos falar sobre uma coisa e outra — defendeu-se Harry. — E agora que terminamos uma coisa. Vamos à outra.

Trond se levantou bruscamente, pegou a xícara, foi até a pia e jogou o chocolate quente fora.

— Mas, Lev, ele está... O que ele teria a ver com...?

— Talvez nada — respondeu Harry. — Se for o caso, gostaríamos da sua ajuda para tirá-lo da nossa lista.

— Ele nem mora no país — gemeu Trond, e se virou para eles.

Beate e Harry se entreolharam.

— E onde ele mora? — perguntou Harry.

Trond hesitou exatamente um décimo além da conta antes de responder:

— Eu não sei.

Harry olhou para o caminhão de lixo amarelo que passava na rua em frente.

— Você não sabe mentir muito bem, não é?

Trond Grette respondeu com um olhar inflexível.

— Tudo bem — disse Harry. — Talvez não possamos contar com você para nos ajudar a encontrar seu irmão. Por outro lado, foi sua mulher quem foi assassinada. E temos uma testemunha que apontou seu irmão como assassino. — Ele levantou o olhar para Trond ao dizer as últimas palavras e viu o pomo de adão dar um salto por baixo da pele pálida do pescoço.

No silêncio que se seguiu, puderam ouvir um rádio ligado no apartamento vizinho.

Harry pigarreou.

— Então, se tiver algo para nos contar, eu ficaria grato.

Trond Grette balançou a cabeça.

Depois de alguns instantes, Harry se levantou.

— Está bem. Você sabe onde nos encontrar caso se lembre de alguma coisa.

Quando chegaram à escada de novo, Trond Grette parecia tão cansado como quando chegaram. Harry semicerrou os olhos vermelhos contra o sol baixo que surgia por entre as nuvens.

— Entendo que não seja fácil, Grette — disse o inspetor. — Mas será que não está na hora de tirar o anoraque vermelho?

Grette não respondeu, e a última coisa que viram antes de saírem do estacionamento foi Trond Grette na escada, mexendo no anel de diamante no dedo mindinho, e um relance de um rosto bronzeado e enrugado atrás da janela da vizinha.

À noite, as nuvens desapareceram. No alto da rua Dovregata, quando voltava do bar Schrøder, Harry parou e olhou para cima. As estrelas cintilavam no céu sem lua. Uma das luzes era um avião que estava a caminho do aeroporto de Gardermoen. A nebulosa cabeça de cavalo na constelação de Órion. A nebulosa cabeça de cavalo. Órion. Quem foi que falou sobre isso? Foi Anna? Será?

Ele ligou a TV para ver o noticiário na NRK quando chegou ao apartamento. Várias histórias de heróis entre os bombeiros americanos. Desligou. Uma voz masculina gritava um nome de mulher lá embaixo na rua. O homem parecia estar bêbado. Harry procurou nos bolsos o papel com o novo número de Rakel e descobriu que ele ainda estava com a chave com as iniciais AA. Colocou a chave no fundo da gaveta da mesa de telefone antes de ligar para Rakel. Ninguém atendeu. Quando o telefone tocou, tinha certeza de que seria ela, mas quem falou foi Øystein, numa linha cheia de chiados.

— Eles dirigem como loucos por aqui!

— Não precisa gritar, Øystein.

— Todos estão tentando se matar nas estradas aqui! Peguei um táxi em Sharm el-Sheikh. Passeio legal, pensei. Só cruzar o deserto, pouco trânsito, estrada reta. Mas me enganei redondamente. Eu juro, é um milagre que eu ainda esteja vivo. E que calor! E já ouviu os gafanhotos daqui, os grilos cantantes do deserto? É o canto de grilo mais alto do mundo. Fura o córtex, é devastador. Mas a água aqui é irada! Irada! Totalmente cristalina, com um leve toque esverdeado. À temperatura do corpo, não dá para sentir. Ontem saí do mar e não fazia ideia se tinha estado na água...

— Não quero saber da temperatura da água, Øystein. Descobriu algum servidor?

— Sim e não.

— Isso quer dizer o quê?

Harry não obteve resposta. Foram interrompidos por uma discussão no outro lado, e Harry entendeu trechos como "*the boss*" e "*the money*".

— Harry? *Sorry*, os caras aqui são meio paranoicos. E eu também. Merda de calor! Mas descobri o que acho ser o servidor certo. É claro que existe a possibilidade de os caras quererem foder comigo, mas amanhã vão me mostrar o trabalho e me deixar falar com o chefe em pessoa. Três minutos no teclado e já vou saber se é o que procuramos. O resto é só uma questão de preço. Espero. Te ligo amanhã. Devia ver as facas que os beduínos têm...

A gargalhada de Øystein soou oca.

A última coisa que Harry fez antes de apagar as luzes foi consultar a enciclopédia. Nebulosa cabeça de cavalo era uma neblina preta sobre a qual não se sabia muita coisa, nem sobre Órion, a não ser que era considerada a mais bela de todas as constelações. Mas Órion também era uma figura da mitologia grega, um titã e grande caçador, ele leu.

Foi seduzido por Eos e Ártemis o matou por vingança. Harry se deitou com a sensação de que alguém estava pensando nele.

Quando abriu os olhos na manhã seguinte, os pensamentos pareciam dispersos, como pedacinhos soltos e vislumbres de cenas meio esquecidas. Era como se alguém tivesse esquadrinhado seu cérebro, e o conteúdo, que ele tinha arrumado em gavetas e armários, estivesse espalhado por toda parte. Ele deve ter sonhado com alguma coisa. O telefone no corredor não parava de tocar. Harry se forçou para se levantar. Era Øystein de novo, de um escritório em El-Tor.

— Temos um problema — disse ele.

24

São Paulo

A boca e os lábios de Raskol tinham a forma de um sorriso meigo. Por isso era impossível dizer se ele agora sorria de forma meiga ou não. Harry apostou no último.

— Então tem um amigo que está em uma cidade no Egito, à procura de um número de telefone — disse Raskol, sem que Harry conseguisse interpretar se o tom de sua voz era irônico ou objetivo.

— El-Tor — disse Harry, esfregando as palmas das mãos no braço da cadeira.

Ele sentia um enorme desconforto. Não apenas por estar mais uma vez na sala de visitas estéril, mas por causa de sua missão. Ele tinha avaliado todas as outras possibilidades. Levantar um empréstimo pessoal. Pôr Bjarne Møller a par do caso. Vender o Ford Escort para a oficina onde o carro estava parado, esperando para ser consertado. Mas essa era a única possibilidade real, a única coisa lógica a fazer. E era uma loucura.

— E o número de telefone não é apenas um número — disse Harry. — Ele vai nos levar ao assinante que enviou os e-mails para mim. E-mails que provam que ele tem detalhado conhecimento sobre a morte de Anna, conhecimento esse que só poderia ter se estivesse presente quando ela morreu.

— E o seu amigo diz que os donos do servidor exigem sessenta mil libras egípcias. Isso equivale a...?

— Cerca de cento e vinte mil coroas.

— Que você acha que eu vou dar a você?

— Não acho nada, só estou relatando a situação. Eles querem o dinheiro, e eu não o tenho.

Raskol passou um dedo sobre o lábio superior.

— E por que o problema seria meu, Harry? Fizemos um trato, e eu cumpri a minha parte.

— E eu vou cumprir a minha, mas sem o dinheiro levará mais tempo.

Raskol balançou a cabeça, abriu os braços e murmurou algo no que Harry presumiu ser romeno. Øystein parecia aflito ao telefone. Não havia dúvida de que ele tinha encontrado o servidor certo, dissera ele. Mas Øystein imaginara um artefato enferrujado em uma barraca simples, mas funcional, e um comerciante de cavalos com turbante, que queria três camelos e um maço de cigarros americanos. Em vez disso, acabou em um escritório com ar-condicionado, onde o jovem egípcio de terno atrás de uma mesa olhava para ele através de óculos com armação prata e lhe dizia que o preço não era negociável, que o pagamento tinha de ser em notas não marcadas, e que a oferta só valia por três dias.

— Suponho que você tenha pensado nas consequências de descobrirem que você recebeu dinheiro de alguém como eu em serviço.

— Não estou a trabalho — rebateu Harry.

Raskol esfregou as duas orelhas com as palmas das mãos.

— Sun Tzu diz que, se não puder controlar os acontecimentos, eles vão controlar você. Você não tem controle sobre os acontecimentos, *Spiuni*. Isso quer dizer que cometeu um erro grosseiro. Eu não confio em pessoas que cometem erros. Por isso tenho uma proposta. Vamos simplificar as coisas para nós dois. Você me dá o nome desse homem, e eu cuido do resto.

— Não! — Harry bateu na mesa. — Ele não vai ser despachado por um dos seus gorilas. O lugar dele é atrás das grades.

— Você me surpreende, *Spiuni*. Se entendi direito, você já está em uma enrascada nesse caso. Por que não deixar que a justiça seja feita da forma menos dolorosa possível?

— Nada de vingança. Foi esse o trato.

Raskol sorriu.

— Você é um cara teimoso, Harry. Gosto disso. E respeito tratos. Mas quando você começa a vacilar, como posso ter certeza de que esse é o homem certo?

— Você mesmo viu que a chave que achei no chalé é idêntica à chave da Anna.

— E agora você veio pedir minha ajuda de novo. Vai ter que me dar mais alguma coisa.

Harry engoliu em seco.

— Quando encontrei Anna morta, ela tinha uma foto no sapato.

— Continue.

— Acho que ela conseguiu esconder a foto antes de ser morta. A foto é da família do assassino.

— Isso é tudo?

— É.

Raskol balançou a cabeça. Ele olhou para Harry e balançou a cabeça outra vez.

— Eu não sei quem é o grande imbecil aqui. Você que se deixa enganar pelo seu amigo. Seu amigo que acha que pode se esconder depois de roubar meu dinheiro. — Ele soltou um suspiro profundo. — Ou eu que dou o dinheiro para vocês.

Harry tinha imaginado que sentiria alegria ou pelo menos alívio. Em vez disso, sentiu apenas um nó no estômago.

— Então, o que você precisa saber?

— Só o nome do seu amigo e em que banco no Egito ele quer pegar o dinheiro.

— Você vai ter isso dentro de uma hora. — Harry se levantou.

Raskol esfregou os punhos como se tivesse acabado de se libertar de um par de algemas.

— Espero que você não comece a achar que me entende, *Spiuni*. — Ele falou baixinho, sem levantar o olhar.

Harry parou.

— O que quer dizer?

— Sou cigano. Meu mundo pode ser um mundo às avessas. Conhece a palavra Deus em romeno?

— Não.

— *Devel*. Esquisito, não é? Quando se vende a alma, é bom saber a quem, *Spiuni*.

* * *

Halvorsen achou que Harry parecia esgotado.

— Defina esgotado — pediu Harry, e se inclinou para trás na cadeira do escritório. — Ou melhor, não.

Quando Halvorsen perguntou como estava indo e Harry lhe pediu que definisse "indo", Halvorsen soltou um suspiro e deixou o escritório para tentar a sorte com Elmer.

Harry discou o número que tinha de Rakel, mas de novo ouviu uma voz russa que ele imaginou dizer que ele estava, como sempre, no caminho errado. Depois ligou para Bjarne Møller e tentou passar ao chefe a ideia de que não estava no caminho errado. Møller não parecia convencido.

— Eu quero boas notícias, Harry. Não relatórios sobre como você andou usando seu tempo.

Beate apareceu e disse que havia assistido ao vídeo outras dez vezes e não tinha mais dúvidas de que Magarefe e Stine Gretfor se conheciam.

— Acho que a última coisa que disse a ela é que ia morrer. Dá para ver em seu olhar. Obstinada e com medo ao mesmo tempo, como nos filmes de guerra, nos quais membros da resistência estão diante do pelotão de fuzilamento, prestes a serem mortos.

Pausa.

— Alô? — Ela sacudiu a mão na frente do rosto de Harry. — Parece esgotado.

Ele ligou para Aune.

— Aqui é Harry. Como reagem as pessoas quando vão ser executadas?

Aune riu baixinho.

— Ficam atentas — respondeu o psicólogo — ao tempo.

— E com medo? Entram em pânico?

— Depende. De que tipo de execução estamos falando?

— Uma execução pública. Em um banco.

— Entendo. Ligo de volta em dois minutos.

Harry olhou no relógio e esperou. Levou 120 segundos.

— O processo de morrer, da mesma forma que o processo de nascer, é um acontecimento muito íntimo — explicou Aune. — O motivo para uma pessoa em tal situação instintivamente querer se esconder não é apenas por se sentir fisicamente vulnerável. Morrer sob o olhar de outros, como em execuções públicas, é uma pena em dobro, já que, da forma mais cruel possível, ofende a timidez do condenado. Essa é uma das razões pelas quais se pensava que as execuções públicas tinham uma função mais preventiva na classe camponesa do que as execuções na solidão da cela. Mas algumas concessões foram feitas, como mascarar o carrasco. E não era, como muitas pessoas acreditam, para esconder a identidade do carrasco, pois todos sabiam quem era o açougueiro ou o cordoeiro local. A máscara era por consideração ao condenado, para que não tivesse uma pessoa estranha tão perto no momento da morte.

— Hmm. O assaltante de banco também usava máscara.

— O uso de máscara é um estudo à parte para nós psicólogos. Por exemplo, a ideia moderna de que usar máscara nos deixa sem liberdade, pode ser entendida ao avesso. Máscaras podem despersonalizar pessoas de uma maneira que, ao contrário do que se pensa, as deixem mais livres. O que você imagina ser a causa da popularidade dos bailes de máscara na Era Vitoriana? Ou o uso de máscaras em brincadeiras sexuais? Um assaltante de banco, ao contrário, tem razões mais prosaicas para usar máscara, claro.

— Talvez.
— Talvez?
— Não sei — suspirou Harry.
— Você parece...
— Cansado. Tchau.

A parte que Harry ocupava no planeta se afastava lentamente do sol, e as tardes escureciam cada vez mais cedo. Os limões em frente à loja de Ali luziam como pequenas estrelas amarelas, e uma garoa caía quando Harry subiu a rua Sofie. À tarde, tinha se ocupado da transferência do dinheiro para El-Tor, o que não foi nada de mais. Ele falou com Øystein, anotou o número do passaporte dele e o endereço do banco ao lado do hotel onde estava hospedado, então passou as informações por telefone ao jornal dos presidiários, para o qual Raskol escrevia um artigo sobre Sun Tzu. Agora era só esperar.

Harry estava em frente ao portão, procurando a chave, quando ouviu passos na calçada atrás de si. Ele não se virou.

Até ouvir um rosnar baixo.

Na verdade, não estava surpreso. Se você botar fogo em uma panela de pressão, não precisa de muita imaginação para saber que mais cedo ou mais tarde algo vai acontecer.

O focinho do cão era preto como a noite, destacando ainda mais o branco dos dentes à mostra. A luz fraca da lâmpada sobre o portão cintilou na gota de baba pendurada em um canino comprido.

— Senta! — ordenou uma voz familiar da sombra sob a entrada da garagem, no outro lado da rua estreita e calma.

A contragosto, o rottweiler abaixou as ancas largas e parrudas no asfalto molhado, mas não tirou de Harry os brilhantes olhos castanhos, que em nada lembravam o que normalmente se associa ao olhar de cachorro pidão.

A sombra do boné caía no rosto do homem que se aproximava.

— Boa noite, Harry. Tem medo de cachorro?

Harry olhou dentro da boca vermelha escancarada. Um pouco de cultura inútil veio à superfície. Os romanos usaram os ancestrais do rottweiler na conquista da Europa.

— Não. O que você quer?

— Apenas fazer uma oferta. Uma oferta que você não... Como se diz?

— Está bem, qual é a oferta, Albu?

— Trégua. — Arne Albu levantou a aba do boné. Ele tentou mostrar aquele sorriso jovem, mas não pareceu tão natural como da última vez. — Você fica longe de mim, e eu fico longe de você.

— Interessante. E o que você pode fazer contra mim, Albu?

Albu acenou com a cabeça na direção do rottweiler, pronto para atacar.

— Tenho os meus métodos, não estou totalmente sem recursos.

— Hmm. — Harry levantou a mão para pegar o maço de cigarros no bolso do sobretudo, mas parou quando o rosnar aumentou de forma ameaçadora. — Você parece esgotado, Albu. Está cansado de fugir?

Albu balançou a cabeça.

— Não sou eu que estou fugindo, Harry. É você.

— Ah, é? Ameaças vagas contra um inspetor de polícia no meio da rua. Para mim é um sinal de esgotamento. Por que não quer mais brincar?

— Brincar? É assim que leva a investigação? Uma espécie de jogo com o destino de seres humanos?

Harry viu raiva nos olhos de Arne Albu. Mas havia outra coisa também. O homem cerrava os dentes e as veias estufavam nas têmporas e na testa. Era desespero.

— Será que você tem ideia do que fez? — sussurrou, e não tentava mais sorrir. — Ela me deixou. Ela... levou nossos filhos e foi embora. Por causa de um maldito caso. Anna não significava mais nada para mim.

Arne Albu se aproximou de Harry.

— Eu conheci Anna quando fui visitar a galeria de arte de um amigo e por acaso tinha um vernissage dela lá. Comprei dois quadros dela, nem sei bem por quê. Disse que eram para o escritório. Nunca foram pendurados, é claro. Quando fui buscar os quadros dia seguinte, Anna e eu começamos a conversar e, de repente, eu a convidei para almoçar. Depois para jantar. E duas semanas mais tarde para uma viagem de fim de semana a Berlim. As coisas aconteceram assim, rápido. Eu estava preso, nem tentava mais me libertar. Não até Vigdis descobrir o que estava acontecendo e ameaçar me deixar. — Sua voz tinha começado a tremer. — Jurei a Vigdis que tinha sido apenas um deslize, uma paixonite idiota que às vezes acomete homens na minha idade quando conhecem uma mulher jovem que os lembram de como foram um dia. Jovens, fortes e independentes. Mas *não* somos mais assim. Especialmente não independentes. Quando você tiver filhos, vai entender... — A voz falhou e ele respirou fundo. Enfiou as mãos nos bolsos do casaco e recomeçou: — Anna amava com muita intensidade. Algo quase fora do normal. Como se jamais conseguisse parar. Eu literalmente tive que me libertar à força. Ela rasgou minha jaqueta quando tentei sair pela porta. Acho que você entende o que quero dizer. Uma vez ela me contou como foi quando você partiu. Que ela quase se acabou.

Harry estava espantado demais para responder.

— Mas acho que senti pena dela — continuou Albu. — Ou não teria concordado em encontrá-la de novo. Deixei bem claro que estava tudo acabado entre nós, mas ela disse que só queria me devolver algumas coisas. Não tinha como eu saber que você ia aparecer e fazer tudo ficar muito maior do que realmente foi. Fazer parecer que a gente havia... voltado de onde parou. — Ele inclinou a cabeça. — Vigdis não acredita em mim. Ela diz que nunca vai conseguir acreditar em mim de novo. Não mais uma vez.

Ele levantou o rosto e Harry viu o desespero em seu olhar.

— Você me tirou a única coisa que eu tinha, Hole. Eles são tudo que eu tinha. Não sei se conseguirei reconquistá-los. — Seu rosto se contorceu de dor.

Harry pensou na panela de pressão. Faltava pouco agora.

— A única chance que tenho é se você... se você não...

Harry reagiu instintivamente quando viu a mão direita de Albu se mover no bolso do casaco. Ele deu uma rasteira em Albu, que caiu de joelhos na calçada. Harry colocou o braço em frente ao rosto quando o rottweiler atacou. Ouviu o som de tecido sendo rasgado e sentiu os dentes furarem sua pele, afundando na carne. Ele teve esperança de que o cão travasse o maxilar, mas o maldito o soltou. Harry levantou o pé para chutar a massa de puro músculo, mas errou o alvo. Ele ouviu as garras do cão raspar no asfalto ao tomar impulso, e viu a mandíbula aberta se aproximar. Alguém havia lhe dito que o rottweiler sabe, antes de três semanas de idade, que a maneira mais eficaz de matar é rasgando a garganta, e, agora, a máquina de músculos de setenta quilos estava no ar. Harry usou a velocidade que o impulso lhe deu para continuar a girar. Por isso, quando as mandíbulas do cão se fecharam, não foi em volta da garganta, mas na nuca. Não que isso resolvesse seu problema. Ele tentou agarrá-lo por trás, conseguiu pegar o maxilar inferior com uma das mãos e o superior com a outra, e puxou com toda força. Mas em vez dos maxilares se abrirem, só afundaram mais alguns milímetros na sua nuca. Os tendões e músculos do cão pareciam cabos de aço. Harry recuou, se jogou de costas contra o muro. Ouviu o estalar de costelas quebrando no corpo do cão, mas os maxilares não cederam. Ele sentiu o pânico chegar. Já ouvira falar em maxilares travados, sobre a hiena que não solta a garganta do leão, nem depois de ter sido morta a dentadas pelas leoas. Harry sentiu o sangue quente escorrer pelas costas por baixo da camiseta e se deu conta de que tinha caído de joelhos. Já estaria começando a perder os sentidos? A rua Sofie era um lugar calmo, mas Harry nunca tinha visto uma rua tão deserta como naquele momento. Ele percebeu que tudo acontecia em silêncio, nenhum grito, nenhum latido, apenas o som de carne contra carne sendo dilacerada. Tentou gritar, mas não conseguiu emitir um único som. Seu campo de visão começou a escurecer nas laterais, e ele entendeu que a artéria estava sendo comprimida e que sua visão estava comprometida, porque seu cérebro não recebia mais sangue o suficiente. Os limões reluzentes do lado de fora da loja de Ali pareciam prestes a se apagar. Algo preto, plano, molhado e pesado subiu e explodiu no seu rosto. Ele sentiu o gosto do asfalto. De longe, ouviu a voz de Albu:

— Solta!

Ele sentiu aliviar a pressão na nuca. A parte que Harry ocupava no planeta se afastava lentamente do sol, e já estava escuro quando ouviu uma voz em cima dele perguntar:

— Está vivo? Está me ouvindo?

Seguiu-se um clique de aço ao lado de sua orelha. Peças de arma. Cão armado.

— Que merd... — Ele ouviu um gemido baixinho e o esguichar de vômito no asfalto. Mais cliques de aço. O dispositivo de segurança sendo destravado... Mais alguns segundos e estaria tudo terminado. Então era assim. Sem desespero, sem medo, nem nenhum lamento. Apenas alívio. Não deixaria muito para trás. Albu estava demorando. O tempo suficiente para Harry lembrar que havia algo afinal. Estava deixando uma coisa, sim. Ele encheu os pulmões de ar. A rede de veias absorveu o oxigênio e o bombeou para o cérebro.

— Certo, agora... — começou uma voz, mas parou de repente quando o punho de Harry acertou seu pomo de adão.

Harry conseguiu ficar de joelhos, até que não conseguiu mais. Ele tentou se manter consciente enquanto esperava pelo ataque final.

Passou um segundo. Dois segundos. Três. O cheiro de vômito lhe queimava o nariz. Aos poucos, as lâmpadas de rua penduradas acima dele ganharam foco. A rua estava vazia. Totalmente deserta. Além de um homem deitado ao seu lado, arquejando, usando uma jaqueta azul por cima de algo que parecia uma camisa de pijama, que despontava na garganta. A luz da lâmpada cintilou sobre o metal. Não era uma pistola, e sim um isqueiro. E só agora Harry viu que o homem não era Arne Albu. Era Trond Grette.

Com uma xícara de chá escaldante na mão, Harry se sentou à mesa da cozinha, diante de Trond, cuja respiração ainda parecia arfante e difícil e cujos olhos de bócio assustados quase saltavam das órbitas. Quanto a ele próprio, estava tonto e com náuseas, e as dores na nuca latejavam como uma queimadura.

— Beba — mandou Harry. — Tem bastante limão. Acalma a musculatura para você relaxar e conseguir respirar melhor.

Trond Grette obedeceu. E, para grande surpresa de Harry, pareceu funcionar. Após vários goles e duas crises de tosse, um pouco de cor voltou ao seu rosto pálido.

— Cestorrívl — murmurou o homem.

— O que você falou? — Harry deixou-se cair na outra cadeira da cozinha.

— Você está horrível.

Harry sorriu e apalpou a toalha que havia amarrado em volta do pescoço. Já estava ensopada de sangue.

— Foi por isso que vomitou?

— Não aguento ver sangue — disse Trond Grette. — Fico totalmente... — Ele revirou os olhos.

— Bem, podia ter sido pior. Você salvou a minha pele.

Trond balançou a cabeça.

— Eu estava bem longe quando vi vocês, só gritei. Não tenho certeza se foi isso que fez o cara mandar o cão soltar você. Sinto muito por não conseguir anotar a placa do carro, mas vi que ele fugiu em um jipe Cherokee.

Harry o interrompeu com um gesto de mão.

— Sei quem é.

— É?

— É um cara que estou investigando. Mas me conte, o que anda fazendo por essas vizinhanças, Grette?

Trond girava a xícara nas mãos.

— Você devia mesmo ir ao hospital ver essa ferida.

— Vou pensar no assunto. Talvez você tenha tido tempo de pensar sobre a nossa conversa?

Trond concordou com um lento aceno de cabeça.

— E o que resolveu?

— Que eu não posso mais ajudar Lev.

Foi difícil para Harry determinar se era apenas a dor no pomo de adão que fazia com que Trond sussurrasse a última frase.

— Então onde está o seu irmão?

— Quero que digam para ele que fui eu quem contou. Ele vai entender.

— Ok.

— Porto Seguro.

— Ok.

— É uma cidade no Brasil.

Harry franziu o nariz.

— Legal. Como a gente o encontra por lá?

— Ele só me contou que tem uma casa lá. Não quis me dar o endereço, apenas o número do celular.

— Por que não? Ele não está sendo procurado.

— Não tenho tanta certeza disso. — Trond bebeu outro gole. — Em todo caso, ele me disse que era melhor eu não ter o endereço.

— Hmm. É uma cidade grande?

— Perto de um milhão de habitantes, de acordo com Lev.

— Certo. Não conseguiu mais nada? Outras pessoas que o conheçam e que possam ter o endereço?

Trond hesitou antes de balançar a cabeça.

— Vamos — encorajou Harry.

— Lev e eu tomamos um café na última vez que nos encontramos em Oslo. Ele disse que o café era pior do que aquele que ele estava acostumado. Que agora só tomava *cafezinho* em um *ahwa* local.

— *Ahwa*? Mas isso não é uma daquelas casas de café árabe?

— Isso mesmo. Cafezinho parece ser uma versão forte do espresso no Brasil. Lev disse que ele vai até lá quase todo dia. Para tomar café, fumar narguilé e jogar dominó com o dono sírio, que se tornou uma espécie de amigo. Eu me lembro até do nome dele. Muhammad Ali. Igualzinho ao lutador de boxe.

— E cinquenta milhões de outros árabes. Seu irmão disse como se chama o lugar?

— Talvez, mas não me lembro. Não devem ter tantos *ahwas* em uma cidade brasileira, não acha?

— Acho que não. — Harry ficou pensativo. Pelo menos era algo concreto com que trabalhar. Ele quis pôr a mão na testa, mas sentiu dores na nuca ao levantá-la.

— Só uma última pergunta, Grette. O que foi que fez você decidir me contar isso?

Trond girava sua xícara no pires sem parar.

— Eu sabia que ele estava em Oslo.

Harry sentiu a toalha como se fosse uma corda pesada em volta do pescoço.

— Como?

Trond esfregou demoradamente o queixo antes de responder.

— A gente não conversava fazia mais de dois anos. Ele me ligou de repente e contou que estava na cidade. Nós nos encontramos em um café e tivemos uma longa conversa. Por isso o café.

— Quando foi isso?

— Três dias antes do assalto.

— Sobre o que falaram?

— Sobre tudo. E sobre nada. Quando se conhece alguém há tanto tempo, as coisas grandes muitas vezes se tornaram tão grandes que é sobre as coisas pequenas que se quer conversar. Sobre... as rosas do papai e coisas assim.

— Que tipo de coisas grandes?

— Coisas que não deviam ter sido feitas. Palavras que não deviam ter sido ditas.

— Então, em vez disso, falaram de rosas?

— Eu cuidei das rosas do papai quando Stine e eu fomos morar na casa. Foi lá que eu e Lev crescemos. Foi lá que eu queria que nossos filhos crescessem. — Trond mordeu o lábio inferior. Seu olhar estava fixo na toalha de mesa marrom e branca, a única recordação que Harry herdara quando a mãe morreu.

— Ele não disse nada sobre o assalto?

Trond balançou a cabeça.

— Você está ciente de que o assalto já estava planejado a essa altura? Que o banco da sua mulher ia ser assaltado?

Trond soltou um suspiro profundo.

— Se fosse como antes, talvez eu ficasse sabendo e poderia ter impedido. Porque Lev tinha um enorme prazer em me contar sobre seus assaltos. Ele fazia cópias das gravações de vídeo que guardava no sótão, em Diesengrenda, e de vez em quando insistia para que as assistíssemos juntos. Para eu ver como meu irmão mais velho era esperto. Quando me casei com Stine e comecei a trabalhar, deixei claro que não queria mais saber dos planos dele, porque isso poderia me deixar em uma situação delicada.

— Hmm. Então ele não sabia que Stine trabalhava no banco?

— Eu contei que ela trabalhava no Banco Nordea, mas não em qual agência, acho.

— Mas os dois se conheciam?

— Eles se encontraram algumas vezes, sim. Em algumas reuniões de família. Lev nunca foi grande fã desses encontros.

— E eles se davam bem?

— Sim. Lev é um cara charmoso quando quer. — Trond abriu um sorriso irônico. — Como disse, compartilhamos um conjunto de genes. Fiquei feliz por ele se dar ao trabalho de mostrar seu lado bom para ela. E já que eu tinha comentado com ela que ele era capaz de não tratar tão bem as pessoas de quem não gostava, ela se sentiu lisonjeada. A primeira vez que ela veio à nossa casa, ele a levou para passear na vizinhança e mostrou todos os lugares onde eu costumava brincar quando era pequeno.

— Não a passarela, talvez?

— Não, esse lugar não. — Pensativo, Trond levantou as mãos e olhou para elas. — Mas não foi porque não quisesse. Lev adorava contar todas as loucuras que fazia. Era porque ele sabia que eu não queria que ela soubesse que eu tinha um irmão assim.

— Hmm. Tem certeza de que você não atribui ao seu irmão um coração mais nobre do que ele de fato tem?

Trond balançou a cabeça.

— Lev tem um lado sombrio e um lado bom. Como todos nós. Ele morreria pelas pessoas que ama.

— Mas não na prisão?

Trond abriu a boca, mas não veio uma resposta. Harry viu um espasmo sob um dos olhos. O policial deu um suspiro e se levantou, trôpego.

— Preciso de um táxi para me levar ao hospital.

— Estou de carro — disse Trond.

O motor do carro rugia baixinho. Harry observou os postes da rua que varriam o céu escuro da noite, o painel e o brilho fosco no diamante no dedo mindinho de Trond enquanto ele apertava o volante.

— Você mentiu sobre o anel que está usando — sussurrou Harry. — O diamante é pequeno demais para custar trinta mil. Aposto que custou em torno de cinco, e que você o comprou para Stine em um joalheiro daqui de Oslo, certo?

Trond assentiu.

— Você encontrou Lev em São Paulo, não foi? O dinheiro era para ele?

Trond assentiu de novo.

— Dinheiro suficiente para um bom tempo — disse Harry. — O bastante para uma passagem de avião quando ele resolveu voltar a Oslo para um novo trabalho.

Trond não falou nada.

— Lev ainda está em Oslo — sussurrou Harry. — Quero o número do celular dele.

— Sabe de uma coisa? — Trond virou com cuidado à direita, na praça Alexander Kielland. — Ontem à noite sonhei que Stine entrava no quarto e falava comigo. Ela estava vestida de anjo. Não como anjos de verdade, mas em uma dessas fantasias fajutas, que se usa no Carnaval. Ela disse que não pertencia ao céu. E, quando acordei, pensei em Lev. Pensei naquela vez que ele se sentou na beira do telhado da escola e ficou balançando as pernas enquanto nós entrávamos para a próxima aula. Ele parecia um pontinho apenas, mas eu lembro o que pensei. Que ele pertencia ao céu.

25

BAKSHEESH

Três pessoas ocupavam o escritório de Ivarsson. Ele mesmo, atrás da mesa bem-arrumada, Beate e Harry, sentados em cadeiras — um pouco mais baixas — do outro lado. O truque das cadeiras mais baixas é uma técnica de dominação tão conhecida que não se podia culpar ninguém por acreditar que caíra em desuso, mas Ivarsson não era bobo. Sua experiência dizia que técnicas básicas jamais envelheciam.

Harry colocara sua cadeira na diagonal para poder olhar pela janela. A vista dava para o Hotel Plaza. Nuvens carregadas se arrastavam sobre a torre de vidro e sobre a cidade, impedindo a chuva de cair. Harry não havia conseguido dormir, apesar dos analgésicos que tomara no hospital, depois da vacina antitetânica. A explicação que ele dera aos colegas sobre um feroz vira-lata era original o bastante para ser digna de crédito, e verdadeira o suficiente para que ele conseguisse relatá-la com razoável convicção. A nuca estava inchada e o curativo apertado incomodava a pele. Harry sabia exatamente como ia doer se tentasse virar a cabeça para Ivarsson, que estava falando. E sabia que, mesmo sem a dor, não teria se virado.

— Então vocês querem passagens de avião para o Brasil a fim de fazer uma busca? — perguntou Ivarsson, limpando a mesa e fazendo de conta que reprimia um sorriso. — Enquanto Magarefe evidentemente se ocupa assaltando bancos aqui em Oslo?

— Não sabemos onde em Oslo ele está — argumentou Beate. — Ou se está em Oslo. Mas temos esperança de encontrar a casa que seu irmão diz que ele mantém em Porto Seguro. Se a acharmos, também vamos encontrar impressões digitais. E se forem as mesmas daquelas que temos na garrafa de Coca-Cola, teremos prova técnica conclusiva. O que já faria valer a viagem.

— É mesmo? E que impressões digitais são essas que vocês têm que ninguém mais encontrou?

Beate tentou em vão estabelecer contato visual com Harry. Ela engoliu em seco.

— Já que estamos fazendo investigações independentes, decidimos manter isso só entre nós. Até segunda ordem.

— Querida Beate — começou Ivarsson, piscando o olho direito. — Você diz "decidimos", mas só estou ouvindo Harry Hole. Aprecio o entusiasmo de Harry para seguir meu método, mas não vamos deixar os princípios impedirem os resultados que podemos conseguir juntos. Por isso repito: que impressões digitais?

Beate olhou para Harry em desespero.

— Hole? — chamou Ivarsson.

— Vamos manter as coisas assim — disse Harry. — Até segunda ordem.

— Como quiser — concedeu Ivarsson. — Mas esqueça a viagem. Tratem de conversar com a polícia brasileira e pedir ajuda a eles para conseguir as impressões digitais.

Beate pigarreou.

— Já verifiquei. Teremos que enviar uma requisição por escrito para o chefe de polícia no estado da Bahia e esperar que um procurador do Estado se inteire do caso, antes de eventualmente conceder um mandado de busca. A pessoa com quem falei disse que, sem contato na burocracia brasileira, levaria, por experiência própria, de dois meses a dois anos.

— Temos passagens para amanhã à noite — disse Harry, olhando fixamente para sua unha. — Então?

Ivarsson riu.

— O que você acha? Estão vindo a mim querendo dinheiro para um voo até o outro lado do mundo, sem nem sequer justificar a necessidade. Vão revistar uma casa sem mandado de busca, de forma que, se de fato encontrarem uma prova técnica, a justiça vai ter que recusá-la de qualquer maneira, porque foi obtida de forma ilegal.

— O truque do tijolo — disse Harry, baixinho.

— Como é?

— Uma pessoa desconhecida joga um tijolo em uma janela. Por acaso, a polícia vem passando e não precisa de um mandado de busca para entrar. Eles acham que tem cheiro de maconha na sala. Uma opinião subjetiva, mas razão justificável para uma busca imediata. E consegue-se prova técnica, como impressões digitais do local. De forma totalmente legal.

— Em suma, já pensamos sobre o que você está argumentando. — Beate se apressou a dizer. — Se encontrarmos a casa, fique tranquilo que vamos conseguir colher as impressões de forma legal.

— É mesmo?

— Com sorte, sem tijolo.

Ivarsson balançou a cabeça.

— Não é o suficiente. A resposta é um alto e ressonante não. — Ele olhou no relógio para indicar que a reunião havia terminado, então emendou com um leve sorriso de réptil: — Até segunda ordem.

— Não podia pelo menos ter dado algo a ele? — perguntou Beate no corredor.

— Como o quê? — perguntou Harry, girando de leve a nuca. — Ele já estava decidido.

— Você nem deu uma chance para ele dar aquelas passagens para a gente.

— Dei a ele a chance de não ser atropelado.

— Como assim? — Eles pararam em frente ao elevador.

— Já contei que temos certa liberdade para agir nesse caso.

Beate se virou e olhou para ele.

— Acho que entendi — disse ela devagar. — Então o que acontece agora?

— Um atropelamento. Não esqueça o protetor solar. — As portas do elevador se abriram.

Mais tarde no mesmo dia, Bjarne Møller contou a Harry que Ivarsson não havia ficado muito feliz em saber que o chefe de polícia em pessoa dera ordem a Harry e Beate para viajarem ao Brasil e que as passagens e a estadia cabiam à Divisão de Roubos.

— Está contente consigo mesmo agora? — perguntou Beate a Harry antes de ele ir para casa.

Mas, quando Harry passou em frente ao Plaza e as nuvens finalmente abriram as comportas, curiosamente, ele não sentiu nenhuma satisfação. Apenas constrangimento, exaustão e dores na nuca.

— *Baksheesh*? — gritou Harry ao telefone. — Que diabos é *Baksheesh*?
— Gorjeta — respondeu Øystein. — Ninguém nesse maldito país levanta um dedo sem recompensa.
— Merda! — Harry chutou a mesa em frente ao espelho. O aparelho deslizou e o telefone foi arrancado de sua mão.
— Alô? Está aí, Harry? — chiou o telefone no chão.
Harry teve vontade de deixá-lo onde estava. Ir embora. Ou colocar um disco do Metallica no volume máximo. Um dos bem antigos.
— Não se descontrole agora, Harry! — guinchou a voz.
Harry se agachou com a nuca reta e pegou o telefone.
— Desculpe, Øystein. De quanto disse que precisava?
— Vinte mil egípcios. Quarenta mil noruegueses. E terei o assinante em uma bandeja de prata, me disseram.
— Estão nos fazendo de trouxa, Øystein.
— Claro. Queremos aquele assinante ou não?
— O dinheiro está a caminho. Não se esqueça de pegar o recibo, Ok?
Harry estava deitado na cama, olhando para o teto, esperando a dose tripla de anestésico fazer efeito. A última coisa que viu antes de cair no sono foi um menino sentado lá em cima, balançando as pernas e olhando para ele.

Parte Quatro

26

d'Ajuda

Fred Baugestad estava de ressaca. Ele tinha 31 anos, era divorciado e trabalhava na plataforma de petróleo Statfjord B como assistente de perfuração. O trabalho era árduo e não dava direito sequer a uma cervejinha enquanto estava embarcado, mas o salário era gordo, havia TV no quarto, comida de primeira e o melhor de tudo: quatro semanas de folga em terra a cada três semanas trabalhando embarcado. Alguns trabalhadores voltavam para casa e para a esposa e ficavam olhando para a parede, outros trabalhavam como motorista de táxi ou construíam casas para não enlouquecer de tédio, e alguns homens faziam como Fred: visitavam um país tropical e tentavam se matar de tanto beber. De vez em quando, escrevia um cartão-postal para Karmøy, sua filha, ou "bebê", como ele ainda a chamava, mesmo ela já tendo completado 10 anos. Ou seriam 11? De qualquer maneira, era o único contato que ele ainda tinha com a terra firme, e era mais do que suficiente. A última vez que conversou com seu pai, ele havia se queixado da mãe que, de novo, fora pega por furtar biscoitos no supermercado.

— Rezo por ela — disse o pai e perguntou se Fred sempre levava consigo uma bíblia em norueguês.

— A Bíblia é tão indispensável para mim quanto o café da manhã, pai — respondera.

E aquilo era verdade, já que Fred jamais comia antes do almoço quando estava em Arraial d'Ajuda. A não ser que caipirinha configurasse comida. O que era uma questão de definição, já que ele entornava pelo menos quatro colheres de sopa de açúcar em cada drinque. Fred Baugestad bebia caipirinhas porque eram genuinamente ruins. Na Europa, o drinque tinha uma fama desacreditada, já que era feito com rum ou vodca, em vez de cachaça — o destilado brasileiro, cru e amargo, que fazia do ato de beber caipirinha a penitência que, Fred alegava, era o propósito de tal bebida. Ambos os avós de Fred haviam sido alcoólatras, e, com uma predisposição genética dessas, ele achava melhor se garantir e beber algo que fosse tão desagradável que ele nunca se viciaria.

Hoje, havia se arrastado até Muhammad ao meio-dia e tomado um espresso e um conhaque antes de voltar devagar, no calor do verão, pela rua de terra comprida e esburacada, entre os casebres baixinhos, relativamente brancos. A casa alugada por ele e Roger estava entre as menos brancas. O reboco parecia descascado e as paredes internas cinzentas e sem pintura eram tão infiltradas pelo vento úmido que soprava do Atlântico que se podia sentir o sabor acre da argamassa apenas colocando a língua para fora. Mas, afinal de contas, por que alguém faria uma coisa dessas?, pensou Fred. A casa não era tão ruim assim. Três quartos, dois colchões, uma geladeira, um fogão. Também contava com um sofá e uma mesa improvisada sobre dois blocos de concreto no cômodo que escolheram para ser a sala, já que havia um buraco meio quadrado na parede que eles chamavam de janela. Era verdade que precisavam limpar o lugar com mais frequência; a cozinha fervilhava de formigas-lava-pés, cuja picada era terrível, mas Fred quase não frequentava mais o cômodo depois que a geladeira fora levada para a sala. Ele estava deitado no sofá planejando sua próxima ofensiva do dia quando Roger entrou.

— Onde esteve? — perguntou Fred.

— Na farmácia em Porto — respondeu Roger, com um sorriso que dava a volta na cabeça larga e avermelhada. — Você nem imagina o que eles vendem direto no balcão. Aqui você compra coisas que nem com receita médica se consegue na Noruega. — Ele tirou o conteúdo da sacola plástica e começou a ler os rótulos em voz alta.

— Três miligramas de benzodiazepina. Dois miligramas de flunitrazepam. Que merda, Fred, estamos praticamente falando de Rohypnol!

Fred não respondeu.

— Está mal? — borbulhou Roger. — Ainda não comeu nada?

— Não. Só tomei um café no Muhammad. A propósito, apareceu um cara misterioso por lá perguntando pelo Lev.

Roger ergueu os olhos dos medicamentos.
— Pelo Lev? Como o cara era?
— Alto, louro, olhos azuis. Pelo sotaque, norueguês.
— Merda, não me dê um susto desses, Fred. — Roger retomou a leitura.
— Como assim?
— Vamos dizer que, se o cara fosse moreno, alto e magro, estaria na hora de deixarmos d'Ajuda. E também o lado ocidental do planeta. Ele tinha cara de policial?
— Que cara tem um policial
— Eles... Esquece, petroleiro.
— Ele parecia um pé de cana. Pelo menos, sei como é a cara de um pé de cana.
— Ok. Talvez um companheiro de Lev. Vamos ajudá-lo?
Fred balançou a cabeça.
— Lev disse que mora aqui totalmente in... in... alguma palavra latina que significa segredo. Muhammad fingiu que nunca tinha ouvido falar de Lev. O cara vai achar Lev se Lev quiser.
— Falei brincando. A propósito, como está Lev? Não o vejo há semanas.
— A última notícia que tive foi que ele ia voltar para a Noruega — respondeu Fred, levantando a cabeça com cuidado.
— Talvez tenha assaltado um banco e sido preso — argumentou Roger, rindo com o pensamento. Não porque quisesse que Lev fosse pego, mas porque a ideia de assaltar bancos sempre o fazia sorrir.

Roger já havia cometido três assaltos a banco e sentira uma onda de adrenalina em todos eles. Nas duas primeiras, fora pego, é verdade, mas na última havia feito tudo certinho. Quando ele descrevia o golpe, em geral omitia a circunstância afortunada de as câmeras de vigilância estarem temporariamente desativadas, mas, de qualquer maneira, o ganho havia lhe permitido gozar do seu ócio... e ocasional ópio... em Arraial d'Ajuda.

A bela cidadezinha ficava bem ao sul de Porto Seguro e, recentemente, havia abrigado o maior número de indivíduos do continente procurados ao sul de Bogotá. Isso começou nos anos 1970, quando Arraial d'Ajuda se tornou um local de encontro de hippies e viajantes que viviam do jogo e de vender bijuterias e enfeites na Europa durante o verão. Isso significava renda extra bem-vinda para Arraial d'Ajuda, e em geral não atrapalhava ninguém. Então, as duas famílias brasileiras, que em princípio eram as donas de todas as atividades econômicas na aldeia, entraram em acordo com o chefe de polícia local para fazer vista grossa para as pessoas que fumavam maconha na praia, no café, no crescente número de bares e, aos poucos, também na rua e em qualquer outro lugar.

Mas havia um problema: uma importante fonte de renda para os policiais — que do Estado só recebiam um salário de fome — era, tanto ali como em outros lugares, "multar" os turistas por fumar maconha e infringir outras leis não tão conhecidas. Para que os turistas com dinheiro e a polícia convivessem em paz, as duas famílias tiveram de cuidar para que outras fontes de renda fossem asseguradas às autoridades. Tudo começou quando um sociólogo americano e seu namorado argentino, que cuidavam da produção local e da venda da maconha, foram obrigados a pagar uma comissão ao chefe de polícia para ter proteção e monopólio — isso queria dizer que concorrentes em potencial seriam presos de imediato e entregues à Polícia Federal com toda pompa e circunstância. O dinheiro corria solto no pequeno aparelho de funcionários, e tudo era um mar de rosas, até a chegada três mexicanos que ofereceram uma comissão mais alta, e, num domingo de manhã, o americano e o argentino foram entregues à Polícia Federal também com toda pompa e circunstância, na praça em frente ao correio. No entanto, o sistema eficaz e regulado pelo mercado continuou a crescer, e logo Arraial d'Ajuda estava cheia de criminosos procurados pelos quatro cantos do mundo, que ali podiam garantir uma vida relativamente segura por um preço bem mais em conta do que teriam de pagar à polícia de Pattaya e a de muitos outros lugares. Mas, nos anos 1980, esta pérola da natureza até então quase intocada, com extensas praias, pôr do sol vermelho e maconha de primeira, foi descoberta pelos abutres do turismo: os mochileiros. Eles invadiram Arraial d'Ajuda em tal quantidade e com tamanha vontade de consumir que as duas famílias foram obrigadas a reavaliar e considerar a rentabilidade da cidade como campo de refugiados para os fora da lei. Conforme os bares aconchegantes foram sendo convertidos em lojas de aluguel de equipamento de mergulho, e o café onde os nativos costumavam dançar a boa e velha lambada começou a organizar raves, a polícia local passou a realizar frequentes batidas relâmpago nas casas menos brancas e arrastar os prisioneiros arredios, sob protestos, para a praça. Mas por muito tempo ainda era mais seguro para um criminoso viver em Arraial d'Ajuda do que em milhares de outros lugares, mesmo com a paranoia tendo se alojado sob a pele de todos eles, e não só de Roger.

Era por isso que também havia lugar para um homem como Muhammad Ali nas atividades econômicas de Arraial d'Ajuda. A justificativa de sua existência se baseava principalmente na localização estratégica, na praça onde ficava o ponto final do ônibus de Porto Seguro. Atrás do balcão, no seu *ahwa* aberto, Muhammad tinha uma visão geral de tudo o que acontecia na única e ensolarada praça de paralelepípedos de Arraial d'Ajuda. Quando chegava um ônibus, ele parava de servir café e de entupir os narguilés com tabaco brasileiro — uma substituição inferior ao *m'aasil* da sua terra natal — para estudar os recém-chegados e identificar eventuais policiais ou caçadores de recompensas. Caso seu faro infalível detectasse alguém pertencente a uma dessas duas categorias, ele dava o alarme imediatamente. O alarme era uma espécie de serviço, mediante uma taxa mensal, ou seja, a pessoa recebia um telefonema ou um recado na porta, entregue pelo Paulinho Pé Ligeiro. Mas Muhammad também tinha um motivo pessoal para ficar de olho nos ônibus que chegavam. Quando ele e Rosalita fugiram do Rio de Janeiro e do marido dela, ele nem por um segundo teve dúvida sobre o que os esperava caso o homem traído descobrisse o paradeiro dos dois. Por uns duzentos dólares, era possível encomendar uma morte simples nas favelas do Rio ou de São Paulo. Mas, nem mesmo um matador de aluguel de respeito não cobrava mais que dois, três mil dólares, além das despesas, para a missão de localizar e eliminar o alvo. Além disso, nos últimos dez anos, o mercado havia estado a favor dos compradores. E para casais ainda havia desconto.

Às vezes as pessoas que Muhammad apostava serem caçadores entravam direto em seu *ahwa*. Para disfarçar, pediam um café e, quando estavam com a xícara pela metade, faziam aquela pergunta inevitável:

sabe-onde-mora-meu-amigo-tal-e-tal ou conhece-o-homem-nesta-foto-
-eu-devo-dinheiro-a-ele. Nesses casos, Muhammad cobrava uma taxa
extra se sua resposta de sempre ("Eu o vi pegar o ônibus para Porto
Seguro há dois dias com uma mala grande, senhor") fizesse o caçador
partir no primeiro ônibus.

Quando o homem alto, louro, em terno de linho amarrotado e
curativo branco na nuca colocou a bolsa e uma sacola de PlayStation
em cima do balcão, enxugou o suor da testa e pediu um café em inglês, Muhammad vislumbrou dinheiro extra em cima da taxa fixa.
Mas não foi o homem que chamou sua atenção, e sim a mulher que o
acompanhava. Só faltava estar escrito "polícia" na testa.

Harry estudou o local. Além dele, de Beate e do árabe atrás do balcão,
havia três pessoas no café. Dois mochileiros e um turista cansado,
aparentemente com uma ressaca das grandes. A nuca estava quase
matando Harry. Ele olhou no relógio. Fazia vinte horas que haviam
saído de Oslo. Oleg ligara, o recorde de Tetris fora batido, e Harry
conseguira comprar um G-Con 45 da Namco na loja de jogos de eletrônicos do aeroporto de Heathrow antes de embarcarem no voo para
Recife. De Recife, tomaram um bimotor até Porto Seguro. Em frente
ao aeroporto, combinou com o motorista de táxi um valor exorbitante
pela corrida. Ele os deixou na balsa, que os levou para Arraial d'Ajuda,
onde sacolejaram em um ônibus no último trecho.

Fazia 24 horas que havia sentado na sala de visita com Raskol para
lhe explicar que precisava de quarenta mil coroas para os egípcios. E
Raskol tinha explicado que o *ahwa* de Muhammad Ali não ficava em
Porto Seguro, e sim em uma cidade próxima.

— d'Ajuda — dissera Raskol, com um grande sorriso. — Conheço
uns dois rapazes que moram lá perto.

O árabe olhou para Beate, que balançou a cabeça antes de colocar
a xícara na frente de Harry. Amargo e forte.

— Muhammad — disse Harry, e viu o homem atrás do balcão
enrijecer. — *You are Muhammad, right?*

O árabe engoliu em seco.

— Quem quer saber?

— Um amigo. — Harry colocou a mão direita no bolso do paletó e viu o pânico no rosto escuro.

— O irmão mais novo de Lev está à procura dele. — Harry tirou do bolso uma das fotos que Beate havia conseguido de Trond e a colocou em cima do balcão.

Muhammad fechou os olhos por um momento, enquanto os lábios pareciam fazer uma prece muda de agradecimento.

A foto mostrava dois meninos. O maior vestia um anoraque vermelho. Ele estava rindo e tinha colocado o braço amigavelmente em volta do ombro do outro, que sorria um tanto hesitante para a câmera.

— Não sei se Lev mencionou para você que tinha um irmão caçula — disse Harry. — Ele se chama Trond.

Muhammad levantou a foto e a estudou.

— Hmm — disse, esfregando a barba. — Nunca vi nenhum deles. Nunca ouvi falar de ninguém aqui em d'Ajuda chamado Lev. E eu conheço quase todo mundo por essas bandas.

Ele devolveu a foto a Harry, que a guardou no bolso e terminou o café.

— Precisamos encontrar um lugar para pernoitar, Muhammad. Depois voltaremos. Enquanto isso, pense mais um pouco.

Muhammad balançou a cabeça, pegou a nota de vinte dólares que Harry havia posto embaixo da xícara de café e estendeu-a para ele.

— Não aceito notas grandes — disse.

Harry deu de ombros.

— Voltaremos mesmo assim, Muhammad.

No pequeno hotel chamado Vitória, conseguiram dois quartos, pois era época de baixa temporada. Harry recebeu uma chave com o número 69, mesmo o hotel tendo só dois andares e em torno de vinte quartos. Ele presumiu que haviam lhe dado a suíte nupcial quando abriu a gaveta da mesa de cabeceira ao lado da cama vermelha em formato de coração e encontrou duas camisinhas e os cumprimentos do hotel. A porta do banheiro era toda coberta por um espelho no qual se podia ver a cama. Em um armário desproporcionalmente grande e fundo, o único móvel além da cama, havia dois roupões puídos e curtíssimos com símbolos orientais nas costas.

A recepcionista apenas sorriu e balançou a cabeça quando lhe mostraram a foto de Lev Grette. O mesmo se repetiu no restaurante ao lado e no cibercafé mais acima, na rua principal estranhamente calma. Como na maioria das pequenas cidades do interior, a rua ia da igreja ao cemitério, mas ganhara um nome moderno: Broadway. Na pequena mercearia com SUPERMARKET escrito em cima da porta, onde vendiam água e enfeites de Natal, eles finalmente encontraram uma mulher no caixa. Ela respondeu "yes" para tudo que perguntaram, e os encarou com um olhar vazio até que Harry e Beate desistiram e foram embora. Na volta, eles viram apenas uma pessoa, um jovem policial encostado em um jipe com os braços cruzados e o coldre pendurado na cintura. Ele os acompanhou com o olhar, bocejando.

No *ahwa* de Muhammad, o rapaz magro atrás do balcão explicou que o chefe decidira, de repente, tirar uma folga para dar uma caminhada. Beate perguntou quando ele estaria de volta, mas o rapaz balançou a cabeça sem entender, apontou para o sol e disse "Trancoso".

No hotel, a recepcionista contou que a caminhada de 13 quilômetros ao longo da ininterrupta faixa de areia branca até Trancoso era a grande atração de d'Ajuda. E, tirando a igreja Católica na praça, era a única.

— Hmm. Por que está tão vazio aqui, senhora? — perguntou Harry.

Ela sorriu e apontou para o mar.

E lá estavam. Na areia escaldante que se estendia em ambas as direções, até onde a vista alcançava em meio ao mormaço quente. Havia banhistas enfileirados; ambulantes pisoteando a areia fofa, dobrados sob o peso de caixas de gelo e sacos de frutas; barmen arreganhando os dentes em bares improvisados onde o samba soava dos alto-falantes, sob os tetos de palha; surfistas em trajes amarelos e com lábios brancos de óxido de zinco. E duas pessoas caminhando para o sul com os sapatos na mão: uma vestindo short, top decotado e chapéu de palha, que ela pôs quando trocou de roupas no hotel, e a outra ainda sem chapéu e em terno de linho.

— Você disse 13 quilômetros? — perguntou Harry, e soprou a gota de suor que pendia da ponta do nariz.

— Vai escurecer antes de voltarmos — comentou Beate, apontando.

— Veja, está todo mundo voltando.

Havia uma faixa escura na praia. Uma caravana aparentemente interminável de pessoas no caminho de volta para casa, com o sol da tarde nas costas.

— Era disso que a gente precisava — disse Harry, ajustando os óculos de sol. — Uma formação em linha de toda d'Ajuda. Vamos dar uma boa olhada. Se não encontrarmos Muhammad, talvez tenhamos sorte e encontremos Lev por conta própria.

Beate sorriu.

— Aposto cem coroas que não vamos encontrá-lo.

Os rostos tremeluziam no calor. Negros, brancos, jovens, velhos, bonitos, feios, chapados, sóbrios, sorridentes, sombrios. Os bares e as lojas de aluguel de pranchas sumiram e tudo que podiam ver era areia e mar à esquerda, e vegetação densa à direita. Ali e acolá, havia pessoas em grupos e o inconfundível cheiro de maconha no ar.

— Pensei mais sobre a zona de intimidade e nossa teoria de confiança — disse Harry. — Você acha que Lev e Stine podem ter sido algo mais que cunhado e cunhada?

— E que ele a deixou participar dos planos e depois a matou para se livrar das provas? — Beate olhou para o sol com olhos semicerrados. — Bem, por que não?

Mesmo tendo passado das quatro, o calor não abrandava. Eles calçaram os sapatos para cruzar uma formação de pedras, e, no outro lado, Harry encontrou um galho grosso e seco trazido pelo mar. Ele enfiou o galho na areia e tirou a carteira e o passaporte do paletó antes de pendurá-lo no cabide provisório.

Avistaram Trancoso à distância e Beate disse que tinham acabado de passar por um homem que ela já havia visto em um vídeo. A princípio, Harry achou que ela estava se referindo a algum ator não muito famoso, até Beate dizer que o sujeito se chamava Roger Person e que ele, além de diversas penas por narcóticos, já cumprira pena por assalto ao correio em dois bairros de Oslo, Gamlebyen e Veitvet, e era suspeito de roubar o correio no bairro de Ulleval.

* * *

Fred já tinha tomado três caipirinhas no restaurante da praia, em Trancoso, mas ainda não via sentido na ideia de andar 13 quilômetros apenas para — como dissera Roger — "arejar a pele para não criar limo".

— Seu problema é que você não consegue ficar quieto por causa daquelas pílulas novas — resmungou Fred para o amigo, que saltitava na frente, com pés leves, levantando bastante os joelhos.

— E daí? Você precisa queimar umas calorias antes de voltar para o bufê, no Mar do Norte. Me conte o que Muhammad disse no telefone sobre os dois policiais.

Roger suspirou e fez uma busca na memória recente a contragosto.

— Ele falou de uma jovem que era tão pálida que parecia quase transparente. E de um alemão enorme, com nariz de bêbado.

— Alemão?

— Muhammad estava chutando. Podia ser russo. Ou um índio inca ou...

— Muito engraçado. Ele tinha certeza de que o cara era policial?

— Como assim?

Fred quase colidiu com Roger, que havia parado.

— Não estou gostando nada disso — disse Roger. — Pelo que sei, Lev não roubou bancos em nenhum lugar além da Noruega. E policiais noruegueses não vêm ao Brasil para pegar um assaltante de banco qualquer. Devem ser russos. Merda. Então sabemos quem os mandou. E aí não é só do Lev que estão atrás.

Fred gemeu.

— Não comece com aquela maluquice do cigano, por favor.

— Você acha que é paranoia, mas ele é o demônio em pessoa. Não pensa duas vezes antes de apagar pessoas que o lesaram em uma coroa que seja. Não achei que ele fosse descobrir. Só peguei umas notas de mil de uma das sacolas para despesas, não foi? Mas é uma questão de princípios, sacou? Quando se é o chefe do bando, tem que ter respeito, senão...

— Roger! Se eu quisesse ouvir essas merdas de mafiosos, alugaria um filme.

Roger não respondeu.

— Alô? Roger?

— Cale a boca — sussurrou Roger. — Não se vire e continue andando.

— O quê?

— Se não estivesse tão bêbado, teria visto que a gente acabou de passar por uma pessoa transparente e um nariz de bêbado.

— É mesmo? — Fred se virou. — Roger...?

— O quê?

— Acho que você tem razão. Estão voltando...

Roger continuou andando sem se virar.

— Merdamerdamerda!

— O que vamos fazer?

Fred se virou quando não ouviu resposta, e descobriu que Roger tinha sumido. Ele olhou perplexo para as pegadas fundas na areia de onde Roger havia tomado impulso, e seguiu as marcas que subitamente viraram à esquerda. Ergueu o olhar de novo e viu as solas dos pés de Roger levantando areia. Fred também começou a correr para a mata verde e densa.

Harry desistiu quase de imediato.

— Não adianta — gritou atrás de Beate, que parou, hesitante.

Estavam apenas havia poucos metros da praia, mas parecia que estavam em outro mundo. Um calor úmido e estagnado pendia entre os troncos, no lusco-fusco sob o dossel de folhas. Eventuais ruídos dos dois homens em fuga cessaram em meio aos gritos de pássaros e o rugir do mar atrás deles.

— O segundo cara não parecia exatamente um velocista — comentou Beate.

— Eles conhecem essas trilhas melhor do que a gente — argumentou Harry. — Além do mais, não temos armas, e eles talvez tenham.

— Se Lev já não foi avisado, vai ser agora. Então, o que faremos?

Harry esfregou o curativo molhado na nuca. Os mosquitos tinham acabado de fazer algumas investidas.

— Passamos para o plano B.

— Ahn... Que é?

Harry olhou para Beate e se perguntou como era possível que ela nem sequer tivesse uma gota de suor na testa enquanto ele pingava feito calha podre.

— Vamos pescar — respondeu.

O pôr do sol foi um espetáculo curto porém magnífico, com todos os seus matizes de vermelho. E mais alguns, completou Muhammad, apontando para o sol que havia acabado de derreter no horizonte, feito um pedaço de manteiga na frigideira.

Mas o alemão em frente ao balcão não estava interessado no pôr do sol. Ele acabara de dizer que estava disposto a pagar mil dólares para a pessoa que pudesse ajudá-lo a encontrar Lev Grette ou Roger Person, se Muhammad gentilmente fizesse o favor de divulgar a oferta. Informantes interessados poderiam se direcionar ao quarto 69 do hotel Vitória, disse o alemão antes de sair do *ahwa* com a mulher pálida.

As andorinhas enlouqueceram quando os insetos surgiram para sua dança noturna, e também curta. O sol havia se derretido em uma mixórdia de fluidos vermelhos na superfície do mar, e dez minutos depois já estava escuro.

Quando Roger apareceu praguejando uma hora depois, parecia pálido por baixo do bronzeado.

— Cigano satanás — murmurou para Muhammad e contou que já tinha ouvido os boatos sobre a recompensa gorda no bar Fredo's. E se mandara de lá na hora. No caminho, passara no supermercado para ver Petra, que disse que o alemão e a loura tinham aparecido duas vezes já. Na última vez, não perguntaram nada, só compraram uma linha de pescar.

— E o que vão fazer com isso? — perguntou, lançando um olhar em volta enquanto Muhammad servia um café. — Pescar?

— Aqui está — disse Muhammad e fez um gesto com a cabeça indicando a xícara. — É bom contra paranoia.

— Paranoia? — gritou Roger. — Isso é bom senso! Malditos mil dólares! Tem gente aqui que venderia a própria mãe com prazer por um décimo.

— Então, o que vai fazer?

— O que preciso fazer. Vou me antecipar ao alemão.

— É mesmo? De que jeito?

Roger bebericou o café enquanto tirava uma pistola preta com uma coronha avermelhada da cintura.

— Conheça Taurus PT92C, de São Paulo.

— Não, obrigado — silvou Muhammad. — Some já com essa coisa. Tá maluco? Acha que pode pegar o alemão sozinho?

Roger deu de ombros e guardou a pistola na cintura.

— Fred está tremendo em casa. Ele diz que nunca mais vai ficar sóbrio.

— O homem é profissional, Roger.

Roger bufou.

— E eu? Eu já assaltei alguns bancos. E sabe o que é mais importante, Muhammad? O elemento surpresa. É isso que conta. — Roger bebeu o resto do café. — E sei lá até que ponto ele é profissional, se diz a torto e a direito em que quarto está.

Muhammad olhou para o céu e fez o sinal da cruz.

— Alá está de olho em você, Muhammad — murmurou Roger secamente e se levantou.

Roger viu a loura assim que entrou na recepção. Ela estava sentada com um grupo de homens que assistia ao jogo de futebol pela TV em cima do balcão. Claro, era noite de Fla-Flu, por isso o Fredo's estava tão cheio.

Ele passou rápido pelo grupo, na esperança de que ninguém o visse. Subiu a escada acarpetada apressado e continuou pelo corredor. Ele sabia muito bem onde era o quarto. Quando o marido de Petra viajava, Roger reservava o quarto 69 com antecedência.

Roger aproximou o ouvido da porta, mas não ouviu nada. Ele olhou pelo buraco da fechadura, mas estava escuro lá dentro. Ou o alemão tinha saído ou estava dormindo. Roger engoliu em seco. O coração batia acelerado, mas o meio comprimido que havia tomado o mantinha calmo. Verificou se a pistola estava carregada e tirou a trava de segurança antes de baixar a maçaneta devagar. A porta estava aberta! Roger entrou rápido no quarto e fechou a porta atrás de si com cuidado. Ficou quieto no escuro, prendendo a respiração. Ele não viu nem ouviu ninguém. Nenhum movimento, nenhuma respiração. Apenas o zunido fraco do ventilador de teto. Por sorte, Roger conhecia o quarto de cor. Ele direcionou a pistola para onde sabia que estava a cama em formato de coração, enquanto os olhos se acostumavam à escuridão. Uma faixa estreita de luar iluminava a cama onde o edredom estava jogado para o lado. Vazia. Ele parou para pensar. Será que o alemão havia saído e se esquecido de trancar a porta? Nesse caso, ele podia se sentar e esperar o alemão voltar para se tornar alvo já no vão da porta. Mas parecia bom demais para ser verdade, como um banco onde esqueceram de ativar a tranca automática. E isso simplesmente não acontece. O ventilador de teto.

A compreensão veio no mesmo instante.

Roger deu um pulo quando ouviu o ruído repentino de água jorrando no banheiro. O cara estava na privada! Roger segurou a pistola firme com as duas mãos e mirou com os braços esticados onde sabia que estava a porta do banheiro. Cinco segundos se passaram. Oito. Roger não conseguia mais prender a respiração. Que diabos o cara estava esperando? Ele já dera a descarga! Doze segundos. Talvez tivesse ouvido alguma coisa. Talvez estivesse tentando fugir. Roger lembrou que tinha uma janela pequena no alto da parede. Merda! Essa era sua chance, ele não podia deixar o cara escapar. Na ponta dos pés, Roger passou pelo armário com o roupão que ficava muito bem em Petra, se colocou em frente à porta do banheiro e pôs a mão na maçaneta. Prendeu a respiração. Estava prestes a girar quando sentiu uma leve corrente de ar. Não como do ventilador ou de uma janela aberta. Diferente.

— *Freeze* — disse uma voz atrás dele.

E foi o que Roger fez depois de levantar a cabeça e olhar para o espelho na porta do banheiro. Ele gelou até bater os dentes. A porta do armário se abriu e ali dentro, entre os roupões brancos, distinguiu uma figura enorme. Mas não foi isso a causa do repentino ataque de frio. O efeito psicológico de descobrir que você está na mira de uma pistola muito maior do que a que está segurando não foi amenizado pela familiaridade de Roger com armas. Pelo contrário. Ele sabe o quanto balas de grosso calibre são eficazes em destruir o corpo humano. E a Taurus PT92C de Roger parecia um estilingue comparado ao enorme monstro preto que vislumbrava no luar atrás de si. Um chiado fez Roger olhar para cima. Era algo cintilante, parecia uma linha de pescar, que ia do vão em cima da porta do banheiro até o armário.

— *Guten Abend* — sussurrou Roger.

Quando as circunstâncias permitiram, seis anos mais tarde, Roger foi chamado por um gesto de mão até um bar em Pattaya e descobriu que era Fred atrás de toda aquela barba. Levou um susto que o deixou mudo quando Fred puxou uma cadeira para ele.

Fred pediu drinques e disse que não estava mais trabalhando no Mar do Norte. Havia se aposentado por invalidez. Hesitante, Roger se sentou e explicou, sem entrar em detalhes, que nos últimos seis anos trabalhara como mensageiro de Chang Rai. Só depois de dois drinques, Fred pigarreou e perguntou o que, de fato, tinha ocorrido naquela noite em que Roger subitamente sumira de d'Ajuda.

Roger olhou para o copo, respirou fundo e disse que não teve escolha. O alemão, que aliás não era alemão, o pegou de surpresa e quase o despachou lá mesmo. Mas Roger o convenceu, no último segundo, a fazer um trato. Ele teria trinta minutos para se mandar de d'Ajuda, depois de contar onde Lev Grette se escondia.

— Que tipo de pistola você disse que o cara tinha? — perguntou Fred.

— Estava escuro demais para ver. Pelo menos, não era uma marca conhecida. Mas eu garanto que teria mandado minha cabeça até o Fredo's. — Roger lançou outro olhar para a entrada.

— Aliás, consegui uma casa aqui — contou Fred. — Tem onde ficar ou não?

Roger olhou para Fred surpreso, como se não tivesse pensado naquilo antes. Ele esfregou demoradamente a barba por fazer antes de responder.

— Na verdade, não.

27

Edvard Grieg

A casa de Lev ficava isolada no final de uma rua sem saída. Parecia-se com a maioria das casas na vizinhança, uma estrutura simples. A única diferença era que a dele tinha vidros nas janelas. Uma solitária lâmpada de rua irradiava um cone de luz amarela sobre uma imponente fauna de insetos que brigava pelo espaço enquanto morcegos gulosos iam e vinham na noite escura.

— Parece que não tem ninguém em casa — sussurrou Beate.

— Talvez ele esteja só economizando luz — argumentou Harry.

Os dois pararam em frente a um portão enferrujado.

— Então, como faremos? — perguntou Beate. — Subimos e batemos na porta?

— Não. Ligue seu celular e fique esperando aqui. Quando eu estiver embaixo da janela, ligue para este número. — Harry deu a Beate a página que acabara de arrancar do bloco de anotações.

— Por quê?

— Se eu escutar um toque de celular ali dentro, podemos supor que Lev está em casa.

— Combinado. E como está pensando em pegá-lo? Com essa coisa aí? — Ela apontou para o negócio preto e disforme na mão direita de Harry.

— Por que não? Funcionou com Roger Person.

— Ele estava na penumbra e só o viu através de um espelho velho, Harry.

— Bem, já que não podemos andar armados no Brasil, vamos usar o que temos.

— Uma linha de pescar amarrada à descarga do banheiro e uma pistola gigante de brinquedo?

— Mas não é um brinquedo qualquer, Beate. É uma G-Con 45 da Namco. — Ele acariciou a desproporcional pistola de plástico.

— Pelo menos tire a etiqueta da PlayStation — disse Beate, balançando a cabeça.

Harry tirou os sapatos e seguiu agachado por cima de um trecho de terra seca rachada, que um dia teria sido um gramado. Quando chegou aonde queria, sentou-se com as costas para a parede embaixo da janela e fez um sinal com a mão para Beate. Ele não a viu, mas sabia que ela podia vê-lo contra a parede branca. Ele olhou para o céu onde o universo estava à mostra. Segundos depois, soaram toques baixos, mas distintos, de um celular no interior da casa. "Na gruta do rei da montanha." *Peer Gynt*. Não é que o homem tinha senso de humor?

Harry fixou o olhar em uma das estrelas e tentou esvaziar a cabeça de todas as outras coisas além do que tinha de fazer. Não conseguiu. Aune certa vez perguntara por que nos questionávamos se existia vida em outros planetas se sabemos que apenas na nossa galáxia existem mais sóis que grãos de areia em uma praia de tamanho médio? Seria melhor a gente se perguntar sobre as chances de serem todos pacíficos. E avaliar se valia a pena o risco de fazer contato. Harry apertou a mão em volta da pistola de brinquedo. Era a mesma pergunta que ele se fazia agora.

O telefone tinha parado de tocar. Harry esperou. Depois, respirou fundo, se levantou e foi na ponta dos pés até a porta. Ele prestou atenção, mas não ouviu nada além dos grilos. Tocou cuidadosamente a maçaneta, esperando que a porta estivesse trancada.

E estava.

Ele praguejou em silêncio. Já havia decidido que, se a porta estivesse trancada e tivessem perdido o elemento surpresa, ele ia esperar pelo dia seguinte e comprar umas ferramentas antes de voltar. Ele duvidava que tivesse problemas em comprar armas decentes em um lugar como aquele. Mas também tinha a nítida sensação de que Lev logo receberia um aviso sobre os acontecimentos do dia e saberia que eles não tinham muito mais tempo.

Harry deu um pulo quando sentiu uma dor lancinante no pé direito. Por reflexo, puxou a perna e olhou para baixo. Na luz fraca das estrelas, vislumbrou uma trilha preta no muro branco. A trilha ia da porta, por cima da escada onde seu pé estava, e continuava para baixo nos degraus, onde se perdia de vista. Ele tirou uma minilanterna do bolso e acendeu. Formigas. Formigas grandes, amarelas, meio transparentes, que desfilavam em duas caravanas — uma descendo as escadas e outra entrando por baixo da porta. Obviamente uma espécie distinta das formigas domésticas da Noruega. Era impossível ver o que transportavam, mas Harry entendia o bastante sobre formigas, amarelas ou não, para saber que carregavam alguma coisa.

Harry apagou a lanterna, pensou e se levantou. Desceu a escada, na direção do portão. Parou no meio do caminho, se virou e começou a correr. A porta de madeira simples e meio podre voou do batente quando foi atingida pelos 95 quilos de Hole a quase 30 quilômetros por hora. Um dos cotovelos ficou por baixo quando ele e o resto da porta atingiram o piso de cimento, e a dor penetrou o braço e subiu à nuca. Ele ficou deitado no escuro, esperando o clique macio do cano de uma pistola. Como não veio, se levantou e ligou a lanterna de novo. O cone estreito de luz encontrou a trilha de formigas ao longo da parede. Harry sentiu, pelo calor embaixo do curativo na nuca, que tinha começado a sangrar de novo. Ele seguiu os corpos brilhantes das formigas sobre um tapete sujo para dentro do cômodo seguinte. Ali, a caravana virava bruscamente à esquerda e continuava subindo a parede. O cone de luz encontrou o canto de uma imagem do Kama Sutra ao subir. A caravana de formigas desviou e continuou pelo teto. Harry se inclinou para trás. A nuca doía como nunca. Agora estavam bem em cima dele. Ele teve de se virar. O cone de luz tremeluziu ligeiramente antes de reencontrar as formigas. Esse era realmente o caminho mais curto para onde elas estavam indo? Não deu para pensar mais, porque subitamente estava olhando para dentro do rosto de Lev Grette. O corpo dele elevava-se sobre Harry, que soltou a lanterna e deu um passo para trás. E mesmo que seu cérebro dissesse que era tarde demais, suas mãos procuraram, em uma mistura de choque e tolice, uma pistola G-Con 45 da Namco para segurar.

28

Lava-pés

Beate não aguentou o fedor por mais de dois minutos antes de correr para fora. Ela estava dobrada no escuro quando Harry a seguiu devagar, se sentou na escada e acendeu um cigarro.

— Não sentiu o cheiro? — gemeu Beate, a saliva escorrendo da boca e o nariz pingando.

— Disosmia. — Harry observou a brasa do cigarro. — Perda parcial do olfato. Não sinto mais o cheiro de algumas coisas. Aune diz que é porque já senti demais o cheiro de mortos. Trauma emocional ou coisa parecida.

Beate vomitou mais uma vez.

— Desculpe — gemeu ela. — Foram aquelas formigas. Quero dizer, por que esses bichos nojentos usam justamente as *narinas* como uma rodovia de mão dupla?

— Bem, se insistir, posso contar onde você encontra as partes mais ricas em proteína no corpo humano.

— Não, obrigada!

— Desculpe. — Harry deixou o cigarro cair no chão seco. — Você aguentou bem lá dentro, Lønn. É diferente de ver no vídeo. — Ele se levantou e entrou de novo na casa.

Lev Grette pendia em um pedacinho de corda amarrado ao lustre do teto. Estava quase meio metro acima do chão, a cadeira tombada, e fora por isso que as moscas haviam monopolizado o corpo antes da chegada das formigas amarelas, que ainda desfilavam para cima e para baixo na corda.

Beate achou o celular com o carregador no chão ao lado do sofá e disse que podia descobrir quando sua última conversa aconteceu. Harry foi para a cozinha e acendeu a luz. Em uma folha A4 na bancada, uma barata balançava as antenas para Harry, então bateu em retirada em direção ao forno. Harry levantou a folha. Havia algo escrito à mão. Ele havia lido todos os tipos de bilhetes suicidas, e uma minoria se mostrara boa literatura. As famosas últimas palavras eram em geral uma confusão balbuciada de gritos desesperados de socorro ou instruções prosaicas sobre quem deveria herdar a torradeira e o cortador de grama. Uma das cartas mais cheias de sentido que Harry tinha lido havia sido de um camponês que escreveu com giz na parede do celeiro: *Aqui dentro tem um homem morto pendurado. Por favor, ligue para a polícia. Desculpe.* Nesse aspecto, a carta de Lev Grette era, se não única, pelo menos fora do comum.

Querido Trond,

Sempre quis saber como ele se sentiu quando a passarela subitamente desapareceu sob seus pés. Quando o abismo se abriu e ele entendeu que algo totalmente sem sentido estava prestes a acontecer, que ele ia morrer em vão. Talvez ele ainda tivesse coisas a fazer. Talvez alguém esperasse por ele naquela manhã. Talvez ele acreditasse que justamente aquele dia seria o começo de algo novo. De certa forma, tinha razão quanto a isso...

Nunca contei para você que o visitei no hospital. Levei um grande buquê de flores e disse que eu tinha visto tudo da janela do prédio, ligado para uma ambulância e dado as descrições do rapaz e da bicicleta à polícia. Ele estava lá na cama, tão pequeno e grisalho, e me agradeceu. Então perguntei feito um merda de um comentarista esportivo: "O que você sentiu?"

Ele não respondeu. Só ficou ali, com todos aqueles tubos e líquidos pingando, olhando para mim. Depois me agradeceu de novo, e uma enfermeira falou que eu tinha que ir embora.

Por isso nunca fiquei sabendo como é. Até um dia, quando o abismo de repente se abriu sob meus pés também. Não aconteceu quando subi correndo a rua Industrigata depois do assalto. Ou quando contei o dinheiro depois. Ou quando vi tudo no noticiário. Aconteceu exatamente como com o velho.

Uma manhã, quando eu estava andando por aí, sem sentir nada além de paz. O sol brilhava, eu estava seguro de voltar a d'Ajuda. Podia relaxar e até me permitir pensar de novo. Então pensei. Pensei que havia tirado da pessoa que eu mais amava o que ela amava mais do que tudo. Que eu tinha dois milhões de coroas para desfrutar, mas nenhum motivo para viver. Isso foi hoje de manhã.

Não tenho esperança de que você vá entender isso, Trond. Assaltei um banco, ela me reconheceu, me vi preso em um jogo que tem as próprias regras — nenhuma dessas coisas têm lugar no seu mundo. Nem tenho esperança de que você entenda o que vou fazer agora. Mas acho que talvez possa entender que é possível se cansar disso também. De viver.

Lev

P.S.: Não percebi que o velho não sorriu quando agradeceu. Mas eu pensei nisso hoje, Trond. Que ele talvez não tivesse algo ou alguém que o esperasse. Que talvez ele apenas tivesse sentido alívio quando o abismo se abriu e, então, pensou que não teria que fazê-lo por conta própria.

Beate estava de pé em cima uma cadeira ao lado do corpo de Lev quando Harry entrou na sala. Ela lutava para conseguir dobrar um dos dedos rijos de Lev a fim de apertá-lo contra o interior de uma caixinha de metal.

— Droga — disse. — A almofada de tinta ficou no sol no quarto do hotel e secou.

— Se não conseguir boas impressões, vamos ter que usar o método dos bombeiros — anunciou Harry.

— E qual é?

— As pessoas que estão queimando fecham automaticamente as mãos. Mesmo em corpos carbonizados acontece de a pele nas pontas dos dedos ficar inteira, de forma que dá para fazer a identificação com impressões digitais. Às vezes, por motivos práticos, os bombeiros precisam cortar um dedo e levar à Criminalística.

— Isso se chama violação de cadáver.

Harry deu de ombros.

— Se você olhar a outra mão, pode ver que já está sem um dedo.

— Eu vi — disse. — Parece que foi cortado fora. O que pode significar?

Harry chegou mais perto e iluminou o corpo com a lanterna.

— A ferida não cicatrizou, mesmo assim quase não tem sangue. O que indica que o dedo foi cortado muito tempo depois que ele se enforcou. Alguém pode ter vindo aqui e visto que Lev fez o trabalho por eles.

— Eles quem?

— Em alguns países, os ciganos punem ladrões cortando os dedos — explicou Harry. — Isso se roubarem de ciganos.

— Acho que consegui boas impressões — disse Beate, enxugando o suor da testa. — Vamos tirá-lo daqui?

— Não. Depois que dermos uma olhada em volta, vamos arrumar tudo e dar o fora. Vi um telefone público na rua principal. Vou fazer uma ligação anônima à polícia para reportar a morte. Quando chegarmos a Oslo, você ligará para a polícia brasileira e pedirá que enviem o laudo médico para nós. Não duvido de que tenha morrido asfixiado, mas eu gostaria de saber a hora da morte.

— E a porta?

— Não há muito o que fazer.

— E a sua nuca? O curativo está vermelho.

— Esqueça. O braço que machuquei quando atravessei a porta está doendo mais.

— Está doendo muito?

Harry levantou o braço com cuidado e fez uma careta.

— Está tudo bem, se eu não mexer.

—- Sorte que não tem o espasmo de Setesdal.

Duas das três pessoas no quarto riram, mas foi breve.

No caminho de volta ao hotel, Beate perguntou se agora tudo fazia sentido para Harry.

— Tecnicamente, sim. Apesar de que suicídio nunca faz sentido para mim. — Ele jogou fora o cigarro, que desenhou uma parábola contra uma escuridão quase palpável. — Mas sou assim mesmo.

29

Quarto 316

A janela se abriu com um estrondo.
— Trond não está em casa — cantarolou ela. O cabelo oxigenado parecia ter ganhado mais uma dose de química desde a última vez, e dava para ver o couro cabeludo em meio aos fios quebrados. — Vocês foram para o sul?

Harry levantou o rosto bronzeado e olhou para ela.

— De certa forma. Sabe onde ele está?

— Ele está colocando as malas no carro — disse, e apontou para o outro lado das casas. — Acho que ele vai viajar, coitado.

— Hmm.

Beate foi embora, mas Harry ficou.

— Você mora aqui há muito tempo, não é? — perguntou.

— É. Trinta e dois anos.

— Então você se lembra de Lev e Trond pequenos?

— Claro. Eles se fizeram fama por aqui. — Ela sorriu e se inclinou na janela. — Principalmente Lev. Um sedutor. A gente sabia desde o começo que ele seria um perigo para as mulheres.

— Perigo? Talvez conheça a história do senhor de idade que caiu da passarela?

Ela ficou séria e sussurrou com uma voz trágica:

— Sim. Que coisa horrível. Ouvi dizer que ele nunca mais pôde andar direito, coitado do velho. Os joelhos enrijeceram. Dá para imaginar que uma criança seja capaz de inventar uma brincadeira tão maldosa?

— Hmm. Parece que ele era bem rebelde.

— Rebelde? — Ela protegeu os olhos com as mãos. — Não, eu não diria isso. Ele era um menino bem-educado. Por isso foi tão chocante.

— E todos aqui na vizinhança sabiam que tinha sido ele que fez aquilo?

— Sabiam. Eu também o vi da janela, uma jaqueta vermelha saindo de bicicleta. Eu devia ter desconfiado que alguma coisa estava errada quando ele voltou. O menino estava pálido. — Ela tremeu quando veio uma rajada de vento frio. Depois apontou para a rua.

Trond veio andando na direção deles, os braços pendendo na lateral do corpo. Ele diminuiu os passos até quase parar.

— É Lev, não é? — perguntou, quando finalmente estava na frente deles.

— É — respondeu Harry.

— Está morto?

Pelo canto do olho, Harry viu o rosto boquiaberto na janela.

— Sim. Está morto.

— Ótimo — disse Trond. Depois se inclinou para a frente e escondeu o rosto nas mãos.

Bjarne Møller olhava pela janela com uma expressão de preocupação quando Harry entreabriu a porta. Ele bateu de leve.

Møller se virou e seu rosto se iluminou.

— Olá!

— Aqui está o relatório, chefe. — Harry jogou uma pasta verde em cima da sua mesa.

Møller deixou-se cair na cadeira, lutou até conseguir colocar as pernas compridas por baixo da mesa, então colocou os óculos.

— Exato — murmurou, depois de ter aberto a pasta com o título LISTA DE DOCUMENTOS. Dentro havia uma única folha A4.

— Não achei que vocês fossem querer saber de todos os detalhes — disse Harry.

— Se você achou isso, deve estar correto — rebateu Møller e escaneou as poucas linhas com o olhar.

Harry olhou pela janela sobre o ombro do chefe. Não havia nada para ver lá fora, apenas uma neblina muito densa, que se dobrava feito uma fralda usada sobre a cidade. Møller abaixou a folha de papel.

— Então vocês simplesmente viajaram para lá, alguém disse onde o cara estava e vocês acharam o Magarefe pendurado em uma corda?

— Em linhas gerais, sim.

Møller deu de ombros.

— Por mim, tudo bem, desde que tenham provas consistentes de que esse é o homem que estamos procurando.

— Weber verificou as impressões digitais hoje de manhã.

— E?

Harry se sentou na cadeira.

— São iguais àquelas que encontramos na garrafa que o assaltante segurou pouco antes do roubo.

— Podemos ter certeza de que é a mesma garrafa que...

— Relaxe, chefe. Nós temos a garrafa e o homem gravado em vídeo. E você acabou de ler o relatório dizendo que temos um bilhete suicida escrito à mão em que Lev Grette confessa tudo, não é? E já informamos Trond Grette. Pegamos alguns livros velhos de Lev da época da escola no sótão com ele, e Beate mandou o material para o perito em caligrafia da Kripos. Ele disse que não há dúvida de que a carta foi escrita pela mesma pessoa.

— Muito bem então. Só queria ter certeza antes de informarmos à mídia, Harry. É matéria para a primeira página.

— Você devia aprender a se alegrar mais, chefe. — Harry se levantou. — Acabamos de solucionar nosso maior caso dos últimos tempos. Devia estar cheio de confete e balões por aqui.

— Acho que você tem razão — suspirou Møller. Ele hesitou antes de perguntar: — E por que você não está com uma cara mais feliz?

— Não vou ficar feliz até solucionar aquele outro caso, você sabe. — Harry foi até a porta. — Halvorsen e eu vamos limpar nossas mesas hoje e voltar para o caso Ellen Gjelten amanhã.

Ele parou no vão da porta quando Møller pigarreou.

— Sim, chefe?

— Só queria saber como você descobriu que Lev Grette era o Magarefe.

— Bem, a versão oficial é que Beate o reconheceu no vídeo. Quer ouvir a versão não oficial?

Møller massageou o joelho rígido. Estava novamente com aquela expressão preocupada.

— Acho que não.

* * *

— Hmm — disse Harry do vão da porta, na Casa da Dor.

— Hmm — rebateu Beate, que girou na cadeira e olhou para as imagens que passavam na tela.

— Imagino que deva agradecer a você pela parceria — falou Harry.

— Eu também.

Harry ficou parado, mexendo no chaveiro.

— De qualquer maneira — começou —, Ivarsson não deve ficar chateado por muito tempo. Ele terá seu momento de glória, já que foi ele que fez de nós um time.

Beate esboçou um sorriso.

— Foi bom enquanto durou.

— E não se esqueça do que eu disse sobre aquele cara, você sabe.

— Não. — Seus olhos faiscaram.

Harry deu de ombros.

— Ele não presta. Eu ficaria com dor na consciência se não alertasse você.

— Foi legal conhecer você, Harry.

A porta se fechou em silêncio depois que ele saiu.

Harry entrou em seu apartamento, deixou a mala e o pacote do PlayStation no meio do corredor e foi direto para a cama. Três horas sem sonhos, depois foi acordado pelo telefone. Ele se virou. O relógio marcava sete e três na noite. Jogou os pés para fora da cama, se arrastou para o corredor, levantou o telefone do gancho.

— Oi, Øystein — disse, antes de o outro ter tempo de se apresentar.

— Oi, Harry. Estou no aeroporto do Cairo — avisou Øystein. — Combinamos de nos falar agora, não foi?

— Você é a pontualidade em pessoa — disse Harry, bocejando. — E está bêbado.

— Bêbado não — balbuciou Øystein, exasperado. — Só tomei duas Stellas. Ou três. Precisamos nos hidratar no deserto, você sabia? Esse rapaz aqui está lúcido e sóbrio, Harry.

— Legal. Espero que tenha boas notícias.

— Tenho, como dizem os médicos, uma notícia boa e outra ruim. Primeiro vou contar a boa...

— Legal.

Seguiu-se uma longa pausa na qual Harry só ouviu chiados de algo que parecia uma respiração ofegante.

— Øystein?

— O quê?

— Estou parado aqui, ansioso feito uma criança no Natal.

— O quê?

— A boa notícia...

— Ah, claro. Bem, então... Consegui o número do assinante, Harry. *No problemo*, como dizem por aqui. Era um número de celular norueguês.

— Número de celular? Isso é possível?

— Você pode enviar e-mail do mundo inteiro, é só conectar o computador a um celular que liga para o servidor. Coisa antiga, Harry.

— Ok, mas esse assinante tem nome?

— Eh... Claro que tem. Mas os caras aqui em El-Tor não sabem. Eles cobram da operadora de celular norueguesa, no caso a Telenor, que por sua vez manda a conta para o cliente final. Então liguei para o auxílio à lista na Noruega. Consegui o número.

— E? — Harry já estava bem acordado.

— Então chegamos à notícia que não é tão boa assim.

— O quê?

— Você verificou sua conta de telefone nas últimas semanas, Harry?

Levou alguns segundos até a ficha cair.

— O *meu* celular? Aquele filho da mãe usou o *meu* celular?

— Não está mais com você, pelo jeito.

— Não, eu o perdi naquela noite na casa da... Anna. Merda!

— E você nunca pensou que seria bom cancelar a assinatura enquanto seu celular estivesse perdido?

— Se pensei? — Harry gemeu. — Não tive um pensamento sensato desde que começou essa merda toda, Øystein! Desculpe, estou ficando louco. É tão óbvio! Tão simples. Foi por isso que não achei o celular na casa de Anna. E é por isso que ele está tão feliz.

— Desculpe se estraguei o seu dia.

— Espere um pouco — disse Harry, de repente animado. — Se a gente pode provar que ele está com o meu celular, também pode provar que ele esteve na casa da Anna depois que eu fui embora!

— Bingo! — berrou Øystein no outro lado da linha. E continuou, mais baixo: — Quero dizer, se isso deixa você mais feliz. Alô? Harry?

— Estou aqui. Estou pensando.

— Pensar faz bem. Continue pensando. Tenho um encontro com uma mulher chamada Stella. Várias, aliás. Então, para não perder o voo para Oslo...

— Tchau, Øystein.

Harry ficou segurando o telefone, considerando jogá-lo no espelho à sua frente. Quando acordou no dia seguinte, teve esperanças de que tivesse sonhado que havia tido a conversa com Øystein. E tinha mesmo. Umas seis ou sete variações dela.

Raskol estava com a cabeça baixa, apoiada nas mãos, enquanto Harry falava. Ele não se mexeu nem interrompeu o inspetor, que explicava como tinha encontrado Lev Grette e que era por causa de seu próprio celular que ainda não tinha provas contra o assassino de Anna. Quando Harry terminou, Raskol cruzou as mãos e levantou a cabeça devagar.

— Então você conseguiu solucionar o seu caso. Mas o meu ainda está pendente.

— Não estou considerando isso como meu e seu caso, Raskol. Minha responsabilidade...

— Mas eu penso assim, *Spiuni*! — interrompeu-o Raskol. — E eu gerencio uma organização de guerra.

— Hmm. E o que quer dizer com isso exatamente?

Raskol fechou os olhos.

— Já contei para você quando o rei Wu convidou Sun Tzu para que ele ensinasse a arte da guerra às concubinas da corte, *Spiuni*?

— Acho que não.

Raskol sorriu.

— Sun Tzu era um intelectual e começou a explicar às mulheres, de forma pedagógica e detalhada, os comandos da marcha. Mas quando os tambores soaram, elas não marcharam, apenas deram risadinhas. "É culpa do general se o comando não foi compreendido", disse Sun Tzu, e recomeçou a lição. Mas a mesma coisa se repetiu quando ele deu a ordem para marchar. "É culpa dos oficiais se um comando é compreendido, mas não obedecido", disse e deu ordem a dois dos seus homens, que escolheram as duas líderes das concubinas. Elas foram levadas à frente e decapitadas perante as outras mulheres apavoradas. Quando o rei ficou sabendo que duas das suas concubinas preferidas haviam sido executadas, ele adoeceu e precisou ficar vários dias de cama. Quando se levantou de novo, deu o comando das tropas para Sun Tzu. — Raskol abriu os olhos. — O que essa história nos ensina, *Spiuni*?

Harry não respondeu.

— Bem, ensina que, em uma organização de guerra, a lógica tem que ser total e absolutamente coerente. Se afrouxar as rédeas, você acaba com uma corte de concubinas risonhas. Quando veio para pedir outras quarenta mil coroas, você as recebeu porque acreditei na história da foto no sapato da Anna, por minha sobrinha ser cigana. Quando os ciganos viajam, nós deixamos um *patrin* no cruzamento das ruas. Um lenço vermelho amarrado em volta de um galho, um osso com uma marca, tudo tem um significado diferente. Uma foto significa que alguém está morto, ou que vai morrer. Você não podia saber de nada disso, por isso acreditei que o que contou era verdade. — Raskol colocou as mãos na mesa com as palmas para cima. — Mas o homem que matou a filha do meu irmão está livre, e, quando olho para você agora, vejo uma concubina risonha, *Spiuni*. *Coerência* absoluta. Me dê o nome dele, *Spiuni*.

Harry respirou fundo. Duas palavras. Quatro sílabas. Se ele mesmo desmascarasse Albu, que tipo de sentença receberia o homem? Ele receberia nove anos por assassinato premeditado motivado por ciúme, mas estaria na rua depois de seis? E as consequências para Harry? A investigação necessariamente iria revelar que Harry, como policial, havia ocultado a verdade para evitar que ele mesmo fosse suspeito. Suicídio óbvio. Duas palavras. Quatro sílabas. E todos os problemas de Harry estariam resolvidos. E seria Albu quem sofreria as consequências.

Harry respondeu com uma sílaba.

Raskol assentiu com a cabeça e olhou para ele com tristeza nos olhos.

— Receava que você fosse responder isso. Não me deixa escolha, *Spiuni*. Lembra o que eu disse quando perguntou por que confiava em você?

Harry assentiu.

— Todos têm um motivo para viver, não é, *Spiuni*? Algo que pode lhes ser tirado. Bem, 316 soa familiar?

Harry não respondeu.

— Então permita-me informar que 316 é o número de um quarto no Hotel International em Moscou. A segurança do andar onde fica o quarto se chama Olga. Em breve, ela vai se aposentar e gostaria de tirar longas férias à beira do mar Negro. Há duas escadas e um elevador para esse andar. Além do elevador de serviço. O quarto tem duas camas separadas.

Harry engoliu em seco.

Raskol encostou a testa nas mãos cruzadas.

— A criança dorme perto da janela.

Harry se levantou, foi até a porta e bateu com força. Ele podia ouvir o som ecoar pelo corredor do lado de fora. Ele continuou batendo até ouvir chaves na fechadura.

30

Modo vibratório

— Desculpe, vim o mais rápido que pude — disse Øystein, e arrancou com o carro da calçada em frente à loja Elmer Frutas & Tabacos.

— Bem-vindo de volta — disse Harry e se perguntou se o ônibus que se aproximava pela direita havia entendido que Øystein não tinha nenhuma intenção de parar.

— É para Slemdal que a gente vai? — Øystein nem percebeu o motorista do ônibus buzinando freneticamente.

— Rua Bjørnetråkket. Você sabe que aqui a preferência não é sua, não é?

— Resolvi mudar as regras.

Harry lançou um olhar para o amigo. Atrás de duas fendas podia vislumbrar dois olhos injetados.

— Cansado?

— É o fuso.

— O fuso no Egito é de uma hora, Øystein.

— Pelo menos.

Como nem os amortecedores nem as molas do banco pareciam funcionar, Harry sentiu cada paralelepípedo e remendo no asfalto enquanto derrapavam nas curvas fechadas até a casa de Albu, mas nada daquilo o preocupava no momento. Ele pegou o celular de Øystein, discou o número do Hotel International e pediu para falar com o quarto 316. Oleg atendeu. Harry ouviu a alegria na voz do menino quando Oleg perguntou onde ele estava.

— Em um carro. Onde está sua mãe?

— Saiu.

— Pensei que ela só iria ao tribunal amanhã.

— Todos os advogados foram a uma reunião no Kuznetsky Most — disse em um tom de voz adulto. — Ela volta em uma hora.

— Escute, Oleg, pode deixar um recado para a sua mãe? Diga que vocês têm que trocar de hotel. Imediatamente.

— Por quê?

— Porque... Eu estou dizendo. Apenas diga isso a ela, Ok? Ligo mais tarde.

— Está bem.

— Bom garoto. Preciso correr.

— Você...

— O quê?

— Nada.

— Ok. E não se esqueça de passar o que eu disse para a sua mãe.

Øystein freou e estacionou o carro próximo à calçada.

— Espere aqui — disse Harry, saltando do carro. — Se eu não estiver de volta em vinte minutos, ligue para o número do centro de operações que dei para você. Diga que...

— O inspetor Hole da Homicídios solicita um carro de patrulha com oficiais armados imediatamente. Deixe comigo, Harry.

— Ótimo. E, se ouvir tiros, ligue imediatamente.

— Combinado. De que filme é isso mesmo?

Harry olhou para a casa. Não ouviu latido de cachorro. Uma BMW azul-escura passou por eles devagar e estacionou à distância na rua. Fora isso parecia tudo calmo.

— De quase todos — respondeu Harry, baixinho.

Øystein sorriu.

— Bacana. — Depois ficou com uma ruga de preocupação entre os olhos. — Porque é bacana, não é? *Deliciosamente* perigoso, não acha?

Foi Vigdis Albu quem abriu. Ela usava uma blusa branca recém-passada e saia curta, mas os olhos borrados indicavam que havia acabado de se levantar da cama.

— Liguei para o escritório do seu marido — informou Harry. — Disseram que ele está em casa hoje.

— Pode ser — respondeu. — Mas ele não mora mais aqui. — Ela soltou uma gargalhada. — Não precisa ficar surpreso, inspetor. Foi você mesmo que desenterrou toda a história sobre essa... essa... — Ela gesticulou, procurando uma palavra, mas se resignou a dar um sorriso desdenhoso, como se não existisse outra coisa a dizer: — Puta.

— Posso entrar, senhora Albu?

Ela deu de ombros e estremeceu como para reforçar seu desprezo.

— Me chame de Vigdis ou de qualquer outra coisa, menos disso.

— Vigdis. — Harry se dobrou de leve. — Posso entrar agora?

As sobrancelhas perfeitamente desenhadas se ergueram. Ela hesitou. Depois gesticulou com a mão.

— Por que não?

Harry achou ter sentido um leve cheiro de gim, mas também podia ser perfume. Nada na casa indicava que não estivesse tudo normal — parecia limpa, cheirosa e arrumada com flores frescas em um vaso no aparador. Harry notou que a capa do sofá estava um pouco mais branca do que da última vez que se sentara ali. Música clássica em volume baixo saía dos alto-falantes embutidos.

— Mahler? — perguntou Harry.

— Os maiores sucessos — respondeu Vigdis. — Arne só comprava coletâneas. Tudo exceto o melhor era dispensável, ele sempre dizia.

— Legal que não tenha levado as coletâneas, então. A propósito, onde ele está?

— Para começar, ele não é dono de nada que você está vendo aqui. E não sei onde ele está, nem quero saber. Aliás, tem um cigarro, inspetor?

Harry estendeu o maço para Vigdis e a estudou enquanto ela manuseava um grande isqueiro de mesa de madeira e prata. Ele se inclinou por cima da mesa com seu isqueiro descartável.

— Obrigada. Ele está no exterior, imagino. Algum lugar quente. Mas infelizmente não tão quente quanto eu gostaria.

— Hmm. O que quer dizer quando diz que nada do que estou vendo aqui é dele?

— Exatamente o que eu falei. A casa, os móveis, o carro; é tudo meu. — Ela soprou a fumaça com vontade. — É só perguntar ao meu advogado.

— Eu pensei que fosse seu marido que tivesse dinheiro para...

— Não use essa palavra! — Vigdis Albu parecia querer sugar todo o tabaco do cigarro. — Sim. Arne tinha dinheiro. Ele tinha dinheiro suficiente para comprar esta casa e estes móveis, os carros, os ternos, o chalé e as joias que ele me deu com o único propósito de se exibir para aqueles que chamamos de amigos. A única coisa que importava era o que os outros pensavam. Seus parentes, meus parentes, os colegas, os vizinhos, os amigos da universidade. — A raiva dava à sua voz um tom metálico e duro, como se Vigdis falasse em um megafone. — Todos eram espectadores da fantástica vida de Arne Albu, deviam aplaudir quando as coisas iam bem. Se Arne tivesse dedicado a mesma energia à gerência da empresa que dedicou a colher aplausos, talvez a Albu AS não tivesse acabado na sarjeta.

— Hmm. De acordo com os jornais, a Albu AS era uma empresa bem-sucedida.

— A Albu AS era uma empresa familiar, não uma empresa cotada na bolsa de valores, que tem que divulgar seus balanços detalhadamente. Arne conseguiu fazer parecer que havia lucro ao vender bens da empresa. — Ela amassou o cigarro pela metade no cinzeiro. — Há uns dois anos, a empresa teve uma crise de liquidez e, por caucionar pessoalmente a dívida, Arne teve que transferir a casa e outros bens para mim e para as crianças.

— Hmm. Mas quem comprou a empresa pagou uma boa grana. Trinta milhões, divulgaram os jornais.

Vigdis riu com amargura.

— Então você engoliu a história sobre o homem de negócios bem-sucedido que queria trabalhar menos para priorizar a família? Arne é bom nisso, tenho que admitir. Me deixe colocar de outra forma: Arne podia escolher entre desistir da empresa por vontade própria ou falir. Naturalmente escolheu a primeira opção.

— E os trinta milhões?

— Arne é um malandro charmoso quando quer. E as pessoas se deixam influenciar por ele. Por isso é um negociante, principalmente em situações críticas. Foi isso que levou os bancos e os fornecedores a manterem a empresa por tanto tempo. No acordo com o fornecedor que assumiu a empresa, no que deveria ser uma capitulação incondicional, Arne conseguiu duas coisas: ele ficou com o chalé, que ainda estava no nome dele, e conseguiu fazer o comprador fixar o valor da venda em trinta milhões. A última coisa não tinha nenhuma importância para eles, já que as dívidas da Albu AS compensavam todo o valor da compra. A fachada era só para Arne Albu. Ele fez uma falência parecer uma grande venda. E isso não é nada mau, não acha?

Ela inclinou a cabeça para trás e riu. Harry viu a pequena cicatriz da plástica sob o queixo.

— E Anna Bethsen? — perguntou Harry.

— A puta dele? — Ela cruzou as pernas finas, afastou o cabelo do rosto com um dedo e olhou para o nada com uma expressão de indiferença. — Ela era apenas um brinquedo. O erro de Arne foi sua enorme vontade de se gabar sobre a amante cigana. E nem todos que considerava amigos sentiram que lhe deviam alguma lealdade especial, para dizer o mínimo. Em suma, chegou aos meus ouvidos.

— É?

— Eu dei uma nova chance para ele por causa das crianças. Sou uma mulher razoável. — Ela olhou para Harry por detrás de pálpebras pesadas. — Mas ele não aproveitou a oportunidade.

— Talvez ele tivesse descoberto que ela havia se tornado mais do que um brinquedo.

Vigdis não respondeu, mas os lábios finos ficaram ainda mais finos.

— Ele tinha um escritório em casa ou algo parecido? — perguntou Harry.

Vigdis Albu assentiu.

Ela guiou Harry pelas escadas.

— Às vezes ele ficava trancado aqui quase a noite toda. — Ela abriu a porta para um sótão com vista para os telhados vizinhos.

— Trabalhava?

— Navegava na internet. Ele era vidrado nisso. Dizia que ficava vendo carros e coisas assim, mas só Deus sabe.

Harry foi à escrivaninha e abriu uma das gavetas.

— Esvaziou tudo?

— Ele levou tudo o que tinha aqui. Cabia em um saco plástico.

— O computador de mesa também?

— Ele tinha só um laptop.

— Que ele às vezes conectava ao celular?

Ela ergueu as sobrancelhas.

— Não sei nada sobre isso.

— Só estava chutando.

— Quer ver mais alguma coisa?

Harry se virou. Vigdis Albu estava encostada no vão da porta com um braço acima da cabeça e o outro nos quadris. A sensação de déjà-vu era avassaladora.

— Tenho uma última pergunta, senhora...Vigdis.

— Está com pressa, inspetor?

— O taxímetro está ligado. A pergunta é simples. Você acha que ele pode ter assassinado Anna?

Ela olhou pensativa para Harry enquanto dava uns leves chutes na soleira da porta. Harry esperou.

— Sabe qual foi a primeira coisa que ele disse quando contei que sabia sobre a tal puta? "Você tem que prometer que não vai contar isso para ninguém, Vigdis." *Eu* não devia contar a ninguém sobre isso! Para Arne, a ideia de as pessoas nos acharem felizes era mais importante do que de fato sermos felizes. A resposta, inspetor, é que não tenho ideia do que ele seria capaz de fazer. Não conheço o homem.

Harry pegou um cartão de visita no bolso.

— Quero que me ligue caso ele entre em contato ou se você ficar sabendo do paradeiro dele. Imediatamente.

Vigdis olhou para o cartão com um leve sorriso nos lábios cor-de-rosa pálidos.

— Só nesse caso, inspetor?

Harry não respondeu.

Na escada do lado de fora, ele se virou para ela.

— Contou isso para alguém?

— Que meu marido era infiel? O que você acha?

— Acho que você é uma mulher prática.

Ela abriu um largo sorriso.

— Dezoito minutos — disse Øystein. — Nossa, estava começando a ficar preocupado.

— Você ligou para o meu celular antigo enquanto eu estava lá dentro?

— Liguei. Tocou sem parar.
— Não escutei nada. Não está mais lá.
— Perdão, mas já ouviu falar em modo vibratório?
— O quê?
Øystein simulou uma espécie de ataque de epilepsia.
— Assim. Modo vibratório. Telefone silencioso.
— Meu celular custou uma coroa e só toca. Ele levou o celular, Øystein. A BMW azul lá na frente sumiu?
— O quê?
Harry deu um suspiro.
— Vamos embora.

31

MAGLITE

— Está me dizendo que um maluco vem atrás de *nós* porque você não consegue achar o assassino de um dos parentes dele? — A voz de Rakel chiava desagradavelmente no fone.

Harry fechou os olhos. Halvorsen saiu para comer e ele estava sozinho no escritório.

— Resumindo, sim. Fiz um acordo com ele. Ele manteve sua parte do trato.

— E isso significa que estamos sendo caçados? Por isso tenho que fugir do hotel com o meu filho, que daqui a alguns dias saberá se ele pode ficar com a mãe ou não? Por isso... por isso... — Seu tom cresceu em um falsete furioso e intermitente. Ele não a interrompeu. — Por que, Harry?

— O motivo mais velho do mundo — respondeu. — Vingança. Vendeta.

— E o que isso tem a ver com a gente?

— Como já disse: nada. Você e Oleg não são o alvo, apenas o meio. Esse homem vê como uma obrigação vingar o assassinato.

— Obrigação? — O grito dela lhe feriu os tímpanos. — Vingança é uma dessas coisas territoriais de que vocês homens gostam tanto. Não se trata de obrigação, e sim de um impulso primitivo!

Harry esperou até que, aparentemente, ela tivesse acabado.

— Sinto muito, mas não há nada que eu possa fazer a respeito agora.

Ela não respondeu.

— Rakel?

— O quê.

— Onde vocês estão?

— Se o que você disse é verdade, que eles nos acharam com muita facilidade, não sei se quero correr o risco de contar por telefone.
— Ok. É um lugar seguro?
— Creio que sim.
— Ótimo.
Uma voz falando russo ao fundo entrava e saía da linha como uma estação de rádio AM.
— Por que você não pode simplesmente me garantir que estamos seguros, Harry? Dizer que isso foi tudo a sua imaginação, que eles estão blefando... — A voz dela soava fraca. — Qualquer coisa.
Harry demorou um tempo para responder de forma clara e pausada.
— Porque é necessário que você tenha medo, Rakel. O suficiente para que faça as coisas certas.
— Então é isso?
Harry respirou fundo.
— Vou resolver as coisas, Rakel. Prometo. Vou resolver.

Harry ligou para Vigdis Albu assim que Rakel desligou. Ela atendeu ao primeiro toque.
— É Hole. Está ao lado do telefone esperando alguma ligação, senhora Albu?
— O que você acha? — Pelo tom arrastado, Harry podia imaginar que ela havia tomado pelo menos mais dois drinques depois que ele saiu de lá.
— Não faço ideia. Mas quero que avise à polícia que o seu marido está desaparecido.
— Por quê? Eu não estou sentindo falta dele. — Ela soltou uma risada curta e triste.
— Preciso de um motivo para iniciar as buscas. Pode escolher. Ou você registra o desaparecimento ou eu anuncio que ele está sendo investigado. Por assassinato.
Seguiu-se um longo silêncio.
— Não estou entendendo, policial.
— Não tem muito o que entender, senhora Albu. Devo dizer que você alegou que ele está desaparecido?

— Espere! — gritou ela. Harry ouviu um copo quebrar no outro lado da ligação. — Do que está falando? Arne já está sendo investigado.
— Por mim, sim. Mas eu ainda não informei isso a ninguém.
— É? E os outros três policiais que vieram até aqui depois que você foi embora?
Parecia que um dedo gelado tinha passado pela coluna de Harry.
— Que policiais?
— Vocês não se falam na polícia? Eles não queriam ir embora, quase fiquei com medo.
Harry tinha se levantado da cadeira.
— Eles chegaram em uma BMW azul, senhora Albu?
— Você lembra o que eu disse sobre aquelas coisas de esposas, Harry?
— O que contou a eles?
— Não muito. Nada que não tivesse dito a você, eu acho. Eles olharam algumas fotos e... Bem, eles não eram propriamente mal-educados, mas...
— O que foi que disse que os fez ir embora?
— Ir embora?
— Eles não teriam ido se não conseguissem o que estavam procurando. Acredite em mim, senhora Albu.
— Harry, agora estou ficando cansada de ter que ficar lembrando...
— Pense! Isso é importante.
— Pelo amor de Deus, eu não falei nada! Eu... Ah, eu passei a gravação de uma mensagem na secretária eletrônica, que Arne deixou há dois dias. Depois eles foram embora.
— Você disse que não tinha falado com ele.
— E não falei mesmo. Ele só deixou recado avisando que já tinha pegado Gregor. E é verdade, ouvi Gregor latindo ao fundo.
— De onde ele ligou?
— Como vou saber?
— De qualquer forma, os seus visitantes descobriram, com certeza. Pode passar a gravação para mim?
— Só estou dizendo que...
— Por favor, faça o que acabei de pedi. É uma questão de... — Harry tentou pensar em outra forma de dizer aquilo, mas desistiu — vida ou morte.

* * *

Havia muitas coisas que Harry não sabia sobre trânsito. Ele não sabia que os cálculos mostraram que a construção de dois túneis em Vinterbro e a extensão da autoestrada eliminariam as filas de engarrafamento na E6, ao sul de Oslo. Ele não sabia que o argumento mais importante a favor do investimento de bilhões não tinha nada a ver com os eleitores que viajavam diariamente entre Moss e Drøbak, e sim com a segurança. As autoridades de trânsito usavam uma fórmula para calcular o ganho social, baseada na avaliação de uma vida humana a um custo de 20,4 milhões de coroas, incluindo ambulância, desvio do trânsito e futuro prejuízo na arrecadação de impostos. A caminho do sul, no engarrafamento da autoestrada, no Mercedes de Øystein, Harry nem sabia o valor que ele mesmo atribuía à vida de Arne Albu. E sabia menos ainda o que se podia ganhar ao salvá-la. Ele só sabia que não podia arriscar perder. De maneira nenhuma. Por isso, era melhor não pensar demais.

A gravação que Vigdis Albu passou para ele ouvir ao telefone durou só cinco segundos e continha apenas uma informação de valor, mas era o suficiente. Não havia nada nas sete palavras curtas que Arne Albu disse antes de desligar:

— Levei Gregor comigo. Só para você saber.

Não era o latido frenético de Gregor ao fundo.

Eram os gritos frios. Gritos de gaivotas.

Já havia escurecido quando a placa que indicava a saída para Larkollen apareceu.

Do lado de fora do chalé, havia um jipe Cherokee, mas nenhuma BMW azul. Ele estacionou logo abaixo do chalé. Não fazia sentido tentar entrar despercebido, pois já ouvia os latidos do cachorro quando abaixou o vidro do carro, na subida para a casa.

Harry sabia que devia ter levado uma arma. Não porque havia motivo para acreditar que Albu estivesse armado. Ele não tinha como saber que sua vida — ou melhor, sua morte — era desejada.

Mas eles não eram mais os únicos atores nesse drama.

Harry desceu do carro. Ele não via nem ouvia as gaivotas agora, talvez se manifestassem à luz do dia.

A coleira de Gregor estava amarrada no corrimão da escada, perto da porta de entrada. Os dentes brilhavam à luz da lua, o que provocou arrepios pela nuca ainda dolorida de Harry, mas ele se forçou a se aproximar do cachorro, com passos longos e calmos.

— Lembra de mim? — sussurrou Harry, quando estava tão perto que podia sentir a respiração densa do cão.

A coleira de Gregor se esticou ao máximo. Harry ficou de cócoras e, para sua surpresa, o latido diminuiu. O chiado indicava que já estava latindo fazia algum tempo. Gregor esticou as patas da frente, abaixou a cabeça e parou totalmente de latir. Harry tentou a porta. Estava trancada. Ele parou para escutar. Era uma voz o que ele escutava lá dentro? A luz da sala estava acesa.

— Arne Albu!

Silêncio.

Harry esperou e tentou de novo.

A chave não estava na lâmpada. Ele pegou uma pedra grande, passou por cima do corrimão da varanda, quebrou o vidro de uma das janelas na porta, enfiou a mão lá dentro e abriu a porta.

Não havia sinais de luta na sala. Apenas de uma partida repentina. Havia um livro aberto em cima da mesa. Harry o pegou. *Macbeth*, de Shakespeare. Uma linha do texto estava marcada com caneta azul. *Não me restam palavras, minha voz é minha espada.* Ele olhou ao redor, mas não viu nenhuma caneta.

Apenas a cama no quarto menor havia sido usada. Na mesa de cabeceira, havia uma revista masculina.

Na cozinha, zunia um pequeno rádio, aparentemente sintonizado na estação de notícias. Harry o desligou. Na bancada, havia um contrafilé descongelado e brócolis ainda na embalagem. Harry pegou a carne e foi até o pórtico. O cão raspava a porta e ele a abriu. Dois olhos caninos olhavam para ele. Ou melhor, para o contrafilé que mal bateu no chão antes de ser devorado.

Harry observou o cachorro faminto enquanto pensava no que fazer. *Se* havia o que fazer. Arne Albu não lia William Shakespeare, disso ele tinha certeza.

Quando o último pedaço de carne desapareceu, Gregor começou a latir com força renovada para a rua. Harry foi ao corrimão, soltou a correia e mal conseguiu se manter de pé no piso molhado quando Gregor disparou. O cachorro puxou-o pela trilha, cruzando a rua, na direção do declive íngreme onde Harry vislumbrou ondas escuras quebrando contra o rochedo que brilhava na luz branca da meia-lua. Perambularam no meio do capim alto e molhado que grudava nas pernas de Harry como se quisesse detê-lo, mas foi só quando ele sentiu pedregulhos e areia sob as botas que Gregor parou. O cotoco de rabo apontou para cima. Estavam na praia. A maré estava alta; as ondas quase alcançavam o capim duro e borbulhavam como se houvesse dióxido de carbono na espuma deixada na areia quando a água recuava. Gregor voltou a latir.

— Saiu daqui de barco? — perguntou Harry, meio para Gregor, meio para si mesmo. — Sozinho ou será que estava acompanhado?

Não obteve resposta, de nenhum dos dois. De qualquer forma, as pegadas desapareciam ali. Mas quando Harry puxou a coleira, o grande rottweiler se recusou a ceder. O inspetor acendeu sua lanterna Maglite e tentou iluminar um trecho do mar. Não viu nada além de fileiras brancas de ondas, como se fossem cocaína em um espelho preto. Evidentemente, havia um declive suave sob a água. Harry puxou a coleira de novo, mas, então, com um uivo desesperado, Gregor começou a cavar a areia.

Harry suspirou, apagou a lanterna e voltou para o chalé. Ele fez café na cozinha enquanto escutava o latido distante. Depois de lavar a xícara, voltou para a praia e encontrou uma depressão na rocha que serviu de abrigo contra o vento. Ele se sentou ali e acendeu um cigarro para tentar pensar. Fechou o casaco todo e cerrou os olhos.

Certa noite, quando estavam na cama, Anna tinha dito alguma coisa. Deve ter sido no final das seis semanas — e Harry estava mais sóbrio do que o normal, já que ainda se lembrava do fato. Ela dissera que sua cama era um navio e que ela e ele eram dois náufragos solitários à deriva, morrendo de medo de descobrir terra à vista. Foi isso o que aconteceu em seguida? Ele não se lembrava do ocorrido daquela forma. Em suas lembranças, era mais como se ele tivesse desembarcado ao pular no mar. Mas talvez a memória o traísse.

Ele fechou os olhos e tentou ver a imagem de Anna. Não de quando eram náufragos, mas da última vez que a viu. Eles jantaram. Ao que parecia, sim. Ela serviu... vinho? Ele provou? Ao que parecia, sim. Ela serviu mais vinho. Ele perdeu o controle das coisas. Ele mesmo se serviu. Ela riu dele; o beijou; dançou para ele. Sussurrou aquelas coisinhas que costumava falar em seu ouvido. Eles tombaram na cama e soltaram as amarras. Foi mesmo tão fácil para ela? E para ele?

Não, não pode ter sido assim.

Mas Harry não sabia, não é? Ele não podia negar com toda sua convicção que não ficara com um sorriso feliz nos lábios, em uma cama na rua Sorgenfrigata, porque tinha reencontrado uma antiga amante, enquanto Rakel, insone, encarava o teto de um quarto de hotel em Moscou, com medo de perder seu filho.

Harry se encolheu. O vento frio e úmido soprou através dele como se fosse um fantasma. Havia pensamentos que ele até então conseguira manter afastados, mas agora todos o assolavam: se ele não podia ter certeza de que seria capaz de trair quem mais estimava na vida, como podia então saber sobre outras coisas que fizera? Aune alegava que a embriaguez apenas reforça ou enfraquece sentimentos latentes. Mas quem sabia com certeza o que tinha dentro de si? As pessoas não são robôs, e a química do cérebro se altera com o tempo. Quem tinha um inventário geral das coisas — dadas as circunstâncias certas e a medicação errada — que uma pessoa seria capaz de fazer?

Harry estremeceu e praguejou. Agora ele sabia. Sabia por que tinha de achar Arne Albu e conseguir sua confissão antes que ele fosse silenciado por outras pessoas. Não era porque ser policial corria em suas veias ou porque a lei havia se tornado uma questão pessoal. Era porque ele precisava saber. E Arne Albu era a única pessoa que podia contar.

Harry cerrou os olhos de novo enquanto o suave assovio do vento contra o granito se destacava sobre o ritmo hipnótico e persistente das ondas.

Quando reabriu os olhos, já não estava escuro. O vento havia varrido as nuvens do céu e as estrelas turvas brilhavam acima dele. A lua tinha mudado de lugar. Harry olhou no relógio. Ele já estava fazia quase uma hora ali. Gregor latia freneticamente para o mar. Ele se pôs de pé, músculos enrijecidos, e cambaleou até o cachorro. A força gravitacional da lua mudara, a maré havia baixado, e Harry estava andando na faixa de areia, agora larga.

— Venha, Gregor. Não vamos achar nada aqui.

O cão mostrou os dentes quando ele ameaçou segurar a coleira, fazendo Harry dar um pulo para trás. Ele perscrutou o mar. O luar cintilou na água escura, mas Harry conseguiu vislumbrar alguma coisa que não tinha visto quando a maré estava alta. Parecia o topo de dois postes de amarração que despontavam sobre a superfície. Harry foi até a beira da água e acendeu a lanterna de novo.

— Meu Deus — sussurrou.

Gregor pulou na água e ele o seguiu. Eram dez metros mar adentro, mas a água não passava dos joelhos de Harry. Ele viu um par de sapatos. Feitos à mão, italianos. Harry direcionou a lanterna para dentro da água, onde a luz refletiu nas pernas nuas, branco-azuladas, despontando como duas lápides pálidas.

O grito de Harry foi levado pelo vento e sumiu imediatamente no bramido das ondas. Mas a lanterna que ele atirou e que foi engolida pela água ficou iluminando o fundo por quase 24 horas. Quando o menino que a encontrou no verão seguinte foi correndo até seu pai, a água salgada já havia corroído o revestimento preto, e ninguém fez a conexão da Maglite com a descoberta grotesca de um corpo. No ano anterior, o fato havia sido notícia em todos os jornais, mas, agora, no sol de verão, aquilo parecia ter acontecido fazia uma eternidade.

Parte Cinco

32

DAVID HASSELHOFF

Como um pilar branco, a luz da manhã rasgava a camada de nuvens, lançando o que Tom Waaler chamava de "luz de Jesus" no fiorde. Havia várias imagens parecidas nas paredes de casa. Ele pulou a faixa de plástico que cercava o local do crime. Era de sua natureza pular em vez de passar por baixo, diriam aqueles que alegavam conhecê-lo. Acertavam a primeira parte, mas não a última: Tom Waaler duvidava de que alguém o conhecesse. E queria que continuasse assim.

Ele aproximou uma pequena câmera digital das lentes azuis num tom metálico dos óculos Police, os quais tinha uma dezena em casa. Uma recompensa de um cliente agradecido. A câmera também. A pequena tela captou o buraco no chão e o corpo ao lado. Ele usava calça preta e uma camisa que já fora branca, mas que agora parecia marrom por conta do barro e da areia.

— Uma nova foto para sua coleção particular? — Era Weber.

— Essa é nova — disse Waaler, sem erguer o olhar. — Gosto de assassinos com imaginação. Já identificaram o homem?

— Arne Albu, 42 anos. Casado, três filhos. Rico, ao que parece. Era dono do chalé logo ali.

— Alguém viu ou ouviu alguma coisa?

— O pessoal está dando a volta na vizinhança agora. Mas você mesmo pode ver que aqui é bem deserto.

— Alguém naquele hotel ali, talvez? — Waaler apontou para uma casa grande de madeira amarela no final da praia.

— Duvido — respondeu Weber. — Não tem um único hóspede nessa época do ano.

— Quem foi que encontrou o cara?

— Ligação anônima de um telefone público em Moss para a polícia de lá.

— O assassino?

— Acredito que não. Ele contou que viu dois pés despontando do mar quando passeava com seu cachorro.

— Gravaram a ligação?

Weber balançou a cabeça.

— Ele não ligou para o número da emergência.

— E o que vocês acham disso? — Waaler apontou para o corpo.

— Os legistas ainda vão apresentar os relatórios, mas para mim parece que ele foi enterrado vivo. Nenhum sinal de violência externa, mas o sangue no nariz e na boca e os vasos estourados nos olhos indicam um grande acúmulo de sangue na cabeça. Além disso, achamos areia no fundo da garganta, o que indica que estava respirando quando foi enterrado.

— Entendo. Mais alguma coisa?

— O cachorro estava preso em frente ao chalé que fica logo ali em cima. Um rottweiler grande e feio. Em forma surpreendentemente boa. A porta do chalé estava destrancada. Também não há nenhum sinal de luta na casa.

— Em outras palavras: entraram, então o ameaçaram com uma arma, amarraram o cão, cavaram um buraco para ele aqui e o mandaram entrar.

— Se havia mais de uma pessoa.

— Rottweiler grande, um buraco de um metro e meio. Acho que podemos afirmar isso, Weber.

Weber não respondeu. Jamais tivera problemas em trabalhar com Waaler. O cara tinha um raro talento para investigação, os resultados falavam por si. Mas isso não significava que Weber gostasse dele. Se bem que *desgostar* também não era a palavra correta. Era outra coisa, algo que fez com que ele, depois de certo tempo, começasse a pensar em algo como *o jogo dos sete erros*, em que ele não encontrava o que havia de errado, mas sentia que alguma coisa incomodava. *Incomodar*, era essa a palavra.

* * *

Waaler se agachou ao lado do corpo. Ele sabia que Weber não gostava dele. Tudo bem. Weber era um policial velho da Criminalística que não ia a lugar nenhum, que não podia ter qualquer influência na carreira de Waaler ou em qualquer parte da sua vida. Em suma, era o tipo de pessoa que Waaler não precisava que gostasse dele.

— Quem o identificou?

— Alguns locais vieram bisbilhotar — disse Weber. — O dono da mercearia o reconheceu. Localizamos a mulher dele em Oslo e a trouxemos para cá. Ela confirmou que é Arne Albu.

— E onde ela está agora?

— No chalé.

— Alguém já falou com ela?

Weber deu de ombros.

— Gosto de ser o primeiro — disse Waaler, e se inclinou para a frente a fim de dar um close do rosto do morto.

— O distrito policial de Moss tem a jurisdição. Só fomos chamados para ajudar.

— E nós temos a experiência — retrucou Waaler. — Alguém explicou isso aos caipiras de forma educada?

— Alguns de nós já investigamos casos de assassinato — disse uma voz atrás deles. Waaler levantou a cabeça e viu um homem sorridente, usando a jaqueta de couro da polícia. As dragonas tinham uma estrela com bordas douradas. — Sem mágoas. — O inspetor riu. — Sou Paul Sørensen. Você deve ser o inspetor Waaler.

Waaler confirmou com um leve balanço de cabeça e ignorou a intenção de Sørensen de esticar a mão para cumprimentá-lo. Ele não gostava de contato físico com homens que não conhecia. Tampouco com homens que conhecia, aliás. Quanto às mulheres, a história era outra. Contanto que ele estivesse no comando. E estava.

— Vocês nunca investigaram algo parecido antes, Sørensen — disse Waaler, levantando uma das pálpebras do morto e revelando um olho vermelho de sangue. — Isso aqui não é uma facada na boate ou um tiro acidental de bêbado. Foi por isso que ligaram para a gente, não foi?

— Não parece se tratar de um crime local — concordou Sørensen.

— Então sugiro que você e os seus caras fiquem bem quietinhos de guarda enquanto converso com a esposa do morto.

Sørensen riu como se Waaler tivesse contado uma ótima piada, mas parou quando viu a sobrancelha erguida do inspetor por cima dos óculos Police. Tom Waaler se levantou e seguiu em direção a cerca policial. Ele contou devagar até três, depois chamou sem se virar:

— E tire aquela viatura que vi estacionada em frente ao chalé, Sørensen. Nossos peritos precisam checar as marcas de pneus do carro do assassino. Obrigado.

Ele não precisou se virar para saber que o sorriso no rosto bobo de Sørensen havia se apagado. E que o distrito policial de Oslo acabara de assumir o local do crime.

— Senhora Albu? — perguntou Waaler ao entrar na sala.

Ele havia decidido que acabaria logo com aquilo. Tinha um compromisso, um almoço com uma jovem promissora, e pretendia comparecer.

Vigdis Albu ergueu o olhar do álbum de fotografias que folheava.

— Sim?

Waaler gostou do que viu. O corpo meticulosamente cuidado, a maneira pomposa de se sentar, a casualidade de uma apresentadora de TV, com o terceiro botão da blusa aberto. E gostou do que ouviu. A voz suave era perfeita para as palavras especiais que ele gostava de fazer com que suas mulheres dissessem. E gostou da boca, de onde tinha esperança que aquelas palavras saíssem.

— Inspetor Tom Waaler — disse ele e se sentou bem na frente dela. — Entendo o choque que isso deve estar sendo para a senhora. Mesmo que pareça um clichê e provavelmente não signifique nada no momento, gostaria de prestar meus sentimentos. Eu também acabei de perder uma pessoa próxima.

Waaler esperou, até que ela foi forçada a erguer a cabeça e ele então pôde captar seu olhar. Parecia turvo, e o inspetor a princípio pensou tratar-se de lágrimas. Foi só quando ela respondeu que ele entendeu que a mulher estava embriagada.

— Tem um cigarro, policial?

— Me chame de Tom. Não fumo, lamento.

— Quanto tempo vou ter que ficar aqui, Tom?

— Vou cuidar para que seja liberada o mais rápido possível. Só preciso fazer algumas perguntas antes. Tudo bem?

— Tudo bem.
— Ótimo. Tem alguma ideia de quem poderia querer matar o seu marido?

Vigdis Albu apoiou o queixo na mão e olhou pela janela.
— Onde está o outro policial, Tom?
— Como?
— Ele não deveria estar aqui agora?
— Que policial, senhora Albu?
— Harry. É ele que está investigando esse caso, não é?

A principal razão para que Tom Waaler tivesse subido na hierarquia da polícia mais rápido do que qualquer outro de sua turma foi o fato de ele ter entendido que ninguém, nem mesmo os advogados de defesa, questionavam como ele obtinha as provas, se elas fossem suficientemente convincentes para comprovar a culpa do acusado. A segunda razão mais importante era seu sexto sentido. É claro que acontecia de não reagir quando devia. Mas nunca acontecia de reagir quando não devia reagir. E agora ele reagia.

— Está falando de Harry Hole, senhora Albu?

— Pode parar aqui.

Tom Waaler ainda gostava da voz. Ele estacionou no acostamento, se inclinou no assento e olhou para a casa cor-de-rosa imponente no topo da colina. O sol da manhã se refletiu em um objeto que parecia um bicho no jardim.

— Foi muito gentil da sua parte conseguir fazer aquele Sørensen me liberar. E ainda ter me trazido para casa — disse Vigdis Albu.

Waaler abriu um sorriso caloroso. E ele sabia que era caloroso. Várias pessoas diziam que ele parecia o David Hasselhoff, de *S.O.S. Malibu*. Falavam que ele tinha o mesmo queixo, corpo e sorriso. Ele já havia assistido à série e entendeu o que eles queriam dizer.

— Sou eu que tenho que agradecer a *você* — disse.

Era verdade. De Larkollen para a casa de Vigdis Albu, ele descobriu várias coisas interessantes. Por exemplo, que Harry Hole tentou encontrar provas de que seu marido tinha assassinado Anna Bethsen, que — se sua memória não falhava — era a mulher que havia cometido suicídio na rua de Sorgenfrigata, algum tempo atrás. O caso já havia sido solucionado. O próprio Waaler concluiu que fora suicídio e escreveu o relatório. O que então esse sonso do Hole estava procurando? Estaria Hole tentando provar que Anna Bethsen havia sido vítima de um ato criminoso que pudesse comprometê-lo — Tom Waaler? Seria típico daquele bêbado inventar uma coisa dessas, mas não fazia sentido para Waaler que Hole investisse tanta energia em um caso que, na pior das hipóteses, apenas revelaria que Waaler chegara a uma conclusão um pouco apressada demais. Ele logo descartou que Harry simplesmente quisesse solucionar o caso. Só nos filmes os policiais gastavam seu tempo de folga com coisas assim.

É claro que o fato de o suspeito de Harry ter sido assassinado abria uma série de possibilidades. Waaler não sabia quais, mas, como seu sexto sentido indicava que tinha algo a ver com Harry Hole, ficou interessado em descobrir. Por isso, quando Vigdis Albu perguntou a ele se gostaria de entrar para tomar um café, não foi apenas a ideia excitante de uma mulher que acabara de se tornar viúva que o fez aceitar o convite, e sim a chance de se livrar do homem que lhe mordia os calcanhares... Há quanto tempo mesmo? Mais de um ano?

Mais de um ano havia se passado. Havia mais de um ano que a policial Ellen Gjelten, por causa de um vacilo de Sverre Olsen, descobrira que Tom Waaler era o principal homem por trás do contrabando ilegal de armas em Oslo. Quando deu a ordem a Olsen para despachá-la antes que ela pudesse passar adiante o que sabia, ele estava ciente de que Hole nunca desistiria de descobrir quem a matou. Por isso, ele mesmo cuidou para que o gorro de Olsen fosse encontrado no local do crime, e depois matou o suspeito de assassinato em "legítima defesa" durante a prisão. Não havia pistas que apontassem em sua direção, mas, mesmo assim, Waaler ficou com uma sensação incômoda de que Hole estava no seu encalço. E que ele podia ser perigoso.

— A casa fica tão vazia quando todo mundo vai embora — comentou Vigdis Albu ao abrir a porta.

— Há quanto tempo está... sozinha? — perguntou Waaler ao segui-la pelas escadas até a sala. Ele ainda gostava do que via.

— As crianças estão com os meus pais em Nordby. A ideia era elas ficarem por lá até as coisas se acalmarem. — Ela suspirou e deixou-se cair em uma poltrona funda. — Preciso de um drinque. Depois vou ligar para elas.

Tom Waaler ficou parado, estudando-a. A última frase destruiu tudo, foi-se o arrepio de excitação que sentira. E de repente ela parecia muito mais velha. Talvez fosse porque a embriaguez estava começando a passar. Havia atenuado as rugas e amaciado a boca que agora endurecia num rasgo torto, cor-de-rosa.

— Sente-se, Tom. Vou fazer um café para nós.

Ele deixou-se cair no sofá enquanto Vigdis desapareceu na cozinha. Ele esticou as pernas e notou uma mancha desbotada no revestimento da almofada. Ele se lembrou de uma mancha em seu sofá, aquela do sangue de menstruação.

Ele sorriu ao se lembrar.

Pensou em Beate Lønn. A dócil, ingênua Beate Lønn, que ficou no outro lado da mesinha de centro, engolindo cada palavra que ele dizia como se fossem cubos de açúcar no seu café *latte*, uma bebida de menininhas. *Acho que é crucial ter a coragem de ser você mesmo. O mais importante em uma relação é a honestidade, não acha?* Com mulheres jovens, às vezes era difícil saber até que ponto seria bom usar a lista de clichês pseudofilosóficos, mas com Beate parecia que ele tinha acertado na mosca. Ela o seguira apaticamente até sua casa, onde ele havia preparado uma bebida que não era para mulheres tão jovens.

Ele teve de rir. Mesmo no dia seguinte, Beate Lønn acreditou que o blecaute se devia ao drinque um pouco mais forte do que estava acostumada. O truque era a dosagem certa.

Mas o ponto alto aconteceu quando ele entrou na sala, na manhã seguinte, e ela estava esfregando com um pano molhado o sofá onde, na noite anterior, tinham feito o básico antes de ela apagar e a diversão começar para valer.

— Me desculpe — disse ela, à beira das lágrimas. — Só descobri agora. É tão constrangedor. Não achei que viesse essa semana.

— Não faz mal — disse ele e acariciou seu rosto. — Contanto que se esforce para eliminar essa merda.

Então ele teve de correr para a cozinha. Ligou a torneira e mexeu na porta da geladeira para abafar o riso. Enquanto Beate Lønn esfregava a mancha de menstruação de Linda. Ou era de Karen?

Vigdis o chamou da cozinha.

— Bebe café com leite, Tom? — A voz soava dura, uma socialite de merda. Além do mais, ele já descobrira o que queria.

— Lembrei que tenho um compromisso no centro da cidade — disse. Ele se virou e viu que ela estava na porta da cozinha com duas xícaras de café e dois olhos esbugalhados e surpresos. Como se ele lhe tivesse dado uma bofetada. Ele se levantou e continuou: — E você precisa ficar um pouco sozinha. Eu sei disso. Como falei, acabei de perder uma pessoa próxima.

— Sinto muito — disse Vigdis perplexa. — Nem perguntei quem.

— Ela se chamava Ellen. Era uma colega. Eu gostava muito dela. — Tom Waaler inclinou a cabeça de lado e olhou para Vigdis, que retornou seu sorriso um pouco insegura.

— No que está pensando? — perguntou ela.

— Que qualquer dia vou passar aqui para saber como está. — Ele deu um sorriso excepcionalmente caloroso, o melhor sorriso David Hasselhoff, e se deu conta de que o mundo seria caótico se as pessoas pudessem ler os pensamentos uns dos outros.

33

DISOSMIA

Era hora do rush e escravos assalariados motorizados desfilavam em marcha lenta em frente à delegacia. Um pardal-das-sebes que havia pousado em um galho viu a última folha se soltar, levantou voo e passou em frente à janela da sala de reuniões no quinto andar.
— Não sou bom orador em festas — começou Bjarne Møller.
E aqueles que já tinham ouvido seus discursos assentiram.
Uma garrafa de espumante Opera de 79 coroas, 14 copos de plásticos ainda embrulhados e todos aqueles que participaram da investigação do Magarefe estavam esperando que Møller terminasse.
— Primeiro, quero transmitir as lembranças da Assembleia Legislativa, do prefeito e do chefe de polícia, e agradecer pelo trabalho bem executado. Estávamos, como sabem, sob grande pressão quando percebemos que lidávamos com um assaltante a banco em série...
— Eu não sabia que havia outro tipo! — gritou Ivarsson, e foi recompensado com risos. Ele estava ao fundo, próximo à porta, de onde tinha uma visão geral dos policiais reunidos.
— Pois é — sorriu Møller. — O que eu quis dizer é que... Vocês sabem... Estamos contentes que tenha terminado. E antes de tomar uma taça de champanhe e ir para casa, quero agradecer em especial à pessoa que merece grande parte dos créditos...
Harry sentiu os olhares dos outros policiais. Ele odiava esse tipo de ocasião. Discurso de chefes, discursos para chefes, agradecimentos aos palhaços, o teatro das trivialidades.
— Rune Ivarsson, que liderou as investigações. Parabéns, Rune.
Aplausos.
— Quer dizer algumas palavras, Rune?

— Não, obrigado — murmurou Harry entre os dentes.

— Com prazer — respondeu Ivarsson. Todas as pessoas se viraram para ele. O delegado-chefe pigarreou. — Infelizmente não tenho o mesmo privilégio que você, Bjarne, de poder dizer que não é um grande orador em festas. Pois eu sou. — Mais risos. — E como orador experiente de outros casos solucionados, sei que agradecimentos podem ser cansativos. Como todos sabem, o trabalho da polícia é um trabalho de grupo. Foram Beate e Harry que ganharam a honra de marcar o gol, mas o trabalho preliminar foi da equipe.

Incrédulo, Harry novamente viu as pessoas assentirem, concordando com tudo.

— Por isso, obrigado a todos. — Ivarsson os analisou com os olhos, evidentemente para que cada um se sentisse visto e agradecido, antes de gritar com voz alegre: — E vamos logo tomar esse champanhe, pessoal!

Alguém passou a garrafa a ele que, depois de sacudi-la bastante, começou a soltar a rolha.

— Não aguento essa chatice — sussurrou Harry para Beate. — Vou me mandar.

Ela olhou para ele com censura.

— E lá vai! — A rolha estourou no teto. — Uma taça para todo mundo, pessoal!

— Lamento — disse Harry. — A gente se vê amanhã.

Ele passou no escritório para pegar o sobretudo. Encostou-se à parede do elevador que descia. Havia dormido por apenas algumas horas no chalé de Albu à noite. Às seis da manhã, tinha ido à estação ferroviária de Moss, achado um telefone público, o número da delegacia local e avisado sobre o morto no mar. Ele sabia que iam pedir assistência da polícia do distrito de Oslo. Quando chegou a Oslo, por volta das oito, sentou-se no Kaffebrenneriet, em Ullevålsveien, e bebeu um pingado até ter certeza de que o caso havia sido passado para outro policial e ele podia voltar ao escritório tranquilo.

As portas do elevador se abriram, e Harry desceu. Saiu pela porta vaivém, para o ar frio do outono em Oslo, que alegam ser mais poluído do que em Bangkok. Ele lembrou a si mesmo que não havia pressa e se forçou a andar devagar. Naquele dia não pensaria em nada, apenas dormiria com a esperança de não sonhar e acordar no dia seguinte com todas as portas fechadas atrás de si.

Todas, exceto uma. Aquela que não dava para fechar, que ele não *queria* fechar. Mas não ia pensar nisso até amanhã. Amanhã, ele e Halvorsen iam caminhar ao longo do rio Akerselva, parar em frente à árvore onde eles a encontraram e reconstituir o crime pela milésima vez. Não porque eles tivessem se esquecido de alguma coisa, mas para recuperar o sentimento, o cheiro nas narinas. Ele já se sentia apreensivo.

Harry pegou a trilha estreita que cruzava o gramado. O atalho. Ele não olhou para o prédio cinza da prisão à esquerda, onde Raskol provavelmente havia guardado o tabuleiro de xadrez por ora. Nunca encontrariam nada em Larkollen, ou em qualquer outro lugar, que apontasse para o cigano ou seus capangas, nem mesmo se Harry em pessoa assumisse a investigação. Teriam de investigar até onde achassem necessário. Magarefe estava morto. Arne Albu estava morto. *A justiça é como a água*, Ellen havia dito uma vez. *Sempre encontra um caminho*. Eles sabiam que não era verdade, mas pelo menos era uma mentira que de vez em quando servia de consolo.

Harry ouviu as sirenes. Fazia tempo que as ouvia. Os carros brancos passaram com o giroflex ligado e desapareceram em Grønlandsleiret. Ele tentou não pensar no porquê do alarme. Provavelmente não tinha nada a ver com ele. E, se tivesse, teria de esperar. Até amanhã.

Tom Waaler constatou que havia chegado cedo demais. Os moradores do bloco amarelo-claro tinham outras coisas a fazer que não fossem ficar em casa durante o dia. Ele tinha acabado de apertar a última campainha e se virou para ir embora, quando ouviu o som confinado e metálico de uma voz:

— Olá!

Waaler deu meia-volta.

— Olá. É... — Ele olhou o nome na placa ao lado da campainha. — Astrid Monsen?

Vinte segundos depois, estava no patamar da escadaria, olhando para um rosto sardento e apavorado que o encarava por trás de uma corrente de segurança.

— Posso entrar, senhorita Monsen? — perguntou, exibindo seu sorriso no melhor estilo David Hasselhoff.

— Acho melhor não — chiou ela. Talvez não tivesse assistido a *S.O.S. Malibu*.

Ele mostrou-lhe seu distintivo.

— Vim para perguntar se há algo que deveríamos saber sobre a morte de Anna Bethsen. Não temos mais tanta certeza de que se trata de um suicídio. Sei que um colega meu investigou o caso por iniciativa própria, e gostaria de saber se chegou a falar com ele.

Tom Waaler já ouvira falar que os animais, especialmente os predadores, podiam sentir o cheiro do medo. Isso não o surpreendia. O que o surpreendia era que nem *todos* pudessem farejar o medo. O medo tinha o mesmo odor volátil do mijo de um boi.

— Do que tem medo, senhorita Monsen?

As pupilas ficaram ainda mais dilatadas. O sexto sentido de Waaler estava alerta agora.

— É muito importante que a senhorita nos ajude — insistiu o inspetor. — A coisa mais importante na relação entre a polícia e a população é a honestidade, não acha?

O olhar da mulher oscilou e ele arriscou:

— Acredito que meu colega, de algum modo, possa estar envolvido no caso.

O queixo dela caiu e ela olhou para ele, desamparada. Bingo.

Sentaram-se na cozinha. As paredes marrons estavam cobertas de desenhos infantis. Waaler pensou que ela devia ter vários sobrinhos. Ele fez anotações enquanto ela falava.

— Ouvi um estrondo no corredor, e, quando fui ver o que era, havia um homem encolhido no patamar da escada, bem em frente à minha porta. Ele deve ter caído, então perguntei se precisava de ajuda, mas não tive resposta. Então subi e toquei a campainha de Anna Bethsen, mas ninguém atendeu. Quando voltei, ajudei-o a se levantar. Tudo o que estava em seus bolsos havia se espalhado pelo chão. Achei a carteira e um cartão de banco, com nome e endereço. Depois eu o ajudei a chegar até a rua, chamei um táxi e dei o endereço ao motorista. É tudo o que sei.

— E tem certeza de que é a mesma pessoa que procurou você depois? Harry Hole, quero dizer?

Ela engoliu em seco. E assentiu.

— Tudo bem, Astrid. Como sabe que ele estava no apartamento de Anna?

— Eu ouvi quando ele chegou.

— Você o *ouviu* chegar e *ouviu* quando ele entrou no apartamento de Anna?

— Meu escritório fica bem ao lado do corredor. Ouve-se tudo através das paredes. É um prédio calmo, não acontece muita coisa por aqui.

— Ouviu qualquer movimento perto do apartamento de Anna?

Ela hesitou.

— Acho que ouvi alguém subir a escada com cuidado, logo depois que o policial foi embora. Mas parecia ser uma mulher. Saltos altos soam diferente, você sabe. Mas acho que foi a senhora Gundersen, do terceiro andar.

— Ah, é?

— Ela costuma se escorar quando bebe algumas doses no Velho Major.

— Ouviu tiros?

Astrid balançou a cabeça.

— O isolamento acústico é bom *entre* os apartamentos.

— Você se lembra do número do táxi?

— Não.

— Que horas eram quando ouviu o estrondo na escada?

— Onze e quinze.

— Tem certeza, Astrid?

Ela assentiu. Respirou fundo.

Waaler se surpreendeu com a repentina firmeza na voz dela quando a mulher disse:

— Foi ele que a matou.

Ele sentiu o pulso acelerar. Um pouco.

— O que a faz afirmar isso, Astrid?

— Soube que havia alguma coisa errada quando ouvi que Anna teria cometido suicídio naquela noite. Aquela pessoa completamente bêbada na escada. E ela não atendeu quando toquei, não é? Pensei em chamar a polícia, mas então ele apareceu aqui de novo... — Ela olhou para Tom Waaler como se estivesse se afogando e ele fosse um salva-vidas. — A primeira coisa que me perguntou foi se eu o reconheci. Aí entendi o que ele quis dizer com aquilo.

— O que ele quis dizer, Astrid?

A voz subiu meia oitava.

— Um assassino que pergunta para a única testemunha se ela o reconhece? O que você acha? É claro que ele apareceu aqui para me avisar que podia acontecer se eu o denunciasse. Fiz como ele queria, disse que nunca o tinha visto antes.

— Mas você falou que ele voltou depois para perguntar sobre Arne Albu?

— Sim, ele queria que eu jogasse a culpa em outra pessoa. Você tem que entender que eu estava com muito medo. E me fiz de desentendida, fiz coro com ele... — Waaler podia ouvir o choro mordiscar as cordas vocais dela.

— Mas agora aceita falar abertamente sobre o assunto? Diante de um tribunal, sob juramento?

— Sim, se você est... Se eu tiver certeza de que estou segura.

De outro cômodo, ouviu-se o alerta de e-mail. Waaler olhou no relógio. Precisava ser rápido, de preferência naquela noite.

Às quatro e trinta e cinco, Harry chegou ao seu apartamento e lembrou imediatamente que se esquecera de que tinha combinado de pedalar à noite com Halvorsen na academia. Chutou os sapatos dos pés, entrou na sala e apertou o play da secretária eletrônica que piscava. Era Rakel.

— A sentença sai na quarta. Reservei passagens para quinta. Estaremos no aeroporto de Gardermoen às onze. Oleg perguntou se você pode buscar a gente.

A gente. Ela disse que a sentença ia ter efeito imediato. Se perdessem, não teria *a gente* para pegar, só uma pessoa que teria perdido tudo.

Ela não deixou nenhum número para ele retornar a ligação e dizer que acabou, que ela não precisava mais ficar olhando para trás. Ele suspirou e afundou na poltrona verde. Fechou os olhos e a viu ali. Rakel. O lençol branco que era tão frio que queimava a pele, as cortinas que mal esvoaçavam na janela aberta, deixando entrar um feixe de luar que lhe caía no braço desnudo. Ele passou a ponta dos dedos com muito cuidado por cima dos seus olhos, das suas mãos, dos seus ombros estreitos, do pescoço comprido e esguio, das pernas que estavam entrelaçadas às dele. Sentiu a respiração calma e quente no pescoço, ouviu a respiração do corpo adormecido que, de modo quase imperceptível, mudou de ritmo quando ele passou os dedos de leve pelas suas costas. Seus quadris, que também imperceptivelmente começaram a se mexer contra os dele, como se ela apenas estivesse hibernando, à espera.

Às cinco, Rune Ivarsson tirou o telefone do gancho em sua casa em Østerås para dizer à pessoa que havia ligado para ele que a família acabara de se sentar à mesa, que o jantar em sua residência era sagrado, e se poderia, por gentileza, ligar mais tarde.

— Lamento perturbar, Ivarsson. É Tom Waaler.
— Olá, Tom — disse Ivarsson, com uma batata na boca. — Escute...
— Preciso de uma ordem de prisão para Harry Hole. E um mandado de busca no apartamento dele. Além de cinco pessoas para executar a busca. Tenho motivos para acreditar que Hole esteja envolvido em um caso de assassinato de uma forma nada legal.

A batata ficou entalada na garganta de Ivarsson.

— É urgente — insistiu Waaler. — As chances de manipulação de provas são enormes.
— Bjarne Møller. — Foi tudo que Ivarsson conseguiu dizer entre os acessos de tosse.
— Sim, sei que isso a princípio é da responsabilidade de Bjarne Møller — disse Waaler. — Mas aposto que você concorda que ele não é o mais indicado para esse caso. Ele e Harry trabalham juntos há dez anos.
— Tem razão. Mas acabamos de receber outro caso quase no fim do dia, por isso meu pessoal está de mãos atadas.
— Rune... — Era a esposa de Ivarsson. Ele não queria aborrecê-la, já tinha chegado vinte minutos atrasado por conta do brinde com espumante e do alarme disparado na agência do Banco DNB, em Grensen.
— Retorno para você mais tarde, Waaler. Vou ligar para o juiz e ver o que consigo fazer. — Ele pigarreou e emendou alto o suficiente para ter certeza de que sua mulher ouviria: — Depois do jantar.

* * *

Harry acordou com fortes batidas na porta. Seu cérebro concluiu automaticamente que a pessoa estava ali havia algum tempo e que tinha certeza de que ele estava em casa. O inspetor olhou no relógio. Cinco para as seis. Ele tinha sonhado com Rakel. Espreguiçou-se e se levantou da poltrona.

Mais batidas. Pesadas.

— Já vou, já vou — gritou Harry e foi atender.

Ele identificou uma silhueta através do vidro rugoso da porta. Talvez fosse um dos vizinhos, pensou, já que não tocaram o interfone.

Harry estava com a mão na maçaneta quando percebeu que hesitava. Uma comichão na nuca. Pontos escuros na visão. Pulsação acelerada. Bobagem. Ele girou a chave e abriu a porta.

Era Ali. Suas sobrancelhas formavam um "v".

— Você prometeu que iria limpar seu depósito no porão até hoje — disse.

Harry deu uma pancada na testa com a mão.

— Merda! Desculpe, Ali. Sou um trapalhão inútil.

— Está bem, Harry. Posso ajudar você se tiver tempo hoje à noite.

Harry olhou para ele, surpreso.

— Me ajudar? O pouco que tenho retiro em dez segundos. Aliás, não me lembro de ter qualquer coisa lá, mas tudo bem.

— São coisas valiosas, Harry. — Ali balançou a cabeça. — Você é maluco de deixar aquelas coisas em um depósito no porão.

— Não que eu saiba. Vou passar no Schrøder para comer qualquer coisa e depois toco a campainha do seu apartamento, Ali.

Harry fechou a porta, afundou na poltrona e apertou o controle remoto. Notícias em Tegnspråk, a língua de sinais da Noruega. Harry trabalhou num caso em que precisou interrogar várias pessoas surdas e acabou aprendendo alguns dos sinais. Agora tentava combinar os gestos do repórter com as legendas que apareciam. Nada de novo no front. Um americano ia enfrentar a corte marcial por ter lutado pelo Talibã. Harry desistiu. O prato do dia no Schrøder, pensou. Um café, um cigarro. Uma passada no depósito e direto para a cama. Ele pegou o controle remoto e estava prestes a desligar a TV quando viu o locutor apontar para ele com o dedo indicador estendido e o polegar para cima. Ele se lembrou daquele sinal. Alguém foi morto a tiros. Harry pensou automaticamente em Arne Albu, mas lembrou que ele fora sufocado. Olhou então para a legenda. Gelou na poltrona. E começou freneticamente a apertar o controle. Eram notícias ruins — provavelmente muito ruins. O teletexto não trazia muito mais que a legenda:

> *Bancária baleada durante assalto. Um assaltante atirou em uma funcionária durante um assalto na agência do Banco DNB, em Grensen, em Oslo, hoje à tarde. A situação da bancária é grave.*

Harry entrou no quarto e ligou o computador. O assalto também era manchete na primeira página de vários jornais. Ele deu um clique duplo:

> *A agência estava prestes a fechar quando um assaltante encapuzado entrou e ameaçou o gerente, obrigando-o a esvaziar o caixa eletrônico. Como isso não foi feito dentro do prazo estipulado pelo assaltante, ele atirou em uma funcionária de 34 anos. A situação da mulher baleada é grave. O chefe de polícia Rune Ivarsson disse não ter nenhuma pista do assaltante e não quis comentar que o assalto aparentemente segue o mesmo padrão dos roubos executados pelo homem apelidado Magarefe, que a polícia nesta semana informou ter sido encontrado morto em Arraial d'Ajuda, no Brasil.*

Podia ser uma coincidência. Claro que podia. Mas não era. Sem chance. Harry passou a mão no rosto. Estava acontecendo exatamente o que ele temia. Lev Grette havia cometido apenas um assalto. Os seguintes foram executados por outra pessoa. Alguém que acreditava estar se saindo bem. Tão bem que se orgulhava de copiar o Magarefe original nos mínimos e cruéis detalhes.

Harry tentou interromper a própria linha de pensamento. Não queria ruminar sobre mais assaltantes de banco agora. Ou sobre bancárias baleadas. Ou sobre as consequências da possibilidade de haver dois Magarefes. O risco de ter de trabalhar sob as ordens de Ivarsson e adiar mais uma vez o caso Ellen.

Pare. Por hoje chega de pensar. Amanhã.

Mas suas pernas o levaram ao corredor, onde os dedos espontaneamente digitaram o número do celular de Weber.

— Harry falando. O que vocês têm?

— Temos sorte, é o que temos. — Weber parecia surpreendentemente alegre. — Bons meninos e meninas sempre acabam tendo sorte.

— Estou por fora — disse Harry. — Me conte.

— Beate Lønn me ligou da Casa da Dor enquanto a gente trabalhava na agência. Ela tinha acabado de ver o vídeo do assalto quando descobriu algo bem interessante. O assaltante estava muito perto da divisória de acrílico em cima do balcão enquanto falava. Ela sugeriu que a gente procurasse saliva. Havia passado meia hora desde o assalto, então ainda era possível encontrar alguma coisa.

— E? — perguntou Harry, impaciente.

— Não tinha saliva na divisória.

Harry gemeu.

— Mas uma microgota de respiração condensada — revelou Weber.

— Sério?

— Aham.

— Alguém aí deve estar rezando antes de dormir ultimamente. Parabéns, Weber.

— Calculo que teremos o perfil de DNA daqui a três dias. Então só precisaremos comparar. Aposto que pegamos o cara antes do fim de semana.

— Espero que esteja certo.

— Estou.

— Bem. De qualquer maneira quero agradecer a você por ter salvado um pouco do meu apetite.

Harry desligou e vestiu o sobretudo. Ele ia sair quando lembrou que não tinha desligado o computador e voltou para o quarto. Quando foi apertar o botão, ele viu. Parecia que as batidas do coração retardaram e o sangue engrossou nas veias. Ele havia recebido um e-mail. É claro que podia desligar o computador mesmo assim. Devia desligar, não tinha nada que indicasse que havia pressa. Podia ser de qualquer pessoa. Na verdade, qualquer pessoa menos *aquela*. Harry gostaria de estar a caminho do Schrøder nesse momento. Caminhando pela rua Dovregata, matutando sobre o velho par de sapatos que pendia entre o céu e a terra, se deliciando com as imagens do sonho com Rakel, essas coisas. Mas era tarde demais. Seus dedos já haviam assumido o comando novamente. As entranhas da máquina rangeram. Apareceu o e-mail. Era longo.

Olá, Harry!

Ficou surpreso? Por quê? Talvez não esperasse mais ouvir de mim, não é? Bem, a vida é cheia de surpresas, Harry. O que imagino que Arne Albu também tenha descoberto quando você estiver lendo isto. Nós, você e eu, deixamos a vida dele bastante insuportável, não foi? Se não estou enganado, aposto que a esposa dele pegou os filhos e o largou. Cruel, não? Tirar de um homem a sua família, especialmente quando se sabe que isso é o mais importante na vida dessa pessoa. Mas ele é o único culpado. A infidelidade nunca é punida o suficiente, não concorda, Harry? De qualquer modo, minha pequena vingança termina aqui.

Mas já que você é a parte inocente que foi envolvida nisso, eu lhe devo uma explicação. E é relativamente simples. Eu amava Anna. De verdade. O que ela era e o que ela me dava.

Infelizmente, ela só amava o que eu dava a ela. O grande H. O Grande Sono. Você não sabia que ela era viciada em heroína? A vida é — como eu disse — cheia de surpresas. Fui eu quem a introduziu nas drogas depois de uma — sejamos francos — de suas malsucedidas exposições. E nós dois éramos feitos um para o outro, amor à primeira picada. Durante quatro anos, Anna foi minha cliente e amante secreta, papéis impossíveis de separar, por assim dizer.

Confuso, Harry? Talvez porque vocês não tenham achado nenhuma marca de agulha quando a despiram. Sim, bem, "amor à primeira picada" foi apenas uma figura de linguagem. Anna não suportava seringas. Fumávamos a nossa heroína em papel de chocolate prateado, de Cuba. Claro, é mais caro que injetá-la, por outro lado, Anna tinha a droga a preço de atacado enquanto estava comigo. Éramos — qual é a palavra correta? — inseparáveis. Ainda me brotam lágrimas nos olhos quando penso naqueles tempos. Ela fazia tudo o que uma mulher pode fazer por um homem: ela fodia, me alimentava, me dava de beber, me divertia e me consolava. E suplicava. No fundo, a única coisa que não fazia era me amar. Por que será que justo isso era tão difícil, Harry? Ela amava você, mesmo você cagando para ela.

Até Arne Albu ela conseguiu amar. E eu que achei que ele era apenas um babaca que ela explorava por dinheiro, para que pudesse comprar a droga a preço de mercado e assim me evitar por algum tempo.

Mas, então, liguei para ela em uma noite de maio. Tinha acabado de cumprir três meses por ninharias, e Anna e eu não nos falávamos fazia tempo. Eu disse que a gente tinha que comemorar, que eu tinha conseguido a mercadoria mais pura diretamente da fábrica de Chiang Rai. De imediato ouvi pela voz dela que algo não estava bem. Ela disse que tinha desistido. Perguntei se das drogas ou de mim, e ela respondeu que das duas coisas. Pois havia começado essa obra de arte pela qual queria ser lembrada, e isso lhe exigia uma mente sóbria. Como sabe, Anna era uma cigana teimosa quando metia uma ideia na cabeça, por isso aposto que não devem ter encontrado drogas nas amostras de sangue, não é?

E então ela me contou sobre esse cara, Arne Albu. Que eles já estavam se relacionando fazia um tempo, e que tinham planos de morar juntos. Ele só precisava acertar as coisas com a mulher. Já ouviu essa história antes, Harry? Bem, eu também.

Não é estranho que nossa mente consiga se concentrar quando o mundo em volta desaba? Eu sabia o que tinha que fazer antes mesmo de desligar. Vingança. Algo primitivo? Nem um pouco. Vingança é o reflexo da pessoa pensante, um conjunto complexo de ação e consequência que nenhuma espécie animal até agora conseguiu desenvolver. Em termos de evolução, a realização de vingança tem se mostrado tão eficaz que apenas os mais sedentos por vingança entre nós sobreviveram. Vingança ou morte. Parece o título de um faroeste, eu sei, mas lembre-se de que essa é a lógica de retaliação que criou o Estado de Direito. A promessa vigente de olho por olho, de que o pecador deve queimar no inferno ou, pelo menos, pender na forca. Vingança é simplesmente o alicerce da civilização, Harry.

Então na mesma noite eu me sentei e comecei a trabalhar no plano.

Algo simples.

Encomendei uma chave da Trioving para o apartamento de Anna. De que maneira? Não pretendo contar. Depois que você saiu do apartamento, eu entrei usando a chave. Anna já tinha ido deitar. Ela, eu e uma Beretta M92 tivemos um bate-papo longo e informativo. Pedi a ela que pegasse alguma coisa que tivesse ganhado de Arne Albu, um cartão, uma carta, um cartão de visita, qualquer coisa. O plano era plantar a prova em seu corpo para ajudar vocês a ligar o assassinato a ele. Mas tudo o que ela tinha era uma foto da família dele no chalé, que ela havia roubado de um álbum de fotos. Entendi que podia ser críptico demais, que vocês podiam vir a precisar de mais ajuda. Então tive uma ideia. A senhora Beretta a convenceu a contar como se entrava no chalé de Albu. A chave estava na lâmpada da entrada.

Depois de matá-la — o que não vou relatar em detalhes, já que foi um anticlímax decepcionante (nenhum sinal de medo ou arrependimento) —, coloquei a foto no sapato dela e fui direto para Larkollen. Plantei — como já deve ter entendido — a chave sobressalente do apartamento de Anna no chalé. Pensei em colá-la dentro da caixa de descarga no vaso do banheiro — meu lugar favorito, onde Michael escondeu a arma no primeiro filme da trilogia O poderoso chefão. *Mas você não teria imaginação para procurar lá e também não fazia sentido. Por isso a deixei na gaveta da mesa da cabeceira. Fácil, não?*

O cenário estava armado, e você e as outras marionetes podiam fazer suas entradas. Aliás, espero que não tenha ficado chateado por eu lhe dar um pouco de orientação no caminho. O nível intelectual de vocês, policiais, não é exatamente assustador. Assustadoramente alto, quero dizer.

Aqui me despeço. Agradeço a companhia e a ajuda. Foi um prazer trabalhar com você, Harry.

S²MN

34

Pluvianos aegyptius

Uma viatura estava estacionada bem em frente ao portão do prédio e outra, atravessada na esquina da rua Sofie com a Dovregata. Tom Waaler dera ordem de não usar sirenes nem luz azul.

Ele verificou pelo walkie-talkie se todos estavam em seus postos e recebeu confirmações em estalos curtos. A mensagem de Ivarsson confirmando a ordem de prisão com mandado de busca do juiz havia chegado fazia exatos quarenta minutos. Waaler deixara bem claro que não precisava do grupo Delta. Ele queria liderar a apreensão ele mesmo, e todos os outros policiais dos quais precisava já estavam de prontidão. Ivarsson não objetou.

Tom Waaler esfregou as mãos. Em parte por causa do vento gelado que varreu a rua do estádio Bislett, mas também porque estava contente com o que ia fazer. Prisão era a melhor parte de seu trabalho. Ele entendeu isso ainda pequeno, quando ele e Joakim ficavam à espreita no pomar de maçãs dos pais, nas noites de outono, à espera dos meninos maltrapilhos dos blocos de apartamentos que apareciam para roubar as frutas. E eles apareciam. Uns oito, nove de cada vez. Mas não importava quantos fossem, o pânico sempre era total quando ele e Joakim acendiam as lanternas e gritavam nos megafones improvisados. Seguiam o mesmo princípio de lobos caçando renas: escolhiam o menor e mais fraco. Enquanto era a prisão — derrubar a presa — que fascinava Tom, a punição era o que atraía Joakim. Sua criatividade nessa área ia tão longe que acontecia de Tom ter de detê-lo. Não porque Tom sentisse pena dos ladrões, mas porque ele, ao contrário de Joakim, conseguia manter o sangue-frio e avaliar as consequências. Muitas vezes, Tom achava que não era por acaso o destino de Joakim.

Ele havia se tornado desembargador no Tribunal de Oslo, com uma carreira promissora pela frente.

Pois bem, fora a ideia de *prisão* então que havia atraído Tom quando se alistou na polícia. Seu pai queria que Tom estudasse medicina, ou teologia, como ele. Se Tom tinha as melhores notas da escola, por que queria ser policial? Era importante para a autoestima ter uma formação decente, o pai dizia, e falava sobre o irmão mais velho, que trabalhava em uma loja de ferragens, vendendo parafusos, e odiava as pessoas porque ele sentia que não era tão bom quanto os outros.

Tom ouvia o sermão com um sorriso cínico que sabia que o pai detestava. Não era a autoestima de Tom que preocupava seu pai, era o que os vizinhos e os parentes iam achar se seu único filho se tornasse "apenas" policial. O pai jamais havia entendido que era possível odiar as pessoas mesmo sendo melhor do que elas. *Porque* você era melhor.

Ele olhou no relógio. Seis e treze. Apertou uma campainha no primeiro andar.

— Alô? — atendeu uma voz de mulher.

— É a polícia — disse Waaler. — Pode abrir para nós?

— Como posso ter certeza de que vocês são da polícia?

Paquistanesa babaca, pensou Waaler, e pediu a ela que desse uma olhada nas viaturas pela janela. A porta principal fez um zumbido.

— E não saia de casa — disse no interfone.

Waaler posicionou um dos homens nos fundos, perto da escada de incêndio. Quando viu a planta do prédio na intranet, decorou onde ficava o apartamento de Harry e descobriu que não havia escadas de serviço com que se preocupar.

Armados e com as MP5 no ombro, Waaler e dois homens subiram silenciosamente as escadas de madeira gastas. Waaler parou no terceiro andar e apontou para a porta que não tinha nome — e que de certa maneira nunca precisou de nome. Ele olhou para os outros dois. O peito ofegante por baixo dos uniformes. Não era por causa das escadas.

Colocaram os capuzes. As palavras-chave eram rapidez, eficiência e determinação. A última apenas significava a determinação para a violência — se necessário, matar. Raramente era necessário. Até bandidos veteranos costumavam ficar paralisados quando homens armados e mascarados, sem aviso prévio, invadiam sua sala. Em suma, usavam a mesma tática de um assalto a banco.

Waaler se preparou e assentiu para a um dos homens, que gentilmente tocou a porta com o nó dos dedos. Para que pudessem escrever no relatório que haviam batido na porta primeiro. Waaler quebrou o vidro da porta com a coronha da metralhadora, enfiou a mão e abriu, tudo em um movimento só. Ele berrou ao invadirem o apartamento. Uma vogal ou o começo de uma palavra, ele não sabia ao certo. Só sabia que era o mesmo que costumava berrar quando ele e Joakim acendiam as lanternas. Aquela era a melhor parte.

— Bolinho de batata — disse Maja, levantando o prato e lançando um olhar de censura para Harry. — E você não tocou em nada.

— Desculpe — disse Harry. — Falta de apetite. Diga ao cozinheiro que a culpa não é dele. Dessa vez.

Maja soltou uma gargalhada e foi em direção à cozinha.

— Maja...

Ela se virou devagar. Tinha algo na voz de Harry, alguma coisa no tom, que fez com que ela soubesse o que viria.

— Me traga uma cerveja, por gentileza.

Ela continuou na direção da cozinha. Não é da minha conta, pensou. Eu só sirvo. Não é comigo.

— O que foi, Maja? — perguntou o cozinheiro, enquanto ela jogava a comida no lixo.

— Não é a minha vida — disse ela. — É a dele. Aquele tolo.

O telefone no escritório de Beate tocou, estridente, e ela o tirou do gancho. A primeira coisa que ouviu foram vozes, risos e copos tinindo. Depois a voz dele.

— Estou atrapalhando?

Por um momento, ela ficou insegura, havia algo estranho em sua voz. Mas não podia ser outra pessoa.

— Harry?

— O que você está fazendo?

— Estou... estou procurando pistas na internet, Harry...

— Então colocaram o vídeo do assalto em Grensen na rede?

— Sim, mas você...
— Tem algumas coisas que preciso contar a você, Beate. Arne Albu...
— Tudo bem, mas espere um pouco e me escute.
— Você parece estressada, Beate.
— Eu estou estressada! — Sua exclamação estalou no telefone. Depois, mais calma: — Eles estão procurando você, Harry. Tentei ligar para avisá-lo logo depois que saíram daqui, mas não tinha ninguém em casa.
— Do que você está falando?
— Tom Waaler. Ele tem um mandado de prisão contra você.
— Como assim? Vão me prender?
Agora Beate entendeu o que estava estranho na voz dele. Harry tinha bebido. Ela engoliu em seco.
— Me diga onde está Harry, eu vou buscar você. Aí podemos dizer que você se apresenta por conta própria. Não tenho certeza do que se trata, mas vou ajudar você, Harry. Prometo. Harry? Não faça nenhuma besteira, Ok? Alô?
Ela ficou sentada ouvindo vozes, risos e o tinir de copos, até ouvir passos e uma voz rouca de mulher ao telefone:
— É Maja, do Schrøder.
— Onde...
— Foi embora.

35

S.O.S.

Vigdis Albu acordou com o latido de Gregor do lado de fora. A chuva tamborilava no telhado. Ela olhou no relógio. Devia ter caído no sono. O copo na sua frente estava vazio, a casa estava vazia, tudo estava vazio. Não era assim que tinha planejado.

Ela se levantou, foi à porta do terraço e observou Gregor. Ele olhava para o portão com as orelhas e o cotoco de rabo em pé. O que ia fazer com ele? Dá-lo para alguém? Botá-lo para dormir? Nem sequer as crianças tinham carinho pelo animal hiperativo e nervoso. Pois bem, o plano. Ela olhou para a garrafa de gim meio vazia na mesa de vidro. Estava na hora de fazer outro.

O latido de Gregor cortou o ar. *Au! Au!* Arne havia dito que o som enervante o acalmava, dava uma vaga sensação de que alguém estava de vigia. Ele disse que os cachorros podiam farejar inimigos porque quem queria fazer o mal exalava um cheiro diferente do cheiro dos amigos. Ela decidiu que ligaria para um veterinário no dia seguinte. Estava cansada de alimentar um cachorro que latia toda vez que ela entrava na sala.

Ela entreabriu a porta do terraço e ficou observando. Através dos latidos e da chuva ouviu ruídos no cascalho. Vigdis teve tempo para passar um pente no cabelo e tirar uma mancha de rímel embaixo do olho esquerdo antes que a campainha tocasse as três notas do *Messias* de Händel, um presente dos sogros para a casa nova. Ela fazia ideia de quem podia ser. Acertou. Quase.

— Policial — disse, com verdadeiro espanto. — Que surpresa agradável.

O homem estava ensopado, gotas de água pingavam das suas sobrancelhas. Ele se apoiou com o braço no vão da porta e olhou para ela, sem responder. Vigdis Albu abriu a porta e semicerrou os olhos.

— Não quer entrar?

Ela foi na frente e ouviu seus sapatos gorgolejantes a seguirem. Ela sabia que ele havia gostado do que viu. Ele se sentou na poltrona para tirar o casaco. Ela viu o tecido ficar escuro ao absorver a água.

— Gim, policial?

— Tem Jim Beam?

— Não.

— Gim está bom.

Ela pegou as taças de cristal — presente de casamento dos sogros — e encheu os dois.

— Meus pêsames — disse o policial, e olhou para ela com olhos vermelhos e vazios, indicando que não era seu primeiro drinque aquele dia.

— Obrigada — disse. — *Skål*.

Quando ela colocou a taça na mesa, viu que ele havia bebido metade da dose. Ele ficou segurando a taça e disse de repente:

— Eu o matei.

Automaticamente, Vigdis levou a mão ao colar de pérolas. O presente tradicional da manhã depois do casamento.

— Eu não queria que acabasse assim — disse. — Mas fui tolo e descuidado. Eu levei o assassino direto até ele.

Vigdis se apressou para levar a bebida à boca e evitar que ele visse que estava prestes a soltar uma gargalhada.

— Agora você sabe — disse ele.

— Agora eu sei, Harry — sussurrou. Ela achou que tivesse visto uma leve surpresa em seu olhar.

— Você falou com Tom Waaler? — Soou mais como uma afirmação do que uma pergunta.

— Você está se referindo àquele investigador que acha que é a dádiva de Deus para... Bem, falei com ele. E contei o que eu sabia, é claro. Não devia ter feito isso, Harry?

Ele deu de ombros.

— Coloquei você em uma enrascada, Harry? — Ela ajeitou as pernas sob o corpo no sofá e olhou para ele com uma expressão preocupada atrás da taça.

Ele não respondeu.

— Mais um drinque?

Ele assentiu.

— Pelo menos tenho uma boa notícia para você. — Ele acompanhou o preparo dos drinques com o olhar. — Recebi um e-mail ontem à noite de uma pessoa que confessa ter matado Anna Bethsen. O tempo todo, essa pessoa me levou a acreditar que fosse Arne o assassino.

— Que bom — disse ela, e derramou gim na mesa. — Ai, acho que exagerei.

— Você não parece muito surpresa.

— Nada me surpreende mais. Na verdade, não acreditei que Arne tivesse estrutura para matar uma pessoa.

Harry esfregou a nuca.

— De qualquer maneira, agora tenho provas de que Anna Bethsen foi assassinada. Repassei a confissão dessa pessoa para uma colega minha, antes de sair de casa hoje à noite. Além de todos os outros e-mails que recebi. Significa que estou botando todas as cartas na mesa no que se refere ao meu próprio papel. Anna era uma velha amiga. O meu problema é que eu estive com ela na noite em que foi assassinada. Eu deveria ter dito isso desde o início, mas fui tolo e descuidado, e achei que podia solucionar o caso sozinho e, ao mesmo tempo, tomar cuidado para que não fosse envolvido. Eu fui...

— Tolo e descuidado. Você já disse isso. — Ela olhou para ele pensativa e passou a mão na almofada, no espaço entre os dois. — Naturalmente, isso esclarece muitas coisas. Mas, mesmo assim, não consigo ver por que seria um crime passar um tempo com uma mulher que se deseja... passar um tempo. É melhor se explicar, Harry.

— Bem. — Ele engoliu as últimas gotas da bebida. — Acordei no dia seguinte e não me lembrava de nada.

— Entendo. — Ela se levantou do sofá e parou à sua frente. — Você sabe quem ele é?

Ele apoiou a cabeça no encosto do sofá e olhou para ela.

— Quem disse que é um homem? — Suas palavras se arrastavam de leve.

Ela estendeu a mão magra. Ele olhou para ela desconfiado.

— O casaco — disse ela. — Depois vá direto para o banheiro e tome um banho quente. Enquanto isso, vou fazer café e pegar umas

roupas secas. Não acho que meu falecido marido se oporia. Em muitos sentidos, ele era um homem razoável.
— Eu...
— Vamos.

O abraço caloroso fez Harry estremecer de prazer. As carícias continuaram subindo pelas coxas em direção aos quadris, e ele ficou todo arrepiado. Gemeu. Depois afundou o resto do corpo na água escaldante e inclinou a cabeça para trás.

Ele podia ouvir a chuva lá fora e tentou ouvir Vigdis Albu, mas ela tinha colocado um CD. The Police. Os maiores sucessos, claro. Ele fechou os olhos.

Sting estava cantando *Sending out an S.O.S.* A propósito, ele calculava que Beate já havia lido o e-mail. Que ela tinha repassado o aviso e que a caça à raposa já estava suspensa. O álcool havia deixado suas pálpebras pesadas. Mas todas as vezes que fechava os olhos, via duas pernas com sapatos italianos feitos à mão despontar da água escaldante da banheira. Ele tateou atrás da cabeça, à procura da taça que colocara na beira da banheira. Tomara apenas dois chopes no Schrøder quando ligou para Beate, o que não chegou nem perto de anestesiá-lo. Mas onde estava a maldita taça? Será que Tom Waaler continuava à sua caça mesmo assim? Harry sabia que ele desejava desesperadamente prendê-lo. Mas Harry não ia se entregar antes de ter todas as informações sobre o caso. Dali em diante, não podia mais confiar em ninguém além de si mesmo. Ele daria um jeito nisso tudo. Mas primeiro uma pequena pausa. Mais um drinque. Dormir em um sofá emprestado por uma noite. Clarear os pensamentos. Ia dar um jeito. Amanhã. Sua mão bateu na taça e o cristal pesado se estilhaçou no piso azulejado.

Harry praguejou e se levantou. Quase caiu, mas por um triz conseguiu se apoiar na parede. Ele se enrolou em uma toalha grossa e felpuda e foi para a sala. A garrafa de gim ainda estava na mesa em frente ao sofá. Ele encontrou um copo no armário do bar e encheu-o até a borda. Ouviu a cafeteira trabalhar. E a voz de Vigdis no hall. Voltou ao banheiro e colocou o copo com cuidado ao lado das roupas que Vigdis arranjara, uma coleção completa de Bjørn Borg em azul-claro e preto. Ele passou a toalha no espelho e viu seu reflexo na faixa limpa.

— Seu idiota — disse.

Ele se sentou chão. Um fio vermelho escorria pela emenda entre os azulejos até o ralo. Ele seguiu o fio até o pé direito. Sangue fresco gotejava entre os dedos. Pisara nos cacos de vidro e nem tinha sentido. Não notara nada. Olhou de novo no espelho e deu uma gargalhada.

Vigdis colocou o fone no gancho. Ela teve de improvisar, embora odiasse isso. Sentia-se fisicamente fraca quando as coisas não saíam conforme o planejado. Desde pequena aprendeu que nada acontecia por si só, que planejamento era tudo. Ela ainda se lembrava de quando a família havia se mudado para Slemdal, vinda de Skien; cursava o terceiro ano da escola e se apresentou para a nova turma. Disse seu nome enquanto os outros olhavam fixamente para ela, para suas roupas e para sua mochila esquisita de plástico, que fez algumas meninas darem risadinhas e apontar. Na última aula, ela escreveu uma lista dizendo quem, entre as meninas da turma, seriam suas melhores amigas, quem ela ia ignorar, quais meninos se apaixonariam por ela e de quais professores ela ia ser a aluna favorita. Pendurou a lista em cima da cama ao voltar para casa, e não a tirou de lá até o Natal, quando tinha uma marca de "Ok" em todos os nomes.

Mas agora era diferente. Agora estava à mercê dos outros para que a vida voltasse aos eixos.

Ela olhou no relógio. Vinte para as dez. Tom Waaler disse que chegariam em 12 minutos. Ele prometeu desligar todas as sirenes muito antes de Slemdal, para ela não ter de se preocupar com os vizinhos. Sem ela sequer tocar no assunto.

Ela ficou esperando no hall. Melhor seria se Hole tivesse adormecido na banheira. Ela olhou no relógio de novo. Escutou a música. As músicas mais estressantes de The Police acabaram, e agora Sting cantava músicas do disco solo com sua voz agradável e calmante. Era sobre a chuva, que repetidamente caía como lágrimas de uma estrela. Era tão bonito que quase a fez chorar.

Então ouviu o latido rouco de Gregor. Finalmente.

Ela abriu a porta e foi para a escada como haviam combinado. Viu uma figura atravessar o jardim correndo e outra seguir para os fundos da casa. Dois homens encapuzados em uniformes pretos e com rifles pequenos e curtos pararam na sua frente.

— Ainda no banheiro? — sussurrou um deles por detrás da balaclava preta. — À esquerda depois da escada?

— Sim, Tom — sussurrou. — E obrigada por virem tão...

Mas eles já estavam entrando.

Ela fechou os olhos e ficou ouvindo. Os passos apressados pela escada, os rosnados desesperados de Gregor no terraço, a suave *How fragile we are*, do Sting, o estrondo da porta do banheiro sendo aberta com um chute.

Ela se virou e entrou. Subiu a escada. Precisava de um drinque. Viu Tom Waaler no topo da escada. Ele tinha tirado o gorro, mas seu rosto estava tão transtornado que ela mal o reconheceu. Ele apontou para alguma coisa. No tapete. Ela olhou para baixo. Eram pegadas de sangue. Seu olhar as seguiu através da sala até a porta aberta do terraço. Ela não ouviu o que o idiota de preto berrou para ela. *O plano.* Foi tudo que conseguiu pensar. *O plano não era esse.*

36

Waltzing Matilda

Harry corria. O latido em staccato de Gregor soava como um metrônomo raivoso ao fundo, mas tudo ao seu redor parecia silencioso. Os pés descalços chapinharam no capim molhado. Ele segurou os próprios braços à frente do corpo ao atravessar outra cerca viva e mal sentiu os espinhos rasgarem as palmas das mãos e o traje Bjørn Borg. Ele não havia encontrado a roupa com a qual chegou nem os sapatos. Imaginou que Vigdis os tivesse levado para o primeiro andar, onde o estava esperando. Ele procurou por outros sapatos, mas Gregor começou a latir e ele teve de fugir do jeito que estava mesmo, de calça e camisa. A chuva fustigava seus olhos, e casas, macieiras e arbustos pareciam embaçados à sua frente. Um novo jardim surgiu no escuro. Ele arriscou pular sobre a cerca baixa, mas perdeu o equilíbrio. Corrida de bêbado. Um gramado bem-cuidado o atingiu no rosto. Ele ficou deitado, prestando atenção.

Pensou ter ouvido latidos de outros cachorros agora. Victor havia chegado? Tão depressa assim? Waaler devia tê-los deixado a postos. Harry se levantou e olhou em volta. Estava no topo da colina onde queria chegar. Deliberadamente se manteve longe das ruas iluminadas onde podia ser visto por alguém, e onde as viaturas logo fariam rondas. Mais abaixo, perto de Bjørnetråkket, ele podia ver a propriedade de Albu. Havia quatro carros estacionados em frente ao portão, dois com o giroflex ligado. Ele olhou para baixo, para o outro lado da colina. Aquele campo de golfe era Holmen ou Gressbanen? Algo parecido. Um carro civil estava estacionado perto de um cruzamento, com os faróis ligados. Estava em cima da faixa de pedestres. Harry foi rápido, mas Waaler foi mais rápido ainda. Só a polícia estacionava daquela forma.

Ele esfregou o rosto com força. Tentou afugentar a sensação da anestesia, que tanto queria pouco antes. Uma luz azul piscou entre as árvores na rua Stasjonsveien. Ele foi pego. Não tinha como escapar. Waaler era eficiente demais. Mas Harry não conseguia entender. Não podia ser uma jogada individual de Waaler. Alguém devia ter autorizado o uso de forças tão significativas para prender um único homem. O que tinha acontecido? Beate não havia recebido o e-mail que ele enviara?

Harry apurou os ouvidos. Com certeza eram vários cachorros. Ele olhou em volta, para as casas iluminadas, salpicadas pela colina no escuro da noite. Pensou no calor e no aconchego atrás das janelas. Os noruegueses gostavam de luzes. E tinham eletricidade. Só quando saíam de férias para o Mediterrâneo, para ficarem fora por 15 dias, que apagavam as luzes. Seu olhar pulou de casa em casa.

Tom Waaler olhou para as casas que decoravam a paisagem como se fossem pisca-piscas de árvores de Natal. Jardins grandes e sombrios. Roubo de maçãs. Ele estava com os pés no painel da van especial de Victor. Eles contavam com o melhor equipamento de comunicação, por isso tinha mudado o comando da operação para lá. Tinha contato por rádio com todas as unidades que haviam acabado de cercar a área. Ele olhou no relógio. Os cachorros estavam trabalhando. Fazia dez minutos que haviam desaparecido com os guias pelos jardins no meio da escuridão.

O rádio estalou:

— Rua Stasjonsveien para Victor zero um. Temos um carro aqui com um Stig Antonsen que vai para a rua Revehiven, número 17. Diz que está voltando do trabalho. Vamos...

— Verifique a identidade e o endereço e deixe passar — instruiu Waaler. — O mesmo vale para os outros, Ok? Usem a cabeça.

Waaler pegou um CD do bolso da jaqueta e o colocou para tocar. Várias vozes em falsete. Prince cantava "Thunder". O homem ao lado, no assento, do motorista levantou as sobrancelhas, mas Waaler fez de conta que não percebeu e aumentou o volume. Verso. Refrão. Verso. Refrão. A próxima canção. "Pop Daddy". Waaler olhou no relógio de novo. Merda, os cachorros estavam demorando muito! Ele deu um soco no painel. Recebeu uma olhada do assento do motorista.

— Há uma trilha de sangue fresco — disse Waaler. — Não pode ser tão difícil.

— São cachorros, não robôs — argumentou o homem. — Relaxe, já vão pegá-lo.

O artista que para sempre se chamaria Prince estava no meio de "Diamonds and Pearls" quando veio a mensagem:

— Victor zero três para Victor zero um. Acho que pegamos o cara. Estamos em frente a uma casa branca em... eh... Erik está tentando descobrir o nome da rua, mas há um número 16 no muro, pelo menos.

Waaler baixou a música.

— Ok. Descubra e espere a gente chegar. Que chiado é esse?

— Vem da casa.

O rádio chiou:

— Stasjonsveien para Victor um. Desculpe interromper, mas tem um veículo de seguradora aqui. Dizem que vão para a rua Harelabbveien 16. A central registrou que o alarme de roubo disparou. Eu...

— Victor zero para todas as unidades! — berrou Waaler. — A postos! Rua Harelabbveien, 16!

Bjarne Møller estava de péssimo humor. No meio de seu programa de TV favorito! Ele encontrou a casa branca com o número 16, estacionou em frente, passou pelo portão e subiu até a porta aberta, onde um policial estava segurando um pastor-alemão.

— Waaler está aqui? — perguntou o delegado, e o policial balançou a cabeça em direção à porta.

Møller percebeu que o vidro da janela da entrada estava quebrado. No corredor, Waaler discutia energicamente com outro policial.

— Mas que merda é essa que está acontecendo aqui? — perguntou Møller sem preâmbulos.

Waaler se virou.

— Certo. O que você está fazendo aqui, Møller?

— Recebi uma ligação de Beate Lønn. Quem autorizou toda essa maluquice?

— Nosso promotor.

— Não estou me referindo ao mandato. Estou perguntando quem deu o sinal verde para a Terceira Guerra Mundial porque um de nossos colegas pode... *pode!* ... ter algumas coisinhas a esclarecer.

Waaler balançou nos calcanhares e encarou Møller.

— O delegado-chefe Ivarsson. Encontramos umas coisas na casa de Harry que fazem dele um pouco mais do que uma pessoa com quem deveríamos apenas conversar. Ele é suspeito de assassinato. Mais alguma coisa que queira saber, Møller?

Møller ergueu as sobrancelhas, surpreso, e concluiu que Waaler devia estar muito desesperado. Era a primeira vez que ele ouvia o policial falar com um superior em tom tão desafiador.

— Sim, onde está Harry?

Waaler apontou para as pegadas vermelhas no piso de tacos.

— Ele esteve aqui. Arrombamento, como pode ver. Parece que há muitas coisas a esclarecer, não é?

— Perguntei onde ele está agora.

Waaler e o outro policial trocaram olhares.

— Aparentemente, Harry não tem muito interesse em se explicar. O pássaro já tinha voado quando chegamos.

— Ah, é? Tive a impressão de que haviam cercado toda a área.

— É, de fato — disse Waaler.

— Então como ele escapou?

— Com isso. — Waaler apontou para o telefone na mesinha. O fone tinha marcas do que parecia ser sangue.

— Escapou através de um telefone? — Møller sentia uma vontade irracional de rir... Mesmo levando em conta seu péssimo humor e a seriedade da situação.

— Há motivos para acreditar — disse Waaler, enquanto Møller via suas mandíbulas de David Hasselhoff trincarem — que ele pediu um táxi.

Øystein diminuiu a velocidade e virou o táxi para o semicírculo de paralelepípedos em frente ao portão da Prisão de Oslo. Ele estacionou entre dois carros, a traseira apontada para o parque vazio e Grønlandsleiret. Virou a chave na ignição e o motor desligou, mas o limpador de para-brisa continuou varrendo para lá e para cá. Ele esperou. Não havia ninguém na praça nem no parque. Lançou um olhar para a delegacia antes de puxar a barra embaixo do volante. Ouviu-se um clique, e a tampa do porta-malas se abriu.

— Chegamos! — gritou, olhando no retrovisor.

O carro balançou, a tampa do porta-malas se abriu por completo e, em seguida, bateu. Então a porta de trás foi aberta e um homem entrou. Pelo retrovisor, Øystein estudou o passageiro ensopado e trêmulo.

— Você está com uma cara ótima, Harry.

— Obrigado.

— Roupas bacanas, também.

— Não é meu tamanho, mas é um Bjørn Borg legítimo. Me empreste os seus sapatos.

— Como é?

— Achei só um par de chinelos de feltro no corredor, não posso entrar na prisão com eles. E a sua jaqueta.

Øystein revirou os olhos e tirou a jaqueta curta de couro.

— Teve alguma dificuldade para passar pelas barreiras? — perguntou Harry.

— Só quando entrei. Eles precisaram verificar se eu tinha o endereço e o nome da pessoa a quem ia entregar a encomenda.

— Vi o nome na porta.

— Na volta, eles só olharam para dentro do carro e me deixaram passar. Meio minuto depois escutei um barulho no rádio e estavam "chamando todas as unidades". Hehe.

— É, pensei ter ouvido algo lá de trás. Sabia que é ilegal sintonizar o canal da polícia, Øystein?

— Não, não é ilegal sintonizar. Só usar. E eu quase nunca o uso.

Harry amarrou os cadarços e jogou os chinelos para Øystein no banco da frente.

— Você vai ser remunerado no céu. Se eles anotaram o número do táxi e você receber visitas, é melhor contar como foi. Que recebeu um pedido direto no celular e que o passageiro insistiu em ficar no bagageiro.

— E não é a verdade?

— É a coisa mais verdadeira que já ouvi em muito tempo.

Harry respirou fundo e tocou a campainha. A princípio não devia haver perigo, mas não dava para saber com que rapidez a notícia de que era procurado ia se espalhar. Afinal, os policiais entravam e saíam da prisão o tempo todo.

— Sim? — perguntou a voz no alto-falante.

— Inspetor Harry Hole — disse Harry, de forma exageradamente articulada, olhando direto para a câmera de vídeo com o que ele esperava ser uma expressão impassível. — Para Raskol Baxhet.

— Você não está na lista.

— Não? — perguntou Harry. — Pedi a Beate Lønn que ligasse para vocês e me registrasse. Ontem à noite, às nove. É só perguntar a Raskol.

— Se é fora do horário de visitas, você tem que estar na lista, inspetor. Ligue para o escritório amanhã.

Harry mudou o peso para o outro pé.

— Qual é o seu nome?

— Bøygset. É, não posso...

— Escute aqui, Bøygset. Trata-se de informações sobre um caso importante que não pode esperar até amanhã. Você deve ter ouvido as sirenes na delegacia hoje à noite.

— Ouvi, mas...

— Então, a não ser que queira dizer aos jornais amanhã cedo como vocês conseguiram perder a lista que tinha o meu nome, sugiro que saia do modo robô e aperte o botão do bom senso. É o que fica bem na sua frente, Bøygset.

Harry olhou para dentro do olho vermelho da câmera. Mil e um, mil e dois... A fechadura zuniu.

Raskol estava sentado em uma cadeira na cela, quando deixaram Harry entrar.

— Obrigado por confirmar a visita — disse Harry, passando o olhar pela minúscula cela de oito metros quadrados. Uma cama, uma escrivaninha, dois armários, alguns livros. Nenhum rádio, nenhuma revista, nenhum pertence pessoal, paredes peladas.

— Prefiro assim — explicou Raskol, em resposta ao que Harry estava pensando. — Aguça a mente.

— Então tente ver como isso aguça a mente — sugeriu o inspetor, se sentando na beirada da cama. — Não foi Albu quem matou Anna. Vocês pegaram o homem errado. Vocês têm o sangue de um homem inocente nas mãos, Raskol.

Harry não tinha certeza, mas achou que viu um tremor quase imperceptível na suave, mas ao mesmo tempo fria, máscara de mártir. Raskol inclinou a cabeça e colocou as palmas das mãos nas têmporas.

— Recebi um e-mail do assassino — contou Harry. — O que aconteceu foi que ele me manipulou desde o primeiro dia. — O policial passou a mão na coberta quadriculada enquanto relatava o conteúdo da última mensagem, seguido de um breve resumo dos acontecimentos do dia.

Raskol ficou imóvel, ouvindo até que Harry terminasse. Depois levantou a cabeça.

— Isso quer dizer que tem sangue inocente nas suas mãos também, *Spiuni*.

Harry assentiu.

— E agora você vem até aqui me contar que fui eu que manchei suas mãos de sangue. E por isso lhe devo alguma coisa.

Harry não falou nada.

— Concordo — disse Raskol. — Então me diga o que eu devo a você.

Harry parou de alisar a coberta.

— Você deve três coisas. Primeiro, preciso de um lugar para me esconder até entender completamente esse caso.

Raskol assentiu.

— Segundo, preciso da chave do apartamento de Anna para verificar umas coisas.

— Você já a recebeu de volta.

— Não aquela com as iniciais AA. Ela está em uma gaveta no meu apartamento, e eu não posso voltar lá agora. Terceiro...

Harry se calou, e Raskol olhou para ele com curiosidade.

— Se eu ouvir Rakel dizer que alguém sequer olhou torto para eles, eu vou me entregar, colocar todas as cartas na mesa e apontar você como o homem por trás do assassinato de Arne Albu.

Raskol abriu um sorriso amigável e indulgente. Como se ele, em consideração a Harry, quisesse lamentar um fato que estava claro para ambos: ninguém jamais conseguiria ligar Raskol ao assassinato.

— Você não precisa se preocupar com Rakel e Oleg, *Spiuni*. Meu contato recebeu ordens de retirar seus artesãos assim que terminaram com Albu. Você devia estar mais preocupado com o resultado do processo judicial. Meu contato diz que não inspira otimismo. A família por parte de pai tem certas conexões.

Harry deu de ombros.

Raskol abriu a gaveta da escrivaninha, pegou a chave Trioving brilhosa e deu-a a Harry.

— Vá direto para a estação de metrô em Grønland. Depois de descer a primeira escada, verá uma mulher atrás de um guichê ao lado dos banheiros. Ela precisa de cinco coroas para deixá-lo entrar. Diga que Harry chegou, entre no banheiro masculino e se tranque em um dos boxes. Quando ouvir alguém entrar assobiando "Waltzing Matilda", significa que seu transporte já chegou. Boa sorte, *Spiuni*.

A chuva batia com tanta força que jato de água fino ricocheteava no asfalto, e, se alguém tivesse se dado ao trabalho, teria visto pequenos arco-íris na luz dos postes no final do trecho de mão única da rua Sofie. Mas Bjarne Møller não tinha tempo. Ele desceu do carro, puxou o casaco por cima da cabeça e cruzou a rua correndo até o portão onde Ivarsson, Weber e um homem aparentemente de origem paquistanesa o aguardavam.

Møller estendeu a mão e os cumprimentou, e o homem de pele mais escura se apresentou como Ali Niazi, o vizinho de Harry.

— Waaler virá assim que ajeitar as coisas em Slemdal — avisou Møller. — O que foi que encontraram?

— Receio que são coisas realmente sensacionais — respondeu Ivarsson. — O mais importante agora é pensar numa maneira de contar à imprensa que um dos nossos próprios policiais...

— Ei, ei — berrou Møller. — Não tão rápido. Me coloque a par da situação.

Ivarsson esboçou um sorriso.

— Me acompanhe.

O chefe da Divisão de Roubos e Furtos seguiu na frente dos outros três, passou por uma porta baixa e desceu uma escada de pedras até o porão. Møller se esforçou para dobrar o corpo comprido e magro de forma a não encostar no teto ou nas paredes. Ele não gostava de porões.

A voz de Ivarsson produziu um eco surdo entre as paredes de alvenaria.

— Como sabe, Beate Lønn recebeu um monte de e-mails repassados por Hole. São mensagens que Hole alega ter recebido de uma pessoa que confessa ter matado Anna Bethsen. Eu estava na delegacia e li essas mensagens faz mais ou menos uma hora. Para ser franco, a maior parte não passa de um blá-blá-blá ininteligível e confuso. Mas também há informações que o remetente não poderia obter sem ter conhecimento íntimo do que aconteceu na noite que Anna Bethsen morreu. Mesmo que as informações indiquem que Hole esteve no apartamento da morta naquela noite, aparentemente dão um álibi a ele.

— Aparentemente? — Møller se agachou para atravessar outra porta. Dentro do cômodo, o teto era ainda mais baixo e ele teve de andar com o corpo dobrado enquanto tentava não pensar que sobre sua cabeça se encontravam quatro andares de cimento, parcamente sustentados por argila e vigas de madeira centenárias. — O que quer dizer, Ivarsson? Você não falou que as mensagens continham uma confissão?

— Primeiro, nós revistamos o apartamento — explicou Ivarsson. — Ligamos o computador, abrimos a caixa de entrada do e-mail e encontramos todas as mensagens que ele recebeu. Exatamente como ele contou a Beate Lønn. Um álibi aparente, então.

— Você já disse isso — retrucou Møller, visivelmente irritado. — Pode ir direto à questão?

— Evidentemente, a questão é quem mandou esses e-mails para Harry.

Møller ouviu vozes.

— É virando aquela esquina — disse o sujeito que havia se apresentado como vizinho de Harry.

Pararam em frente a um depósito, no porão. Atrás da rede de arame, havia dois homens de cócoras. Um segurava uma lanterna contra o fundo de um laptop enquanto lia um número que o outro anotava. Møller viu que saíam dois fios elétricos da tomada na parede. Um para o laptop e outro para um celular Nokia arranhado, que por sua vez estava conectado ao computador.

Møller se empertigou ao máximo.

— E o que isso prova?

Ivarsson colocou a mão no ombro do vizinho de Harry.

— Ali disse que ele esteve no porão uns dois dias depois que Anna Bethsen foi morta, e que foi a primeira vez que viu esse laptop acoplado ao celular no depósito de Harry. Já verificamos o celular.

— E?

— É de Hole. Agora estamos tentando saber quem comprou o laptop. De qualquer maneira, checamos as mensagens enviadas.

Møller fechou os olhos. Suas costas já estavam doendo.

— E aí estão. — Ivarsson balançou a cabeça, se sentindo vingado. — Todos os e-mails que Harry tentou nos fazer acreditar que algum assassino misterioso lhe havia mandado.

— Hmm — disse Møller. — Não parece muito bom.

— Mas a prova de fato Weber achou no apartamento.

Surpreso, Møller olhou para Weber, que, com uma expressão séria, ergueu um pequeno saco plástico transparente.

— Uma chave? — perguntou Møller. — Com as iniciais AA?

— Encontrada na gaveta da mesinha de telefone — disse Weber. — Os dentes conferem com os da chave do apartamento de Anna Bethsen.

Møller olhou para Weber com uma expressão vazia. A luz austera da lâmpada dava aos rostos a mesma palidez de morte que as paredes caiadas, e conferia a Møller a sensação de estar em um túmulo.

— Preciso sair daqui — disse ele, baixinho.

37

Spiuni Gjerman

Harry abriu os olhos, deu de cara com um risonho rosto de menina e sentiu o primeiro golpe da marreta.

Fechou os olhos de novo, mas nem o riso da menina, nem a dor de cabeça desapareceram.

Tentou reconstruir a noite.

Raskol, o banheiro na estação do metrô, um homem baixinho, assoviando e vestindo um terno Armani gasto, a mão estendida com anéis de ouro, pelos pretos e a unha do mindinho comprida e afiada.

— Olá, Harry. Sou seu amigo Simon. — E em contraste marcante ao terno puído: um novo e brilhoso Mercedes com um motorista que parecia ser irmão de Simon, com os mesmos olhos castanhos sorridentes e o mesmo aperto de mão peludo ornado com ouro.

Os dois homens na frente do carro haviam conversado sem parar em uma mistura de norueguês e sueco com o sotaque típicos das pessoas de circo, vendedores de facas, pregadores e vocalistas em orquestras dançantes. Mas não disseram muitas coisas. "Está bem, meu amigo?" "Tempo ruim, né?" "Roupa bacana. Vamos trocar?" Gargalhadas à vontade e estalidos de isqueiro. Se Harry fumava? Cigarros russos. Sirva-se. Com certeza ruins, mas "de um jeito legal, sacou?". Mais gargalhadas. Raskol não foi mencionado uma única vez, nem o local para onde estavam indo.

Que se mostrou não muito distante.

Viraram a esquina depois do Museu Munch e continuaram aos solavancos por uma rua esburacada até um estacionamento em frente a uma quadra esportiva lamacenta. Nos fundos do estacionamento, havia três trailers de camping. Dois novos e grandes, e um pequeno e velho, sem rodas e sobre quatro blocos de cimento.

A porta de um dos trailers grandes se abriu e Harry viu a silhueta de uma mulher. Atrás dela pipocaram cabeça de crianças. Harry contou cinco.

O inspetor disse que não estava com fome e ficou em um canto do trailer observando os outros comerem. A comida foi servida pela mais nova das duas mulheres, e todos comeram depressa e sem cerimônia. As crianças olhavam para Harry dando risadinhas e se acotovelando. Harry piscou para os pequenos e tentou sorrir, então sentiu novamente seu corpo quase congelado, enrijecido. O que não era uma boa notícia, já que tinha dois metros e cada centímetro dele doía. Depois, Simon deu-lhe duas mantas de lã, um tapinha amigável no ombro e indicou o outro trailer com a cabeça.

— Não é um Hilton, mas aqui você está seguro, meu amigo.

O calor que Harry tinha recuperado sumiu assim que entrou na geladeira em formato de ovo que era aquele trailer. Ele tirou os sapatos que Øystein havia lhe emprestado, um número pequeno demais, esfregou os pés e tentou achar espaço na pequena cama. A última coisa que lembrou foi de tentar despir as calças molhadas.

— Hihihi.

Harry abriu os olhos de novo. O pequeno rosto moreno havia sumido e o riso vinha de lá de fora, pela porta aberta, por onde uma faixa de sol tinha a audácia de entrar e brilhar na parede atrás dele e nas fotos pregadas na parede. Harry se apoiou nos cotovelos para observá-las. Uma das fotos mostrava dois meninos com os braços em volta um do outro, em frente ao que parecia ser o mesmo trailer onde ele estava deitado. Pareciam muito alegres. Não, mais que isso. Pareciam felizes. Talvez tenha sido por isso que Harry demorou a reconhecer o jovem Raskol.

Harry jogou os pés para fora da cama e decidiu ignorar a dor de cabeça. Ficou sentado alguns segundos para checar se o estômago ia aguentar. Ele havia sobrevivido a tormentos piores que os da véspera, bem piores. Quase perguntou se eles tinham algo mais forte para beber durante o jantar na noite anterior, mas se controlou. Será que o corpo tolerava o álcool melhor agora, depois de tanto tempo de abstinência?

A resposta veio assim que ele saiu do trailer.

As crianças olhavam perplexas enquanto Harry se apoiava na barra de reboque e vomitava no gramado queimado. Ele tossiu e cuspiu algumas vezes, depois limpou a boca com o dorso da mão, e, quando se virou, Simon exibia um grande sorriso, como se esvaziar o estômago fosse a forma mais natural de começar o dia.

— Comida, meu amigo?

Harry engoliu em seco e aceitou com um aceno de cabeça.

Simon emprestou a Harry um terno amarrotado, uma camisa limpa com colarinho largo e um par de óculos escuros grandes. Eles entraram no Mercedes e entraram a rua Finnmarkgata. Pararam no sinal vermelho da praça Carl Berners, onde Simon baixou o vidro e chamou um homem que fumava charuto em frente a uma banca de jornal. Harry teve a ligeira sensação de já ter visto o homem em algum lugar antes. E, por experiência própria, sabia que esse sentimento normalmente significava que a lembrança tinha um histórico. O homem riu e gritou algo para ele, que Harry não captou.

— Conhecidos? — perguntou.

— Um contato — respondeu Simon.

— Um contato — repetiu Harry, observando a viatura da polícia à espera da luz verde, do outro lado do cruzamento.

Simon virou à esquerda em direção ao Hospital Universitário Ullevål.

— Me diga — começou Harry. — Que tipo de contato Raskol tem em Moscou para conseguir encontrar uma pessoa, em uma cidade com vinte milhões de habitantes... — Harry estalou os dedos — assim? É a máfia russa?

Simon riu.

— Talvez. Se você não consegue pensar em outras opções que sejam melhores em encontrar pessoas.

— A KGB?

— Se a memória não me falha, eles não existem mais. — Simon riu ainda mais alto.

— Nosso perito em Rússia na polícia Secreta me contou que são as pessoas da antiga KGB que ainda mandam em tudo por lá.

Simon deu de ombros.

— Favores, meu amigo. E retribuição de favores. É disso que se trata, você sabe.

Harry desceu na rua Sorgenfrigata, e Simon continuou para cuidar de "um negócio em Sagene, você sabe".

O inspetor esquadrinhou a rua. Uma perua passou. Ele pedira a Tess, a menina de olhos castanhos que o acordara, que fosse até Tøyen lhe comprar os jornais *Dagbladet* e *Verdens Gang*, mas não havia nada sobre ele em nenhum dos dois. O que não queria dizer que ele podia se sair por aí, porque, se não estivesse totalmente errado, havia uma foto sua com todas as viaturas.

Harry seguiu rapidamente até o portão, enfiou a chave de Raskol na fechadura e girou. Tentou não quebrar o silêncio do corredor ao subir as escadas. Em frente à porta de Astrid Monsen havia um jornal. Assim que entrou no apartamento de Anna, fechou a porta com cuidado e respirou fundo.

Não pense no que está procurando.

Cheirava a mofo. Ele entrou na sala. Nada havia sido tocado desde a última vez que esteve no local. A poeira dançava na luz do sol que entrava pela janela e iluminava os três retratos. Ele ficou um tempo contemplando as pinturas. Havia algo estranhamente familiar na forma das cabeças distorcidas. Ele se aproximou e passou a ponta do dedo sobre os relevos de tinta a óleo. Se queriam falar com ele, Harry não conseguiu entender o que diziam.

Foi para a cozinha.

Cheirava a lixo e a gordura rançosa. Ele abriu a janela e analisou os pires e os talheres na bancada da pia. Haviam sido apenas enxaguados, mas não de fato lavados. Remexeu nos restos de comida endurecida com um garfo. Conseguiu soltar um pedaço vermelho e mole do molho. Colocou na boca. Pimenta-malagueta.

Atrás de uma panela grande havia duas taças bojudas de vinho tinto. Uma delas estava com resíduo no fundo, mas a outra parecia não ter sido usada. Harry a cheirou, mas só sentiu o aroma de vidro quente. Ao lado das taças havia dois copos de vidro comuns. Ele achou um pano de prato para que pudesse segurar os copos contra a luz sem deixar impressões digitais. Um estava limpo, o outro tinha uma película viscosa.

Ele raspou a película com a unha e chupou o dedo. Açúcar. Com gosto de café. Coca-Cola? Harry fechou os olhos. Vinho e Coca-Cola? Não. Água e vinho para uma pessoa. E Coca-Cola e taça não usada para a outra. Ele embrulhou o copo no pano de prato e enfiou-o no bolso do paletó. Um impulso o levou a entrar no banheiro. Desatarraxou a tampa da caixa da descarga e procurou com a mão ali dentro. Nada.

Quando voltou à rua, nuvens vinham chegando do oeste, e o ar parecia um pouco mais fresco. Harry mordeu o lábio inferior. Então decidiu ir em direção à rua Vibes.

Harry logo reconheceu o jovem atrás do balcão no chaveiro.

— Bom dia, sou da polícia — disse Harry, esperando que o rapaz não fosse pedir seu distintivo, que ficou na jaqueta de Albu, em Slemdal.

O rapaz largou a revista.

— Eu sei.

Por um momento, Harry foi dominado pelo pânico.

— Eu lembro que você veio pegar uma chave. — O rapaz abriu um largo sorriso. — Eu me lembro de todos os clientes.

Harry pigarreou.

— Bem, eu não sou exatamente um cliente.

— Não?

— Não, a chave não era para mim. Mas não é por isso...

— Mas tinha que ser para você! — O rapaz o interrompeu. — Era uma chave mestra, não era?

Harry assentiu. Pelo canto do olho, viu uma patrulha passar devagar na rua em frente.

— Era sobre chaves mestra que queria perguntar. Queria saber como um desconhecido consegue uma cópia de uma chave mestra. Uma chave Trioving, por exemplo.

— Isso não é possível — respondeu o rapaz, com uma convicção de quem lê revistas de ciências. — Só a Trioving pode fazer uma cópia que funcione. Por isso, a única maneira de conseguir uma cópia é falsificando a autorização do pedido do conselho do condomínio. Mas, mesmo assim, seria descoberto na hora de pegar a chave, porque eles exigem identificação e conferem com a lista que temos dos nomes dos moradores do prédio.

— Mas eu peguei uma chave mestra aqui. E era uma chave que outra pessoa me pediu que viesse buscar.

O rapaz franziu a testa.

— Não, lembro claramente que você mostrou sua identificação e que eu verifiquei o nome. De quem era a chave que você pegou, então?

Harry viu no reflexo da porta de vidro atrás do balcão a mesma viatura passar na direção oposta.

— Esqueça. Tem outra maneira de conseguir uma cópia?

— Não. A Trioving, que molda essas chaves, só aceita pedidos de comerciantes autorizados, como nós. E, como eu disse, a gente confere a documentação e faz o registro dos pedidos de chaves para cada condomínio. O sistema é bem seguro.

— É o que parece. — Irritado, Harry passou a mão no rosto. — Um tempo atrás, liguei e fiquei sabendo que uma mulher que morava na rua Sorgenfrigata recebeu três chaves para o seu apartamento. Uma, nós encontramos no apartamento, a outra ela deu ao eletricista que ia consertar alguma coisa lá, e a terceira encontramos em outro lugar. Só que acho que não foi ela que pediu uma terceira chave. Você podia verificar isso para mim?

O rapaz deu de ombros.

— Acho que sim, mas por que não pergunta a ela mesma?

— Alguém meteu uma bala na cabeça dela.

— Poxa — disse o rapaz, sem pestanejar.

Harry ficou esperando, quieto. Ele sentiu alguma coisa. Um leve arrepio, uma pequena corrente de ar, talvez da porta. O bastante para que seus pelos na nuca ficassem arrepiados. Ouviu-se um pigarrear baixo. Ele não escutou ninguém entrando. Sem se virar, tentou ver quem era, mas daquele ângulo parecia impossível.

— Polícia — disse uma voz alta e clara atrás dele. Harry engoliu em seco.

— Sim? — disse o rapaz, olhando por cima do ombro de Harry.

— Estão lá fora — falou a voz. — Dizem que houve um roubo na casa de uma velha, no número 14. Ela está precisando de uma nova fechadura imediatamente, então querem saber se nós podemos mandar alguém até lá.

— Bem, você pode acompanhá-los, Alf. Como vê, estou ocupado.

Harry ouviu atentamente até que os passos se afastaram.

— Anna Bethsen. — Ele percebeu que estava sussurrando. — Pode verificar se ela veio buscar todas as chaves pessoalmente?

— Não preciso, *tem* que ter sido ela.

Harry se inclinou sobre o balcão.

— Mas pode verificar mesmo assim?

O rapaz soltou um suspiro e desapareceu nos fundos da loja. Voltou com outra pasta e a folheou.

— Veja então você mesmo — disse. — Aqui, aqui e aqui.

Harry reconheceu os formulários com a autorização de entrega. Eram idênticos àqueles que ele mesmo havia assinado quando fora pegar a chave de Anna. Mas todos eles estavam assinados com o nome dela. Ele estava prestes a perguntar pelo formulário com sua assinatura quando reparou nas datas.

— Está registrado aqui que a última chave foi entregue em agosto — disse. — Mas isso é muito tempo antes de eu ter vindo e...

— Sim?

Harry olhou para o nada.

— Obrigado — disse. — Já descobri o que queria.

Lá fora, ventava com mais força. Harry fez uma ligação de um telefone público na praça Valkyrie.

— Beate?

Pairando acima da torre de Sjømannsskolen, duas gaivotas enfrentavam o vento e balançavam de um lado para outro. Sob os pássaros, se estendia o fiorde de Oslo, que já havia ganhado um tom preto esverdeado agourento, e o bairro de Ekeberg, onde as duas pessoas sentadas em um banco pareciam minúsculos pontinhos.

Harry havia terminado de contar sobre Anna Bethsen. Sobre quando eles se conheceram. Sobre a última noite da qual ele nada se lembrava. Sobre Raskol. E Beate lhe contou que o computador portátil que haviam encontrado no porão dele fora rastreado e que havia sido comprado três meses antes, na loja Expert da Colosseum. Que a garantia estava em nome de Anna Bethsen, e que o celular acoplado à máquina era aquele que Harry alegava ter perdido.

— Detesto o barulho de gaivotas — disse Harry.

— Isso é tudo o que tem a dizer?
— Por ora, sim.
Beate se levantou do banco.
— Eu não devia estar aqui, Harry. Você não devia ter me ligado.
— Mas você está aqui. — Harry desistiu de acender o cigarro contra o vento. — Isso quer dizer que acredita em mim. Não é?
A resposta de Beate foi abrir os braços com raiva.
— Eu não sei mais que você — afirmou Harry. — Nem tenho certeza de que não matei Anna Bethsen.
As gaivotas voavam em um elegante turbilhão.
— Me conte mais uma vez o que você sabe — pediu Beate.
— Sei que esse cara, de algum modo, conseguiu as chaves do apartamento de Anna e teve acesso ao local na noite do assassinato. Quando ele saiu, levou o laptop dela e o meu celular.
— Por que o seu celular estava no apartamento de Anna?
— Deve ter escorregado do bolso do sobretudo durante a noite. Como disse, eu estava meio embriagado.
— E então?
— O plano original era simples. Ir para Larkollen depois do assassinato e esconder a chave que ele tinha usado no chalé de Arne Albu. Estava em um chaveiro com as iniciais AA, para que ninguém tivesse dúvida, aparentemente. Mas, quando encontrou meu celular, ele de repente entendeu que podia dar mais uma guinada no plano. Fazer parecer que eu primeiro assassinei Anna, depois planejei tudo para colocar a culpa em Albu. Então ele usou o número do meu celular para fazer uma assinatura na internet de um servidor no Egito e começou a mandar e-mails para mim, sem que fosse possível rastrear o remetente.
— E, se fosse rastreado, levaria a...
— Mim. De qualquer maneira, eu não iria descobrir que havia algo errado antes de receber a próxima conta de telefone. E provavelmente nem assim, já que não sou de examiná-la tão detalhadamente.
— Ou de cancelar a assinatura quando perde o celular.
— Hmm. — Harry se levantou subitamente e começou a andar de um lado para o outro em frente ao banco. — O que é mais difícil de entender é como ele conseguiu entrar no depósito do porão. Vocês não identificaram nenhum sinal de arrombamento. E ninguém no prédio

teria deixado um estranho entrar. Em suma, ele tem a chave. É claro que só precisa de uma chave, já que o prédio tem chave mestra que serve para o portão, o sótão, o porão e os apartamentos, mas uma chave dessas é difícil de conseguir. E a chave que ele arranjou para o apartamento de Anna também era uma chave mestra...

Harry parou e olhou para o sul. Um cargueiro com dois guindastes altos estava entrando no fiorde.

— No que você está pensando? — perguntou Beate.

— Estou pensando em pedir a você que cheque alguns nomes para mim.

— Prefiro não fazer isso, Harry. Como disse, eu não devia nem estar aqui.

— E estou pensando... De onde vêm as marcas roxas?

De imediato ela levou a mão ao pescoço.

— Do treino. Judô. Algo mais que queira saber?

— Sim. Será que pode levar isso para Weber? — Harry tirou o pano de prato com o copo do bolso do paletó. — Peça a ele que cheque as impressões digitais e bata com as minhas.

— Ele tem as suas?

— A Criminalística tem impressões de todos os investigadores que operam no local do crime. E peça a ele que analise o que estava no copo.

— Harry... — começou ela em tom repreensivo.

— Por favor!

Beate suspirou e pegou o copo embrulhado.

— Chaveiro AS — disse Harry.

— O que quer dizer?

— Se você resolver mudar de ideia sobre verificar nomes, pode investigar o pessoal que trabalha lá. É uma empresa pequena.

Ela olhou para ele, resignada. Harry deu de ombros.

— Se cuidar do copo, me deixará para lá de feliz.

— E onde posso encontrar você quando tiver a resposta de Weber?

— Quer mesmo saber? — Harry sorriu.

— Quero saber o mínimo possível. Você entra em contato comigo, então?

Harry apertou o paletó ao corpo.

— Vamos?

Beate balançou a cabeça, mas não se mexeu. Harry olhou para ela, erguendo as sobrancelhas.

— O que ele escreveu — disse ela —, que apenas os mais vingativos sobrevivem. Acha que isso é mesmo verdade, Harry?

Harry esticou as pernas na pequena cama do trailer. O zunido dos carros na rua Finnmarkgata fez Harry se lembrar de quando era pequeno e dormia com a janela aberta em Oppsal, ouvindo o barulho do trânsito. Quando visitava o avô em Åndalsnes, no verão, era essa a única coisa de que sentia falta: o regular zunido sonífero que era interrompido apenas por uma moto, um escapamento furado, uma sirene da polícia à distância.

Bateram à porta. Era Simon.

— Tess quer que conte uma história de dormir amanhã também — disse ele e entrou.

Harry tinha contado à menina como o canguru havia aprendido a pular e ganhara abraços de boa-noite de todas as crianças como recompensa.

Os dois homens fumavam em silêncio. Harry apontou para a foto na parede.

— São Raskol e o irmão, não são? Stefan, o pai de Anna?

Simon assentiu.

— Onde Stefan está agora?

Simon deu de ombros, desinteressado, e Harry entendeu que o assunto era um tabu.

— Na foto, os dois parecem ser bons amigos — argumentou Harry.

— Eles eram meio como gêmeos siameses. Companheiros. Raskol preso no lugar de Stefan duas vezes. — Simon riu. — Vejo que ficou surpreso, meu amigo. É uma tradição, entende? É uma honra cumprir pena por um irmão ou um pai, sabia?

— Para a polícia, isso não é exatamente a mesma coisa.

— Não conseguiram diferenciar Raskol de Stefan. Irmãos ciganos. Não é uma tarefa fácil para a polícia norueguesa. — Ele sorriu e ofereceu outro cigarro a Harry. — Principalmente quando eles estão usando máscaras.

Harry tragou o cigarro e resolveu dar um tiro no escuro.

— O que foi que aconteceu?

— O que você acha? — Simon arregalou os olhos de forma dramática. — Uma mulher, é claro.

— Anna? — Simon não respondeu, mas Harry entendeu que tinha acertado. — Stefan não quis mais saber de Anna porque ela encontrou um *gadjo*?

Simon apagou o cigarro e se levantou.

— Sabe, não era Anna. Mas Anna tinha uma mãe. Boa noite, *Spiuni*.

— Hmm. Só uma última pergunta.

Simon parou.

— O que quer dizer *Spiuni*?

Simon riu.

— É uma abreviação de *spiuni gjerman*... espião alemão. Mas relaxe, meu amigo, não é mal-intencionado. Em alguns lugares, é até nome de menino.

Então ele fechou a porta e desapareceu.

O vento havia acalmado, e tudo que dava para ouvir era o zunido da rua Finnmarkgata. Mas, mesmo assim, Harry não conseguiu dormir.

Beate estava deitada, ouvindo os carros lá fora. Quando era criança, costumava dormir ouvindo a voz dele. Os contos de fadas que ele lhe contava não estavam em livro nenhum, eram inventados na hora. Nunca eram iguais, mesmo quando começavam da mesma maneira e com os mesmos personagens: dois ladrões malvados, um papai esperto e sua filhinha corajosa. E o final era sempre feliz, com os ladrões atrás das grades.

Beate não conseguia se lembrar de ter visto o pai lendo. Quando cresceu, entendeu que ele sofria de algo chamado dislexia. Se não fosse por isso, teria se tornado advogado, dizia a mãe.

— E é isso que a gente quer para você.

Mas os contos de fadas não tinham advogados e, quando Beate contou que tinha sido aceita na Academia de Polícia, a mãe chorou.

De súbito, Beate abriu os olhos. Alguém havia tocado a campainha. Ela gemeu e jogou os pés para fora da cama.

— Sou eu — disse a voz no interfone.

— Já falei que não quero mais ver você — disse ela, tremendo no penhoar fino. — Vá embora.

— Vou embora depois de te pedir desculpas. Não era eu. Não sou assim. Só perdi um pouco as estribeiras. Por favor, Beate. Só cinco minutos.

Ela hesitou. Ainda estava com a nuca dolorida e Harry tinha comentado sobre as manchas roxas.

— Trouxe um presente — disse a voz.

Ela suspirou. Teria de encontrá-lo de novo de qualquer maneira. Afinal, era melhor que fosse ali, e não no trabalho. Ela apertou o botão, amarrou o penhoar e esperou na porta enquanto ouvia os passos na escada.

— Olá — disse ele, sorrindo, quando a viu. Um sorriso largo e de dentes brancos, um sorriso David Hasselhoff.

38

Giro fusiforme

Tom Waaler lhe deu o presente, mas tomou cuidado para não tocar nela, porque ela ainda exibia a linguagem corporal de medo, semelhante à de um antílope, a qual um predador podia farejar. Em vez disso passou por ela, foi para a sala e sentou-se no sofá. Ela o seguiu e ficou de pé. Ele olhou em volta. O apartamento tinha sido decorado como a maioria das residências de outras mulheres jovens com quem ele frequentemente saía: pessoal e banal, aconchegante e monótono.

— Não vai abrir? — perguntou. Ela obedeceu.

— Um CD — disse ela, intrigada.

— Não *um* CD — disse ele. — *Purple Rain*. Coloque para tocar, você vai entender.

Ele a estudou enquanto ligava o lastimável aparelho de som três em um, que ela e suas semelhantes chamavam de sistema de som. A senhorita Lønn não era exatamente bonita, mas graciosa à própria maneira. O corpo era um pouco sem graça, não havia tantas curvas nas quais se agarrar. Mas ela era esbelta e malhada. E Beate havia gostado do que ele fizera com ela, mostrando um entusiasmo saudável. Pelo menos, nos rounds preliminares, quando ele pegou leve. Sim, porque acabou sendo mais do que um único round. De fato, era estranho, já que ela realmente não fazia seu tipo.

Então certa noite ele lhe deu o trato completo. E ela — como a maioria das mulheres com as quais ele saía — não estava a fim de ir tão longe. O que em princípio tornava tudo ainda mais excitante para ele, mas também significava que seria a última vez. O que não o incomodava. Beate devia estar contente; podia ter sido pior. Duas noites antes, estavam na cama dele, quando de repente ela contou onde o tinha visto pela primeira vez.

— No bairro de Grünerløkka — disse. — Era noite e você estava em um carro vermelho. Havia muitas pessoas na rua e o vidro estava aberto. Foi no inverno do ano passado.

Ele ficou pasmo. Especialmente porque a única noite que se lembrava de ter estado em Grünerløkka no inverno passado foi no sábado em que eles despacharam Ellen Gjelten.

— Eu me lembro dos rostos — explicou ela, com um sorriso triunfante quando viu sua expressão. — Giro fusiforme. É a parte do cérebro que reconhece rostos. O meu é anormal. Devia estar no circo.

— Legal — disse ele. — O que mais você lembra?

— Você estava conversando com outra pessoa.

Ele se apoiou nos cotovelos, se inclinou sobre ela e passou o polegar em seu pescoço. Sentiu o pulso dela latejar; parecia um coelho assustado. Ou era o próprio pulso que ele sentira?

— Então você se lembra do rosto da outra pessoa também? — perguntou, já começando a raciocinar. Será que alguém sabia que ela estava ali aquela noite? Ela havia mantido mesmo em segredo a relação dos dois como ele havia pedido? Havia sacos de lixo no armário da cozinha?

Ela se virou para ele e sorriu, perplexa.

— O que quer dizer?

— Você reconheceria a outra pessoa se, por exemplo, visse uma foto?

Ela olhou para ele demoradamente. Beijou-o com cuidado.

— Então? — insistiu, retirando a outra mão debaixo do edredom.

— Hmm. Não. Ele estava de costas.

Mas você se lembraria das roupas que ele estava usando? Caso fosse interrogada para identificá-lo, quero dizer.

Ela balançou a cabeça.

— O giro fusiforme só grava rostos. O resto do meu cérebro é bastante normal.

— Mas você se lembra da cor do carro no qual eu estava.

Ela riu e se aconchegou em seus braços.

— Provavelmente significa que gostei do que vi.

Com calma, ele retirou a mão do pescoço dela.

Duas noites depois, ele fez o show completo. E ela não gostou do que viu, ouviu e sentiu.

As primeiras notas de "When Doves Cry" ribombaram dos alto-falantes.

Ela abaixou o volume.

— O que você quer? — perguntou Beate, se sentando na poltrona.

— Como eu disse, pedir desculpas.

— Já pediu. Vamos passar uma borracha nisso. — Ela bocejou de modo exagerado. — Eu já estava indo dormir, Tom.

Ele sentiu a raiva chegar. Não a raiva vermelha que torcia e cegava, mas a branca que luzia e dava clareza e energia.

— Ótimo, então vou passar para o que interessa. Onde está Harry Hole?

Beate riu. Prince berrou em falsete.

Tom fechou os olhos, sentiu a ira fluir mais e mais forte nas veias como água gelada refrescante.

— Harry ligou para você na noite que sumiu. Ele te encaminhou os e-mails. Você é o contato dele, a única pessoa em quem ele confia no momento. Onde ele está?

— Eu estou realmente cansada, Tom. — Ela se levantou. — Se tiver mais perguntas para as quais não tenho respostas, sugiro que tratemos disso amanhã.

Tom Waaler continuou sentado.

— Tive uma conversa interessante com um dos policiais na prisão hoje. Harry esteve lá ontem à noite, bem debaixo do nosso nariz, enquanto nós e a metade do plantão da Criminalística estávamos à procura dele. Você sabia que Harry é comparsa de Raskol?

— Não faço ideia do que você está falando ou o que isso tem a ver com o caso.

— Nem eu, mas sugiro que você se sente um minuto, Beate. E escute uma pequena história que acho que vai fazer você mudar de ideia sobre Harry e seus amigos.

— A resposta é não, Tom. Saia.

— Nem mesmo se o seu pai fizer parte da história?

Ele viu a boca dela se contrair e entendeu que estava no caminho certo.

— Tenho fontes que... como posso dizer... não são acessíveis para um policial comum, que fazem com que eu conheça a história verdadeira do que aconteceu quando seu pai foi morto em Ryen. E quem o matou.

Ela o encarou, boquiaberta.

Waaler riu.

— Não contava com isso, não é?

— Você está mentindo.

— Seu pai foi morto por um tiro de uma Uzi, seis balas no peito. De acordo com o relatório, ele entrou no banco para negociar, estava sozinho e desarmado, e, portanto, não tinha com que negociar. A única coisa que poderia conseguir seria deixar os assaltantes nervosos e agressivos. Um erro fatal. Incompreensível. Ainda mais porque o seu pai era uma lenda justamente por causa do seu profissionalismo. Mas, na verdade, ele estava acompanhado de um colega. Um jovem policial, de quem se esperava muito, um homem de futuro promissor na carreira. Mas ele nunca havia lidado com um assalto *ao vivo*, muito menos com assaltantes usando armas de fogo de verdade. Ele ia deixar seu pai em casa depois do trabalho naquele dia, já que estava empenhado em se entender com seus superiores. Então seu pai chega a Ryen em um carro que o relatório deixou de mencionar que não era dele. Porque o carro do seu pai estava na garagem na casa de vocês, Beate, quando você e sua mãe receberam a notícia, não foi?

Ele podia ver que as veias no pescoço ela se dilatavam, ficando intumescidas e azuladas.

— Vá se foder, Tom.

— Venha até aqui e escute o pequeno conto de fadas do papai — disse ele, apalpando a almofada no sofá, ao seu lado. — Porque vou falar bem baixinho e, na verdade, acho que você deve ouvir.

Instintivamente, ela deu um passo para a frente, mas parou.

— Ok — disse Tom. — Foi assim, que nesse dia de... Quando foi, Beate?

— Foi em junho.

— Eles ouviram a notícia no rádio, o banco ficava pertinho, eles foram para lá e se posicionaram na frente da agência, armados. O jovem policial e o investigador experiente. Eles seguiam o protocolo, esperavam reforços. Ou que os assaltantes saíssem do banco. Nem sonhavam em invadir o local. Até que um dos assaltantes apareceu na porta com o rifle apontado para a cabeça da funcionária. Ele gritou o nome do seu pai. O assaltante tinha reconhecido o inspetor Lønn lá fora. Ele gritou que não queria machucar a mulher, mas que precisava de um refém. E que se Lønn quisesse trocar de lugar, estava ok para eles. Mas ele precisava deixar a arma e entrar sozinho no banco para fazer a troca. E o seu pai, o que ele fez? Ele pensou. Precisava pensar rápido. A mulher estava em estado de choque. As pessoas morrem de choque. Ele pensou na própria esposa, sua mãe. Um dia de junho, sexta-feira, logo seria fim de semana. E o sol... O sol brilhava, Beate?

Ela assentiu.

— Ele imaginou que devia estar quente dentro da agência. O estresse. O desespero. Então se decidiu. O que decidiu? O que ele resolveu fazer, Beate?

— Ele entrou. — A voz sussurrante soava carregada de emoção.

— Ele entrou. — Waaler baixou a voz. — O inspetor Lønn entrou e o jovem policial ficou esperando. Esperando reforços. Esperou a mulher sair. Esperou que alguém dissesse a ele o que fazer, ou que aquilo fosse apenas um sonho ou um treinamento, e que ele pudesse ir para casa, porque era sexta-feira e o sol estava brilhando. Em vez disso, escutou... — Waaler produziu um som ao estalar a língua no céu da boca. — Seu pai caiu contra a porta, que se abriu, e ficou deitado com metade do corpo para fora. Seis tiros no peito.

Beate se encolhe na cadeira.

— O jovem policial viu o inspetor caído e entendeu que não era um treinamento. Nem um sonho. Que os bandidos tinham uma metralhadora de verdade e matavam policiais a sangue-frio. Ele nunca havia sentido tanto medo na vida, nem antes, nem depois. Já havia lido sobre coisas assim, tirava notas boas em Psicologia. Mas alguma coisa já havia se rompido. Ele se lembrou do pânico que descreveu tão bem no exame. Se sentou ao volante e foi embora. Ele dirigiu, dirigiu até chegar em casa, e sua esposa, com quem tinha acabado de se casar, apareceu na escada, e estava zangada porque ele havia se atrasado para o jantar. E ouviu a bronca de pé, feito um menino na escola, e prometeu que isso não ia se repetir. Então os dois jantaram. Depois do jantar, assistiram à TV, e um repórter deu a notícia de que um policial tinha sido morto durante um assalto a banco. Seu pai estava morto.

Beate escondeu o rosto nas mãos. Tudo voltou. Aquele dia todo. Com o sol redondo, meio perplexo no céu incompreensivelmente limpo. Ela também tinha achado que era um sonho.

— Quem seria o assaltante? Quem saberia o nome do seu pai, que conheceria todo o esquema, que sabia que, dos dois policiais lá fora, era o inspetor Lønn que representava uma ameaça? Quem poderia ser tão frio e estratégico, colocando seu pai diante de um dilema, ciente da escolha que faria? Para que ele pudesse matá-lo e depois fazer o que quisesse com o jovem policial apavorado? Quem seria, Beate?

As lágrimas rolaram entre seus dedos.

— Ras... — Ela fungou.

— Eu não escutei, Beate.

— Raskol.

— Raskol, sim. E só ele. O parceiro estava furioso. Eram assaltantes, não assassinos, disse ele. E ele foi tão burro que ameaçou Raskol. Dizendo que iria se entregar e delatá-lo. Por sorte, conseguiu fugir para o exterior antes que Raskol o pegasse.

Beate soluçava. Waaler esperou.

— Sabe o que é o mais engraçado? É que você se deixou enganar pelo assassino do seu próprio pai. Igual ao seu pai.

Beate ergueu o olhar.

— O que... O que você quer dizer?

Waaler deu de ombros.

— Vocês estão pedindo que Raskol aponte um assassino. Ele está à procura de uma pessoa que ameaçou testemunhar contra ele em um caso de assassinato. O que ele faz? Naturalmente vai apontar esse cara.

— Lev Grette? — Ela enxugou as lágrimas.

— Por que não? Para que vocês ajudassem a encontrá-lo. Li que encontraram Grette pendurado numa corda. Que ele tinha cometido suicídio. Sei não, não sei se foi isso mesmo. Estou certo de que foi alguém que simplesmente se antecipou a vocês.

Beate pigarreou.

— Você está esquecendo algumas coisas. Primeiro, encontramos uma carta de despedida. Lev não deixou muitas coisas por escrito, mas conversei com o irmão dele, que encontrou alguns de cadernos da época da escola no sótão, em Diesengrenda. Eu os levei para Jean Hue, o perito em caligrafia da Kripos, que confirmou que a carta tinha sido escrita mesmo por Lev. Segundo, Raskol está atrás das grades. De livre vontade. Não parece alguém disposto a matar para evitar punição.

Waaler balançou a cabeça, discordando.

— Você é uma menina esperta, mas, como o seu pai, carece de *insight* psicológico. Você não entende como funciona o cérebro de criminosos. Raskol não está na prisão. Ele só está temporariamente estacionado na prisão. Uma pena por assassinato mudaria tudo. E, nesse meio-tempo, você o protege. E ao seu amigo Harry Hole.

Ele se inclinou para a frente e colocou a mão no braço dela.

— Seu pai não cometeu nenhum erro. E Harry está cooperando com a pessoa que o matou. Então, o que vai fazer? Vamos encontrar Harry juntos?

Beate fechou os olhos e espremeu a última lágrima. Depois os abriu de novo. Waaler estendeu um lenço para Beate, e ela aceitou.

— Tom — começou ela. — Preciso esclarecer uma coisa.

— Não será preciso. — Waaler acariciou a mão dela. — Eu entendo. É um conflito de lealdade. Apenas pense no que o seu pai teria feito. Profissionalismo, não é?

Beate o encarou, pensativa. Depois assentiu devagar. Ele respirou fundo. No mesmo instante, o telefone começou a tocar.

— Não vai atender? — perguntou Waaler, depois do terceiro toque.

— É a minha mãe — disse Beate. — Eu ligo de volta daqui a trinta segundos.

— Trinta segundos?

— É o tempo que vai levar para eu explicar a você que, se eu soubesse onde Harry está, você seria a última pessoa a quem eu contaria. — Ela lhe devolveu o lenço. — E para você colocar os sapatos e se mandar.

Tom Waaler sentiu a raiva explodir como um gêiser pelas costas e pela nuca. Permitiu-se alguns segundos para curtir o sentimento antes de pegar Beate com um braço e puxá-la para baixo de si. Ela arfou e tentou resistir, mas ele sabia que ela havia sentido sua ereção e que os lábios que mantinha fechados com tanto esforço logo se abririam.

Depois de seis toques, Harry desligou e saiu da cabine telefônica, deixando a jovem que estava esperando entrar. Ele virou as costas para a rua Kjølberggata e para o vento, acendeu um cigarro e soprou a fumaça em direção ao estacionamento e aos trailers. No fundo era cômico. Ali estava ele — apenas a dois passos da Criminalística em uma direção, da sede da polícia na outra e dos trailers na terceira. Usando um terno de cigano. Um homem procurado. Era de fazer morrer de rir.

Harry batia os dentes. Ele se virou de lado quando uma viatura desceu a passagem cheia de carros estacionados, mas deserta. Não conseguia dormir. E não aguentava mais ficar ocioso enquanto o tempo trabalhava contra ele. Amassou a ponta do cigarro com o sapato e já estava prestes a partir quando viu que a cabine tinha ficado livre de novo. Ele olhou no relógio. Quase meia-noite. Estranho ela não estar em casa. Talvez estivesse dormindo e não tenha conseguido atender antes de ele desligar. Discou o número de novo. Ela atendeu ao primeiro toque.

— Beate.
— É Harry. Acordei você?
— Eu... Acordou.
— Desculpe. Quer que eu ligue amanhã?
— Não, pode falar agora.
— Está sozinha?

Seguiu-se uma pausa.

— Por que está perguntando isso?
— Você está com uma voz... Não, esqueça. Descobriu alguma coisa?

Ele a ouviu engolir em seco como estivesse tentando recuperar o fôlego.

— Weber verificou as impressões digitais no copo. E a maioria é sua. As análises dos restos do copo devem ficar prontas em dois dias.
— Muito bom.
— E quanto ao computador no depósito do porão, descobriram um software instalado, com o qual você pré-programa a data e a hora de

enviar um e-mail. A última alteração feita nos e-mails é do dia em que Anna Bethsen morreu.

Harry não sentia mais o vento gelado.

— Isso quer dizer que os e-mails que você recebeu estavam prontos no computador quando ele foi deixado no depósito — continuou Beate. — Isso explica por que o seu vizinho paquistanês já tinha visto o computador lá fazia tempo.

— Quer dizer que estava lá trabalhando por conta própria o tempo todo?

— Plugados na tomada, tanto o computador como o celular funcionariam sem problemas.

— Que merda! — Harry deu um tapa na própria testa. — Mas isso só pode significar que a pessoa que pré-programou a máquina previu todo o curso dos acontecimentos. Que a coisa toda é um teatro de marionetes. E nós somos as marionetes.

— É o que parece. Harry?

— Estou aqui. Só preciso digerir isso tudo. Quero dizer, preciso esquecer, é coisa demais de uma vez só. E o nome da empresa que eu lhe dei?

— O nome da empresa, claro. O que faz você pensar que já tomei alguma providência a respeito?

— Nada. Até você falar o que falou agora.

— Eu não falei nada.

— Não, mas seu tom de voz foi promissor.

— É?

— Encontrou alguma coisa, não foi?

— Encontrei.

— Desembuche!

— Liguei para um escritório de contabilidade que presta serviço para o chaveiro e consegui que uma mulher me enviasse o número de identidade do pessoal de lá. Quatro trabalham em tempo integral, e dois em meio expediente. Passei tudo pelo registro penal e pelo registro criminal geral. Cinco têm a ficha limpa. Mas um dos caras...

— Sim?

— Precisei rolar o texto na tela para poder ver tudo. A maior parte foi por drogas. Ele foi acusado de vender heroína e morfina, mas só cumpriu pena por porte de uma pequena quantidade de haxixe. Também ficou preso por arrombamento e dois roubos com agravante.

— Violência?

— Ele usou uma pistola em um dos roubos. Não atirou, mas a arma estava carregada.

— Perfeito. É o nosso homem. Você é um anjo. Como ele se chama?

— Alf Gunnerud. Trinta anos, solteiro. Mora na rua Thor Olsen, número 9. Sozinho, aparentemente.

— Fale de novo o nome e o endereço.

Beate repetiu.

— Hmm. Incrível que Gunnerud tenha conseguido emprego em um chaveiro com uma ficha dessas.

— Há um Birger Gunnerud registrado como dono da loja.

— Certo. Entendo. Tem certeza de que está tudo bem?

Pausa.

— Beate?

— Está tudo bem, Harry. O que está pensando em fazer?

— Estou pensando em fazer uma visita ao apartamento dele para ver se acho algo de interessante. Ligo de lá para você mandar um carro e recolher as provas de acordo com o regulamento.

— Quando vai para lá?

— Por que está perguntando isso?

Outra pausa.

— Para ter certeza de que estarei em casa quando você ligar.

— Às onze, amanhã. Com sorte ele estará trabalhando.

Quando Harry desligou, ficou olhando para o céu noturno cheio de nuvens, arqueado como uma abóbada amarela por cima da cidade. Ele tinha ouvido uma música ao fundo. O som estava bem baixinho. Mas foi o suficiente. "Purple Rain", do Prince.

Ele colocou outra ficha no telefone e ligou para a telefonista.

— Preciso do número do telefone de Alf Gunnerud...

O táxi preto deslizava silencioso como um peixe através da noite, passando por cruzamentos, sob a luz dos postes e a placa que indicava o centro da cidade.

— Não podemos continuar nos encontrando dessa maneira — disse Øystein. Ele olhou pelo retrovisor e viu Harry vestir o pulôver preto que trouxera de casa para ele.

— Você se lembrou do pé de cabra? — perguntou Harry.

— Está no porta-malas. E se o cara estiver em casa?

— As pessoas que estão em casa costumam atender ao telefone.

— Mas e se ele chegar enquanto você estiver lá?

— Então você faz como eu falei: dois toques rápidos na buzina.

— Está bem, mas não faço ideia de como é o cara.

— Por volta dos trinta — disse. — Se você vir um cara assim nessa idade no número 9, buzine.

Øystein parou embaixo de uma placa que dizia PROIBIDO ESTACIONAR, nas entranhas da rua poluída e congestionada que, na página 265 do empoeirado livro *Os fundadores da Cidade IV*, da biblioteca pública do bairro, era descrita como "insignificante e desinteressante rua chamada de Thor Olsen". Mas, nessa noite, caía como uma luva para Harry. O barulho, os carros passando e a escuridão iriam camuflá-lo e ninguém repararia em um táxi à espera.

Harry enfiou o pé de cabra dentro da manga da jaqueta de couro e atravessou a rua com rapidez. Para seu alívio, viu que havia pelo menos vinte campainhas no número 9. Aquilo daria a ele várias chances se o blefe não desse certo na primeira tentativa. O nome de Alf Gunnerud era o segundo à direita. Ele olhou para a fachada do prédio do lado direito. As janelas do quarto andar estavam às escuras. Harry tocou a campainha no primeiro andar. Uma voz sonolenta de mulher atendeu.

— Oi. Estou tentando falar com o Alf — disse Harry. — Mas acho que a música está tão alta que não estão escutando a campainha. Alf Gunnerud. O chaveiro do quarto andar. Poderia fazer o favor de abrir para mim?

— Já passa da meia-noite.

— Sinto muito, minha senhora. Vou cuidar para que Alf abaixe o som.

Harry esperou. E ouviu zunir a fechadura.

Subiu as escadas de três em três degraus. Parou no quarto andar e ficou escutando, mas só ouviu o próprio coração batendo acelerado.

Ele tinha duas portas para escolher. Um pedaço de papelão azul com Andersen escrito em caneta Pilot fora colado em uma delas. Na outra, não havia nada.

Aquela era a parte mais crítica do plano. Uma fechadura simples podia ser arrombada sem acordar o corredor inteiro, mas, se Alf tivesse usado todo o arsenal do Chaveiro AS, Harry teria problemas. Ele esquadrinhou a porta de cima a baixo. Nenhum adesivo de empresa de alarme. Nenhuma fechadura à prova de broca ou de gazua. Cilindros gêmeos com fileiras de pinos duplos. Apenas uma velha fechadura de cilindro Yale. Em outras palavras, moleza.

Harry esticou a manga da jaqueta de couro e pegou o pé de cabra. Hesitou antes de colocar a ponta da alavanca logo abaixo da fechadura, como se parecesse fácil demais. Mas não havia tempo para pensar e ele não tinha escolha. Não quebrou a porta, mas forçou-a de lado, na direção das dobradiças, de forma que conseguiu colocar o cartão de banco de Øystein atrás da mola no mesmo instante que a lingueta deslizou ligeiramente para fora da guarnição. Fez força com o pé de cabra e a porta saiu um pouquinho para fora. Então ele forçou com a sola do pé o vão inferior. A porta rangeu nas dobradiças, e ele deu um empurrão no pé de cabra, deslizando o cartão ao mesmo tempo. Ele entrou e fechou a porta. A operação toda tinha levado oito segundos.

O zunido de uma geladeira e os risos de um seriado de comédia na TV do vizinho. Harry tentou respirar profunda e normalmente enquanto prestava atenção a todos os ruídos na escuridão. Ele podia ouvir os carros na rua e sentiu uma corrente de ar gelado em direção à porta. As duas coisas indicavam que as janelas do apartamento eram velhas. Porém o mais importante: nenhum barulho indicando que havia alguém em casa.

Ele achou o interruptor. O corredor da entrada precisava urgentemente de uma obra; a sala, de uma reforma completa. A cozinha devia ter sido condenada. E a mobília no apartamento explicava a segurança relaxada. Ou melhor — a falta de mobília. Porque Alf Gunnerud não tinha nada, nem sequer um aparelho de som para justificar Harry ter de pedir que abaixasse o volume. Os únicos indícios de que havia alguém morando no lugar eram duas cadeiras de praia, uma mesa de centro pintada de verde, roupas espalhadas por todo canto e uma cama com um edredom, mas sem lençol.

Harry colocou as luvas de lavar louças que Øystein trouxera e levou uma das cadeiras de praia para a entrada. Ele a colocou em frente ao armário que ia até o teto, esvaziou a cabeça de pensamentos e subiu nela com cuidado. No mesmo instante, o telefone tocou. Harry tentou se apoiar, a cadeira se fechou e ele caiu no chão com um estrondo.

Tom Waaler estava com um péssimo pressentimento. A situação não tinha a previsibilidade que ele sempre almejava. Como sua carreira e seu futuro não estavam apenas nas próprias mãos, mas também nas mãos das pessoas com quem ele se aliava, o fator humano era um risco que ele sempre tinha de levar em conta. E o pressentimento ruim vinha do fato de que ele, no momento, não sabia se podia confiar em Beate Lønn, Rune Ivarsson ou — o que era mais grave ainda — no homem que era sua principal fonte de dinheiro: o Valete.

Quando chegou aos ouvidos de Tom que a prefeitura estava pressionando o chefe de polícia para prender o Magarefe depois do assalto em Grønlandsleiret, ele mandou o Valete sumir por uns tempos. Combinaram em um lugar que o Valete já conhecia. Pattaya abrigava a maior concentração de criminosos ocidentais procurados no Oriente, e ficava a apenas duas horas de carro de Bangkok. Como um turista branco, o Valete desapareceria na multidão. O Valete chamara Pattaya de "A Sodoma da Ásia", por isso Waaler não conseguia entender por que ele de repente reapareceu em Oslo dizendo que não aguentava mais aquele lugar.

Waaler parou no sinal vermelho na rua Uelands e ligou a seta à esquerda. Um pressentimento ruim. O Valete fizera o último assalto sem combinar com ele antes, e isso era um descumprimento grave das regras. Talvez algo devesse ser feito.

Ele tinha acabado de ligar para a casa do Valete, mas ninguém atendeu. O que podia significar tudo ou nada. Podia, por exemplo, significar que ele estava no chalé em Tryvann, elaborando os detalhes para o assalto a uma transportadora de valores, sobre o qual já haviam conversado. Ou estaria verificando o equipamento — roupas, armas, rádio da polícia, plantas. Mas também poderia ser um sinal de que tivera uma recaída e estaria com a cabeça balançando em um canto da casa, com uma seringa pendurada no antebraço.

Waaler dirigia devagar pela ruela escura e suja onde o Valete morava. Um táxi estava à espera no outro lado da rua. Waaler olhou para as janelas do apartamento. Estranho, a luz estava acesa. Se o Valete tivesse voltado a usar drogas, o inferno estaria apenas começando. Entrar no apartamento seria fácil, o Valete só tinha uma fechadura de merda. Waaler olhou no relógio. A visita a Beate o excitara, e ele sabia que não conseguiria dormir tão cedo. Teria de dar algumas voltas, fazer umas ligações, ver o que aconteceu.

Waaler aumentou o volume da voz de Prince no rádio, acelerou e entrou na Ullevålsveien.

Harry estava na cadeira de praia com a cabeça nas mãos, o quadril doendo e sem nenhum fiapo de prova de que Alf Gunnerud fosse seu homem. Levou apenas vinte minutos para revistar os poucos pertences no apartamento. Eram tão poucos que dava para suspeitar de que Gunnerud na verdade morava em outro lugar. No banheiro, Harry encontrou uma escova de dentes, um tubo de pasta de dentes e um pedaço de sabonete não identificável no fundo de uma saboneteira. Além de uma toalha, que talvez tenha sido branca um dia. E só. Nada mais.

Harry teve vontade de rir. De bater a cabeça na parede. De quebrar o gargalo de uma garrafa de Jim Beam e beber uísque com cacos de vidro. Pois só podia ser Gunnerud. De todos os indícios contra uma pessoa, havia um que estatisticamente era superior a todos — penas e acusações anteriores. O caso gritava Gunnerud. Na ficha do homem constavam uso de drogas e porte de armas, e, trabalhando para um chaveiro, ele podia pedir as chaves mestras que quisesse. Para o apartamento de Anna, por exemplo. Ou para o de Harry.

Ele foi até a janela. Pensou em como tinha andado em círculos, seguindo à risca o roteiro de um louco. Mas não havia mais instruções nem falas. A lua surgiu em um rasgo entre as nuvens, parecendo um comprimido meio mastigado, o que tampouco servia de alento.

Fechou os olhos. Concentrou-se. O que viu no apartamento que indicaria o próximo passo, que pista perdera? Revisitou o apartamento em sua mente, pedaço por pedaço.

Depois de três minutos, desistiu. Já era. Não havia nada ali.

Ele checou se tudo estava como antes e apagou a luz da sala. Entrou no banheiro, se colocou em frente à privada e abriu o zíper. Esperou. Meu Deus, agora nem isso ele conseguia mais. Então a coisa fluiu e ele suspirou, cansado. Deu descarga, a água jorrou e no mesmo instante ele congelou. Foi uma buzina que ouviu com o barulho da descarga? Ele foi para a entrada e fechou a porta do banheiro para ouvir melhor. Sim. Um toque de buzina breve e forte da rua. Gunnerud estava a caminho! Harry já estava na porta quando a ficha caiu. É claro que a ficha só caiu agora, quando era tarde demais. A descarga. *O poderoso chefão*. A pistola. *"Meu lugar favorito."*

— Merda, merda, merda!

Harry voltou correndo para o banheiro, segurou o botão da tampa da descarga e começou a desatarraxar freneticamente. Roscas vermelhas de ferrugem ficaram visíveis.

— Mais rápido — sussurrou. Ele girou a mão e sentiu o coração acelerar enquanto a maldita barra girava sem parar com um ruído lamentoso, mas sem querer soltar. Ouviu uma porta bater no corredor em um andar abaixo. Então a barra se soltou e ele levantou a tampa da descarga. O tinir de porcelana contra porcelana ribombou na escuridão enquanto a água ainda subia. Harry enfiou a mão e passou os dedos contra uma camada grossa de limo. Mas que merda! Nada? Ele virou a tampa. Lá estava. Colada com fita. Respirou fundo. Conhecia cada dente, ponta e depressão da chave embaixo de uma das faixas de fita adesiva brilhosa. Era do portão, do porão e do apartamento de Harry. A foto colada ao lado era igualmente familiar. A foto que desapareceu do espelho. A irmã sorria e Harry tentava mostrar valentia. Bronzeados, felizes e inocentes. Harry não conhecia o pó branco no saco plástico que estava colado com três pedacinhos de fita preta isolante, mas apostava se tratar de diacetilmorfina, mais conhecida como heroína. Muita heroína. Seis anos sem condicional, no mínimo. Harry não tocou em nada, colocou a tampa de volta e começou a atarraxar enquanto ouviu os passos. Como Beate salientou, as provas não valeriam nada se descobrissem que Harry estivera no apartamento sem um mandado de busca. A tampa estava no lugar, e ele correu para a porta de saída. Não tinha escolha — abriu e seguiu para as escadas. Pés se arrastavam para cima. Ele fechou a porta com cuidado, espiou pelo corredor e viu uma cabeleira escura e densa. Em cinco segundos, ele veria Harry. Mais três passos largos, na direção do quinto andar, seriam o suficiente para tirar Harry de vista.

O rapaz parou de repente ao ver Harry sentado à sua frente.

— Oi, Alf — disse Harry, olhando no relógio. — Estava esperando você.

O rapaz o encarou com olhos esbugalhados. O rosto pálido e sardento estava emoldurado por cabelos oleosos, na altura dos ombros, em um corte à la Liam Gallagher. Não se parecia com um assassino durão, e sim com um menino que tinha medo de levar uma surra.

— O que você quer? — perguntou o rapaz com voz alta e estridente.

— Que me acompanhe até a delegacia.

O rapaz reagiu instantaneamente. Ele se virou, tocou no corrimão e pulou para o lance de escada abaixo.

— Ei! — gritou Harry, mas o rapaz já havia se mandado. Os golpes surdos e pesados dos seus pés a cada quinto ou sexto degrau ecoavam escada acima.

— Gunnerud!

A única resposta foi o estrondo da porta batendo.

Ele apalpou o bolso interno mas logo se lembrou de que estava sem cigarros. Então se levantou e desceu sem pressa. Era a vez da cavalaria.

Tom Waaler abaixou o som, puxou o celular sibilante do bolso, apertou o botão verde e segurou o telefone no ouvido. Do outro lado da linha, ouviu uma respiração rápida e ofegante, além do trânsito.

— Alô — disse a voz. — Está aí? — Era o Valete. Parecia amedrontado.

— O que foi, Valete?

— Ah, meu Deus, você está aí. A casa caiu. Você tem que me ajudar. Rápido.

— Não tenho nada. Responda à pergunta.

— Eles descobriram a gente. Tinha um policial me esperando na escada quando voltei para casa.

Waaler parou na faixa de pedestres que cruzava a Ringveien. Um velho a atravessava a passos estranhos e curtos. Parecia levar uma eternidade.

— O que ele queria? — perguntou Waaler.

— O que *você* acha? Me prender, é claro.

— E por que não está preso?

— Corri como o diabo. Me mandei. Mas estão atrás de mim, já passaram três viaturas por aqui. Está ouvindo? Vão me pegar se não...

— Não grite no telefone. Onde estavam os outros policiais?

— Eu não vi mais nenhum, só corri.

— E conseguiu escapar assim tão fácil? Tem certeza de que o cara era policial?

— Claro, era ele!

— Ele quem?

— O Harry Hole. Há poucos dias ele passou na loja de novo.

— Você não me contou nada disso.

— É uma loja de chaves! Policiais aparecem lá o tempo todo!

O sinal ficou verde. Waaler buzinou para o carro na frente.

— Ok, a gente fala sobre isso depois. Onde você está agora?

— Estou em uma cabine telefônica em frente ao... ao Tribunal. — Ele riu, nervoso. — E não gosto muito desse lugar.

— Tem alguma coisa no seu apartamento que não devia estar lá?

— Está limpo. O equipamento todo está no chalé.

— E você, também está limpo?

— Você sabe muito bem que estou sóbrio. Você vem ou não? Merda, meu corpo inteiro está tremendo.

— Relaxe, Valete. — Waaler calculou quanto tempo levaria. Tryvann. Sede da polícia. Centro. — Pense nisso como um assalto a banco. Vou te dar uma bolinha quando chegar.

— Parei, eu já falei. — Ele hesitou. — Não sabia que você andava com bolinhas, Príncipe.

— Sempre.

Silêncio.

— O que você tem?

— Rohypnol... Tem aquela pistola Jericho que eu te dei?

— Sempre.

— Ótimo. Então preste atenção. Vamos nos encontrar no cais, no lado leste do terminal de contêineres. Estou um pouco longe, me dê uns quarenta minutos.

— Do que está falando? Você tem que vir para cá! Agora!

Waaler ficou ouvindo a respiração ofegante sem responder.

— Se me pegarem, levo você comigo. Espero que entenda, Príncipe. Vou cantar como um passarinho se me oferecerem um acordo. Não pretendo cumprir pena por você se não...

— Parece que você entrou em pânico, Valete. E não precisamos de pânico agora. Que garantia eu tenho de que você já não está preso e que isso é uma armadilha para me ligar a você? Sacou agora? Vá sozinho e fique na luz de um poste para que eu possa ver você com clareza quando chegar.

O Valete gemeu.

— Merda! Merda! Merda!

— Então?

— Tá. Tá legal. E vê se traz aquelas bolinhas. Merda!

— No terminal de contêineres daqui a quarenta minutos. Embaixo de um poste.

— Não se atrase.

— Espere, tem mais. Vou estacionar um pouco afastado e, quando eu avisar, vai segurar a pistola no ar para que eu possa vê-la.

— Por quê? Paranoia?

— Vamos dizer que a situação está um pouco nebulosa no momento, e não quero correr nenhum risco. Apenas faça o que eu digo.

Waaler desligou e olhou no relógio. Girou uma volta inteira o botão do volume. Guitarras. Delicioso ruído branco. Deliciosa raiva branca.

Ele virou o carro e entrou no posto de gasolina.

Bjarne Møller entrou no apartamento e examinou o cômodo com uma expressão desaprovadora.

— Aconchegante, não? — comentou Weber.

— Ouvi dizer que é um velho conhecido.

— Alf Gunnerud. Pelo menos o apartamento está no nome dele. Temos um monte de impressões digitais e logo saberemos se são dele. Vidro. — Ele apontou para um homem jovem que passava um pincel na janela. — As melhores impressões são sempre encontradas em vidro.

— Já que começaram a colher impressões, suponho que tenham encontrado outras coisas por aqui, não?

Weber apontou para um saco plástico sobre um tapete, ao lado de outros objetos. Møller se sentou de cócoras e enfiou o dedo no rasgo do saco.

— Hmm. Parece heroína. Deve ter pelo menos meio quilo. E o que é isso aqui?

— Uma foto de duas crianças que a gente ainda não sabe quem são. E uma chave Trioving que com certeza não entra na porta.

— Se for uma chave mestra, a Trioving pode saber quem é o dono. Tem algo familiar no menino da foto.

— Também achei.

— Giro fusiforme — disse uma voz de mulher atrás deles.

— Senhorita Lønn — cumprimentou Møller, surpreso. — O que a Divisão de Roubos está fazendo aqui?

— Fui eu que recebi a dica de que tinha heroína aqui. E me pediram que o chamasse.

— Então tem informantes entre os viciados também?

— Assaltantes e viciados, uma grande família feliz, você sabe.

— Quem é o delator?

— Não faço ideia. Ele me ligou depois que já tinha ido me deitar. Não quis dizer o nome nem como sabia que eu era policial. Mas a denúncia era concreta e detalhada o bastante para eu decidir acordar nossos advogados.

— Hmm — disse Møller. — Drogas. Já tem ficha na polícia. Risco de perda de provas. E você acendeu a luz verde de imediato, imagino.

— Sim.

— Não estou vendo nenhum corpo, por que fui chamado?

— Porque o delator me deu mais uma dica.

— Ah, é?

— Parece que Alf Gunnerud conhecia Anna Bethsen intimamente. Era amante dela e fornecedor. Até ela o deixar de repente por causa de outro, enquanto ele cumpria pena. O que acha disso, Møller?

Møller a encarou.

— Estou feliz — disse, com o rosto inexpressivo. — Mais feliz do que você poderia imaginar.

Ele continuou a encará-la e, por fim, ela teve de baixar os olhos.

— Weber — disse ele. — Quero que isole o apartamento e chame todo o pessoal disponível. Temos trabalho a fazer.

39

Glock

Stein Thommesen já trabalhava fazia dois anos como policial. Ele queria muito se tornar investigador, e o sonho era virar um perito criminal. Ter horário de trabalho fixo, o próprio escritório e um salário melhor do que o de inspetor. Voltar para casa e contar a Trine sobre uma interessante questão profissional que ele e algum legista na Homicídios estavam discutindo, e que ela acharia profunda e incompreensivelmente complexa. Enquanto isso não acontecia, fazia plantões ganhando um salário de merda e acordava morrendo de sono mesmo depois de dez horas na cama. Então, quando Trine disse que não pretendia viver assim pelo resto da vida, ele tentou explicar para ela o que levar adolescentes com overdose para a emergência, explicar a crianças que ele teve de prender o papai porque o mesmo tinha espancado a mamãe, além de aguentar merda de todas as pessoas que odiavam a farda que usava faziam com ele. E Trine revirava os olhos, como se dissesse "já ouvi isso antes".

Quando o inspetor Tom Waaler da Homicídios chegou à sala de segurança e perguntou a Stein Thommesen se ele podia acompanhá-lo na captura de um sujeito procurado, a primeira impressão de Thommesen foi a de que Waaler talvez pudesse lhe dar algumas dicas a respeito de como se tornar um investigador.

Quando mencionou o assunto no carro, atravessando a rua Nylandsveien em direção ao cruzamento, Waaler sorriu e disse que era só anotar algumas coisas em uma folha de papel, nada muito além disso. E que talvez ele — Waaler — pudesse recomendá-lo.

— Isso seria... muito bom.

Thommesen se perguntou se devia agradecer ou se aquilo poderia parecer bajulação. Ainda não tinha muita coisa para agradecer, mas pelo menos não ia se esquecer de contar a Trine que ele agora estava perto de gente influente. É, era exatamente isso que ele ia dizer. E depois mais nada. Faria segredo até eventualmente ser chamado.

— Que tipo de sujeito vamos pegar? — perguntou.

— Estava fazendo a ronda e escutei no rádio que encontraram heroína na rua Thor Olsen. Alf Gunnerud.

— É, ouvi sobre isso no plantão. Quase meio quilo.

— E, logo depois, um cara me ligou e disse ter visto Gunnerud perto do cais.

— Os intormantes estão animados essa noite. Foi uma ligação anônima que levou à heroína também. Pode ser coincidência, mas é estranho que duas informações anônimas...

— Talvez seja o mesmo informante — interrompeu-o Waaler. — Talvez alguém que esteja atrás de Gunnerud, alguém que ele fodeu ou algo assim.

— Talvez...

— Então, quer se tornar investigador? — perguntou Waaler, e Thommesen pensou ter ouvido um toque de irritação na voz dele. Eles saíram do cruzamento e pegaram a área das docas. — É, dá para entender. É uma mudança. Já pensou em que departamento?

— Homicídios — respondeu Thommesen. — Ou Roubos. Crimes sexuais, não.

— Não, claro que não. Chegamos.

Cruzaram uma área escura e aberta, com contêineres empilhados e um grande prédio cor-de-rosa ao fundo.

— O cara que está sob a luz do poste, ali, combina com a descrição — afirmou Waaler.

— Onde? — perguntou Thommesen, estreitando os olhos.

— Ali, em frente ao prédio.

— Puta merda, você tem um olho incrível!

— Você está armado? — perguntou Waaler, diminuindo a velocidade.

Thommesen olhou surpreso para Waaler.

— Você não falou nada sobre...

— Tudo bem, eu estou. Fique no carro para chamar reforços caso haja problemas. Ok?

— Ok. Tem certeza de que a gente não devia chamar...

— Não temos tempo. — Waaler ligou o farol alto e parou o carro. Thommesen calculou que a distância até a silhueta sob a luz era de cinquenta metros, mas medições posteriores mostrariam que a distância exata era de 34 metros.

Waaler carregou a pistola — uma Glock 20 que ele requisitou e conseguiu autorização de porte especial —, pegou uma lanterna grande e preta que estava entre os bancos da frente e desceu do carro. Ele começou a andar de encontro ao homem, enquanto gritava. Nos respectivos relatórios dos dois policiais sobre o ocorrido, houve uma discordância exatamente sobre esse ponto. O relatório de Waaler dizia que ele tinha gritado "Polícia! Mostre ela!", um implícito "Mãos na cabeça". O promotor público concordou que parecia razoável presumir que uma pessoa que já foi condenada e que esteve presa várias vezes estaria familiarizada com esse jargão. E, de qualquer modo, o inspetor Waaler tinha deixado bem claro que ele era da polícia. O relatório preliminar de Thommesen dizia que Waaler teria gritado "Oi, é o seu amigo policial. Me mostre ela." Depois de certa discussão entre Thommesen e Waaler, Thommesen disse que a versão de Waaler provavelmente era a mais correta.

Sobre o que aconteceu em seguida, não havia nenhuma discordância. O homem sob a luz do poste reagiu enfiando a mão dentro do casaco e tirando uma pistola Glock 23, cujo número serial estava raspado e, portanto, impossível de rastrear. Waaler — que de acordo com a Comissão de Investigação Especial, era um dos melhores atiradores da corporação — gritou e atirou três vezes em rápida sucessão. Dois tiros acertaram Alf Gunnerud. Um no ombro esquerdo, o outro nos quadris. Nenhum mortal, mas causaram a queda de Gunnerud, que ficou estendido no chão. Waaler então correu para Gunnerud com a pistola em punho enquanto gritava: "Polícia! Não toque na arma senão eu atiro! Não toque na arma, já disse!"

Desse ponto em diante, o policial Stein Thommesen não tinha nada substancial para acrescentar, já que se encontrava a mais de trinta metros de distância. Além disso, estava escuro e Waaler obstruía sua visão de Gunnerud. Por outro lado, não havia nada no relatório de Thommesen — ou nas evidências encontradas no local — que divergisse dos acontecimentos registrados no relatório de Waaler: Gunnerud pegou a pistola e apontou para ele apesar das advertências, mas Waaler conseguiu atirar primeiro. A distância entre os dois era de três a cinco metros.

Vou morrer. E isso não faz sentido. Estou olhando para o cano de um revólver fumegante. Não era esse o plano, pelo menos não o meu. Pode ser que eu estivesse trilhando este caminho o tempo todo, sem nunca ter me dado conta disso. Mas o meu plano era outro. O meu plano era melhor. O meu plano fazia sentido. A pressão cai na cabine, e uma força invisível pressiona as têmporas de dentro para fora. Alguém se inclina sobre mim e pergunta se estou pronto. Vamos aterrissar agora.

Sussurro que roubei, menti, trafiquei e me prostituí. Mas nunca matei ninguém. A mulher que machuquei no Grensen foi uma daquelas coisas que apenas acontecem. As estrelas abaixo brilham através da fuselagem do avião.

— É um pecado... — sussurro. — Contra a mulher a quem eu amava. Será que isso também pode ser perdoado? Mas a comissária de bordo já foi e as luzes de aterrissagem se acendem em todos os cantos.

Foi na noite que Anna disse "não" pela primeira vez, e eu falei "sim", abrindo a porta na marra. Era a droga mais pura que eu já conseguira e nós não íamos estragar a festa fumando-a. Ela protestou, mas eu disse que era por conta da casa e preparei a seringa. Ela jamais tinha tocado em uma seringa e fui eu que apliquei a dose. É mais difícil aplicar em outras pessoas. Depois de errar duas vezes, ela olhou para mim e disse devagar: "Fiquei limpa por três meses. Estava curada." "Seja bem-vinda de volta", rebati. Ela então soltou um breve riso e disse: "Eu vou te matar." Acertei na terceira tentativa. Suas pupilas se abriram devagar, como uma rosa preta, as gotas de sangue do antebraço caíram no tapete com tênues suspiros. Então sua cabeça tombou para trás. No dia seguinte, ela me ligou querendo mais. As rodas gritam contra o asfalto.

Poderíamos ter feito algo bom dessa vida, você e eu. Era esse o plano, foi essa a ideia. Não faço ideia do que tudo isso significa.

De acordo com o relatório da necropsia, o projétil de dez milímetros acertou e esmagou o osso nasal de Alf Gunnerud. Fragmentos de osso acompanharam a bala através do tecido fino na parte frontal do cérebro, e o chumbo e os ossos destruíram a maior parte do tálamo, do sistema límbico e do cerebelo, antes de a bala penetrar no fundo do crânio. Por fim, o projétil afundou no asfalto que ainda estava poroso, porque dois dias antes havia sido recapeado.

40

Bonnie Tyler

Era um dia triste, curto e, em geral, desnecessário. Nuvens cinzentas se arrastavam carregadas de chuva sobre a cidade, sem soltar uma gota, e rajadas eventuais de vento faziam os jornais farfalhar em frente à loja Elmer Frutas & Tabacos. As manchetes no suporte de jornal indicavam que as pessoas estavam se cansando da chamada guerra contra o terrorismo, que havia assumido um tom levemente odioso de promessa eleitoral, além de ter perdido a força, já que ninguém sabia o paradeiro do principal culpado. Algumas pessoas chegaram até pensar que estivesse morto. Por isso, os jornais recomeçaram a dar espaço às estrelas do Big Brother, às subcelebridades estrangeiras que haviam dito algo legal sobre os noruegueses ou aos planos de férias da família real. A única coisa que quebrou a monotonia rotineira foi um drama com tiros no terminal de contêineres, em que um assassino e traficante procurado pela polícia levantou a arma contra um policial, mas foi morto antes de ter a chance de atirar. A apreensão de heroína feita no apartamento do morto era substancial, reportou o chefe da Narcóticos, ao passo que o chefe da Homicídios informou que o assassinato que o morto de 30 anos teria cometido ainda estava sob investigação. O jornal que saiu por último acrescentou que os indícios contra o homem, que não era de origem estrangeira, pareciam sólidos. E que o policial envolvido estranhamente era o mesmo que tinha atirado contra o neonazista Sverre Olsen, que morreu em casa em um caso semelhante, havia pouco mais de um ano. Agora, o policial estava suspenso até que a Comissão de Investigação Especial concluísse as investigações, informou o jornal, e citou o chefe do setor de Crimes, que disse que o procedimento era rotina e que não tinha nada a ver com o caso Sverre Olsen.

Um incêndio no Tryvann também fora noticiado, em uma nota minúscula, porque havia sido encontrada uma lata de gasolina não muito longe do chalé totalmente queimado, e por isso a polícia não excluía a possibilidade de que o incêndio tivesse sido criminoso. O que não chegou aos jornais foi a tentativa do jornalista de entrar em contato com Birger Gunnerud para perguntar como ele se sentia ao perder o chalé e o filho na mesma noite.

Escurecia cedo e, já pelas três da tarde, as luzes da rua se acenderam.

Uma foto congelada do assalto em Grensen tremeluzia na tela da Casa da Dor quando Harry entrou.

— Conseguiu avançar? — perguntou ele, acenando com a cabeça para a foto que mostrava Magarefe a galope.

Beate balançou a cabeça.

— Estamos aguardando.

— Ele atacar de novo?

— No momento, ele está por aí, planejando outro assalto. Acontecerá em algum momento da próxima semana, acho.

— Você parece ter certeza.

Ela deu de ombros.

— Experiência.

— Sua?

Ela sorriu sem responder.

Harry se sentou.

— Espero que não tenha sido um contratempo para vocês eu não ter feito o que disse ao telefone.

Ela franziu a testa.

— O que quer dizer com isso?

— Eu falei que eu faria uma busca no apartamento dele hoje.

Harry a observou. Ela parecia verdadeiramente perplexa. Por outro lado, Harry não trabalhava no Serviço Secreto. Ele ia dizer algo, mas mudou de ideia. Em vez disso, foi Beate que começou a falar:

— Preciso perguntar uma coisa para você, Harry.

— Fale.

— Você sabia sobre Raskol e meu pai?

— O que tem eles?

— Que foi Raskol que... Estava naquele banco. Que foi ele quem atirou?

Harry baixou os olhos. Estudou as mãos.

— Não — disse ele. — Eu não sabia.

— Mas já imaginava?

Ele ergueu o olhar e encontrou os olhos de Beate.

— A ideia passou pela minha cabeça. É só.

— O que fez você cogitar a possibilidade?

— Penitência.

— Penitência?

Harry respirou fundo.

— De vez em quando, o horror de um crime encobre a visão. Externa ou interna.

— Como assim?

— Todas as pessoas têm necessidade de pagar pelo que fazem, Beate. Você também. Deus sabe que eu também. E Raskol também precisa. É tão fundamental como a necessidade de se lavar. Trata-se de harmonia, de um equilíbrio interno vital. É o equilíbrio que chamamos de moral.

Harry viu que Beate ficou pálida. Depois vermelha. Ela abriu a boca.

— Ninguém sabe por que Raskol se entregou à polícia — continuou Harry. — Mas estou convencido de que ele fez isso para pagar por alguma coisa. Para uma pessoa que cresceu livre, com a liberdade de viajar, a prisão é a forma máxima de se penitenciar. Roubar vidas é diferente de roubar dinheiro. Imagine que ele tenha cometido um crime que fez com que perdesse o equilíbrio. Por isso escolheu se punir em segredo, por si e, caso tenha um, por Deus.

Beate finalmente conseguiu falar:

— Um... assassino... moral?

Harry esperou. Mas nada parecia vir.

— Uma pessoa com moral é alguém que sofre as consequências da própria moralidade — disse ele, baixinho. — Não da moralidade dos outros.

— E se eu tivesse vestido isso? — perguntou Beate, com amargura na voz, abrindo a gaveta na sua frente, de onde retirou um coldre. — E se eu tivesse me trancado com Raskol em uma das salas de visita e depois dito que ele me atacou e que eu atirei em legítima defesa? Vingar o próprio pai e, ao mesmo tempo, exterminar um verme? Seria moral o bastante para você? — Ela bateu com o coldre na mesa.

Harry se recostou na cadeira e fechou os olhos até ouvir que a respiração acelerada de Beate havia se acalmado.

— A questão é o que é moral para você, Beate. Eu não sei por que você anda com a sua arma e não pretendo impedir que faça o que quiser fazer.

Ele se levantou.

— Deixe seu pai orgulhoso, Beate.

Ele tocou na maçaneta, mas ouviu Beate soluçar atrás de si. Virou-se.

— Você não está entendendo! — disse ela, soluçando. — Pensei que podia... Pensei que fosse uma espécie de... Acerto de contas.

Harry ficou parado. Depois puxou uma cadeira para perto dela, se sentou e colocou a mão em seu rosto. As lágrimas eram quentes e penetraram na pele áspera enquanto ela falava:

— A gente se torna policial por achar que é necessário haver ordem e equilíbrio nas coisas, não é? Acerto de contas, justiça e coisas assim. E de repente, um dia, você tem a chance de acertar as contas da maneira com a qual sempre sonhou. E aí descobre que, no fundo, não é isso que você quer. — Ela fungou. — Minha mãe uma vez me disse que só tem uma coisa pior do que não satisfazer uma vontade. É não sentir vontade nenhuma. O ódio parece ser o que resta quando você perde todas as outras coisas. E, depois, isso também é tirado de você.

Ela varreu a mesa com o braço e o coldre bateu contra a parede com um baque surdo.

Já estava completamente escuro quando Harry chegou à rua Sofie e procurou, como sempre, as chaves no bolso do casaco. Uma das primeiras coisas que fez quando se registrou na delegacia naquela manhã fora pegar de volta as próprias roupas na Criminalística, para onde foram levadas depois de recolhidas na casa de Vigdis Albu. Mas a primeira coisa mesmo havia sido aparecer no escritório de Bjarne Møller. O chefe da Homicídios disse que, no geral, estava tudo bem em relação a Harry, mas que eles precisavam aguardar para ver se alguém daria queixa sobre o roubo na rua Harelabbveien, número 16. E que, durante o dia, fariam uma avaliação para determinar eventuais consequências do fato de Harry ter omitido que estivera no apartamento de Anna na noite de sua morte. Harry disse que, em uma eventual investigação do caso, evidentemente teria de mencionar o acordo que o chefe de polícia e Møller lhe ofereceram, sobre poderes flexíveis em relação à procura do Magarefe, e também contar sobre a viagem ao Brasil, sancionada por eles, sem que as autoridades brasileiras fossem informadas.

Bjarne Møller havia exibido um sorriso irônico e dito que imaginava que chegariam à conclusão de que não havia necessidade de um inquérito, e, o mais provável, de qualquer punição.

O corredor estava silencioso. Harry arrancou as fitas de segurança em frente ao apartamento. A janela quebrada havia sido tapada por uma chapa de compensado.

Parado na sala, Harry observou o local. Weber explicou que eles haviam tirado fotos do apartamento antes de começarem a busca para que tudo fosse colocado de volta no lugar. Mesmo assim, ele não conseguiu ignorar a sensação de que mãos e olhos estranhos estiveram ali. Não porque houvesse muitas coisas a esconder. Algumas cartas de amor impetuosas, mas antigas; um pacote de camisinhas aberto que provavelmente havia passado da validade; e um envelope com a foto do corpo de Ellen Gjelten, o que certamente podia ser visto como perversão. Além de duas revistas pornôs, um disco de Bonnie Tyler e um livro de Linn Ullmann.

Harry olhou para a luz vermelha piscando na secretária eletrônica por um bom tempo antes de apertar o botão. Uma voz familiar de menino encheu o cômodo estranho.

— Oi, aqui somos nós. O julgamento foi hoje. Mamãe está chorando, por isso ela quis que eu te contasse.

Harry respirou fundo e se preparou para o pior.

— Nós vamos voltar amanhã.

Harry prendeu a respiração. Tinha ouvido aquilo mesmo? *Nós vamos voltar?*

— Ganhamos. Você tinha que ter visto a cara dos advogados do meu pai. Mamãe falou que todos pensavam que a gente ia perder. Mamãe, você quer... Não, ela não para de chorar. Agora vamos para o McDonald's comemorar. Mamãe está perguntando se você vai buscar a gente. Tchau.

Ele escutou Oleg respirar no telefone e alguém ao fundo assoar o nariz e rir. Depois a voz de Oleg de novo, mais baixa.

— Vai ser legal se puder, Harry.

Harry se sentou na cadeira. Sentiu um nó na garganta e lágrimas saltaram de seus olhos.

Parte Seis

41

S²MN

Não havia uma nuvem no céu, mas o vento era frio e o sol pálido não transmitia mais calor. Harry e Aune tinham levantado as lapelas e desceram juntos a alameda de bétulas já despidas para o inverno.

— Eu contei para minha esposa que você estava muito feliz quando me falou que Rakel e Oleg estavam voltando para casa — disse Aune.

— Ela perguntou se isso significa que vocês iam morar juntos em breve.

Harry deu apenas um sorriso como resposta.

— Tem muito espaço naquela casa — insinuou Aune.

— É, a casa tem bastante espaço — concordou Harry. — Dê minhas lembranças a Karoline com a citação de Ola Bauer.

— "Me mudei para a rua Sorgenfrigata."?

— "Mas também não ajudou."

Os dois riram.

— Além do mais, no momento estou muito concentrado no caso — disse Harry.

— Então, o caso — começou Aune. — Eu li todos os relatórios, como você pediu. Estranho. Muito estranho. Você acorda na sua casa, não lembra de nada e, vupt!, acaba prisioneiro do jogo desse Alf Gunnerud. É claro que vai ser difícil fazer um diagnóstico psicológico *post-mortem*, mas ele é, de fato, um caso interessante. Inteligente e talentoso, sem dúvida. Quase um artista, pois não deixa de ser uma obra-prima o plano que ele engendrou. Mas há algumas coisas que gostaria de saber. Li as cópias dos e-mails que ele mandou para você. No começo, ele contava com o seu blecaute. Isso deve significar que ele viu você sair do apartamento embriagado e apostou que você não ia se lembrar de nada no dia seguinte.

— É o que acontece quando você precisa de ajuda para entrar em um táxi. Aposto que o cara estava na rua, espionando, exatamente do jeito que descreveu no e-mail que me fez acreditar que ele era Arne Albu. Provavelmente, ele esteve em contato com Anna e sabia que eu iria à casa dela naquela noite. O fato de eu sair de lá tão embriagado deve ter sido um bônus para ele.

— Então, em seguida ele entrou no apartamento com uma chave que ele mesmo conseguiu do fabricante via Chaveiro AS. E a matou. Com a arma da própria vítima?

— É provável. O número serial estava raspado exatamente como na arma que encontramos com Gunnerud no cais. Weber diz que a maneira como foi raspado indica que a arma vem do mesmo fornecedor. Parece que alguém está fazendo contrabando de armas ilegais em larga escala. A pistola Glock que encontramos na casa de Sverre Olsen, o assassino de Ellen, tinha as mesmas marcas.

— Ele então colocou a pistola na mão direita da Anna. Mesmo ela sendo canhota.

— Uma isca — disse Harry. — É claro que ele sabia que em algum momento eu me envolveria no caso, se não por outro motivo, pelo menos para garantir que eu mesmo não acabasse em uma situação comprometedora. E que eu, ao contrário dos investigadores que não a conheciam, descobriria que era a mão errada.

— E tem aquela foto da senhora Albu com as crianças.

— Para me levar a Arne Albu, seu último amante.

— E, antes de sair, levou o laptop de Anna e o seu celular, que você perdeu no apartamento durante a noite.

— Outro bônus.

— Quer dizer que esse cérebro teceu um plano intrincado e definitivo para atingir de uma só vez a amante infiel, o homem com quem ela o traiu enquanto ele estava preso, e uma paixão renascida das cinzas, o policial louro. Além de tudo, o cara começou a improvisar. Ele se aproveitou mais uma vez do emprego como chaveiro para conseguir uma chave para entrar no seu apartamento e no porão. Onde colocou o laptop de Anna conectado ao seu celular, que agora tinha uma assinatura anônima de e-mail através de um servidor impossível de ser rastreado.

— Quase impossível.

— Sim, esse seu amigo nerd anônimo conseguiu desvendar a história. Mas o que ele não descobriu foi que os e-mails que você recebia tinham sido escritos antes e enviados em datas programadas do computador no seu porão, e que o remetente, em outras palavras, havia deixado tudo pronto antes de o laptop e o celular serem colocados no seu depósito. Correto?

— Hmm. Já analisou o conteúdo dos e-mails como eu pedi?

— De fato — assentiu Aune. — Em retrospecto, é possível ver que ao mesmo tempo que se referiam a um determinado desenrolar de acontecimentos, eram bem vagos. Mas eles não seriam compreendidos assim por quem estava bem no centro da situação; o remetente pareceria permanentemente informado e on-line. O que só conseguiu porque comandava o show.

— Bem. Ainda não sabemos se foi Gunnerud que orquestrou o assassinato de Arne Albu. Um colega de trabalho do Chaveiro AS disse que Gunnerud e ele estavam no Velho Major, tomando cerveja, na hora estimada do assassinato.

Aune esfregou as mãos. Harry não sabia se era por causa do vento frio ou se ele apenas apreciava tantas possibilidades e impossibilidades lógicas.

— Vamos partir do pressuposto de que foi Gunnerud que matou Albu — sugeriu o psicólogo. — Nesse caso, que destino ele teria planejado para Albu quando levou você até ele? Que Albu fosse condenado? Mas aí você ficaria livre. Ou vice-versa. Dois homens não podem ser condenados pelo mesmo assassinato.

— Certo — concordou Harry. — O que devemos nos perguntar é o que era mais importante na vida de Arne Albu.

— Brilhante. Um pai de três filhos que voluntariamente, ou não, coloca um freio nas ambições profissionais. A família, suponho.

— E o que Gunnerud ia conseguir ao revelar, ou melhor, me deixar descobrir, que Arne Albu continuava se encontrando com Anna?

— Que a mulher dele pegasse as crianças e o deixasse.

— "Porque perder a vida não é o pior que pode acontecer a uma pessoa. O pior é perder a razão de viver."

— Uma boa citação. — Aune balançou a cabeça com apreciação. — De quem é?

— Não lembro — respondeu Harry.

— Mas a próxima pergunta que tenho que fazer é: O que ele queria tirar de você, Harry? O que faz sua vida valer a pena?

Os dois já haviam chegado ao prédio de Anna. Harry se atrapalhou com as chaves.

— Então? — perguntou Aune.

— Gunnerud me conhecia apenas pelo que Anna tinha contado para ele. E ela me conheceu quando eu não tinha... Bem, nada além do trabalho.

— O trabalho?

— Ele queria me ver atrás das grades. Mas, acima de tudo, queria que eu fosse demitido da polícia.

Eles subiram as escadas em silêncio.

Quando entraram no apartamento, Weber e seu pessoal já tinham concluído as investigações. Weber parecia contente e contou que haviam achado as impressões de Gunnerud em vários locais, dentre eles, a cabeceira da cama.

— Ele não foi exatamente cuidadoso — comentou Weber.

— Ele esteve aqui tantas vezes que vocês achariam as impressões de qualquer maneira — argumentou Harry. — Além disso, ele estava convencido de que nunca seria considerado suspeito.

— Aliás, é interessante a maneira como Albu foi morto — comentou Aune, quando Harry abriu a porta de correr da sala expondo as pinturas e a lâmpada Grimmer. — Enterrado de cabeça para baixo. Em uma praia. Parece bastante ritualístico, como se o assassino quisesse dizer algo sobre si mesmo. Já considerou isso?

— Não trabalho nesse caso.

— Não foi isso o que perguntei.

— Bem, talvez o assassino quisesse dizer algo sobre a vítima...

— Como assim?

Harry acendeu a lâmpada Grimmer e a luz iluminou as três pinturas.

— Acabei de me lembrar de algo de quando cursava Direito, a Lei de Gulating, do ano 1100 mais ou menos. Determina que toda pessoa que morre deve ser enterrada em solo sagrado, exceto delinquentes, traidores do rei e assassinos. Estes devem ser enterrados à beira-mar, no ponto de encontro entre terra e mar. O local onde Albu foi enterrado não indica que tenha sido um crime passional, como seria se Gunnerud o houvesse matado. Alguém queria mostrar que Arne Albu era um criminoso.

— Interessante — disse Aune. — Por que vamos ver essas pinturas de novo? São horríveis.

— Tem certeza de que não vê nada nelas?

— Bem, vejo uma jovem artista pretensiosa, com um pendor exagerado para o drama e nenhum senso para a arte.

— Tenho uma colega que se chama Beate Lønn. Ela não pôde vir porque está em uma conferência de investigadores na Alemanha, para falar sobre como é possível reconhecer criminosos mascarados manipulando as fotos e lançando mão do giro fusiforme. Ela nasceu com um talento especial. É capaz de reconhecer todos os rostos que viu na vida.

Aune assentiu.

— Estou ciente desse fenômeno.

— Quando mostrei essas pinturas para Beate, ela reconheceu as pessoas nos retratos.

— É? — Aune ergueu as sobrancelhas. — Me conte.

Harry apontou.

— Aquele à esquerda é Arne Albu, o do meio sou eu e à direita é Alf Gunnerud.

Aune observou os retratos com atenção, ajustou os óculos e tentou diferentes ângulos e distâncias.

— Interessante — murmurou. — Muito interessante. Só vejo formas de cabeças.

— Só queria saber se você, como testemunha técnica, pode atestar se um reconhecimento como esse é possível. Isso nos ajudaria a ligar Gunnerud ainda mais a Anna.

Aune fez um gesto com a mão.

— Se o que está contando sobre a senhorita Lønn for correto, ela poderia reconhecer um rosto com pouquíssimas informações.

Quando saíram, Aune disse que ele, por interesse profissional, gostaria de conhecer essa Beate Lønn.

— Ela é investigadora, imagino?

— Na Roubos. Trabalhei com ela no caso do Magarefe.

— Ah, sim. Como estão indo?

— Bem, as pistas são poucas. Eles esperavam que o cara atacasse de novo em breve, mas isso não aconteceu. Na verdade, é estranho.

Na rua Bogstadveien, Harry notou os primeiros flocos de neve rodopiando ao vento.

— O inverno! — gritou Ali do outro lado da rua para Harry, apontando para o céu. Ele disse algo em urdu para o irmão, que logo recomeçou o trabalho de carregar as caixas de frutas para dentro da mercearia. Depois, Ali atravessou a rua foi até Harry. — É bom que tudo tenha acabado, não é? — perguntou, com um sorriso.

— Sim, é — respondeu Harry.

— O outono é uma merda. Finalmente teremos neve.

— Ah, sim. Pensei que estivesse falando do caso.

— Aquilo com o computador no porão? Acabou?

— Ninguém contou isso para você? Eles encontraram o homem que colocou o computador lá.

— Certo. Então foi por isso que avisaram a minha mulher que eu não precisava ir à polícia prestar depoimento hoje. Sobre o que era o caso mesmo?

— Resumindo, um cara que tentou fazer parecer que eu estava envolvido em um crime grave. Me convide para um jantar um dia que vocês terão todos os detalhes.

— Eu já te convidei, Harry!

— Você não falou quando.

Ali revirou os olhos.

— Por que vocês precisam de dia e hora para visitar alguém? Bata na porta que eu vou abrir. E sempre temos bastante comida.

— Obrigado, Ali. Vou bater mesmo. — Harry destrancou o portão.

— Vocês descobriram quem era a mulher? Se ela era uma assistente?

— Como assim?

— A mulher misteriosa que eu vi em frente à porta do porão naquele dia. Eu contei isso para o policial Tom sei lá o quê.

Harry parou, com a mão na maçaneta.

— O que exatamente você disse para ele, Ali?

— Ele perguntou se eu tinha visto alguma movimentação estranha no porão ou lá perto, e eu lembrei que tinha visto uma mulher desconhecida, de costas, perto da porta do porão, quando entrei no hall. Eu lembrei porque eu ia perguntar quem ela era, mas ouvi a fechadura abrindo, então pensei que devia estar tudo bem, já que ela tinha a chave.

— Quando foi isso e como era ela?

Ali abriu os braços, lamentando.

— Eu estava com pressa e só vi as costas dela, de relance. Faz três semanas? Cinco? Loura? Morena? Não faço ideia.

— Mas tem certeza de que era uma mulher?

— Bom, pelo menos eu achei que era uma mulher.

— Alf Gunnerud tinha altura mediana, ombros estreitos e cabelo escuro, na altura dos ombros. É possível que você o tenha confundido com uma mulher?

Ali refletiu um pouco.

— Sim, claro. É possível. E pode ter sido a filha da senhora Melkersen, que estava fazendo uma visita, por exemplo.

— Tchau, Ali.

Harry resolveu tomar um banho rápido antes de trocar de roupa e ir até a casa de Rakel e Oleg, que o haviam convidado para comer panquecas e jogar Tetris. Rakel voltou de Moscou com um jogo de xadrez lindo, com peças entalhadas e um tabuleiro de madeira e mármore perolado. Infelizmente, ela não gostou muito da pistola G-Con 45 da Namco que Harry comprou para Oleg e acabou confiscando-a de imediato, explicando que havia deixado bem claro para o filho que ele não podia brincar com armas antes de ter no mínimo 12 anos. Meio envergonhados, Harry e Oleg aceitaram o fato sem discussão. Mas sabiam que Rakel ia aproveitar a chance, quando Harry ficasse com Oleg, para uma corrida noturna. E Oleg sussurrou no ouvido de Harry que ele sabia onde ela tinha escondido a pistola de brinquedo.

Os jatos de água escaldante expulsaram o frio de seu corpo enquanto ele tentava esquecer o que Ali lhe disse. Sempre haveria espaço para dúvidas em um caso, independentemente de quanto parecesse óbvio. E Harry era um cético nato. Mas tinha de começar a acreditar em algo para dar forma e sentido à própria existência.

Ele se enxugou, fez a barba e vestiu uma camisa limpa. Olhou-se no espelho e arreganhou os dentes. Oleg havia dito que ele tinha dentes amarelos, e Rakel rira um pouco alto demais. No espelho, também viu a transcrição do primeiro e-mail de S^{2}MN, ainda pregado na parede oposta. Amanhã iria tirá-lo dali e recolocar sua foto com a irmã no lugar. Amanhã. Ele analisou atentamente o e-mail no espelho. Estranho que, naquela noite que ficou parado em frente ao espelho, não tivesse visto que faltava alguma coisa. Harry e sua irmãzinha. Devia ser porque, quando se via uma coisa muitas vezes, havia uma tendência a desenvolver uma cegueira em relação àquilo. Cego. Ele olhou o e-mail no espelho. Depois pediu um táxi, calçou os sapatos e esperou. Olhou no relógio. O táxi já devia ter chegado. Hora de ir. Deparou-se com o telefone na mão, discando um número.

— Aune.

— Quero que leia os e-mails mais uma vez. E me diga se foram escritos por um homem ou por uma mulher.

42

RÉ SUSTENIDO

A neve derreteu na mesma noite. Astrid Monsen havia acabado de sair do prédio e seguia pelo asfalto molhado e escuro, a caminho da rua Bogstadveien, quando viu o policial louro do outro lado da rua. Sua pulsação, assim como a velocidade de seus passos, disparou. Ela olhou para a frente na esperança de que ele não a visse. As fotos de Alf Gunnerud estavam nos jornais e os investigadores passaram dias e dias subindo e descendo as escadas, perturbando sua paz. Mas agora aquilo havia acabado, disse a si mesma.

Ela apertou o passo na faixa de pedestres. A padaria. Se chegasse até lá, estaria salva. Uma xícara de chá e um bolinho na mesa atrás do balcão, nos fundos do café estreito e comprido. Todos os dias, às dez e meia em ponto.

"Chá e um bolinho?" "Sim, por favor." "São 38 coroas." "Aqui está." "Obrigada."

Na maioria dos dias, essa era a conversa mais longa que tinha com alguém.

Nas últimas semanas, ela havia perdido sua mesa para um senhor de idade. Apesar de haver várias mesas livres, aquela era a única à qual ela queria se sentar, porque... Não, ela não queria pensar nessas coisas agora. De qualquer modo, ela teve de passar a chegar alguns minutos antes para pegar a mesa primeiro. Hoje tinha sido perfeito, porque, do contrário, ela estaria em casa quando o policial tocasse a campainha. E teria de atendê-lo, porque prometera à mãe. Depois daquela vez que ela ficou sem atender o telefone e a campainha por dois meses, tiveram de chamar a polícia, a mãe ameaçou interná-la novamente.

E ela não mentia para a mãe.

Para outras pessoas, sim. Para outras pessoas, mentia o tempo todo. Nos telefonemas à editora, nas lojas e nos chats na internet. Principalmente na internet, onde ela podia fazer de conta que era outra pessoa, um dos personagens dos livros que traduzia, ou Ramona, a mulher decadente e promíscua, mas destemida, que ela fora em uma vida anterior. Astrid descobriu Ramona quando era pequena; ela era dançarina, tinha cabelos pretos compridos e olhos castanhos amendoados. Astrid costumava desenhar Ramona, especialmente os olhos dela, mas tinha de fazer isso escondido, porque a mãe rasgava os desenhos alegando que não queria ver aquela puta em sua casa. Ramona esteve longe por muitos anos, mas agora estava de volta, e Astrid notou que Ramona estava assumindo o comando com mais frequência, principalmente quando escrevia para os autores que ela traduzia. Depois das perguntas introdutórias sobre linguagem e referências, ela normalmente mandava um e-mail mais informal e, depois de um tempo, os escritores franceses estavam implorando por um encontro, quando viessem a Oslo para lançar o livro. Aliás, ela, por si só, já seria razão suficiente para que eles fizessem a viagem. Porém, ela sempre se recusava a encontrá-los, o que não parecia desencorajar seus pretendentes, pelo contrário. E era a isso que agora se resumia seu trabalho com a escrita, depois que ela — alguns anos antes — acordou do sonho de lançar os próprios livros. Um consultor editorial havia entregado os pontos no telefone e vomitado que não suportava mais sua "amolação histérica", que nenhum leitor jamais iria pagar para compartilhar seus pensamentos, mas que um psicólogo provavelmente faria isso por dinheiro.

— Astrid Monsen!

Ela sentiu a garganta se fechar e, por um momento, entrou em pânico. Não podia ter uma crise de falta de ar ali na rua. Estava prestes a atravessar quando o sinal mudou e mostrou um homem vermelho. Quase conseguira, mas nunca havia cruzado a rua com um homem vermelho.

— Oi. Estava justamente a caminho do seu apartamento. — Harry Hole já a alcançara. Ele continuava com a mesma expressão assombrada, os mesmos olhos cansados. — Primeiro, quero esclarecer que li o relatório da conversa que Waaler teve com você. E entendo que mentiu para mim porque estava com medo.

Ela sentiu que faltava pouco para começar a hiperventilar.

— Fui tolo em não contar a você desde o início o meu papel no caso — disse o policial.

Ela o encarou, surpresa. Ele parecia estar de fato arrependido.

— Li nos jornais que o culpado finalmente foi preso. — Ela se ouviu dizer.

Por um tempo os dois ficaram parados se olhando.

— Morto, quero dizer — acrescentou ela.

— Bem — disse ele, esboçando um sorriso. — Será que você pode me ajudar com algumas perguntas mesmo assim?

Era a primeira vez que ela não estava sozinha à mesa da Padaria Hansen. A moça atrás do balcão olhou para ela com um sorriso malicioso, como se o homem alto fosse seu acompanhante. E como ele parecia ter acabado de se levantar, talvez a moça tenha até imaginado que... Não, ela não queria pensar naquilo agora.

Eles se sentaram, e ele deu a Astrid algumas transcrições de uma série de e-mails que queria que ela lesse. Astrid, como escritora, poderia determinar se haviam sido escritos por um homem ou por uma mulher? Ela os estudou. Como escritora, dissera. Ela devia lhe contar a verdade? Ela levantou a xícara de chá para que ele não visse o sorriso que o pensamento lhe provocou. Claro que não. Ela ia mentir.

— Difícil saber — disse ela. — É ficção?

— É e não é — respondeu Harry. — Achamos que foi a pessoa que matou Anna Bethsen quem os escreveu.

— Então deve ser um homem.

Harry examinava a mesa e ela lhe lançou um olhar rápido. O policial não era bonito, mas havia algo nele. Ela — por mais improvável que pudesse parecer — tinha constatado aquilo de imediato, quando o vira estendido no corredor em frente à sua porta. Talvez porque tivesse tomado mais Cointreau que de costume, mas ela achara que ele parecia estar em paz, quase belo, ali deitado, como um príncipe adormecido que alguém havia colocado em sua porta. O conteúdo dos bolsos tinha se espalhado pelas escadas, e ela os havia recolhido um a um. Dera uma olhadinha na carteira e encontrara o nome e o endereço.

Harry ergueu os olhos e ela desviou o olhar. Poderia gostar dele? Com certeza. O problema é que ele não ia gostar dela. Amolação histérica. Medo infundado. Crises de choro. Ele não iria gostar disso. Ele queria alguém como Anna Bethsen. Alguém como Ramona.

— Tem certeza de que não a reconhece?

Ela olhou para ele com espanto. Só então percebeu que o policial estava segurando uma foto. Ele já havia mostrado aquela mesma foto para ela. Uma mulher e dois filhos numa praia.

— Na noite do crime, por exemplo.

— Nunca a vi em toda a minha vida — disse Astrid Monsen, com a voz firme.

A neve voltou a cair. Grandes e úmidos flocos de neve, já cinzentos de sujeira antes de cair sobre o campo de terra entre a delegacia de polícia e a prisão. No escritório, havia um recado de Weber para Harry. A mensagem confirmava a suspeita de Harry, a mesma suspeita que o fez ler os e-mails com outros olhos. Mesmo assim, o recado breve e conciso de Weber lhe atingiu como um choque. Uma espécie de choque que ele já estava esperando.

Pelo restante do dia, Harry ficou ao telefone, sempre checando o aparelho de fax. Nos intervalos, analisou, colocou pedra em cima de pedra e tentou não pensar no que estava procurando. Mas era óbvio demais. Essa montanha-russa podia subir, despencar e dar quantos *loopings* quisesse, mas continuava sendo igual a todas as outras — acabaria onde havia começado.

Quando Harry terminou de fazer suas conjecturas e o quadro lhe parecia claro, se recostou na cadeira. Não sentia triunfo, apenas vazio.

Rakel não perguntou nada quando ele ligou para dizer que ela não precisava esperar por ele. Depois, subiu as escadas para a cantina e para o terraço, onde encontrou alguns fumantes batendo os dentes no frio. As luzes da cidade já piscavam abaixo, no escurecer de tarde. Harry acendeu um cigarro, passou a mão por cima do muro e fez uma bola de neve. Apertou com força. Com mais força ainda, bateu as palmas das mãos no círculo, apertou tanto que a água derretida escorria entre seus dedos. Depois lançou-a em direção à cidade e ao campo. Ele acompanhou a bola branca com o olhar na queda cada vez mais veloz, até que ela desaparecesse contra o fundo branco acinzentado.

— Tinha um cara na minha turma que se chamava Ludwig Alexander — falou Harry em voz alta.

Os fumantes bateram com os pés no chão para se aquecerem e olharam para o inspetor.

— Ele tocava piano, e todos o chamavam de Diss. Porque uma vez, na aula de música, ele fez a besteira de dizer em voz alta à professora que *diss*, ré sustenido, era a nota musical da qual ele mais gostava. Quando a neve veio, tinha guerra de bolas de neve entre as turmas em todos os intervalos. Diss não queria participar, mas a gente o forçou. Era a única coisa da qual a gente o deixava participar. Como bucha de canhão. Ele lançava bolas moles que se desfaziam de forma embaraçosa. A outra turma tinha Roar, um cara gordo que jogava handebol em Oppsal. Ele se divertia cabeceando as bolas de neve de Diss e depois o metralhava com golpes baixos. Um dia, Diss colocou uma pedra grande na bola de neve e jogou-a o mais alto que pôde. Roar pulou, rindo, e a cabeceou. O som parecia de pedra contra pedra em água rasa, assim, duro e mole ao mesmo tempo. Foi a única vez que vi uma ambulância na escola.

Harry deu uma tragada no cigarro.

— Na sala de professores, discutiram por dias sobre a punição de Diss. Afinal, ele não havia jogado a bola de neve em ninguém específico, então a questão era: uma pessoa devia ser punida por não mostrar consideração por um idiota que agia como um idiota?

Harry apagou o cigarro e entrou.

Passava das quatro e meia. O vento gelado ganhou impulso no trecho aberto entre o rio Akerselva e a estação do metrô na praça de Grønland. Estudantes e aposentados davam lugar a mulheres e a homens de terno e gravatas com expressões sérias, que se apressavam na volta para casa ao sair do trabalho. Harry esbarrou em um deles quando desceu as escadas correndo, e ouviu os palavrões lançados às suas costas ecoarem pelas paredes. Ele parou em frente ao guichê entre os toaletes. Era a mesma mulher velha que estava lá da outra vez.

— Preciso falar com Simon agora.

Seus olhos castanhos e calmos olharam para ele.

— Ele não está em Tøyen — explicou Harry. — Todos se foram.

A mulher deu de ombros, confusa.

— Diga que é o Harry.

Ela balançou a cabeça e o dispensou com um gesto.

Harry se inclinou contra o vidro que os separava.

— Diga que é o *spiuni gjerman*.

Simon pegou a rua Enebakkveien em vez do longo túnel de Ekeberg.

— Não gosto de túneis — confessou, enquanto subiam a encosta da montanha a passos de tartaruga na hora do rush.

— Então os dois irmãos que fugiram para a Noruega e cresceram juntos em um trailer de camping viraram inimigos porque estavam apaixonados pela mesma mulher? — perguntou Harry.

— Maria vinha de uma respeitável família *lovarra*. Eles viviam na Suécia, onde o pai dela era *bulibas*. Ela se casou com Stefan e se mudou para Oslo quando tinha apenas 13 anos e ele, 18. Stefan estava tão apaixonado que morreria por ela. Na ocasião, Raskol estava escondido na Rússia, você sabe. Não estava se escondendo da polícia, e sim de uns bandidos kosovo-albaneses da Alemanha, que alegavam que ele os enganara em um negócio.

— Negócio?

— Eles encontraram um trailer vazio na rodovia perto de Hamburgo. — Simon sorriu.

— Mas Raskol voltou?

— Um belo dia em maio, ele reapareceu em Tøyen. Foi quando ele e Maria se viram pela primeira vez. — Simon riu. — Meu Deus, como eles se viram. Eu tive que olhar para os céus para ver se havia um trovão a caminho, de tão carregado que o ar ficou.

— Então eles se apaixonaram?

— De imediato. Sob o olhar de todos. Algumas das mulheres ficaram envergonhadas.

— Mas, se era tão óbvio, os parentes devem ter reagido.

— Eles não acharam que fosse tão sério. Não esqueça que a gente se casa mais cedo do que vocês. Não podemos impedir os jovens. Eles se apaixonam. Treze, imagine...

— É, dá para imaginar. — Harry esfregou a nuca.

— Mas isso era uma coisa séria, sabe? Ela era casada com Stefan, mas amava Raskol desde a primeira vez que o viu. E mesmo com ela e Stefan morando no próprio trailer, ela encontrava Raskol, que estava lá o tempo todo. Aconteceu o que tinha que acontecer. Quando Anna nasceu, só Stefan e Raskol não sabiam que Raskol era o pai.

— Coitada da menina.

— E coitado do Raskol. O único que estava feliz era Stefan. Ele andava nas nuvens. Dizia que Anna era tão bonita quanto o pai. — Simon sorriu com olhos tristes. — Talvez pudesse ter continuado dessa forma. Se não fosse por Stefan e Raskol decidirem roubar um banco.

— E deu errado?

A fila de carros fluía para o cruzamento de Ryen.

— Eram três. Stefan era o mais velho, por isso entrou primeiro e saiu por último. Enquanto os dois outros corriam com o dinheiro para buscar o carro de fuga, Stefan ficou dentro do banco com a pistola para que não acionassem o alarme. Eles eram amadores, não sabiam nem que o banco tinha alarme silencioso. Quando voltaram para pegar Stefan, ele estava estendido no capô de uma viatura. Um policial o tinha algemado. Raskol era o motorista. Ele só tinha 17 anos, nada de habilitação. Ele baixou o vidro. Com trezentos mil no banco de trás, Raskol se aproximou devagar da viatura em cujo capô seu irmão se contorcia. Então Raskol e o policial se entreolharam. Meu Deus, o ar ficou tão carregado quanto no encontro entre ele e Maria. Eles se encararam durante uma eternidade. Fiquei com medo de que Raskol fosse gritar. Mas ele não disse uma palavra e continuou. Foi a primeira vez que eles se viram.

— Raskol e Jørgen Lønn?

Simon assentiu. Eles saíram da rotunda para pegar a curva de Ryen. No posto de gasolina, Simon freou e ligou a seta para entrar. Pararam em frente a um prédio de dois andares. Ao lado, a logo em neon azul do Banco DNB luzia em cima da porta de entrada.

— Stefan pegou quatro anos por atirar para cima — disse Simon.

— Mas, depois do processo, aconteceu uma coisa esquisita. Raskol visitou Stefan na prisão, e, no dia seguinte, um dos carcereiros disse que achava que o prisioneiro recém-chegado tinha mudado de cara. Seu chefe falou que era normal que isso acontecesse com prisioneiros de primeira viagem. Ele contou sobre mulheres que não reconheciam os próprios maridos quando os visitavam pela primeira vez. O carcereiro aceitou a explicação, mas, alguns dias depois, eles receberam uma ligação de uma mulher. Ela disse que eles estavam com o prisioneiro errado, que o irmão caçula de Stefan Baxhet havia tomado seu lugar e que eles tinham que soltar o prisioneiro.

— É verdade mesmo? — perguntou Harry, pegando o isqueiro e acendendo o cigarro.

— É — responde Simon. — Entre os ciganos do sul da Europa, é comum que irmãos mais novos ou filhos cumpram a pena para o condenado se ele tiver uma família para sustentar. Como Stefan. Para nós, é uma questão de honra, entende?

— Mas as autoridades logo perceberiam a troca, não?

— Ah! — Simon abriu os braços. — Para eles, um cigano é um cigano. E, se ele não fez aquilo, com certeza está pagando por algum outro crime.

— Quem foi que ligou?

— Nunca descobriram. Mas Maria desapareceu na mesma noite. Nunca mais a viram. A polícia levou Raskol para Tøyen no meio da noite, e Stefan foi arrastado, se contorcendo e praguejando, para fora do trailer. Anna tinha 2 anos e estava na cama chorando e chamando por sua mãe, e ninguém, nem os homens, nem as mulheres, conseguiu fazer com que ela parasse com a choradeira. Ela só parou quando Raskol entrou e a pegou no colo.

Eles olharam para a entrada do banco. Harry olhou no relógio. Faltavam poucos minutos para fechar.

— E o que aconteceu depois?

— Depois que Stefan cumpriu a pena, deixou o país imediatamente. De vez em quando, eu falava com ele por telefone. Ele viajava muito.

— E Anna?

— Ela cresceu no trailer. Raskol a mandou para a escola. Ela tinha amigos *gadjos*. Hábitos *gadjos*. Não queria viver como nós, queria fazer o que os amigos faziam; fazer as próprias escolhas, ganhar dinheiro e morar na própria casa. Como herdou o apartamento da avó e se mudou para a rua Sorgenfrigata, não tivemos mais contato. Ela... Bem, foi uma escolha dela se mudar. Raskol foi a única pessoa com quem manteve contato.

— Você acha que Anna sabia que ele era pai dela?

Simon deu ombros.

— Até onde sei, ninguém nunca falou nada, mas tenho certeza de que ela sabia.

Os dois ficaram em silêncio.

— Foi aqui que aconteceu — completou Simon por fim.

— Logo antes de fechar — completou Harry. — Como agora.

— Ele não teria matado Lønn se não tivesse necessidade — explicou Simon. — Mas ele faz o que precisa. Ele é um guerreiro, sabe?

— Nenhuma concubina risonha.

— Como é?

— Nada. Onde está Stefan, Simon?

— Eu não sei.

Harry esperou. Eles viram um funcionário do banco trancar a porta pelo lado de dentro. Harry continuou esperando.

— A última vez que falei com ele foi quando ele ligou da Suécia — explicou Simon. — Gotemburgo. É tudo o que tenho de informação a ajuda que posso te dar.

— Não é a mim que você ajuda.

— Eu sei. — Simon acenou com a cabeça. — Eu sei.

Harry encontrou a casa amarela na rua Vetlandsveien. As luzes estavam acesas em ambos os andares. Ele estacionou, desceu do carro e ficou olhando em direção à estação do metrô. Era ali que eles costumavam se encontrar, nos primeiros dias escuros de outono, para roubar maçãs. Siggen, Tore, Kristian, Torkild, Øystein e Harry. Esse era o lugar fixo. Eles iam de bicicleta para Nordstrand, porque lá as maçãs eram maiores e as chances de alguém conhecer seus pais, menores. Siggen era o primeiro que pulava a cerca e Øystein ficava de guarda. Harry era o mais alto e conseguia pegar as maçãs maiores. Mas, certo fim de tarde, eles não estavam a fim de ir tão longe e fizeram uma incursão na vizinhança.

Harry olhou para o jardim do outro lado da rua.

Os meninos já haviam enchido os bolsos quando ele notou o rosto que os observava da janela iluminada no primeiro andar. Sem dizer uma palavra. Era Diss.

Harry abriu o portão e foi até a porta. *Jørgen & Kristin Lønn* eram os nomes pintados na placa de porcelana sobre as duas campainhas. Harry tocou a de cima.

Beate só atendeu depois do segundo toque.

Ela lhe ofereceu chá, mas ele recusou com um aceno, então Beate desapareceu na cozinha enquanto Harry retirava as botas no hall.

— Por que o nome do seu pai ainda está na placa da porta? — perguntou, quando ela voltou para a sala com uma xícara. — Para intrometidos acharem que tem um homem em casa?

Ela deu de ombros e afundou na poltrona.

— Simplesmente nunca pensamos sobre isso. Provavelmente o nome dele está lá há tanto tempo que a gente nem o vê mais.

— Hmm. — Harry juntou as mãos. — Aliás, é sobre isso mesmo que eu queria falar com você.

— Sobre a placa na porta?

— Não. Disosmia. A incapacidade se sentir o cheiro de cadáveres.

— Como assim?

— Eu estava no hall em casa ontem e vi o primeiro e-mail que recebi do assassino de Anna. Aconteceu a mesma coisa com a placa da porta de vocês. O sentido é registrado, mas não pelo cérebro. É mia

O e-mail impresso ficou tanto tempo preso na parede que eu parei de vê-lo, como a foto da minha irmã comigo. Quando a foto desapareceu, só percebi que algo estava diferente, mas eu não sabia o que era. E sabe por quê?

Beate balançou a cabeça.

— Porque não aconteceu nada que me fizesse ver as coisas de outra forma. Eu só vi o que presumia estar lá. Mas ontem aconteceu uma coisa. Ali me disse que tinha visto uma mulher desconhecida, de costas, em frente à porta do porão. E me dei conta de que sempre achei que o assassino de Anna era um homem. Quando cometemos o erro de imaginar uma forma para algo que procuramos, não vemos as outras coisas que encontramos. E isso me fez ler o e-mail com outros olhos.

As sobrancelhas de Beate estavam franzidas.

— Você está querendo dizer que não foi Alf Gunnerud que matou Anna Bethsen?

— Sabe o que é um anagrama? — perguntou Harry.

— Um jogo de letras...

— O assassino de Anna deixou um *patrin* para mim. Um anagrama. Eu o vi no espelho. O e-mail foi assinado com nome de mulher. Espelhado. Então mandei o e-mail para Aune, que contatou um perito em psicologia cognitiva e linguagem. Já aconteceu de ele, a partir de uma única frase em uma carta anônima, conseguir determinar o sexo, a idade e de onde no país a pessoa fazia a ameaça. Dessa vez, ele chegou à conclusão de que as cartas tinham sido escritas por uma pessoa entre 20 e 70 anos, homem ou mulher, e que poderiam ter vindo de qualquer lugar do país. Em resumo, não foi de grande ajuda. Exceto por achar que provavelmente foram escritas por uma mulher. Por causa de um único termo. "Vocês, policiais" em vez de "vocês da polícia". Ele diz que o remetente pode ter escolhido essas palavras inconscientemente por distinguir entre o sexo do receptor e do remetente.

Harry se recostou na cadeira.

Beate colocou a xícara na mesa.

— Não posso dizer que estou totalmente convencida, Harry. Uma mulher não identificada nas escadas, um anagrama que é um nome de mulher e um psicólogo que acha que Alf Gunnerud escolheu um modo de se expressar feminino.

— Hmm. — Harry assentiu. — Concordo. Mas primeiro queria contar o que me colocou nessa pista. Mas antes de eu contar para você quem matou Anna quero perguntar se pode me ajudar a encontrar uma pessoa desaparecida.

— Claro. Mas por que está perguntando isso para mim? Uma pessoa desaparecida não é exatamente...

— É, sim. — Harry abriu um sorriso triste. — Essa é a sua área.

43

RAMONA

Harry encontrou Vigdis Albu na praia. Ela estava sentada na mesma formação de pedras onde ele havia dormido abraçado aos joelhos, olhando para o fiorde. Na névoa da manhã, o sol parecia uma impressão pálida de si mesmo. Gregor correu ao encontro de Harry, abanando o cotoco de rabo. A maré estava baixa e havia cheiro de alga marinha e óleo no ar. Harry se sentou em uma pedra atrás dela e pegou um cigarro.

— Foi *você* que o encontrou? — perguntou ela, sem se virar. Harry estava curioso para saber há quanto tempo Vigdis estava esperando por ele.

— Muitas pessoas acharam Arne Albu — respondeu. — Eu fui uma delas.

Ela afastou uma mecha de cabelo que dançava em seu rosto com o vento.

— Eu também. Mas isso foi há muito, muito tempo. Pode ser que você não acredite, mas eu o amei.

Harry acendeu o cigarro.

— Por que eu não acreditaria?

— Acredite no que quiser. Nem todas as pessoas têm a habilidade de amar. Nós, e eles, talvez acreditemos, mas não é assim. Eles aprendem a mímica, as réplicas e os passos, e é só. Algumas pessoas se tornam tão boas que podem nos enganar por muito tempo. O que eu estranho não é o fato de eles conseguirem, e sim que se deem o trabalho. Por que se esforçar tanto para conseguir a retribuição de um sentimento que você nem se sabe qual é? Você entende, policial?

Harry não respondeu.

— Talvez só tenham medo — argumentou ela, e se virou para ele.
— De se ver no espelho e descobrir que são aleijados.
— De quem está falando, senhora Albu?
Ela se virou para a água de novo.
— Quem sabe? Anna Bethsen. Arne. Eu mesma. A pessoa que eu me tornei?
Gregor lambeu a mão de Harry.
— Eu sei como Anna Bethsen foi assassinada — disse Harry. Ele observou as costas dela, mas não notou nenhuma reação. O cigarro se acendeu na segunda tentativa. — Ontem à tarde recebi a análise de uma das quatro taças que estavam na pia de Anna Bethsen. Tinha as minhas impressões. Ao que parece, tomei Coca-Cola. Eu nunca ia inventar de tomar refrigerante com vinho. Tanto que uma das taças não foi usada. O interessante, porém, foi que nos restos de Coca-Cola foram encontrados traços de hidrocloreto de morfina. Quer dizer, morfina. Você conhece os efeitos de doses grandes, não é, senhora Albu?
Ela olhou para ele e acenou devagar com a cabeça.
— Não? — perguntou Harry. — A pessoa sofre colapso e perda de memória sob o sob o efeito da droga, e uma forte náusea quando volta a si. Em outras palavras, reações que podem facilmente ser confundidas com uma ressaca. Assim como o Rohypnol, é perfeita para violar alguém. E *fomos* todos violados. Todo mundo. Não fomos, senhora Albu?
Uma gaivota acima deles soltou um riso cortante.

— Você de novo — disse Astrid Monsen, com uma risada curta e nervosa, e o deixou entrar no apartamento.
Eles se sentaram na cozinha. Atarantada, Astrid fez chá e colocou na mesa um bolo que havia comprado na padaria Hansen, "caso apareça alguma visita". Harry falou amenidades sobre a neve que caiu no ano passado e como o mundo, que todos eles acreditavam que cairia em ruínas, igual às Torres Gêmeas, na TV, na verdade não mudara muito. Foi apenas quando Astrid serviu o chá e se sentou que ele perguntou o que ela achava de Anna.
Ela ficou boquiaberta.
— Você a odiava, não é?

No silêncio que se seguiu, ouviu-se um leve tinir eletrônico no outro cômodo.

— Não, eu não a odiava. — Astrid apertou uma xícara enorme com chá verde. — Ela era apenas... diferente.

— Diferente como?

— A vida que ela levava. A maneira de ser. Ela tinha sorte de ser... do jeito que era.

— E você não gostava disso?

— Eu... Eu não sei. Não, talvez eu não gostasse.

— E por que não?

Astrid Monsen o encarou. Demoradamente. O sorriso tremulava em seus olhos, como uma borboleta agitada.

— Não é o que você está pensando — disse ela. — Eu invejava Anna. Eu a admirava. Havia dias em que gostaria de ser ela. Ela era o oposto de mim. Eu estou aqui dentro, enquanto ela...

Seu olhar fugiu pela janela.

— A sensação que eu tinha era a de que Anna se despia e partia para a vida. Os homens vinham e iam, e ela sabia que não os podia ter, mas ela os amava mesmo assim. Ela não sabia pintar, mas expôs seus trabalhos para que o restante do mundo visse por si só. Ela falava com todos que acreditava que gostavam dela. Comigo também. Houve dias em que eu sentia que Anna havia roubado meu eu verdadeiro, que não tinha espaço para nós duas e que eu tinha que esperar a minha vez. — Ela soltou a mesma risada nervosa. — Mas então ela morreu. E descobri que não era assim, que eu não podia ser ela. Agora ninguém pode ser ela. Não é triste? — Ela fixou o olhar em Harry. — Não, eu não a odiava. Eu a amava.

Harry sentiu comichão na nuca.

— Pode me contar o que aconteceu na noite em que você me encontrou no corredor?

O sorriso piscava como uma lâmpada fluorescente que ameaçava queimar. Como se uma pessoa feliz aparecesse ocasionalmente, e espiasse através de seus olhos. Harry tinha a sensação de que uma represa estava prestes a se romper.

— Você estava feio — murmurou ela. — Mas de um jeito bonito.

Harry levantou as sobrancelhas.

— Hmm. Quando você me levantou, notou se eu cheirava a álcool?

Ela parecia surpresa, como se até aquele momento nunca tivesse pensado nisso.

— Não. Na verdade, não. Você não cheirava a... nada.

— Nada?

Ela enrubesceu.

— A nada... especial.

— Eu perdi alguma coisa na escada?

— Como o quê, exatamente?

— O celular. E chaves.

— Que chaves?

— Isso é você que tem que me responder.

Ela balançou a cabeça.

— Não achei celular. E as chaves eu coloquei de volta no seu bolso. Por que está me perguntando isso?

— Porque eu sei quem matou Anna. Só queria verificar algumas coisas antes.

44

Patrin

No dia seguinte, o resto da neve acumulada havia sumido. Na reunião matinal na Divisão de Roubos, Ivarsson determinou que, se eles quisessem fazer avanços no caso do Magarefe, um novo assalto era a melhor coisa a esperar, mas que a previsão de Beate de que o criminoso ia atacar a intervalos cada vez menores infelizmente não se concretizou. Para a surpresa de todos, Beate parecia não ter se importado com a crítica indireta. Ela apenas deu de ombros e repetiu com voz firme que era só uma questão de tempo até Magarefe agir de novo.

Na mesma noite, uma viatura parou no estacionamento em frente ao Museu Munch. Quatro homens saltaram dela, dois fardados e dois em roupas civis que, à distância, pareciam estar de mãos dadas.

— Sinto muito pelas medidas de segurança — disse Harry, indicando as algemas com a cabeça. — Foi a única maneira de obter permissão.

Raskol deu de ombros.

— Acho que perturba mais você do que a mim que estejamos algemados juntos, Harry.

O grupo cruzou o estacionamento e continuou em direção à quadra esportiva e aos trailers. Harry fez sinal para que o policial esperasse do lado de fora enquanto ele e Raskol entravam no pequeno trailer.

Simon aguardava lá dentro. Ele havia preparado uma garrafa de *calvados* e três copos. Harry fez que não com a cabeça, abriu as algemas e se sentou no sofá.

— Bom estar de volta? — perguntou Harry.

Raskol não respondeu, e Harry esperou enquanto o olhar sombrio do homem varria o interior do trailer. Harry viu que a varredura parou na foto dos dois irmãos em cima da cama, e teve a impressão de que a boca de Raskol se entortou de leve.

— Prometi que voltaríamos à prisão antes do meio-dia, por isso vamos ao assunto — disse Harry. — Não foi Alf Gunnerud que matou Anna.

Simon olhou para Raskol, cujos olhos estavam fixos em Harry.

— Também não foi Arne Albu.

Na pausa que se seguiu, parecia que o zunido dos carros na rua Finmarkgata havia aumentado. Será que Raskol sentia falta desse zunido quando se deitava para dormir em sua cela? Será que sentia falta da voz da outra cama, do cheiro, do som da respiração regular de seu irmão no escuro?

Harry se dirigiu a Simon.

— Você se incomoda de nos deixar a sós?

Simon se virou para Raskol, que deu um breve aceno com a cabeça. Ele fechou a porta atrás de si. Harry entrelaçou as mãos e ergueu o olhar. Os olhos de Raskol pareciam brilhantes, como se estivesse com febre.

— Você já sabia disso há um tempo, não é? — perguntou Harry, baixinho.

Raskol pressionou as palmas das mãos uma contra a outra, um sinal aparente de calma. Porém as pontas pálidas dos dedos indicavam outra coisa.

— Talvez Anna tenha lido Sun Tzu — disse Harry. — E soubesse que o primeiro princípio da guerra é o ardil. Mesmo assim, ela me deu a solução, eu só não conseguia quebrar o código. S^2MN. Ela até deu a pista de que a retina vira as coisas de cabeça para baixo, de maneira que eu deveria vê-las em um espelho para enxergar o que elas são de verdade.

Raskol havia fechado os olhos. Parecia que fazia uma prece.

— Ela tinha uma mãe bonita e louca — murmurou ele. — Anna herdou as duas coisas.

— Você decifrou o anagrama faz tempo, parece — disse Harry. — A assinatura dela era um S ao quadrado, ou seja, dois S seguidos. Depois um M, e um N. Se você lê a assinatura assim, fica SSMN. Escreva e leia ao contrário em um espelho. NMSS. Nêmesis, adicionando as vogais. A deusa da vingança. *Ela* me contou. Era sua obra-prima. Pela qual seria lembrada.

Harry disse tudo sem triunfo na voz. Era apenas uma constatação. E parecia que o trailer apertado havia encolhido ainda mais em volta dos dois.

— Me conte o restante — sussurrou Raskol.

— Com certeza dá para você imaginar o restante.

— Conte!

Harry olhou para a janela pequena e redonda acima da mesa já coberta de orvalho. Uma portinhola. Uma nave espacial. De repente imaginou que, se ele limpasse o orvalho, descobriria que estavam no espaço, dois astronautas solitários na Nebulosa Cabeça de Cavalo a bordo de um trailer voador. Seria mais fantástico do que o que ele estava prestes a contar.

45

A ARTE DA GUERRA

Raskol se endireitou, e Harry começou.
— Nesse verão, meu vizinho, Ali Niazi, recebeu uma carta de uma pessoa que achava que devia o aluguel desde a época que tinha morado no prédio, há muitos anos. Ali não achou o nome no registro de moradores, por isso enviou uma carta a essa pessoa dizendo que ignorasse a dívida. O nome era Eriksen. Liguei para Ali ontem e pedi a ele que pegasse a carta que havia recebido. O endereço era da rua Sorgenfrigata, número 17. Astrid contou que na caixa de correio de Anna, no verão, um nome extra havia sido colado durante alguns dias. Eriksen. O que ela queria com essa carta? Liguei para o Chaveiro AS. Eles tinham justamente um pedido de chaves para o meu apartamento. Recebi os papéis por fax. A primeira coisa que vi foi que o pedido tinha sido feito uma semana antes de Anna morrer. O pedido estava assinado por Ali, síndico e responsável pelas chaves do nosso condomínio. A falsificação da assinatura do pedido era não mais do que passável. Como se fosse feita por uma pintora apenas passável, que havia copiado a assinatura de uma carta que recebera, por exemplo. Mas foi mais do que o suficiente para o chaveiro que, sem demora, pediu uma chave Trioving para o apartamento de Harry Hole. Mas Harry Hole tinha que comparecer pessoalmente, mostrar identificação e assinar o recibo para pegar a chave. O que ele fez, acreditando que estivesse assinando para pagar uma chave reserva para Anna. É de fazer morrer de rir, não é?

Raskol não parecia ter problemas em se controlar.
— Entre nosso encontro e o jantar na última noite, ela montou tudo. Fez uma assinatura de e-mail em um servidor no Egito e escre-

veu e-mails com datas de envio pré-programadas no laptop. Durante o dia, entrou no porão do prédio e descobriu qual era o meu depósito. Com a mesma chave, entrou no meu apartamento para descobrir um pertence pessoal facilmente reconhecível que ela pudesse plantar na casa de Alf Gunnerud. Ela escolheu uma foto em que eu estava com a minha irmã. O passo seguinte foi uma visita ao seu antigo amante e fornecedor de drogas. Talvez Alf Gunnerud tivesse ficado um pouco surpreso ao vê-la de novo. O que ela queria? Comprar uma pistola? Ou pegar emprestado uma, talvez. Porque ela sabia que ele tinha uma dessas armas que circulam em Oslo atualmente, com o número de série raspado. Ela encontrou a pistola, uma Beretta M92F, quando foi ao banheiro. Talvez ele tenha achado que ela demorou demais. E ao sair, ela de repente estava com pressa e disse que tinha que ir. Pelo menos, podemos imaginar que foi como aconteceu.

Raskol cerrou as mandíbulas com tanta força que Harry pôde ver seus lábios estreitarem. Harry se inclinou para trás.

— O passo seguinte foi entrar e plantar a chave reserva do próprio apartamento, na gaveta da mesa de cabeceira, e depois no chalé de Albu. Foi como tirar doce de criança. Ela sabia que as chaves do chalé estavam na lâmpada. Enquanto estava lá, arrancou a foto de Vigdis com as crianças do álbum e levou para casa. Então estava tudo pronto. Era só esperar Harry para o jantar. No cardápio, *tom yam* com pimenta-malagueta e Coca-Cola com hidrocloreto de morfina. O último ingrediente é popularmente conhecido como droga de estupro por ser líquido, relativamente sem gosto, de dosagem simples e efeito previsível. A vítima acorda com um espaço em branco na memória, que acredita ser causado pelo álcool, já que sente todos os sintomas de uma ressaca. E de muitas maneiras pode-se dizer que eu fui estuprado. Fiquei tão zonzo que ela não teve problema nenhum em pegar meu celular no meu bolso antes de me empurrar para porta afora. Depois que fui embora, ela saiu e foi até o meu depósito no porão, onde conectou meu celular ao laptop. Quando voltou para casa, subiu as escadas nas pontas dos pés. Astrid Monsen a ouviu, mas achou que fosse a senhora Gundersen, do terceiro andar. Então se preparou para o último ato antes de deixar o resto acontecer por si mesmo. Evidentemente, ela sabia que eu ia investigar o caso, como policial ou não, por isso deixou dois *patrins* para mim. Ela pegou a pistola com a mão direita, já que eu sabia que ela era canhota. E colocou a foto no sapato.

Os lábios de Raskol se moveram, mas não emitiram um único som. Harry passou a mão no rosto.

— Sua última pincelada na obra-prima foi apertar o gatilho de uma pistola.

— Mas por quê? — sussurrou Raskol.

Harry deu de ombros.

— Anna era uma pessoa de extremos. Ela queria se vingar das pessoas que acreditava terem lhe tirado a coisa pela qual vivia. O amor. Os culpados eram Albu, Gunnerud e eu. E a família. Em resumo: o ódio venceu.

— Papo furado — disse Raskol.

Harry se virou e arrancou a foto de Raskol e Stefan da parede, deixando-a na mesa entre eles.

— O ódio sempre venceu na sua família, não é, Raskol?

Raskol inclinou a cabeça para trás e esvaziou o copo. Então abriu um largo sorriso.

Harry lembrou os segundos seguintes como um vídeo em velocidade rápida. Quando tudo terminou, ele estava deitado no chão, preso pelas mãos de Raskol, com álcool nos olhos, o cheiro de *calvados* no nariz e os cacos da garrafa quebrada contra o pescoço.

— Só tem uma coisa mais perigosa do que pressão alta, *Spiuni* — sussurrou Raskol. — Pressão excessivamente baixa. Então fique bem quietinho.

Harry engoliu em seco e tentou falar, mas Raskol o apertou com mais força e ele só conseguiu emitir um gemido.

— Sun Tzu é muito claro a respeito de ódio e amor, *Spiuni*. Tanto ódio como amor vencem uma guerra, são indispensáveis como gêmeos siameses. Os perdedores são ira e compaixão.

— Então nós dois estamos prestes a perder — gemeu Harry.

Raskol apertou o pescoço de Harry com mais força.

— A minha Anna nunca escolheria a morte. — Sua voz tremeu. — Ela amava a vida.

Harry conseguiu a duras penas sibilar as palavras:

— Como... você... ama... a liberdade?

Raskol afrouxou um pouco o aperto e, aos guinchos, Harry puxou o ar para os pulmões doloridos. Seu coração martelava na cabeça, mas o zunido dos carros na rua havia voltado.

— Você fez uma escolha — sibilou Harry. — Você se entregou para cumprir pena. Isso foi incompreensível para alguns, mas foi a sua escolha. Anna fez a mesma coisa.

Raskol pressionou a garrafa contra o pescoço de Harry quando este tentou se mover.

— Eu tive minhas razões.

— Eu sei — disse Harry. — Penitência é um instinto tão forte quanto vingança.

Raskol não respondeu.

— Você sabia que Beate Lønn também fez uma escolha? Ela entendeu que não há nada que possa trazer o pai de volta. Por isso me pediu que mandasse lembranças e dissesse a você que ela o perdoa. — Um caco de vidro arranhou sua pele. Parecia a ponta de uma pena contra um papel grosso, que, hesitante, escrevia a última palavra. À espera do ponto final. Harry engoliu em seco. — Agora é a sua vez de escolher, Raskol.

— Escolher entre o que, *Spiuni?* Se você vive ou morre?

Harry respirou fundo enquanto tentava controlar o pânico.

— Se quer libertar Beate Lønn ou não. Se quer me contar o que aconteceu no dia que você matou o pai dela. Se quer se libertar.

— Eu? Me libertar? — Raskol soltou seu riso suave.

— Eu o encontrei — disse Harry. — Quero dizer, Beate Lønn o encontrou.

— Encontrou quem?

— Ele mora em Gotemburgo.

O riso de Raskol parou de repente.

— Ele mora lá há 19 anos — continuou Harry. — Desde que soube quem era o verdadeiro pai de Anna.

— Você está mentindo — gritou Raskol, e ergueu a garrafa acima da cabeça.

Harry sentiu a boca secar e fechou os olhos. Quando os abriu de novo, o olhar de Raskol parecia vidrado. Os dois respiravam no mesmo ritmo, o peito arfando em uníssono.

Raskol sussurrou.

— E... Maria?

Harry tentou duas vezes antes de conseguir forçar as cordas vocais a responderem.

— Ninguém tem notícias dela. Alguém contou a Stefan que ela foi vista com um grupo itinerante na Normandia, há muitos anos.

— Stefan? Você falou com ele?

Harry assentiu.

— E por que ele quis falar com um *Spiuni* como você?

Harry tentou dar de ombros, mas estava imobilizado.

— Pode perguntar você mesmo...

— Perguntar... — Raskol olhou descrente para Harry.

— Simon o buscou ontem. Ele está no trailer ao lado. A polícia tem alguns assuntos pendentes com Stefan, mas os policiais foram instruídos a não tocar nele. Ele quer falar com você. Daqui em diante é escolha sua.

Harry colocou a mão entre a garrafa e o pescoço. Raskol não fez nenhuma tentativa de detê-lo quando o inspetor se levantou. Apenas perguntou:

— Por que você fez isso, *Spiuni?*

Harry deu de ombros.

— Você fez com que o juiz em Moscou desse a guarda de Oleg para Rakel. Estou dando a você a chance de ficar com a única pessoa que lhe restou. — Ele tirou as algemas do bolso e colocou-as em cima da mesa. — Independentemente da sua escolha, nos considero quites agora.

— Quites?

— Você fez com que os meus voltassem. Fiz o mesmo por você.

— Estou ouvindo o que está dizendo, Harry. Mas o que isso significa?

— Significa que vou contar tudo o que sei sobre o assassino de Arne Albu. E que nós vamos atrás de você com tudo o que temos.

Raskol ergueu as sobrancelhas.

— Seria melhor não mexer nisso, *Spiuni*. Você sabe que não encontrarão provas contra mim, então, por que tentar?

— Porque somos da polícia — respondeu Harry. — E não concubinas risonhas.

O olhar de Raskol não se desviou. Ele fez uma breve mesura.

Harry foi até a porta. O homem franzino se sentou encolhido à mesa de plástico, com o rosto oculto pelas sombras.

— Vocês têm até a meia-noite, Raskol. Depois, o policial vai levá-lo de volta.

Uma sirene de ambulância cortou o barulho da rua, subindo e descendo como se estivesse à procura de uma nota musical única.

46

Medeia

Harry abriu com cuidado a porta do quarto. Ele ainda achava que poderia sentir o perfume da mulher, mas a fragrância era tão leve que ele não tinha certeza se vinha do quarto ou das lembranças. A cama grande dominava o cômodo, como uma galé romana. Ele se sentou no colchão, tocou os lençóis brancos e frios, fechou os olhos e sentiu que flutuava. Uma tontura lenta e pesada. Foi ali — assim — que Anna o havia esperado naquela noite? Um vibrar zangado. Harry olhou no relógio. Sete em ponto. Era Beate. Aune tocou a campainha uns minutos depois, e seu queixo duplo estava vermelho devido às escadas. Ele cumprimentou Beate ofegante e os três foram para a sala.

— E essas pinturas, você pode dizer quem são? — perguntou Aune.

— Arne Albu — disse Beate, e apontou para uma figura à esquerda. — Harry no meio e Alf Gunnerud à direita.

— Impressionante — disse Aune.

— Bem — começou Beate —, uma formiga pode distinguir entre milhões de outros rostos de formigas no formigueiro. Em relação ao peso corporal, elas têm um giro fusiforme maior que o meu.

— Receio que eu não seja nada desenvolvido em relação a isso — disse Aune. — Você vê alguma coisa, Harry?

— Pelo menos vejo um pouco mais agora do que quando Anna me mostrou pela primeira vez. Agora sei que são os três que foram acusados por ela. — Harry acenou com a cabeça para a figura feminina que segurava as três lâmpadas. — Nêmesis, a deusa da vingança e da justiça.

— Que os romanos furtaram dos gregos — explicou Aune. — Eles ficaram com a balança, trocaram o chicote pela espada, botaram uma venda nos olhos e a chamaram de Justiça. — Ele se aproximou da lâmpada. — Quando, no ano 600 a.C., começaram a entender que o sistema de vingança com sangue não funcionava e decidiram tirar a vingança das mãos do indivíduo e torná-la um assunto público, foi essa mulher que acabou virando o símbolo do estado de direito moderno. — Ele acariciou a mulher fria de bronze. — A justiça cega. A vingança fria. Nossa civilização repousa em suas mãos. Ela não é bela?

— Bela como uma cadeira elétrica — declarou Harry. — A vingança de Anna não foi exatamente fria.

— Foi tão quente quanto fria — argumentou Aune. — Ao mesmo tempo intencional e passional. Ela devia ser muito sensível. Evidentemente, foi ferida na alma. Mas todos somos feridos na vida. No fundo, trata-se de uma questão do grau de dano.

— E qual o nível de dano em Anna?

— Eu não a conheci, é pura conjectura.

— Então conjecture — insistiu Harry.

— No quesito deuses da Antiguidade, suponho que vocês já tenham ouvido falar de Narciso, o deus grego que ficou tão apaixonado pela própria imagem refletida que não conseguia se separar dela. Foi Freud que introduziu o conceito de narcisismo na psicologia; pessoas com uma percepção exagerada de sua singularidade, obcecadas pelo sonho de sucesso ilimitado. Para o narcisista, a necessidade de se vingar de todos que o ofenderam é maior que todas as outras necessidades. Chama-se raiva narcísica. O psicanalista Heinz Kohut descreveu como uma pessoa assim procuraria vingar a ofensa, que para nós pode parecer uma bagatela, a qualquer custo. Por exemplo, uma recusa aparentemente comum pode levar a pessoa com teimosia obsessiva e incansável a se esforçar para restaurar o equilíbrio, causando a morte se preciso.

— A morte de quem? — perguntou Harry.

— De todos.

— Mas isso é loucura! — exclamou Beate.

— É isso que estou dizendo — retrucou Aune, secamente.

Eles seguiram para a sala de jantar. Aune testou uma das antigas cadeiras retas da mesa comprida e estreita de carvalho.

— Não são feitas mais assim.

Beate gemeu.

— Mas ela tiraria a *própria vida* só para... se vingar? Deve haver outras formas.

— Claro — respondeu Aune. — Mas, frequentemente, o suicídio é em si mesmo uma vingança. O desejo de infligir o sentimento de culpa às pessoas que falharam com você. Além do mais, havia fortes indícios de que ela, de fato, não queria mais viver. Ela se sentia só, excluída da própria família e rejeitada pelos amantes. Era uma artista malsucedida e recorreu às drogas, e elas não resolveram nada. Em suma, uma pessoa profundamente frustrada e infeliz que, com premeditação fria, escolheu o suicídio. E a vingança.

— Sem escrúpulos morais? — perguntou Harry.

— O ângulo moral é interessante, claro. — Aune cruzou os braços. — Nossa sociedade nos impõe a obrigação moral de viver e por isso condena o suicídio. Mas com sua evidente admiração pela Antiguidade, Anna possivelmente se inspirou nos filósofos gregos, que alegavam que o ser humano devia decidir por si mesmo quando iria morrer. Nietzsche também acreditava que o indivíduo tinha todo o direito moral de tomar a própria vida. Ele até usa a palavra *freitod*, ou morte voluntária. — Aune levantou o dedo indicador. — Mas ela também estava diante de outro dilema moral. A vingança. Como ela se dizia cristã, a ética cristã professa que não devemos nos vingar. O paradoxo é claro, já que os cristãos adoram um Deus que é o maior vingador de todos. Desafie-o e queimará no inferno eternamente, uma vingança sem proporções, quase um caso para a Anistia Internacional, se quiserem saber. E se...

— Talvez ela apenas sentisse ódio.

Aune e Harry se viraram para Beate. Ela olhou assustada para eles, como se as palavras simplesmente tivessem lhe escapado.

— Moral — sussurrou ela. — Amor à vida. Amor. E, mesmo assim, o ódio é mais forte.

47

Fosforescência

Harry estava em frente à janela aberta e ouviu lá longe a sirene da ambulância que aos poucos sumiu no estrondo de sons do caldeirão da cidade. A casa que Rakel herdou do pai estava bem acima de tudo o que acontecia lá embaixo, no tapete de luzes, que ele vislumbrou por entre os pinheiros altos do jardim. Ele gostava de ficar ali e apreciar a vista. Olhar as árvores, se perguntar quanto tempo elas já estavam ali e sentir que esse questionamento o acalmava. E as luzes da cidade, que lembravam a fosforescência do mar. Ele só tinha visto essa fosforescência uma vez, em uma noite, quando seu avô o levou no barco a remo para pegar caranguejos com lanternas, em Svartholm. Foi só essa única noite, mas ele nunca iria esquecer. Era uma dessas coisas que só ficavam mais nítidas e reais a cada ano que passava. Não era assim com todas as coisas. Quantas noites ele passara com Anna, quantas vezes eles haviam zarpado no navio do capitão dinamarquês e se perdido no mar? Ele não se lembrava. E logo o resto também seria esquecido. Triste? Sim. Triste e necessário.

Mesmo assim, havia dois momentos relacionados a Anna que ele sabia que jamais se apagariam totalmente. Duas imagens quase idênticas, as duas com o cabelo farto esparramado no travesseiro como um leque preto, os olhos arregalados e uma das mãos agarrada ao lençol branco. A diferença. A diferença era a outra mão. Em uma das imagens, os dedos estavam trançados nos seus. No outro, ela segurava uma pistola.

— Não vai fechar a janela? — perguntou Rakel atrás dele.

Ela estava no sofá, sentada de pernas cruzadas, uma taça de vinho tinto na mão. Oleg tinha ido para a cama contente depois de ter vencido

Harry no Tetris pela primeira vez, e Harry receava o fim irrevogável de uma era.

As notícias não trouxeram novidades. Apenas velhos refrãos: cruzadas ao Leste, retaliação contra o Oeste. Desligaram a televisão e colocaram Stone Roses para tocar, para a surpresa — e alegria — de Harry, que havia encontrado na coleção de discos de Rakel. Juventude. Uma época que nada o deixava mais feliz que meninos ingleses arrogantes com guitarras e atitude. Agora gostava de Kings of Convenience, porque cantavam com suavidade e só parecia um pouco menos estúpido que Donovan. E Stone Roses em volume baixo. Triste, mas real. E talvez necessário. As coisas andam em círculos. Ele fechou a janela e prometeu a si mesmo que levaria Oleg para o mar e iluminariam caranguejos com lanternas assim que houvesse uma oportunidade.

— *Down, down, down* — murmurava a banda nos alto-falantes. Rakel se inclinou e tomou um gole do vinho.

— É uma história tão velha quanto o tempo — sussurrou. — Dois irmãos que amavam a mesma mulher. A clássica receita de uma tragédia.

Eles ficaram em silêncio, trançaram os dedos e prestaram atenção à respiração um do outro.

— Você a amava? — perguntou ela.

Harry pensou bastante antes de responder:

— Não lembro. Foi uma época bem... Sombria da minha vida.

Ela acariciou o queixo dele.

— Sabe o que eu acho estranho? Que essa mulher, que eu nunca conheci ou vi, tenha entrado furtivamente no seu apartamento e visto aquelas fotos de nós três em Frognerseteren que estão penduradas em cima do seu espelho. Sabendo que iria destruir tudo. E que vocês talvez se amassem, apesar de tudo.

— Hmm. Ela tinha planejado todos os detalhes bem antes de saber sobre você e Oleg. Conseguiu a assinatura de Ali logo no verão.

— E imagine como ela deve ter se esforçado para copiá-la, já que é canhota.

— Nem tinha pensado nisso. — Ele virou a cabeça no colo de Rakel e a encarou. — Vamos falar de outra coisa? O que você acha de eu ligar para o meu pai e perguntar se ele pode nos emprestar a casa em

Åndalsnes no verão? Normalmente, o tempo é péssimo, mas tem uma casa de barco lá e o barco a remo do meu avô.

Rakel riu. Harry fechou os olhos. Ele amava aquela risada. Pensou que, se não cometesse nenhum erro, poderia ouvir essa risada por muito tempo.

Harry acordou com um salto. Esforçou-se para se sentar na cama, ofegante. Ele havia sonhado, mas não se lembrava com o quê. O coração batia como um bumbo enlouquecido. Estaria embaixo da água na piscina em Bangkok de novo? Ou em frente ao homem do atentado na suíte do hotel SAS? A cabeça doía.

— O que foi? — murmurou Rakel no escuro.

— Nada — sussurrou Harry. — Durma.

Ele se levantou, foi ao banheiro e bebeu um copo de água. O rosto cansado e pálido no espelho o encarava. Ventava lá fora. Os galhos do grande carvalho no jardim arranhavam a parede. Pinicavam os ombros. Faziam cócegas e levantavam os pelos da nuca. Harry encheu o copo mais uma vez e bebeu devagar. Agora se lembrava do sonho. Um menino sentado no telhado da escola, balançando as pernas. Que não entrou para a aula. Que fez o irmãozinho escrever suas redações. Que mostrava para a nova namorada do irmão todos os lugares onde costumavam brincar quando eram crianças. Harry sonhou com uma fórmula de tragédia.

Quando voltou para debaixo do edredom, Rakel estava dormindo. Ele fixou o olhar no teto e começou a esperar o amanhecer.

O relógio na mesa da cabeceira indicava que eram cinco e três quando não aguentou mais, se levantou, ligou para a telefonista e conseguiu o número particular de Jean Hue.

48

Heinrich Schirmer

Beate acordou quando a campainha tocou pela terceira vez. Ela se virou de lado e olhou no relógio. Cinco e quinze. Ficou deitada, pensando no que seria melhor — levantar e mandá-lo para o inferno ou fazer de conta que não estava em casa. A campainha tocou de novo, de tal forma que a fez entender que ele não estava pensando em desistir.

Ela suspirou, se levantou e vestiu o penhoar. Pegou o interfone.
— Sim?
— Desculpe estar tocando tão tarde. Ou tão cedo.
— Vá para o inferno, Tom.
Seguiu-se uma longa pausa.
— Não é o Tom — disse a voz. — Sou eu, Harry.
Beate praguejou baixinho e apertou o botão para abrir a porta.
— Eu não aguentei ficar acordado na cama — disse Harry, quando entrou. — É sobre Magarefe.
Ele se acomodou no sofá quando Beate desapareceu no quarto.
— Como eu falei, o que você faz com Waaler não é da minha conta... — gritou ele para a porta aberta do quarto.
— Como você disse, não é da sua conta — gritou ela de volta. — Além do mais, ele está suspenso.
— Eu sei. Fui chamado para um inquérito da Comissão de Investigação especial para falar sobre meu encontro com Alf Gunnerud.
Ela voltou com uma camiseta branca e jeans, e se pôs na frente de Harry. O inspetor olhou para ela.
— Quero dizer, eu o suspendi.
— Ah, é?

— Ele é um babaca, mas o fato de você estar com a razão não significa que pode dizer o que quiser para qualquer pessoa.

Harry inclinou a cabeça para o lado e semicerrou os olhos.

— Quer que eu repita? — perguntou ela.

— Não — respondeu. — Acho que entendi agora. Mas, e se não fosse qualquer pessoa, e sim uma amiga?

— Café?

Mas, antes de Beate se virar para a cozinha o rubor se espalhou em seu rosto. Harry se levantou e a seguiu. Só havia uma cadeira na pequena mesa. Na parede, tinha uma placa cor-de-rosa de madeira, com um poema em *håvamål*, norueguês antigo:

Quando diante de uma porta estranha, o homem deve cruzá-la com cautela, olhar para um lado e para o outro, pois ninguém pode prever que perigos espreitam no corredor.

— Duas coisas que Rakel disse ontem me fizeram pensar — falou Harry, e se apoiou na bancada da cozinha. — A primeira foi que dois irmãos que amam a mesma mulher é a fórmula de uma tragédia. A segunda foi que Anna deve ter se esforçado muito para copiar a assinatura de Ali, já que ela era canhota.

— Sim? — Ela colocou o pó de café no filtro.

— Aqueles livros escolares de Lev que Trond Grette te deu para comparar a caligrafia da carta do suicídio... Você se lembra de que matéria eles eram?

— Não prestei tanta atenção, só lembro que reparei que, de fato, era a caligrafia dele. — Ela despejou água na cafeteira.

— Era norueguês — disse Harry.

— Talvez — concordou ela, se virando para ele.

— Eu sei — disse Harry. — Estou vindo da casa de Jean Hue, da Kripos.

— O perito em caligrafia? Agora, no meio da noite?

— Ele tem um escritório em casa e foi bem compreensivo. Comparou o caderno e a carta de suicídio com isso aqui. — Harry abriu uma folha de papel e a colocou na bancada da cozinha. — Esse café vai demorar muito?

— O que é tão urgente? — perguntou Beate, e se inclinou para ver o que havia na folha.

— Tudo — respondeu Harry. — A primeira coisa que você precisa fazer é checar as contas bancárias de novo.

Else Lund, gerente e um dos dois funcionários da agência de viagens Brastours, certa vez recebera um telefonema no meio da noite, de um cliente no Brasil que tinha sido roubado ou havia perdido o passaporte e a passagem, e, no desespero, ligou para o celular dela sem pensar no fuso horário. Por isso, ela dormia com o celular desligado. E, por isso, ficou bastante irritada quando o telefone fixo tocou às cinco e meia e a voz no outro lado perguntou se ela podia ir para o trabalho o mais rápido possível. Só ficou menos irritada quando a voz acrescentou que era da polícia.

— Espero que seja um assunto de vida ou morte — disse Else Lund.
— Sim — respondeu a voz. — Mais de morte.

Como sempre, Rune Ivarsson era o primeiro a chegar ao trabalho. Ele olhou pela janela. Gostava da tranquilidade, de ter o andar todo para si, mas não era só por isso. Quando os outros chegavam, Ivarsson já tinha lido todos os fax, os relatórios da noite anterior e todos os jornais, e assim se adiantava, como sentia ser necessário. Quando você era chefe, o segredo se resumia em ficar um passo à frente e estabelecer a vantagem que lhe daria perspectiva. Quando seus subalternos no departamento às vezes expressavam frustração porque a gerência guardava informação para si, era porque não entendiam que saber é poder e que uma liderança precisa de poder para traçar o curso que no final vai levá-los ao porto. Sim, era simplesmente para o bem deles, deixar o saber para a liderança. Agora que dera ordens a todos que trabalhavam no caso Magarefe para se reportar diretamente a ele, era justamente para reunir o saber onde deveria estar, em vez de desperdiçar seu tempo em infinitas discussões no plenário, que só existiam para dar aos subalternos a ilusão de parceria. No momento, era mais importante que ele, como chefe, tomasse as rédeas para mostrar iniciativa e eficiência. Mesmo que tivesse se esforçado ao máximo para fazer com que a revelação sobre Lev Grette parecesse obra sua, ele sabia que, da maneira como ocorrera, havia enfraquecido sua autoridade. A autoridade do chefe não era uma questão de prestígio pessoal, mas um assunto para toda a força policial, dissera a si mesmo.

Bateram à porta.

— Não sabia que você era de acordar cedo, Hole — disse Ivarsson para a figura pálida no vão da porta, e continuou a ler o fax à sua frente.

Havia pedido que lhe enviassem as matérias de um jornal que o entrevistara sobre a caçada ao Magarefe. Não gostara da entrevista. Na verdade, não haviam cometido nenhum erro de informação, mas a entrevista conseguira fazê-lo soar evasivo e inepto. Por sorte, as fotos eram boas.

— O que você quer, Hole?

— Só queria dizer que chamei algumas pessoas para a sala de reunião no sexto andar. Pensei que você talvez estivesse interessado em aparecer. Trata-se do suposto assalto ao banco da rua Bogstadveien. Vamos começar agora.

Ivarsson parou de ler e ergueu o olhar.

— Então você convocou uma reunião? Interessante. Posso perguntar quem autorizou essa reunião, Hole?

— Ninguém.

— Ninguém. — Ivarsson soltou um riso grasnado de gaivota. — Então suba lá e diga que a reunião está adiada até depois do almoço. Tenho muitos relatórios para ler agora. Entendido?

Harry assentiu devagar, como se refletisse sobre a questão com o devido cuidado.

— Entendo. Mas o caso é da Homicídios, e nós vamos começar agora. Boa sorte com a leitura dos relatórios.

Ele se virou e, no mesmo instante, o punho de Ivarsson bateu na mesa.

— Hole! Você não pode virar as costas para mim desse jeito! Sou *eu* que convoco reuniões nessa casa. Especialmente quando se trata de assaltos. Entendido? — O lábio inferior vermelho e molhado tremia no centro do rosto do delegado-chefe.

— Como você ouviu, eu falei do *suposto* assalto da rua Bogstadveien, Ivarsson.

— E que diabos quer dizer com isso? — A voz era uma lamúria.

— Quero dizer que o que aconteceu na rua Bogstadveien nunca foi um assalto — respondeu Harry. — Foi um assassinato bem planejado.

Parado na janela, Harry olhava para a prisão. Lá fora, o dia parecia ter começado meio a contragosto, como uma carroça a protestar. Nuvens carregadas de chuva sobre Ekeberg e guarda-chuvas pretos na rua Grønlandsleiret. Às suas costas, estavam todos reunidos: Bjarne Møller, bocejando e afundado da cadeira; o chefe da polícia criminal conversava sorridente com Ivarsson; Weber, mudo e impaciente com os braços cruzados; Halvorsen, com o bloco de anotações pronto; e Beate Lønn, com um olhar nervoso e distraído.

49

STONE ROSES

O aguaceiro parou no meio do dia. O sol apareceu hesitante por entre o cinza-chumbo do céu, então as nuvens se abriram, como as cortinas antes do último ato. Essas seriam as derradeiras horas de céu limpo naquele ano, antes de a cidade finalmente ser coberta pelo manto do inverno. Diesengrenda estava banhada pelo sol quando Harry tocou a campainha pela terceira vez.

Para ele, a campainha soava como um ronco no estômago do condomínio. A janela da vizinha se abriu com um estrondo.

— Trond não está em casa — chilreou ela. Seu rosto tinha outro tom agora, um tipo de bronzeado que lembrava Harry de uma pele tingida de nicotina. — Pobre rapaz — acrescentou.

— Onde está ele? — perguntou Harry.

Ela revirou os olhos em resposta e apontou com o polegar sobre o ombro.

— Na quadra de tênis?

Beate na mesma hora se virou na direção da quadra, mas Harry ficou parado.

— Pensei sobre o que conversamos da última vez — disse Harry. — Sobre o viaduto. Você disse que todos ficaram tão surpresos porque ele era um menino muito quieto e educado.

— Eu disse isso?

— Mas que todos aqui na vizinhança sabiam que tinha sido ele.

— A gente o viu sair de bicicleta naquela manhã.

— De jaqueta vermelha?

— É.

— Lev?

— Lev? — Ela riu e balançou a cabeça. — Eu não estava falando de Lev. Ele aprontou muitas coisas, mas nunca foi mau.
— Quem foi então?
— Trond. É dele que estava falando o tempo todo. Eu disse que ele parecia bem pálido quando voltou. Trond não aguenta sangue.

O vento soprava mais forte. A oeste, nuvens escuras e carregadas começaram a surgir no céu azul. As rajadas de vento arrepiavam as poças de água no saibro vermelho da quadra, apagando o reflexo de Trond Grette, que levantava a bola no ar para um novo saque.
— Olá — disse Trond, acertando a bola que rodopiava no ar. Uma pequena nuvem de giz branco subiu e logo foi levada pelo vento quando a bola quicou na linha da área de saque, tornando impossível para o oponente imaginário do outro lado da rede rebatê-la.
Trond se virou para Harry e Beate, que estavam do outro lado da rede de aço. Ele usava uma camisa e uma bermuda de tênis brancos, com meias e calçado combinando.
— Perfeito, não é? — Sorriu ele.
— Quase — respondeu Harry.
Trond abriu um sorriso ainda maior, protegeu os olhos com a mão e olhou para o céu.
— Parece que está nublando de novo. O que posso fazer por vocês?
— Pode vir com a gente até a delegacia — respondeu Harry.
— Para a delegacia?
Ele os encarou, surpreso. Isso é, parecia que ele *tentava* aparentar surpresa. Ele arregalou os olhos de forma teatral demais e havia algo estranho em sua voz, que os policiais não detectaram anteriormente, quando o interrogaram. Soava muito baixo, com um leve tremor no final: *Para a de-delegacia?*
Harry sentiu os pelos da nuca se eriçarem.
— Agora mesmo — disse Beate.
— Certo. — Trond assentiu, como se a ficha tivesse acabado de cair, e sorriu de novo. — Claro.
Ele seguiu para o banco onde duas raquetes de tênis despontavam por baixo de um casaco cinza. Seus sapatos se arrastavam no cascalho.
— Ele está fora de controle — sussurrou Beate. — Vou algemá-lo.

— Não... — protestou Harry, tentando alcançar o braço de Beate, mas ela já tinha aberto a porta de tela de arame e entrado. Parecia que o tempo de repente havia se expandido, inchado como um *air bag*, prendendo Harry e o impedindo de se mover. Através da tela, ele viu Beate pegar as algemas que estavam presas no cinto. Ouviu os tênis se arrastarem no cascalho. Passos curtos, como os de um astronauta. Automaticamente, Harry levou a mão à pistola no coldre no ombro, embaixo da jaqueta.

— Grette, sinto muito... — Beate começou antes de Trond alcançar o banco e enfiar a mão por baixo do casaco cinza. O tempo começara a respirar agora, se encolhia e se expandia em um só movimento. Harry sentiu a mão se fechar em volta da pistola, mas sabia que havia uma "eternidade" entre esse momento e realmente tirá-la, carregá-la, soltar a trava de segurança, mirar. Embaixo do braço levantado de Beate, ele viu um raio de sol refletido.

— Eu também — disse Trond, pondo o rifle cinza-chumbo e verde--oliva AG-3 no ombro. Ela deu um passo para trás.

— Querida — disse Trond, baixinho. — Fique bem quietinha, se quiser viver mais alguns segundos.

— Nós estávamos enganados — disse Harry, e se virou da janela para encarar as pessoas reunidas. — Stine Grette não foi morta por Lev, e sim pelo próprio marido, Trond Grette.

A conversa entre o chefe da polícia criminal e Ivarsson parou. Møller se endireitou na cadeira. Halvorsen se esqueceu de anotar, e até o rosto de Weber perdeu a expressão de tédio.

Foi Møller quem por fim quebrou o silêncio.

— O contador?

Harry assentiu para os rostos incrédulos.

— Não é possível — disse Weber. — Temos o filme da loja 7-Eleven e as impressões digitais na garrafa de Coca-Cola. Não resta dúvida de que o culpado é Lev Grette.

— Temos a caligrafia do bilhete de suicídio — disse Ivarsson.

— E, se não me falha a memória, o assaltante foi identificado como Lev Grette pelo próprio Raskol — disse o chefe da polícia criminal.

— O caso parece bem fundamentado — afirmou Møller. — E totalmente solucionado.

— Permitam-me explicar — pediu Harry.

— Pois não, se puder fazer essa gentileza — disse Møller.

As nuvens ganharam velocidade, singrando o céu sobre o hospital de Aker como uma armada preta.

— Não faça nenhuma tolice, Harry — disse Trond. A boca do rifle estava encostada na testa de Beate. — Solte a arma que sei que você está segurando.

— Senão o quê? — perguntou Harry, e tirou a pistola de dentro da jaqueta.

Trond riu baixinho.

— Elementar. Eu mato a sua colega.

— Como matou a sua mulher?

— Ela merecia.

— Ah, é? Por ela gostar mais de Lev do que de você?

— Porque ela era *minha* mulher.

Harry respirou fundo. Beate estava entre Trond e ele, mas de costas para o policial, de forma que não podia ler nada em seu rosto. Tinha alguns caminhos a seguir. A primeira alternativa seria tentar dizer a Trond que ele estava sendo estúpido e precipitado, na esperança de que ele compreendesse. Por outro lado, um homem que leva uma arma AG-3 carregada para a quadra de tênis já sabe o que quer fazer com ela. A segunda alternativa seria obedecer a Trond, soltar a pistola e esperar ser morto. E a alternativa três era pressionar Trond, provocar alguma reação, algo que pudesse fazê-lo mudar o plano. Ou explodir e atirar. A primeira alternativa era impossível, a segunda traria o pior desfecho imaginável e a terceira... Beate acabaria como Ellen; Harry sabia que não conseguiria superar aquilo se sobrevivesse.

— Mas talvez ela não quisesse mais ser a sua mulher — argumentou Harry. — Foi isso que aconteceu?

Os dedos de Trond se dobraram sobre o gatilho e seu olhar encontrou o de Harry por cima do ombro de Beate. Automaticamente, Harry começou a contar mentalmente. Mil e um, mil e...

— Ela pensou que poderia simplesmente me deixar — disse Trond, baixinho. — Eu, que dei tudo a ela. — Ele riu. — Trocado por um cara que nunca fez nada para ninguém, que pensava que a vida era uma festa de aniversário e que todos os presentes eram para ele. Lev não roubava. Só não sabia empregar as preposições "de" e "para". — A gargalhada de Trond foi levada pelo vento, como migalhas de biscoito em formato de letras.

— Como de Stine para Trond? — perguntou Harry.

Trond piscou com força.

— Ela disse que o amava. Que o *amava*. Ela não usou essa palavra nem no dia que nós nos casamos. *Gosto muito*, ela *gostava muito* de mim. Porque eu era bonzinho com ela. Mas ela *amava* o menino que só ficava lá sentado com os pés pendurados na calha de chuva esperando aplausos. Isso era importante para ele. Aplausos.

Os dois estavam a menos de seis metros, e Harry podia ver a pele da mão esquerda de Trond branquear ao apertar o cano do rifle.

— Mas não para você, Trond. Você não precisava de aplausos, não é? Você gozava das suas conquistas em silêncio. Sozinho. Como naquela vez no viaduto.

Trond projetou o lábio inferior para a frente.

— Confesse... Vocês acreditaram em mim.

— Sim, acreditamos em você, Trond. Acreditamos em cada palavra.

— Então, o que foi que deu errado?

— Beate verificou os extratos bancários do último semestre de Trond e Stine Grette — disse Harry.

Beate ergueu um monte de papéis para os demais na sala.

Os dois transferiram dinheiro para a agência de viagens Brastours — revelou ela. — A agência confirmou que, em março, Stine Grette fez reservas para uma viagem a São Paulo em junho e que Trond Grette foi atrás dela, uma semana depois.

— No geral, bate com o que Trond nos contou — disse Harry. — O que é estranho é que Stine contou ao gerente da agência, Klementsen, que ela ia para a Grécia, de férias. E que Trond Grette reservou e comprou sua passagem no mesmo dia que viajou. Péssimo planejamento para quem pretende passar as férias juntos, comemorando dez anos de casamento, não é?

Estava tão quieto na sala de reuniões que eles podiam ouvir o motor da geladeira, no outro lado do corredor.

— Uma esposa que mentiu para todos sobre seu destino de viagem e um marido que, já com suspeitas, foi verificar seus extratos bancários, sem conseguir fazer a Brastours rimar com a Grécia. E que então ligou para a agência, pegou o nome do hotel onde a esposa se hospedaria e foi atrás dela para trazê-la de volta.

— E depois? — perguntou Ivarsson. — Ele a encontrou com um amante?

Harry fez que não com a cabeça.

— Acho que ele não a encontrou em nenhum lugar.

— Verificamos e descobrimos que ela não se hospedou no hotel que tinha reservado — informou Beate. — E Trond adiantou o voo da volta.

— Além disso, Trond sacou trinta mil coroas com seu cartão, em São Paulo. Primeiro disse que tinha comprado um anel de diamantes, depois, que tinha se encontrado com Lev e dado o dinheiro ao irmão porque ele estava liso. Mas estou quase certo de que nada disso é verdade. Acho que o dinheiro foi um pagamento por uma mercadoria mais conhecida em São Paulo do que joias.

— Que seria? — perguntou Ivarsson, visivelmente irritado quando a pausa se tornara insuportável.

— Morte por encomenda.

Harry gostaria de ter feito um pouco mais de suspense, mas viu pelo olhar de Beate que já beirava o melodramático.

— Quando Lev voltou para Oslo nesse outono, foi com dinheiro próprio. Ele não estava falido no fim das contas, e não pretendia assaltar um banco. Ele voltou para levar Stine para o Brasil.

— Stine?! — exclamou Møller. — A mulher do próprio irmão?

Harry assentiu. Os investigadores presentes trocaram olhares.

— E Stine ia se mudar para o Brasil sem contar a ninguém sobre isso? — continuou Møller. — Nem aos pais, nem aos amigos? Sem avisar que estava deixando o trabalho?

— Bem — disse Harry. — Quando você decide se unir a um assaltante que é procurado tanto pela polícia quanto pelos colegas, você não anuncia seus planos nem seu novo endereço. Ela só contou a uma pessoa: Trond.

— A última pessoa a quem ela devia ter contado — acrescentou Beate.

— Ela deve ter achado que o conhecia, depois de conviver com ele durante 13 anos. — Harry foi à janela. — O sensível mas gentil e equilibrado contador que a amava tanto. Permitam-me especular um pouco sobre o que aconteceu em seguida.

Ivarsson bufou.

— E como chama o que você fez até agora?

— Quando Lev vem a Oslo, Trond entra em contato. Diz que, como pessoas adultas e irmãos, eles deveriam poder discutir o assunto. Lev fica feliz e aliviado, mas não quer aparecer na cidade. É arriscado. Por isso combinam de se encontrar em Diesengrenda enquanto Stine está no trabalho. Lev aparece e é bem recebido por Trond, que diz que ficou triste no começo, mas que agora, no fundo, está em paz e feliz pelos dois. Ele abre uma garrafa de vidro de Coca-Cola para cada um, e eles bebem e conversam sobre detalhes práticos. Lev dá a Trond seu endereço secreto em d'Ajuda, para que possa enviar correspondências a Stine, salários pendentes e coisas do tipo. Lev não sabe que acaba de dar a Trond os últimos detalhes de que ele precisa para executar seu plano, que havia começado já quando Trond esteve em São Paulo — explicou Harry, vendo Weber começando a assentir, devagar. — Sexta-feira de manhã. Dia D. À tarde, Stine vai voar com Lev para Londres e de lá para o Brasil, no dia seguinte. A viagem foi reservada pela Brastours, onde seu parceiro de viagem é registrado sob o nome de Petter Berntsen. Sua mala está pronta em casa, mas ela e Trond vão trabalhar normalmente. Às duas, Trond sai do trabalho e vai para a academia, na rua Sporveisgata. Quando chega, paga com cartão uma hora de squash que ele reservou, mas diz que não achou um parceiro. Com isso, a primeira parte do álibi estava garantida: um registro de pagamento com cartão às duas e quarenta e quatro da tarde. Então diz que vai treinar na sala de musculação e entra no vestiário. Há muitas pessoas e uma grande movimentação àquela hora da tarde. Ele se tranca no banheiro com a bolsa, coloca um macacão com algo parecido em cima para escondê-lo, provavelmente um casaco comprido, espera até calcular que as pessoas que o viram entrar no banheiro já haviam saído, bota óculos de sol, pega a bolsa e sai do vestiário depressa e despercebido e atravessa a recepção. Aposto que ele foi ao parque Stensparken e continuou pela rua Pilestredet, onde tem uma área em construção que termina o expediente às três. Ele entra, tira o casaco e veste uma balaclava que escondeu por baixo de um boné. Então sobe a colina e entra à esquerda na rua Industrigata. Quando chega ao cruzamento da rua Bogstadveien, entra na loja 7-Eleven. Ele havia estado lá duas semanas antes e verificado os ângulos das câmeras. E a caçamba que havia encomendado está no lugar. O cenário está montado para os diligentes investigadores policiais, que ele, evidentemente, sabia que iriam checar todas as gravações de vídeo, em lojas e postos de gasolina da área neste exato período. Então apresenta aquele teatrinho para nós, em que não podemos ver seu rosto, e sim ele mostrando uma garrafa de Coca-Cola *muito* claramente, da qual ele bebe sem usar luvas, depois coloca em um saco plástico para garantir que as impressões digitais não se danificassem numa eventual chuva, e a joga na caçamba verde, que não iria ser levada embora por um bom tempo. Decerto superestimou nossa eficácia, pois essa pequena prova quase se perdeu, mas ele teve sorte... Beate dirigiu como uma louca e conseguimos: demos a Trond Grette o álibi perfeito. Conseguimos a prova definitiva e incontestável contra Lev.

Harry parou. Os rostos em sua frente expressavam leve confusão.

— A garrafa de Coca-Cola foi aquela de que Lev bebeu em Diesengrenda — disse Harry. — Ou em outro lugar. Trond guardou-a exatamente para esse fim.

— Receio que está esquecendo uma coisa, Hole — choramingou Ivarsson. — Vocês mesmos viram que o assaltante pegou na garrafa de refrigerante sem luvas. Se foi Trond Grette, suas impressões digitais deveriam estar na garrafa.

Harry acenou com a cabeça para Weber.

— Cola — disse o velho policial.

— Como é? — O chefe da polícia criminal se virou para Weber.

— É um truque bem conhecido pelos assaltantes de banco. É só passar um pouco de cola nas pontas dos dedos, deixar secar e pronto, nenhuma impressão digital.

O chefe da polícia criminal balançou a cabeça.

— Mas onde esse contador, como vocês o chamam, aprendeu esses truques todos?

— Ele era o irmão mais novo de um dos assaltantes de bancos mais profissionais da Noruega — respondeu Beate. — Conhecia os métodos e o estilo de Lev de cor. Entre outras coisas, Lev guardava gravações em vídeo dos próprios assaltos, em casa, em Disengrenda. Trond aprendeu o método do irmão tão bem que até levou Raskol a pensar que foi Lev Grette que ele viu. Além do mais, a semelhança física entre os dois irmãos fez a manipulação dos vídeos mostrar que o assaltante *poderia* ser Lev.

— Que merda! — soltou Halvorsen, meio sem querer. Ele abaixou a cabeça e olhou para Bjarne Møller de relance, mas Møller estava boquiaberto, encarando o vazio, como se tivesse levado uma bala na cabeça.

— Você não abaixou a pistola, Harry. Pode me explicar por quê?

Harry tentou respirar regularmente mesmo com o coração a galope. Oxigênio para o cérebro era o mais importante. Ele tentou não olhar para Beate. O vento soprava o cabelo fino e louro dele. Os músculos se moviam no pescoço esguio e os ombros começaram a tremer.

— Elementar — respondeu Harry. — Assim você mata nós dois. Tem que me dar um acordo melhor, Trond.

Trond riu e apoiou o rosto na coronha verde do rifle.

— O que acha desse acordo, Harry... Você tem 25 segundos para pensar nas suas alternativas e soltar a arma.

— Os 25 segundos de costume?

— Correto. Você deve lembrar que o tempo passa rápido. Por isso, se apresse, Harry. — Trond deu um passo para trás.

— Você sabe o que foi que nos deu a ideia de que Stine conhecia o assaltante? — gritou Harry. — É que estavam próximos demais. Muito mais próximos do que você e Beate estão agora. É estranho, mas, mesmo em situações de vida ou morte, as pessoas respeitam suas zonas de intimidade. Não é curioso?

Trond colocou o cano embaixo do queixo de Beate e levantou o rosto dela.

— Beate, pode fazer a gentileza de contar para nós? — Ele usou o tom de voz teatral de novo. — De um a vinte. Nem rápido demais, nem devagar demais.

— Tem uma coisa que eu gostaria de saber — disse Harry. — O que foi que ela disse logo antes de você atirar?

— Você gostaria muito de saber, não é, Harry?

— Sim, gostaria.

— Então, Beate aqui tem dois segundos para começar a contar. Um...

— Conte, Beate!

— Um. — Sua voz era apenas um sussurro seco. — Dois.

— Stine deu a si mesma e a Lev a derradeira sentença de morte.

— Três.

— Ela disse que eu podia matá-la, mas que o poupasse.

Harry sentiu a garganta se fechar e o aperto na pistola falsear.

— Quatro.

— Em outras palavras, ele teria matado Stine de qualquer maneira, independentemente de quanto tempo o gerente da agência levasse para colocar o dinheiro na bolsa? — perguntou Halvorsen.

Harry confirmou, impassível.

— Como parece saber tudo, presumo que você conheça a rota de fuga também — disse Ivarsson, ensaiando um tom de voz sarcástico e engraçado, mas a irritação transparecia com extrema clareza.

— Não, mas imagino que ele tenha voltado pelo mesmo caminho. Subindo a rua Industrigata, descendo Pilestredet, até a área de construção onde tirou a balaclava e colocou o adesivo que dizia POLÍCIA nas costas do macacão. Quando voltou à academia, estava de boné e óculos de sol, e não atraiu a atenção do pessoal, já que não o reconheceram das fotos. Ele foi direto para o vestiário, vestiu a roupa esporte que usava quando saiu do trabalho, se misturou entre as pessoas na sala de musculação, pedalou um pouco na ergométrica, fez musculação, talvez. Depois tomou banho, foi à recepção e denunciou o roubo da raquete de tênis. A jovem que recebeu a denúncia registrou o horário exato, quatro e dois. O álibi estava consolidado, então ele saiu, ouviu a sirene e foi para casa. Provavelmente foi isso que aconteceu.

— Não sei se entendi a razão daquele adesivo da polícia — disse o superintendente. — A gente nem usa macacão na polícia.

— Psicologia elementar — falou Beate, e ficou com as bochechas quentes ao ver o chefe franzir as sobrancelhas. — Quero dizer... Não elementar no sentido que é... óbvio.

— Continue — encorajou o chefe.

— Trond Grette sabia, naturalmente, que a polícia iria procurar todas as pessoas de macacão que foram observadas na região. Por isso precisava ter alguma coisa no macacão que fizesse a polícia descartar a pessoa não identificada na academia. As pessoas sempre evitam a polícia.

— Uma teoria interessante — comentou Ivarsson, com um sorriso ácido e colocou a ponta de dois dedos embaixo do queixo.

— Ela tem razão — argumentou o chefe. — As pessoas têm certo medo de autoridades. Continue, Lønn.

— Mas, para ter absoluta certeza, usou a si mesmo como testemunha e nos contou espontaneamente sobre o homem que viu passar na sala de musculação usando um macacão com a palavra POLÍCIA nas costas.

— O que foi um golpe de gênio por si só — disse Harry. — Grette contou isso como se ele não soubesse que o adesivo POLÍCIA desqualificava o homem. Mas reforçou a credibilidade de Trond Grette aos nossos olhos, já que ele voluntariamente disse algo que poderia, de seu ponto de vista, nos colocar na rota do assassino.

— Como? — perguntou Møller. — Repita a última parte outra vez, Harry. Devagar.

Harry respirou fundo.

— Aliás, esqueça — disse Møller. — Estou com dor de cabeça.

— Sete.

— Mas você não fez como ela pediu — disse Harry. — Você não poupou seu irmão.

— Claro que não.

— Ele sabia que foi você que a tinha matado?

— Eu tive o prazer de contar a ele pessoalmente. Pelo celular. Ele estava esperando por ela, no aeroporto de Gardermoen. Eu disse que, se ele não entrasse naquele avião, eu o pegaria também.

— E ele acreditou quando você disse que tinha matado Stine?
Trond riu.
— Lev me conhecia. Ele não duvidou nem por um segundo. Ele estava assistindo ao assalto na TV do saguão quando eu contei os detalhes. Ele desligou quando chamaram o voo dele. O dele e o de Stine. Ei, você! — Ele colocou o cano do rifle na testa de Beate.
— Oito.
— Ele deve ter pensado que fugiu para um local seguro — disse Harry. — Nem sabia do contrato de São Paulo, sabia?
— Lev era ladrão, mas um cara ingênuo. Ele nunca deveria ter me dado aquele endereço secreto em d'Ajuda.
— Nove.
Harry tentou ignorar a voz monótona e robótica de Beate.
— Então você enviou instruções ao matador de aluguel. Com um bilhete de suicídio. Que você escreveu com a caligrafia que usava para escrever as redações de Lev.
— Bravo! — disse Trond. — Belo trabalho, Harry. Exceto pelo detalhe de a instrução ter sido enviada antes do assalto.
— Dez.
— Bem — disse Harry. — O matador também fez um belo trabalho. Parecia mesmo que Lev tinha se enforcado. Embora a falta do dedo mindinho gerasse certa confusão. Esse era o recibo?
— Deixe-me dizer assim... Um dedo mindinho cabe como uma luva em uma carta comum.
— Pensei que você não aguentasse ver sangue, Trond.
— Onze.
Harry ouviu um trovão distante, acima do vento que sibilava e rugia. Os campos e as ruas ao redor estavam desertos, como se todos tivessem procurado abrigo da tempestade iminente.
— Doze.
— Por que você simplesmente não se entrega? — gritou Harry. — Não entende que é inútil?
Trond riu.
— Claro que é inútil. Essa é a questão. Nenhuma esperança. Nada a perder.

— Treze.
— Então qual é o plano, Trond?
— O plano? Eu tenho dois milhões de coroas no banco e planos para uma longa, mesmo que não feliz, vida no exílio. Os planos da viagem precisam ser antecipados um pouco, mas eu estava preparado para isso. O carro está pronto e arrumado para a partida desde o assalto. Vocês podem escolher entre ser mortos ou algemados à cerca.
— Quatorze.
— Você sabe que não vai funcionar — disse Harry.
— Acredite em mim, conheço várias maneiras de desaparecer. Lev não fazia outra coisa. Uma dianteira de vinte minutos é tudo de que preciso. Eu já terei trocado de meio de transporte e identidade duas vezes. Tenho quatro carros e quatro passaportes ao longo da rota de fuga, além de bons contatos. Em São Paulo, por exemplo. É uma cidade grande. Pode começar a procurar por lá.
— Quinze.
— Logo sua colega aqui vai morrer, Harry. Então como fica?
— Você já falou demais, vai nos matar de qualquer maneira.
— Terá que arriscar para saber. Quais são as suas alternativas?
— Você morrer antes de mim — disse Harry, e preparou a pistola.
— Dezesseis — sussurrou Beate.

Harry havia terminado.
— Teoria divertida, Hole — disse Ivarsson. — Principalmente a parte do matador de aluguel no Brasil. Muito... — Ele mostrou os dentes pequenos, para esboçar um sorriso menor ainda. — ... Exótico. Não tem mais nada? Provas, por exemplo?
— A caligrafia no bilhete de suicídio — disse Harry.
— Você mesmo acabou de dizer que não bate com a caligrafia de Trond Grette.
— Não do jeito que ele normalmente escreve. Mas nas redações...
— Tem testemunha que prove que foi Trond que os escreveu?
– Não — respondeu Harry.
Ivarsson gemeu.
— Em outras palavras, não há uma única prova conclusiva desse roubo a banco.

— Homicídio — disse Harry, baixinho, e olhou para Ivarsson. Pelo canto do olho, ele viu Møller olhar para o chão com vergonha e Beate esfregar as mãos em desespero. O superintendente pigarreou.

Harry soltou a trava de segurança.

— O que está fazendo? — Trond fechou os olhos e empurrou o cano do rifle na testa de Beate, forçando sua cabeça para trás.

— Vinte e um — gemeu ela.

— Não é libertador? — perguntou Harry. — Quando você finalmente entende que não tem nada a perder... Isso faz todas as suas escolhas serem muito mais fáceis.

— Está blefando.

— Estou? — Harry apontou a pistola para o próprio antebraço esquerdo e atirou. O estalo foi alto e agudo. Passaram-se alguns décimos de segundo antes de o eco dos prédios em volta atingi-lo. Trond olhava fixamente. Um pedaço de tecido se levantava em torno do buraco na jaqueta de couro do policial e um chumaço branco do forro de lã desapareceu em um redemoinho ao vento. O sangue brotou. Gotas pesadas e vermelhas caíram no chão com um som de tique-taque e desapareceram na mistura de cascalho e gramado apodrecido, absorvidas pela terra.

— Vinte e dois.

As gotas ficaram maiores e caíam cada vez mais rápido, soando como um metrônomo acelerado. Harry levantou a pistola, encostou o cano contra um dos quadrados da cerca de arame e mirou.

— O meu sangue é esse, Trond — disse ele, bem baixo, quase inaudível. — Vamos dar uma olhada no seu?

No mesmo instante, as nuvens cobriram o sol.

— Vinte e três.

Do oeste, uma sombra escura caiu como uma parede, primeiro por cima dos campos, depois das casas, dos prédios, do saibro vermelho e das três pessoas. A temperatura também caiu subitamente, como se aquilo que havia se colocado no caminho da luz não apenas impedisse o calor, mas irradiasse frio. Porém Trond nem percebeu. Tudo que ele sentia e via era a respiração curta e acelerada da policial, o rosto pálido, inexpressivo, e a boca da pistola do policial que o encarava como um olho preto que finalmente havia encontrado o que estava procurando, e já o furava, dissecando-o e derrubando-o. Trovejava ao longe, mas tudo o que ele ouvia era o som do sangue. A carne do policial estava exposta, e o conteúdo dela escorria. O sangue, a obra, a vida, tudo pingava na grama, como se não fosse ele o devorado, mas o devorador, queimando terra adentro. E Trond sabia que, mesmo se fechasse os olhos e tapasse os ouvidos, ainda ouviria o próprio sangue latejar nos ouvidos, cantando e pressionando, como se quisesse sair.

Ele sentiu a náusea como uma espécie de suave contração, um embrião que ia nascer através da boca. Ele engoliu, mas a água corria fresca de todas as glândulas, lubrificando todo o seu interior, deixando-o pronto. Os campos, os prédios e a quadra de tênis começaram a girar. Ele se encolheu, tentou se esconder atrás da policial, mas ela ficou pequena demais, transparente demais, apenas uma cortina de renda que tremia com as rajadas de vento. Ele se agarrou ao rifle como se fosse a arma que o mantivesse de pé, e não o contrário. Apertou os dedos em volta do gatilho, mas esperou. Tinha de esperar. Esperar o quê? O medo soltar suas garras? As coisas se equilibrarem? Mas não iriam entrar em equilíbrio. Iriam rodopiar e não se acalmariam antes de serem esmagadas contra o fundo. Tudo estava em queda livre desde que Stine lhe dissera que ia embora, e o barulho do sangue nos ouvidos era um constante lembrete de que o ritmo ganhava velocidade. Ele havia acordado todas as manhãs pensando que agora estava acostumado a cair, agora o medo não estava mais lá, o desfecho já estava selado, as dores já haviam sido vividas. Mas não era verdade. E, então, começou a sentir saudade de alcançar o fundo, o dia em que ele pelo menos estaria livre do medo. E agora que finalmente via o fundo embaixo de si, sentia mais medo ainda. A paisagem no outro lado da cerca de arame voou ao seu encontro.

— Vinte e quatro.

A contagem regressiva chegava ao fim. Beate tinha o sol nos olhos, estava dentro de uma agência bancária em Ryen e a luz de fora a cegava, tornando tudo branco e inclemente. O pai estava ao seu lado, como sempre calado. A mãe a chamava de algum lugar, mas estava longe, ela sempre estivera longe. Beate contou as imagens, verões, beijos e fracassos. Eram muitos, ela ficou surpresa ao descobrir quantos. Ela se lembrou de rostos, Paris, Praga, de um sorriso sob uma franja preta, uma declaração de amor acanhada, um ofegar cheio de medo: "Dói?" E um restaurante em San Sebastián que ela não podia pagar, mas tinha reservado uma mesa mesmo assim. Talvez devesse ser grata, apesar de tudo?

Ela acordou desses pensamentos quando o cano do rifle pressionou sua testa. As imagens desapareceram e só havia uma tempestade de neve branca chiando na tela. Então ela pensou: por que papai só ficava lá ao seu lado, por que não pedia nada? Ele nunca lhe pediu nada. E ela o odiava por isso. Ele não sabia que essa era a única coisa que ela queria? Fazer algo para ele, qualquer coisa? Ela foi aonde ele tinha ido, mas, quando encontrou o assaltante, o assassino, o viúvo, e queria dar ao seu pai a sua vingança, a vingança deles, ele ficou ali ao lado dela, calado como sempre, e resignado.

E agora ela estava lá, onde ele mesmo estivera. E todas as pessoas que ela tinha visto em vídeos de assaltos do mundo inteiro à noite, na Casa da Dor, pensado no que eles estariam pensando naquele momento. Agora era sua vez, e ela ainda não sabia.

Então alguém apagou a luz, o sol desapareceu e ela afundou no frio. E foi nesse escuro que ela acordou de novo. Como se a primeira vez que tivesse acordado fosse para outro sonho. E ela começou a contar de novo. Mas dessa vez contou lugares onde não esteve, pessoas que não havia encontrado, lágrimas que ainda não tinha derramado, palavras que ainda não havia escutado.

— Sim — disse Harry. — Tenho esta prova. — Ele exibiu uma folha de papel e a colocou em cima da mesa comprida.

Ivarsson e Møller se inclinaram ao mesmo tempo e quase bateram cabeças.

— O que é isso? — rosnou Ivarsson. — "Um dia maravilhoso?"

— São rabiscos — explicou Harry. — Escritos em um bloco de desenho no Hospital de Gaustad. Duas testemunhas, eu mesmo e Lønn, estávamos presentes e podemos testemunhar que a pessoa que fez os rabiscos foi Trond Grette.

— E daí?

Harry olhou para eles. Depois virou de costas e foi devagar à janela.

— Já olharam os próprios rabiscos, quando acreditam que estão pensando em outra coisa? Podem ser bastante reveladores. Foi por isso que peguei a folha, para ver se fazia sentido. A princípio, não fazia. Quero dizer, quando sua esposa acabou de ser morta e você está trancado em uma ala psiquiátrica escrevendo "Um dia maravilhoso" repetidas vezes, ou está completamente maluco ou está escrevendo exatamente o oposto do que pensa. Mas então me lembrei de uma coisa.

Oslo parecia cinzenta, pálida como o rosto de um homem velho e cansado, mas hoje, as poucas cores que ainda persistiram brilhavam ao sol. Como um leve sorriso antes da despedida, pensou Harry.

— "Um dia maravilhoso" — continuou ele. — Não é um pensamento, um comentário ou uma afirmação. É um título. De uma redação que se escreve na escola.

Um pássaro voou em frente à janela.

— Trond Grette não estava pensando, ele só escrevia, no automático. Como tinha feito na época da escola, quando treinava a nova caligrafia. Jean Hue, o perito em caligrafia da Kripos, confirmou que a mesma pessoa que escreveu isso escreveu o bilhete de suicídio. E as redações.

Foi como se o filme tivesse engasgado e a imagem, congelado. Nenhum movimento, nenhuma palavra, apenas os ruídos repetitivos de uma copiadora do outro lado do corredor.

Por fim foi Harry que se virou e quebrou o silêncio.

— Parece haver clima para eu e Beate Lønn trazermos Trond Grette para um breve interrogatório.

Merda! Merda! Merda! Harry tentou manter a pistola firme, mas a dor o deixava tonto, e as rajadas de vento o desequilibravam. Trond reagiu ao sangue exatamente como Harry esperava e, por um instante, o inspetor teve uma linha de tiro limpa. Mas hesitou e, agora, Trond posicionava Beate de forma que Harry só conseguia ver um pouco da cabeça e do ombro dele. Ela era parecida, ele percebia agora. Meu Deus, como era parecida! Harry piscou com força para conseguir focá-los de novo. A rajada de vento seguinte foi tão forte que levantou o casaco cinza do banco, levando-o e, por um momento, parecia que um homem invisível, vestindo apenas um casaco, atravessava a quadra correndo. Harry sabia que um aguaceiro estava prestes a desabar, que a massa de ar era o último aviso enviado pela parede de chuva. Então ficou escuro, como se a noite tivesse caído de súbito, e os dois corpos na sua frente derreteram em uma só pessoa, e no mesmo instante a chuva chegou, e grandes gotas pesadas começaram a martelar neles.

— Vinte e cinco. — A voz de Beate soou subitamente alta e clara.

No lampejo de um relâmpago, Harry viu os corpos fazer sombra no saibro. O estrondo que se seguiu foi tão alto que se fixou como uma placa nos ouvidos. Um corpo se separou do outro e deslizou para o chão.

Harry caiu de joelhos e ouviu a própria voz gritar:

— Ellen!

Ele viu a figura que ainda estava de pé na quadra se virar e começar a vir em sua direção com o rifle nas mãos. Harry mirou, mas a chuva escorria como um córrego por cima de seu rosto e o cegava. Ele piscou e mirou. Ele não sentia mais nada, nem dor, nem frio, nem tristeza ou triunfo, apenas um grande nada. As coisas não existem para fazer sentido, elas apenas se repetem, feito um mantra eterno autoexplicativo — viver, morrer, ressuscitar, viver, morrer. Ele apertou o gatilho até a metade. Mirou.

— Beate? — sussurrou.

Ela abriu a porta de arame com um chute e jogou o rifle AG-3 para Harry, que o pegou.

— O que... aconteceu?

— O espasmo de Setesdal — respondeu ela.

— O espasmo de Setesdal?

— Ele apagou, o coitado. — Ela mostrou a mão direita. A chuva diluiu e lavou o sangue que escorria de duas feridas em seu punho. — Eu só esperei que algo prendesse a sua atenção. E o estrondo do trovão o apavorou. E a você também, pelo visto.

Eles olharam para o corpo inerte na quadra de tênis.

— Me ajuda com as algemas, Harry? — Seu cabelo louro grudava no rosto, mas ela parecia não notar. Ela sorriu.

Harry virou o rosto para a chuva e fechou os olhos.

— Deus do céu — murmurou. — Essa pobre alma não será solta antes do dia 12 de julho de 2022. Tenha piedade.

— Harry?

Ele abriu os olhos.

— O quê?

— Se ele não vai ser solto antes de 2022, melhor levá-lo já para a delegacia.

— Não é ele, sou eu — explicou Harry, se levantando. — Sou eu. É quando eu me aposento.

Ele pôs a mão em volta do ombro de Beate e sorriu.

— O espasmo de Setesdal, até parece...

50

A COLINA DE EKEBERG

Em dezembro, começou a nevar novamente. E dessa vez para valer. A neve se amontoava pelas paredes das casas, e a previsão era de mais nevascas. A confissão veio na quarta-feira. Trond Grette contou, após consultar seu advogado, como tinha planejado e depois executado o assassinato da esposa.

Nevou a noite toda, e no dia seguinte ele também confessou estar por trás do assassinato do irmão. O homem a quem pagou pelo trabalho se chamava El Ojo, não tinha endereço e trocava de apelido e de celular semanalmente. Trond só o encontrou uma vez, em um estacionamento em São Paulo, onde combinaram todos os detalhes. El Ojo recebeu mil e quinhentos dólares adiantados, o restante Trond deixou em um saco de papel em um guarda-volumes, no Terminal Rodoviário do Tietê. O acordo era que ele iria enviar o bilhete de suicídio para uma agência dos correios em Campo Belo, um bairro da zona sul de São Paulo, junto com a chave do guarda-volumes, assim que recebesse o dedo mindinho de Lev.

O único alívio cômico durante os longos interrogatórios foi quando Trond, perguntado como ele, sendo turista, conseguira entrar em contato com um matador de aluguel. Ele respondeu que isso era significativamente mais fácil do que achar um alguém para reformar a sua casa na Noruega. A analogia não era totalmente por acaso.

— Foi Lev que me contou isso uma vez — disse Trond. — Eles são listados como bombeiros, ao lado dos anúncios de sexo na *Folha de S.Paulo*.

— Bombeiros?

— Bombeiros hidráulicos. Encanadores.

Halvorsen mandou um fax com as poucas informações à embaixada brasileira que, se abstendo de qualquer ironia, prometeu educadamente que iria cuidar do caso.

O rifle AG-3 que Trond usou no assalto era de Lev e fora guardado no sótão em Diesengrenda durante anos. De onde o rifle originalmente veio foi impossível esclarecer, já que o número de série estava raspado.

O Natal chegou cedo para o grupo de seguradoras Nordea, já que o dinheiro do assalto da rua Bogstadveien foi encontrado no porta-malas do carro de Trond e não faltava nem uma única coroa.

Os dias se passaram, a neve veio e os interrogatórios continuaram. Em uma sexta-feira à tarde, quando todos estavam exaustos, Harry perguntou a Trond por que ele não vomitou quando meteu uma bala na cabeça da mulher — não era ele que não aguentava sangue? A sala de interrogatório ficou em silêncio. Trond olhou demoradamente para a câmera de vídeo no canto. Depois apenas fez que não com a cabeça.

Mas quando tudo terminou e eles estavam na passagem subterrânea voltando para a cela de custódia, ele de repente se virou para Harry.

— Depende de quem é o sangue.

No fim de semana, Harry sentou-se em uma cadeira perto da janela e ficou observando Oleg e os meninos da vizinhança construírem um forte de neve no jardim. Rakel perguntou o que ele estava pensando e ele quase falou. Mas, em vez disso, perguntou se ela queria dar uma caminhada. Ela pegou o gorro e as luvas. Passaram pela colina de Holmenkollen, e foi lá que Rakel perguntou se eles não iam convidar o pai e a irmã de Harry para o jantar de Natal.

— Não temos mais ninguém na família — argumentou ela, e apertou sua mão.

Na segunda, Harry e Halvorsen recomeçaram o trabalho no caso Ellen. Do zero. Ouviram testemunhas que já tinham sido ouvidas, leram relatórios antigos, checaram dicas ignoradas e seguiram pistas antigas. E frias, descobriram.

— Tem o endereço daquela pessoa que alegou ter visto Sverre Olsen com um cara em um carro vermelho, na rua Grünerløkka? — perguntou Harry.

— Kvinset. Ele está registrado com o endereço dos pais, mas duvido que o encontremos lá.

Harry não esperava muita cooperação quando entrou no Herbert's Pizza e perguntou por Roy Kvinset. Mas depois de comprar uma cerveja para um jovem com a logo da Aliança Nacional na camiseta, ficou sabendo que Roy não era mais obrigado a guardar segredo, já que recentemente havia rompido com seus velhos amigos. Aparentemente, Roy havia encontrado uma jovem cristã e perdera a fé no nazismo. Ninguém sabia quem ela era ou onde Roy morava, mas alguém o viu cantar em frente à Igreja de Deus da Filadélfia.

A neve se amontoava enquanto os caminhões limpa-neve varriam as ruas do centro da cidade.

A mulher que havia sido baleada na agência bancária do DNB, na rua Grensen, teve alta do hospital. No jornal *Dagbladet*, ela mostrou com um dedo onde a bala entrou e com dois dedos como chegou perto do coração. Agora ia para casa preparar o Natal para o marido e para os filhos, dizia o jornal.

Na quarta-feira às dez, na mesma semana, Harry bateu os pés para tirar a neve das botas em frente à sala de reunião 3, na delegacia, antes de bater à porta.

— Entre, Hole — bramiu a voz do juiz Valderhaug, que presidia a investigação interna da SEFO sobre o tiroteio no cais. Harry foi colocado em uma cadeira em frente a um comitê de cinco pessoas. Além do juiz Valderhaug, estavam presentes o promotor público, uma investigadora com outro homem e o advogado de defesa Ola Lunde, que Harry conhecia como um cara duro, mas competente e leal.

— Gostaríamos de ter o relatório da Promotoria Pública pronto antes do recesso de Natal — começou Valderhaug. — Pode nos descrever, de forma breve e precisa, seu envolvimento no caso?

Harry contou sobre o encontro rápido com Alf Gunnerud acompanhado pelas batidas do teclado do investigador. Quando terminou, o juiz Valderhaug lhe agradeceu e folheou brevemente seus papéis antes de encontrar o que estava procurando, então olhou para Harry por cima dos óculos.

— Gostaríamos de saber se você, a partir da impressão que teve do curto *rendez-vous* com Gunnerud, ficou surpreso quando soube que ele tinha sacado uma arma contra um policial.

Harry se lembrou do que pensou quando viu Gunnerud nas escadas. Um rapaz com medo de apanhar mais. Não um assassino durão. Harry encontrou o olhar do juiz e respondeu.

— Não.

Valderhaug tirou os óculos.

— Mas quando Gunnerud encontrou você, escolheu fugir em vez de sacar a arma. Por que essa mudança de tática quando encontrou Waaler, me pergunto?

— Não sei — respondeu Harry. — Eu não estava lá.

— Mas você não acha estranho?

— Sim.

— Mas você acabou de dizer que não estava surpreso.

Harry balançou com a cadeira levemente para trás.

— Sou policial há muito tempo, senhor juiz. Não me surpreende mais que as pessoas façam coisas estranhas. Nem mesmo assassinos.

Valderhaug recolocou os óculos e Harry achou ter visto um esboço de sorriso no rosto enrugado.

Ola Lunde pigarreou.

— Como sabe, o inspetor Tom Waaler foi suspenso por um curto período, após um episódio semelhante no ano passado, relacionado à prisão de um jovem neonazista.

— Sverre Olsen — relembrou Harry.

— Daquela vez, a Comissão de Investigação Especial chegou à conclusão de que não havia razões para o promotor público apresentar queixa.

— Só levaram uma semana — disse Harry.

Ola Lunde olhou para Valderhaug com a testa franzida. O juiz fez que sim com a cabeça.

— De qualquer maneira — disse Lunde —, achamos suspeito que o homem esteja na mesma situação outra vez. Sabemos que há um grande espírito de solidariedade na corporação da polícia e que haja relutância em colocar um colega em uma situação delicada ao... hmm... hã...

— Dedurá-lo — completou Harry.

— Como é?

— Acho que a palavra que está procurando talvez seja *dedurar*.

Lunde trocou olhares com Valderhaug de novo.

— Entendo o que quer dizer, mas preferimos chamar isso de apresentar informações relevantes para que as regras sejam cumpridas. Concorda, Hole?

Os pés frontais da cadeira de Harry voltaram ao chão com um estrondo.

— Sim, de fato concordo. Só não sou tão versado nas palavras como você.

Valderhaug não conseguiu mais esconder o sorriso.

— Não estou tão certo disso, Hole — disse Lunde, que também começava a esboçar um sorriso. — Que bom que estamos de acordo, e já que você e Waaler trabalharam juntos durante tantos anos, gostaríamos de usá-lo como um testemunho de caráter. Outros que estiveram aqui mencionaram o estilo irresponsável de Waaler no trato com criminosos e não criminosos. É possível que Tom Waaler, em um momento de descuido, possa ter atirado em Alf Gunnerud?

Harry olhou demoradamente pela janela. Mal podia vislumbrar os contornos da colina de Ekeberg através da nevasca. Mas ele sabia que estava lá. Ano após ano, à sua mesa de escritório na delegacia, a colina sempre esteve lá e sempre estaria lá, verde no verão, preta e branca no inverno; não podia ser movida, simplesmente estava ali, como um fato. O incrível em relação a um fato é que não é preciso ponderar se é desejável ou não.

— Não — respondeu Harry. — Não é possível que Tom Waaler em um momento de descuido possa ter atirado em Alf Gunnerud.

E se alguém da Comissão de Investigação Especial percebera a leve ênfase na palavra *descuido*, não comentou.

No corredor, Weber se levantou da cadeira quando Harry saiu.

— O próximo, por favor — disse Harry. — O que tem aí?

Weber levantou um saco plástico.

— A pistola de Gunnerud. Deixe-me entrar e acabar com isso.

— Hmm. — Harry tirou um cigarro do maço. — Pistola incomum.

— De Israel — revelou Weber. — Jericho 941.

Harry ficou observando a porta se fechar atrás de Weber até Møller passar e lhe chamar a atenção para o cigarro apagado na boca.

Na Roubos estava tudo estranhamente calmo. Os investigadores primeiro brincaram, dizendo que o Magarefe já tinha ido hibernar no inverno, mas agora diziam que ele se deixara matar e enterrar em um lugar secreto, para conseguir status de lenda eterna. A neve se amontoava nos tetos das casas, deslizava, mais neve caía, enquanto a fumaça subia com calma pelas chaminés.

As divisões de Homicídios, Roubos e Crimes Sexuais organizaram uma festa de Natal em conjunto na cantina. Os lugares eram predeterminados e Bjarne Møller, Beate Lønn e Halvorsen acabaram sentando juntos. Entre eles tinha um lugar vazio com o nome de Harry.

— Onde está ele? — perguntou Møller, e serviu vinho para Beate.

— Procurando o comparsa de Sverre Olsen que diz ter visto Olsen e outro cara na noite do crime — respondeu Halvorsen, que lutava para abrir uma garrafa de cerveja com o isqueiro descartável.

— Coisas assim são muito frustrantes — disse Møller. — Mas diga a ele que não se matar de trabalhar. Afinal, é possível reservar um tempo para uma festinha de Natal.

— Diga a ele você mesmo — rebateu Halvorsen.

— Talvez ele simplesmente não tenha vontade de estar aqui — falou Beate.

Os dois homens olharam para ela, sorrindo.

— O que foi? — perguntou. — Não acreditam que eu também conheça Harry?

Eles brindaram. Halvorsen não parava de sorrir. Ele só ficou olhando. Havia algo — ele não conseguia precisar o que — que mudara em Beate. A última vez que a tinha visto foi na sala de reuniões, mas não havia percebido a *vida* em seus olhos. O sangue nos lábios. A atitude, as costas eretas.

— Harry prefere a prisão a esse tipo de eventos — disse Møller, e contou a história de quando Linda, da recepção do Serviço Secreto, o forçou a dançar. Beate riu até rolarem as lágrimas. Virou-se então para Halvorsen, inclinando a cabeça.

— Vai ficar a noite toda aí só olhando, Halvorsen?

Halvorsen sentiu o rubor queimar seu rosto e conseguiu gaguejar um "não" atônito antes de Beate e Møller novamente caírem na gargalhada.

Mais tarde naquela noite, tomou coragem e pediu a ela que desse uma volta na pista de dança. Møller ficou sentado sozinho até Ivarsson ocupar a cadeira de Beate. Ele estava bêbado, falando arrastado, e lembrou a vez em que ficou apavorado em frente a uma agência em Ryen.

— Aquilo faz muito tempo, Rune — disse Møller. — Você tinha acabado de sair da academia. De qualquer maneira, não podia ter feito mais nada.

Ivarsson inclinou a cabeça para trás e estudou Møller. Então ele se levantou e foi embora. Møller pensou que Ivarsson era uma dessas pessoas solitárias, que ignoravam a própria condição.

Quando os Djs Li e Li encerraram com "Purple Rain", Beate e Halvorsen esbarraram em um outro par que dançava, e Halvorsen percebeu que o corpo de Beate de repente enrijeceu. Ele olhou para o outro par.

— Desculpe — disse uma voz grossa. Os dentes brancos e fortes no rosto a la David Hasselhoff brilhavam na penumbra.

Quando a noite acabou, foi impossível conseguir um táxi, e Halvorsen se ofereceu para levar Beate para casa. Seguiram na direção leste na neve e levaram mais de uma hora até chegar à porta da casa dela, em Oppsal.

Beate sorriu e se virou para Halvorsen.

— Se quiser, será bem-vindo — disse ela.

— Gostaria muito. Obrigado.

— Então estamos combinados — disse ela. — Vou avisar minha mãe amanhã.

Ele deu boa-noite, beijou-a no rosto e começou a travessia até o oeste.

O Instituto de Meteorologia da Noruega anunciou que o recorde de precipitação de neve para dezembro, então com vinte anos, seria batido.

No mesmo dia, a Comissão de Investigação Especial concluiu o caso Waaler.

A conclusão foi que nada fora do regulamento havia sido descoberto. Pelo contrário, Tom Waaler recebeu elogios por ter agido corretamente e mantido a compostura em uma situação tão dramática. O superintendente ligou para o delegado-chefe a fim de perguntar se ele achava que deveria indicar Tom Waaler a uma distinção. Mas como a família de Alf Gunnerud era uma das famílias mais distintas de Oslo — o tio estava na prefeitura — acharam que poderia ser considerado impróprio.

Harry apenas acenou de leve com a cabeça quando Halvorsen deu a notícia de que Waaler estava de volta ao trabalho.

A véspera de Natal chegou e o espírito natalino se instalou, pelo menos na pequena Noruega.

Rakel mandou Harry e Oleg saírem de casa para preparar a ceia. Quando voltaram, a casa inteira cheirava a costelas de porco. Olav Hole, o pai de Harry, chegou com a irmã, Søs, em um táxi.

Søs estava muito entusiasmada com a casa, a comida, Oleg, tudo. Durante a ceia, ela e Rakel conversaram como se fossem melhores amigas, enquanto o velho Olav e o jovem Oleg se sentaram frente a frente, trocando palavras monossilábicas. Mas se soltaram um pouco quando chegou a hora dos presentes, e Oleg abriu o pacote grande marcado *de Olav para Oleg*. Era a obra completa de Júlio Verne. Oleg folheava boquiaberto um dos livros.

— Foi ele quem escreveu aquela história do foguete lunar que Harry leu para você — explicou Rakel.

— São as ilustrações originais — disse Harry, apontando para o desenho do capitão Nemo ao lado da bandeira no Polo Sul, então leu em voz alta: — *Adeus! Meu novo domínio começa com seis meses de escuridão.*

— Esses livros estavam na estante do meu pai — disse Olav, que parecia tão animado quanto Oleg.

— Não faz mal! — exclamou Oleg.

Olav recebeu o abraço de agradecimento com um sorriso acanhado mas caloroso.

Quando foram se deitar e Rakel já caído no sono, Harry se levantou e foi para a janela. Ele pensou em todas as pessoas que não estavam mais ali. Na mãe, Birgitta, no pai de Rakel, em Ellen e Anna. E naquelas que estavam. Em Øystein em Oppsal, que ganhou um par de sapatos novos de Harry; em Raskol na prisão; e nas duas mulheres em

Oppsal que foram muito gentis em convidar Halvorsen para a ceia de Natal tardia, já que ele estava de plantão e não podia voltar para sua cidade, Steinkjer, esse ano.

Algo acontecera naquela noite, ele não sabia bem o quê, mas alguma coisa havia mudado. Ele ficou olhando por um bom tempo para as luzes lá embaixo, na cidade, antes de perceber que havia parado de nevar. Pegadas. As pessoas andando à beira do rio Akerselva iam deixar pegadas.

— Seu desejo foi atendido? — perguntou Rakel, quando ele voltou para a cama.

— Desejo? — Ele a abraçou.

— Parecia que estava fazendo um pedido ali na janela. O que foi?

— Tenho tudo o que posso desejar — respondeu Harry, beijando-a na testa.

— Me conte — sussurrou ela, e se afastou para olhar para ele. — Me conte o que você desejou, Harry.

— Quer realmente saber?

— Quero. — Ela se aninhou ainda mais a ele.

Ele fechou os olhos e o filme começou a rolar devagar, tão devagar que ele podia ver cada frame como se fossem fotos. Pegadas na neve.

— Paz — mentiu.

51

SANS SOUCI

Harry olhou para a foto, o caloroso sorriso branco, as mandíbulas fortes e os olhos azuis de aço. Tom Waaler. Então deslizou a foto sobre a mesa.

— Olhe com calma — disse ele. — E com bastante atenção.

Roy Kvinset parecia nervoso. Harry se recostou na cadeira do escritório e olhou ao redor. Halvorsen havia pendurado um calendário de Natal na parede em cima do arquivo. Dia de Natal. Harry tinha praticamente o andar inteiro só para si. Isso era a melhor coisa do feriado. Ele duvidava de que Kvinset viesse com a mesma glossolalia de quando Harry o encontrou na primeira fila da igreja, mas a esperança nunca morria.

Kvinset pigarreou e Harry se endireitou na cadeira.

Lá fora, leves flocos de neve caíam nas ruas desertas.

Este livro foi composto na tipologia Sabon LT
Std, em corpo 11/15, e impresso em
papel off-white no Sistema Cameron da
Divisão Gráfica da Distribuidora Record.